2012.11
2012.12
2013.1
2013.2
2013.3
2013.4
2013.5
2013.6
2013.7
2013.8
2013.9
2013.10
2013.11
2013.12
2014.1

YIGE FEIYI CHUZHANG DE GONGZUO RIJI

一个非遗处长的
工作日记

王淼 著

2014.6
2014.7
2014.8
2014.9
2014.10

浙江教育出版社·杭州

要坚持摸着石头过河，胆子要大，步子要稳。

要自觉从大局出发思考问题。改革措施要慎重，但不能什么都不敢干，没有风险的改革是不存在的。不改革，发展难度更大。

重大改革措施……必须反复论证，使之行之有效、行之久。

我大致浏览了王淼发给我的书稿，仿佛又回到了那两年与同志们并肩为非遗、为文化事业而激情澎湃的奋斗时光！

我是2012年5月到省文化厅工作的，2012年9月任省文化厅厅长。在与王淼工作相处的几年当中，他对浙江非遗事业发展的那份热爱、执着和做出的重大贡献都让我深受感动。因而，他在我眼里不仅是一位处长、一位敬业的干部，更是一种精神，一种推动文化发展的力量！那些年，他先后被评为省部级劳动模范、浙江省道德模范等。因此，厅党组专门发了一个文件，号召全省文化系统干部学习王淼精神。

与他相处的几年当中，我对王淼印象最深的有这么几点：

第一，对党忠诚。他对党的忠诚，并不是挂在口头上的，而是体现在实实在在的行动上。在他生病期间，我经常去看他，他总是跟我讲："金厅长，我尽管是一个残疾人，但我深知有今天离不开党。""我妈妈是省优秀共产党员，我也一直以妈妈为榜样，以一个优秀共产党员的标准来要求自己。"

王淼在思想上、政治上、行动上，自觉与以习近平同志为核心的党中央保持高度一致，做到党中央提倡的坚决响应，党中央决定的坚决执行，党中央禁止的坚决不做，坚定执行党中央决策部署。

党的十八大以来，党中央提出了"中国梦"和美丽中国、文化强国、优秀传统文化传承体系、精神家园等重要命题，王淼都能认真学习领会，并认真落实到具体工作中去。他先后组织举办了"美丽非遗与美丽中国"全国论坛，"文化强国与海洋文化"和"传统文化与精神家园"系列研讨，还组织举办了"中国梦想·美丽浙江"非遗电视春晚、非遗主题展览等活动，受到了上级领导的充分肯定。

2014年，王淼不幸摔倒后，尽管不能像当处长时在一线作战，但仍拖着病躯、克服常人难以克服的困难，继续用自己的方式为浙江文化事业特别是非遗事业的发展而奋斗。所以，在我的心里，他从来没有倒下，始终是一位屹立的战士！

即使他摔伤了以后，党组织有任何活动，他都坚持参加，而且还在党支部活动上讲党课，组织生活会他也没有一次请假。党的十九大报告一出来，他就在电视上看、广播里听，写体会写文章，他对党的忠诚是发自内心的。

第二，政治站位高，政治敏锐性强。 王淼同志有强烈的政治意识、大局意识和责任意识，始终保持清醒的政治头脑，这种政治敏锐性，使他能够在不同的时期对党和国家的方针政策有正确的理解和把握，并结合自身的实际情况，应用到工作和生活中。

习近平总书记在浙江工作期间，对文化遗产保护工作高度重视，在2005年5月至6月不到一个月的时间里，对文化遗产保护工作作出了六次批示，涉及浙江民间工艺保护传承、古村落抢救、民间艺术保护工程、落实国务院关于非遗保护工作的通知精神、抢救振兴永嘉昆剧等。王淼作为我厅非遗保护责任处室负责人，他对这些批示在深学笃行中内化于心，在一体把握中落实落细，推动浙江非遗保护先行示范、走在前列。如对传统戏曲的保护，他组织策划了"浙江好腔调"系列活动，给各剧种提供了丰富的展示推广平台；为全面保护浙江列入非遗名录的56个剧种，积极向财政新争取了每年1120万元的专项资金，有力推进了戏剧抢救保护工作。

每当中央对非遗保护有重大的政策指示，王淼同志总是在第一时间落实到行动上。比如十八大提出了建设优秀传统文化传承体系这个重要命题，王淼马上就非遗领域如何实施好优秀传统文化传承体系进行五年的谋划，提出了2013年为推进年，2014年为拓展年，2015年为深化年，2016年为提升年，2017年为跨越年的整体设计，而且每一年都有一个实施计划，都有一个具体的规划。再如，中央提出"美丽中国"的美好愿景，他就马上想到非遗怎么能够融入美丽乡村建设当中去，并建议美丽中国要从美丽乡村开始，美丽乡村要从美丽非遗开始，先后在桐庐和天台召开了现场会，引起了基层以及媒体的较大反响。

第三，他有一种忘我的精神。他这种忘我的精神，真的不是口头上说说的。他做非遗工作以来，几乎每一天都工作到晚上10点以后。加个一天班、两天班，甚至加一个星期班，那都是一般人可以做到的，但是他是十几年如一日，几乎每一天都工作到10点以后。在他的带领下，我厅的非遗处乃至全省的非遗系统都养成了这种工作习惯。因此我说过，浙江并不是非遗资源的大省，但是成为非遗项目大省、强省，与他忘我的工作精神是分不开的。

第四，他有很强的谋划能力。非遗工作究竟怎么做，我觉得谋划非常重要。第一是谋政策，如我们在全国率先由省人大制定了非遗保护工作条例，率先由省政府出台了非遗保护工作的意见等。第二是谋规划，我们在全国出台了第一个非遗保护的规划，即"十一五"非遗保护工作规划，之后又相继出台了"十二五""十三五"的规划。第三是谋措施，为了把规划、政策落地，制定了浙江国家级、省级非遗项目"八个一"保护措施，全省服务传承人"八个一"服务措施，浙江非遗保护传承"八大类"基地等。第四是谋抓手，如围绕美丽非遗，策划了浙江美丽非遗乡村行动、美丽非遗赶大集、美丽非遗进礼堂等，通过这些行动，非遗就活起来了。

第五，担当作为，开拓创新。浙江非遗工作走在全国前列，创造了许多全国率先，与王淼敢于担当、勇于开创的精神是密不可分的。王淼善于调查研究，总结基层好的做法和经验，尊重基层首创精神，并在全省逐步推开，许多做法受到了文化部的重视推广。如文化部在浙江召开了全国非遗普查现场会，推广浙江普查模式，全国非遗普查打开局面、掀起高潮；文化部在浙江召开全国非遗保护工作会议，浙江非遗工作前瞻性思考、全局性谋划、整体性推进、专题性突破、滚动性发展的经验，吸引兄弟省份纷纷前来取经交流。

为了拓宽非遗保护的渠道，王淼注重引导社会力量参与非遗保护工作。2013年，在他主导下，省文化厅和新生代企业家联谊会共同启动浙江省濒危剧种守护行动，下发了实施方案，举行了启动仪式，企业家联谊会捐赠了360万元资金，专门用于濒危剧种的保护。还是在他主导下，文化厅与拱墅区合作共建了省非遗文献馆，该馆成为全国第一个非遗文献馆。

第六，他是一个创造奇迹的人。王淼热爱党的事业，他把工作当作信仰。非遗保护，是党的事业，国家利益，民族大业；不但是全省、全国的工作，而且是世界人类文明的传承工作，意义十分重大。做好非遗工作，赓续中华文脉，传承优秀文化基因，让中华文化更加光明灿烂，始终是他的信念和追求。一个人有足够的信念，他就能创造奇迹。

他完全是靠自己的感情、靠自己的事业心去感化人家，他对非遗的热爱、忘我的工作精神感动了身边的人，感动了相关专家。所以他身边的人，与他接触过的专家学者，对他的那种敬重是无以言表的。他对我说："金厅长，我这一生就干一件事情，就是非遗保护传承，我所剩的时间不多了，更是时不我待。"他现在就是在病床上，在疗养院里，依靠助手和爱人的帮助，以常人难以想象的毅力从事着非遗保护工作。

他是一个创造奇迹的人，他不仅以他的精神创造非遗保护的奇迹，还一次次创造生命的奇迹。

新时期波澜壮阔的非遗保护历程，对于中华文化的伟大复兴，是非常值得记忆和纪念的。这一历程，只有宏大叙事是不够的，为什么这么做，怎么样破难攻坚，怎么样创造条件奋勇开拓，那些理念、思考，那些见仁见智，那些艰辛困难，那些背后的故事，那些细枝末节，恰恰是最宝贵的，恰恰是最感人和最打动人的，也真正传递了我们非遗人的精神和追求，体现了浙江非遗人的使命和担当。

这本非遗处长日记，记录了王淼同志和非遗战线在本职岗位上埋头苦干，踔厉奋发，笃行不怠，奋进新征程，建功新时代的生动历程。他们把心血、智慧和汗水播撒在民族文化复兴的征程上，把光荣镌刻在历史行进的史册里！

2023 年 10 月 15 日

（金兴盛，原浙江省文化厅党组书记、厅长）

新时代，更有责任使命担当

2012年11月，党的十八大胜利召开，习近平总书记带领新一届中央政治局常委同中外记者见面时，提出"人民对美好生活的向往，就是我们的奋斗目标"，全国人民欢欣鼓舞，激情满怀。11月29日，习近平总书记在参观《复兴之路》展览时，提出了"中国梦"的伟大愿景。

党的十八大提出的建设美丽中国、文化强国、优秀传统文化传承体系、精神家园四个重大文化命题，都与非遗保护工作密切相关。面对新形势新任务新使命新要求，我们倍感振奋、倍受鼓舞。

浙江人民对习近平总书记有深厚的感情，浙江非遗人对习近平总书记倍感亲切。习近平总书记在浙江工作期间，高度重视非遗保护，推动非遗保护实施，多次做出重要批示，实行将非遗工作纳入生态省建设、建设文化大省等重大举措，这是对浙江非遗工作的极大鞭策，也指引了方向和路径。新时代，浙江非遗人深受鞭策鼓舞，要更有使命担当，再接再厉，再创佳绩，再上台阶，再创辉煌。

这本日记，撷取了我从2012年11月党的十八大以来到2014年

10月底倒在工作岗位上整整两年的工作记录。这两年的工作量非常大，亮点很多，成果丰硕。以下10项具有特殊意义和浙江非遗辨识度的成果，展示了浙江非遗保护在新时代取得的变革成就，是新征程砥砺奋斗的生动实践。

（一）一本台历

有一天，在厅长办公室，金兴盛厅长问我："王淼，十八大提出建立优秀传统文化传承体系，我们能不能拟个实施方案？"我说"好的"。我心里也一直在想，十八大提出了现代公共文化服务体系、现代文化市场管理体系等，为什么不提现代非遗传承体系，而提优秀传统文化传承体系？优秀传统文化传承体系包括哪些？除了文物、非遗、文化典籍，还应包括传统核心价值等，那么我们可以先从非遗切入，就优秀传统文化传承体系建设进行破题。

我们起草了浙江省优秀传统文化传承体系（非遗部分）实施方案，规划为期五年，分为推进年、拓展年、深化年、提升年、跨越年，设定通过八大重点、八大举措，构建八个全覆盖。

2013年为推进年，浙江非遗已经走过了十年历程，有必要进行全面检阅和梳理总结。为此，1月至12月每个月设定一个主题，分别为：1月，服务传承人月；2月，最美中国年·浙江年俗体验月；3月，非遗调查研究月……而且每个月有个侧重点，每个月都有五至八项工作。

我们特别设计制作了2013浙江省优秀传统文化传承体系（非遗部分）推进年工作台历，全年工作都印在台历上，有如暮鼓晨钟，给大家以提示。

2014年为拓展年，我们分为四个季度来部署安排、组织实施。

2015年为深化年，重点部署实施浙江省非遗创造力乡村计划，分为春夏秋冬四个篇章。

（二）一台非遗春晚

2012年底开始，我们策划了三台非遗电视春晚。

2013年浙江非遗电视春晚，以全省网络寻访非遗活动为亮点，揭晓并公布最具人气奖、最具竞争力非遗名单等。广大网民喜爱并投票产生的优秀非遗节目登台展示亮相。这台以"美丽非遗"为主题的首届浙江非遗电视春晚，反响热烈，一些之前没有进入官方视野的民间绝技、非遗项目，火爆出圈。

2014年浙江非遗电视春晚，以"中国梦想·美丽浙江"为主题，分为"源、寻、传、融"四个篇章，宣传"五水共治"战略，彰显留住乡愁情怀。每个篇章用大屏幕展示了浙江非遗丰富多彩的形式和斑斓多样的内容，展示了浙江非遗普查抢救保护传承成果。这台晚会不仅有长兴百叶龙、安吉竹乐、畲族山歌等脍炙人口的非遗艺术表演，还有民间剪纸、刺绣、花灯等手工技艺传承人上舞台展示表演，更有少年儿童跳绳、跳橡皮筋、滚铁环展示，让观看春晚演出的海外政协委员们热泪盈眶，让浙江新生代企业家政协委员们兴奋不已。这台晚会还推出五首非遗主题歌：《光阴的故事》《梦寻美丽非遗》《再次辉煌的是你》《非遗之光》《非遗工作者之歌》。

2015年浙江非遗春晚，2014年11月在丽水市举行现场录制。这台晚会很有创意，它不在电视台，而在广场，将传统的非遗项目与新兴的技术结合，非遗项目诗歌朗诵与非遗演出、场景化展示、VCR电子屏幕大背景结合，几种表达形式立体呈现和展示非遗之美。田园牧歌、乡野情趣，在城市广场精彩亮相，别具风采，使人耳目一新。我构思了这台晚会，但很遗憾，现场演出我没能参加，我倒下了。

（三）一首主题歌

那几年，我们全省非遗工作者开会、培训，都要集体齐唱《非遗工作者之歌》："我们是光荣的非遗工作者，丹心一片传承文化的薪火，任劳任怨，努力拼搏，我们大爱无言书写时代的风流……"提振精神，豪情满怀。

2011年，为了打造地方非遗、文化名片，浙江省文化厅面向全国征集非遗主题歌和非遗地方宣传歌曲。我们希望从中选出类似《京剧脸谱》《青花瓷》《提线木偶》《采茶舞曲》这样的脍炙人口的流行歌曲；希望诞生一个体现地方文化形象的歌，如《太阳岛上》《阿里山的姑娘》《达坂城的姑娘》，可以表达非遗人守护民族文化之根与魂的家国情怀。本来我以为活动很小众，没想到参与者很踊跃，不少作词作曲名家大咖参加，涌现了一批好作品。《我在廊桥等你》《我拿湖笔画你》等作品，让泰顺、湖州等地欣喜不已。

2013年"文化遗产日"，浙江11个设区市、90个县市区，经当地编制部门批准，全部建立了非遗保护中心。2013年6月，省文化厅在德清举行全省非遗干部培训班，我看到台下除了个别白发苍苍的老同志，已经是清一色青春的面孔，彰显着年轻的力量。那天，大家唱起《非遗工作者之歌》，更加斗志昂扬。

（四）一个倡议

党的十八大提出的建设美丽中国、文化强国、优秀传统文化传承体系、精神家园四个重大命题，都与非遗息息相关。如何将这些重大命题的愿景目标，落地转化为全社会的共识和行动，转化为人民群众的幸福生活，我们要思考研究。我们首先要在理论上整明白，要有科学理论指导，只有理论自觉，才会有行动自觉。

2013年6月，国家非遗中心、中国文化报社、浙江省文化厅在余杭举行第二届中国非遗保护论坛，以"美丽非遗与美丽中国"为主题。不少著名非遗专家和工作人员莅临论坛，发表观点，如认为"美丽非遗是美丽中国的表情""美丽中国离不开美丽非遗""锦绣中华就是非遗语言的表达"等。与会代表向全社会发出《非遗让美丽中国更加美丽》余杭倡议书，受到媒体热评。

2014年9月，中国文化报社、浙江省文化厅在舟山岱山举行第三届中国非遗保护论坛，以"文化强国与海洋文化"为主题。我们的文化疆域，不单是广袤的陆地，也包括辽阔的海疆、漫长的海岸线、无数的岛屿。海洋文化在文化强国、海洋强国建设中都举足轻重、事关重大。

这次论坛，配套举行全国沿海省份非遗产品网络交易会暨岱山海岛非遗"夜东沙"展演，岛上处处欢天喜地，天空中夜风筝迎风闪烁，犹如诗意星空。与会代表向全社会发出《美丽海疆文化保护行动（舟山）倡议书》。

2017年6月，以"传统文化与精神家园"为主题的第四届中国非遗保护论坛在德清举行。什么是优秀传统文化传承体系，什么是精神家园，它的内涵和构成，如何守护和构建，成为理论热点，这既是理论问题，更是实践亟须解决的问题。论坛充分吸收与会代表意见，起草并通过《中国文化报》向社会发出《共建共享精神家园（德清）共识》。

围绕十八大报告提出的这四个重大文化命题，进行理论研究和阐释，集思广益，理清思路，是我一直以来的心愿。

（五）一个理念

党的十八大胜利闭幕半个月，浙江省文化厅在桐庐召开浙江省美丽乡村建设非遗保护现场会。会上，金兴盛厅长提出了一个重要理念："美丽中国从美丽乡村开始，美丽乡村从美丽非遗开始。"与会的20位乡村干部向全省农民兄弟发出《像呵护土地那样呵护文化遗产》倡议，媒体热切关注报道。

浙江积极整合美丽非遗资源，全力打造美丽非遗品牌。"美丽非遗"电视春晚，"美丽非遗魅力戏剧"为主题的浙江濒危剧种守护行动，"美丽非遗与美丽中国"全国论坛，以"共享美丽非遗，梦圆美丽浙江"为主题的第八届浙江省非遗节系列活动，不断把"美丽非遗"推向高潮。"美丽非遗"为主题的活动在浙江各地展开，如"非遗十年　美丽绍兴"系列活动月，"生态丽水　美丽非遗"丽水非遗宣传活动月，余杭"美丽非遗与多彩美丽洲"非遗展示活动月等。

浙江把每年推进建设1000个农村文化礼堂，列入省政府民生十件大事。文化礼堂建设，设施为先，内容为王。2013年10月，在景宁召开以"美丽非遗进礼堂"为主题的第二届浙江省美丽乡村建设非遗保护现场会，理清思路，总结经验，交流工作；省文化厅印发了《浙江美丽非遗进礼堂实施方案》，就"八进礼堂"做出部署安排。

2014年正月元宵，"浙江省美丽非遗赶大集"暨天台县非遗踩街活动隆重举行。浙江省文化厅还下发了《浙江省美丽非遗赶大集实施方案》。全省各地"美丽非遗上舞台"活动更加活跃红火，乡村非遗走进城市、走进北京、走上央视、走到海外，成为讲好中国故事的金名片。

2014年4月，浙江省美丽非遗志愿服务经验现场会暨浙江美丽非遗志愿行动启动仪式在德清举行，与会代表向全社会发出德清倡议："美丽非遗你我他，保护传承靠大家。"

（六）一张支票

2013年7月，浙江省文化厅、浙江省新生代企业家联谊会在杭州西溪越剧进杭首演地签订合作协议，联合启动浙江省濒危剧种守护行动。联谊会会长宗馥莉代表新生代企业家180位会员捐赠360万元，支持濒危剧种保护传承。3位省领导、49位新生代企业家、20多位记者与众多戏剧票友、当地群众参加启动仪式。省政协原主席周国富鸣锣宣布启动，宁海耍牙、衢州婺剧变脸、浦江乱弹、新昌调腔等传统戏剧展示绝技绝活，让观众惊喜连连。

2014年开启全省传统戏剧展演"浙江好腔调"，有皮影戏说、木偶情缘、乱弹正传、目连戏说、高腔遏云、滩簧悠扬等十个专场，让各地票友观众大呼过瘾。浙江对56个传统戏剧的保护传承做出深入规划，安排了3360万元专项资金给予扶持，每个项目一年20万元经费，先扶持三年。浙江省编撰出版《浙江好腔调——56个传统戏剧集萃》一书，摄制《"浙江好腔调"56个传统戏剧电视系列微纪录片》，在电视台播出，每周一集。浙江还编制了56个传统戏剧有声分布地图，开展浙江省传统戏剧之乡评选命名活动，百个剧团唱新声，千名弟子共传承，万名票友看大戏。浙江做传统戏剧保护的行动派，传统戏剧保护取得扎实成效。

"56个传统戏剧一个不能少""每个传统戏剧起码在一个村活起来、传下去"，本着这些理念，2014年11月6日，浙江省传统戏剧之乡授牌暨展演晚会在建德市新叶村举行。演出以白墙黑瓦的传统民居、风水塘为实体背景，结合大屏幕展示各地传统戏剧抢救保护传承场景，还有无人机在空中穿梭拍摄，领导、嘉宾和观众一起欣赏这台乡野戏剧盛典！这台晚会举办时，我已倒下7天，不能现场监制和亲眼欣赏，但我对整个场景了然于胸。56个传统戏剧活了，老王我"濒危"了。

（七）一本合作协议

2005年出台了《浙江省建设文化大省纲要》，其中"浙江省文化保护工程实施方案"明确提出了非遗保护八个重点一批，包括命名一批省级非遗旅游景区。

至2014年底，浙江先后命名了三批省级非遗旅游景区。重要的旅游景点，把非遗引进来；非遗丰富或者有鲜明特色的地方，把旅游团队引进来。文化是旅游的灵魂，旅游是文化的载体；旅游靠文化丰富内涵，文化靠旅游扩大传播，相辅相成，共赢共享。

2014年9月，桐乡市非遗馆建成开放，这是专门按照非遗馆功能设计建造的2000多平方米的展馆。为此举行"中国梦想　美丽浙江"浙江省非遗主题创作优秀作品成果展暨浙江省文化厅、浙江省旅游局"文化和旅游战略合作框架协议"签署仪式，对文旅融合发展深入深化、提质增效，做出全面构架设计。

2018年3月，文化和旅游部挂牌。2018年10月，浙江省文化和旅游厅挂牌。

（八）一块国遗牌子

浙江是地域小省、非遗资源小省，想要成为非遗大省、非遗强省，世界级非遗项目、国家级非遗项目数是硬实力、硬指标之一。

至2014年底，浙江共有昆曲（包括浙昆、永嘉昆曲）、古琴艺术（包括浙派古琴）、中国蚕桑丝织技艺（浙江牵头申报）、龙泉青瓷传统烧制技艺、中国篆刻（西泠印社为主要申报单位）、中国剪纸艺术（包括乐清细纹刻纸）、中国皮影戏艺术（包括海宁皮影戏）等7个项目列入联合国教科文组织公布的人类非遗代表作名录；有中国木拱桥传统营造技艺（包括泰顺、庆元）、中国活字印刷术（瑞安）2个项目列入联合国急需保护的非遗名录。共有9项世界级非遗，名列全国各省份榜首。

2016年，中国"二十四节气"（包括柯城九华立春祭、半山立夏节、遂昌班春劝农、三门祭冬四个非遗项目）列入人类非遗代表作名录；2022年，中国传统制茶技艺及其相关习俗（浙江牵头申报）列入人类非遗代表作名录。至此，浙江共有11项世界级非遗，名列各省份榜首。

2014年11月，国务院公布第四批国家级非物质文化遗产代表作名录，浙江赢得"四连冠"，共有217个项目上榜，上榜数遥遥领先。

浙江深入实施国家级非遗名录项目"八个一"保护措施，每年元旦至元宵开展"服务传承人月""八个一"活动。浙江非遗保护"八大类"基地各有特点各呈风采。"三个八"行动，使浙江非遗保护传承开展得卓有成效。

值得欣喜和祝贺的是，时隔7年，在2021年公布的第五批国家级非物质文化遗产名录中，浙江有25个项目上榜，实现"五连冠"。

（九）一座非遗馆模型

2011年，在安吉召开全省非遗展示馆建设经验交流会，交流和推进城乡非遗馆建设。建在城市或乡村，官办或民办，综合或专题，有围墙或没围墙的各种类型非遗馆，成为各地非遗保护的热点，成为各地城乡文化的亮点，集中涌现了温州非遗馆、绍兴非遗馆、柯桥非遗馆、桐乡非遗馆、龙游民居苑等非遗馆建设示范点，它们成为网红打卡地。2014年2月27日，《中国文化报》头版头条报道《浙江步入文化"四馆"时代，形成省域全覆盖》。浙江各地既要建好文化馆、图书馆、博物馆，也要建好非遗馆。

在省委、省政府高度重视下，浙江非遗馆建设列入规划，总面积3.5万平方米。2019年2月开工建设，已于2023年8月29日在杭州亚运会前向公众开放。

设施是事业的主架。非遗保护要软件硬抓，虚功实做，使无形文化有形化。各地大力推进非遗馆建设，不管东西南北风，抓好设施不放松。

（十）一张报纸

2014年1月7日，《中国文化报》发表我的文章《赋予传统文化新的时代内涵》，这是我学习领会2013年度习近平总书记和党中央关于优秀传统文化传承体系建设指导精神的述评。习近平总书记的系列指示，是新时代非遗保护的方针和实践指南，我们要认真学习体会，在工作中加以运用。

2014年6月12日，《中国文化报》理论版以整版篇幅发表我的文章《非遗事业进入新的时代》，这是学习习近平总书记有关优秀传统文化传承体系建设系列指示，结合我省非遗保护新形势和新实践的体会文章，里面提出了法治非遗、设施非遗、美丽非遗、生态非遗、智慧非遗、印象非遗、银幕非遗、活力非遗、志愿非遗、共享非遗共"十个非遗"。这是对浙江非遗保护的前瞻性思考、全局性谋划、整体性推进、专题性突破，滚动性发展的深入体现。浙江非遗保护传承继续大踏步扎扎实实推进。

这本工作日记，记录了浙江省文化厅非遗处在省文化厅党组的正确领导下，以习近平新时代中国特色社会主义思想为指引和动力，抢抓机遇、趁势而上、迎难而上、大干快上的蓬勃景象；记录了浙江非遗人在既有工作成绩的基础上，再上台阶、再创佳绩、再创辉煌的领先姿态；记录了浙江非遗人解放思想、实事求是、与时俱进、开拓创新的有为姿态；记录了浙江非遗人披荆斩棘、取关夺隘、开疆拓土、耕山播海的干劲和情怀；记录了浙江非遗工作的起承转合、跌宕起伏和酸甜苦辣。浙江缘何走在前列？浙江非遗保护为何成为全国模范生？这本工作日记揭示了背后的玄机、奥秘、密码。

目 录
CONTENTS

范区"/寻根祭祖,传承文化根脉/情牵美丽七夕,共享美丽非遗/全省市级文广新局局长座谈会,交流各地非遗亮点/传统节日保护发展座谈/浙江省非遗主题歌评选/省编办、省文化厅赴甬绍调研公共文化服务机构编制情况/奉化推行基层"文化使者"制度,开展文化使者评选/宁波北仑区建立"文化加油站",首批挂牌52家/上虞设立市文化管理总站,统管文化站/绍兴打造文化发展"升级版"

式在天台举行/金华市非遗馆调研/参加安吉"美丽非遗赶大集"踩街活动/父子两代"美猴王",成就绍剧猴戏盛名/大局里面有"非遗"/浙江步入文化"四馆"时代/干事业,要有一种"明知不可为而为之"的精神/德清非遗,擦亮明珠/千年的铁树又开花——浙江珠算申遗

"非遗"工作要统筹兼顾/浙江非遗风格，非遗速度/广西崇左宣传文化干部培训班讲课/青春写手人手一篇诠释56个"浙江好腔调"/组织拍摄"浙江非遗戏剧系列短视频"

2012 年 11 月 1 日　星期四

上午，去海宁。

下午，"传统的青春，青春的传统"全省非遗传承教学基地经验交流会在海宁召开。各市非遗处长、非遗中心主任，和部分县市区文化局负责人、学校校长参会。海宁市副市长胡燕子致辞，王珏副局长介绍海宁非遗进校园工作经验，部分非遗传承教学基地代表交流经验。

我作小结讲话，将海宁的基本经验概括为"五个有"：非遗进校园有规划，口传身授有指导，因材施教有绝招，成果展示有平台，校园文化有氛围。工作成效体现在"五个功能"：育人功能，薪传功能，凝聚功能，娱乐功能，辐射功能。提出"五个要求"：要深化认识，形成合力，以点带面，加强覆盖，形成机制。打好"三五牌"，推进非遗进校园。

这次会议规格不高，规模不大，时间不长，但效果很好。

晚上，9点多飞赴北京，中国文化报杜洁芳、宁波邝菁琛处长同行。小杜老师来浙江采访了三天，深入到绍兴、湖州、杭州、嘉兴的一些点上去调研，我一直没机会与她交流。在飞机上，向小杜介绍了全省非遗工作情况，并就典型报道、工作亮点做了沟通；小杜老师也有共识，设想写个系列稿子。到北京河南大厦，已是夜里12点多。

宁波市文化局王水维副局长和象山方面，还有浙江师范大学陈华文教授等已于下午到京，与非遗司就象山海洋渔文化生态区规划专家论证会做好相关衔接。

2012 年 11 月 2 日　星期五

上午，陈瑶副厅长从温州飞北京。

今天，分上、下午两场会。上午是云南迪庆民族文化生态区总体规划论证。没我们的事。我约象山罗部长、王县长等去中国艺术研究院拜访王文章部长。

上个月底，王部长卸任文化部副部长。这位老领导德高望重、谦和诚挚、温文尔雅，很有文化人的特质。王部长对浙江非遗工作的评价很高，也表扬了我。部长强调了几点：一是象山文化生态区立足于一个县，便于实践和探索，容易取得实效和经验。希望县委、县政府以科学发展观为统领，统筹经济建设和生态文明建设，抓好总体规划方案的实施，全力推进。二是象山文化生态区对于全国沿海省份有典型示范意义，希望多宣传，进一步扩大影响。三是可以考虑将亚太地区非遗保护工作培训班放在象山举行。王部长指出，象山的非遗工作，既要抓好生态区整体性保护，也要抓好非遗项目的示范性保护，生态区的整体保护是由项目保护来支撑的，相辅相成。王部长建议，象山中国开渔节要进一步发挥品牌效应，发掘民俗文化，展示海洋海岛风情；还要抓好戏剧项目的保护传承，戏剧是综合艺术，戏剧活了，许多非遗也就相应活了。他强调濒危剧种保护的重要性，如果这些小剧种消亡了，那就真没"戏"了，"戏没了，就真没戏了"！他期待象山向亚太、向世界讲好中国非遗保护的故事。

王部长的话，特别是他警示"戏没了，就真没戏了"，在我心里留下涟漪。

象山罗部长、王县长表态，县委、县政府有决心做好文化生态区建设，抓好非遗保护传承，为全国乃至亚太地区、全世界人类非遗保护探索经验，作出示范。

下午，召开象山海洋渔文化生态区规划国家专家论证会。文化部非遗司张兵处长主持，马盛德副司长讲话；陈瑶副厅长介绍浙江象山列入实验区名单后的工作情况和规划编制情况；象山县王县长介绍了县委、县政府对海洋渔文化生态区建设和规划编制工作的重视，以及相关工作实施情况；陈华文教授代表规划编制单位介绍了规划总体方案。专家组长刘魁立先生主持论证，周小璞、祁庆富等专家发表意见。

马司长说，从单一项目保护转向区域性整体性保护，是非遗保护工作认识上的深化，也是为人类社会可持续发展探索道路。他说，规划是方向，是工作指南，是行动纲领性的文件。总体规划要体现一般规划的共性要求，体现保护区的文化特征，体现人文与自然共生的要求。专家组宣读通过规划论证意见后，陈副厅长代表省厅做表态发言，罗部长代表象山县委、县政府做表态发言。

我与象山罗部长、王县长等去非遗司夜访马文辉司长。马司长介绍了各地对文化生态区建设的重视情况，对象山生态区建设提出了很有针对性、实效性的指导意见。

2012 年 11 月 3 日　星期六

上午9点半出发去机场，12点的飞机飞杭州。

下午，翻了翻在机场买的一本书，这本书叫《生命沉思录——写给2012的文化焦虑》，书的腰封上有王蒙、周国平等七位名家强烈推荐的字样。我开始以为是关于2012年的，看后才发现是往年一些随感随记的分类合编。我想，我的工作手记，以后也许也可以这样子归并同类项，重新组合，形成一本既是工作记录，又有文化意味，也有点人生思考的书。

2012 年 11 月 4 日　星期日

非遗保护成为社会热点，已延续了数年。今年的国家公务员考试，非遗保护成为重点。上午行测，有法国文化保护、汉语言保护、乡村文化保护等内容；下午申论，主题为非遗保护，题目为"让……大放异彩"，多数考生答题为"让民族文化大放异彩"。高考是个指挥棒，国考也是个风向标，国考对非遗这般关注，体现了对民族传统文化的深切忧思，体现了对文化强国建设的高度关注。

2012 年 11 月 5 日　星期一

今天，省旅游局组织非遗旅游景区申报评估验收。分6个组，除丽水组，其他各组出发前往各地验收。每一组都由民俗专家和文化、旅游部门相关人员共同组成，并邀请了桐庐王樟松、开化方金全、景宁严慧荣、临安方光兴、安吉董才宝这五位县里的局长或老局长参加，穿插到各组。我处在每组各安排了一名联络员。

今天，我把非遗处明年的工作排了排、理了理。考虑重点抓几个板块：一是建章立制；二是突出保护；三是完善载体；四是志书编撰；五是科技助动；六是强化保障；七是扩大宣传；八是总结十年；九是表彰先进。又将是没完没了工作的一年。

2012年11月6日　星期二

上午，在浙江大学出版社修改《风生水起——浙江非遗保护的生动实践》二审后的书稿。

下午，厅计财处方处长过来，提出明年的专项资金安排采取因素分配法。简单说就是处里想干什么，想叫基层做什么，体现在因素分配指标体系中，通过因素分配对基层工作起引导和导向作用。另外，要建立在线申报系统和动态申报系统。既然财务口子上定了基调，而且还是个趋势，那我们只能照办。

我对财务和数字不太敏锐，幸好李虹一听就明白，她说她先拟具体方案，好！

2012年11月7日　星期三

上午，李虹根据部里下达的国家非遗专项资金年度申报通知，起草了我省国家经费申报通知，我过了一遍。明年的经费申报工作提前了，而且在线申报和纸质申报结合，具体要求上有点烦琐，要求上报时间又很急，这事要抓好，要有效指导，又不能耽误了。

中午，李虹起草高校非遗学科研讨会报道、象山生态区总体规划国家专家论证会报道，我过了一遍。

下午，桐庐徐小龙主任过来，提出想承办一个全省性会议，进一步在非遗上造造声势。我们商量，桐庐美丽乡村、环境整治建设得很好，乡村之美，不但在自然环境，也在人文，也在非遗的多彩。我们设想在桐庐召开美丽乡村建设非遗保护现场交流会，请桐庐抓紧抓两个试点村，让美丽乡村展现非遗的魅力。

晚上，考虑在将于本月 15 号召开的浙江畲族文化国际论坛上发言的思路。

2012 年 11 月 8 日　星期四

下午，厅里召开厅属单位（公益类）座谈会。金兴盛厅长主持，有关厅领导及相关处室、厅属单位负责人参加。金厅长说，厅属单位四个多：厅属单位多，人多，承担的责任多，存在的困难多。抓好厅属单位，是重中之重的基础工作。拟召开厅属单位建设会议，并提出一个指导意见。

今天会议的重点，谈问题、谈建议。各相关单位负责人发言，普遍提到人、财、物是制约事业发展的瓶颈，譬如省文化馆 30 年没增编。也有的提到员工激励机制问题、本领恐慌问题、免费开放保障问题；艺术职业学院还谈到提前谋划学科队伍建设问题，省非遗中心提到非遗馆提前征集展品经费问题。相关处室负责人就厅属单位提出的问题做了解答或指导。

我发言讲了两点。首先，对厅属单位补充了"四个多"：一是在全国赛事中获奖获荣誉多，为我厅我省争光；二是厅属单位庙有大有小，都是名人能人多，而且通天；三是工作和活动亮点品牌多，各单位都有看家本事，如浙图的文澜讲坛，文化馆的"唱响文明赞歌"；四是服务基层成绩成效多。这四点算是对金厅长讲的"四个多"的补充。

其次，我对公益类厅属单位建设提出建议：一是管办分离。金厅长说厅属单位是机关责任的延伸，我处人少事多，疲于奔命，招架不住，我很希望有部分工作和更多的工作转移出去，可以下放的职能转移到事业单位和行业协会。但前提是直属单位要做大做强，否则暂时不能下放或不敢下放。二是点面兼顾。这个点指重点、亮点，厅属单位要突出重点、亮点，打造品牌，打响品牌，但不能单打一，要统筹兼顾，承担好职能。三是软硬统筹。特别是人的问题，要进人、要配强、要增编。同时要大力抓紧抓好设施建设，设施是事业的主架，不管东西南北风，抓好设施不放松，要抓紧跑马圈地抢地盘。省市县三级抓紧推进非遗馆建设，有条件上，没有条件创造条件也要上。文化事业要虚功实做，软件硬抓。四是上下联动。对于厅里来说，有脚下，也要抓好天下，厅属单位自己要做好，还要发挥龙头指导和引领作用。美术馆不代表整个美术工作。五是长短结合。要抓好当前当年和明年的工作，也要志存高远，着眼长远，着眼于未来事业发展，根据新形势新任务要求，要有新的定位，要做好规划。譬如浙江图书馆，刚建时最大，两三年后，人家又后来居上；譬如浙江美术馆，建好时全国最大，到现在又不算大了。要有前瞻性和预见性，要预留发展空间。

金厅长高度赞同我提出的四个多，指出这四个多为文化厅增了光添了彩。他强调四点，一是夯实发展基础，抓好人财物建设，要整合和盘活资源，还要增强自我发展能力，提出解决问题的路径。二是明确工作定位，公益性事业单位首先姓公，这体现在围绕省委、省政府的中心工作，围绕厅里的中心工作，围绕公众文化需求做文章，提供群众急需的、喜闻乐见的公共文化产品。三是提升服务能力，体现在服务理念、服务层次、服务方式上。厅属单位要发挥标杆、示范、导向、辐射功能，要调度和整合全省资源为我所用，要为基层服务。要创新，要做大做响品牌。四是健全内部管理，要加强内部建设，要有评价机制。包括将出台厅机关、处室考核机制，激励和引导争一流。

2012年11月9日　星期五

上午，李虹拟订了2012年度第二批下达的省非遗专项资金补助项目。原先我厅安排的非遗保护综合试点县和非遗数字化试点县补助经费500万元，财政建议调整为项目补助，下达单位不变。李虹对应相关市县，排出项目补助名单，处务会讨论过了一遍，并发财政会审。

下午，列了下一阶段的会议：17日，举办浙江省畲族文化国际论坛；拟于25日，召开全省美丽乡村建设非遗保护现场会；27日，举办全省非遗保护培训班。还有《浙江蓝皮书》约稿。

我是省畲族文化研究会副会长，但几乎没参与过研究会的活动。这次要去参加畲族文化论坛，讲什么？省委、省政府 10 月 23 日下发了《关于加大力度继续支持景宁畲族自治县加快发展的若干意见》，提出了建设畲族文化总部、畲族文化发展和研究中心、全国畲族文化发展基地的概念，我考虑围绕这三个概念做文章。

2012 年 11 月 10 日　星期六

党的十八大于 2012 年 11 月 8 日在北京开幕。党的十八大报告是全面建设小康社会和中国特色社会主义建设的政治宣言和行动纲领。

今天在家，从头到尾认真学习领会《人民日报》摘要的主要内容，对重要决策，对关乎民生的、关乎国家长治久安的、与工作相关的，都画线标出。这个报告有雄心壮志，有使命担当，有深化改革的重大举措，有对民生的人文关怀，有对社会热点焦点的积极回应，有对全面建成小康社会的具体举措和实际步骤。特别是提出了"文化强国""美丽中国""优秀传统文化传承体系""精神家园"四个与非遗紧密相连的重要概念。看了报告，我心里很兴奋、很激动，充满干事创业的冲动，振兴中华的情怀和使命感油然而生。

2012 年 11 月 11 日　星期日

与祝汉明、吴海刚等一起去桐庐，在桐庐徐小龙主任的陪同下，实地考察桐庐江南镇环溪村、荻浦村。这两个村各有特点：环溪村是宋代理学鼻祖周敦颐（著有《爱莲说》）后裔聚集地；清乾隆年间出了个大孝子申屠开基，他的孝子事迹感天动地。荻浦村有乾隆皇帝御批赐孝子牌坊。这两个村，一个积极挖掘莲文化，推进莲产业；一个主打"孝义"文化。这两个村的古建筑保留完整，自然生态、环境卫生很好，很干净，但就是有点冷清。徐小龙主任说，没问题，他会把这两个村老底子的非遗都挖出来，酿酒的、弹棉花的、理发的、做芝麻糖的、做绣花鞋的，到时候在村里布点展示。他的组织能力，我还是心中有底的，当年桐庐合村民俗一条街，说干就干。用非遗打造美丽乡村，我希望桐庐带好头。

2012年11月12日 星期一

上午，长兴陈亦祥局长、杨明珠副局长来访。长兴百叶龙这几年做大了品牌，做大了名声，成为我省乃至我国的文化名片，频频受邀出访。今年9月，百叶龙受文化部委派参加俄罗斯军乐节，演出10场，反响热烈。驻俄大使馆专门致函省委、省政府，赵洪祝书记为此做重要批示。这是赵书记第三次为百叶龙专门批示。

下午，召开第二批省级非遗旅游景区考察评估情况反馈会，陈瑶副厅长出席，我主持，省旅游局调研员王银花及六个评估组代表参会。从反馈情况看，各申报单位都很重视，对当地非遗资源的挖掘比较深入，与旅游的结合成效也得到呈现。拟定35个乡村评为非遗旅游景区。这批"非遗"旅游景区最大的特点是：都拥有独特的非物质文化遗产。如桐庐县荻浦村、宁海县前童村、泰顺县三魁镇、南浔区含山村、嘉善县渔民村、新昌县外婆坑村、东阳市花园村、常山县路里坑村、普陀区干施岙村、温岭市里箬村、景宁县东弄村等，非遗资源独特，民俗风情浓郁，保护传承工作开展得很有成效，也做出了品牌影响力。

浙江非遗保护进入村时代！大家对深化非遗与旅游的结合，对进一步指导和规范非遗景区工作，对更好地发挥功能作用，也提出了一些很好的建议，我深受启发。

晚上9点多出发去仙居，到仙居已是半夜后。安顿好后，翻看会议准备的厚厚的宣传杂志《中国仙居》，对仙居有了更多更深入的了解。边看边思考，睡觉时已是凌晨3点了。

2012年11月13日 星期二

上午，根据仙居县政府的安排，考察大神仙居景区。大神仙居尽是陡壁悬崖、奇峰异石，鬼斧神工，气势恢宏，让人感觉沧海桑田、地老天荒。大神仙居景区有天地造化的佛祖、观音，顶天立地，使人叹为观止。我还发现了一尊孔子作揖的坐像，仿佛欢迎远道而来的客人，有朋自远方来，不亦乐乎！还发现了一处老子抚琴像。这个新开发的景区，具有无穷的想象空间，有待人们进一步发现它的美。我深居简出、孤闻寡陋，还从来没有见识过这般神奇的山水。

这一景区开发已经有三年，修了12公里长的环山游步道，修了索道，架了索桥，理论上讲我们也就是在山上漫步、散步。方总指挥说景区五环相连，可是我在山上绕了三环，已经几度头晕目眩，也许是血压太高，血供应不上，也许是体质实在太虚，再加上睡眠不足，居然山上走路都坚持不了半天。"五岭逶迤腾细浪，乌蒙磅礴走泥丸"，有气势有豪情，我真是惭愧。

据介绍，大神仙居堪比三清山、张家界、黄山，有黄山之秀、张家界之奇、三清山之俊、泰山之雄、华山之险。说来也遗憾，这五座名闻遐迩的名山，我竟然都没有爬过。

下午，仙居县委、县政府召开神仙居旅游文化研讨会。文化、旅游、地质、动植物（花木、鸟类）、自然科学等方面专家莅会指导。我作为文化方面专家，也发表了意见。我概括为十个化：景区主题化、景点人文化、景观神秘化、景色常态化、体验多样化、服务人性化、产业系统化、营销信息化、全县景区化、全省一体化。发言反响很好。

晚餐后，返杭。

2012 年 11 月 14 日　星期三

上午，考虑2013《浙江蓝皮书》文化卷非遗专稿提纲。这是陈野主编的约稿。非遗十年，借此重要媒介宣传和介绍十年成果，并对未来十年进行展望，很有必要。拟分四个板块：做法与成效、机遇与挑战、目标与任务、政策与措施。重点就机遇与挑战怎么体现、体现什么，仔细思考。

下午，去浙江理工大学参加第九届研究生"翎源节"，为中华文化研习中心和科技创新中心揭牌，为研究生学术之星获得者颁奖。

承蒙厚爱，我被聘为浙江理工大学研究生中华文化研习中心顾问，浙江理工大学党委副书记程刚给我颁发了聘书。有幸担任研究生们的指导老师，心里洋溢着一份喜悦，更有一份使命和责任感。

2012年11月15日　星期四

上午，厅第15次党组会，金兴盛厅长等各位厅领导出席，相关处长列席。会议听取我处拟在桐庐召开的浙江省美丽乡村建设非遗保护现场会方案汇报，确定了会议时间、规模和议程。

党组会确定方案后，召开处务会，布置桐庐会议具体工作任务，明确任务，进行分工。设立材料组、会务组、后勤组、宣传组。桐庐方面，也要与之对应。

中午，观看央视直播习近平等十八届中共中央政治局常委与中外记者见面会。习近平总书记说，全党同志的重托，全国各族人民的期望，是对我们做好工作的巨大鼓舞，也是我们肩上的重大责任。……这个重大责任，就是对人民的责任。我们的人民是伟大的人民。在漫长的历史进程中，中国人民依靠自己的勤劳、勇敢、智慧，开创了各民族和睦共处的美好家园，培育了历久弥新的优秀文化。

习近平总书记强调：我们的人民热爱生活，期盼有更好的教育、更稳定的工作、更满意的收入、更可靠的社会保障、更高水平的医疗卫生服务、更舒适的居住条件、更优美的环境，期盼孩子们能成长得更好、工作得更好、生活得更好。人民对美好生活的向往，就是我们的奋斗目标。人世间的一切幸福都需要靠辛勤的劳动来创造。

习近平总书记的"十个更好"，是对人民群众期盼的回应和承诺，很平实，很务实，很真挚。2000多年前的孔老夫子在与弟子的对话中，就提出了"劳有所得，病有所医，老有所养，住有所居"的生活图景；今天的中国共产党继续直面民生难题，提出破解之策，提出更好愿景，让梦想成为现实！习近平总书记提出"十个更好"，非遗怎么干？非遗有哪些愿景？

下午，考虑将于本月底举办的全省非遗保护局长培训班讲课思路。拟围绕十八大提出的"建设文化强国"，重点讲讲应该"强"在哪几个方面。

晚上，与浙江传媒学院非遗研究基地王挺主任、文学院陈少波院长等会商全省大学生非遗保护辩论赛决赛事宜。辩论赛决赛拟定在传媒学院桐乡校区举行，组织工作以传媒学院为主。

2012 年 11 月 16 日　星期五

上午，将《风生水起》书稿中一些地方再校对了一遍，返回给出版社孙秀丽老师，希望书稿抓紧付印。孙老师将稿样又复核了一遍，校正了不少错别字，不敢小看这位年轻编辑的文字功力。

下午，将第二批省非遗旅游景区（民俗文化旅游村）公示名单和召开美丽乡村建设非遗保护现场会会议通知过了一遍，签出送审。

晚上，起草丽水畲族文化国际学术研讨会讲话稿。这个研讨会由省畲族文化研究会、丽水学院、景宁县政府共同发起和主办，明天在丽水召开。我是省畲族文化研究会的副会长，没时间参加会议，提交论文表示支持。结合省委、省政府 10 月 23 日下发的浙委〔2012〕115号《关于加大力度继续支持景宁畲族自治县加快发展的若干意见》精神，就畲族文化总部、畲族文化发展和研究中心、全国畲族文化发展基地三个概念的定位，做了阐述，每个概念 5 点。这三个概念，估计还没有人涉及，也还没有人破题，我算是抛砖引玉吧。

夜里 10 点半，与李永坚启程去安吉。赶到安吉，将近 12 点。

今天，还收到诺寄来给我的生日礼物。晚上，诺妈一看就知道是给我锻炼上肢用的。我两只胳膊抬不起来，也只有诺会想到给我寄这份礼物。这份细腻的关切，真是让人体验到幸福满怀。

2012 年 11 月 17 日　星期六

上午，参加中国（安吉）美丽乡村与县域经济发展高层论坛。曾参加十八大报告起草的一位专家作报告，这位专家将十八大精神结合得紧，思路清晰，对美丽乡村建设和县域经济发展的论述有针对性和指导性，听了有启发。我是主动旁听这个会议，希望跳出文化部门的视角，更全面地认识美丽乡村。

下午，考察安吉生态博物馆，这个馆被国家文物局列为全国首批5家生态博物馆示范点之首。馆舍面积达15000平方米，馆舍设计上采用太阳能、自然采光、水循环等先进生态技术，展示内容包括自然环境、竹林资源、文物古迹、非物质文化遗产等方面。安吉生态保护和经济发展共进的理念，体现了科学发展观；安吉生态博物馆建设的理念，体现了可持续发展观。

下午，启程赴海盐。

晚上观看海盐腔专场演出。去年，海盐成立了海盐腔艺术团。这是一个民间社团，排练了一年多，他们的昆韵海盐腔像模像样，蛮有韵味。内行看门道，外行看热闹，我们是看热闹，觉得很不简单、很不容易。据说海盐腔已失传，理论上说，谁也不知道海盐腔是怎么样的，但要有自己的特色特质，有本腔本土的语言特色。

在座谈会上，我对海盐非遗项目保护，也借机提出建议：一是海盐骚子，县里已整理出了上百出剧目，准备出本集子，这为申报国家级非遗做了很好的准备。关键点在于作为戏曲申报还是作为民俗项目申报，或者说以哪个门类申报更有利。二是建议海塘营造技艺申报国家级非遗。千年海塘技艺，铸就固若金汤的海防长城，而且这个技艺在当今还在运用，很有价值和意义。三是挖掘海盐地名的文化内涵，恢复煮海为盐的历史风貌，这对于海盐有特别的意义。

2012年11月18日　星期日

上午，郁惠祥局长、刘支群副局长陪同考察海盐县博物馆。这个馆设计大气，布展主题集中，脉络清晰，分为千年聚落、千年盐都、千年海塘、千年港埠、千年古刹"五个千年"，突显了海盐的地域特征和历史文化特色，讲述了一个古县的故事，充分运用模型、场景、声光电等现代科技手段，立体、形象、直观地展现。看了以后，对海盐的历史有了充分了解，印象深刻。

这个博物馆新落成，9 月 28 日开馆，至今不到两个月，据说已有六七万人参观。一个小县城，有这么多人来参观，说明了这个馆展陈有特点、有吸引力，已具有相当影响力。博物馆位置好，设在闹市区，黄金地段建公共文化场所，也体现了政府的惠民意识。

参观博物馆后，返杭。

下午，查找一些资料，受到启发，准备厅领导在美丽乡村建设非遗保护现场会讲话稿初稿，初步列出提纲，拟从重要意义、基本思路、工作要求三方面阐述，梳理了二级题目。

2012 年 11 月 19 日　星期一

上午，报 11 月工作完成情况和 12 月要事。11 月，重点有三件事：一是非遗进校园活动季扫尾，包括 10 月底的高校非遗学科建设研讨会、在海宁召开的全省非遗传承教学基地经验交流会。二是在桐庐召开的全省美丽乡村建设非遗保护现场会，会还没开。三是全省非遗培训班，局长和中心主任参加，会还没开。12 月，主要有两件事：一是学习宣传和贯彻党的十八大精神，包括修正和完善 2013 年度工作思路，研究和策划 2013 年度重点工作方案。二是推进非遗集成志书编撰工作，包括拟定《浙江通志·非遗卷》编撰大纲，并召开征求意见会，以及推进"浙江国家级非遗代表作丛书"编撰工作。

下午，召集几位骨干一起准备美丽乡村现场会材料，就美丽乡村建设桐庐现场会几个材料起草以及材料汇编工作进行会审。林敏负责美丽乡村非遗保护指导意见的起草，王雷负责桐庐典型材料的重新梳理和村长倡议起草，吴海刚负责经验交流材料汇编，季海波负责论文选编和几本会议材料的封面设计，祝汉明负责会议主持词和会务指南，我负责厅领导会议主题报告的起草。

晚上，材料组开碰头会。大家汇总桐庐现场会准备情况，发现不少问题。在碰头会上，提出修正意见，并指定人员负责统稿和把关。脉络要清楚，内容要把好关，形式感也是很重要的。

2012年11月20日　星期二

上午，嘉善谈萍莉副局长来访。嘉善为国家拟定的科学发展示范县试点。我提出几点建议：一是提请县委、县政府考虑，争取省委、省政府专门出台一个支持嘉善县科学发展示范县建设的指导意见。二是从部门来讲，请县领导出面，一并来杭向金厅长汇报，并争取我厅出台一个专门支持嘉善县文化发展的指导意见或合作方案。争取文化部门先突破，这也是嘉善文化工作的亮点。三是合作框架，包括在项目上、载体上、资金上给予适当倾斜；嘉善也应当创造条件承办省里的会议、论坛或活动，嘉善出成绩出经验，省里组织学习宣传和推广，嘉善也可以借题发挥、借梯登高。四是嘉善在做好工作的基础上，要注意宣传，扩大影响。

中午，开了个碰头会，叶涛针对文化部非遗司关于国家级非遗项目保护责任单位初审意见及我们怎么做，提出意见；李虹针对2013年度国家非遗专项资金申报工作涉及的有关问题及我们怎么办，提出意见。明确了一些具体事宜。

下午，省委外宣办网宣处王四清处长召集召开"网络寻访非遗活动"电视晚会协调会。网宣处、浙江电视台影视娱乐频道、浙江在线等相关人员参会。会上就活动设奖、演出现场组织、各市寻访活动宣传片、经费使用框架等作了具体磋商。我建议晚会设个主题，定名为"美丽非遗——浙江省网络寻访非遗展演晚会"；电视晚会时间调整到明年1月、春节前的时段。这两个建议都得到支持。这样，明年非遗宣传系列活动在开年就有了一个灿烂开局，而且打出了"美丽非遗"的品牌，也许今后会与"最美浙江人""美丽乡村"一样成为浙江的招牌。

下午4点，去临海。紧赶慢赶，7点15分赶到，在台州影剧院观看《春柳越韵——钱柳柳专场演出》。临海文化馆馆长钱柳柳好像与我同年，50岁了，没想到唱腔还是那么好、那么清亮，表演还是那么多情，或是悲情，或是诙谐，很入戏，真情演绎，深深感染和打动了全场观众。

2012 年 11 月 21 日　星期三

上午，临海何才多局长、沈建中老师陪同考察紫阳古街上的临海市非遗保护中心。这里人气蛮旺，每天都有临海词调表演，有传统手工艺项目展览展销，蒲扇、泥塑、织带、杆秤、根雕、糕点等，价格不高，很有地方韵味和乡土味。有位 93 岁的老奶奶现场编织我老家的岭根草编，她的笑容祥和又灿烂。街上，有传统的花轿婚俗表演、三十六行表演、黄沙狮子表演，还有草编、根雕等手工技艺现场制作演绎。加上沿街的传统店坊，这条古街集聚了众多的非遗项目，成为古城的招牌。

10 点半，赶到后山戚公祠，参加临海市非遗生产性保护基地揭牌仪式。这座戚公祠格局蛮大、气势蛮大。我们观看了黄沙狮子和戚家军梅花阵表演。我与市委宣传部卢如平部长分别致辞，并为非遗生产性基地揭牌。

下午，我在何局长陪同下拜访了梁光军老局长、李敬元老馆长、黄宗康老师、龚泽华老师。这几位老前辈在我青年时代，曾经给予许多关照和帮助。

我已年过半百，经常会回首往事，想念以前的老领导和老师，但总是太忙，疏于问候，想要拜访，却一拖再拖，心生歉疚。

下午 4 点左右，启程返杭。回到厅里已是晚上 8 点，桐庐现场会筹备班子祝汉明、王雷、季海波、吴海刚等还在加班。我妈给我准备了麦油子、扁食、红糖馒头，大家晚上加班有点心了。

2012 年 11 月 22 日　星期四

上午，我就桐庐会议主题报告内容征询意见。主题报告题目拟为"丰富美丽乡村内涵，推进美丽浙江建设"。海刚、海波、王雷依讲话稿纲目作的填充、提供的思考和基本素材很有价值，减轻了我的第一手工作压力，不少想法也给我很多启发。

下午，吴海刚协助我对桐庐现场会上的主题报告进行统稿。

晚上继续统稿，从7点多到后半夜近1点，基本完成了主题报告第一部分的修改。

2012年11月23日　星期五

今天，继续对厅领导在美丽乡村桐庐现场会的主题报告代拟稿进行统稿。一直到下午3点半，完成了主题报告第二、三部分的修改。主题报告很重要，拟定了主题报告，心里轻松了许多。交机要秘书转呈领导审阅。

下午4点，开始修改会议主持词。桐庐现场会将由田宇原副厅长主持。26号上午的大会开幕仪式程序和环节较多，主持词就十八大精神的贯彻，及金厅长讲话精神的贯彻落实，做几点强调。与汉明将主持词过了一遍，加了四点贯彻会议精神的要求。晚上10点多，完成了主持词的修改。

晚上，材料组碰头讨论。王雷草拟"村长倡议书"，倡议书主题为"像呵护土地一样呵护文化遗产"，提出三点倡议：从身边做起，从点滴做起，从我做起。文字有真情实感，很煽情，很有感染力，听了很受感动。这个倡议是个亮点，好！原定村长倡议安排在26日下午，应当提前到上午进行。上午，厅领导、各相关部门、新闻记者都在场；若放在下午，厅领导和一些记者已离会，影响和效果相对差一些。大家商量和策划了宣读倡议和签署倡议仪式安排。

2012年11月24日　星期六

上午，再过了一遍桐庐现场会的会议指南及会务事项。

下午，去桐庐。

晚上，推敲在桐庐现场会小结的讲话思路。原先的构架太全面，可能会与厅领导的讲话有重复，我考虑还是重点讲讲美丽乡村建设中的非遗工作抓什么。厅长讲大的，我的切入点小一点，主要给大家一些提示，打开些思路。为此，决定就原稿的第二部分作铺陈，打磨各个小标题。

2012 年 11 月 25 日　星期日

上午，浙江省美丽乡村建设中非遗保护现场会大会报到。会议规模有点大，正式代表大概140人，其中特邀了省委宣传部原常务副部长童芍素等专家，省文明办、省发改委、省旅游局、省建设厅等相关部门的处长莅会，省级以上媒体12家。

下午，大会安排考察桐庐美丽乡村，有江南镇的环溪村、荻浦村，体验乡村风貌、美丽非遗和民俗风情。

晚上，讨论美丽乡村文化遗产保护"村长倡议"，部分市县代表和村长参加。

按照金厅长的指示，对主题报告的部分内容做了些修改。譬如重要意义部分，从美丽乡村是美丽中国的重要基础，是新农村建设的升级版来阐述，改为美丽乡村是贯彻落实十八大精神的必然要求，是实施"两富"浙江战略的重要内容，也是广大人民群众的迫切愿望。加强非遗保护工作、保护村落文化，是美丽乡村建设的必然选择，责任重大，使命光荣。

2012 年 11 月 26 日　星期一

上午，浙江省美丽乡村建设中非遗保护现场会开幕。田宇原副厅长主持，桐庐县长方毅致辞，杭州市文广新局局长钮俊致辞，金兴盛厅长作重要讲话。

金厅长从重要意义、工作思路、工作要求三方面阐述，提出重要理念："美丽中国从美丽乡村开始，美丽乡村从美丽非遗开始。"他强调，美丽乡村建设中非遗保护工作在保护方向上要体现富民性，在保护规划上要体现科学性，在保护形态上要体现差异性，在保护方式上要体现多样性，在保护理念上要体现整体性，使非遗保护在美丽乡村建设中生根开花，让美丽乡村因非遗保护而更加绚丽璀璨。金厅长讲了一个多小时，理念新，很生动。

会上，举行了第二批浙江省非遗旅游景区（民俗文化旅游村）授牌与浙江省美丽乡村建设中非遗保护工作理论研究征文活动颁奖仪式。还举行了《"守护美丽非遗，建设美丽乡村"倡议书》签名仪式。桐庐县荻浦村村支书申屠永惠穿着畲族民族服饰，眼含热泪，饱含深情地代表20位村支书、村主任向全省2088万农民朋友发出倡议："土地是农民的根，文化是民族的魂，像呵护土地一样爱护文化遗产，让文化遗产生生不息。"

下午，大会继续，专家指导讲话。童芍素、吕洪年、顾希佳、许林田四位专家发表演讲。童部长指出非遗工作呈现四个转变：一是申报向保护转变；二是保护工作向文象与文脉结合转变；三是项目保护向整体性保护转变，融入新农村建设，永续发展；四是从部门保护向全社会保护转变，村民为主体。童部长说，民俗即民传官统，官统指政府主导引领。

我做小结，主要从"做什么"——美丽乡村建设中非遗保护的重点内容做了阐述：第一，彰显农耕文化特色；第二，赋予山水文化灵魂；第三，引领民俗文化风尚；第四，发挥名人文化效应；第五，重振戏曲文化风采；第六，绽放手工技艺光彩；第七，享受饮食文化味道；第八，搭建非遗展示平台；第九，修复生态文化空间；第十，营造人民美丽家园。

晚上，分两个小会场，同时举行：一是国遗保护工作两项申报座谈会，各市分管局长、非遗处长、非遗中心主任参加；叶涛讲国遗项目保护责任单位的申报和认定；李虹讲国遗项目国家资金的申报和填表。二是讨论"推进美丽乡村建设非遗保护指导意见"，各县文广新局、非遗中心负责人和各村书记、村长参加。

2012年11月27日　星期二

上午，睡个懒觉，再从桐庐回厅里。

听说前天（11月25日）的国家公务员考试，申论主题是非遗保护，许多考生感到意外，但我们非遗人非常高兴。意料之外，情理之中。"国考"的申论题目，历来要求贴近党和政府关注的焦点热点问题，而非遗保护正是近年来各级政府和社会各界越来越关注的一个热点。好！

下午，全省非遗保护培训班开班式在天鸿饭店举行，市县文化局局长、非遗中心主任约 150 人参加。党的十八大提出了文化强国、美丽中国等重大文化命题，赋予了这次常规培训不一般的意义。非遗保护成为国考申论主题，成为社会热门话题，让"非遗班"变得非一般。

金兴盛厅长讲话，田宇原副厅长主持。金厅长对学习领会和贯彻十八大精神作了阐述和强调，并对今后一个阶段的非遗工作作了部署：第一，抓好规划实施，构建五大体系，实施六大计划。第二，抓好重点项目保护传承，实施八个一措施，做好分类保护。第三，抓好文化生态整体性保护，这是非遗的生存发展基础。美丽中国从美丽乡村开始，美丽乡村从美丽非遗开始。第四，抓好非遗展示场馆建设。省里着力抓四个一批：建成使用一批，改造提升一批，立项启动一批，谋划储备一批。第五，抓好非遗品牌活动，要抓好传统品牌活动，也要拓展新的非遗品牌活动。第六，注重与社会的融合，非遗工作拓展了文化领域，要注重与经济社会发展的结合，与大局和中心工作的结合。第七，注重对外文化交流。第八，注重文化创新，十八大提出，激发全民族文化创造活力。新时期新任务新要求，面临许多新情况新问题，要开拓创新。

晚上，考虑明天下午培训班上的讲话稿提纲，拟题为"从非遗大省向非遗强省跨越"，理了"十个强"。"十个强"听起来有点唬人，但具体内容基本上可以归结到平常的知识点，归结到较为熟悉的领域和事例，因此，心里很有谱。

2012 年 11 月 28 日　星期三

上午，准备下午全省非遗保护工作培训班讲课稿。提出从非遗大省向非遗强省跨越的命题：未来十年的愿景，如何促进"十个更好"？

突然间灵光一闪，我提出了"十个全覆盖"。哪些方面全覆盖，可以听听大家意见。

下午，党组会，议程之一，研究讨论杭州西湖文化景观申报世遗暨浙江省申报人类和国家级非遗工作总结表彰大会方案。两项表彰事项，人事处牵头做了大量的前期工作。朱海闵处长介绍了表彰方案草案，郑建华、我和柳河先后做了补充。金厅长要求：一是以人保厅、本厅和省文物局的名义正式行文向省两办请示；二是完善表彰方案；三是做好文化部、国家文物局和省领导的邀请工作；四是做好相关材料准备；五是做好会议组织工作。

下午3点半，赶到天鸿饭店，为全省非遗保护工作培训班讲课，题为"从非遗大省到非遗强省"，讲了非遗强省十强：一是以"两富"战略强理念；二是以转型升级强谋划；三是以依法保护强基础；四是以构建网络强载体；五是以特色品牌强活动；六是以拓展渠道强声势；七是以创新思维强科研；八是以抢抓机遇强保障；九是以率先发展强实践；十是以服务民生强效益。非遗强省的检验，实现非遗保护传承"十个全覆盖"，促进"十个更好"！

2012年11月29日　星期四

上午，全省非遗保护培训班结业式。先是学员代表发言，嘉兴陈云飞（班长）、绍兴俞斌、象山吴健先后发言。陈云飞谈了学员们参加培训的收获和感受；俞斌介绍了非遗项目的保护传承机制；吴健介绍了2006年参与非遗工作以来的工作历程和心路历程。我发表了随感，重点阐述了学报告、学知识、学方法、学精神"四学"，希望各位学员好好学习，奋发图强。

田宇原副厅长发表了讲话。一是要认识非遗工作的意义。非遗事业，从工作上讲，有意义；从个人来讲，有意思。非遗工作不仅能传承文脉，而且创造未来；如果没有文化的根，能有美好未来吗？二是结合十八大精神，抓好贯彻。十八大精神是真道理、硬道理，要领会好精神，要依据相关精神，推进事业发展。从高度和远见引领文化发展。三是抓好省"十二五"规划的实施,抓好各地规划的编制。通盘考虑,前瞻考虑,构建五大体系,一任任坚持不懈做下去。四是推进美丽乡村建设。非遗怎样与乡村结合,桐庐现场会这个结合点很好。乡村建设,也要从文化视角、文化多样性、文化的真善美功能去体现,将非遗融入农村的各方面和全过程。有关方面评出中国最美十个村,没有浙江的。这些上榜的村,都不是现代人建的。文化靠一代代人传下去,靠积累。五是抓好非遗的挖掘,非遗是个时空概念,要见物,还要见项目、见人。特别是要关心传承人,要让传承人看见非遗干部像看见亲人。对传承人也要注意包装,拜师传艺,祖师爷是要拜的。六是抓好文化生态保护。七是抓热点、打品牌。选几个可以重点开发利用的项目,对当地经济社会发展有影响的项目。有作为才有地位。八是要注重专家指导。读万卷书不如行万里路,走万里路不如高人指路。

晚上,看浙江大学生非遗辩论赛初赛录像。初赛有 12 个高校参加,其中,浙江传媒学院、浙江海洋大学、浙江师范大学、浙江科技学院四个高校组织发动工作做得好,现场辩论效果好。

10 月 29 日至今,刚好一个月,开了五个会。10 月 29 日,在传媒学院召开浙江省高校非遗学科建设研讨会;11 月 2 日,在海宁召开浙江省非遗传承教学基地建设经验交流会;11 月 17 日,在畲族文化国际论坛发表景宁打造畲族文化总部的建言;11 月 25—27 日,在桐庐召开浙江省美丽乡村建设中非遗保护现场会;11 月 27—29 日,举办全省非遗保护工作培训班。工作密集,工作转换快,时间紧,事情多,要求高,责任大。特别是材料任务重,还要做好会务筹备和组织工作,如协调相关部门、协调新闻媒体等。浙江非遗工作的深入深化,可见一斑;浙江非遗人的工作精神和工作作风,可见一斑。

2012 年 11 月 30 日　星期五

上午,与祝汉明等商量大学生非遗辩论赛组织方案。

下午,李虹起草了今年处里工作总结,我过了一遍。同时,将我厅今年有关文化生态保护工作情况小结发省文物局汇总后，报省生态办。

昨晚深夜12点多，诺发来短信："爸，生日快乐！有你们真的好幸福，你们一定要健健康康的，让我长久幸福下去！女儿爱你们！"

今天是我51岁生日，孔夫子说："吾十有五而志于学，三十而立，四十而不惑，五十而知天命，六十而耳顺，七十而从心所欲，不逾矩。""五十而知天命"，是什么意思？一种理解为：五十以后就知道老天是怎么安排自己的命运了，到天花板了，别折腾了。我琢磨着，觉得他的意思是：到了50岁，你应该找到自己真正的历史使命——老天赋予的使命！

那么，我的天命是什么？我想，就是为抢救和传承中华文脉，守护民族的根与魂而奋斗！

50岁了，不仅是知天命，而且要耳顺，且从心所欲不逾矩。这个年纪了，也能听得进不同的意见，兼听则明，而且能顺着心愿做事，做一份真正有益于社会的事。回顾往事，没有虚度年华，而是奋发有为。展望未来，人生从五十开始新的起点，人生还有许多梦，不是梦幻，是梦想，要抓紧圆梦，多少事，从来急！

非遗事业的未来，属于年轻人，要抓紧培养年轻力量，做好传帮带，逐步放胆放手，希望青出于蓝而胜于蓝，一代更比一代强；期待长江后浪推前浪，不断掀起新高潮。

2012 年 12 月 1 日　星期六

考虑《浙江蓝皮书·文化卷》约稿，拟对新世纪以来浙江非遗保护实践进行总结梳理，分三个部分：一是成绩和经验；二是机遇和挑战；三是建议和构想。梳理和推敲二级目录。考虑将在全省非遗培训班上的讲课稿和非遗强省"十个强"的内容，整理后再发给这本书的编辑。"十个强"更鲜明。

2012 年 12 月 2 日　星期日

学习十八大报告，准备本支部学习会讲话思路。拟讲四点：一是学好学透是前提；二是结合实际是关键；三是真抓实干是根本；四是干成干好是标准。

2012 年 12 月 3 日　星期一

上午，省委外宣办张毅发来"人文浙江·传承非遗"网络寻访活动预算，与汉明、李虹核了一遍。外宣办和我厅共同出经费，省广电集团承担录制工作、提供演出场地。几方协力搭台，为非遗唱戏，很好！

下午，省政府下发特急明电（294）号《关于确保全面完成目标任务的通知》，要求深入贯彻十八大精神，坚持目标不变、决心不变、力度不减，决战 30 天，狠抓各项工作措施的落实，确保全面完成全年各项目标任务，并为明年良好开局奠定坚实的基础。

据此精神，依照省政府考核文化厅有关非遗目标任务、2012 年度浙江省非遗工作计划，逐条对照，查漏补缺，总体上我们都提前完成、高质量完成。2012 年浙江省非遗进校园活动季四季开花，非遗生态区和基地建设方兴未艾，"人文浙江·传承非遗"网络寻访活动火热进行，省政府隆重表彰非遗队伍，振奋人心！非遗机构全覆盖后劲十足，美丽非遗品牌崭露头角！浙江从一个地域小省，成长为非遗资源大省、非遗建设强省。

对照党的十八大提出的新精神新要求，我们要进一步转型升级，起步就要提速，开局就要争先！做好非遗进校园活动季总结、全年非遗工作总结，确定年度非遗十件大事，完成省非遗中心年度目标管理责任制考核和年度两个调研课题（生产性保护、政策措施研究），加快节奏，加紧进行。初拟2013年度浙江省非遗工作计划。

2012年12月4日　星期二

上午，文化策划师刘小鸥和他的团队来访，商量拍摄非遗宣传片事项。就四个方面合作做了探讨：一是拍两个非遗宣传片，包括向领导和同行宣传的，向社会公众宣传的。对象不同，角度也有不同。二是长期对非遗工作进行跟踪记录。三是做好非遗影视视听资料库（数据库）。四是对非遗影视视听资料的二度开发、深度开发和产业延伸。非遗十年了，非遗的宣传不能仅是纸上谈兵，还应当有非遗宣传片或者非遗纪录片，形象直观生动地做好宣传。先就拍摄非遗宣传片和长期合作，追踪记录非遗工作，达成共识和初步意向。

下午，与祝汉明、李虹推敲2012浙江非遗十件大事，先发非遗QQ群，征求各地意见，征集图片。从2006年开始，每年公布浙江非遗十件大事，并编印一本画册，很好！好处有几点：一是特色鲜明，一目了然；二是图文并茂，生动有趣；三是见证历史，存档备查；四是前车之鉴，更上台阶；五是扩大影响，振奋士气。

2012年12月5日　星期三

今天，阳光明媚，我处与省非遗中心全体去临安开展团建活动。先是参观东天目山脚下的昭明寺。

下午，考察西天目，沿途石板路两侧古木参天，层林尽染。空气清新，大家尽情深呼吸洗肺。我处同仁是一群晒月亮的人，早出晚归，难得见太阳，这次出游，大家迎着和煦的冬风，晒着温暖的冬日阳光，呼吸清新的空气，是难得的享受。

下午4点半，听取临安非遗保护情况介绍。临安非遗中心骆金伟主任介绍了今年的工作和明年的工作计划。祝汉明、许林田、郭艺、裘国梁先后发表了指导意见。我也讲了几点：一是以十八大精神为指针，做好规划。二是以三级推进为思路，做好部署。三是以三基互动为基础，活态传承。四是以三生共举为关键，创造经验。五是以三维构架为主轴，重在落实。六是以创新发展为动力，走在前列。

"三级推进"，指市、乡镇、村三级推进；"三基互动"，指基层、基础建设、基本功互相作用；"三生共举"，指生产、生活、生态一起着力；"三维构架"，指目标任务、工作机构、落实机制三维架构的管理体系。

2012 年 12 月 6 日　星期四

上午，余杭冯玉宝局长等来访，就明年的余杭非遗月活动安排，特别是就举办中国余杭殿堂壁画论坛事宜，听取意见。我建议，余杭承办第二届中国非遗保护余杭论坛，主题为"美丽非遗与美丽中国"。意义有三，第一，2006 年余杭承办了第一届中国非遗余杭论坛，这次延续做文章，做好品牌。第二，余杭近年一直打造"良渚美丽洲"品牌，这一论坛对余杭美丽洲是个提升，余杭可以借题发挥，借船出海，进一步推介美丽洲品牌。余杭美丽洲以及殿堂壁画可以作为分论坛主题。第三，抢占"美丽非遗"与"美丽中国"融合的理论高地，这一前沿话题将会引起广泛关注。

下午，厅里召开十八大精神机关学习会，金兴盛厅长作报告，阐述了学习体会：一是从战略层面上把握；二是从十八大鲜明主题去把握；三是从中国特色社会主义理论新发展上深刻把握；四是从总体布局上去把握；五是从联系实际推动事业发展上去把握；六是从强化党性上去把握。

晚上，商量网络寻访非遗颁奖晚会事宜。省外宣办、浙江电视台影视频道等相关人员参加。议定事项：一是经费匡算和预算，本台演出以"泰顺廊桥杯"冠名，泰顺县政府或县委宣传部、县文广局承办。二是本台演出由浙江电视台影视频道、国际频道录播，浙江在线及各市网站直播。三是宣布浙江省非遗十年系列宣传活动暨第二届浙江省非遗新闻人物评选活动启动。对于非遗保护,大家很有共识,也很支持。

2012年12月7日　星期五

起草有关领导在文化遗产记功表彰大会上的讲话代拟稿。虽然文物、非遗两块分头起草,再报厅办统稿,但我还是有统筹的意识,尽量作为正稿来起草。主要讲四点:一是浙江非遗保护走在前列情况;二是浙江人类非遗数第一、国遗三连冠情况;三是浙江缘何走在前列;四是非遗保护的意义和责任。

傍晚,赴平湖,参加厅机关十八大精神学习会。

晚上,修改了一遍大学生非遗辩论赛厅领导致辞代拟稿。

2012年12月8日　星期六

上午,和祝汉明等赶赴桐乡。

下午,与桐乡吴利民局长、非遗中心褚红斌主任等,就大学生非遗辩论赛筹备情况进一步敲定事项。此项赛事由浙江传媒学院桐乡校区和桐乡市文广新局共同承办,整个组织工作由桐乡市局为主,经费也由桐乡承担。桐乡方面很重视,筹备工作认真细致,考虑很全面。

就活动指南及其赛程安排、开场 VCR、赛事规则、出席人员、现场氛围营造、宣传事宜、工作分工等,再过了一遍。这项活动将成为浙江省非遗进校园活动季的一个重点和亮点。

2012年12月9日　星期日

诺为了督促我加强锻炼,买了个足球。

下午,与诺妈去人民大会堂门口晒太阳、踢足球。平常每天是晒月亮,难得有机会见太阳,要沐浴阳光,补补钙。一个人如果不锻炼身体,身体会越来越僵硬。我就从拍球开始,再踢踢球,借此跑跑步,也舒舒筋骨。关键在于坚持,可我是偶尔为之,即使是三天打鱼两天晒网，也做不到。忙不过来，还是以后再说。

2012 年 12 月 10 日　星期一

上午，召集相关人员开个碰头会，就大学生非遗辩论赛有关事项，进一步敲定和分工，审定活动指南。

下午，准备辩论赛点评思路。

2012 年 12 月 11 日　星期二

上午，去桐乡，检查大学生非遗辩论赛现场准备情况。

下午，全省大学生非遗辩论赛决赛。决赛辩题为："建设美丽乡村，应当保持传统还是追求时尚"。正方为浙江海洋学院，反方为浙江传媒学院。

金兴盛厅长致辞：这次大学生非遗辩论赛，所辩话题都是当前非遗保护的热点话题，不仅具有辩论的趣味性，更具现实性和社会性。这些辩论的深入，对我们在非遗保护工作中澄清一些模糊认识，进一步明晰方向，是很有意义和价值的。我们也从中领略和感受青春的激情、智慧的交融和当代大学生勇于担当历史使命的风采。金厅长从头到尾参加，体现了对非遗工作的关心和重视。

正反双方展开了相当精彩的激烈辩论。经过开篇立论、双方攻辩、自由辩论、总结陈词 4 个回合，几番唇枪舌剑、短兵相接，实在旗鼓相当、难分伯仲。经过评委会评议，确定反方浙江传媒学院为冠军，浙江海洋大学为亚军，浙江师范大学为季军，浙江大学等 10 所高校获思辩优胜奖。其中，正方三辩蒋晓帆获"最佳辩手"称号。

我和童芍素教授分别从非遗业务和辩论技巧方面，做了现场点评。我说："总体感受是，保持传统，好！追求时尚，也好！传统和时尚结合，更好！"我结合辩论，阐发了四点：保护传统是必需的，追求时尚是应当的，传统的就是时尚的，传统将是永远的时尚。童部长指出，辩论丰富了认识事物、认识世界的角度，也将推动客观事物的发展。这些非遗工作中的现实问题，可以常辩常新，甚至可以到农村前沿去与乡村干部辩，传统文化要现代表达。

2012年12月12日　星期三

上午，从桐乡回杭州。

下午，与省委外宣办专题商量网络寻访综合组台演出相关事宜，和浙江电视台钱江频道商讨开设非遗专栏事宜。

关于综合组台，外宣办领导问这次网络寻访有没有寻访到新的项目，最好有新的成果在组台中体现。我处即下抄告单，要求各市补报适合舞台表演的草根项目，特别是新列入县级名录的项目；钱江频道拟在2013年每周日下午5点25分至35分时段开设《美丽非遗》栏目，全年52期，1月5日首播。在电视上设立专栏、设立专门窗口，很有必要，对于加大非遗的宣传，特别是经常性的宣传报道，很重要。

2012年12月13日　星期四

下午，参加在杭州和平会展中心举行的东阳工艺美术杭州大展。

其中，由陆光正大师领衔，东阳30余位大师联袂设计雕刻的"改革开放十大成就"大型组雕亮相。这组雕刻包括"春天放歌""小岗手印""商品经济""雪域天路""鱼水情深""高峡平湖""世博盛会""拥抱海洋""神九问天"等，一幅木雕刻画一个故事，一幅木雕展现一段历史。这组木雕有三大亮点：一是突破了长期以来东阳木雕以古典形象为创作对象的传统，首开木雕作品以现代事件为题材的先河，演绎现代中国波澜壮阔重大改革盛事、社会变迁。二是用古老东阳木雕元素，在表现手法上运用多种技巧，是代表东阳木雕水准的经典之作。三是聚集体智慧，集体创作。既记载时代风貌，又展现工艺美术风采，将成为东阳木雕史上的一大创新。

2012年12月14日　星期五

上午，去金华。浙江师范大学陈华文院长、金华市局朱江龙副局长陪同考察婺州窑陈新华大师的展示厅和工坊。婺州窑有艺术瓷，也有生活瓷。艺术瓷器型都较大，不是很精致；生活瓷套装的价位不高，一般是两三百元。工坊比较简陋。这个项目目前是省遗。

下午，在浙江师范大学讲课，把在全省非遗培训班上的讲课提纲：非遗强省十个强，重新讲了一遍。浙江师范大学开设了非遗本科班和研究生班，我做了专题报告，向同学们传递非遗工作的前沿信息，以生动的实践和工作理念，进一步激发同学们钻研非遗和今后投身非遗事业的热情。

晚饭后回杭，到家已 10 点半。

2012 年 12 月 15 日　星期六

今天，起草厅领导在记功表彰会上关于非遗申遗和保护工作的汇报稿。

2012 年 12 月 16 日　星期日

上午，起草文化部领导在记功表彰会讲话代拟稿。

晚上，与祝汉明、钱彬欣对《浙江通志·非遗卷》作了具体预算。

2012 年 12 月 17 日　星期一

上午，将李永坚起草的"做好国家级非遗生产性基地申报的通知"，周方起草的"做好全国春节文化活动和春节特色文化地区上报申报的通知"，许林田起草的"向文化部上报举办首届亚太传统手工艺（西湖）博览会的请示"过了一遍，签出。

下午，我厅商议文化遗产记功表彰会议准备事项。进一步明确领导讲话代拟稿、与会人员、颁奖事宜、奖金落实、新闻宣传等事项，做好分工，落实责任。

晚上，杭州电视台影视频道胡导等人前来，商量开设一个寻访百工栏目，一年做 100 期，再举办一个百工展览，编一本百工书。这个设想富有意义，与手工技艺之都杭州相辅相成，与明年我厅的亚太非遗博览会相契合。我建议，一是书店已有不少百工之类的书，一个项目两三页也说不透，不如以媒体人的视角，记录寻访百工的随感，活动结束，出本集子；二是百工展览活动，可与亚太非遗博览会或上城区的中国民间艺人节结合；三是争取找个合作单位，建个百工坊。

2012年12月18日　星期二

上午，金兴盛厅长主持召开之江文化城建设会议。第一，商讨文化城的区位和规模。文化城拟安排在西湖区之江板块，共230亩，建3个馆：图书馆新馆，明年正式动工；非遗馆、博物馆，2014年动工。另外，自然馆新馆，落户在安吉，8万平方米，占地1000多亩。四馆全面启动。加上之江的中国美术学院、浙江音乐学院等，形成规模集聚效应。之江板块，有山有水，周围配套好；交通上，之江路拓宽，之浦路隧道三年完工，地铁6号线铺进。第二，商讨下一步工作：一是高度重视。省领导很重视，要借势借力，要抢抓机遇，好事做好做实。领导重视，还要靠自己的作为。二是站位要高。国内一流，世界领先，真正的浙江文化地标，建设布局、建筑外观、内部装修等，理念上一定要超前。三是抓好实施。认真组织力量，谋划设计，在功能上、需求上、布局上，从技术和专业角度，按照任务需求，提出构想构架。非遗馆要考虑公益性展示，还要有经营性开拓。非遗大食堂，要统筹考虑。经营性的功能，可吸纳社会资本来做。要借用外脑外力参加设计，设计可面向国际招投标。四是规划上，注重整体设计。统一规划，一体设计，分步实施。起步快的，可动态调整，优先安排。五是加快步伐。内部要有时间表。厅里建立基建办，负责规划、设计、施工、资金保障。

下午，我处组织对全省非遗校本教材进行初选。不少学校将"非遗进校园"融入课程体系、活动体系、基地建设中，将学校打造成当地非遗项目的集散地，将非遗传承中的难点打造成学校的一个个亮点，充分彰显学校非遗传承与创新的智慧。

各地推荐上报了163本（套）校本教材，根据评选标准，初评出一、二、三等奖各15个。经省教育厅职能处室会审后，再正式确定获奖名单。

2012 年 12 月 19 日　星期三

下午，请浙江的几位音乐界专家评审浙江非遗主题歌曲词作征集来的作品。以为是小众创作征集活动，没想到参与者众多，有 250 多件来稿，意料之外。设想出个词作选编，通过音乐家协会的平台和渠道，广泛征曲。

浙江非遗保护事业很蓬勃，非遗工作形成体系。一个系统或者说一个行业，应当有自己的主题歌曲。非遗主题歌征集的作品佳作很多，我们优中选优，选出了 80 多首歌词，编成一个集子，重点推荐谱曲。

我们希望从中选出词曲兼优的作品，作为浙江非遗主题歌曲，反映非遗保护工作者、志愿者形象和精神风貌。这首歌，开会可以唱，活动可以唱。当我们唱起这首歌，提振信心，提升精神气，振奋精神，奋发进取。

我们希望从中产生反映非遗项目保护传承的作品，扩大非遗项目的知名度和社会影响力。比如像广为传唱的《京剧脸谱》、周杰伦演唱的《青花瓷》、刘力扬演唱的《提线木偶》，还有我省的《采茶舞曲》这样的作品。我们也期待产生像《阿里山的姑娘》《达坂城的姑娘》《太阳岛上》等的城市歌曲，打响城市名片。

晚上，起草浙江非遗主题歌曲作品选编序言。

2012 年 12 月 20 日　星期四

上午，召开处务会，分别敲定大学生非遗辩论赛获奖名单、第二批省非遗传承教学基地名单、非遗校本教材评选名单；再发个"开展优秀传统文化教育普及活动先进集体和个人评选的通知"，再写个非遗进校园活动季总结。这五件事做了，非遗进校园活动季全面收官。

下午，江干区文化馆柳馆长来访，就钱塘江文化怎么做，听取指导意见。我建议：一是江干区牵头沿线市县开个会，对于申报文化线路景观形成共识，并把文化遗产资源先排出来。二是开个研讨会，请专家学者对于资源的保护和开发利用提出建议，可邀请运河方面专家参加，参照先行经验。三是做个规划，找准定位，明确目标，理清思路，突出重点，提出步骤，加强措施。四是放个鞭炮，做一两件有声响的事情。明年每一个季度分别着重做一件事情。要办个专门简报，反映工作动态，扩大影响。

晚上，将金厅长、田厅长在省美丽乡村建设中非遗保护工作现场推进会上的讲话，拟文头印发。

2012年12月21日　星期五

上午，修改省厅2013年工作计划相关内容。

下午，省领导确定记功表彰会定于25日（下周二）上午举行。厅领导召集会议磋商记功表彰会事项。处里碰头，对记功表彰会我处承担的有关工作作了安排，大家分头负责，做好通知和相关准备工作。

2012年12月22日　星期六

今天，整理全省非遗培训班上关于非遗强省十强的录音稿。我讲课时长有2个多小时，钱彬欣把录音整理成2万字；经过删减，整理成6000字简稿。

2012年12月23日　星期日

今天，又花了10个小时整理录音稿，终于完成，感觉蛮好。关于文化强国和文化强省，网络上检索，有党委的决议，有会议报道，有专家解读，但是还没见到比较深刻和深入的"强"在哪里的阐述。我的这篇稿子，具有一定的独创性和开创性。发《浙江蓝皮书·文化卷》。

2012年12月24日　星期一

上午，收到文化部公布的第四批国家级非遗传承人名单，入围498人，我省有28人上榜，所占比例不高。我省入围国家级非遗项目数居全国各省份之首，但是国家级传承人申报名额各省一刀切，不合理。

接下来，可部署第四批省级传承人申报工作。

文化部对 2013 年度国家级项目的经费申报抓得紧，上报时间有点紧，已通知各地抓紧预算并提出申请，请李虹、钱彬欣对应往年国家资金补助情况，重点拎出没有补助过的项目，以尽量重点安排。

李虹将全省非遗中心建立情况再度做了了解和统计，形势大好，目前全省 11 个市和 90 个县市区，共 101 个单位，仅有 5 个地方至今尚未批准设立非遗保护中心。总体上看，各地对非遗工作的重要性有共识，推进非遗保护中心建立的力度逐渐加大，形势的发展超乎意料，令人惊喜。

下午，将记功表彰会先进个人代表象山吴健局长和专家代表马来法老师的获奖感言，再审一遍。

晚上，领奖彩排，人事处朱海闵处长主持。先进单位代表和一等功人员上台领奖预演。

2012 年 12 月 25 日　星期二

上午，省委、省政府召开浙江省申报人类与国家级非物质文化遗产、杭州西湖申报世界文化景观遗产总结记功表彰大会。

省委常委、副省长、宣传部部长葛慧君出席讲话，副省长郑继伟主持会议并宣读省政府两个表彰决定。金兴盛厅长和杭州市副市长张建庭分别通报非遗情况和西湖申遗情况。杭州市园文局局长刘颖代表获奖单位，象山吴健代表先进个人，马来法代表专家发表获奖感言。

非遗领域共 9 人获一等功，26 人获二等功，10 人获专家特别贡献奖，18 个单位获先进单位表彰。非遗保护逢天时、遇地利、得人和，我们躬逢其盛，才大有作为。全省有这么一大批干非遗的人和单位获得至高荣誉，成就感、荣誉感，无法言说；使命感、责任感，更是油然而生。

在一切从简的背景下，省委、省政府仍然召开隆重的表彰会，体现了文化遗产保护工作的重要性。这次会议对于进一步激发斗志有很大意义，鼓舞人心、催人奋进！"雄关漫道真如铁，而今迈步从头越。"

下午，景宁夏雪松局长来访，我们对传扬畲族文化做了交流。我建议，应当围绕畲族文化总部、全国畲族文化发展研究中心、全国畲族文化发展基地三个总概念和定位做文章，依次递进：一是起到"畲族文化总部"的作用。景宁首先是全省18个畲族乡镇民族文化建设的总部，然后还应该在全国畲族文化传承发展中发挥龙头效应。可以考虑在景宁召开全省畲族文化乡镇建设经验交流会，推进18个畲族乡镇建设。二是发挥"畲族文化发展研究中心"的职能，适当时候开个全国畲族文化保护发展研讨会，适当前瞻，研究趋势，理清思路，明确方向。三是发挥"全国畲族文化发展基地"的功能，集聚全国畲族文化资源，合理开发利用，使景宁成为全国畲族文化宣传展示窗口和产业开发的基地。可以考虑，一年一个切入点，三年不断有新跨越。在此基础上，才有实力和底气提出召开全国现场会。

2012年12月26日　星期三

上午，修改2012年度全省非遗工作总结，向厅办报出。今年亮点：全省非遗进校园活动季蓬勃开展，网络寻访非遗活动硕果累累，服务传承人月扎实有效，文化遗产日系列活动呈现非遗魅力。县级区域非遗工作争先创优，美丽乡村建设中非遗保护工作全面启动。省政府公布第四批省级非遗名录，省级非遗基地建设巩固深入（增补非遗研究基地、传承教学基地、旅游景区）。非遗数字化保护平台建设加快推进，各级非遗保护机构建设提速增量。省委、省政府隆重表彰文化遗产申报先进单位、先进个人。

下午，召开处务扩大会，重点讨论2013年工作计划、非遗宣传重点工作、《浙江通志·非遗卷》编撰方案。理论上讲，人手缺、事情多，非遗工作面广量大，要抓重点，抓关键。但是时不我待，我总想尽量多做一点事，想尽力而为，所以在工作安排上总是着眼于总体推进，全面建设，铺天盖地，所以总是超负荷！总体来说，计划总是容易的，难的是执行。

最漂亮最严密的计划，没有执行也是纸上谈兵。干事业，在于计划，更在于执行。

2012 年 12 月 27 日　星期四

上午，与钱建隆老师就省音乐家协会《花港词刊》专辑"守望家园"非遗歌词作品选编事宜具体商议。我还得起草个序言。

下午，与钱彬欣整理历年来的"非遗评话"。2007 年开始，我陆陆续续在非遗工作简报上发了 106 篇评话。关注和评点非遗热点，引导舆论，引导方向，这也是我的工作职责。准备将历年来的评话做个汇编，编辑出版一本《金声玉振——浙江省非物质文化遗产保护的热点评说》；与之前已出版的《把根留住》《风生水起》，形成浙江非遗三部曲。

2012 年 12 月 28 日　星期五

上午，省非遗中心年度考核。田副厅长和有关处室负责人参加。

田副厅长强调了三点：第一，十八大以后非遗怎么再推进，要做点战略思考，要有展望，开个务虚会，将非遗工作融入文化强省、美丽浙江和社会生活建设之中。第二，明年重点做好几件事情，特别是具有开创性、突破性、影响力的事情。非遗馆建设要抓住机遇，除了领导关心，还得自己努力。定下大目标后，大胆干。第三，统筹兼顾，抓好各项基础性工作，一步一步，脚踏实地。并提出非遗不要变化石，要活化，要重视在方志里挖掘非遗。

下午，与省教育厅潘学东副处长就浙江省非遗进校园活动季扫尾事项进行会商。有三件事：一是非遗校本教材评选结果，二是非遗传承教育基地评估结果，三是优秀传统文化教育普及活动先进评选通知。双方对接过后，三个文件都可以走程序下发。

浙江非遗进校园活动季，从今年 3 月启动，历时 9 个月，大大小小有10项活动，除了先进评选还需要点时日，其他活动全面收官。在资金不宽裕的情况下，多办事，办大事，旁人是很难想象的。不可为而为之，这是本领，这是能力，这是水平，这更是非遗人的精神。

与省委外宣办有关同志进一步对接网络寻访非遗综合组台演出事宜，以及讨论钱江频道创办电视栏目《美丽非遗》具体协作事项。网络寻访非遗，我们借助省委宣传部的力量，扩大传播和影响；开办美丽非遗电视栏目，我们借助社会力量，借鸡生蛋，借题发挥。

加强与社会领域的融合和渗透，加强与各方力量的协作和合作，才能将非遗做大做强。

2012年12月29日　星期六

2013年即将到来，琢磨和思考下一年度的非遗怎么干，起草了"2013，非遗保护着力何处"。

先回溯刚过去的一年，这一年非遗一直很热。

非遗活动热点频现。"人文浙江·传承非遗"网络寻访硕果累累，全省非物质文化遗产进校园活动季蓬勃开展，"传统的青春、青春的传统"的文化遗产日主题活动开展热烈，还有各地非遗节会和博览会盛况空前。

非遗事业发展热度递增。全省县级区域非遗保护工作争先恐后、争优创先，美丽乡村建设中非遗保护工作全面启动；第四批省级非物质文化遗产名录、第二批省级非遗旅游景区、第二批省级非遗传承教学基地相继揭晓；非遗数字化保护平台建设迈出扎实步伐。

省委、省政府热切关怀。省政府专门对我省申报人类和国家级非物质文化遗产项目的有功之臣进行表彰。

浙江非遗事业进入了取得突破性进展的新阶段，进入了发展的快车道。我们憧憬非遗的明天，更需要有清晰的思路和扎实的步伐。第一，优秀传统文化传承体系建设，是开拓非遗发展境界的主旨。第二，美丽非遗建设，要奏响一篇精彩乐章。第三，夯实基层非遗保护的基石，始终是我们的工作重点。第四，非遗的国际化交流，是一个重要命题。

我们要以先进的理念促进非遗保护工作实践，以开阔的眼界提升非遗保护发展的境界。

2012 年 12 月 30 日　星期天

党的十八大报告提出了"建设优秀传统文化传承体系，弘扬中华优秀传统文化"的重大任务。我们要有思想高度，要有大视野；要有系统的构思，要有扎实的举措，更要有坚定的信心，为之做出具有战略性的部署和战术上的具体布置。

2013 年，不仅是《保护非物质文化遗产公约》颁布 10 周年，也是我省被列为中国非遗保护综合试点省 10 周年，是我省非遗保护全面部署和启动的 10 周年。十年春秋，我们砥砺前行，共同见证一个个坚实的足迹，有喜有忧，也有期待，传承中华文脉、守护精神家园一直是我们的追求。非遗十年，我们履行责任，担当使命，用激情成就光荣与梦想。

2012 年 12 月 31 日　星期一

拟定 2013 年工作计划，应当与文化部非遗司的工作安排相衔接。与非遗司联系，了解信息。

有几项工作要抓起来：一是即将开始第四批国遗申报；二是国家级非遗生产性基地评审；三是启动非遗抢救性保护工程；四是国家发改委拟重点补助一批非遗馆；五是 2013 年是我国开启非遗保护第十个年头，开展一些活动与总结。

结合十八大精神，结合我省实际，2013 年浙江非遗工作计划以"非遗强省"为目标，打响"美丽非遗"品牌，推进"优秀传统文化传承体系"建设，具体重点工作：一是第四批国遗申报。1. 2013 年全省 969 项省遗全面实施"八个一"保护措施，推进非遗项目保护取得显著成效，为第四批国遗申报打下扎实基础。2. 对濒危项目的保护，是检验非遗保护成果的重要指标，也是申报国遗的重要依据。坚持抢救第一，倾力濒危项目保护，在保护力度、保护能力、保护成效上深入深化。3.查漏补缺。据估算，全省有20多个县市区还没有国遗项目，扫盲点、补短板，加强指导和帮助，为国遗申报找新的增长点。二是贯彻十八大精神，启动浙江省优秀传统文化传承体系建设。三是继续打响"美丽非遗"品牌。四是推进全省市、县两级非遗中心建设在全覆盖基础上做强做大；推进各级各种类型各种体制的非遗馆建设。五是非遗保护十年活动与总结。1.举办"光荣与梦想"非遗十年座谈会，总结经验，展望未来。2.举办系列非遗宣传展示活动，有条件的话，办个全国性的乃至国际性的活动。3.非遗十年，更要强调政府主导、社会参与、社会共识。

2013 年 1 月 1 日　星期二（元旦休假）

下午，老厅长钱法成书法展在滨江区浦沿街道文化中心举行。来的人很多，有书画界刘江、孔仲起，有厅里的老领导沈敏、郑永富，还有滨江区的领导、省厅的多位处长。刘江、滨江区领导、钱老厅长先后致辞，钱老厅长向滨江有关方面赠送了书法镜框。

钱厅长是著名剧作家，不简单；是著名书法家，不容易；是文化厅厅长，不平凡。钱厅长汇聚三个身份于一身，了不起。

2013 年 1 月 2 日　星期三（元旦休假）

这两天翻看几本闲书，有《共和国思想者》，王小波的《思维的乐趣》，还有《中国文人的非正常死亡》。有思想的人是孤独的，正因为心灵深处的孤独，才有深刻的思想，才更有思维的激荡和创造。

文人个体或许对死生看得很淡，各个朝代都不乏这样的人。作为文人，关键在于以作为影响风尚，或以精神衣钵影响后人，或以他的脍炙人口的作品乃至在当世不为人关注的作品，影响后世人的思想。

2013 年 1 月 3 日　星期四（元旦休假）

中午，国家非遗中心领导李新风发来短信："新年前夕，收到馈赠大著，我大致读了一下，多为有感而发，言之有物，是来自一线的保护经验之总结提炼和概括，很受启发，在此表示衷心祝贺。"

这三天元旦休假，睡睡懒觉，看看报纸，翻翻闲书，还看看电视，蛮惬意。但是，也不会太闲，总舍不得浪费时间，借这几天空档，在家里考虑几篇稿子的基本思路：起草非遗干部读书征文集前言、非遗主题歌歌词集前言、《龙腾》这本书的前言。

动点脑子，有点收获，才舒心，心里才踏实，才有真正的内心洋溢的快乐。

2013年1月4日　星期五

今天早上一起床，发现窗外一片雪景，特别是石榴树，漂亮极了。昨夜大概下了一整夜雪，探亲往返的人们估计吃苦了。

上午，省委外宣办张毅和钱江频道非遗栏目筹备组来访，专程商量栏目筹办工作。关于美丽非遗电视栏目，我厅下了个文件请各地积极配合和支持。关于1月27日的首播，提出围绕年俗做文章；大家商议，拟定春节系列报道为"最美中国年·浙江年俗"，至春节和元宵，可连播4期。建议以"寻访"为主线，贯穿全年。"网络寻访非遗"综合组台演出，拟定2月4日晚上在浙江电视台800平方米演播厅进行，考虑是否可在晚会中拉开一幅浙江地图，揭晓浙江最有年味的地方。

下午，省委组织部调研组来我厅就开展党的群众路线教育实践活动专题走访调研。十八大提出：在全党深入开展以为民、务实、清廉为主要内容的"路教活动"，着力解决人民群众反映强烈的突出问题，提高做好新形势下群众工作能力。座谈会分两部分：第一部分，厅领导和厅综合处室负责人参加；第二部分，机关党务工作者参加。我参加了第二部分座谈会。

晚上，起草《今日浙江》"美丽非遗"专栏开篇词，题为"最美浙江风"；改定2012浙江非遗十件大事，一并发给朱馨老师编发。《今日浙江》今年为非遗开辟专栏，每期两个版面，全年24期。党刊是无私支持、大力支持。

2013年1月5日　星期六（节后上班）

上午，分解2012年省政府考核省文化厅责任目标，涉及非遗部分考核内容，逐条对应报告完成情况，报送材料。

下午，与汉明改定2012年浙江省非遗保护十件大事。再修改2013年度非遗工作计划。拟定八个"强化"：一是强化建章立制，促进科学管理；二是强化项目带动，放大特色优势；三是强化基地建设，融入社会发展；四是强化基础工作，提升整体水平；五是强化保障力度，推进持续发展；六是强化志书编纂，彰显保护成果；七是强化宣传声势，凝聚社会共识；八是强化规律总结，实施二次跨越。

改定已是晚上 11 点。厅里新规定，从 2013 年开始，将统一汇编各处室年度工作计划，并对照年度计划进行考核评估。我们经常是自作多情、自加压力、自讨苦吃、自寻烦恼，搞不好是自取灭亡，弄得好是再创辉煌。

之后，与周方起草非遗主题歌词作选编序言，到凌晨 1 点。

一件事接着一件事，一个文件接着一个文件，连续作战，继续革命。虽然夜深了，换个电脑，换个选题，就是调节，就是间接的休息。

2013 年 1 月 6 日 星期日（节后上班）

上午，桐乡吴利民、非遗中心主任褚红斌来厅专题磋商《精神家园》杂志筹办事宜。《精神家园》拟由省厅主办，桐乡承办。基本商定主要栏目，商讨了编辑部组成、编辑工作分工与运作机制，经费筹措，首期发稿计划，刊物开本、版式、页码，刊物定位和总体风格等事宜。

下午，召开处务会。开年主要工作：一是个人小结和年度考核。二是该下发的文件 4 个，即 1 个工作计划和 3 个有关传承人的文件。三是 2 个栏目（《今日浙江》、钱江频道）、1 份杂志。四是 2 份上报文化部的材料，有关春节文化特色地区和非遗生产性基地。五是 2012 年度各项工作、活动、会议等档案归档。还有，2 个民主评议，省委宣传部、本厅领导班子和班子成员征求意见。

收到文化部第四批国家级代表性传承人名单，浙江 28 人入选。起草了 3 个关于传承人的文件：一是钱彬欣起草的第四批国家级代表性传承人名单，转发各地；二是李虹起草的第六个服务传承人月文件；三是钱彬欣起草的第四批省级传承人申报工作通知。这 3 个文件，作为今年浙文非遗 2、3、4 号文件下发。

晚上，祝汉明、周方等会同钱江频道"美丽非遗"栏目组，对各地上报的申报全国春节文化特色地区文字和录像材料进行审读。要赶紧提出名单，明天是上报非遗司的截止日期。

2013年1月7日　星期一

省委宣传部就"2013年宣传思想文化工作要点"征求意见，我处按照文件的体例和表达方式，加上相关非遗的内容。

下午2点，赴希腊培训行前教育，省外国专家局钟处长介绍希腊概况和外事纪律，外事无小事；厅外事处李莎处长对组团学习培训提出要求。学习考察团成员名单：我为团长，金华朱江龙、嘉兴陈云飞为副团长，绍兴范机灵为秘书长；团员有台州许良云、湖州杨颖、象山吴健、建德叶志忠、仙居朱文峰、平阳吕德金、普陀吴萍儿、泰顺雷国金。12人分设3组，4人一组。经报厅机关党委同意，建立临时党支部，我兼书记，台州许良云、湖州杨颖为支委。

我简单介绍了组团学习考察的目的意义，并强调：一是要讲政治，重要事项要党支部集体研究。一切行动听指挥，分工负责，人人肩上有担子。二是要认真听课，该记的要认真记，好记性不如烂笔头。三是要带着问题和思考去考察，回来还得总结。四是要注意中国人的风采和形象，要注重细节，避免有损国人的形象。五是要有团队概念，相互照应，相互帮助和提醒。六是要注意安全，注意人身安全、财物安全、出行安全，出门以小组为单位，记好联系电话和宾馆电话。

行前会后出发，赴上海浦东机场，晚上12点起飞，经停多哈，第二天飞往雅典。

杭州行前会上，我还精神抖擞，会后即感觉浑身发冷，走路不稳，上了大巴之后，沿途一直处于迷迷糊糊的状态。

2013年1月8日　星期二

凌晨5点50分到达卡塔尔首都多哈（与北京时差5小时），7点35分转航班，抵达雅典已是当地时间中午的11点40分（与北京时差6小时）。入住酒店休息。

希腊是西方文明的摇篮，是人类文明史上最早和最辉煌的文明之一。古希腊给后人留下了无数精美的大理石雕像、青铜艺术品和典雅的古代建筑，如雅典卫城古建筑群。随着亚历山大帝国的建立及其军事征服，古希腊文明更是远播至欧、亚、非地区，人类文明史上出现了东西方文化相交流、相汇合的奇观——希腊化时代。

马其顿人、罗马人的征服和拜占庭帝国、奥斯曼土耳其帝国的统治以及东正教的传入，都在希腊本土留下了深刻的历史印记，从而使希腊文化风格多样，兼收并蓄。

今天高烧一天，大概是感冒，但是我还是依原先的老习惯，不愿意吃药。我的观点，吃药是7天，不吃药也是7天，熬一熬就过去了。几乎吃不下任何东西。

2013 年 1 月 9 日　星期三

按照培训班议程安排，上午在雅典大学本部举行开班仪式，校领导和有关方面官员致辞，并介绍培训日程安排。

国家图书馆、雅典大学和国家科学院，这三座建筑连在一起，是这座城市的地标。科学院门口苏格拉底、柏拉图的雕像，让人感受这是激荡思想、充盈智慧的场所。

上午是世界遗产概论的专题培训。

培训老师对世界遗产的由来、类别、申报、管理、保护及旅游等与世界遗产有关联的问题，进行介绍分析和梳理；对遗产保护、遗产申报、濒危遗产、文化多样化等这些当今社会关注的热点问题，做了阐释讲解。

入选世界遗产名录能证明这些古迹、遗址是希腊的物质和精神瑰宝，得到全世界范围内认可、认证。

希腊面积不大，有蓝天白云，还有美丽的爱琴海环绕，是一个有深厚内涵的世界文化遗产蕴藏地，吸引着无数游客趋之若鹜。

下午专题培训主题是：世界非物质文化遗产的国际管理体制。

《保护非物质文化遗产公约》等国际性的公约，是非遗保护国际协调机制的主体。随着保护非物质文化遗产成都会议的举行，保护非遗的国际协调机制，因为有中国的经验和智慧，进入了一个崭新的阶段。

世界各国对非遗保护采取了积极必要的措施，比如法国率先设立了"文化遗产日"；日本引入欧美等国的保护文化遗产包括非物质文化遗产的登录制度；韩国通过商业运作和旅游业的参与来保护非物质文化遗产。但各国在保护非物质文化遗产方面的协作有待加强，保护非物质文化遗产的国际联盟尚未建立，各国之间的协作与交流相对比较少，加强文化遗产的国际合作体系是当前国际社会的一项重要的任务。比如：建立关于非物质文化遗产的国际联盟；完善与非物质文化遗产保护有关的国际公约；设立争端解决机制，有效解决与非物质文化遗产相关的争端；发展保护非物质文化遗产的国际民间组织。浙江能否在推动国际非遗保护联盟组织上发挥积极作用？

2013年1月10日　星期四

上午专题培训主题是：世界非物质文化遗产的标准与申报、审批程序。

《保护非物质文化遗产公约》有关于非物质文化遗产的定义和范围，但对于评定的标准还没有明晰的条款。目前，联合国教科文组织关于非遗有三项名录：一是人类非物质文化遗产代表作名录，收录仍然广泛流传且在同类中水平最高、最具代表性的项目；二是急需保护的非物质文化遗产名录，收录那些原本广泛流传后为仅存的带有"活化石"性质的项目；三是非遗保护最佳实践。

这些名录有共性的标准：一是代表一定历史时期的文明；二是包含着一个民族世代相传沉积下来的民族的思想灵魂和文化理念；三是代表一种独特的艺术成就，是人类创造性的杰作。设立统一的分类分层次评定标准，能更有效地保护非物质文化遗产，以便分层次分轻重地做好保护工作。

下午主题培训主题是：世界非物质文化遗产所在国的保护责任。

作为西方文明的源头，希腊13万多平方公里的土地上有数不清的名胜古迹，被联合国教科文组织列入世界遗产名录的就有17处，其中有两处是文化和自然双遗产。其中，希腊雅典卫城的遗产保护工作获得欧洲文化遗产联盟的2013年度文化保护奖。

希腊在文化遗产方面有自己特殊的优势，也有很大的责任。希腊文化部文化遗产局介绍，为了保护和宣传这些文化遗产，希腊有关方面采取了多种措施，包括在这些遗址边缘确立缓冲区，严防破坏、偷窃和盗挖，整理和研究古籍资料，努力把文化遗产和现代生活联系起来，提高公众认知度，拉近公众和文化遗产的距离等。

2013 年 1 月 11 日　星期五

上午，拜访希腊传统舞蹈团。

舞蹈中沉淀着一个国家的历史和文化，透过舞蹈能够了解和感受这个国家最具审美意识和情趣的方式。希腊传统舞蹈团表演了极具地域风情、风格多样的希腊传统舞蹈。有创自海边居民的欢乐轻快舞步，也有代表山区的沉重缓慢舞步；有象征大海的波浪形舞蹈，也有受坡地影响的起伏式舞蹈。希腊传统舞蹈具有地域和环境特点，舞蹈变化多样、精彩纷呈。大家随着音乐鼓掌打节拍，气氛热烈。

学习和考察希腊舞蹈，让我们对希腊人民的民风民俗和豪爽奔放有了更深的感受；我们也希望希腊朋友们有更多的机会了解中国传统文化和当代中国社会，加强两个文明古国间的文化交流！

下午，考察雅典传统文化街区。

已是到希腊的第四天，我感冒依然严重。导游张步仁先生开了辆小车，陪同我去公立医院。没想到，希腊空气好，人长寿，医院里却也是人满为患。候诊时，看见老外医生穿短袖，而我浑身发冷，同行人员的外套都盖在我身上，我还是冷得打战，我都感觉自己脆弱得像一根菅草。抽血、验尿、体检，体温39.9度，医生还不给我开药。医生要我住院，外科内科都查了，整7个小时了，还要继续检查！我经不起折腾，我的内心深处突然勃发出一股力量，我说："我不看了，回去！"导游带我们去一个中餐馆，晚餐吃了点稀饭，总算是肚子里有点东西了，感觉也好些了。

2013年1月12日　星期六

参观2500多年前的人文奇迹雅典卫城，包括新建成的卫城博物馆、卫城露天古剧场、帕特农神殿、依瑞克提翁神殿、酒神迪奥尼索斯露天剧场、雅典市内最古老的神殿宙斯神殿、1896年第1届现代奥运会会场（俗称：大理石体育场）、宪法广场、议会大厦、无名战士纪念碑等。

这座城名字的来历源自希腊神话，生活在爱琴海边的人们建立了一座新城，智慧女神雅典娜希望成为这座城的保护神，而海神同样也想获得这座城市的所有权，两个天神互不相让。后来宙斯决定谁能够给人类一件最有用的东西，这座城市就归属谁，波塞冬送出了一匹战马，而雅典娜则变换出了一株枝叶繁茂、果实累累的橄榄树。象征着丰收与和平的橄榄树让人们欢呼雀跃，雅典娜成了这座城市的保护神并用她的名字来命名这座新城。故事，让这座城更有魅力。

1532年，威尼斯人和奥斯曼人打仗时，帕特农神庙被当作军火库，结果被炮弹击中，发生了大爆炸，就变成了现在的残垣断壁、梁断屋塌的样子。

帕特农神庙是卫城的中心，如今的庙顶已经坍塌，雕像随着时间的推移已经荡然无存，但是屹立的柱廊，依然能看出当年的宏伟壮丽。

依瑞克提翁神殿是雅典卫城的明珠，它的建筑非常奇特，建筑的内部精致完美。相传这里是雅典娜女神与海神波塞冬争夺雅典城斗智的地方。六尊神像伫立在神殿外围，雕刻栩栩如生，衣着服饰逼真。

古建筑不应被看成是没有生命的废墟，而应是"鲜活的组织"，因为"它们传递着知识、智慧、美学以及和谐的信息，是人类与环境、自然对话的载体，传递着生命的信息"。

2013 年 1 月 13 日　星期日

几位希腊大学生看见我，要与我合影，大概是因为我留着山羊胡子，有中国气质。我们留下了有趣的珍贵瞬间。

上午专题培训主题是：希腊地方规划部门对辖区内非物质文化遗产的保护与日常管理。

希腊政府把可持续发展和文化遗产保护紧密结合起来，使文化遗产成为发展及城市规划的有机组成部分，最大限度地消除了遗产保护与城市发展之间的矛盾。在希腊，景区内不允许修建任何与古迹无关的设施，就连古迹附近的村镇，也不允许修建两层以上的房屋，这使整个景区保持着几百、上千年前的原貌。

和所有现代的城市一样，希腊也面临着传统与发展之间的碰撞。希腊人不会容忍现代化的脚步淹没古文明的风采。比如，为了把两百棵橄榄树原封不动地保留下来，雅典人可以改变城市的建设计划。

2012 年，希腊的游客数量达到 1550 万人次。在庞大的游客流面前，希腊制定了针对性很强的战略管理计划，其中不仅包括文化遗产的保护，还包括如何接近文化遗产、参观路线等游客行为准则。

下午专题培训主题是：希腊民间志愿者团体组织与非物质文化遗产的管理与保护。

在希腊各博物馆，馆里的讲解员多数是上了年纪的文化人，儒雅、热情、很有知识。当地民众对文化遗产有深刻的了解和认知，热爱自己的民族文化，很自豪；民间文化遗产志愿者组织和博物馆等文化遗产单位，吸引吸纳了包含一大批优秀的专家学者、管理人才等在内的对非物质文化遗产有浓厚兴趣的各界人士。

现代文化遗产局不断向地方政府、非政府组织、文化组织以及遗产从业者传播非遗的概念，组织广泛的多样的非遗认知活动。强调合作和团结的概念，鼓励建立有吸引力的、积极向上的志愿者社团，扩大非遗保护主体。合作和团结已成为遗产的一部分。

2013年1月14日　星期一

上午专题培训主题是：希腊世界遗产的法律与法规。

遗产保护，法律先行。希腊是欧洲国家中较早立法保护文化遗产的国家之一，1834年就通过了第一部文化遗产保护法，确立了此后一直被遵循的文化遗产保护原则：文化遗产是所有希腊人的共同国家财产，任何投资和发展计划都不能对文化遗产保护造成负面影响。这一原则受到了宪法的保护。

保护希腊的历史文化遗产，成为上至政府下至普通百姓的普遍共识。希腊政府和议会运用行政权力和立法权力，由众多考古专家牵头，在参考欧洲其他国家经验的基础上，结合希腊本身具体的历史文化特点和国情，颁布了数十部有关古物保护、古物进出口、古物收藏、考古发掘、古物交易、古物经营等事务的法律，再加上行政部门颁布的诸多具体规定，从而构成了一个完整的历史文化遗产保护法律制度体系。

目前，希腊文化遗产保护方面的支柱性法律是2002年通过的《古迹和文化遗产保护法》。这一法律把保护历史遗迹囊括进开发、规划和环境保护政策中，强调文化遗产与其周围的自然环境密不可分，而且把神话、习惯、舞蹈、音乐等非物质遗产也纳入了保护范围。

过于严格的法律有时候会妨碍经济增长，但文化遗产保护优先的原则从来没有动摇过。

下午专题培训主题是：希腊世界非物质文化遗产的政府管理体制。

希腊的文化遗产在历史上遭到了一次又一次掠夺与破坏，毁损十分严重，完整保留下来的十分稀少，大多为后人发掘出来的建筑轮廓和有幸保存下来的一点残垣断壁，这是希腊文化遗产的一个重要特点。希腊的文化遗产大多是古代希腊的遗迹，甚至中世纪的都很少，这些文化遗产大都历史悠久、年代久远，绝大部分都有2000年以上的历史。

面积仅有13万多平方公里、人口仅有1000多万的希腊却拥有13

处世界文化遗产，是世界上人均文化遗产最多的国家之一。

希腊保护世界遗产的特点是注重立法，注重保护，注重遗产整体环境，发挥文化遗产的精神教育作用，开展国际交流，对遗产进行深层次的开发。

2013 年 1 月 15 日　星期二

上午，乘船考察爱琴海三个别具特色的小岛——盛产开心果的艾伊娜岛、摄影爱好者钟情的波罗斯岛、富有艺术气息的小岛伊兹拉岛。在船上吃午餐，傍晚乘船返回雅典。

在艾伊娜岛上有两座古老的神庙。一座是阿波罗神庙，断壁残垣，面向大海，从山上望下去，视野很美；另一座是阿帕伊亚神庙，位于山顶，供奉岛民崇拜的一位山林水泽的仙女，据说是欧洲最优美的一座古希腊晚期神庙。在艾伊娜港口有五彩斑斓的船只，引人瞩目。

波罗斯岛是座风光秀美的岛，岛上有山城，山城上种着许多柠檬树和橄榄树，青翠葱茏中掩盖着明亮的白色屋檐。岛上的建筑以白色为主，式样古拙，在白墙的氛围中透出烂漫的花丛。一条石板铺就的甬道蜿蜒而上，延展到历史记忆的深处。

伊兹拉岛上没有任何机动车辆，岛上交通靠毛驴拖车运送。这座美丽小岛有"艺术家之岛"的美称，为艺术家增添了许多艺术灵感。在这个小岛上，艺术家创作了很多动人的歌曲；小岛上有不少艺术品小店。

三个小岛各具特色，别具风情。我们浙江的许多岛屿，自然资源也各有不同，但呈现的面貌却往往大同小异。我们应该有岛屿建设宏观规划和战略计划，前瞻思考，分析岛情，发挥艺术想象，有主题设计和引导，建设成不同功能、不同风情和魅力的美丽岛屿。

2013 年 1 月 16 日　星期三

公务拜访国家考古博物馆。

国家考古博物馆创建于 1829 年，是希腊规模最大的博物馆，致力于收藏和保护希腊史前时期至古典时代晚期的文物，有 1.1 万件长期陈列文物。永久馆藏主要分为 5 个单元，分别是"史前文物""雕塑""青铜器""花瓶与小型器物""埃及与近东文物"。

国家考古博物馆拥有无数精品瑰宝，比如公元前 1550 年的船队壁画，公元前 460 年的青铜雕塑宙斯，约公元前 150 年的青铜雕塑阿尔忒弥斯的骑手，约公元前 425 年装饰有爱神阿佛洛狄忒的陶器，约公元前 410 年的大理石墓碑。

国家考古博物馆还设有图书馆，拥有 2.5 万册藏书，涵盖考古、艺术史、古代宗教、古代哲学、希腊与拉丁语文学等领域，重要藏品包括 19—20 世纪出土文物的图画资料等。

下午专题培训主题是：希腊地方非物质文化遗产的提名和申报工作。

希腊 2007 年成为联合国教科文组织《保护非物质文化遗产公约》缔约国，建立了《国家级非物质文化遗产名录》，规范了非物质文化遗产的申请和评选流程，投入资金支持非遗保护工作，提高青年人的非遗保护意识，并大力推广希腊饮食文化遗产和农业文化遗产。虽然希腊非遗保护起步较晚，但通过政府部门和社会各界的不懈努力，非遗保护取得显著成效。

比如，希腊重点关注农产品、农业技术以及其他传统工艺技术。包括克里特岛编织技艺、阿卡迪亚地区的石材工艺、天宁岛大理石制作工艺、传统木制造船工艺，与农业食品相关的项目如圣托里尼葡萄栽培和酿酒传统技艺、季节性迁移放牧的牲畜耕种技艺等都被列入希腊非物质文化遗产名录。

希腊对于列入国家非物质文化遗产名录的项目，保护政策不是就事论事，而是分类施策，内外结合、点面结合。比如木制造船工艺于 2013 年被列入国家名录，保护措施中明确指出："木制船手工艺人的支持政策应该是跨领域的，文化、旅游、船舶、地方发展领域都应给予支持。"现代文化遗产局主要通过开展与当地遗产从业者的合作，以筹集建造工艺学校的资金。他们将通过学校培养新一代的造船者，创造新的工作岗位，并且改善希腊某些群岛的经济状况。

2013 年 1 月 17 日　星期四

公务拜访雅典卫城博物馆，了解非物质文化遗产保护的模式与原则。

卫城博物馆位于奥林匹斯山南侧的山脚下。在雅典拥挤的老城内，建设这样一座宏伟的博物馆，让人惊叹。这座博物馆的一个精妙之处，在于它建在一个中世纪的遗址上，游客能走到下面参观遗址。透明感，是卫城博物馆带给我们的另一个重要感受，博物馆墙面多是巨大的玻璃幕墙，很通透，移步换景，让游客总能找到新的观赏卫城的角度。它的一切设计的出发点都是为了烘托卫城遗址本身，但这座馆的设计、色彩和审美，让人感受到它如明珠般璀璨。

下午专题培训主题是：世界文化遗产基金会的组织结构与管理。

世界文化遗产基金会成立于1965年，是一家非营利的私立国际组织，致力于保护和修复世界濒危的艺术、文物和建筑。该机构总部位于美国，在英国、法国、西班牙、葡萄牙、意大利、秘鲁等地设有分支机构。从1996年起，世界文化遗产基金会每两年发布一份"世界文化遗产观察"报告。基金项目用于资助全球"面临风险"的文化遗迹的保护工作。泰顺、文成的廊桥，海宁的皮影戏，瑞安的木活字，应该都属于"面临风险"的文化遗迹，可以争取资助。

世界遗产包括世界文化遗产、世界自然遗产、世界文化与自然双重遗产、世界文化景观、人类口头和非物质遗产代表作五类。

被列入《世界遗产名录》的地方能够得到世界的关注与保护，提高知名度，并产生可观的经济效益和社会效益。被列入《世界遗产名录》的地方，将成为世界级的名胜，可接受"世界遗产基金"提供的援助。

2013 年 1 月 18 日　星期五

今日行程：雅典—德尔菲—卡兰巴卡。

　　早餐后，驱车前往位于奥林匹斯山脉、厄多里亚断崖上号称"世界肚脐"的德尔菲古城，德尔菲是古希腊神谕的发源地。走在"神之大道"，我们参观著名的阿波罗神殿及雅典娜圣殿等景观。之后，驱车前往希腊中部的拉米阿地区，到达卡兰巴卡镇。

　　位于希腊中部，距离雅典两个小时车程的德尔菲，是古希腊的神秘之地，被古希腊人认为是"世界的中心"。

　　希腊神话中，宙斯神为了确定"世界的中心"，从相反方向放出两只老鹰让它们反向飞行，相会的地方就是"世界的中心"，然后委派它最疼爱的儿子阿波罗太阳神管理这个世界的中心，并赐他一块卵形石，使德尔菲成了"神谕"的起源。因为有了这个神谕，德尔菲一度成为人民的朝圣胜地而声名远播。后来基督教兴起，神谕活动被禁，神殿被封，德尔菲渐渐沦为废墟。

　　神殿是献给太阳神阿波罗的。在古希腊人的信仰里，阿波罗是知识、光、音乐和医药的神。游客在这里可以感受到阿波罗神的伟大之处。

　　在遗址现场，阿波罗神殿只剩下7根长短不一的柱子，残柱碎瓦中，可见呈方形的神殿中心，以及沿山坡的Z形"圣路"。圣路两旁有马厩、礼物库和颂扬圣迹的纪念碑，最后是廊柱和祭坛，以及一个可容纳5000人的半圆形露天剧场及运动场。

　　雅典娜圣殿让人期待和向往。雅典娜象征着智慧与和平，是赢得世人热爱最多的一位女神。内殿原有一座大型大理石的胜利女神像，她右手握一颗象征多产丰收与和平的石榴，左手则捧着头盔。在希腊艺术之中，雅典娜应有双翅。据说在古希腊，雅典的人们往往要抵抗外来侵略，希望每一次都有胜利女神的保护，在每一次战争中取得胜利，所以他们拿走了雅典娜的双翅，让她不会远走高飞，永远和雅典人一起并肩作战取得胜利。这也就是雅典娜圣殿被称为无翅女神庙的原因。

　　圣殿南角有美神维纳斯和爱神丘比特等诸神造像。据说22座神像中有16座为女神。

希腊的神话传说有个特点，都是能落地，能找到人物故事的对应地点。我们中国的上古神话，如后羿射日、女娲补天，就有点悬空，找不到故事对应的发生地；愚公移山就很好，发生在太行山、王屋山。希腊是人与神与英雄相融，我们的文化溯源也尽量要找到根据，这也是唯物主义。

2013 年 1 月 19 日　星期六

今日行程：卡兰巴卡—梅黛奥拉—雅典。

早餐后，前往希腊东正教的重要圣地之一——梅黛奥拉，游览"离上帝仅一步之遥"的梅黛奥拉修道院。梅黛奥拉意为"悬在半空中"，因众神曾经居住过的奥林匹斯山和令人叹为观止的梅黛奥拉修道院而闻名于世。

梅黛奥拉修道院踞于一座险峻的山岩的顶点。大约 1000 年前，这里就出现了隐遁的修士。他们靠木梯和绳索攀上通天柱般的峰顶，在天然岩洞内修行。先后修建了 24 座隐修院，现保存下来 6 座。修道院被联合国教科文组织公布为"文化和自然"的复合遗产。修道院保持了古老的特色，拥有圣像壁画、羊皮手卷等古老的文物。

我国也有不少地方有"玄空寺"，"玄"取自于中国道教教理，"空"则来源于佛教的教理，后改名为"悬空寺"，是因为它们就像悬挂在悬崖上，建筑特色可以概括为"奇、悬、巧"三个字。修道院也好，悬空寺也好，无限风光在险峰；这里离天近、与凡间远，是一处净化心灵的好地方。

2013 年 1 月 20 日　星期日

今日行程：雅典—圣托里尼。

上午，乘机前往圣托里尼岛。圣托里尼岛是爱琴海的一颗明珠，柏拉图笔下的自由之地。考察其首府费拉小镇，参观伊亚艺术巷弄，欣赏悬崖边上的美丽落日。

费拉是一座满是白色房屋的小镇，这是一个传统的居民点。房屋绝大部分是深蓝色的顶、白色的墙壁，也有少部分是白顶、浅黄色或者浅绿色的墙。沿着窄街小巷，有走不完的台阶，一路上不断有鲜花绽放枝头，衬着蓝天碧海，让人感受着一种浪漫情调，一种蓬勃的生命力。

希腊作为一个多岛之国，分布着许多小岛，它们或景色宜人，或是很有故事，很有色彩。它的每一个角度，都是一幅画。

2013 年 1 月 21 日　星期一

今日行程：圣托里尼—雅典。

早餐后，搭船出海，到帕里亚卡美尼岛。参观卡美尼岛，感受洋溢硫黄味道的火山口，欣赏火山喷发形成的特别的黑沙滩，见识大自然惊人的力量。

自然遗产，包括代表地球演化历史中重要阶段的突出例证，代表进行中的重要地质过程、生物演化过程以及人类与自然环境相互关系的突出例证，以及独特、稀有或绝妙的自然现象、地貌或具有罕见自然美地域。

这是一座荒凉的火山岛，到附近可看到细小喷烟，岛上有温泉。漫步岛上，享受岛上美丽风光。傍晚返回雅典。

2013 年 1 月 22 日　星期二

今日行程：雅典—伯罗奔尼撒半岛。

伯罗奔尼撒半岛，有着丰富的历史典故和古迹，如最早的奥林匹克体育馆、阿伽门农的故乡迈锡尼古城。

迈锡尼古城，是荷马史诗中希腊联军的主帅阿伽门农的故乡；他从这里出发，经过十年苦战，终于用木马计攻陷特洛伊城。神话中的城市是否存在，一直是个谜；直到 19 世纪被德国考古学家发掘出来后，它的璀璨辉煌才得到印证。希腊神话中，一场因绝世美女海伦引发的人神会战，也发生在这里。迈锡尼古城有很多故事。

我们坐在迈锡尼古城，发思古之幽情，遥想当年此地的金戈铁马和兴衰往事，不禁感慨唏嘘。

傍晚赴奥林匹亚。分组交流学习考察心得。

2013 年 1 月 23 日　星期三

今日行程：奥林匹亚—雅典。

上午，考察奥运圣火采集地，参观奥林匹亚博物馆。

古代希腊人创造了诸多一直影响到现在的文化成就，如古代奥林匹克运动会在沉寂了千年之后，在法国人顾拜旦等人的奔走呼吁下，于 1896 年复办，并逐渐成为当今世界最大的综合运动会，倡导和平友爱的奥林匹克精神传遍全球。举办古代奥林匹克运动会的遗址奥林匹亚，因此具有了无可比拟的文化价值和历史价值，顺理成章地被联合国列为"世界文化遗产"。

古代奥运会召开前，依照宗教规定，人们聚集在奥林匹亚宙斯神庙前，举行庄严肃穆的仪式，从祭坛点燃火炬，然后奔赴希腊各个城邦。火炬手高举火炬，一边奔跑，一边呼喊："停止一切战争，参加运动会!"火炬像一道严格的命令，有至高无上的权力，火炬到哪里，哪里的战火就熄灭了。即使是激烈厮杀的城邦，人们也都纷纷放下武器，神圣休战开始了。现代奥林匹克运动会恢复后，开始施行点燃奥运会火焰的仪式。

午餐后，乘车返回雅典。

下午，赴希腊参加培训结业式。朱江龙、陈云飞、吴健分别代表各组交流学习考察心得，我代表学习考察团致感言，雅典大学老校长给我们颁发结业证。

走进荷马史诗描绘的古老世界，来到神话与传说的国度；欣赏古希腊璀璨的文明，探寻奥运会圣火的起源；寻访地中海、爱琴海诸多岛屿，体验海岛文化风情；追寻古希腊的历史绵延，在残墙断垣下追忆和怀想；与纯朴率真、可爱热情的希腊人民交流，体验一个纯正的文明古国。

此次希腊文化遗产考察，主要有以下几点感想：第一，残垣废墟是一个国家的根脉和最美景观；第二，希腊神话与传说是希腊的灵魂；第三，人与神话和英雄共融，都是圣火传人；第四，希腊人的世界遗产观念；第五，保护第一与遗产旅游；第六，海岛开发，各岛屿各具风情；第七，政府的立法和规划；第八，全民的文化遗产意识，价值认同，自豪感。

在我国驻希腊使馆文化处、希中友协和雅典大学等方面大力支持下，中国浙江非遗保护希腊考察交流团任务圆满完成；特别是希腊中国友好协会副会长张步仁先生一路同行，无微不至地照顾我们，让我们收获满满。

2013年1月24日　星期四

从希腊返程，经停多哈，转机至上海浦东机场，全程约15个小时。

2013年1月25日　星期五

下午至杭州，到家吃晚饭。

晚上，把20天累积的报纸一份份、一页页翻过去。对国家的、省里的、社会的、生活的一件件事，都觉得很亲切，很感兴趣。

2013年1月26日　星期六

倒时差，昨晚三四点钟睡，一直睡到中午12点。

下午，诺妈陪我逛西湖、晒太阳。今天天气晴朗，空气也好，游人如织。

2013年1月27日　星期日

今天，思考和梳理希腊文化遗产保护学习考察报告思路。希腊考察，我的心得和反思如下：

第一，中国应该有一部中华民族创世史诗，进行文化溯源，讲好中国故事。我们对祖先了解多少？我们对尧舜禹又了解多少？三皇五帝到底是哪几位？不能自己都说法不一。还有《山海经》里边讲的上古时代老祖先的开天辟地的神话传说，能否进行"二度创作"，让它通俗易懂，便于今天的青少年理解，也便于在中外文化交流中传播，能够像希腊神话与传说那样，成为经典和永恒，广为传播。第二，在现代化进程中，如何彰显文化遗产的价值和地位？在希腊，遗址废墟是一个国家、一座城市最宝贵的财富，而我们的推土机铲去了多少旧城遗址遗迹遗存，铲去了多少古村落？无可挽回！拆旧建新、拆真建假，不是现代化！第三，要有"世界遗产"意识。浙江有不少有世界级影响的人物，比如书圣王羲之、汤显祖、王阳明等，可以将相关地方打造成世界闻名的景点。第四，一个国家、一个城市要有英雄崇拜。这些英雄不只是抛头颅洒热血、血洒疆场的战士，也包括思想家，比如希腊的哲学家、科学家，他们都是一个国家和人民的灵魂榜样。人民创造历史，英雄展现人民力量。第五，浙江的高校，应该开办非遗专业，向世界介绍中国非遗，特别是中国非遗保护的理念、经验和智慧。第六，要在全社会倡导社会美育推广行动。第七，争取国际文化基金组织支持，促进中外文化交流。第八，争取在中国浙江建立世界非遗保护民间组织。

晚上，浙江电视台钱江都市频道"美丽非遗"栏目在 17 点 25—35 分试播，报道了绍兴安昌古镇和景宁年俗。效果感觉还好，但是没到春节、元宵，不是真正的现场拍摄，仅仅是选取一两户人家演绎年俗的流程、过程，没有家家户户过春节的氛围和气息，不够热闹，让人感到有些美中不足。

"美丽非遗"栏目打出了"最美中国年·浙江年俗"品牌。以后，还可以继续打造"浙江清明""浙江端午"等品牌。

2013 年 1 月 28 日　星期一

今天是希腊培训后回厅里上班的第一天，离开工作岗位已有 20 多天，内心也希望回到原先那种早已习惯了的忙碌的生活。上午，祝汉明、叶涛、李虹、周方分别就一些具体工作做了报告和沟通。我不在杭州期间，祝汉明会同叶涛主持工作，大家都很自觉，处里的工作有条不紊，有效运转，用李虹说的话：领导在与不在一个样。很好。

下午，省委外宣办召集"美丽非遗网络寻访活动"展演电视晚会正式演出前第一次协调会。王四清处长主持，外宣办介绍晚会工作方案，提出职责分工建议；省广电方面介绍晚会流程、比赛规则、舞美设计等。我就晚会流程、主持词、演出节目要求等具体事项，提出建议。大家商议晚会评委构成、评奖事宜、网民现场评选、颁奖事宜。

晚上，修改了原先起草的浙江省非遗图书读书征文选编的前言初稿。这个前言不是很生动，但该说的都说了，还是有点思想观点的。

2013年1月29日　星期二

上午，德清姚明星局长来访，邀请参加乾元灯会。乾元灯会多年前曾参加过，感觉是一个龙舞大会，缺少些家家户户老百姓广泛参与的民俗味。作为灯会，应该有几个构成要素。我建议他们把老底子传统的元宵习俗挖掘一下，恢复起来。

下午，浙江日报社刘慧、钱江晚报社南芳先后来访，就春节期间非遗活动报道和非遗宣传报道磋商相关事项。我们的非遗人或者地方文化官员还是需要有宣传的意识。

2013年1月30日　星期三

上午，召开"美丽非遗网络寻访活动"展演电视晚会第二次协调会。我主持，省委外宣办、相关文化传播公司以及我处人员参加。主要就视频材料审核、奖项设置、演出团队接待、演出工作手册、经费事宜等做进一步磋商和明确。这项活动由省委宣传部、我厅和广电联办，省委外宣办给予了大力支持，我深受感动；我也将腾出精力，将这个"美丽非遗"电视栏目，这个非遗处的重要宣传平台，专门议一下，给力抓一下。

下午，召开处务会。重点商量三个评选事项：一是评选春节特色文化地区，上报国家，并公布省级名单；二是推选全国非遗生产性保护基地；三是拟定省优秀传统文化教育普及活动先进单位和个人名单。按照厅里有关新的工作规则，表彰命名事项，一般须报厅长办公会议审议，应当有几条过硬的推选条件，包括名额的确定、对象的确定、程序的合理性等，都要有说法。对评审标准、名额、评选过程、拟定名单等，再把关和过一遍。

2013 年 1 月 31 日　星期四

上午，"美丽非遗网络寻访活动"展演电视晚会赛前第三次协调会在我厅召开。陈瑶副厅长出席，省委外宣办王四清处长、张毅，广电集团毛导，以及我处相关人员等参加。就晚会名称、晚会流程、出席领导、颁奖次序、经费等再度进行磋商，做了明确。陈厅长强调了几点：第一，这件事很有意义，这是非遗进程中值得记上一笔的事。第二，三家合作，要多从大局考虑，分工合作，做好流程中上下游的衔接。第三，成果已初步呈现，最后冲刺应考虑周全细节，等待精彩瞬间。

下午，商量联办 2013 浙江省非遗摄影大赛事宜。拟我厅主办，省摄影艺术学会承办、永康协办。永康翁卫航局长、吕美丽主任来厅里商议大赛事宜，省文化馆朱晓明老师等参加。拟主题为"见证·传承"，反映新时代文化复兴，展现传承人奋斗精神，记录最美浙江非遗，振奋民族精神。以新视角、新手法发掘非遗保护传承中的新事物，记录美丽非遗最美瞬间。我们商议了活动主题、参赛要求、奖项设置、活动亮点等事项。

晚上，起草 2012 年个人工作小结。从学报告、理思路、抓项目、重传承、破难题、惠民生、打基础、鼓干劲八点做了扼要回顾。

2013年2月1日 星期五

上午，"2013最美中国年·浙江年俗"寻访活动评审会。各地34个单位申报，我们邀请民俗专家童芍素、陈华文、吕洪年、顾希佳、林正秋和12家媒体记者参加评审。会上，一是讨论了春节文化特色地区评审原则，主要有6条。这批春节文化特色地区一般为乡镇或村，有的也扩大到县一级，评选标准是从腊月廿三到正月十五至少要有一项特色鲜明、传承较好、人们参与积极的传统民俗活动。二是审看申报录像，拟定省内26个"最有年味"的地方。包括"绍兴社戏"和"绍兴祝福"、松阳县竹源乡"竹溪摆祭"、遂昌县石练镇"遂昌台阁"、云和县白龙山街道"白龙讨火种信俗"、景宁县大漈乡"景宁抢猪节"、青田县海溪乡"青田鱼灯闹元宵"、龙泉"元宵抢灯"风俗等。三是记者采访。记者问我，这个活动的意义在哪里？我回答有三条：弘扬优秀传统文化，提倡健康生活方式，彰显地方文化品牌。

下午，临安上田村潘书记、唐村长来访。听了他们的介绍，我总体印象有五点：一是有理念，村书记提出不抓好非遗保护，就是历史的罪人；深深感觉到文化的魅力，要依托文化发展产业。二是有资源，村里不仅有茶乡竹海，而且文武双全，仅武术就有南拳、人龙、十八般武艺，还有与传统武术与游艺相关的项目。三是有效果，村里有村歌，有村训，有手工艺展示馆，也有农村文化礼堂，还开展武林大会、文武操比赛、文武夏令营活动。四是有影响，村里是中国武术研发基地，是省书法教育基地。

我建议：一是抓传承。把老祖宗、老底子的非遗项目传承下去，一个都不能少，还要更出彩、更精彩。二是抓品牌。做好钱王文章。上田村1900人中有四五百人姓钱，恢复钱家祠堂，举办钱王祭祀，传播钱王家训，彰显钱王精神。做好武术文章。做好美丽乡村文章。三是抓策划。好题材还得有好的点子点亮，有好的创意做靓，譬如举办乡村武林大会邀请赛。四是抓宣传。酒香也怕巷子深。

2013 年 2 月 2 日　星期六

上午，美丽非遗电视晚会上报节目录像审片会。非遗专家蒋建东、马来法、吴露生、周冠均参加，浙江电视台影视娱乐频道陈导、叶小霞，我处和非遗信息办人员参加，就节目单、节目组台、评审、专家点评、颁奖程序等具体事宜做了认真研究。

下午，苍南文化局分管局长、非遗中心陈主任等来访，就非遗馆建设方案征求意见。方案很详细很具体，可以说面面俱到。我说了几点：一是肯定。从方案文本，可以看出苍南资源丰富、工作扎实、构思全面、编制认真。二是问题。名称太大，内容太满，分类太乱，结构太平，功能太少，场地太小。三是建议。不求面面俱到，从专题性带出综合性，用一个脉络、一条线把零散的项目串起来。做民俗文章，苍南民俗特别多，民俗文化是个筐，把林林总总的非遗放到民俗活动中展示。主题为"苍南最美时光——浙江南大门民俗之窗"，主题口号为"传承优秀传统，共享多元文化"。

最美时光就是民俗时节，既有门又有窗，走进或走近都可观赏。

2013 年 2 月 3 日　星期日

上午，去余杭，商议"美丽非遗与美丽中国"论坛事宜。余杭区委常委、宣传部部长王姝，区文广局长冯玉宝等参加。

经商议，整合几方面资源优势，杭州市委、市政府主办的每年一届的良渚论坛，已形成品牌，可以与美丽中国论坛结合。分三个主题：一是主论坛"美丽非遗与美丽中国"；二是分论坛，分别是中国民间殿堂壁画保护传承和美丽非遗与美丽洲（良渚）。

余杭有非遗项目殿堂壁画，岩彩殿堂壁画艺术曾震撼南宋，后因战事频发，一度濒临失传，但民间还是有画师坚持传承这门技艺，非常珍贵。余杭提请举办中国民间殿堂壁画保护论坛，并邀请了北京相关文化名家、非遗专家。良渚古城遗址位于余杭。渚，是指水中的小块陆地，"良渚"，意为"美丽洲"。美丽中国需要美丽文明的实证，也需要美丽非遗的绽放。

一起考察超山糕版印模展示馆。这个馆由一位企业家开办，这位企业家先是建设工业，后搞农业，现在做文化，不断转型升级。他在安徽买了3栋古民居，迁移到超山。有房子了还得有内容，从运河沿线城市广泛收集收藏了上千个糕版印模及其他，办了这个糕版印模展示馆。

我建议：一是分门别类整理，按岁时节令和人生礼俗归类。二是布展，多种展示方式，多种表达形式。三是与生活习俗结合，注重参与性、趣味性、体验性和互动性。四是与糕点产业结合，与塘栖的糕点、与饭店、与杭州的蛋糕房结合。

下午回到厅里已3点半。与祝汉明等就美丽非遗电视晚会相关具体事宜进一步磋商，做了分工安排。

2013年2月4日　星期一

上午，将李永坚起草的公布春节文化特色地区文件和推荐申报全国非遗生产性保护基地的请示，过了一遍。

下午，美丽非遗电视晚会彩排。

晚上，在浙江电视台大演播厅，"美丽非遗——浙江省网络寻访非遗"春晚热闹举行。来自遂昌县的传统杂技顶技的传人用牙和下颚顶起实木长条凳，并不断往上叠加长条凳，直至一人顶起13张长条凳，其惊险引得现场观众一声声惊呼和掌声；顶技当晚被网民和评审专家评上了"最具人气奖"。此后，一人饰二角的嵊州哑背疯、余姚木偶摔跤，还有杭州小热昏、江山的变脸、金华的岳家拳、舟山跳蚤舞、海宁皮影戏、长兴百叶龙等项目陆续展示。浙江非遗如此精彩绝伦，引起现场和网络热烈反响。

吕建楚、金兴盛、田宇原、顾顺坤等领导出席，专家蒋建东、张卫东、马来法、吴露生、周冠均担任评委。专家评出最具原生态奖、最佳传承奖、最具活力奖，50位网民代表现场评出最具人气奖。

2013 年 2 月 5 日　　星期二

上午，诸暨非遗中心卓秋萍来厅，说到诸暨西路乱弹的火爆。前年诸暨在十里坪村恢复了乱弹剧团，40 多人，已经排了 3 个大戏、七八个折子戏、风风火火。诸暨电视台拍了 7 集电视片，每集 15 分钟，连续报道。《诸暨日报》《浙江日报》整版报道，《人民日报海外版》长篇报道。而且，中央电视台《新闻联播》做了报道，农业频道专题报道。

十里坪村自然资源十分丰富，景观优美，民俗风情浓厚，发展乡村旅游业有着得天独厚的优势。乱弹让十里坪村火了，村里涌进越来越多的游客，村里人心里都乐开了花。

下午，拱墅区新任局长黄玲，分管陈局长、阮馆长来厅里，汇报非遗工作，邀请参加元宵灯会。陈瑶副厅长听取汇报。

我提出几点：一是拱墅区的地位和定位，决定了应当争创文化遗产保护模范区，并提出建设文化旅游深度融合区类似概念。二是拱墅区计划建大剧院、体育馆，希望一并规划建非遗馆。三是拱墅美食街名声很大，是否统筹考虑设立非遗大食堂。四是拱墅元宵灯会办了 16届，要思考灯会是简单重复还是有所创新，可以频道不变，内容加以转换。五是组织非遗协会，运用民众的热情，汇集民间力量。

陈瑶副厅长指出，一是做旅游还是做市民文章，方向不一样，要找准定位；二是音乐剧，要运用高新技术、华美舞台、传统元素，经典展示；三是非遗活动群众欢迎，这是检验标准，是举办活动的出发点，也是衡量因素；四是要发挥拱墅区的区位优势、资源优势、发展优势，应当更有作为。

2013 年 2 月 6 日　　星期三

上午，桐乡褚馆长来访，商量《精神家园》杂志试刊号编辑和出版事宜。首期的内容可以随手拈来，发布春节文化特色地区、非遗春晚、美丽乡村会议、非遗十年征文、读书征文、非遗主题歌、十件大事、工作计划，再加上名家新说、域外来风之类的，整理成一期，绰绰有余。

本期内容包括春节文化特色地区等，春节前若是能出版，那就更有意义了。

2013年2月7—12日/年廿七至正月初三

2月7日下午，与诺回临海。

这趟去临海，几乎每天晚上凌晨2点到4点睡觉。在临海6个晚上，有两个晚上，诺听奶奶讲故事。奶奶讲小时候的故事，很励志。有一个晚上看照片，奶奶拍的三清山，还有婉芳姐拍的花鸟和风景照，大概看了上千张。有一个晚上唱歌，奶奶、我和诺三个人在家里跟着碟片唱歌，童歌、红歌、情歌，美声的、通俗的、民俗的，会唱的合唱，不会唱的瞎唱，想唱就唱。

奶奶今年75岁了。她说自己以前是"呆咕"，后来是"瘟鸡"，患了鸡瘟的鸡，现在是一只飞起来了的鸟！她对那些老同志说："以前你们没一个身体比我差的，现在你们没有几个身体比我好的。老同志，现在的任务就是'吃困嬉'，把自己管好。"她还对老同志说："我希望每年的团拜，大家一个都不少，而且不断增加。"

家乡的风味就是好！卢敏大嫂的扁食，桐峤人做的麦饼，街上买的白水洋馒头和方糕，杜桥麻糍，还有饭店里的糟羹、核桃姜汁，各种风味小吃实在很好。在临海城，也没时间陪诺走走，安排了一天去杜桥头门港，体验海港风情。

2013年2月15日/初六　星期五

下午，去新华书店，看到文化类书架上有许多非遗的书，买了一叠，有《文化强国战略》《辉煌十年·文化篇》《宣传工作实务》《社会责任读本》《被颠覆的村庄》《轴心：论秘书长》《芝麻官随想》《从政箴言》等，有业务参考书，也有行政借鉴的书，开卷有益。

晚上，将《辉煌十年·文化篇》翻了一遍。今年是非遗十年，对于非遗工作，也应该有全景式的或专题的记录报道，或宏大叙事，或微观深入细致描写。非遗十年，可歌可泣，可感可叹，可圈可点，要多呼吁媒体给予特别关注和宣传。

2013 浙江非遗春晚，即"美丽非遗——网络寻访非遗"展演晚会今晚 10 点 45 分在浙江电视台影视娱乐频道播出。回过头来看，每个节目的入选理由用诗句来表达，背景大屏幕展示非遗特色，对每个节目和晚会整体是个很好的烘托。主持人用串讲穿针引线，现场观众反应热切，节目多角度呈现，综合应用各种技术，这是电视的长处，也是晚会成功的法宝。

2013 年 2 月 16 日／初七　星期六

新春上班第一天。

金兴盛厅长和各位厅领导巡访各处室各办公室，新年相见，格外亲切。

办公室太乱，节前没时间清理，今天一天，先理桌面，再理书架，然后整理了室内一个个资料袋的材料和报纸。稍一清理，算不上眉清目秀，也改变了脏乱差，将就。

新年上班第一天，环境好了，心情也好。

2013 年 2 月 17 日　星期日

上午，余杭发来《多方参与多样类型多种途径，形成社会力量保护非遗新格局》的稿子，这是我的约稿。做了些修改，报厅办文化工作简报。

下午，省政府 2013 年重点工作责任分解方案，征求各部门意见。看了一下，没有涉及文化遗产的内容。因此，在文化惠民工程部分加上了建设优秀传统文化传承体系等内容；在美丽乡村建设部分加上了加强自然生态村、传统建筑村、民俗风情村等历史文化村落保护利用等内容。在这两个部分，非遗保护传承不可或缺。

省委、省政府 2013 年生态省建设工作责任分解方案已下发实施。

其中，已经体现了诸多非遗工作方面的内容。

2013年2月18日　星期一

上午，厅里召开省级文化系统干部大会，金兴盛厅长和田宇原、陈瑶等厅领导出席。厅里首次评选优秀处室，5个处室被评为优秀处室。会上，金厅长与厅直22个单位负责人签订了党风廉政2013年度责任书。

金厅长讲话，其中强调：一要聚精会神善谋划，谋思路（宏观），谋方法（中观），谋抓手（微观）。二要克难攻坚抓重点，以重点突破带动全局，以典型带动一般。三要全力以赴创时机，面临大好机遇，要抓住关键，突出重点，特别抓好列入省政府目标考核的工作、列入厅党组审定的工作。

金厅长要求，一要提振精神，要躺着想事，坐着议事，站着干事，既能坐而论道，又要起而行之。无愧于时代，建功立业。二要提升能力，提升创新能力、管理能力、执行能力。要将上级精神与基层实际相结合，借他山之石集成创新，要注重原始创新。三要提升实效，调研要深，定位要准，措施要硬，成效要实。四要锻造作风，党风、政风、行风三风建设，以民为本的作风。白天走干讲，晚上读写想。五要塑造形象，依法行政，主动服务，廉洁干事，争创一流，精神富有。六要营造氛围，团结做事，奋勇争先，干事创业，勇立潮头。营造干与不干、干好干差不一样的氛围。

金厅长的讲话思路清，立意高，排比句很多，很有气势。

2013年2月19日　星期二

上午，大雪飘洒，与陈瑶副厅长和祝汉明、叶涛新春走访省非遗中心，看望同志们。中心主任裘国梁介绍了今年主要工作安排，郭艺副主任做了补充。

我结合昨天金厅长在省级文化系统干部大会上的讲话精神，讲了几点：一是服务大局。非遗馆建设事关文化强省建设，省委高度重视，要摆在重中之重。展品征集应当先有章程，再争取财政安排专项征集经费，还得联系落实过渡的展示场馆；要建立非遗馆基建办。亚太非遗博览会事关我国对外文化交流战略，因为涉外，要抓紧做好各方衔接。二是开拓事业。博览会、培训班、对外交流，"老三篇"要继续做好，还应当在抢救性保护、生产性保护、整体性保护和非遗馆建设、知识产权保护等方面，逐步拓展事业，延伸领域。三是树立形象。要提振精神，提升能力，提升形象。非遗中心应当面向各门类传承人，既要锦上添花，更要雪中送炭。应当服务美丽乡村建设，服务市、县非遗中心，加强工作联系和指导。

陈副厅长讲了几点：一是理念上要提升。非遗事业在发展壮大，要从自己干转向动员全天下，向党政宣传教育，向百姓宣传鼓动。不仅要抓试点，抓示范，还要逐步抓面上，通盘抓。既要创新工作，更应该在怎么保护上摸索规律性的、机制性的、提升性的东西。二是工作上要抓好。亚太博览会要抓紧抓实。省非遗馆外观和内容是辩证的统一，外形设计与策展内容应当相融。三是素质上要提高。培训班要高档次、高质量，特别在师资上。四是境界上要提升。藏品征集单靠钱不行，要形成并宣传这么一个意识：作品被省非遗馆收藏是你的光荣。可以先预约大师创作，出一些精品力作，永世收藏，永志纪念，万古流芳。征集作品应宁缺毋滥，不收二流。有些专家被架上去下不来了，我们是从事把根留住的人，道德是根本，不能根都烂了。对于专家要倡导德艺双馨，可以从有些志愿者中培养专家。真正做文化，一定更多地发自内心，要有一腔情怀，利欲熏心是做不好的。

下午，浙江小百花越剧团副团长冯洁来厅报告越剧申报人类非遗优秀实践名册事宜。陈副厅长也听取了汇报。冯洁介绍，教科文组织驻华代表处项目官员，去年6月到团里考察，11月再次来团里。项目官员观看了越剧表演，特别是剧团在京的演出，为越剧的华美和观众反响的热烈所惊叹。要求浙江越剧申报教科文组织的非遗保护优秀实践名册，认为对于戏曲的保护传承有指导意义，有推广借鉴意义；要求申报工作立足本剧种，超越本剧种。目前，全世界列入优秀实践名册的项目有9个，中国为福建的木偶戏。

我提出几点：一是做好申报草案及工作计划。由浙江小百花越剧团起草，我处补充，报非遗司和国家非遗中心审读。二是此事得到文化部非遗司初步认可后，建立申报协调机构和执行机构，由小百花、艺术处、非遗处、学术支持机构、北京相关人员构成。三是做好预算，向财政申请经费。四是依照教科文指导意见和编制要求，编制项目申报书和录像片。五是翻译很重要，语境不一样，表述表达不一样，直接请驻华代表处帮忙。六是争取申报名单排队靠前。

陈副厅长提出几点：一是要与非遗司取得共识。二是申报启动及相关预算，纳入小百花年度预算，向财政争取经费。三是申报工作启动磋商会，争取与亚太在杭州举行的文化可持续发展论坛结合起来。四是申报主体小百花责无旁贷。五是对小百花保护传承和创新发展、市场推广的模式和经验做好总结。六是我省非遗走在前列，但在优秀实践名册上还是空白点，争取上榜，对小百花、对浙江戏剧都有重要意义。

2013年2月20日　星期三

上午，整理2月工作完成情况，报厅办。主要有四项工作："网络寻访非遗"电视晚会，与钱江都市频道开设"美丽非遗"电视专栏，公布浙江省春节文化特色地区及"春节民俗随手拍"活动，《浙江通志·非遗卷》编撰方案。

下午，再认真仔细过一遍2012非遗保护十件大事画册。从图片的调整、文字的推敲，到版面的设计，特别是一些图片细节上的技术性处理，精益求精。设计人员也很认真，不厌其烦。

2013年2月21日　星期四

上午，修改《精神家园》发刊词代拟稿。

下午，厅里建立了月度重点工作制度，一月一报，每月对完成情况自我评估。要适应这一新的制度，每月的工作必须各有切入点。

为此，拟定了我处分月工作安排：1 月，服务传承人月；2 月，最美中国年·浙江年俗体验月；3 月，非遗调查研究月；4 月，非遗建章立制月；5 月，非遗保护宣传月；6 月，非遗展演活动月；7 月，非遗队伍素质提升月；8 月，非遗十年·公约十年回顾展望月；9 月，非遗项目保护深化月；10 月，美丽乡村·美丽非遗交流月；11 月，非遗集成资料编审月；12 月，"十二五"省非遗规划实施中期评估月。

每月一个工作作为切入点，相关工作都能够相对集聚集中地进行推动落实。

2013 年 2 月 22 日　星期五

上午，省电影家协会秘书长熊颖俐来访。电影家协会挂钩联系临安上田村，希望我处协同支持上田村文化遗产保护。我们就非遗电视剧的创作做了探讨。熊颖俐提出了写实性纪录片的概念，这种表达方式可能比较适合非遗，有点道理。我希望纪录片不是一个个非遗项目的介绍，而要有警示意义和社会学意义。

下午，与浙江教育科技频道编导王戈刚就合作非遗保护十大新闻人物评选和颁奖晚会初步达成意向。

2013 年 2 月 23 日　星期六

上午，与陈瑶副厅长去宁海，并组织了新闻媒体记者一起采访和体验前童镇元宵民俗活动。《光明日报》、中国新闻社和浙江之声、浙江在线、钱江频道"美丽非遗"栏目等的记者随访。

下午，参观前童古镇。"家家有雕梁，户户有活水"，古镇拥有完整的古建筑群，汩汩溪水挨户环流，家家小桥流水，小巷卵石坦途，历史文化生态保护得很好。前童镇的民俗博物馆，以人的一生来布展，这一构思切入点很好。从孩子出生，到抓周，到上学，到婚嫁，到生老病死，种种程序，种种经历。人生历程既是生活，也是一种艺术，也是一种政治。

观摩宁海前童行会。据介绍，当天有 10 万人蜂拥而至，共聚前童闹元宵。这里的元宵行会，为纪念开沟引渠的有功先人，每年的正月十四至十六举行。行会，是流动的灯会，18杠造型精致、风格各异的台阁，巡游大街小巷。据介绍，早上有祭拜仪式，仪式繁复；晚上鸣锣、放铳，热闹非凡。

晚上，赴临海。没想到今年家乡临海的灯会这么闹、这么靓。市区设了三个观灯点：崇和门广场、紫阳古街、灵湖公园。数十座大型彩灯绚丽夺目、千姿百态，赏灯人流摩肩接踵、成群结队、前呼后拥。场面之大，气氛之热烈，实在出人意料。搞得好！陈副厅长在蒋市长、台州市局郑楚森局长等陪同下，兴致勃勃地观赏灯会，随手拿相机一会儿拍照，一会儿录像，还发上微博共享。陈副厅长来我的家乡观灯，而且灯会很热闹，灯很美，我当然很高兴！

2013年2月24日　星期日

上午，随陈副厅长考察临海古城戚公祠。祠堂里，有草编、根雕、泥塑等几样非遗项目表演。走进戚继光庙，瞻仰并致意英雄先辈。然后，观摩"戚家军"表演，戚家军操练武艺、抗击倭寇，奋勇杀敌。大家说，看得解气。

考察戚公祠后，出发返杭。

晚上，与诺和诺妈上街看花灯。家门口的龙游路灯火灿烂，临时搭起的灯廊挂满了谜语；经过竹竿巷，也是灯火灿烂，谜语挂满大街，还有一台演出，人们把舞台围得水泄不通。杭州的灯会深入到居民区街巷，很好。

2013年2月25日　星期一

上午，省委组织部交办2013年浙江省院士专家迎春座谈会专家意见建议，省人大办公厅印发《人大代表审议政府工作报告意见建议》，分别要求结合各自职能认真研究，提出答复办理意见，或供工作中研究参考。有关非遗的内容不多，有人大代表提出，要挖掘区域传统文化资源，引导民资注入，推动文化产业大发展；有人大代表提出，建议政府设立民营博物馆准入制、考核制、奖惩制；对主动承担社会责任、热心公益性文化服务的民营展馆，应予以肯定表彰和鼓励。我处对有关意见建议的办理情况做了反馈。

前些年关于非遗的意见和建议一直比较多，现在看来热点有所转移。也许可以理解为，当年非遗岌岌可危，保护工作时不我待，社会公众密切关注；近些年非遗工作有了一定成绩，也有了比较好的工作基础和工作氛围，形势有所好转，但仍是任重道远。

下午，就非遗全媒体宣传事宜作研究。今年将非遗宣传作为工作重点之一，已经与各相关媒体合作推出了版面，以较高频率和较大版面对非遗进行深度报道。与省委党刊《今日浙江》联办"美丽非遗"专栏，每期两个版面，全年 24 期；与浙江电视台钱江都市频道开设"美丽非遗"栏目，每周日 17：25—17：35 播出，全年 56 期；《浙江文化》月刊开辟了"美丽非遗"专栏；在新浪开辟了浙江非遗"微新闻"手机版；浙江非遗网新闻量和影响力逐步扩大，浙江师范大学《非物质文化遗产研究集刊》彰显了学校和浙江非遗学术品牌。

开弓没有回头箭，我们要尽心尽力会同相关媒体做好宣传报道，增强吸引力，扩大影响力。

2013 年 2 月 26 日　星期二

上午，与省电影家协会等相关人员考察临安上田村、青柯村，实地查看"文化礼堂"建设情况。村支书热情洋溢地介绍了村里的情况和文化礼堂建设情况。省委宣传部拟定 3 月 28 日在临安召开文化礼堂建设现场会，上田村是主会场。

本来以为文化礼堂就是文化祠堂，将老祠堂改造成民俗文化展示场所或新文化活动场所。结果到现场一看，文化礼堂是新建的。一方水土，一方文化，十里不同风，百里不同俗，各个村各具风情，每个村都应把民俗风情发掘出来，彰显文化优势和特色，从而发展旅游，促进产业，意义很大。

与上田村干部就村里文化遗产保护、文化与旅游的结合、文化产业发展、对外形象定位和品牌包装等作了探讨。大家从各个角度、各个侧面，提出了一些很有启发性的意见。上田村有武术、书法文化，比如建立钱王武馆，面向杭州举办传统武术夏令营；再附送书法培训，买一送一，超值享受。

下午，考察了青柯村，走访青柯鸟笼制作艺人。鸟笼制作功夫精细，材料也讲究，目前供不应求，多数外销。我建议他们留一些精品，建一个鸟笼展示馆，甚至创造条件建一个鸟市场，将村里建成一个花鸟生态园，创建一个鸟文化特色村。

现在的农村都是一个大广场、一个水泥戏台、一个礼堂和学堂，加上一幢幢新楼，农村的韵味好像荡然无存了。

2013年2月27日　星期三

上午，召开处务会，交流近期工作，沟通信息。潘昌初汇报了非遗进校园活动季总结，李虹对服务传承人月作了小结，李永坚对最美中国年浙江年俗系列活动作了小结，祝汉明对网络寻访非遗活动作了小结。相关信息也及时报厅办《文化工作情况》和相关媒体刊发。做事情抓一件成一件，一事一了做个小结，既是对阶段工作的梳理和归纳，反映情况，总结经验，也是对各位概括提炼能力的训练。

下午，桐庐王樟松局长、乡土专家徐小龙、非遗中心仇主任来厅，商议全国剪纸大赛事宜。陈瑶副厅长听取汇报。剪纸是广大人民群众喜闻乐见的艺术形式，单是我们浙江，就有乐清细纹刻纸、浦江戏剧剪纸、缙云民俗剪纸、温岭海洋剪纸、临海脱稿剪纸、桐庐风光剪纸、苍南套色剪纸等，还有不少形成了特色和品牌。这几年，桐庐剪纸异军突起，已办了4届全国剪纸大赛，还配套举办国际剪纸艺术大赛、剪纸创意设计大赛、十大神剪评选命名活动。桐庐剪纸品牌不仅在省内首屈一指、独树一帜，在国内也是颇有名气。今年打算在10月举办第五届全国剪纸大赛，具体商量探讨活动方案。

2013 年 2 月 28 日　星期四

上午，亚太传统手工艺博览会第一次协调会召开。亚太培训中心主任杨治主持，指出意义在于：面向亚太地区推广中国经验，推动亚太地区非遗领域的交流与合作，推动国内外非遗事业的共同发展。这是传统与现代、中国与世界的对话。并传达了王文章部长"全力支持，办出影响"的批示。方案很宏大很长远，从务实求实的角度讨论。陈瑶副厅长作开场白，扼要介绍了浙江非遗工作情况，举办博览会的经验，对于亚太博览会的认识和准备，以及办好的态度。省非遗中心裘国樑主任介绍了整体方案。国家非遗中心副主任罗微，外联局国际处张玲副处长、非遗司李晓松处长，厅外事处李莎处长等各方分别交流了意见。

罗微讲了几点：第一，非遗概念与人是分不开的，否则只是用了非遗的概念办成了商品博览会，手工艺展不是手工艺品展。第二，不是所有手工艺都是非遗。第三，国际评奖首先要有章程，不是即兴评出，评委会要有国际评委，评奖方式要提前公示等。第四，拍卖与非遗保护发展是两个渠道。第五，不能把非遗当成折腾的对象，做事不能背离非遗保护的精神。

李晓松说，第一，公约十周年，组织这活动是有意义的。第二，要围绕活动名称，扣牢关键词。第三，非遗活动要体现活态传承，以人为载体。第四，要体现传统手工艺在当代的意义和价值。

我讲了几点：第一，从 2005 年省首届手工艺博览会到 2006 年中国浙江非遗博览会，至今七八年了，已做出了品牌。第二，重视四个性：必要性、可行性、操作性、非遗特性。第三，坚持四个抓：抓实，三角四方职责任务要明确；抓细，具体化，可操作；抓紧，倒计时，把握节奏和节点；抓好，外事无小事，国际玩笑开不得。第四，浙江打造非遗强省、手工艺强省，亚太非遗博览会在杭州举行，对我们是最大的促进和鞭策。

陈瑶副厅长讲了几点：一是名称按批文。二是统分结合，突出主题，在开幕式、场馆区块、宣传推广上突出亚太博览会。三是方案要细化完善，要量力而行，要注重非遗特性。四是首次举办亚太传统手工艺博览会，要确保是一次成功的实践。

下午，与陈副厅长陪同杨治主任、罗微副主任等考察王星记扇厂。孙亚青厂长介绍制扇过程，小小一把扇子，工序多，工艺精，也是地方文化的标志。厂里的"天下第一扇"连环画编得蛮好，陈副厅长说如果把国遗项目编一套连环画，蛮有价值的。

2013年3月1日 星期五

上午，省委外宣办有关同志和钱江频道"美丽非遗"栏目组过来，商量"美丽非遗"栏目事宜，祝汉明参加。钱江频道"美丽非遗"栏目已播出8期。我讲了几点：一是今年的主题，围绕最美中国年浙江年俗做文章。年，既是过年，也是一年的意思。如果春节、元宵专题做得很好，清明、端午等节日可以继续做下去。二是栏目播出内容，可利用已有的影像资料，如第一批国遗项目有44个片子，传媒学院拍的五六十个传承人的片子。一种是自己下去拍，一种是下面拍好报上来，还有一种是利用老资料。三是经费的事情，做好预算，争取厅里非遗经费补一点。四是扩大栏目宣传和推介。非遗网做专题宣传，要向各类非遗基地传递信息，大家共同支持这个栏目的宣传。

下午，省民俗文化促进会办公会。童部长、连主席（连晓鸣），我和吴露生、叶涛、汉明等参加。经较为充分的讨论，今年主要做好十项工作：一是《浙江通志·民俗卷》的启动工作，了解各地民俗文化资源。二是参与"浙江最有年味的地方"评选。三是参与第二批浙江传统节日保护基地的申报评审。四是第二批浙江非遗旅游景区（民俗文化特色村）的调研和指导。五是浙江民俗节庆传承发展的专题研讨。六是省民俗文化促进会换届或换届准备，包括成立大会材料汇编，四年概览，本届工作总结和计划安排，会员名册。七是3月底召开常务理事会，编志工作一并研究。八是办好浙江民俗与民间艺术网。九是组织撰写第一批省传统节日保护示范地传承发展研究报告，总结规律性。十是关心和支持非遗生产性基地发展，如衢州邵永丰麻饼联合人武部办军地两用人才培训班，一方面传承优秀传统文化，同时也是拥军的举措。

浙江电视台国际频道今天分三个时段（北京时间1：20、10：40、19：35）连续播出了2013浙江美丽非遗专题春晚，让不同国家的观众能观赏这台精彩的演出。

2013年3月3日　星期日

将近期事务理了一下，杂七杂八的琐事多得不得了，有七八十件，该了未了，牵涉心思，牵制精力。有些是主观上耽搁了，有些是客观上还办不来。将拖泥带水的事集中起来处理，可以集中精力做点要事。

2013年3月4日　星期一

在食堂吃午餐，聊到各地风味小吃，金厅长提出，能否将各地的传统小吃组织到厅食堂体验一下，而且，今后的浙江非遗馆开个非遗大食堂，在教工路未来的文化综合体也开个非遗大食堂。这个想法好，让底下的风味小吃进城市、进机关、进文化场所，意义不一般。

下午，将李永坚起草的"最美中国年·浙江年俗（春节元宵）"系列活动综述，过了一遍。将祝汉明起草的"人文浙江·传承非遗"网络寻访活动综述，过了一遍。

2013年3月5日　星期二

上午，与张曦书记通电话，随手做些记录，张书记的识见和思考，总是给我一些启发。他说："王淼你转型做非遗，落脚到非遗，找到了这么一个干事业的载体，可以干一辈子。"他在其他途径看到了我的新书《风生水起》，表扬我工作很有章法、很有思路，抓得很实，做这项工作很有意义，也很有成就感。

对于省非遗馆的建设，他指出，一是省里相当"管委会"，要动员市、县的积极性，要体现地方风情，各市在同一舞台上竞争。二是非遗馆的功能，展示一块、传承一块、产业一块，这三块相互有机联系。三是对于非遗馆的结构功能和设计，从规模、结构、档次到文化内涵的体现、民俗的氛围等要考虑全面。要做好论证，参加人员要进一步扩大范围，要邀请全国顶尖专家参加，举办高层座谈，甚至邀请国外顶级专家参加，要从各个视角来研究和探讨。四是非遗馆的定位、标准要高，建成后不能有任何遗憾，要做成全国一流。五是非遗是活态的，是活化石，是有生命力的，要把非遗的作坊、工厂在非遗馆里面整体体现出来，让孩子们体验和感受非遗的活力；要展示非遗的成果，更要体现非遗的创作生产过程，要注重与文化产业和旅游的高度融合。六是浙江非遗馆体量10万平方米，非遗馆不是水泥钢筋的结合，应当根据文化形态来布局，根据功能来架构，要成为展示浙江优秀传统文化的窗口，办成海内外游客体验浙江风土人情的窗口。七是要有决心跟信心，浙江的非遗工作起步很高，一定要做得更好。省委、省政府对非遗工作、对非遗馆建设高度重视，争取作为全国的试点，向全国推广。

与祝汉明修改了一遍"文化强国与海洋文化"论坛方案。明天，提请上海、江苏方面讨论会商。

下午，召开处务会。拟将今年定位为浙江省优秀传统文化传承体系建设推进年，提出了工作目标、总体思路、实施重点和实施计划。

金兴盛厅长去年到任后，厅里建立"工作月报"制度，要求每月突出一个重点，这样每月的工作更加明确。我将2013年12个月的工作做了分解：1月，服务传承人月；2月，最美中国年·浙江年俗体验月；3月，非遗调查研究月；4月，非遗建章立制月；5月，非遗保护宣传月；6月，非遗展演活动月；7月，非遗队伍素质提升月；8月，非遗十年·公约十年回顾展望月；9月，非遗项目保护深化月；10月，美丽乡村·美丽非遗交流月；11月，非遗集成资料编审月；12月，"十二五"省非遗规划实施中期评估月。每个月有个侧重点，每个月都有八件十件具体工作，力求抓实抓好，抓一件成一件。集中时段，集中力量，集中突破点。全年既突出重点，不断突破，又统筹兼顾，全面推进。长计划短安排，有计划有步骤，有重点有序地推进事业发展。

汉明提议，由海波设计，做一个工作月历（台历）。这个想法好，出实招、用实劲、下实功，挂牌作战，狠抓进度，全年100多项工作，满负荷。大家说，这个工作月历放桌上很有压力，压力要转化为动力。

晚上，与浙江电视台教育科技频道胡戎总监、王戈刚导演、姜主任等商议浙江"非遗十年"晚会事宜。除了教育科技频道，公共新农村频道以及3个网络频道也将播出这台晚会。关于非遗晚会，我设想，非遗十年与十大新闻人物颁奖、非遗主题歌演唱结合，我们对于这台晚会已初步达成共识。胡总提出，文化遗产日、传统节日等重要非遗活动，可以提前打招呼，有些活动可以开直播车过去进行重点宣传报道。

2013年3月6日　星期三

上午，上海有关同行来访，就联合举办江浙沪非遗生产性保护研讨会、非遗拍卖等事宜作必要性和可行性会商。

关于非遗拍卖，我不赞成。总体上表示担忧，一是政府应当少做锦上添花的事，多做雪中送炭的事。非遗工作有这么多该抓的事，不能本末倒置、将主要精力倾注于市场可以调节的东西。二是恐对领导、有关部门和社会公众产生误导，将个案事例放大，把特殊性当作普遍性，误以为非遗部门日子蛮好过，不需要财政投入。三是作为政府的非遗工作部门，应当贯彻"保护为主、抢救第一"的方针，头脑里要始终有这根弦。

对于生产性保护研讨，我认为，这个话题的研讨会开得太多了。研讨会的选题应当与时俱进，结合不同工作阶段的重点、难点、热点。比如，可以针对履行公约的政府责任、城市化进程中文化生态保护、非遗的法律保护（最近有五六个省份新出台或修订非遗保护的地方法规）等议题进行探讨。

下午，江苏、上海同行与我处就长三角合作事宜、"文化强国与海洋文化"中国沿海地区非遗保护研讨会筹备事宜进行磋商。关于长三角合作事宜，经充分讨论，取得共识：一是江浙沪共同建立非遗保护协作平台；二是平台的定位和任务，主要为工作交流平台、理论研讨平台、展示宣传平台、对外协作平台、人才培养平台、信息共享平台；三是立足本区域合作交流，同时注重对外开放，比如与泛珠三角、渤海湾、中西部地区进行交流；四是每年一个主题，建立轮值秘书长制度，每年一轮换，轮流做东；五是合作交流采取多种形式；六是将破解事业发展难题和社会关注的热点问题，作为重点议题。讨论拟定上海起草的江浙沪非遗保护工作协作平台章程。

对于以"文化强国与海洋文化"为主题的中国沿海地区非遗保护研讨会方案，上海、江苏一致认为选题好，有现实意义，有时代特征，也有研究的紧迫性。拟定于今年10月份在舟山举行研讨会，由江浙沪协作平台共同向沿海省市区发出邀请。

陈瑶副厅长对于今天的讨论情况，提出几点：一是江浙沪地缘相近、人缘相亲、文化相通，唇齿相依，面临的困难、问题和挑战，是有共性的。二是城市化和城乡发展，非遗赖以生存的环境发生巨大变化，需要加以深入研究，探索途径。三是对于拍卖，可以由市场去做，政府不能出面，要竭力推广没有市场的东西，帮它找市场，这样很有意义。政府更多层面应当关心濒危的项目，扶助弱势的。四是在最美丽的季节开启新的美丽篇章。因此，今天是个有意义的日子，值得纪念。

2013年3月7日　星期四

上午，与汉明、李虹去拱墅区，与局长黄玲等商议合作建设非遗图书馆、非遗大食堂事宜，考察了信义坊和拱墅文化综合体基建现场。信义坊的海鲜城生意不错，每天一两千人，晚上6点、10点、12点这三个时段生意特别火。但这一环境不适合做传统小吃。文化综合体有五层附属楼，4000多平方米，计划建设图书馆。拱墅方面对共建浙江非遗图书馆很有兴趣。我们共同建设、共同管理，这事很好！

下午，就浙江非遗图书馆建设目标、思路、资源建设、运行管理等，拟定了一个初步方案。非遗保护运动产生了海量的非遗文献资源，为此，建立浙江非遗图书馆，成为非遗保护运动深入的必然要求和有效途径。对建立浙江非遗图书馆的必要性、可行性和操作性作了研究，提出了探索性的构想和思路。

2013年3月8日　星期五

上午，住建部、文化部和财政部共同开展传统村落申报和命名工作。这项工作去年启动普查和认定工作，全国已评定公布了649个，对于尚不能确定保护价值的619个村落，要求核实和补充材料，也可以补充推荐传统村落名单。浙江已有43个上榜，19个待补充材料重新核定。毛芳军依照上级文件精神，起草了抄告单，知照各地。

中午，临海沈建中主任、卢敏大嫂等专程来厅里，考察食堂餐饮设备和菜场，为来厅里做好非遗小吃展示做准备。他们上午过来，下午就赶回去，他们饱满的、高昂的工作热情令人感佩。

下午，与李虹商议了拟与财政磋商的几个事宜，与叶涛商议了民俗文化促进会有关事情。

2013年3月9日　星期六

上午，与诺妈去西湖边，找了把凳子，晒晒太阳，补补钙，很惬意很享受。家住一楼，晒不到太阳；办公室背阳，也晒不到太阳。加上平常都在办公室里，难得出门，晚上一般11点后回家，见不到太阳，我们戏称是一群"晒月亮的人"。西湖就在我家边上，但我实在是难得无事一身轻地到西湖边走走，世界自然文化景观就在边上，却是有福不会享。在西湖边，桃红柳绿，小船儿荡漾，春光明媚，实在是享受。那一轮轮来处里挂职的伙伴们，跟着我也是劳心于一堆堆的事情。曾经承诺，什么时候带大家西湖坐船，已过了好几年，人也换了好几茬，还是没能实现。沐浴在西湖的春光暖阳中，我突然觉得很抱歉。

下午，泰顺宣传部周部长来访，海波陪同。周部长讲起，美国也有廊桥，美国有个历史学会邀请泰顺方面参加廊桥研讨会。泰顺廊桥作为联合国保护项目，的确名声在外。我建议，美国有《廊桥遗梦》，泰顺可以打造"廊桥圆梦"。周部长说，泰顺正在做"梦圆古廊桥"的旅游品牌，并设想与美国方面结为友好城市。

中美廊桥联袂，不仅关乎两地的廊桥品牌宣传，更是通过廊桥架起中美友谊桥梁，服务外交大局。

2013 年 3 月 10 日　星期日

景宁老局长严慧荣来访，带来他的三本著作：《履印点点》《精彩畲乡》《非遗撷英》。第一本为他任景宁县文广新局局长十年来的讲话、调研报告、论文汇编；第二本为他之前任县委新闻科长、报道组长 20 年的新闻报道汇编；第三本为有关景宁非遗项目的散文。这厚厚的三本书，像三块砖头，反映了严慧荣忠诚事业、奋发有为的人生。严局长是勤奋的，数十年笔耕不辍，20 年的新闻工作写了 5000 篇新闻稿，10 年的局长履历整理出的讲话稿好像有 40 万字。严局长的每篇讲话稿，都是条分缕析，标题对仗工整，可见工作认真用心，令人佩服。严局长是尽心尽职的，锐意进取，开拓创新，一以贯之，取得了突出的成绩。我想，这三本书，既是严局长对自己工作生涯的回顾和总结，也是景宁经济社会和民族文化事业发展的历史和见证。天道酬勤，功夫不负有心人，值得祝贺！

2013 年 3 月 11 日　星期一

上午，与祝汉明、李永坚商议优秀传统文化教育普及活动省属和新闻媒体先进单位、先进个人名单。各市县和高校高职的先进名单，已由教育厅、团省委会审过；省属和媒体的名单，因为总体名额有上限，拟由我处提名，再提交讨论。各大媒体都很关注支持非遗，都应该是先进，但僧多粥少，定谁好，颇为犹豫。

下午，湖北省厅非遗处江处长来电话，说是在网上购买了 10 本《风生水起》，大家看了都觉得受益匪浅，决定把这本书作为全省非遗培训班的教材，专门再订 180 本，发给大家。

晚上，请林敏、许林田、季海波和处里祝汉明等会商年度非遗工作推进会事宜。主要就优秀传统文化传承体系建设推进年总体方案征求意见。将去年省两办下发的"浙江省文化遗产传承计划"拟定为优秀传统文化传承体系建设规划年,与本届省政府同步,今后五年分别拟定为:优秀传统文化传承体系建设推进年、深化年、提升年、跨越年、完善年。逐年深入深化,逐步转型升级。通过五年努力,基本建立健全浙江省优秀传统文化传承体系。

2013年3月12日　星期二

省委、省政府2012年出台了《关于加大力度继续支持景宁畲族自治县加快发展的若干意见》,有大政方针,还得有落实措施和具体细则,景宁发来请示件初稿。此外,嘉善县是国务院明文确定的实施科学发展观示范县试点,而且是全国唯一的,也应当对口出台专门的实施意见给予指导和支持。还有,象山是国家级海洋渔文化生态保护实验区,是全国唯一涉海的生态区,如何指导其科学实施,也应当有几条措施。再有,舟山海岛新区已获国务院正式批复,建设声势和力度肯定是空前的,是跨越式的,如何维护舟山群岛的文化生态,也是个重要命题,时不我待!

下午,富阳非遗中心徐主任来访,商议省非遗工作推进会承办事宜,敲定会议议程、会议材料、开套会、考察、节俭就餐、会务接待等事宜。

2013年3月13日　星期三

省两办于2012年6月6日印发了《浙江省中国特色社会主义理论体系普及计划》等十个文化强省建设计划(浙委办〔2012〕64号)。此文件的非遗部分,文字内容由我处提供,省委宣传部和两办都做了些修改,其中《浙江省文化遗产传承计划》任务、项目和载体包括两部分:一是文物保护计划,二是非物质文化遗产传承计划。正式下发后的文本,一直没有看到,网上也没有。这么重要的文件,应该广为宣传传播,唤起全民共识。通过省委宣传部,找到了这个文件。

我处下了个抄告单,转发这一文件,转达这一迟到的重要精神。提出了五条贯彻意见:认真学习深刻领会;结合实际贯彻实施;加大宣传形成共识；争取政策强化保障；借势发展壮大事业。

制度的顶层设计只是第一步，制度不是空谈，不是纸上谈兵，不是做文章，制度的意义在于保障和推进事业的发展。

2013 年 3 月 14 日　星期四

上午，产业科技处召集推荐国家社会科学基金艺术学项目课题评审推荐会。报的项目很多，有 153 项。讨论中，我提出意见：一是有"保护""传统""非遗"等字眼的课题都上，因为关于非遗的研究太少了。二是有针对性、实效性、实证性的研究，工作实践中很需要，一般都上。三是一些选题很宏大的，作者如果有这样的积淀和实力，不要轻易砍掉。四是对于一些新名词，我们不懂的，不要轻言拿掉。比如，后碳、土文化、奥卡姆剃刀理论，很前沿，都上。

省政协文史委加强委员建设，我被推荐为特邀委员。能有这份荣誉，能有参政议政的机会，还能有这个平台宣传非遗，当然是好事。

2013 年 3 月 15 日　星期五

上午，省级机关党校学习。省环保厅专家讲课，讲题为《深刻领会"五位一体"总体布局，大力推进生态文明建设》。

课后有十八大精神学习考试。用考试的办法来检验学习成果，很有必要。

2013 年 3 月 16 日　星期六

上午，边吃早餐面条，边翻看报纸。今天《钱江晚报》报道，全国人大代表、杭州市一医院肾内科主任王鸣呼吁：保护古村落，不能只留一个空壳。建议尽快制定古村落保护法，提高村庄保护的关注度，把握保护和发展的关系。在保护有形的物质文化同时，也要注重保留民俗、技艺等非物质文化遗产，不能让历史文化村落只留下一个空壳。

《今日早报》报道，全国人大代表、台州恩泽医疗中心（集团）

主任陈海啸提议：恢复徐霞客古道，申报世界线性文化遗产。徐霞客古道指的是当年徐霞客旅游考察经过的道路，涉及全国19个省份，行程10万多公里，而且大多在《徐霞客游记》中有记载。徐霞客旅游考察历时30年，最终留给后人一部60多万字，融地理学、社会学、文学、旅游学于一体的百科全书。国务院于2011年3月决定，将《徐霞客游记》开篇之作《游天台山日记》中记载的第一个日子"5月19日"确定为"中国旅游日"。徐霞客文化和徐霞客古道正日益受到世人的关注和热捧。

两位医学界全国人大代表为非遗保护代言，这说明，文化遗产保护越来越热，成为各行各业的共识，也说明了文化遗产保护的特殊重要性，需要持续加大保护力度。

2013年3月17日　星期日

起草厅领导全省非遗重点工作推进会主题报告代拟稿，内容主要分两部分：一是回顾2012年非遗工作，重点肯定了四个亮点、四个"年"；二是2013年的工作，用"八个强化"来贯穿和要求。

这个报告，因为是回顾和部署，每一句话都是实打实的，或者是做过的，或者是将要做的，每一行字背后都是大量的事。

2013年3月18日　星期一

考虑和起草我在非遗重点工作推进会上的讲话思路。我主要就传统文化传承体系建设推进年的"分月工作计划"做具体的说明和要求。

领导讲宏观，我讲微观；领导指向彼岸，我是管造桥或造船；领导讲大思路，我讲操作性；领导是设计师，我是工程师或施工员；领导是讲为什么干、干什么，我是讲怎么干、谁来干，或者再加上干到什么程度。两者缺一不可，密不可分，相互呼应，相得益彰。

2013年3月19日　星期二

上午，修改《浙江省优秀传统文化传承体系建设推进年实施方案（草案）》。

下午，龙泉马斌副市长、夏卫局长来访，介绍和商议青瓷传承人申报事宜。据介绍，目前，龙泉有三位省级传承人，徐朝兴、毛正聪、夏侯文均为中国工艺美术大师；另有市级传承人19人，评为中国陶瓷艺术大师的有6人。龙泉青瓷界有四大家族，每个派别、每个环节都有很多大师，有不少人是同一师门或是同等资望的，不相上下，很难取舍。夏局长说，现在龙泉能完成从拉坯到烧制整个工序的人，一个都没有。不同的人共同完成，等于也是流水线作业。龙泉方面拟向厅里推荐6人，并将有关情况也向陈副厅长作了汇报。

我觉得青瓷传承人的评选，要兼顾几重因素：资望较高，业内公认；代表某一流派或风格，掌握独特技艺；经常参加省里和国家展示；带徒传艺多。当然，前提是要符合评审条件。鉴于龙泉青瓷情况特殊，名额上适当倾斜也是应当的。

2013年3月20日　星期三

上午，赴富阳。

下午，参加2013浙江省非遗保护重点工作推进会。富阳孙洁副市长致辞；我就《浙江省优秀传统文化传承体系建设推进年实施方案》作了解读；杭州师范大学丁东澜副校长、杭州师范大学陈华文院长、温州大学黄涛教授分别介绍和交流了2013年度高校非遗研究基地工作计划。陈瑶副厅长发表了讲话。

陈副厅长的讲话回顾了2012年度工作，特别指出2012年有四个方面的亮点：一是"非遗进校园"的主题活动年，二是"网络寻访非遗"的社会动员年，三是"美丽乡村建设中非遗保护工作"的部署推进年，四是我省非遗人自豪和振奋的一年。同时，对2013年度非遗工作作了部署：第一，强化建章立制，促进科学管理；第二，强化项目带动，放大特色优势；第三，强化基地建设，融入社会发展；第四，强化基础工作，提升整体水平；第五，强化保障力度，推进持续发展；第六，强化志书编纂，彰显保护成果；第七，强化宣传声势，凝聚社会共识；第八，强化规律总结，实施二次跨越。

晚上，召开套会：省委党刊《今日浙江》"美丽非遗"专栏和钱江都市频道"美丽非遗"电视栏目座谈会。省委外宣办张毅参加，各市文化局分管局长参加。

我讲了几点：第一，要定基调。"美丽非遗"电视栏目定位于公益性、非营利性，这是政府部门办的非遗主流媒体栏目，要纯粹一点，要有点精神追求，要体现觉悟水平，不能唯利是图，不能把基层搞得鸡飞狗跳，不能变味。第二，"美丽非遗"这一栏目是宣传非遗工作成绩的平台，展示非遗美丽魅力的固定窗口。电视栏目运行的支出，我处作为主办方，给予支持。第三，"美丽非遗"要美，现在的"美丽非遗"不够美丽，播出的节目要有相关专家把关，要经各地审核。栏目组要从电视人的角度，发掘和阐发非遗的美，让节目和栏目都变得更好看。第四，现有的视频资料要充分利用。譬如，我省第一批国遗44集视频，传媒学院拍的50多集宣传片，还有各市县自行拍摄并在当地电视台播出的大量的非遗项目专题片。不一定要拿着机器重新拍，利用现有资料既是降低栏目组的经费成本，也是减轻基层负担。第五，要加强非遗资讯报道，宣传全省各地非遗工作动态，为社会公众提供活动预报，也为今后制作非遗宣传片积累资料。第六，栏目要做大宣传，要提高知名度，要讲收视率。要让主持人有更多的机会亮相，培养和扩大粉丝群，放大我们的宣传效应。

2013年3月21日　星期四

上午，大会继续。我介绍和解读2013年浙江省优秀传统文化传承体系建设推进年实施方案，从总体思路、总体目标、分月推进、实施要求等方面作了具体布置。

今年的优秀传统文化传承体系建设推进年，我们编制了"分月推进计划"，按照"一月一个主题、一步一个脚印"的工作思路，使之项目化、具体化，步步为营，步步深入，从重点推进到全面覆盖。

"多少事，从来急。""一万年太久，只争朝夕。"事情实在太多，为此我们做成"工作月历"，挂牌作战，并提醒各地要注意几个关系：一是长期目标与阶段目标相结合；二是全面推进和重点突破相结合；三是继承传统和创新实践相结合；四是加强指导与分级负责相结合；五是保护行动和大力宣传相结合；六是服务大局和事业发展相结合。

下午，《今日浙江》在柳莺宾馆召开专家座谈会。省委副秘书长张才方出席。张军主编主持，通报办刊工作情况和近期宣传报道重点。各位专家献计献策，提出办刊工作意见建议。

《今日浙江》是省委党刊，很有影响力。2012 年，《今日浙江》"本期关注"重点报道非遗，共 15 个版面，加封面封底；2013 年，与省非遗办联办"浙江韵味"专栏，全年共 24 期，每期两个版面。文章可读性强，图文并茂，版面设计有风格，反响很好！

我提出几点建议：第一，提升文化版块在杂志中的"地位"。第二，当下文化版块关注的重点，美丽城市、美丽乡村，美在哪里？美在非遗。非遗惠民、非遗富民、非遗强民，这是非遗工作的追求。第三，要重视浙江品牌的宣传。浙江各领域有生动的实践，有许多创造。比如美丽系列，有美丽乡村、美丽浙江人、美丽非遗等，美丽中国有浙江元素，浙江应当承担特殊的责任。第四，破解新问题。一个杂志不能只有表扬，要有舆论监督，也要注重对于负面问题的报道和揭露。第五，要举办活动。活动是刊物的生命力所在，是影响力和吸引力所在。第六，办刊也要有梦想。总书记提出了"中国梦"，"两富"和"两美"浙江是浙江梦，我们杂志也要有梦想有憧憬。

张才方秘书长讲话，他说："办杂志，传递思想，我们是一批靠思想活着的人。专家发表指导意见，献计献策，我认真记下宝贵意见。"

他说："从报道讲，硬的变成软的，才消化得了，对于全局性的报道、重大政策的解读、典型的宣传，都要考虑可读性。还要给文化干部一个平台，文化人的酸甜苦辣也很多。我们不追求时尚，但追求高尚。端庄之外，追求变化，一个品牌的塑造和推广，是一个不断反复的过程。我们还要注意杂志的对外宣传。"

2013年3月22日　星期五

上午，召开处务会。讨论近期调研工作安排和第二季度重点工作安排。非遗工作深入推进，如何转型升级、如何提升水平，不能闭门造车，凭空想象，应当深入基层，直面热点难点，探索解决事业发展瓶颈的方法和途径。拟分四个片区——温台、金衢丽、甬舟绍、杭嘉湖。了解基层实际情况，指导基层工作，总结先进经验，听取基层意见建议，为研究出台制度性文件提供依据。拟在3月下旬至4月中旬集中调研，希望做到摸实情，听真话，谋实策，出实招，见实效。

下午，看到昨天中新网记者汪恩民报道：浙江非遗工作迈入第十年，经济上"保障"传承人。里边提到陈瑶副厅长的观点："非遗传承人作为艺术家、手工匠人，具备文化底蕴非常重要。"不少非遗传承人从小接触手工技艺，但在文化知识上相对缺乏，要开办一些培训班、学历班，从而提升传承人的文化素养。保护非遗传统工艺，最关键的是要保护真正在第一线的传承人。

报道还提到我的观点，目前各地市都开始重视表演艺术的非遗项目，但随着观众口味的转变、传承人的衰老，加之政府投入力度不足，这些项目仍然岌岌可危。"要是戏没了，那就真没戏了。"

政府加大投入补助与激发非遗市场活力要结合，市长与市场结合，非遗才有蓬勃生机！

报道中，我表示，2013年非遗发展的目标之一，就是要让传承人的收入翻番，让非遗产业在经济中所占比例翻番。

2013年3月23日　星期六

近期的报纸，没时间细看，今天集中浏览学习：

全国人大十二届一次会议提出"把文化改革发展纳入经济社会发

展总体规划，列入各级政府效能和领导干部政绩考核体系"。

习近平总书记首次在重要讲话中详尽解读"中国梦"。"生活在我们伟大祖国和伟大时代的中国人民，共同享有人生出彩的机会，共同享有梦想成真的机会，共同享有同祖国和时代一起成长与进步的机会……"

领导人的讲话意味深长，对于中国的未来意义重大，我们要以十八大和全国人大十二届一次会议精神为指导，以实干托起"中国梦"！

2013 年 3 月 24 日　星期日

今天，坐动车赴温州调研。先到泰顺。

晚上睡不着，干脆起床，整理明天下午的泰顺旅游主业化发展大会上的讲话的思路。

2013 年 3 月 25 日　星期一

今天，省非遗调研组开始在温州、台州两地调研，成员是我和李虹、季海波、毛芳军 4 人，为期大约 5 天。

上午，召集泰顺非遗保护工作座谈会。泰顺局领导，若干乡镇长、文化站长、村干部、传承人等十来人参会。先是重点了解泰顺国遗项目保护情况。畲族民歌传人蓝建光、畲族婚嫁习俗传人雷圣力、百家宴传人张庆衍分别介绍了项目传承情况。三魁镇、竹里乡、司前镇介绍了本乡镇非遗保护传承和开发利用状况。

泰顺非遗工作有几个特点：一是非遗资源很丰富，有不少品牌项目。有廊桥、百家宴、畲族风情、木偶戏，以及制陶、竹编、米塑、石雕、车木玩具，还有碇步龙、龙凤狮子灯、畲族歌舞等。二是畲族人口比景宁多，畲族风情很浓郁，但内涵和形式挖掘利用不够，品牌没有做大。三是民俗节庆较多，一镇一个品牌，一月一个节庆，如百家宴、"三月三"、廊桥节、三杯香茶文化节、晒经节、氡泉节、耕牛节、石文化节、七夕文化节、古村落文化节等，逐渐凸显出效应，政府也着力助推，要加强统筹安排。四是党委、政府高度重视旅游业发展，当地非遗与旅游深度结合的意识大大增强，但具体措施还没跟上，经济效益不明显。五是大力加强非遗保护机构建设，配强领导，增加人员编制、经费独立核算、机构独立运行，为非遗事业发展提供了强有力的队伍保障。六是党委、政府高度重视非遗保护工作，出台了一系列政策性文件，大力推动和提供保障。如2009年县府办印发了《泰顺县传承人、传承单位申报评定和保护办法》，2010年县政府出台了《泰顺县非物质文化遗产保护管理办法》，2011年县政府颁发了《泰顺县非物质文化遗产保护发展"十二五"规划》。2013年2月，县委、县政府为9个省级以上非遗名录项目设立了传承人工作室，并颁发牌匾。泰顺在全省县域非遗保护工作中走在前列，有典型示范意义。

下午，泰顺县召开全县旅游主业化发展大会，县委书记张洪国、县长董旭斌等县四套班子领导及各方面数百人参会，省旅游局方敬华副局长等出席。我和复旦大学、浙江工商大学的几位教授被聘为泰顺县旅游发展委员会专家顾问。

作为受聘专家，我主要从点、线、面、城、县五个层面提了几点建议，构筑旅游发展战略，加快文化资源深度开发，提升旅游文化品质，建设特色鲜明的旅游景区。

今天，临海非遗小吃开始进厅食堂。让厅里的同事们了解咱家乡的风情风味，让大家感受乡土非遗的滋味韵味，也为将来在浙江非遗馆开办非遗大食堂做尝试和舆论准备。

2013年3月26日　星期二

上午，从泰顺前往温州。

下午，考察温州市非遗馆。温州非遗馆为公办民助，地处文化用品市场，企业提供一个共8000平方米的楼层，市文化局负责展陈，以11个县市区为单位布展。每周六现场表演，11个县市区轮流值勤。市财政投入1580万元，其中500万元为作品征集费，其他为装修费。另外，今年市财政安排运行经费130万元，市人事局批准临时用工9人。

温州不愧是百工之乡，有很多手工技艺项目，其中的龙档、首饰龙舟、台阁龙舟，造型别致优美，工艺繁复精致，实在是巧夺天工、妙不可言。首饰龙机关精巧，牵一发而动全身，赢得大家称赞。

参观完后，在非遗馆小会议室召开了一个座谈会，温州部分区县非遗干部、传承人参加。我先出了个题，让大家讲讲温州非遗馆好在哪里，不足在哪里，有哪些建议。大家认为，非遗馆是非遗保护成果集中展示的窗口，是非遗保护工作交流的场所，是满足人民群众精神文化需求的阵地，是传承人展示艺术成就的平台，是中小学生体验优秀传统文化的生动课堂，也是密切非遗工作系统关系的纽带。大家对于非遗馆的展陈的不足，也直截了当提出意见，指出还有不少有待改进和完善的地方。

我请大家就当前非遗工作存在的困难和问题，以及深化非遗工作、提升工作水平提出建议。大家反映的主要有以下几条：第一，不少非遗项目后继无人，现在是什么赚钱干什么，搞非遗不能成为谋生手段，即使有兴趣也很少有人能坚持下去。还有对于传承人的品牌包装重视不够。第二，怎么让非遗发展为产业，有了规模效应、市场效益，学的人就多了。第三，温州非遗机构推进总体情况还好，龙湾、苍南、乐清、文成已在局里成立了文化遗产科。但非遗机构有牌子，没编制或没人的情况也有不少，希望进一步促进非遗机构建设，并争取独立出来。第四，希望在群文系列职称增加非遗专家的构成，争取非遗职称评审成为单独系列。

调查研究，多听听基层意见，找问题找对策谋发展。

晚餐后，前往洞头，夜过连岛大桥。

对洞头向往已久，全省90个县市区，就洞头还没去过。今天也是扫盲点。我忙于事务，深居简出，下乡不多，在厅里20多年了，才到洞头。洞头12万多人口，有2项国遗，12项省遗。

2013 年 3 月 27 日　星期三

上午，温州市局李震副局长会同考察洞头。洞头望海楼，被誉为全国十三大名楼之一。遗憾的是这座望海楼竟然还没有正式的诗赋，没有名人题赋。我建议洞头政府抓紧约请名人名家作赋，或向社会各界征赋。

望海楼展陈了当地的各类非遗项目，特别突出了海洋文化，并应用动漫、3D影像、感应音频、泥塑场景再现等多种形式展示，效果很好。这既丰富了名楼的文化内涵，也借助名楼效应扩大了非遗的宣传展示效果。这种文化与旅游部门合作，借鸡生蛋的形式，在有限条件下也是一个不错的选择。

下午，召开洞头非遗工作座谈会，文化干部、乡镇文化站长、传承人等参会。介绍了洞头的非遗保护工作，2008年县里成立了非遗协会，协会会员在非遗普查保护中发挥了重要作用，收集的资料占普查资料的50%以上。洞头有各级非遗项目84个，其中国家级2个，省级12个，市级44个。

洞头非遗传承工作比较扎实，渔灯放在小学，贝壳舞放在职高，海洋动物故事由导游来传播。今年初，县府办下了文件，要求妈祖祭典、七夕等民俗节庆，保持原生态，坚持常态化。当地每个乡镇都有妈祖信俗，家家户户在七夕过成人节。

会上提到，当地文化馆有位老音乐干部，手头有当年做《集成》时收集的一两百个渔家音乐曲牌，如"海洋丰收""龙头龙尾"等。这一信息引起我的特别关注，全省应当还有许多老文化干部的手里有类似的珍贵的非遗文献，要做好征集和抢救保护。

我讲了几点：第一，继续做好抢救性工作。洞头非遗资源和资料抢救保护工作做得很好，还要继续加强，这项工作依然时不我待，刻不容缓，老人年事已高，错失了就错过了。第二，要做好海文章、渔文章。有海洋渔业特点的非遗项目，是我们洞头的品牌，也是我们的优势，要分门别类梳理和彰显优势，比如贝壳舞、贝雕、海蜇舞，这些都是人无我有，人有我特，人特我好。第三，要发展产业，贝雕产业有海洋文化气息和艺术特征，品位高；还有海产品加工、渔船制造、泥艋制作都很有特点，也有市场前景。第四，民俗文化的保护传承。比如鱼眼睛习俗很有意义，船有眼睛，渔民出海生产就有安全感；船有眼睛，渔民出海生产就有丰收的希望。还有妈祖信俗、七夕情人节、迎阁等，都是旅游的卖点。

之后，考察东海贝雕公司。历史上，洞头有贝雕厂。据介绍，现在洞头贝雕从一个人的爱好变为一帮人的产业，从小作坊到公司，从亏损到盈利，从当地收集贝壳到向全世界购买贝壳原材料，从纯手工到研发规模生产，从县域范围内销售到以外贸为主。现有设计2人，工人20多人。产品供不应求，墙内开花墙外红。厂房临时租赁两年，规模生产后，场地成了问题。贝雕具有海洋文化代表性，于洞头意义很大。

2013 年 3 月 28 日　星期四

上午，赶到椒江。在台州市局会议室召开台州非遗工作座谈会。市直相关保护单位，三个城区和温岭、玉环文化部门或非遗单位代表参会。

台州乱弹、新乾武术、黄岩翻簧、温岭草编、坎门鳌龙渔灯等项目保护单位，台州职业技术学院（省非遗传承教学基地），玉环、黄岩、天台等地介绍了情况。其中关于台州乱弹，去年3月，海东方乱弹剧团更名为浙江台州乱弹剧团，从企业联办转为政府办，政府出面管理。经费上，市财政每年拨款300万元，区里拨款100万元。团里排演了纪实情景剧《我的乱弹我的团》，这也是团的精神口号。去年还做了三件事：建立了团史陈列馆，出刊了台州乱弹季刊，建立了乱弹网站。今年计划"五个一"：排一部大戏《戚继光》；办一期台州电大乱弹中专班；建一处排练场；拍一部非遗电影；出国交流一次。并提出，争取承办全省性戏剧比赛。

大家对非遗工作提出了不少意见和建议，比如：省传承基地考核和经费补助，对基地老师进行培训，邀请省专家进校园做讲座，研究非遗科研问题；非遗中心有机构没编制；如何避免人才流失，保证传承人不转行，传承人改行了补助照发问题，传承人补助年龄建议降至

60周岁；翻簧等销路和市场开拓问题；推动民办非遗馆建设，建设规划和土地划拨问题；依法保护和修订非遗保护条例，进一步理清各方面责任，开展非遗保护执法检查；加强非遗宣传力度等。

我讲了几点：一是台州非遗资源多元多彩。台州地理风貌丰富，有山有海；儒释道文化与民间文化交相辉映；非遗各门类较为全面。二是代表性项目抢救保护工作很有成效。特别是台州乱弹呈现喜人景象，温岭草编市场开拓有方法。三是非遗进校园有声有色。市政府下发了专门方案，文化、教育两方面单位评选非遗传承教学基地和地方文化教育特色学校，分别公布了21家，推进力度很大。新乾武术（南拳）、台州职院的太极拳传承普及等，很有成效。要做好经验总结，要推广好的做法。四是非遗馆建设提上议程，积极推进。

对台州市非遗工作，我提出了几点要求：一是抓基础，谋长远，还是要抓好人财物建设。推动非遗中心定编、增编和人员到位，要正式挂牌，争取独立；建立专项资金，做大蛋糕，用好经费。各县市区都要重视非遗馆建设，特别是利用台州民资雄厚、民间收藏丰厚的优势，研究出台政策，推动民办非遗馆建设。二是国遗申报。温岭草编、坎门鳌龙渔灯都有冲国遗的希望，全市范围先排名单，争创新优势。三是传承人管理。传承人的调整、考核、徒弟补助等，要立足于市县研究政策和出台措施，逐步转化为常规性工作。四是专业指导。对于基地老师的培训，对于传承人的培训，省里争取列入计划。要继续推动传承人进校园，除了文化技能技巧技术等表现形式，更要注重文化精神的言传身教。要传承形式，更要传递精神内核，发挥立德育人功能。五是促进交流。台州乱弹剧团设想承办全省性的戏剧交流活动，很好。借梯登高，借题发挥，增强台州乱弹的知名度和影响力。我们也将尽量创造更多的机会，为非遗项目展演展示搭建更多的平台。六是市场开拓问题。项目的保护要依靠政府，但不依赖政府。要讲政府主导，还要讲社会主体；找市长还要找市场。比如台州乱弹的剧目排演，一定要强化市场意识；非遗馆的建设，从设计理念上就要强化旅游的意识。温岭草编市场开拓得很好，临海草编、黄岩翻簧等可借梯登高、借船出海，借温岭草编公司统筹开拓海外市场。七是加强经验总结和加大宣传力度。

下午，到临海。先到家里，老母亲为了迎接我，做了充分准备，婉芳和她妹妹做青饼、青团，小马和小红烧一锅笋杂菜。尝过青饼青团，我去给老爸扫墓。基本上是一年一度看老爸，还有祭奠太婆和外公。老爸在时，我忙于工作，难得回家，以为来日方长，与诺妈少有孝敬老爸的时候。想起老爸，时常有愧意。真心希望下辈子能继续做老爸的儿子，能够孝敬他照顾他，好好尽儿子的责任。

2013 年 3 月 29 日　星期五

上午，从临海返杭。

按计划，3 月为"非遗调查研究月"。我们调研小组 4 人，花了 5 天调查了温州、台州两地非遗工作，在两市分别召开座谈会，并深入泰顺、洞头，还具体考察了解温州市非遗馆建设运行、台州乱弹剧团生存发展的情况。调查研究是成事之基，有调查才有发言权、话语权，才能做到心中有数。

下午，桐庐非遗中心徐小龙主任等来厅里，就神州风韵全国剪纸大赛事宜，做有关衔接。桐庐相关人员将在下周赴京向国家非遗中心汇报方案。

2013 年 3 月 30 日　星期六

上午，修改"浙江省优秀传统文化传承体系建设推进年实施方案"。调整了主要任务部分的内容，将原先的工作月历作为附件；修改了实施要求部分的六个结合。

下午，老家临海岭根村书记等来访。村书记介绍了岭根村的变化，岭根已被评为省历史文化名村，并提出了争创中国历史文化名村的目标。据说小溪又变清亮了，小巷也整治好了，一座座古建筑也做了修缮。岭根草帽已列入第四批省遗，岭根村被列入第二批省非遗旅游景区。希望岭根做好非遗资源的发掘，做好开发利用。

晚上，与毛芳军整理台州座谈会材料，就黄岩翻簧的生存状态有感而发，撰写了评论《翻簧何时真的能翻身》。

2013年3月31日　星期天

今天，祝汉明、季海波、吴海刚、毛芳军，大家都加班，分别抓紧做自己的事。

与祝汉明修改"美丽非遗与美丽中国"论坛方案；与吴海刚修改"文化强国与海洋文化"论坛方案。与毛芳军审核第二届浙江省非遗保护新闻人物评选通知，认真修改申报条件。

上挂的同志，特别是男丁，双休日经常加班，几乎每天晚上加班加点到深夜，工作辛苦，生活清苦。跟着我的这些弟兄们，没有物质收益，只有辛勤付出。他们是可亲可爱的人，没有自己的闲暇时间，没有娱乐活动，几乎都是工作机器。也许，经过几年磨炼捶打，经过几年大工作量、快节奏的工作状态，经过一系列大会大活动的承办和承担，经过手把手、传帮带，经过高位站点、换位思考，他们有了非遗处经历，有了这碗酒垫底，什么样的酒都能喝下去，今后干啥都能得心应手，游刃有余，甚至举重若轻。

2013 年 4 月 1 日　星期一

上午，厅长办公会议，金兴盛厅长主持。党的十八大提出了美丽中国、文化强国、优秀传统文化传承体系、精神家园四个重要概念。我介绍和汇报了浙江省优秀传统文化传承体系建设推进年实施方案、美丽非遗与美丽中国论坛方案和第二届浙江省非遗保护十大新闻人物评选方案。

陈瑶副厅长首先肯定浙江非遗这些年开疆拓土、耕山播海、建功立业。非遗十年了，提出优秀传统文化传承体系建设年的概念，是对十八大提出的建设优秀传统文化传承体系的对接，也是我省非遗事业发展到新阶段的结果，是有意义的。她指出：非遗只是优秀传统文化传承体系的一部分，能否加上"非遗部分"；非遗工作需做的事情很多，需要不断往前推进，但也该好好总结规律、经验，加强宣传，进一步造势；美丽非遗与美丽中国论坛，主题很好。新闻人物评选，很有意义，也很有必要，可以评最美非遗人。

鲍贤伦副厅长说："浙江非遗有今天的地位，关键在于非遗处和非遗队伍的工作状态和精神。王淼的工作，可以用'疯狂'两字形容，今天再一次受到震撼。非常之功要有非常之人。"鲍厅的褒扬，是对我的激励，令我很感动！鲍厅指出，十八大四个概念，都与非遗有关，但都比非遗大，这四个概念都要用好，更要用准，尤其是优秀传统文化传承体系，不单是非遗，也包括文物，还包括其他。关于论坛，代表了非遗工作大步推进，我们自己也要在学理上进行梳理。还有调动地方政府的积极性，举办高层论坛，也体现了地方政府的利益诉求。

金厅长指出，非遗十年，浙江走过的路很不平凡，成绩斐然。这归功于省委、省政府的高度重视，也归功于非遗干部的进取精神和优良的工作状态。体系建设，是营造中华民族精神家园、建设社会主义先进文化的重要任务，意义重大。优秀传统文化传承体系还包括文物、古籍等。实施方案的目标，现在是六个提升，我们的工作当然永远在提升当中，应当更明确，更具体，更有参照性。举办论坛，因有明文规定，要向文化部做好报批手续。非遗十年了，评选十大新闻人物很有必要，主要是与省委宣传部做好衔接汇报。

厅领导的指导意见，使我们的工作目标更为明确；领导的鼓励，也使我们进一步振奋精神。

郑继伟副省长今年1月16日在我厅调研时强调，非遗申报要给地方政府提要求、压责任，不能重申报轻保护。为了贯彻这一指示，下午，我厅开展我省第四批国遗项目的预申报工作，开展我省非遗濒危项目的调查摸底工作。同时，在总结国遗项目实施"八个一"保护措施的基础上，在省遗项目中实施"八个一"保护措施，推动非遗项目保护传承取得实效。

2013年4月2日　星期二

上午，人事处转来省编办函件，了解今年来深化文化体制改革情况，征求对转变职能、优化组织结构和理顺职责关系的意见建议。祝汉明拟了反馈意见，我过了一遍，稍作修改补充。

下午，叶涛起草了长三角非遗保护合作平台建设协商会纪要和协助省教育厅、民宗委进行浙江方言调查等事项的反馈意见，我过了一遍。

2013年4月3日　星期三

上午，临海非遗小吃进厅机关食堂有8天了，很有氛围，本周提供大米面、麦饼、姜汤面、姜汁蛋、青饼、青团、蛋清羊尾，上周提供各种小吃，我出差在外，没机会体验，但大家反馈和评价都很好，吃得很开心。

台州府城"五大嫂"，可谓不辞辛劳，早出晚归，既要当天中午照应好现场，又要提前一天做好各项准备工作，忙到深夜。譬如，要做1000多个青团、青饼，才能保证所需，这又蕴含着多少的工作量！

临海文化局精心筹划，认真安排，考虑周到，确保了这次台州府城小吃展示活动的圆满成功。我感谢了大厨和大嫂他们，送他们上车。他们宣传了家乡临海的风味小吃，体现了临海人民的热情好客，展示了临海文化局讲真干实的良好作风，也体现了台州五大嫂和临海人民优良的精神风貌！

下午，依照厅长办公会议上金厅长的要求，我召集祝汉明、许林田、季海波、吴海刚等一起讨论优秀传统文化传承体系建设（非遗工作）工作目标，拟为八个全覆盖：省级以上非遗项目"八个一"保护措施全覆盖；省级以上非遗项目代表性传承人带徒传艺全覆盖；市级区域非遗生态保护实验区全覆盖；市级区域非遗品牌活动全覆盖；县级以上非遗保护中心机构全覆盖；县级以上非遗信息化建设全覆盖；县级区域省级非遗基地全覆盖；县级区域非遗集成志书编纂出版全覆盖。工作思路为八个强化，工作任务为实施八大项目；再加上 2013 年 12 个月的工作月历，形成了完整、系统的实施方案。

这一文件将具有标志性意义。

2013 年 4 月 4 日　星期四（清明假期）

今天清明。上午，参加临安祭钱王典礼。

吴越王钱镠是"上有天堂、下有苏杭"和"长三角"地区繁荣发展的奠基人，开创了具有鲜明区域特色的吴越文化。特别是其"纳土归宋、善事中华、保境安民"三大国策，更是意义深远！

按传统规制，仪式分设撞钟击鼓、敬奉供品、净手上香、行施拜礼、恭读祭文、颂歌钱王、乐舞敬拜、诵读家训、敬献花篮等环节。仪式开始前，临安水龙、武术《钱王点将》、上田十八般武艺、《还乡歌》等民间艺术表演相继登场。

作为钱王文化精髓的《钱氏家训》，非常具有教育教化意义，是钱王后裔乃至每个中国人的人生准则和成长训言。

2013 年 4 月 5、6 日（清明假期）

清明祭先人，3 月底我途经临海，祭过老爸；这个清明节，与诸妈、诺等去安徽广德祭老丈人、丈母娘。

难得有点空闲，看看报，翻翻书，听听音乐。

2013年4月7日　星期日

下午，处里和非遗信息办相关人员参与讨论浙江非遗网改版和相关宣传方案。非遗信息办楼强勇介绍了新版网站，从官网转化为门户网，从原先的相对常规的版面设计改为超长版，从宣传为主转向宣传与服务兼顾，从原先的信息相对密集到版块层次更为清楚分明。总体感觉不错，鼓掌给予鼓励！提出几点要求：一是要有网站宣传语。拟定为"网住传统，联接未来——浙江非遗网改版全新亮相"。二是进一步从观众的兴趣出发，调整版面。将观众特别感兴趣的内容提前，包括每月预报、热点话题、图片、视频、非遗旅游资源分布图。三是增设评论版块。包括访谈节目、杂谈、非遗时评等，要有编辑部的声音，要唱响主旋律，关注社会热点。四是要扩大知名度。要构建非遗网站群，建立群发平台，要开展互动性、参与性的活动，要开发活动纪念品，如非遗书签。计划在今年文化遗产日前改版到位。李虹反映，浙江非遗微信转发各省后，有回复：浙江非遗工作让我们追得很辛苦！

2013年4月8日　星期一

这周起，对金衢丽地区进行调研考察。我和祝汉明、季海波、毛芳军参加。

上午赴金华，主要对非遗生产性保护状况进行调研。

下午，金华座谈会，市局朱江龙副局长，邵芙春处长，东阳、义乌、婺城区等非遗项目传承人、行业协会负责人参会。

金华市作为非遗大市，重视发挥非遗资源的优势，做大做强传统手工艺产业规模，推动文化产业发展，推动经济产业结构调整，有着重要的意义。金华酥饼2012年产值5亿元，原因有四：一是品牌效应强；二是推销渠道广，高速公路服务区都有酥饼店；三是质量有保证，手工制作；四是从业人员多，有 3000 多位做酥饼的师傅。还有一个因素，肉价稳中有降，降低了生产成本。还建立了金华酥饼艺术展览馆。

东阳木雕、竹编、金华火腿、武义婺州窑等传承人谈到，非遗产业有喜有忧，在市场经济的强烈冲击下，其保护、开发和利用存在着不少问题，现状不容乐观。主要问题有：舆论宣传不够，保护、发展意识淡薄；管理主体多元化，保护工作难以协调；从艺人员青黄不接，传统技艺面临失传；传统手工艺产品普遍市场竞争力匮乏；规模化生产导致传统技艺流失；税收制度改革，生产成本和税赋加重等。

传统手工艺产业是一个饱含、凝聚、浓缩着民族情感和智慧的特殊行业，也是具有市场潜力和前景的新兴产业。如何把握机遇，推动传统手工艺产业发展，推动文化产业跨越式发展，需要深入研究，寻计问策。

2013 年 4 月 9 日 星期二

上午，调研了解非遗进校园情况。金华市东市街小学（民工子弟学校）朱校长和王丽贞副校长介绍了婺剧进校园活动的情况。学校有个宣传短片，很生动真切。东市街小学将婺剧与音乐课（人人唱婺剧）、美术课（戏装我来画）、思品课（婺剧有礼）、班队课（班班聊婺剧）结合，还举办校园婺剧节，让婺剧在校园像花儿一样开放。学习了解婺剧要从娃娃抓起，传承非遗同样要从娃娃抓起，让孩子从小接受优秀传统文化的熏陶，接受爱乡爱国教育。

我厅去年非遗进校园活动季四季开花，但总体来说，还属于雷声大、雨点小，雨点小是指还缺少经常性制度性的安排，缺少扶持和激励的措施。如果有一点经费，相信一有雨露就发芽，一有阳光就灿烂。

下午，到衢州柯城区。柯城区新任局长吴玉珍、余仁洪科长介绍情况。柯城非遗有几个特点：一是项目丰富，各有特点。有九华立春祭、烂柯山传说、南宗祭孔、西安高腔、邵永丰麻饼传统技艺、衢州白瓷制作技艺、女儿节、古琴制作工艺、柯城农民画和剪纸等；二是项目分量重，影响深远；三是重视展示宣传，区里借余家山头村建立区非遗展示馆，举办非遗集市活动，扩大非遗美誉度、影响力。

柯城非遗工作很有成效，我建议：一是重点项目打品牌，发挥牵一发而动全身的引领作用，比如九华立春祭、南宗祭孔、古琴制作工艺，一个重点项目就是一个新增长点，一批重点项目就能构成新的增长极；二是"一项一策"、分类指导，让非遗项目尽快落地生根、开花结果，特别关注濒危项目、冲刺国遗的项目、人类非遗项目；三是发挥集聚效应，发挥"带动一片""覆盖一面"的辐射效应。"非遗集市"这个想法好，要好好做，做出品牌。我深受启发，设想全省开展"美丽非遗赶大集"活动。

2013年4月10日　星期三

上午，考察衢州市柯城余家山头村的区非遗馆。去年立春，我参加柯城九华梧桐立春祭后，考察了余家山头。这个村有个女儿节，想建孝文化馆，我也谈了些建议。一年后，构想变成了现实。2月27日，万田乡余家山头村举行"女儿节"民俗系列活动，柯城非遗展示馆也正式开馆。

这个馆以展示非遗相关图片为主，实物不多，也没有传承人现场展示，但是有这么一个窗口，可以让人形象直观地了解柯城的乡土风俗状况和一方人民的精神面貌。据介绍，这个馆开馆才一个多月，区里领导在这里接待客人，中小学师生前来参观，产生了较大影响。

下午，召开衢州非遗保护工作座谈会，衢州市局陈政副局长、陈玉英处长，柯城、衢江文广局相关领导，高腔、麻饼、白瓷、古琴等的传人和专家学者参会。主要了解非遗项目保护状况。

据介绍，西安高腔基本上原汁原味地保留了古南戏的风貌。唱腔上"大吼大叫"，表演上"大蹦大跳"，舞美上"大红大绿"，乐器上"大鼓大号"，这样的项目很宝贵！2012年，衢州市成立西安高腔传习所，戏以人传，推新戏，上新人。

衢州白瓷，后继传承人难找。省级传承人徐文奎今年58岁，至今没有找到接班人，培养传承人迫在眉睫。

邵永丰麻饼，集非遗传承、农业种植、技艺培训、麻饼制作、衍生产品、旅游基地和连锁经营为一体，在非遗生产性保护上探索全链条服务的模式。

《衢州日报》推出"解码衢州非遗"系列报道，3 年来已推出 36 期，介绍本土非遗项目保护现状，通过对传承人、专家等的采访，探讨非遗可持续发展路径。

我讲了几点：一是项目为王，进一步落实国遗省遗"八个一"保护措施。二是做大总量，进一步发掘非遗资源，特别是衢州四省通衢，与兄弟省相互影响和交融的非遗项目，要深入发掘，彰显特色。三是打响品牌，九华立春祭，中国时间柯城开篇；衢州白瓷，在浙江陶瓷中独树一帜；中国有"两白"，德化白瓷、衢州白瓷。衢州古琴是浙派古琴的重要组成，古琴艺术不仅包括演奏，也包括古琴制作，要做响品牌。邵永丰麻饼能否与金华酥饼一样做大做强，打响衢州孔子、围棋子、徐麻子"三子"品牌？四是危急优先。邵永丰麻饼很红火，做麻饼的队伍越来越大，但衢州白瓷传承后继无人。喜忧参半，要分类指导，要危急优先。五是以县为主体，市里和各县市区要有针对性地研究和出台促进非遗保护的政策措施，譬如白瓷的传承人找不到，要有政策支持重要非遗项目的传承和带徒传艺。

2013 年 4 月 11 日　星期四

上午，赴景宁。

下午，省文化厅非遗保护调研组就"新时期民族地区非物质文化遗产的保护和传承"课题进行专题调研。调研组成员深入畲乡畲寨，考察畲族民歌、彩带、银饰等非遗传承基地和非遗展示馆，走访部分传承人，掌握了不少一手的资料和情况。

2013 年 4 月 12 日　星期五

上午，考察景宁东弄村（中国畲族民歌节举办现场）。

下午，召开景宁非遗保护情况座谈会。季建标副县长介绍相关情况。景宁确立了"生态立县、产业富县、文化名县"的发展战略，创造性地提出了"非遗传承有形化、非遗展示载体化、非遗成果品牌化、非遗工作整体化"的四化思路。近年来，景宁非遗工作名声在外，特别是2012年推出的非遗项目申报制、非遗文化预报、畲乡飘歌、凤舞畲山大舞台、"文化四合院"、"1＋20乡村系列非遗馆"等系列品牌工作，让畲乡景宁的非遗更美、更亮、更出彩。

在调研反馈会上，大家都为景宁非遗保护人士的饱满热情和出色成绩所感动，我高度评价了景宁非遗工作，概括为几点：一是思路清，方向明；二是创新多，载体新；三是基地全，工作实；四是品牌响，成效大；五是热情高，干劲足；六是地位高，保障强。

我建议景宁围绕建设畲族文化总部、全国畲族文化研究中心、畲族文化传承发展基地三大发展定位，争做畲族文化龙头老大，做好生态文化和文化生态两篇文章，继续推进景宁非遗"四化"建设，注重非遗与旅游、经济和社会发展融合，省厅将在非遗申报、立项、项目经费、业务指导等方面给予大力支持。

2013年4月13日　星期六

上午，景宁"三月三"暨中国畲族民歌节（原生态民歌大赛）在景宁市东弄村举行。沿着山上小溪，逆流而上，沿途有非遗展示布点，有银饰、草编、采茶、唱山歌等展示。沿途还有非遗传承人宣传招牌，让传承人很有光荣感。半山腰上有古村落，演出场地搭在竹林前，很有乡情乡韵。

陈瑶副厅长宣布民歌节开幕。我们为"浙江省非物质文化遗产旅游景区"东弄村颁牌。5个省份（福建、浙江、江西、安徽、广东）10支队伍的原生态歌手演唱，各具地域特色，唱了《三月三彩带映畲乡》《山哈歌言传万年》《彩带情思》等，唱演结合，表演唱与即兴对山歌结合，传承与发展结合，反映了各地畲乡传承畲歌的多彩景象，很有特色。听着畲族民歌，亲历畲乡山水，领略畲乡风情，感受畲乡斑斓非遗文化，人生一乐也，是难得的民族风情体验。

临下山，遇到畲族民歌王蓝陈启，慈爱吉祥，很年轻态。她说，现在她们一家四代都会唱山歌。

下午，召开丽水非遗座谈会，陈瑶副厅长出席，丽水市局及各县市区文广局分管局长参会。主要了解今年传统文化传承体系建设推进年实施方案贯彻情况，以及2013年文化遗产日活动安排。

丽水市局非遗保护有亮点：一是理念创新，将举办"处州古韵"非遗诗歌朗诵会，传统文化现代表达，很有新意，值得关注。二是做大声势，今年文化遗产日，丽水将举行"非遗宣传活动月"，包括婺剧戏迷节、畲族手工艺展、民俗摄影展、木偶戏展演、非遗走亲等活动，让非遗在秀山丽水熠熠生辉。三是做实基础，计划命名市首届"十大优秀非遗传承人"，以及非遗培训基地、"非遗"传承基地。

省里优秀传统文化传承体系推进年部署实施后，进一步推进非遗保护形成热潮，但基层也存在不少困难和问题。譬如市县非遗中心机构全覆盖后，定编定岗没到位还很普遍；非遗展会很受欢迎，各地非遗馆建设规模较小，还没有政府立项，建设不落幕的非遗馆要摆上议程；非遗保护社团等志愿者队伍建设很重要，要壮大力量，凝聚社会力量。

金衢丽调研，发现亮点，总结经验，查找问题，寻求对策。

2013 年 4 月 14 日　星期日

上午，从景宁返杭，下午3点多到杭州。

带着思考下去，带着思路回来；带着问题下去，带着答案回来；带着感情下去，带着感动回来；带着责任下去，带着收获回来。

2013 年 4 月 15 日　星期一

上午，召开厅长办公会议。主要议题为义乌文博会，包括文博会、文化浙商评选、中国文化产业（义乌）论坛、非遗主题馆（青瓷馆）、浙江省文化厅与义乌市政府签订国际贸易综合改革试点文化共建框架协议书等。其中涉及非遗的为非遗主题馆。省非遗中心负责人介绍了青瓷馆情况。

我提了几点意见，指出问题：一是从办节主体讲，我们是省级非遗主管部门，不是龙泉市政府，不是青瓷行业协会，不能只做青瓷而不涉及其他。二是从政府职能讲，政府是守夜人，市场不能为或为不了的，才是政府应当做的。市场很红火，趋之若鹜的，我们可不用具体管，让市场自行去调节。三是从基层需要讲，手工艺项目两极分化严重，走向两个极端，一小部分作品供不应求，市场很好，传承人收入很高；大部分的非遗作品没有市场销路，没有经济效益，传承人嗷嗷待哺，生存艰难，也因此更没有几个人愿意学。传承链的问题很严重。我们既要做锦上添花的事，更要做雪中送炭的事，为濒危项目搭建平台，扩大效应。四是从展会性质看，是博览会，是非遗主题馆，不应该只是青瓷馆。

陈瑶副厅长赞同我的观点，她说，要为濒危项目搭建收入平台。作品卖不出去，传承人没法生活。近年的确青瓷做得有点多。今后应当有这样观点：扶持小众，扶持没市场的、生存很困难的项目。

金兴盛厅长指出我讲的几条是很对的。非遗项目有强有弱，要全面兼顾，搭建平台扶持弱势项目，使这些弱势项目在政府的推动下有更大的发展。

金厅长强调，义博会是全国为数不多的文化交易会，以企业办展、政府办会、市场运作、重在交易为总体思路和办节宗旨。要重视借助这一平台，推动更多非遗项目登台亮相。

下午，参加十一届省政协文史委第一次全体委员会议暨全省政协文史工作会议。省政协原主席周国富、副主席张泽熙、文史委主任沈敏光等出席。会上举行省政协文史委特邀委员颁发聘书仪式，省委党史研究室主任金延锋、省方志办主任潘捷军等11人被聘为特邀委员，我有幸名列其中。

周国富主席作重要讲话。他指出，做好文史工作，要解决好是什么、做什么、怎么做的问题。先讲是什么，文史资料工作是政协的综合性、基础性的工作，要贯彻好"存史、资政、团结、育人"的八字方针。再讲做什么，一是重点为浙江发展征集"三亲"史料，编辑出版调查成果。"三亲"史料必须是真实的、深刻的，本着求实求真、求精求新的精神去做。二是历史文化调研。全国政协很重视。要对有的非遗项目进行抢救保护，不抢救就没了。戏剧发展促进会搞调研，不少传承人、老演员说没就没了，不进行调研，没办法弥补遗憾。口述史还有音像资料，都很珍贵，要抓紧抢救和保护好。最后讲怎么做，要做好规划，要列出重点，要建立调查小组，要及时编撰出版成果，要做好抢救保护工作。

大会后进行分组讨论。在座的新老委员先后发言，我也讲了几点：首先是感谢聘我为特邀委员，我很光荣，也感谢政协文史委和政协委员长期来对非遗工作的支持。再是表个态：一是虚心学习；二是履行委员职责；三是更好地做好本职工作。

2013 年 4 月 16 日　星期二

上午，收到厅办印发的"今年第一季度政务信息采用情况的通报"，我处在厅机关各处室中，本季得分排名第二。第一季度，我处有三篇稿子为上级机关采用："我省非遗春晚引人瞩目"（省委宣传部采用），"省文化厅公布26个浙江省春节文化特色地区"（省政府办公厅采用），"春节前后浙江组织开展富有地方特色的民俗文化活动"（文化部办公厅采用）。工作做了很多，也很努力，但宣传还很不够。

下午，召开处务会。回头过一遍3月、4月工作，查漏补缺；安排了5月、6月工作。3月、4月为调查研究月和建章立制月，调研全省各市，走了一半；有关规章制度有了草稿。5月、6月为保护宣传月和展演活动月，有大量工作，时间也像是上了发条。进一步明确了各项活动及承办人，强调了工作要求。

晚上，童部长打来电话，关于省民俗文化促进会相关事宜：一是常务理事会，拟定4月底或5月初开。二是年会，拟于第四季度开。三是民促会换届，拟明年再说。四是传统节日保护基地调研事宜（设计表格，要有五六个要素，包括节日怎么过，公布为省基地后的建设措施等）。拟5月初启动，8月底完成；包括已公布的20个省级节日基地和今年新申请的节日基地，要形成调研报告。五是民俗文化村调研。

2013年4月17日　星期三

全省历史文化村落保护利用现场会在兰溪召开。2005年全国有代表性的古村落有5000多个，到2012年只剩下不到3000个，而且继续以每月1个的速度消失。这个值得警惕！浙江首批43个重点古村落，每个村有500万—700万元资金补助；217个一般村，每个村有30万—50万元资金补助。

冯骥才先生说："古村落就是中华民族最大的文化遗产，其价值不比万里长城低。"

譬如兰溪诸葛村，有八卦布局、婺州风格的古民居建筑文化；有"宁静致远，淡泊明志"为家族修养的宗族文化；有包括各式婚丧嫁娶、节日庙会、迎神赛会、祈年求雨等习俗的民俗文化；有易学、理学、书法、绘画、诗词等耕读文化等。浙江还有数百上千的古村落，但是保持古村风貌的越来越少。我家乡临海岭根村是古村落，我大伯伯兴奋地告诉我："你啥时候回家乡看看，村里变得你都认不出来了。"

文化古村落就是中华传统文化的根，这是老祖宗留给我们的宝贵财富，更是一份沉甸甸的责任！

今天有三家广电媒体来访：上午，浙江之声来商谈联合举办非遗展播活动；中午，浙江广电音乐调频来商议联办非遗活动；下午，杭州电视台影视频道来商议"走进百工之乡　发现美丽之当代手艺人"大型新闻采访行动。三家像约好似的，贴近非遗。这大概说明了媒体更有文化自觉，也说明了这类节目受观众欢迎，非遗对媒体的造势和影响力有推动作用。

2013 年 4 月 18 日　星期四

上午，杭州市委、市政府给我厅发来《关于商请共同主办美丽非遗与美丽中国 2013 年良渚论坛的函》（杭委函〔2013〕1 号）。收到这份杭州确认件，我处即拟文报请文化部非遗司、国家非遗中心联合主办。拟以"美丽非遗与美丽中国"为主题，举办第二届中国非遗保护余杭论坛，论坛内容包括"美丽非遗与美丽中国"全国论坛、"美丽非遗与多彩美丽洲"论坛、"中国传统殿堂壁画的当代传承与发展"论坛等，拟邀请国家级及省内外相关专家学者参加，会期两天。

下午，文成非遗中心郑文清和吴晶晶来访，介绍了文成的非遗工作和设想。我提出，要注重几个结合：一业独大与多元模式结合，节庆活动与建立经常性展示基地结合，非遗骨干队伍与动员社会力量参与结合，做好工作与做大宣传结合，抢救保护与开发利用结合。

2013 年 4 月 19 日　星期五

上午，讨论 2013 年文化遗产日主场城市活动方案。金华的朱江龙、邵芙春、许英英等参加。金华提出，举办全省戏曲专场。这个想法好，我也很想在适当的时候重点抓一下戏曲，戏没了就真没戏了。戏曲又是金华强项，特别是去年婺剧在浙江戏剧节中独占鳌头，金华作为承办地可以更好地彰显自己。

我提出在全省布点，再办几台戏曲演出，分昆曲、乱弹、高腔、滩簧几个板块，请大家讨论策划。经热烈讨论，拟定系列构架，包括浙江大剧种经典折子戏展演，浙江小剧种传统小戏展演，浙江木偶、皮影戏展演，浙江戏曲名家名段演唱会等。拟定再组织个论坛，拟主题为："天下第一团"的保护传承。几项活动，即发抄告单向各地进行公益性项目"招标"。通过搭设系列平台，促进各地加强传统戏曲的保护传承，让百姓更有戏看！

下午，讨论省级优秀传统文化教育普及活动先进单位和个人名单。教育厅潘处、团省委陈继胜部长、省广电集团总编室陈主任等参会。祝汉明介绍了2012年非遗进校园活动季情况和成效，李永坚介绍各地推荐先进名单情况和初评意见，大家会商和审核，拟定公布名单。

2013年4月20日　星期六

上午，与诸妈去浙江图书馆广场书摊淘书，在阴雨中转了两个多小时，买了十来本。有《世界名街》《文化战争》等开阔视野的书，有《科学发展观在浙江的实践》《浙江戏曲改革纪实》等有关于浙江本土的书，也有关于孟子的智慧、成吉思汗的书。花小钱多买书，好。

下午，赴诸暨斯宅参观裕昌号民间艺术馆。这个馆利用老茶厂，重点展陈传统雕花床等十里红妆以及石窗等，有些展品的确精美绝伦，非常之珍贵。实在被以前工匠的艺术造诣深深震撼。

参观后，提了几点建议：一是怎么布展要有说法。二是进一步发掘内涵，发掘蕴含着的知识点和故事，更好吸引观众，让观众更有收获。三是要有工坊、作坊现场展示，做木工活，做家具。四是要与周边旅游线串联起来，可作为旅游的卖点。五是要多途径争取省里的牌子，有牌子就可能会有项目资金支持。六是诸暨市应当对民间博物馆、非遗馆建设出台扶持政策。七是多参加省里展出，扩大宣传和影响。

2013年4月21日　星期日

上午，举行诸暨裕昌号民间艺术馆开馆仪式。金海炯局长主持，骆建松馆长介绍建馆情况，县政协沈主席和我致辞，省政协文体卫委员会杨建新主任讲话，葛焕标将军宣布开馆。我在致辞中，从十里红妆的故事说起，谈到当前的文化生态变化、骆馆长一家人的文化情怀、十里红妆等搜集抢救整理展示，以及这个馆的社会功能作用，谈了些感想感受，希望艺术馆越办越好！

下午，回杭。

2013 年 4 月 22 日　星期一

近期有三个类似的文件：一是《浙江嘉善县域科学发展示范点建设方案实施计划》征求意见；二是省文化厅、义乌市政府《关于国际贸易综合改革试点文化共建框架协议书》征求意见；三是景宁县文广局为落实省委、省政府关于景宁畲族文化的定位，起草了一个省厅与景宁合作共建的框架意见草案。今后还应当与舟山海岛新区、象山海洋渔文化生态区等签订类似协议，对相关工作给予特别关注和指导。对嘉善、义乌、景宁的三个文件草案，提出了修改意见。

今年人大议案、政协提案，涉及我处的有 9 件，较之往年少得多了。记得去年是 26 件，前年也是超过 20 件。政协委员一直很关注支持非遗保护工作，要求加强领导，加强保障等等。我处对每一件提案办理都很认真，但不少反映的问题却是文化厅职能力所不及的，我们只能从业务上积极响应和支持落实。将议案、提案分解给处里各位，分头答复和办理。

2013 年 4 月 23 日　星期二

上午，接到两个文件，分别是省里的两个协调机构下发的。涉及我处有关职能，年底要考评和考核。

一是浙江生态省建设工作领导小组办公室 4 月 12 日印发的《领导小组各成员单位工作任务书及考核评分标准》。其中"二十一、省文化厅生态建设年度重点任务"部分，涉及非遗的包括：1.做好文化遗产日宣传活动。4.做好省级以上非遗名录项目保护传承工作的督导。国遗"八个一"，省遗"八个一"，服务传承人月，各类保护基地建设，第二批省级非遗生产性保护基地和第二批传统节日保护基地申报评审和命名等工作。5.推进省级文化生态保护实验区建设。象山申报国家级文化生态区。县域非遗、乡村美丽非遗建设。6.做好非遗十年系列宣传展示工作。

二是省推进城市化工作协调指导小组 4 月 8 日印发的《各成员单

位工作职责和分工意见》。其中，"（七）推动文化繁荣发展，形成城乡人文共创机制：87.突出城镇文化特色，打造城镇品牌，提升城镇品位。89.注重城镇村落的历史文化遗产保护、非物质文化遗产发掘保护和民间艺术传承，弘扬传统文化和地域文化特色，提升城镇村落文化内涵，彰显浙江民俗文化魅力"。

这是我处自作多情、自我加压，将非遗工作融入中心工作，融入大局，顺势而为、乘势而上。

下午，与浙江电视台教育科技频道王戈刚导演、李导商量非遗十年电视晚会事宜。拟定晚会名称为"美丽非遗·美丽浙江"，主题为"民族的就是世界的"，体现开放的姿态，体现面向未来的豪情。融合非遗十年历程、非遗保护十大新闻人物、非遗主题歌和非遗项目展演。时间拟为10月，届时是保护非遗公约颁布十周年。用VCR展示非遗十年，用大事记回顾和反映波澜壮阔、高歌猛进的历程，过滤大量琐碎的信息，把想说的和必须说的呈现出来。演出节目体现传承与发展，古朴与现代，经典与精彩。先请电视台做个脚本，"五一"长假后讨论。

2013年4月24日　星期三

今年将举行第八届浙江省非物质文化遗产节，考虑以"美丽系列"为主打。拟定总的主题为"彰显美丽非遗，妆点美丽中国"，"妆点"两字不是很贴切，再改。子活动，也尽量拎出明快响亮切题的主题。拟5月下旬召开新闻发布会，发布"美丽系列"；至于"非遗十年"系列，拟推迟到七八月份举行。两个系列都很靓，合在一起显得主题不突出，所以分开发布，花开两朵，各表一枝，将有更大的新闻效应。

2013年福建省非物质文化遗产保护工作培训班将于5月15—16日举行，邀请我于16日下午讲授"浙江非遗申报保护与传承经验介绍"。本次培训班共6个讲座，其他5位授课老师分别为文化部非遗司、国家非遗中心、亚太中心的领导和专家，我很荣幸能够受到邀请。

2013 年 4 月 25 日　星期四

上午，李永坚起草优秀传统文化教育普及活动先进单位和个人名单表彰文件。与祝汉明等将名单再过一遍，特别是先进媒体名单。希望更多平常大力支持非遗工作的记者朋友上榜。

下午，马上要报非遗信息化预算，报计财处"追加非遗保护专项资金额度的申请"；4 月底还要上报我省申报 2013 年国家级非遗经费项目名单和详细预算。由李虹做预算做报表，处务会审核讨论。

这一阶段看完了连续剧《汉武大帝》，50 多集。我尽量追着看，沉浸在剧情之中，替古人担忧，也为先人而感慨。汉武帝刘彻有远见卓识、宏图大略，文韬武略俱全，削藩，打匈奴，一雪国耻。司马迁忍辱负重，不屈不挠，心怀天下，矢志不渝。卫青建功立业，精忠报国。张骞远离祖国 13 年，历经艰辛，信念不移。霍去病初生牛犊，凌云壮志，天生高贵，所向披靡。看历史剧，了解了不少历史知识，熟悉了那个时代的豪杰，有收获。

2013 年 4 月 26 日　星期五

下午，省委统战部经济处周晓勇副处长和徐陆颖来访。周处长介绍，今年 1 月新生代企业家建立了新生代企业家俱乐部，大的家族企业的优秀二代接班人参加，有会员 80 多人。会长宗馥莉，年纪轻，志向高远，有境界，想做一些公共公益事业。浙江非遗保护工作走在全国前列，很有作为，但还有许多困难。新生代企业家比较研究后，准备参与非遗保护工作，有所作为。

我介绍了浙江非遗工作情况，建议新生代企业家可参与非遗新闻人物评选等品牌活动，持续做下去；可参与对濒危非遗项目的认亲结对，扶小扶弱，做大做强；可参与非遗产业园区建设，促进两个效益；可参与非遗题材的电视剧、电影拍摄，推波助澜。

社会上对于富二代颇有微词，多有负面印象。还有一种称呼为"创二代"，体现了子承父业，继承父辈敢闯敢拼的传统，继续为社会做贡献。义利兼顾，以义为先。同时，创二代年轻、有识见、视野广，矫正了社会的偏见，有社会担当和投身公益的情怀。创二代是社会的精英人群，影响着社会的价值观。创二代参与公益事业，是一种很积极的现象，也是一种正能量，可以影响和带动一大批人参与非遗事业、参与公共事业。

2013年4月27日　星期六

下午，与余杭冯玉宝局长商议"美丽中国与美丽非遗"论坛筹办事宜。金厅长已审签给文化部非遗司和国家非遗中心的申办请示。近日我要去趟北京专门汇报方案，争取联合主办，听取指导意见，预邀请领导出席。

杭州市委发来商请共同主办"美丽中国与美丽非遗"2013良渚论坛的函。让余杭承办"美丽中国与美丽非遗"论坛，主要有三个因素：一是2006年余杭承办了第一届中国非遗保护（余杭）论坛；二是良渚打的是美丽洲的品牌；三是余杭非遗保护工作一直走在全省前列。我们的设想与杭州的热切响应，是机缘巧合，更是天时地利人和。

2013年4月28日　星期日

今年我处负责答复和办理的人大议案和政协提案有9件：省政协717号，吴超英等打造浙江传统手工技艺强省和浙江工艺与民间艺术之都的建议；省政协182号，刘伟文等建设全球工艺保护中心的建议；省政协703号，苏为华等开设杭州方言课的建议；省政协619号，李晓燕等对民间艺术资源走进中小学课堂的建议；省政协100号，汤春浦等重视股份、私人创办的非物质文化遗产展示基地的建议；省政协242号，郑斌等推动舟山海岛新区海洋文化名城建设的建议；省政协509号，管建平等扶持民营文化产业发展的建议；省人大丽40号，熊金平等加大少数民族地区帮扶力度的建议；省人大舟10号，周玉娣等将双屿港研究纳入省海洋文化研究重点项目的建议。主办件，5月30

日前办妥；会办件，要求在 4 月 30 日前办理。

下午，陪同河南省厅领导和非遗处长考察富阳龙门古镇。来过龙门，每一趟来都会加深点印象，增长点知识。龙门还属于原生态，古镇整体风貌维护得很好，街巷全部是石子路，很难得。但感觉古镇还缺少丰富的非遗内涵，缺少体验互动项目，缺少一些个性小店或者作坊。因此，也就缺少一些生动灵动的气息，缺少一种耐人寻味的感觉。

晚上，河南省厅的杨厅长说："说到非遗，大家都要说起向王处长学习，非遗处几个人就好像一个支点，翘起了浙江非遗的杠杆。"记下这句话，并不是要自我标榜，浙江非遗的确是盛名之下，全国看浙江，浙江怎么办？我们不能辜负了这份荣誉、这份信任、这份期待！既然过了河，只有拼命往前赶；既然选择了远方，便只有风雨兼程。

2013 年 4 月 29、30 日（五一假期）

这两天，将王文章部长主编的《非物质文化遗产概论》从头到尾认真看了一遍。这本书是 2006 年 10 月出版的，与我的《把根留住》出版时间相同。"概论"是实践基础上的形而上，"把根留住"是实践中的总结和思考。当时，书店里不大看得到非遗的书，而现在书店里非遗的书已经是层层叠叠了。回过头来看，还没有非遗方面的理论著作能够超越王部长的非遗概论。仔细研读和领会，真有点字字珠玑的感觉，处处令人寻味，处处映照着今天的非遗工作实践。我几乎在这本书每一页都划了条条杠杠。我希望更多的非遗工作者都能认真研读。这是非遗工作的工具书，是非遗工作的教材，更是非遗工作的经典著作。从事非遗，必读此书，而且好书经得起反复读。读是为了用，为了更好地理论指导实践，推动工作，促进发展。

2013年5月1日　星期三（五一假期）

今天，趁着假期，翻了一遍之前买的关于新闻评论写作的书。2007年以来，已经写了百来篇非遗时评，都是应景之作，都是有感而发，都是觉得该说话的时候就应当说几句。看了这三本新闻评论写作的书，更加认识到评论的重要，对于文章的写法，也甚有启发。文无定法，大体则有，具体则无。借鉴前人他人，发挥擅长之事，也许评话的写作会上一个境界。实在太忙，难得有空暇，很希望有时间读读《毛泽东选集》，读读鲁迅。

自我认识：有点灵气，但缺少历史底蕴和厚度；有点才气，但缺少文学细胞和修养；有点社会感悟力，但缺少知识结构和广度。自嘲：半桶水都不到。

2013年5月2日　星期四

上午，省政府李云林副秘书长听取嘉兴端午节庆活动准备情况汇报。嘉兴方面介绍了活动总体方案，活动主题为"嘉兴端午，中国味道"。有四大板块：一是民俗展示板块（开幕式，子胥庙会暨伍相祭、端午民俗文化展示五个一活动、捐赠十万个粽子仪式、包粽子大赛、香囊制作大赛）；二是创作研究板块（漫画端午、端午节丛书）；三是体育竞技板块（掼牛、龙舟竞渡、踏白船）；四是经贸洽谈板块。

我谈了几点意见：一是打造中国端午品牌。嘉兴与韩国江陵市是友好城市，江陵端午祭先于我国成功申报人类非遗，嘉兴抓好端午品牌，有特别重要的意义。文化部和省政府对此有共识。二是嘉兴办节理念对头。政府办节，老百姓过节，活动设计四大板块，16项活动，频道不变，内容可转换；有固定的品牌活动，也有新的变化、新的表达形式；在继承传统基础上有创新。三是发挥品牌效应。品牌拉动，与旅游、经贸结合，共同唱戏。既为市民服务，也考虑游客的需求。

李秘书长讲了几点意见：一是嘉兴端午习俗活动很有影响。四个板块，不断完善，拓展其他领域，文化与经济融合，促进"两富"目标的实现。二是报批手续预先进行衔接。三是节庆与撤地建市 30 周年结合，仪式尽量简化，侧重老百姓参与，要精彩、出彩，还要注重亲民、利民、为民，注重互动、参与、共享。四是安全问题是重中之重，要有预案。

2013 年 5 月 3 日　星期五

下午，富阳渌渚镇领导来访。渌渚有个孝子周雄，镇里弘扬孝道文化，建了周雄纪念馆、孝风广场、四进牌坊，举办了"三月三"、九月九百姓祭周雄等活动，打出了孝子祭的品牌。周雄孝子祭，渌渚好传统。

对于富阳举办的这一系列活动，从一开始我就参与和支持。今后如何拉动旅游发展？我主要从孝子湾的发展方向上提了几点意见：一是立足于德育教育意义，做好周雄纪念馆展陈工作。围绕孝、善、寿三个字做文章，征集展品，分类做好展示。要注重展览的内容和形式，不但让人受教育，还得让人增长知识，体验情趣。二是做好孝子祭文章，可以请省文化厅和省老龄委挂名主办，邀请周氏家族有出息、有成就、有影响的人参加，扩大知名度、影响力。三是做旅游休闲和养老文章。今后，社会养老将是个大问题、大课题、大命题。渌渚为全国爱老敬老基地，有个敬老院，可以好好做敬老院的文章。四是与发展文化旅游结合，比如周雄像、老寿星剪纸，发展传统手工艺产业，开发农家乐。五是重视媒体的宣传，打响"杭州有个太子湾，富阳有个孝子湾"的口号。

其中，他们谈到越剧"徐派"创始人、越剧国家级代表性传承人徐玉兰是渌渚人，现已 90 岁，有捐赠越剧资料的意向，当地还有她当年读书的遗址，我建议他们要高度重视此事，要有一些构想和具体措施，比如筹建徐玉兰艺术馆，成立徐玉兰艺术研究会，组织民间剧团复排徐玉兰的戏，征集与徐玉兰相关的各种物件和资料，设立徐玉兰越剧艺术传承奖等，周雄纪念馆也可作为徐玉兰艺术馆的过渡。

晚上，看到近期的厅长办公会议纪要，其中有一条，厅里研究出台了机关上挂和帮助工作人员管理办法。要求对借用人员控制数量、设置条件、加强管理等。

我个人认为，对于上挂帮助工作的同志，前提是应当有个共识，这是工作所需，是培养干部的需要，也是机关更有活力的标志。我们首先应当考虑怎么样给予上挂同志更多的关心、更多的平台和机会。基层上挂的同志，往往是基层单位的骨干和优秀代表，素质好，吃苦耐劳；他们远离家乡，付出很多，厅里应当以热情和感谢相待，而不是有点居高临下。

本处总共3个编制，在编2人，即使配齐了，也就3人。而目前非遗处的工作量真可谓铺天盖地，岂是3个人能应付和应对的。非遗工作依然是时不我待、刻不容缓，要只争朝夕，要分秒必争。在当前的特殊时期，通过上挂帮助工作的办法解决编制不足、人手不足问题，不是权宜之计，是必然选择。另外，我今年已经50多岁了，总得有几个熟悉机关业务、能够独当一面的助手，如果上挂只能一年，一年一换，每年换人，一切从头开始传帮带，那真有点难了，也不利于工作的延续性。

2013年5月4日　星期六

去书店找了几本与宣传思想工作相关的书。回家从头到尾翻阅了一遍，认为有点思想观点的，或在工作思路和实践上有探索创新的，或是在书的编写体例上有点启发的，做上标记。但回过头来看，还是觉得有不少大话、空话、套话，经典的或有启发的话不大有。

2013年5月5日　星期日

拟定于本月底召开全省非遗宣传工作经验交流会，主题为"全媒体时代的非遗宣传"。围绕这个主题，左思右想，还是理不出个头绪，或者说没有找到最好的表达方式。本来考虑先讲讲什么是全媒体，全媒体时代有什么特征，我们在非遗宣传方面已做的工作，大家还应当做些什么，为此提点要求。但对于全媒体的表达，我不熟悉，不能以其昏昏，使人昭昭。一整天找不到头绪。

晚上 12 点了，回到书桌前再琢磨琢磨，突然开窍了，感觉找到突破口、找到方向。拟从几个"抓"入手：抓总量、调结构，抓热点、提口号，抓策划、搞活动，抓载体、创品牌，抓媒介、广覆盖等。

2013 年 5 月 6 日　星期一

上午，省曲杂团吴团长、陈书记来访，介绍团里情况及相关事宜。评弹演出两个人一台戏，要演唱演奏两个半小时，那是没办法滥竽充数的，要见真功夫。学评弹要讲功底功力，学徒一学五年，才能出场跟班说回书。浙江评弹市场不大景气，与苏州、上海相差甚远。

我建议，一是要找准定位，省团的市场应当是全省。曲杂团有经典书目，要向基层书场推销和介绍。二是省团是龙头，省团要对基层的曲艺杂技传承和发展给予指导辅导，拓宽自己的发展空间和业务优势。三是要重视项目申报，争取有更多的曲艺杂技项目上省遗上国遗，有项目才有品牌效应，才有申请经费的渠道。四是要有改革措施，激发活力，激发生产力。

下午，童部长拟定 5 月 17 日召开省民俗文化促进会常务理事会。要具体配合做好相关事宜，包括去年总结、今年计划、民俗文化研讨会通知、传统节日保护基地调研提纲、民促会成立以来大事记、工作图录、会员名册等。

金华发来今年文化遗产日我省主场城市活动方案，包括开幕式、美丽浙江传统表演艺术展演及踩街活动、百工浙江传统手工艺展示活动。与祝汉明商议并梳理了一遍，发回金华。

2013 年 5 月 7 日　星期二

上午，与祝汉明、李永坚商议国家级非遗生产性保护基地我省推荐原则，并据此提出拟重点推荐名单，择优排序。

李虹、钱彬欣起草了我省申报国家非遗专项资金几条原则，将各地申报的项目列出前 30 个和备选 30 个拟报部里的名单，提交处务会讨论。

下午，召开处务会。传达了厅党组"严纪律、正作风、作表率"专项行动有关部署。依照讲政治、讲纪律、讲效能、讲节约、讲文明、讲廉洁的要求，从自己做起，从小事做起，令行禁止，保持真诚奉献的好传统，更好地服务人民。

梳理和安排了5、6月处里的工作。这两个月，有三个多：一是上报文化部和厅里的项目多。向部里申报年度项目经费补助，申报非遗生产性保护基地；还有各地报省里的项目：申报第二批省传统节日保护基地，申报第四批省级传承人、我省濒危项目，申报第四批国遗预报项目、非遗宣传报道奖报送项目。二是要开的会议多。文化遗产日系列活动新闻发布会，省非遗宣传报道工作经验交流会，非遗生态区建设座谈会，省民俗文化促进会常务理事会，美丽中国与美丽非遗余杭论坛。还有福建非遗保护培训班讲课。三是要起草的规范性文件多。一系列指导意见要起草或要修改。另外还有第八届浙江省非物质文化遗产节暨主场城市（金华）活动开幕式等系列活动。

李虹反映了一个问题，文化部下了文件，布置上报非遗项目补助经费，4月22日下文，4月28日厅收文，5月3日我看到文件，5月10日截止上报。时间紧，任务重，要求高，责任大。李虹工作很主动，很有前瞻性，我处在去年底就发了通知，要求各地预报，报来80多件，每个预算项目审改三次以上，翻来覆去，审核把关；有三四个月的提前量，早做准备，不算太仓促。文化部要求各地上报国遗项目的1/3，实际补助项目将是其中的1/3至1/2。但是有些地方敷衍应付，不当回事。有些地方，一年的专项也就10万元，如果能争取国家经费补助，可以有更多非遗项目被激活。从事非遗还是要有开放意识和包容情怀，只要有利于非遗事业，自己多辛苦一点，那也是应该的！文化部这次有一点把关得很好，如果保护责任单位没有法人证（企业没有营业执照），单位没有组织机构代码证，一概不能作为补助对象。这一红线设置得好，可以促进各地非遗中心的独立。

2013 年 5 月 8 日　星期三

这两天，与周和平、王文章、董伟先后三位分管部长，还有马文辉司长均取得联系，很巧，他们都在北京，我运气很好。周部长回短信："王三水老朋友什么时候来都欢迎，9 号在，届时联系吧。"

与叶涛订的是下午 3 点的航班，忘了带身份证，改签到 5 点的航班。嘉兴金琴龙局长、陈云飞副局长等已先我们到京，余杭冯玉宝局长等晚上 11 点半赶到宾馆。我们商议了明天的安排。

2013 年 5 月 9 日　星期四

今天，拜访文化部周和平、王文章、董伟先后三位分管部长，拜访马文辉司长，并逐一向他们进行了汇报。

上午，在董伟部长办公室，董部长、马司长听取汇报。马司长向董部长介绍，浙江是最早启动非遗保护工作的省份，浙江的非遗普查动员做得最好，联合国教科文组织公布的非遗项目和国家级项目浙江也最多。浙江的工作很有套路，做法成熟，地方法规和保护的政策出台也做得好。省委赵洪祝书记对非遗很重视，多次批示。马司长对我们的工作充分肯定，给我以鼓舞。

嘉兴金琴龙局长汇报了中国嘉兴端午民俗文化节总体方案，我做了补充说明。马司长指出，举办端午民俗文化节很有意义，很有价值，但要符合规定。

董部长说：第一，以往三届办得红红火火，有基础有经验；政府搭台，老百姓过节。第二，端午，根在中国，要正本清源，让韩国认祖归宗。过端午不同于过一般的节日。第三，应该突出端午，突出民俗，突出非遗。抓住一点，做到极致，把事情做透就有名声了。要提高节庆绩效，仪式尽量简便，要节俭、高效、惠民。第四，送粽子要有主题，送到边防哨卡，送到延安宝塔，要有策划，策划要有班子。第五，希望嘉兴志向远大一点，突破一般的办节，今后有条件，可以浙江、湖北一起，甚至将来把日本、韩国也统筹进来，还可以组织国际性的民俗风情摄影展。第六，对于端午活动，情感上很赞同。中央下发了八项规定，去年两办有个加强节庆管理的通知，要按程序和规定报批，标题上要与规定不相违背。

余杭冯玉宝局长汇报了第二届中国非遗保护余杭论坛筹备方案，我做了补充。马司长指出，美丽非遗与美丽中国，这一题目大，非遗都能用美丽概括吗？公约十年与非遗保护实践，很值得好好研讨，总结经验，探寻规律，加强宣传。对于非遗保护的一些专业问题，也要集中讨论。

董部长说，国务院明确，2006年起每年6月举办文化遗产日活动，进一步唤起民众的文化自觉。做非遗这个事很有意义，举办这个论坛也很有必要。现在对节庆活动进行治理整顿，应当理解为好的留下，要办得更好；那些庸俗的活动，就取消掉。我们的论坛应当不属于要清理掉的活动。对于非遗司是否挂名主办，请司里研究一下。要把论坛办出特色，办出影响。

下午，我们一行去国家图书馆，拜望周和平馆长。这位老部长热情地接待了我们，在会议室听取了嘉兴端午民俗文化节、余杭论坛方案的简要汇报。我们真诚地邀请周部长届时能莅临。周部长表扬我们浙江工作历来很主动，想做一番事，也干出了一番大事业。周部长曾经出席首届中国嘉兴端午民俗文化节，宣布开幕。当时的嘉兴陈德荣书记聘请周部长为嘉兴市政府顾问。2006年的首届中国非遗保护余杭论坛，周部长莅会并作重要讲话。周部长对浙江的工作始终很关切，勉励有加，并答应尽量安排来浙江参加活动。

之后，我们一行又赴中国艺术研究院（国家非遗保护中心），拜望王文章院长。这位卸任不久的分管部长，在办公室接待了我们，听取了端午节和余杭论坛筹备工作的简要汇报。王部长说，浙江的工作一直走在全国前列，浙江的工作他也一定会支持。嘉兴端午节要体现端午特性，体现民俗特色，体现地域特点，体现时代特征。"过民俗到嘉兴"的口号很响，但内容不是单一的，要丰富多彩。民俗活动还要注重与社会各方面的融合，促进人民的幸福生活，促进旅游发展，促进经济增长。对于余杭论坛，王部长说，当年首届的主题是"国家文化安全"，今年第二届的主题是"美丽非遗与美丽中国"，站位都很高。务虚要与务实结合，希望能够产生一批来自实践，又能指导实践的成果，产生一批指引方向指引未来的成果。

我看到王部长办公室的墙上挂了两幅名家书法。有王朝闻先生书写的"千里始足下，高山起微尘。吾道亦如此，行之贵日新"；有费孝通先生书写的"敬业乐群"。我亦当以此勉励自我！

2013 年 5 月 10 日　星期五

与叶涛乘坐早上 8 点半的飞机从北京返杭，中午赶到厅里吃中饭。

下午，湖州吴兴区蒋局长、朱副局长等来访。蒋局长介绍了当地非遗工作情况：区文化馆有两个编制，非遗中心有两个编制，合署共四个编制。当地没有国遗项目，省遗项目有传统小吃四项，还有羽毛扇、织里刺绣、抬阁、山歌等。区里很重视非遗工作，局里也很想做些事。我提了三点意见：一是拟承办省国遗项目申报工作会议事宜，可以考虑，但如果没有能够冲刺国遗的项目，那是买个鞭炮给人家放，望斟酌。二是吴兴区代表地域文化形象，有核心竞争力的品牌项目是什么？申报国遗是一种途径。就吴兴拟申报项目逐个作了分析，是否有戏，一定程度上还取决于文化部的关注重点。三是吴兴作为湖州的中心城区，非遗工作与目前的地位还不相适应。建议去好的城市、城区取取经，研究出台规划和政策，加强区级文化机构的建设。

2013 年 5 月 11 日　星期六

今天准备福建省非遗保护培训班讲课提纲。福建省厅希望我讲讲浙江非遗申报和保护传承的经验，我想就围绕申报、保护、传承三个关键词阐述。

2013 年 5 月 12 日　星期日

下午，召开策划会，商议新生代企业家环湖接力跑方案，请林敏、祝汉明、李发明、王雷一起讨论。我讲了背景，提出了几条原则；李发明抛出一个方案，从主题、形式、线路安排到几个接力点，方案很周密，很有新意和创意。让祝汉明先把环湖接力跑方案整理出来。

2013年5月13日 星期一

上午，与祝汉明、叶涛商议文化遗产日系列活动新闻通气会方案。

下午，会商环湖接力跑方案。统战部经济处周晓勇副处长，娃哈哈集团、万事利集团等方面参加，祝汉明介绍了我厅的方案。大家讨论了方案：一是明确举办单位，包括执行机构；二是和西湖风景名胜区管委会等对方案进行对接和论证；三是与各方面协调分工，明确责任；四是部署和筹备事宜；五是现场组织实施；六是新闻宣传；七是活动成果体现；八是今后的合作。

晚上，常山县揭政东副县长、毕局长、费斐来访，毕局长介绍了当地的非遗保护工作情况，和打算申报国遗项目的情况。我提出几点建议：一是常山核心竞争力体现在哪里，常山最出彩的是什么，有什么吸引眼球？相比较，开化是钱塘江源头，可以做农耕民俗文章，还有根雕园；江山有江郎山、廿八都、清漾毛氏，还有"一戴三毛"；龙游有龙门石窟、龙游龙舞、龙游民居苑。而常山要好好分析和研究一下。二是常山为经济欠发达地区，非遗工作如何与旅游结合，与发展文化产业结合，与人民群众的脱贫致富奔小康结合？三是政府要认识到非遗保护的意义和作用，加强非遗保护中心建设，加强力量配置，加大经费投入，加强政策保障。

2013年5月14日 星期二

上午，把几个小文件过了一遍，有诸暨的省非遗宣传报道经验交流会会议通知、今年文化遗产日主场城市（金华）活动通知、赴成都观摩国际非遗节抄告单。

前些天，文化部通知要求上报 2013 年文化遗产日各地活动安排。祝汉明和李永坚理了一个一览表，我厅直接牵头的就有 10 项活动，各地的活动也丰富多彩。

钱彬欣负责《2013 浙江文化年鉴》非遗部分的材料归总工作，我过了一遍。中山大学中国非遗研究中心发来专函，要求协助提供 2012 年浙江非遗保护情况资料；并寄来 2011 年度和 2012 年度的中国非遗保护发展报告两本书。

下午，省财政厅胡红过来现场办公，非遗处、社文处、产业处和计财处，逐个审核。非遗信息化申请经费，仅扣掉了 3 万元，这说明信息办编制的预算比较实，处里预审工作到位。申请今年的国家非遗专项资金，我省上报 60 多个项目，文化部申报管理平台没通过审核的仅 5 项，通过率很高，也就是说我省可能争取到的项目经费比较多。

晚上，与钱彬欣乘飞机赴泉州，夜里 10 点多的航班误点了，飞到泉州已 12 点半了。

2013 年 5 月 15 日　星期三

上午，举行福建省非遗保护培训班开班仪式，共有 200 多人参会。

福建省厅陈吉副厅长讲话，介绍了全省非遗工作基本情况，分析了存在的问题，提出了今后一个时期工作的方向和任务。福建工作成绩突出：一是在名录体系上，有世界级非遗 6 项（4＋1＋1），人类非遗、急需保护项目、优秀实践三种类型都有入选，大满贯；特别是木偶戏保护计划入选"优秀实践项目名册"，填补了中国的空白。福建有国遗 113 项，省遗 353 项。二是在生态区建设上，闽南文化生态区（包括厦门、泉州、漳州）为全国首家；规划方案已通过文化部评审，包括六大重点项目建设；省政府听取汇报，下发纪要；客家文化、梅州妈祖文化生态保护区正在申报之中。三是在福州三坊七巷建了福建省非遗博览苑，还有中国泉州民俗文化展示馆，还有乡村文化礼堂的利用在全国领先。四是省里建设文化记忆工程，建立了系列专题数据库，包括闽南 18 个专题、客家 12 个专题，即将部署妈祖信俗、舞台艺术、工艺美术、畲族文化等系列数据库资料采集工作。五是立法工作起步早，2005年出台《福建省民族民间文化保护条例》，2011年出台《福建省"福建土楼"世界文化遗产保护条例》，为非遗保护提供法规指引。六是大力推进非遗进校园、进社区，公布了200个示范点。福建工作亮点很多，可圈可点，值得我省认真学习借鉴。

陈副厅长指出，目前存在重申报、轻保护，过度商业考量、当作经济资源开发，知识产权受到侵犯，规模化生产、掠夺性竞争，理论研究、政策研究滞后，非遗过热、传承人等申报工作受到各方面干扰等问题。这些问题在浙江也是存在的。陈副厅长还指出，要加强对非遗保护重要性和紧迫性的认识。国家"非物质文化遗产法"于2011年2月25日通过，6月1日施行，要依法保护、依法行政，主动介入、提前介入。要分类指导、动态管理。放慢项目、传承人认定节奏，从数量转向质量管理。陈副厅长对培训班提出安心、专心、用心的三心要求，提出学是为了用。

国家非遗保护专家委员会副主任周小璞讲课。周司长讲课的题目是"我国非遗保护的形势与任务"。周司长介绍了非遗保护工作的基本制度和方法措施，分析了面临的形势，机遇与挑战共存，机遇大于挑战。主要问题有：生态急剧变化，工作不平衡，重申报、轻保护，开发与利用关系处理不当，理论滞后，队伍素质不高，流动性大，与形势发展需要不相适应，资金与工作需求不相适应。

周司长阐述了今后工作任务。一是贯彻"非遗法"，制定实施细则，修订以往出台的政策法规，研究出台相关扶持政策。二是开展抢救性记录工程，专项重点调查。三是建立项目保护管理制度。项目动态管理，完善定期自查、报告机制，监督检查，表彰奖励，警告退出。四是生态区建设，注重原真性、整体性、传承性，不离本土民众，保存原生地生存状态，同时要以人为本，关注民生，可持续发展。生态区建设与旅游开发、经济开发不是一回事。政府主导是导向，不包办，民众是主体。五是生产性保护，出台保护指导意见，对于个体生产、家庭作坊、大师工作室、规模企业提出分类指导；要区分对待自给自足性的生产和商业生产，要更关注濒危项目和萎缩的门类。生产性保护上有误区，如将其等同于产业化；如见物不见人，物是文象，非遗是文脉，要挖掘文化内涵，传承手艺，继承文化；如等同于发展文化产业，非遗强调传统工艺流程的完整性、核心技艺的真实性，非遗与产业两条线运行，不能混淆。六是总结推广典型经验。因类制宜，因项制宜，因地制宜，科学保护，确保其生命力。公约里有九个措施。争取更多项目列入优秀实践名册项目，积极推广好的做法和经验。七是非遗馆建设。鸟巢边将建三个馆：中国非遗馆、工艺美术馆、美术馆。中央对地方非遗馆建设给予补助，东中西按 2：5：3 补助。要重点研究三个问题：功能布局，建设标准，运行管理。功能上，体现物的展示解读、文脉的薪火相传、传人的现场演示、非遗的活态展示。八是传播工程，包括传统节日、文化遗产日、进校园、数据库网站、研究基地建设等。促进非遗的合理利用，非遗是活在当代社会中的传统文化。非遗与旅游的关系，是主与次的关系，不是让非遗适应旅游，而是让游客来看非遗。非遗的价值是多重的，不仅体现在经济效益上，还包括在文化创新、国民素质、核心价值、民族团结、社会稳定等方面的作用。要依法保护、科学保护，遵循规定、遵循规律。

　　下午，中国非遗数字化中心主任丁岩讲课。丁主任讲解了工程简介、建立新模式、标准规范体系、数据库群、应用系统、宣传展示平台等。非遗数字化建设的目标是互通互联，共建共享。

　　我讲课的题目是浙江省非遗申报和保护、传承工作经验介绍。我围绕申报、保护、传承三个关键词展开。申报有八个度：认识有高度，切入有角度，涉猎有广度，抢滩有速度，选题有亮度，关注有热度，挖掘有深度，指导有梯度。保护有八条：以方针政策为统领，以项目为重点，以传人为核心，以活动为平台，以集成志书为基础，以非遗馆为载体，以信息化为杠杆，以舆论宣传为导向抓保护。传承有八大基地：传承基地，传承教学基地，传统节日保护基地，生产性保护基地，宣传展示基地，非遗旅游基地，生态区，高校研究基地。

我的讲课反响不错。福建省非遗中心陈秀梅主任说："你的视野、你的深刻思考、你的影响力和威望，已经超越一个省，已经达到全国性的声望，你应当关注全国，不单是写浙江。"陈主任提醒了我，一直以来，我的着眼点和着力点限于浙江，写文章、讲话万变不离其宗，总是立足于浙江，我应当面向全国做些思考。

2013年5月16日　星期四

上午，文化部非遗司荣书琴处长讲课，题目为非遗项目、传承人、生态区的申报和保护管理。荣处长讲了四个问题。

一是非遗保护命题的提出。全球化关系到国家文化安全；现代化过程中，有的人不择手段钻政策空子，不计后果，不管未来；文化娱乐化给人和社会造成负面影响，人变得无聊琐碎，追求感觉刺激，欢迎庸俗文化。这喧嚣的世界，需要精神的清明、身心的和谐。孙家正提出两个问题：一是文化从何而来，文化有何用？二是人从哪里来，到哪里去，为什么活着，怎么活着？由人化文，以文化人。静、定、慧，与天地万物去相通。

二是非遗的内涵。非遗具有鲜活的表现形式，单纯的思想学识不是非遗。非遗具有整体性，集文脉与文象于一体，人有心，物有魂，道在器中。保护非遗，不仅要保护表现形式，还要保护蕴含其中的文化和精神、情感。非遗应世代相传，应正确看待曾经中断又恢复的项目。要的是活态传承，部里不受理非文化类项目。

三是项目、传人、生态区现状。三批国遗申报入选的比例分别为58.2%、52.2%、17.7%。项目最多的是浙江省，项目最少的省份只有10项。传承人集天地之灵性，拥有巧手慧心，有学历不一定有智慧、有悟性。生态区，政府主导，民众主体，生态补偿。

四是申报和保护中出现的问题和建议。列举了项目和传承人申报中的种种问题，对已采取的保护措施和应当注意的保护方式和途径，提出了有见地的想法和建议。

荣处长讲到静、定、慧，静生定，定生慧，慧至从容。我觉得这三个字，能体现荣处长与生俱来、由内而外的气质。听她的课，感觉她有学问有学识，书卷气很浓，天分极高，而且有大格局。

晚上，与钱彬欣从泉州返杭。

2013 年 5 月 17 日　星期五

上午，省民俗文化促进会常务理事们考察杭州江干区丁桥民俗文化。丁桥有条上塘河，据说是运河的支流，环境很美。丁桥皋亭山风景区（皋城村、沿山村）属第二批省非遗旅游景区（民俗文化村）。大家多数没来过丁桥，不大了解，会有新鲜感。

大家考察了丁桥镇民俗文化展示馆。这个馆分两层，一层以图片展示为主，文化资源挖掘得比较深入，介绍的内容较为全面，分类上也较为科学和细致。二楼为场景和实物展示，也包括丁桥模型图、丁桥宣传片展播。一个乡镇能有这么一个馆，充分展示民俗文化，不容易。不知道平常参观的人有多少，如果能有一些现场的手工艺之类的演示，能与旅游结合那就更好了。

下午，省民俗文化促进会召开常务理事会。周国富主席（名誉会长）和金兴盛厅长出席，童芍素会长主持。

按议程，我介绍了民促会 2012 年工作总结和 2013 年工作计划。2012 年，以非遗进校园活动为契机，以民俗活动为载体，以美丽乡村建设为抓手，以非遗旅游景区为平台，以志书编撰为己任，以民俗文化网站为窗口。2013 年，协助和参与文化厅有关工作，如基层民俗活动指导工作，调查研究工作，民俗卷编撰工作，换届筹备工作，会员发展工作，宣传工作，等等。

童芍素会长提出了民促会工作的基本原则：乘势而上、借势发挥；立足民俗、着眼非遗；科学务虚、积极务实；量力而行、尽力而为；互通互联、共建共享。

各位常务理事对民促会的工作或给予了肯定，或作了补充，并对 2013 年工作提出了很好的意见和建议。

金兴盛厅长充分肯定省民促会的工作。他说，民促会各项活动办得有声有色，概括起来三个好：结构好、素质好、组织好。结构好，有领导专家，有非遗处的工作专家，有造诣很深的高校专家、社科专家，还有乡土专家。素质好，关键在有感情，有了感情就会热爱，就会投入，就想干事，就能干事，也能干成事。你有什么事就吩咐，大家都来捧场，充分体现了自觉性，体现了文化自觉。组织好，党委、政府部门都很支持，促进会比行政系统超脱，各相关部门的领导共商民俗文化传承和发展。童芍素会长过去兼职，现在专职，威望高，统筹力强，一呼百应。非遗处也是秘书处，大力支持。有关高校大力支持，有关市县大力支持，老百姓给予大力支持。

金厅长对省民促会提出希望：一是要走上去，不断提升层次；二是要走下去，重心下移，阵地前置，靠前指挥；三是要走出去，唱响主旋律，打好主动战，宣传中华文化；四是要走进去，走进人民群众的心灵，内化于心，外化于行。

周国富主席发表了讲话，他指出：我们遇上了好时机，文化复兴的好时机。但也要认识到，民俗文化流失的速度比保护传承还快。城市建筑，传统文化的延续越来越少。看杭州城区的照片，你已经不能看出是杭州；不像看到天安门，你一看就知道是北京。现在最担心农村城市化，农村是三根之地，是祖宗之根、百姓之根、文化之根。现在新村建设，传统村落消失了，文化也消失了。贺知章的《回乡偶书》："少小离家老大回，乡音无改鬓毛衰。儿童相见不相识，笑问客从何处来。"现在成了"少小离家老大回，乡音未改家已变。邻里乡亲各分散，相逢不知谁是谁"。要重视村史村志的编撰，把村里的人和事，把村庄所依附的自然环境、人文古迹和风土人情记载下来。

周主席说：中华民族伟大复兴，首先要有文化复兴。我们有丰厚的民族文化、地域文化，要充分利用各种载体，促进传承弘扬。人的素质素养，靠文化养成，一个社会的风尚，靠文化熏陶，然后靠管理治理。今后的旅游的核心应该是文化。我们要敬畏自然，还要感恩祖先，感恩文化。每逢节假日，西湖边人看人，今年"五一"，西湖边能听到很多人讲"阿拉阿拉"。如果全国都讲普通话，文化就没了。

要讲普通话，也要讲地方话。

周主席说，现在是要作为的时候，要多作为。我们有一大批热心民族文化的人士，我们要抓理念、抓项目、抓重点、抓普及，尽量多做些事。民俗文化促进会是政府的智囊，是助手，也是纽带，要发挥出作用。

2013 年 5 月 18 日　星期六

在杭州举行的世界文化发展大会，昨天闭幕。这一会议由联合国教科文组织召开，以"文化：可持续发展的关键"为主题，昨天发表了《杭州宣言》，提出了"把文化纳入所有发展政策和计划中；确保所有人都能获得文化权利，从而推动包容性社会发展；珍惜文化、保护文化，将文化带给子孙后代"等九条建议。教育部副部长郝平说，《杭州宣言》体现了当今国际社会对文化与可持续发展的最新观点，将成为世界文化发展史上的一块里程碑。

幸好现在的信息畅通，我虽然没有参会，但可以通过报纸了解会议的最新观点，如身临其境。将《浙江日报》《钱江晚报》《都市快报》相关的内容浏览了一遍，边读边画线边思考。应当安排点时间思考和琢磨会议的观点怎么样宣传传播，会议的成果怎么样运用于非遗工作实践，以及怎么样促进经济社会的可持续发展。

展望前景，放眼世界，抬头看路，仰望星空，适当务虚，是大为必要和大为有益的。无用才是大用。

2013 年 5 月 19 日　星期天

昨天开幕的太湖文化论坛第二届年会在杭州举行。之所以取名"太湖文化论坛"，是因为首届年会在苏州太湖边召开，所以论坛就以会址命名。这一论坛成立于 2008 年，为经民政部批准的全国性社团，每两年一届，打造实现"南博鳌、北太湖"的高端对话格局。这是一个中外专家学者的圆桌会，集聚了中外许多顶尖的学术界人士，共同讨论人类文化和生态友好。一般的论坛往往关注的是一些技术性、专题性的话题，基本上是一个科研会议，而太湖文化论坛强调的是生态文明，这是一个文化层面的会议。

本届论坛主题为"加强国际合作，建设生态文明"。世界五大洲23个国家的政治家、学者和各界知名人士出席，莫桑比克总统、希腊总理等外国政要出席，全国政协主席俞正声出席讲话。

晚上，应邀参加浙江理工大学大学生中华文化研习中心成立仪式暨首届国学经典诵读会。校党委副书记程刚和我为研习中心揭牌，我被聘为研习中心顾问。各学院的国学经典朗诵各有特色，有诗词朗诵、诗词意境表演、诗词情景剧，英雄豪杰的词作壮怀激烈，文人雅士的词作情怀悠远，我们被深深吸引，沉浸其中。我才疏学浅，借此机会也算是受熏陶、受感染、受教育。

2013年5月20日　星期一

上午，三门郭萍局长来访，商量两件事：一是非遗馆建设，二是国遗申报。三门文广局与亭旁镇共建县非遗馆，目前已征地10亩，正在编制建设方案；三门有8个省遗项目，其中4个在亭旁。镇里的书记、镇长很重视非遗保护和非遗馆建设。亭旁镇杨家村祭冬这个项目，三门曾邀请多位专家指导，评价很高，这是二十四节气项目。三门还拟申报三门石窗项目。我建议，定个目标，保一争二，重点争取祭冬项目；三门石窗能否作为独立项目还难说，或者侧重于石窗的营造技艺，或者以传统古建筑群营造技艺上报更好。对于非遗馆建设，三门有条件上，没有条件创造条件上，县与乡镇合作共建共享，这一创新思路好！希望先做好建设规划；要彰显特色优势，要发展非遗产业，从设计开始就要有与旅游结合的理念。

嘉兴金琴龙局长、陈云飞副局长来访，向陈副厅长汇报中国端午民俗文化节筹备情况，重点是争取文化部参与主办的事。今天，省府办已发函文化部办公厅，提请联合主办中国嘉兴端午活动。嘉兴方面领导明天将带着省府办的商请函专程赴京汇报。

下午，与祝汉明、李虹就今年报送部里申请国家非遗资金的项目清单做了排序，先定排序原则，除人类非遗项目之外，国遗项目申请补助的分四档：一档为国家、省、省厅试点（联系点），二档为承办全国和省活动（会议）的，三档为国遗项目多的，四档为欠发达地区。今年我省申报项目为56项（含宁波2项）。

与叶涛商议了我省国遗项目申报工作培训班方案。

2013 年 5 月 21 日　星期二

上午，省编办就省行政管理体制改革来我厅调研。省编办杨利明副主任、郑万尧副处长等参会，我厅杨越光副厅长及有关处室负责人参会。杨副厅长介绍了我厅行政管理体制改革有关情况。

杨副厅长指出，体制改革包括社会管理、转变职能、改善服务、规范行政行为、简政放权、树立政府形象，这对文化部门来说是机遇。在党政的重视下，浙江文化事业不断创新突破，不断取得跨越发展，发挥了文化引领风尚、教育人民、服务社会、推动发展的作用。文化发展繁荣离不开编办的重视支持，许多事情历历在目，感恩在心。

我也在会上汇报了三点：第一，机构情况。在省编办的重视支持下，2007年成立了省非遗中心，2010年经批准设立了厅非遗处。在各级编办的重视支持下，市、县两级经当地编制部门批准，已全面建立了非遗保护中心，全覆盖。各设区市文化行政部门或建立了非遗职能处室，或加挂了非遗处牌子；虽然部分非遗保护中心是加挂牌子，只有一两个专职编制，但总体上有了一支干事业的队伍。要把这支预备军逐步打造成一支正规军。师出有名，名正言顺。第二，事业发展。浙江非遗工作一直走在全国前列，取得了突出成绩，不一一列举。浙江非遗网是个窗口，可以从中了解浙江非遗事业发展的概貌和总体情况。第三，体制改革。我认为，体制改革要重点抓好五个字。一是强，有利于促进事业发展，做大做优做强；非遗保护激发活力，促进生产力，增强中华文化精神气！二是转，转变职能，转变工作方法，转变作风。有些职能可以让非遗中心、高校非遗基地、非遗基金会、民办非企业单位等机构承担。三是改，改善服务。服务传人，实施好每年一度的服务传承人月"八个一"措施；服务基地，实施国遗省遗项目"八个一"保护措施；服务基层，解决问题，指导实践，推进工作；服务社会，促进与各行各业的融合。四是管，要体现社会管理的职能。要从办文化真正转向管文化。环境上是先污染再治理，我们非遗事业是先发展再规范，摸着石子过河，破难攻坚，开拓进取。非遗十年了，相对比较成熟了，积累、提炼了许多经验和规律性的思考，将研究和出台一批规章制度和指导意见。五是放，要下放权限，要简政放权。有些评审工作、评估工作、指导工作，可以下放给行业协会、研究机构去做。

省编办杨主任说，文化厅在人手很少的情况下，做了大量工作。非遗处这么大的工作量，只有三个编制，是一个顶十个。文化工作亮点很多，成效很大，精神状态很好，大家奋发有为，奋发向上。省里的重点是保民生促发展，在机构编制上总的原则是控制总量，要根据实际情况，盘活存量，不搞一刀切。总量上不增编，但最基本底线是工作有人干。

余杭冯玉宝局长来访，向金厅长、陈副厅长简单作了汇报，并与我研究了第二届中国非遗保护余杭论坛及配套活动的筹备工作。主要几个问题，包括：敲定主承办单位，明确论坛时间，抓紧面向全国征稿，邀请出席领导，拟定论坛主持，初定论坛议程，起草领导讲话稿以及余杭倡议，考察会议配套，制定安全预案等。要理出工作备忘录，倒计时安排具体事项，建立工作班子，做好分工，明确责任，确保圆满成功。

下午，省委统战部经济处周晓勇副处长，省新生代企业家联谊会会长宗馥莉、外联部长郑虹等来厅里，就联动开展非遗保护活动做进一步磋商。宗馥莉是创二代的典型。她在国外学习生活十年，介绍说，国外许多企业投资创办博物馆、民俗馆，公众在假期以游览博物馆为传统和时尚。中华文化丰富多彩，但国外对中国了解不够，所以她想为宣扬中国文化做点实事。她说，文化厅和统战部商量的方案很好，但想做一些微调，想为抢救戏曲文化做点事，要保护和传承老的戏曲，能不能在戏剧的传统上做些创新，让年轻人也喜欢看。今后剧团也可以到企业演出，促进企业文化；也可以代表企业到外地演出，如可以去北京演出，或者请外地的剧团来浙江演出。她本届任期还有三年，就做戏曲，先集中精力做好一件事，下一届谁当会长了，可以让他们去做手工艺保护或者民俗文化传承。

我提了几点建议：一是明确合作开展濒危戏剧的抢救和传承发展，省文化厅和新生代企业家签订合作协议；二是新生代企业家向全社会发起"美丽非遗，薪火相传"的倡议；三是新生代企业家向濒危剧种剧团发起社会捐助，省文化厅组织启动仪式及濒危剧种展演；四是拟定时间为 7 月。我们将与杭州西湖区文广局、西溪湿地管委会就活动的实施操作进行商议，落实责任。具体方案和实施要在与西溪管理部门等对接后再敲定。

今天，祝汉明、季海波、吴海刚等组成第三届省非遗宣传报道奖"三好"评选的初评小组，通过信息化平台，审读各地报送的新闻宣传材料，推荐出了好专题 30 个、好专栏 34 个、好文章 93 篇，并初步拟定名单。我听取评审情况介绍。这一初拟名单，需要提交至本周四召开的"三好"评委会讨论审议。

2013 年 5 月 22 日　星期三

上午，李虹起草的两厅报两部申请国家非遗专项资金的文件，过了一遍。今年国家资金申报运用新规则，各项目保护单位的资金申请表，经逐级程序报到省里后，先通过国家非遗管理平台预审，通过之后再报送正式文本。管理平台审核的内容很多，有 21 个审核环节，要求逐项对应，通过不容易。我翻阅了几个项目申报书，譬如兰溪滩簧，资金的使用途径很具体很细致，有点不厌其烦了。我省通过管理平台审核 54 项（不含宁波），逐项审核指导，对每个环节修改调整，基本上每个项目预算经审核后退回各地补充或修改需反复三次以上，工作量相当大。做好国家资金申报工作，是工作抓到了关键点上。

下午，厅长办公会议。其中一个议题是，听取文化遗产日系列活动安排情况汇报。我介绍了非遗系统的活动安排。各位厅长分别发表了意见，然后金兴盛厅长作了讲话。金厅长指出：做好遗产日系列活动，传承和弘扬优秀传统文化，是文化发展繁荣的基础，也是文化强省建设的题中之义。一是主题鲜明，非遗的主题有浙江自己的特色。二是方案完善，几个主打活动的方案都比较周密周到。三是活动丰富，文物与非遗的活动都有系列安排。金厅长提出几点要求：一是组织工作要做好，要确保安全，要做好领导和来宾的接待安排工作。二是要按中央要求，节俭办节。三是要注重效果，要展示成果，让人民群众提高文化遗产保护的认识，增强社会共识，这是活动的目的。

会上，获悉厅领导分工调整。陈瑶副厅长兼任省文物局局长，不管非遗了，柳河副厅长管非遗。

陈副厅长分管非遗有三年了，这三年浙江非遗事业继续大踏步推进，深入深化，转型升级，事业很蓬勃。这归功于厅党组的重视，分管厅长领导有方。陈副厅长为人做事很正，讲原则有准绳，看得明白，是非分明，敢讲真话，是一位直爽真挚的领导。在工作上抓大放小，抓关键、抓重点、抓主要矛盾，对我处在具体工作的处理上很信任，充分给予发挥的空间。陈副厅长对于非遗保护的意义和这项工作的价值认识认知很高，也因之倾注了情怀，倾注了热情，倾注了精力，对基层的非遗工作给予满腔热情的关心指导和支持。陈瑶副厅长有境界有大格局，为人做事大气，追求真善美。我和我的这条线上的同志们都很爱戴她！

2013年5月23日　星期四

上午，第三届浙江省非遗宣传报道奖评审会在海宁召开。处里已做了初评，祝汉明代表初评小组介绍了情况，请各位媒体的代表复核和讨论拟定名单。拟设好专题、好专栏、好文章各10个（篇）。《今日浙江》开设了"美丽非遗"专栏，全年24期，这一专栏标题美、版式美、文章美，而且呈现和彰显非遗的美丽，成为杂志的亮点和特色；

浙江电视台钱江频道开设"美丽非遗"专栏，每周一期，每期 10 分钟，播出档期为周末下午 5∶30 的黄金时段；杭州电视台影视频道开设"发现美丽"专栏，首个系列为"寻找手工艺人"，拟定 100 集，拍得很美，有品位。各地的各类媒体，在特定的时间或活动期间开设非遗专题，多个角度多种形式给予报道。《金华晚报》的"小记者访非遗"连续 7 期，版式也很美。各地报来参加好文章评选的报道稿达 90 多篇，好中选优选 10 篇，犹如布店里挑花布，眼花缭乱。非遗已成为媒体的关注重点，成为社会的热门词。

下午，约请媒体记者去海宁。非遗十年了，事业蓬勃发展，怎么样进一步宣传保护成果和成就，进一步唤起全民全社会的共识，要会同各位记者商议一下。而海宁在全省县市区非遗保护中，具有典型性代表性，让大家考察和了解一下，窥一斑见全貌，对非遗全局会有进一步的认识。

2013 年 5 月 24 日　　星期五

上午，收到周国富主席的题字"精神家园"。

下午，收到景宁文广新局信息特刊，以"立足大文化、面向大畲族，努力让景宁经验成为全省非遗工作新示范"为题，刊发了我在景宁调研反馈会上的讲话。我对景宁有六个方面的肯定和评价，对景宁下一步的工作提出了六点要求。景宁根据录音整理，刊发了我的讲话。

晚上，苍南的金科长、温州的杨思好馆长、浙江电视台导演陆建光等来访。陆导最近拍了两部电影，一是与苍南合作的《夹缬之恋》，二是与平阳合作的《木偶情缘》，两个片子准备 6 月中旬在温州举行首播仪式。这两部影片小成本制作，每部约 100 万元，地方出三分之二，编导筹资和技术入股三分之一。影片除了在相关地区展播，还将进入电影院线，在央视六套播出。我认为，影片直接反映非遗主题，有艺术感染力，在中央台或省电视台播出，在电影院线播出有渠道，而且小成本，我觉得这个事可以合作做或者推进做。

在省委宣传部支持推动下，我省经过题材论证和筛选，拍摄了《十里红妆》《皮影王》《情系龙泉剑》《蓝印花布包裹的纯真年代》《李渔的戏班》等非遗电影。此外，泰顺前阵子拍了部《廊桥1937》，庆元也拍了部廊桥题材的电影，亚妮导演的。各地已经有不少以非遗为题材的电影了，看看以哪种形式集中宣传和展演，要不要与电视台或者电影公司合作举办个非遗电影周或者非遗电影展播月。

2013年5月25日　星期六

一位省报记者准备将十年来关于非遗的报道整理成册，书名就叫《美丽非遗》，这位记者朋友具有抢滩意识，这个书名很吸引人，很切题，也很响亮。我很支持。她让我写个序，我让她找更有分量的人来写，她坚持让我来写。今天构思、起草了初稿，题为"一个美丽记者眼中的美丽非遗"。

2013年5月26日　星期日

下午，审核会议指南。

晚上，起草省非遗宣传报道工作会议讲话提纲。

2013年5月27日　星期一

上午，赴诸暨参加省非遗宣传报道工作经验交流会。

十年非遗保护发展之路，浙江省非遗事业从无到有、从小到大、积极创新，影响越来越大，这与媒体的推波助澜紧密相关。尤其是近几年来全媒体全方位联动，已形成了一整套行之有效的宣传办法和经验。

下午，参加省非遗宣传报道工作经验交流会。以"全媒体时代的非遗宣传"为主题，以会代训，8位专家介绍经验，其中4位来自传统媒体，四位来自网络媒体。有的专家讲故事，有的专家用数字说话，有的专家高度抽象凝练概括，各有风格特点。由于时间太紧，每人30分钟，浓缩的都是精华。

晚上，看非遗电影《夹缬之恋》，导演也参与交流。我发表了几句观后感，电影很清新、很唯美、很浪漫。以非遗为主题，小成本，展播有渠道，可以做。据不完全统计，现在全省有近十部非遗主题的电影了。全媒体也包括电影宣传，我们积极推进非遗电影的拍摄和展播。我也对这部电影提了点意见：电影里的非遗干部在哪里？最好在传承人有困难的时候及时给予帮助，譬如申报代表性传承人，颁发传承基地牌子；应体现文化部门给予传承经费支持，社会力量支持。十年前，非遗发展很艰难，需要自力更生；十年后，电影应当体现非遗阳光的未来。

2013 年 5 月 28 日　星期二

上午，继续会议。诸暨非遗系列电视片、上虞非遗画报、海宁非遗杂志等项目进行交流，各地都较为重视宣传，成果各有特点。

我做小结讲话。我把全省非遗宣传概括为几多几少；并把下一步的工作概括为"八个抓"：抓导向，抓热点，抓总量，抓策划，抓载体，抓典型，抓媒介，抓联动。寻求创新与突破，唱响主旋律。

下午，顺道考察绍兴铜雕馆。提出几点建议：一是以绍兴重要历史事件为节点，经充分论证后，列出 10 件或 20 件大事；二是以当代作为横断面，选取能体现绍兴今天的发展成就和人民的幸福生活的方面；三是开发铜雕系列产品；四是选取传承人赵秀林祖孙三代的铜雕精品；五是要争取列入青少年校外非遗活动基地、非遗旅游景点。

回杭。

2013 年 5 月 29 日　星期三

上午，赴桐庐，听取合村乡周书记关于民间文化馆方案和合村乡非遗旅游开发构想。

据介绍，合村森林覆盖率88%，提出"在保护中传承，在发展中富民"的理念。作家王旭烽是合村媳妇，中国移动老总当年也是合村的知青。合村曾经是老县城，积淀深厚，有花船、竹马、山歌民间资源，还有绣花鞋、瓦雕、打糍粑、烤冻米糖、磨豆腐、酿酒、弹棉花等许多传统技艺方面的资源。我建议：一是以合村绣花鞋为品牌，向外宣传，让中国、让世界知道、认识合村；二是以民俗文化为主题，充分挖掘和展示合村老县城的文化底蕴，打造民俗文化街区；三是以举办节庆活动为推动点，引爆资源，扩大影响；四是以康养度假为牵引，结合交通、环境开发合村森林资源、名胜景点，销售农副特产；五是以非遗旅游小镇为目标，促进乡土旅游，把整个乡打造成一个景区。

下午，考察桐君中医药文化博物馆。然后回杭。

2013年5月30日　星期四

赴余杭，与区委宣传部副部长杭建卫、冯玉宝局长等商议"美丽非遗与美丽中国"全国论坛方案及新闻发布会事宜。

晚上，赴绍兴参加"非遗十年·美丽绍兴"展演。绍兴市非遗保护工作领导小组并绍兴市文化广电新闻出版局决定，今年6月为绍兴市非物质文化遗产展示月。5月30日晚，绍兴市在人民广场举行绍兴市庆祝第八个"文化遗产日"暨非遗展示月活动开幕式，并举行"非遗十年·美丽绍兴"——绍兴市非遗保护工作十年展演活动。在开幕仪式上，隆重举行了"非遗十年"绍兴市非遗工作先进单位、先进个人、优秀代表性传承人、专家贡献奖、优秀传承基地、优秀非遗品牌活动的系列表彰。

绍兴在展示月期间，还将举办全国非遗摄影大赛、绍兴市传统手工技艺大展示、"绍兴师爷讲故事"全市比赛、绍兴市传统戏剧曲艺保护成果汇报演出、水乡社戏大型展演等。全市各县市区也都将举办大型非遗展示活动。

绍兴市借非遗十年契机，做好系列非遗表彰奖励工作，举办系列非遗展演展示活动，进一步提振精神、凝心聚力，进一步展示成果、扩大影响，进一步营造氛围、凝聚共识，做法很好，值得提倡。希望各地积极借鉴，相互借鉴，再接再厉，再创佳绩！

2013 年 5 月 31 日　星期五

上午，拱墅区非遗保护中心挂牌，《运河南端说码头》首发，表彰区非遗优秀实践项目、重点保护基地示范点。我参加了活动，并讲了三点：一是拱墅区率先建立非遗保护中心，为杭州市各主城区带了个好头。二是拱墅区保护大运河行动，给整个运河沿线做出了榜样。三是拱墅区非遗保护和可持续发展，为我省积累了宝贵经验。

下午，参加在余杭召开的"美丽非遗与美丽中国"第二届中国非遗保护余杭论坛暨第八届浙江省非遗节新闻发布会。有 16 家媒体参加了这场新闻发布会。余杭冯玉宝局长介绍了余杭论坛"一主二副"论坛筹备方案；我介绍了以"共享美丽非遗，梦圆美丽浙江"为主题的省里美丽非遗系列，以及我省各地的活动安排。我省积极整合美丽非遗资源，打响"美丽非遗"品牌。

我在会上将今年第八届浙江省非遗节的特点概括为六点：一是主题鲜明；二是全省联动；三是丰富多彩展示成就；四是非遗惠民；五是节俭办节；六是促进工作。并对媒体提出了几点希望：一是要有认识高度；二是要有思维广度；三是要有报道深度；四是要有时间跨度；五是要有宣传热度。

2013年6月1日　星期六

湖南省厅邀请我在6月5日的全省非遗保护普法培训班上讲课，我准备赴湖南讲课的提纲。

应福建省厅邀请，我曾于5月15日为福建省非遗保护培训班讲课。本来一个稿子可以两用、多用，但是，我这人讲话、讲课，不愿重复自己，不重复领导讲话，也不重复文件。到什么山上唱什么歌，另起炉灶。这也是自寻烦恼、自讨苦吃，没办法，个性使然。

不到一个月，湖南、福建两个省份分别邀请我为全省培训班讲课，说明了什么？我想，说明了浙江非遗工作走在全国前列，在全国有影响力。

2013年6月2日　星期日

继续准备湖南省非遗培训讲课的提纲。

非遗十年，浙江到底有哪些基本经验，已经从不同的角度、不同的层面去总结提炼。菜场买的菜，可以做杭帮菜，也可以做川菜，还得找新的切入点。

2013年6月3日　星期一

上午，按照年初下达的非遗工作月历，6月是我省以"共享美丽非遗　梦圆美丽浙江"为主题的非遗展演活动月。主要内容有：一是四项活动：8日晚，第八届浙江省非遗节暨主场城市（金华）展演活动开幕式；9日晚，中国嘉兴端午民俗文化节开幕式，丽水"处州古韵"非遗情景诗歌晚会；16日，舟山中国海洋文化节开幕式暨休渔谢洋大典。二是两个会议：25日，将在德清举行浙江省非遗保护研修班；28日，将举行"美丽非遗与美丽中国"第二届中国非遗保护（余杭）论坛。三是各市县举办的文化遗产日活动以及延伸到整个6月的非遗展示活动。

下午，召开处务会，请柳河副厅长出席，正式与处里各位见面。

陈副厅长兼任省文物局局长，不再分管非遗工作；柳副厅长新上任，分管厅办、公共文化处、非遗处。

柳副厅长与大家很熟悉。我真诚地向大家介绍了柳河同志，柳厅长为人很好，很有才，也很了解非遗，我们拥护省里决定和厅党组的分工，坚决支持柳厅长分管非遗工作。柳副厅长说，很高兴和大家共事，非遗处工作很主动，很有成绩，会大力支持非遗处的工作。希望共同努力，继续推进非遗事业发展，再创佳绩。

处务会上，将本月的活动逐项分工到人头，就具体事宜做了研究，明确任务，落实责任。

2013 年 6 月 4 日　星期二

上午，与钱彬欣乘坐 10 点 50 分的航班赴长沙。

下午，2 点左右到长沙。湖南省厅非遗处刘处长、省非遗中心胡主任接站。

湖南非遗干部培训班有四位讲课老师。全国人大教科文卫委员会文化室主任朱兵主讲"非遗保护与法制建设"；文化部非遗司巡视员屈盛瑞主讲"中国非遗保护现状与展望"；中国社会科学院荣誉学部委员、国家非遗保护专家委员会副主任刘魁立主讲"非遗保护与现代社会发展"；我主讲"非遗保护的浙江实践"。

晚上，考察湘江橘子洲头。毛泽东著名作品《沁园春·长沙》，我从小能背，"独立寒秋，湘江北去，橘子洲头。看万山红遍，层林尽染；漫江碧透，百舸争流……"对橘子洲头充满好奇，很是向往。我们没有上这个小岛，流连湘江岸边，观赏夜景中梦幻般的橘子洲头，和风习习，甚是畅快。

随后，考察湖南省群艺馆及非遗展示厅。湖南省馆面积 2 万多平方米，非遗展厅也粗具规模。在省馆陈列展览的数十幅大型油画，为主旋律题材的主题创作，用大事件反映了湖南辛亥革命以来的发展历程。这一大型油画展令人震撼，令人感动。我向湖南方面建议，找一个重要的时间节点，专门组织赴北京举办一个专题展览，展览名字就叫"百年中国梦·湖南篇"。今后也许各省也会举办类似展览，搞浙江篇、江苏篇等。中央提出了"两个一百年"中国梦，要用艺术形象的手段去描绘、去反映、去讴歌。

2013年6月5日　星期三

上午，湖南非遗干部培训班讲课，小钱配合放PPT，题目为"非遗人的追求与梦想"。

讲课提纲为：第一，抢占高点；第二，顶层设计；第三，用足政策；第四，优化布局；第五，典型引路；第六，创新驱动；第七，强势推进；第八，造福民生；第九，高调宣传；第十，超常精神。

讲课立足于介绍浙江的非遗工作做法、方法。我省非遗工作有许多创新实践，有许多成功经验，我倾情奉献，毫无保留地介绍，以供湖南的同仁借鉴参考。

下午，返杭。

晚上，复核金华主场城市活动材料，包括主持词、节目单、工作指南等。

2013年6月6日　星期四

今年是浙江非遗保护实施10周年。6月5日，绍兴市越城区设立区非遗保护中心。至此，浙江在全国率先实现省、市、县（市、区）三级非遗保护工作机构全覆盖。这是一个重大成果，这是一个标志性的事件！为此，上午起草了一则政务信息，并向王文章部长、马文辉司长发短信报喜。

下午，召开处务会。安排近期两项活动：第八届省非遗节暨金华主场城市活动开幕式，第二届中国非遗保护余杭论坛。金华活动，有关领导邀请、衔接；相关稿子，包括开幕式领导致辞、主持词、演出主持词、新闻通稿、活动指南、节目单等材料。颁奖，非遗旅游景区、非遗宣传报道奖的文件，奖牌奖证奖杯的准备；领奖人的通知和落实工作；开幕式及演出彩排；宾馆及后勤接待以及新闻媒体联系。

2013 年 6 月 7 日　星期五

上午，李虹起草了第八届浙江省非遗节开幕式暨金华主场城市活动的领导致辞，叶涛起草了中国嘉兴端午民俗文化节领导致辞。各过了一遍。

下午，答复两个提案：省政协十一届一次会议《关于建设"全球工艺保护中心"的建议》（第182号）提案，吴超英委员在省政协十一届一次会议上提出的《关于打造"浙江传统手工艺技艺强省"和"杭州工艺与民间艺术之都"的建议》（第717号）提案。今年，由我处主办或会办的提案共10个，工作量相比往年轻松多了。182号提案答复由许林田草拟，717号提案答复由郭艺草拟，我过了一遍。

2013 年 6 月 8 日　星期六

上午，赴金华。

下午，随同金兴盛厅长调研考察金东区文化礼堂建设。金厅长指出，文化礼堂建设，设施为先，内容为王。一是要有地方特色，挖掘人文，留住乡村记忆，展示历史文化；二是要丰富展示内容，丰富服务内容，尽可能多地安排文艺演出、文艺辅导、公益培训、公益展演等点单式服务进文化礼堂，以活动支撑文化礼堂建设、凝聚人心；三是要巩固文化礼堂免费开放工作成果，严格按照悬挂牌上开放时间做好服务工作；四是文化礼堂建设要形成辐射效应，从而吸引更广泛的群众参与文化礼堂活动。

晚上，参加第八届浙江省非物质文化遗产节暨2013浙江省"文化遗产日"主场城市（金华）活动，全省范围内的部分优秀非遗项目闪亮登场；金华还将开展"八婺民间艺术达人秀"传统手工技艺展示。省里28位记者现场观摩活动。

柳河副厅长主持，金华市委常委、宣传部部长何杏仁致辞，金兴盛厅长讲话。之后，省旅游局副局长方敬华宣读文件，省民俗文化旅游村授牌；省委宣传部副巡视员何启明宣读省非遗宣传报道"三好"

文件，"三好"授奖证奖杯。省政协文体卫杨建新主任宣布开幕。

2013年6月9日　星期日

上午，赴缙云。

下午，考察仙都轩辕祠。轩辕祠始建于东晋，相传是轩辕黄帝的行宫；与陕西黄帝陵遥相呼应，被誉为"北陵南祠"。轩辕黄帝是中华民族的先祖，相传在缙云仙都炼丹得道成仙升天。

晚上，赴丽水，参加"处州古韵——非遗情景诗歌朗诵晚会"。这台丽水的文化遗产日非遗展示活动很别致，让我耳目一新！

这台晚会在瓯江魂公园举行，夜色朦胧，灯光绚丽，广场开阔，诗情画意，情景交融！

"借一把欧冶子的宝剑，青瓷上刻你娇羞的模样；用一支汤显祖的神笔，牡丹亭写你飘逸的诗行……"一边是情景诗歌表演朗诵，一边是非遗项目传承人表演展示，背景大屏幕是VCR非遗展示。这台晚会很别致，别开生面，很非遗又很风雅。

这台晚会有《诗画丽水》《侨石之恋》《剑与瓷》《高机与吴三春》《舞龙印象》《彩带情韵》《月山村的月》等诗歌表演，并且穿插对10位市首届"十大优秀非遗传承人"、市首批"非遗"传承基地颁奖授牌。

晚会形式和内容表达，很有突破！我与一起观看演出的丽水市委常委、宣传部部长商议，明年的浙江文化遗产日主场活动与丽水联办，就在瓯江魂公园举行。我们两人一拍即合。

今晚，也是中国嘉兴端午民俗文化节开幕暨"大美嘉兴"民俗歌舞晚会。文化部董伟副部长、郑继伟副省长、金兴盛厅长等出席。

2013年6月10日　星期一（端午假期）

上午，从丽水回杭。

翻阅近日报纸：

6月8日（今年的文化遗产日），《钱江晚报》连续四年跟踪报道杭州利民中式服装厂。

6月7日《中国文物报》报道，国家文物局下发《关于推进国有博物馆对口支援民办博物馆工作的意见》。这一文件对于我们支持和指导民办非遗馆建设，也有指导和借鉴意义。

当日该报上还有一条信息：绍兴会稽山古香榧群和宣化城市传统葡萄园入选"全球重要农业文化遗产"。1400多年的会稽山脉古香榧群是古代良种选育和嫁接技术的活标本。一年多前，绍兴在诸暨召开香榧申遗座谈会，原先他们提出申报非遗，我用排除法，否定了申报非遗、申报文保单位、申报自然遗产的可能，建议改为申报农业文化遗产。这一建议得到了各方的认可，今天成功入选全球农业文化遗产。

2013年6月11日　星期二（端午假期）

翻看2012年人民时评、人民论坛内容。

2013年6月12日　星期三（端午假期）

又到端午。时光流转2300多年，屈原不仅是一个伟大的诗人，更是一个民族精神的理想，是中国文化的象征符号。他的身上承载着中国士大夫的理想，他是一个爱恨交加的爱国者和殉道者，是中国历史的一座丰碑，化成了精神的图腾，永远地镌刻着中华民族对于家国的忧思和对于光明的渴望。

路漫漫其修远兮，吾将上下而求索！

2013年6月13日　星期四

上午，绍兴市局分管局长胡华钢来访，商谈举办全国非遗摄影大赛事宜。拟请国家非遗中心、中国摄影家协会、省文化厅、绍兴市政府联合主办。2013年7月上旬启动，2014年3月上旬截稿，文化遗产日前后公布获奖名单，并在北京、绍兴两地举行获奖作品展览。开展全国性的非遗摄影赛，这是好事。

下午，余杭冯玉宝局长来访，商议第二届中国非遗保护余杭论坛筹备工作事宜，包括邀请领导、专家，对应"一主两副"论坛的主持人，主旨报告，论坛小结，论文评审，新闻宣传，接待等事宜。

2013年6月14日　星期五

上午，与绍兴市局分管局长胡华钢、李虹拜访省政协老领导周国富主席。周主席给我们讲他的想法，他说：绍兴有绍剧、越剧、西路乱弹、新昌调腔等剧种，还有目连戏。传统戏剧讲的都是忠孝节义、礼义廉耻、伦理道德、因果报应，现代人天不怕、地不怕。前一阶段，调查了湖剧、杭剧和淳安睦剧。现在的问题是，小孩子不会讲方言，听不懂或者不会讲；中年人是听得懂，不会讲。秦始皇统一文字、统一度量衡，但是没有统一语言，文化多样化，很重要的一点在于语言多样化。学生既要会讲普通话，也要会讲方言，方言教育也要从娃娃抓起。现在的教育思想是错误的，鼓励应试教育、精英教育，成绩第一，考试指挥棒，家长望子成龙，望女成凤，都是龙凤，鸡没了，麻雀没了。应当是三百六十行，行行出状元。德国人说，职业技术教育是他们的秘密武器。学生有两类，一种是学习好的，一种是动手能力强的，动手能力强的学生今后可能成为技术专家。科学是不保密的，技术是要保密的，我们是技术不行，汽车、钟表，零件一样，装配的人不一样，生产的产品质量就不一样。一个人要有一门技术，有技术才有饭吃，我们重视保护非遗，也是重视保护技艺、技能、技术；今天的生产技术就是今后的非遗，今天就是未来的历史。

周主席介绍，最近重点推进西湖申遗、运河申遗、长城申遗、丝绸之路申遗，还有茶马古道、蜀道文化、书院文化的保护。明年我国重点申报运河和丝绸之路（与哈萨克斯坦联合申报），还有抓廉政文化、书法文化、茶文化、民俗文化。爱国爱什么，首先是爱传统文化，儒释道医，医的理论基础是易经；还有非物质文化。他说，传统文化、马列主义、世界先进文化，三样合起来，就是社会主义文化。马列主义要中国化，要大众化，马列主义的基本原理要与中国革命实践相结合；民俗文化，包括农耕文化、民居文化和生活方式。城镇化将传统文化连根拔掉了，使历史文脉断掉了。我们是生活在黄土地的黄皮肤的黄种人，以前，农民面朝黄土背朝天，过得很辛苦。今天的农民，生活在农村，空气清新，吃的菜环保，生活条件有了极大改善。领导关心农民变市民，但做市民不一定比做农民好。农村几千年坚守中国饮食文化，粗茶淡饭，喝热茶，本身就是一种文明。现在年轻人吃肯德基、麦当劳，喝碳酸饮料，过圣诞节、情人节，中国特色体现在哪里？你都跟西方一样了，就没特色了，你还爱什么？所以，非遗保护很重要。

周主席说，前几天参加徐霞客旅游节，在旅游节论坛上，他提出，徐霞客精神核心有三条：尊重自然、感恩人文、关注民生。而我们现在是破坏自然、践踏人文、关注自我。现在两件事物对我们影响很大，一是高楼大厦，人们住在楼上楼下，住在对门，老死不相往来，相互之间没感情；二是电视机，使得一家人缺少沟通。当代人一辈子孤独，小孩子是独生子女，缺少同伴；老年人也一样，待在家里，很少参加社会活动；年轻人压力很大，焦虑症、忧郁症并不少见，靠自己心理调节。说到底，都是文化问题。非遗保护，就是让当代人心灵有归属感，有精神家园。他说，现在旅游到西湖边是人看人，到处刻字，还有在风景区大造宾馆，破坏整体生态。他强调，现在对非遗很重视，你们抢救保护了很多，但消失的速度比保护还要快，非遗保护还是任重道远。我们不要就保护论保护，而要研究宏观的、全局的、未来的。

周主席站得高，看得远，高瞻远瞩，深谋远虑，而且讲得通俗易懂，深入浅出，每一次听他讲话，都在思想上、理念上深受启发，在世界观、方法论上也深受启迪。

还去拜访了省出版联合集团纪委书记蒋恒。我向她介绍了非遗工作情况，请她安排时间参加一些非遗的活动。我向她谈了筹建省非遗图书馆的设想。蒋书记说："你需要什么书，跟我讲，集团出版的图书，我们尽量支持你们。我以后退休了，做非遗志愿者，就到非遗图书馆打工。"

李虹说，蒋书记本来就是非遗志愿者，"浙江非遗代表作丛书"的出版，浙江摄影出版社不计成本接了这个活，而且每一本送 2000

册，已经鼎力在做非遗的事情。

下午，瓯海区姜军副局长和非遗中心潘新新主任来访，并带来新出版的《金瓯遗韵》《瓯海非遗十年》《水上台阁》。翻了翻这三本书，感觉瓯海底蕴深厚、资源丰富，特色鲜明，工作有效。姜局长说，新上任一个半月，最近正筹备举办瓯海首届文化节。我建议，文化节没有特点，可以考虑办点有地域特色的、立足长远的品牌性活动。比如嘉兴端午节、象山开渔节、遂昌汤显祖劝农文化节等。并建议他们把这本《金瓯遗韵》好好研究一下，里边介绍了正月十三的周岙挑灯，二月初一的瞿溪会市，三月十五的盘古庙会，五月初五的端午划台阁、赛龙舟和参龙，八月十一的茶山洪岩殿庙会，九月九（原先是正月初）的岭头九龙灯会，十月初十（或正月十五）的陈十四娘娘信俗。在有空档的月份（四、六、七、十一、十二月），可以结合当地的非遗项目，做成品牌，譬如举办酿酒节、榨油节、木偶节、撞歌节、鼓词节、百鸟灯会等。当然，也不必刻意为之。要通体构思，整体设计，然后有计划有步骤地推出。今年下半年推出两个，明年上半年再推出两个，一年四季，各有风情。后年及之后，分期分批推出。打出"要过节到瓯海"的口号，打响瓯海民俗文化品牌！

召集处里几位同事，商量在余杭论坛前夕配套举办全省非遗干部培训班事宜。借一大批国家专家来余杭参加"美丽非遗与美丽中国"论坛之际，充分运用优质资源，一带两便，将国家级非遗申报与保护工作一并促进一下。

2013年6月15日　星期六

在家准备全省非遗保护工作研讨班讲话提纲。

2013年6月16日　星期日

上午，与李虹、楼强勇去三门。

下午，参加三门县亭旁镇浙东百工馆建设方案论证会。

三门县郭萍局长、老校长、镇领导介绍了亭旁及有关情况。三门亭旁是千年古镇，在台州历史地位特殊，地位很高。台州有句谚语，"先有丹邱，后有台州"，丹邱就在亭旁。亭旁有很多历史古迹，还有杨家祭冬、杨家板龙、三门平调、木偶戏、红色舞蹈等不少非遗项目；许多村民都是手工艺人，都有手艺绝活。亭旁还是红色根据地，有亭旁起义总指挥部旧址。非遗普查时，三门的红色非遗《缠足苦》、"小蜜蜂"，都非常珍贵。所以在亭旁镇建一个浙东百工馆或者非遗展示街区，很有条件。

我讲了几点：第一，定位，定位要高要准。打造浙东百工馆，品牌很响，但似乎还不能充分彰显和体现亭旁作为台州历史文化源头、浙东红色文化源头的重要地位。我建议，打造浙东红河谷，这个谷既是思源谷，也是浙江文化旅游谷。第二，展示方式，浙东红河谷包括浙东百工馆、亭旁起义纪念馆、亭旁非遗街市、亭旁民俗文化生态区。点线面结合，有围墙与没围墙结合。第三，建设方式，一步规划到位，分步建设，有计划、有步骤、有重点，有序推进。争取入选台州市重点文化工程项目。第四，深入挖掘丹邱文化、亭旁历史文化，做好文化遗产项目申报，更多项目申报省保、国保，申报省遗、国遗。第五，打品牌，搞活动。如邀请老战士后代回访老区。

晚上，观看亭旁镇非遗演出。上鲍木偶戏、《缠足苦》、"小蜜蜂"等非遗项目争相上演，独具色彩。

2013 年 6 月 17 日　星期一

上午，从三门回杭。

下午，与省委统战部经济处闵涛处长、周晓勇副处长，娃哈哈集团小马秘书及相关人员商议濒危剧种守护行动。设想运用"水乡社戏"形式，举办启动仪式。拟定口号：创造物质财富，守护精神家园。抢救濒危戏曲，传承中华文脉。

叶涛起草 6 月非遗宣传月通稿，我过了一遍。

晚上，由祝汉明牵头，召集理论骨干预审余杭论坛应征论文，共128 篇，大家分头看。拟评出一等 10 篇、二等 20 篇、三等 30 篇。

2013年6月18日　星期二

下午，就本月底两个活动听取承办地筹备情况汇报，就具体事项提出指导和商议。柳河副厅长出席，本处祝汉明、叶涛、李虹、毛芳军参加。

余杭冯玉宝局长汇报了余杭论坛准备事宜。余杭论坛对于余杭很重要，毕竟叫余杭论坛，是个提升余杭区域形象的好机会；对于杭州很重要，习近平总书记提出：杭州要在美丽中国建设中走在前列；对于浙江省很重要，提升我省今年美丽非遗系列活动，何况美丽中国中，浙江元素光彩夺目。

有如下事宜：一是高度重视。二是工作备忘，过一遍议程。确认主席台领导，开幕式议程，主论坛议程，主旨发言及主持人，学术小结，论坛小结。三是人员邀请，领导、专家、论文作者、各省及浙江各市与会代表、媒体。四是工作分工，人员分组和对接。五是一主两副论坛。六是晚上非遗电影的展播。

与德清姚明星局长、费局长商量全省非遗研讨班事宜。

晚上，乐清王局长、李局长等来访。乐清方面，都是新人，做事的热情很高，但还没想好怎么去做，来听听我的意见。我提出：一是要抓好传统工艺名牌项目，如黄杨木雕、细纹刻纸、龙档，继续抓住不放，继续做好，这是责任。二是继续做大做强传统工艺板块，要发掘和推出新的项目，比如首饰龙、石雕之类的，推出工艺美术五朵金花，甚至十大品牌项目。三是要设计和搭建平台。龙泉有中国青瓷宝剑节，东阳有中国木雕竹编节，好像乐清早先办过工艺美术节，是否可以提升为中国乐清工艺美术节，进一步彰显乐清的工艺美术品牌。四是乐清要建立市级公办的非物质文化遗产馆，计划700平方米，而瑞安有1000平方米，相比之下已跟不上形势了。三门正在筹建百工馆，占地面积10亩，土地指标已批下来。乐清的非遗馆建设，要与乐清工艺美术大市、非遗大市的地位相适应。五是乐清的非遗工作要统筹兼顾，不仅要抓好工艺美术项目，还要抓好传统表演艺术项目，抓好民俗项目。比如青田有石雕，还有青田渔灯、百鸟灯，已成为我省对外交流的文化名片。六是作为新班子，要在调研考察的基础上，提出非遗事业发展的目标定位，提出新一轮的发展规划和施政纲领。

2013 年 6 月 19 日　星期三

上午，审核余杭论坛论文评选结果。基层工作者参加这次征文活动很踊跃。本来我特别希望高校以专家立场、学术视野来观照、思考和提炼，给我们以思路上的拓展和启发。我厅曾公布八个高校省非遗研究基地，这一次论坛没有一个高校应征参加，很遗憾。要么是我们发动工作不到位，要么是高校非遗基地责任心不够。

下午，邀请余杭论坛出席的领导，包括省里的、北京的，快递寄出请示，也给领导或领导秘书发短信。还有重要的国家专家，除了发请柬之外，还要发短信诚邀。广发英雄帖，广种薄收。

余杭区委、区政府听了区文广局关于准备情况的汇报，很重视，也希望有部领导、省领导出席。出席的领导规格高，也是论坛成功的关键！我也不能免俗，既然认认真真筹备了，也希望上级领导进一步了解我们的工作，进一步重视我们的工作。

2013 年 6 月 20 日　星期四

上午，请西湖区文广新局魏小平局长过来，商议举办濒危剧种守护行动启动仪式。宗馥莉提出戏曲的首场演出还是放在杭州，并建议放在黄龙洞。认为绍兴的水乡社戏方案很好，可以改成第二场演出。我尽量尊重宗会长的意见，想叫西湖区来承办这场活动。魏局长说，黄龙洞属于西湖风景区管委会，而且是一个旅游景点，收门票。魏局长建议，放在西溪湿地。西溪湿地为北派越剧首场演出地，或者说是越剧商演的首场演出地，而且湿地有个古戏台、古戏苑，平常都有戏曲演出活动，平常观众很多，氛围好、环境好，而且不收门票。我觉得，放在西溪湿地，作为守护行动的首场演出地，有象征意义。为此与统战部周处、小马秘书衔接，希望有共识。

魏局长说，宗馥莉有大格局，如果有钱去扶贫，弄一次也就一次，而保护非遗、保护戏曲，延续千年，一代代传下去，这是功德无量的事。聪明的企业家，绝对不会去扶一个明星，而是去扶一个剧种、扶一个剧团，这有更深远的意义和影响，能提升企业的社会形象。文人和企业结合，一个搭台，一个唱戏；一个亮相，一个输血，相得益彰。魏局长为人很豪爽，做事很干脆，我平时很少有机会与魏局长聊天，还以为他是个大老粗，他的这几句高论，让我刮目相看！

今天收到郑继伟副省长6月17日的一个批示件（继伟2013第172号）。省政协办公厅向省委办、省府办报送了由省政协文卫体委员会、省戏剧发展促进会起草的《关于加强我省濒危剧种抢救性保护与传承的建议》。郑省长批示：对列入非遗名录的小剧种，要落实责任，一剧一策，实现保护和传承的目标。金厅长6月18日批示：请非遗处、艺术处认真阅研，提出列入非遗名录小剧种的保护、传承措施。

这两件事情，也算是一唱一和，相互呼应，可以结合起来做，工作一起做，成绩分头报。而且，本来我就设想明年的工作重点之一是抓好濒危剧种的保护传承，凑巧了。待本月底的两项活动（省非遗保护研讨班、第二届中国非遗保护余杭论坛）结束后，专题研究工作方案和具体措施。

下午，与李虹和余杭冯局长一起去省政协拜访陈小平副主席，介绍了"美丽非遗与美丽中国"余杭论坛的议程安排，请他出席讲话或宣布论坛开幕。

晚上，基本敲定余杭论坛工作指南、议程安排、应邀名单、征文获奖名单，以及征文选编等事宜。

计划为这次论坛设计个徽章。我一直有徽章的情结，曾收集过不少毛主席像章和一些文体活动的纪念章。徽章不仅可以留个纪念，还能让参与的人有参与感。

2013年6月21日　星期五

上午，召开处务会。就余杭全国论坛事宜和德清的省研讨班事宜，将各项具体工作过了一遍，查漏补缺，并作了分工，明确任务和责任。余杭论坛，祝汉明、李虹、毛芳军负责秘书会务组，叶涛、钱彬欣负责联络接待组，李永坚、楼强勇、徐正浩负责宣传组。相关人员和工作与余杭方面做好对接，各就各位。德清研讨班，叶涛负责，祝汉明、李虹参加。

会上，我问非遗信息办楼强勇和徐正浩："你们有没有干一辈子非遗的热情？"小楼说："我准备干一辈子了。"小徐说："我的衣服都印上了非遗。"我说："好！小楼工作很主动，也很有水平。你们有干一辈子的思想准备和热情，我就支持你们做大！"我建议小楼再招募两位热爱非遗、技术高、有文字水平、能吃苦耐劳的人，加强非遗信息办的力量。我也希望信息办承担我处延伸的更多的工作职能，比如宣传方面的工作、信息化工作、网站工作、新媒体、非遗电子档案等，不仅是自身的工作，还要更多更好地发挥对全省非遗宣传和信息化工作的统筹和指导功能。我希望非遗信息办与非遗处逐步一体化。在资金上，我们也尽量争取给予支持。小楼感谢了我。我说："感谢你们自己，如果你们今后有更多的发展机会，那是因为你们自己付出了许多智慧和艰辛的结果。"

下午，温州龙湾潘旭宏局长、项副局长和非遗中心项主任来访。潘局长介绍，今年文化遗产日，龙湾白水非遗馆开馆。这个非遗馆为村民集资筹建，属于非营利性质，利用江氏宗祠，花了 250 万元改建，面积 1500 多平方米，征集了 500 多件民俗物件。馆长为村里一家企业的董事长。非遗馆主要分为六大块，包括生产馆、生活馆、商业馆、婚嫁馆、民俗馆以及宗祠文化馆。并介绍，今年端午，区里隆重举办端午传统文化节，有祭祀屈原大典、龙舟赛、永强撞歌、包粽子比赛等。还介绍，有个学校对非遗传承很重视，建了 180 平方米的非遗展示馆，给我们看了几张照片，还蛮像模像样的。

近期，温州各地文化局局长以及分管局长调整幅度较大，新官上任，热情高涨，非遗工作有新气象，是个好势头。

2013年6月22日　星期六

上午，与毛芳军继续起草余杭全国论坛上的领导致辞代拟稿。"美丽中国"的愿景充满诗意，会议的致辞也应当抒情些。晚上，与小毛在文章构架的基础上，充实内容，提升观点，再咬文嚼字。完稿后，感觉这篇致辞很美，观点很鲜明，排比多，有诗意。

下午，去余杭，祝汉明、毛芳军一起，余杭宣传部杭副部长、冯局长、王局长等陪同。考察了老余杭文化广场，本月27日上午将与余杭全国论坛配套，在此举行余杭区非遗展演展示活动。还考察了老余杭苕溪边的中国殿堂壁画艺术馆，这个馆建在一个老厂房，还在紧张地进行整修和布展准备。馆长张炜是画家，他带我们参观了馆区，介绍了布展安排和壁画。

之后，赴良渚君澜大酒店踩点，硬件没问题，环境也很好，风景优美。与余杭方面和宾馆方面就一些会议会场会务等具体问题做了衔接和磋商。

2013年6月23日　星期日

这次余杭论坛将以"美丽非遗与美丽中国"作主题阐释，我作为组织者，绞尽脑汁思考逻辑关系。初步梳理出"美丽非遗与美丽中国的十大关系"：美丽非遗塑造美丽心灵、美丽非遗妆点美丽景色、美丽非遗催生美丽产业、美丽非遗融入美丽生活、美丽非遗优化美丽生态、美丽非遗打造美丽乡村、美丽非遗提升美丽城市、美丽非遗阐发美丽浙江、美丽非遗彰显美丽中国、美丽非遗和谐人类家园。

2013年6月24日　星期一

上午，商议"浙江非遗代表作丛书"第二批国遗项目第三批次书目的招标事宜。浙江第二批国遗项目共85项，分三个批次出版。

下午，祝汉明起草了国家非遗中心领导在余杭全国论坛上的致辞代拟稿，改了一遍。

余杭发来论坛会议指南（草稿），过了一遍。

晚上，起草余杭倡议。倡议的主题为"非遗让美丽中国更加美丽"，我运用了"我们看到……我们认为……我们评价……"这一系列的排比句。感觉很好，语言清新，节奏明快，几乎通篇排比，很有感染力。

2013 年 6 月 25 日　星期二

上午，与省人大、省政府、省政协、省委宣传部的有关领导和职能处室联系，就有关领导是否出席余杭全国论坛进行衔接。并与文化部非遗司、国家非遗中心进行衔接，敲定出席的领导名单，编入会议指南。工作事务很琐碎，但也很重要。

余杭发来会议指南，再次审核名单和有关表达。

下午，厅计财处转来文化部计财司的要求，各省上报 2006 年至 2012 年国家资金补助浙江非遗经费具体情况，以及省级财政补助非遗经费具体情况，按年度、地区、项目、传承人等分类。

本来以为这是个庞杂和烦琐的大工程，需要找历史账本，然后分门别类统计，再汇总，还不把人搞晕了，何况催的时间又急！我把事儿交给李虹，想想她事情很多，这阶段身体又欠佳，也难为她了。没想到，她一会儿就把汇总表和具体统计分类表报给我审签，速度很快，神奇！原来，她来后的四年，每年都自觉做好汇总表和分类表，并将前些年的每年度中央财政和省财政补助非遗资金情况做了汇总和分类，所以这次汇总把每年的归归总，并做了统计，很快就完成了。工作在于积累，在于经常性的总结，在于自觉和主动。

下午 4 点启程赴德清。

2013 年 6 月 26 日　星期三

上午，在德清县举办的省非遗保护工作研讨班开班。国家非遗保护专家委员会副主任乌丙安先生等国家非遗专家莅临指导，柳河副厅长出席，李红副县长致辞，我主持。全省各市县非遗干部约 120 人参加。

开班仪式后，听了两位专家的讲课，有启发。

下午，赴余杭报到。

2013年6月27日　星期四

上午，参加老余杭非遗展示活动。

下午，以"美丽非遗与美丽中国"为主题的第二届中国非遗保护（余杭）论坛举行开幕式。金兴盛厅长致辞，论文颁奖，国家非遗中心罗微副主任、《中国文化报》副总编徐涟致辞，省政协陈小平副主席宣布开幕。

第二阶段为分论坛，刘魁立先生、陈华文教授等分别主持。中国民俗学会荣誉会长乌丙安先生指出："要歌颂祖国，我们会说'锦绣'河山，但是'锦绣'正是手工技艺。"他用一个生动的例子说明"美丽中国"需要"美丽非遗"。

现代化给中国非遗保护的冲击，引起了多位非遗专家的忧虑。有调查显示，近年来我国平均每天消亡1.6个传统村落。"我们现在的城市中，大家住的都是洋楼，穿的服装都是西装，能够看到我们自己东方文化特色的东西吗？"要实现美丽中国和美丽非遗，我们必须看到这一严重的挑战。

有一位德国历史学家针对中国的旧城改造说过："我们现在有的，你们将来也会拥有，而你们曾经拥有的，我们永远不会有。"文化部非遗司巡视员屈盛瑞指出："在21世纪国际化的背景下，历史文化名城的安危不仅在于有无城市特色，而且在于中国的根是否存在，因此我们必须全面参与非遗保护。"

晚上，放映两部浙江非遗电影：《十里红妆》《皮影王》。

2013年6月28日　星期五

上午，余杭全国论坛继续。

美丽非遗是美丽中国的表情，美丽中国离不开美丽非遗；美丽中国从美丽乡村开始，美丽乡村从美丽非遗开始；建设美丽非遗，丰富美丽中国的内涵；美丽非遗、锦绣中华……这些妙语高论频频闪现。

专家吴文科先生指出：非遗保护的文化诉求，从根本上讲，就是通过唤起文化自觉，确立文化自信，维护文化自尊，来激发文化自豪，实现文化自立，走向文化自强，最终为"美丽中国"赋予美丽表情。"当下的非遗保护就是对于传统的美好精神图景与美好心灵品性的传扬与承续，也是对于'建设美丽中国'理想愿景的最好响应。"

余杭论坛表达了心声、碰撞了思想、讨论了问题、交流了观点，是一次高质量的会议。

举行小结式，通过并发表了"非遗让美丽中国更加美丽"的余杭倡议。

下午，陪同周司长、屈司长、徐涟总编考察良渚博物院。送往机场，从良渚返杭。

2013 年 6 月 29 日　星期六

在电视上看了两部电影《李小龙》1 和 2。

2013 年 6 月 30 日　星期日

下午，准备在 7 月中下旬举行的浙江省濒危剧种守护行动启动仪式，召集相关方面去西溪湿地察看现场。

6 月是非遗月，全省打美丽非遗牌，从遗产日扩展为非遗月，美丽非遗唱响了，品牌做大了。浙江非遗热火朝天，全省一个月内有 300 多项活动，真正形成了文化自觉。我厅一纸公文下去，一呼百应，全省都动起来了。我省"美丽非遗"贯穿全年，进行到底，不达目的决不收兵，不见成效绝不罢休！

浙江率先打出并打响了"美丽非遗"品牌。打开百度，搜索"美丽非遗"，前十页，除了零星两三篇，其余都是浙江的"美丽非遗"，从媒体报道看得出，浙江美丽非遗斑斓多姿。

2013年7月1日 星期一

上午，省委成立了中国梦宣传教育活动领导小组，"梦办"印发了《中国梦"四大教育"工作推进方案（征求意见稿）》。

我处在相关版块和条文中，增加了有关非遗的内容：开展"最美非遗人"年度新闻人物评选，开展"美丽中国"第五届全国剪纸大赛；开展"中国梦·美丽浙江"全省非遗摄影大赛；举办最美中国年浙江年俗系列活动，大力推进传统节日的全面恢复和弘扬；大力发掘非遗资源，传承弘扬优秀传统文化，助推美丽乡村建设。

下午，省民俗文化促进会办公会，童部长主持，连主席、我和吴露生、叶涛参加。我介绍和说明了2013年度民促会工作计划，以及落实计划的措施；连主席介绍了《浙江通志·民俗卷》征集有关文献资料及进行有关调研工作的计划；吴教授介绍了促进会秘书处日常工作，特别是发展会员等想法和建议；叶涛介绍了民促会四年工作汇编初稿。大家并就各项工作作了讨论。

童部长讲了几点：一是民促会工作要"立足民俗，着眼非遗"。因为非遗，民俗成为显学。民俗工作要借势，同时也为非遗工作提供理论依据。非遗，需要多学科为它提供理论支撑。民俗学更为综合，与非遗关系密切。二是同意秘书处提出的工作安排，工作计划上网，抓好工作计划的落实。三是重点抓好传统节日调研和民俗文化村指导工作。四是做好《浙江通志·民俗卷》工作。志比史难，史比论难。外行看热闹，内行看门道。民俗调查工作先做小样，先搞试点，由连主席负责。可以请邵永丰徐麻子做生产性习俗的调研课题。五是开放发展会员。职务有变动的，参与民俗志资料搜集和撰写的，民俗项目的传人，民俗研究者，新的非遗干部，省民间艺术研究会会员，这六类人作为发展对象。只要热爱民俗，有理论成果或者实践成果，不论社会身份，都可网上报名。六是年会准备工作和明年换届工作。

童部长谈到前几天的余杭论坛上屈司长说的话，"美丽非遗，非遗只有浙江是美丽的，全国其他地方都还谈不上美丽"。

吴教授说，他问一位传承人，有没有办徒弟拜师仪式。这位传承人说，现在是师父拜徒弟，不是徒弟拜师父。

2013 年 7 月 2 日　星期二

近期，有关方面要求报送的材料不少：一是文化部政策法规司关于开展"十二五"文化改革发展规划中期评估的通知。除了填表（非遗相关的有文化生态区情况、非遗保护利用设施情况），还要做简答题，包括规划实施情况评价，规划完成前景评价，落实规划存在的主要问题，进一步推动规划落实的建议，对于"十三五"文化发展规划编制的建议。二是厅办根据省发改委的要求，布置对"十二五"规划（省国民经济与社会发展规划、省文化发展规划）重点目标任务实施情况进行评估，要求逐条对照评估，并形成评估报告。三是省生态办要求报送上半年生态省建设工作完成情况。四是省政府办公厅要求上报 2013 年上半年责任制目标完成情况。四个材料，要求 7 月上旬或中旬上报。为此，上午让祝汉明负责起草"十二五"两个材料，让毛芳军负责起草两个今年上半年工作情况报送材料。

下午，牵头商量濒危剧种守护行动方案及启动仪式方案。统战部经济处周处长、新生代企业家联谊会小马等参加，并邀请绍兴胡局长、吴双涛主任、王雷主任参加。

我介绍了省政协关于濒危剧种抢救保护的建议，以及郑继伟副省长的批示、金厅长的批示和新生代企业家参与濒危剧种保护的热情。政协有忧患意识，政府重视，企业家有情怀，各方达成了共识。让祝汉明介绍了濒危剧种抢救保护行动启动仪式方案，周处长做了补充和呼应。各方与会者发表了意见和建议，大家集思广益，提出了很好的建议。

我归纳大家的意见，主要有几点：一是名称问题，突出政府的行为，体现新生代企业的热情，强调"守护行动"。二是开幕式，除了倡议书、签字仪式，配套设置传统戏剧图片展；除了主场，在外围和广场也布点小型演出，免得游客误以为是唱堂会。三是抢救保护方案，分轻重缓急，重点办好天下第一团，着力抓好没有剧团的剧种。既抓好剧团剧目传承人工作，又注重土壤的培育，没有观众就没有传承。四是企业家参与，怎么定位，参与什么，怎么参与。五是宣传效应，是否请宗馥莉会长出任濒危戏剧保护或非遗保护的形象大使，在新闻媒介上做公益广告，要像保护野生动物一样保护濒危剧种。可以设想提出"五个一百"的目标，营造新闻效应，唤起公众意识。六是企业捐助经费的使用管理，经相关几方共同确定资助方向和项目，联谊会直接拨付，并监督使用。

我也提醒新生代联谊会：一是希望如宗馥莉所愿，将守护行动做得纯粹点，不要借助红红火火的非遗进行炒作。二是要量力而行，更要尽力而为。在捐助经费上，我不提要求，但不提要求是最大的要求，不是呼吁让全社会来抢救保护，而是联谊会要身体力行，先行动起来，实实在在地拿出行动来支持"保护行动"。三是濒危剧种抢救保护要做的事很多，要花的钱也多，小剧种传人的培养，行当要齐全。这项工作，既没师资，也没出路，参与了，只有进，没有退路，要有长期参与的准备。四是联谊会不是大杂烩，可以设立戏剧保护专委会、光彩事业专委会等，将这项工作长期化、规范化，而不是短期行为，不是心血来潮。文化贵在积累，贵在坚持，联谊会的工作也一样，品牌建设也一样。五是希望我们共同努力，做好守护行动，起码在浙江，让日渐消失的濒危剧种不再消亡。

2013年7月3日　星期三

上午，修改了一遍浙江省濒危剧种守护行动启动仪式方案，并提出濒危剧种抢救保护行动三年方案的总体思路、基本原则、工作步骤与具体内容。

下午，召开处务会。对上半年工作做了小结，特别是6月活动密集，工作转换快，事情重要，各呈风采。两大活动（第八届省非遗节开幕式暨主场城市活动、嘉兴端午民俗文化节）和两大会议（省非遗保护研讨班、美丽中国与美丽非遗全国论坛）都很圆满、很成功。

对 7 月及下半年和明年的第九届省非遗节主体活动（"中国好腔调"濒危剧种展演系列活动）做了研究。7 月，重点有十件事：一是濒危剧种守护行动启动仪式，并下发守护行动方案（两年半）。二是继续抓好今年下半年的美丽非遗系列活动筹备。三是非遗十年系列活动筹备。四是布置非遗专项资金检查，年度省级专项资金项目经费申报，今年文化遗产日系列活动 100 万元经费使用绩效评估。五是第二批国遗第二批次 35 本书目编撰指导会，及第三批次 26 本书目招投标。六是第四批省级传承人初评，第二批传统节日保护基地初评，非遗主题歌初评。七是 2012 年省非遗信息化建设阶段性绩效评估，2013 年度省非遗信息化建设资金使用投向论证会，非遗网改版事宜。八是省民促会一揽子事情。九是浙江非遗图书馆建设，与拱墅区会商并拟草签协议稿。十是"十二五"中期评估等其他工作。会上，并就明年的省非遗节主体活动设想作了通气。

晚上，搜索和归总了媒体关于余杭全国论坛的宣传情况，宣传力度很大。新华社发了通稿《美丽中国需要美丽非遗》（杭州 6 月 29 日专电，记者冯源）；中新社三次发出通稿：《非遗专家乌丙安：日常语言中即有非遗》（杭州 6 月 28 日电，记者汪恩民），《第二届中国非遗保护论坛倡议全社会参与非遗事业》（杭州 7 月 1 日电，记者汪恩民），《浙江打响美丽非遗品牌》（杭州 5 月 31 日电，记者徐乐静）。《中国文化报》、浙江在线等刊发了《余杭倡议：非遗让美丽中国更美丽》。人民网刊发了《专家热议：美丽中国需要美丽非遗》。

2013 年 7 月 4 日　星期四

上午，2013 年第 10 次厅长办公会议。我汇报了濒危剧种守护行动方案及启动仪式方案。

金兴盛厅长指出：非遗处工作主动，行动迅速，提出的建议很到位。抓工作很有方法，很有力度。周国富主席带队深入调研，提出了濒危剧种抢救这一问题；省政协这一建议，问题分析得很透彻，提出的建议很有建设性。下一步要重视几点：一是加强宏观指导，研究出

163

台指导意见。一部中国戏剧史，半部在浙江，我们要切实担负起责任，加强政策支持和工作指导，抓好抢救保护。二是要为濒危剧种的表演搭建平台，提供更多机会。三是要发挥好政府作用，同时调动好企业界的积极性，除了民营企业，还有国有企业的积极性。四是有些工作还是要从实际出发，比如结合各地文化礼堂建设，发挥资源整合作用，发挥合力作用。

会上，我很简要汇报了"美丽非遗与美丽中国"全国论坛情况。参加论坛的领导和专家评价很高。反映有这么几点：一是主题好，上接天线，下接地气。这一论坛的主题将美丽非遗与美丽中国连接在一起，很好地贯彻了十八大提出的建设美丽中国的行动纲领，又回应了时代和社会，尤其是广大民众的热切的精神诉求。二是学术准备充分，10多位国家专家现场演讲，60篇获奖征文交流，从多侧面多角度阐述了对于论坛主题的理解。体现了理论联系实际，学术服务社会的要求。三是会风和学风很好，值得高度肯定。大家走到一起，为了美丽非遗梦，激荡思想，交流观点，指点迷津，指引方向。四是"非遗让美丽中国更加美丽"的余杭倡议，对会议成果作出了很好的总结和诠释，体现了全体与会者的心声。

下午，第二批国遗第三批次26本书目招投标。我在招标会上指出：这套丛书获得了多个荣誉，如树人奖、优秀编辑一等奖等，不能吃老本，要保持荣誉感，使每一本书都成为精品，使这套丛书成为经典。

2013年7月5日　星期五

上午，省总工会组织劳模体检，诺妈陪我到一二八医院。印象中，我有十几年二十年没体检了，自己的问题，自己知道，也就是后脑勺和颈椎上开了个大刀，一晃已24年了；还有肾结石，两个肾脏满是小石头，雨天有点胀；手脚不灵便，两只手抬不起来，左手皮肤没一点感觉，右脚有点抬不起来，走路偶尔要绊一跤。其他应该没什么问题吧。这些老毛病，积重难返，也没办法治好了。我是一个精神主义者，精神是万能的，病这东西，你不怕它，也就扛过去了。今年，诺妈一定要我去检查一下，原以为体检很麻烦，没想到在一个楼层一条龙服务，检查项目不多，两个小时就完成了。眼科检查时，医生说有点白内障，整体结果两个星期后出来。我一天到晚不是看电脑，就是看文件看报看书，眼睛不大有歇会的时间，有点对不住眼睛。

下午，听省非遗中心下半年工作汇报，重点了解省非遗馆筹建、亚太博览会筹办两项工作，柳河副厅长参会。省非遗中心负责人介绍了两项工作进展情况。非遗中心准备的材料蛮厚，但非遗馆整体的功能设计感觉很混乱，亚太博览会还没具体方案，到了今天还在讲理论。我都纳闷，这么大的事，都火烧眉毛了，这帮人怎么都不着急？省非遗中心向厅长提出，省非遗馆 10 万平方米，面积太大了，改为 8.5 万平方米。我对此提出批评，应当到万不得已的时候再退一步。到底多少面积，要有依据，要有数据测算，这么大的事，不能随口决定！而且，这样的大事，我这里（职能处室）要先过，要经过必要的程序。

我建议：一是抓工作重点。下半年非遗中心就抓好这两件事——省非遗馆筹建、亚太博览会筹办，其他工作可以再说。这两件做好了，年度考评可以过关。我处工作统筹兼顾，省中心抓大事，开句玩笑话，职能有点颠倒。二是抓责任主体。亚太博览会这项工作到底谁牵头，或者谁为主？是亚太中心、省文化厅，还是杭州市？亚太中心是相对务虚的机构，省厅也是要通过杭州市落实；建议由杭州市牵头和作为责任主体，结合西博会进行。三是抓实施方案。具体工作方案、工作计划、工作班子，要抓紧提出方案，与各相关方取得基本共识，抓紧报厅长办公会论证和审核，定下基调。四是抓经费落实。要配套工作方案，提出经费预算，不能到底是 3000 万元还是 300 万元，都心中没数，各家承担多少经费都心中没谱。兵马未动，粮草先行。钱不落实都是空话。五是抓进展进度。今天是 7 月 5 日，拟定 10 月 17 日举行，也就剩下 100 天左右时间，要加快节奏，提高效率，倒计时安排工作，倒排工作，什么时候完成什么工作，特别要注意一些关键节点。六是抓现场组织。到底在哪里举行，办多大规模，多少国家多少展品多少人参加，分几个版块，怎么组织，谁干什么，怎么分工合作，都要基本明确，要有方案和预案，否则到时候措手不及。我要求省非遗中心抓紧亚太博览会的筹备工作和省非遗馆方案的再论证。

柳河副厅长指出，第一，非遗馆建设，抓好定位，突出公益性，兼顾经营性；功能设计上，要突出重点，也要统筹兼顾，要基本明确展示些什么，怎么展示；怎么布局，要充分研究。第二，亚太博览会，是当务之急，要抓紧拿出正式方案，提交厅长办公会议决策。

会后，我和祝汉明、毛芳军赴嘉善。

晚上7点多到嘉善西塘。

2013年7月6日　星期六

上午，召开嘉善非遗工作座谈会。倪局长介绍嘉善县域科学发展观示范点建设概况。习近平总书记先后4次到嘉善调研，2008年以来12次对嘉善工作作出重要批示。今年2月28日，经国务院同意，国家发改委批复《浙江嘉善县域科学发展示范点建设方案》。这是全国首个以县域为单位的国家级区域规划。将一个县的发展提升到国家战略层面来考量和谋划，在区域发展战略研究推动中是史无前例的。嘉善将享有先行先试权，培育和形成一批可看、可学、可示范的点和经验。

4月22日，省委、省政府出台《关于推进嘉善县域科学发展示范点建设的若干意见》。4月23日，省委、省政府召开浙江嘉善县域科学发展示范点建设动员大会。县域发展面临许多新情况、新问题。要探索破解这些问题、难题的有效路径，探索贯彻落实国家政策措施的有效办法，探索激发人民群众自觉践行科学发展观的有效手段，不断促进县域经济社会又好又快发展。

谈萍莉局长介绍了非遗工作有关情况。省委、省政府的"意见"第三条，列出12项试点内容，其中"开展文化体制改革试点"的内容中，明确提出加快县非物质文化遗产馆等重点文化设施建设，加强西塘国家级历史文化名镇保护利用，保护发展嘉善田歌、嘉善宣卷、京砖烧制、传统纽扣制作等传统文化，支持嘉善构建非物质文化遗产保护体系，适时申报国家级非物质文化遗产名录。在文化部分内容中，非遗的分量很重。

我讲了四点：第一，工作理念上，要站位高点，提出新的目标要求，要在三个方面实现新的跨越。从抢救保护向融入社会各领域跨越，从非遗大县向非遗强县跨越，从嘉兴先进向省里领先、全国示范跨越。第二，工作思路上，要围绕县域科学发展观示范点的"三区一园"要求，做好文章，做大文章，大做文章。第三，工作方法上，要借势借力。第四，工作支持上，零距离对接，搭桥梁协作，全方位促进，强力度支持，高水准提升。希望嘉善不断创造非遗方面示范点建设的新成果、新经验，交出满意答卷。

下午，召开嘉兴市国遗项目申报座谈会。嘉兴市局陈云飞副局长主持，嘉兴各县市区分管局长等参会。陈华文、祝汉明、季海波等非遗专家参加，提出指导意见。

我提出几点：一是希望嘉兴在国遗申报中争创新优势，争取实现保六争七的目标。二是金厅长在余杭全国论坛上指出，非遗事业从快到好到美转换。希望嘉兴的非遗事业在转型升级中有新作为。三是嘉兴的各县市区总体工作都不错，市里要进一步加强统筹协调和引导指导，从县域发展向市域全域发展转变。四是嘉兴以中国嘉兴端午民俗文化节为牵引，打造鲜明的城市主题文化，塑造城市文化形象。

2013 年 7 月 7 日　星期日

翻看近期报纸。

党的群众路线是个什么路线，习近平总书记在讲话中已经说得非常明确：党的根基在人民、血脉在人民、力量在人民。说到底，保持党同人民群众的血肉联系。

浙江省委领导指出：要建设一支过得硬、打胜仗的干部队伍，让一大批作风正派、具有改革创新精神的"能吏"和领军的"狮子型"

干部甩开膀子去干。

网评强调：需要"老黄牛"式干部的"韧劲"，更需要"狮子型"领导干部敢想敢干的"闯劲"。"狮子型"干部，就是政治过硬、能够驾驭全局、敢抓敢管、勇往直前、富有团队精神、实绩突出的干部。时代需要"狮子型"精神，时代呼唤"狮子型"干部。时代需要有着"朝受命、夕饮冰"的事业心、"昼无为、夜难寐"的责任感的充满干劲的干部。

2013 年 7 月 8 日　星期一

上午，让毛芳军起草，下了个抄告单。浙江首先在全国打出和打响了"美丽非遗"的品牌。要求各地继续打响"美丽非遗"的品牌，进一步做大"美丽非遗"的概念，"美丽非遗"让美丽中国更美丽，让城市更靓丽，成为党政和全社会的共识。

与省群艺馆邬勇副馆长、施莉萌老师商量了濒危剧种守护行动启动仪式演出剧目，拟定高腔、乱弹、滩簧类及乡土小戏曲的代表剧种，都有代表性小剧目登台亮相。我考虑，把这台演出做成既有精品展演，又有戏曲知识性、普及性的介绍。因此，串词也很重要，拟请施老师撰稿。

讨论中，邬馆长和施莉萌推荐的经典剧目都有点"杀"气，譬如，浦江乱弹的《崔子弑妻》，宁海平调的《金莲斩蛟》，婺剧、徽戏的《辕门斩子》等。我说不行，杀气太重。他俩说，高腔、乱弹之类的硬戏，都是"杀"调；越剧、昆曲之类的软戏，都是自杀。硬戏的经典剧目，都是大开大合，大喜大悲，大起大落，反映人的命运、社会的动荡场景。我开玩笑说，可以组织廉政专场，纪委开会配套办一个专场。软戏，都是谈情说爱，凄凄惨惨戚戚。至于茶灯戏之类的民间小戏，都有调情性质。这有点意思，我也长知识，随手记下。

下午，计财处方培新处长来商量我省非遗专项资金检查方案，拟对 2010 年至 2012 年三年来中央和省级非遗专项补助经费进行专项检查。非遗资金专项检查是我处主动提出的建议，了解资金是否专款专用，地方承诺的配套资金是否落实到位，相关支出是否符合财政财务制度，专项资金使用绩效，以及各地建立非遗专项资金情况。通过检查，真实反映情况，规范资金使用，促进经费管理。分级负责，以县为主，也推进地方非遗保护专项资金建设。

2013 年 7 月 9 日　星期二

上午，艺术处徐坚处长和邬勇馆长、祝汉明、季海波，会同浙昆、西湖区、广告公司等相关人员去西溪湿地再查看现场，就濒危剧种守护行动启动仪式及演出事宜，现场模拟演绎。

下午，濒危剧种守护行动方案及启动仪式方案，报送省政府办公厅。

晚上，整理电脑里杂乱的资料，分门别类归类。这些年来，会议多，讲话多，翻检和整理资料，有这么多的讲话录音和记录稿，自己都暗自吃惊。这些年从事非遗工作，倾注了多少思想心血啊！实在是顾不上整理这些原始资料，只好忙中偷闲、见缝插针。稿件整理的任务实在很重，各类讲话稿拟分类为"话说非遗""演讲非遗""论道非遗""座谈非遗"。归类清晰后，心里很舒坦，轻松多了。

2013 年 7 月 10 日　星期三

上午，对濒危剧种守护行动启动仪式工作进行了分工。启动仪式，非遗处、统战部经济处负责；演出，艺术处、非遗处负责；展览，非遗处、西湖区负责；宣传，新生代企业家联谊会负责；接待，西湖区、相关各方负责；安保，西湖区、西溪湿地负责。

与艺术处徐坚处长磋商了开幕演出事宜，衔接了经费预算。与祝汉明等商量了节目单、工作指南。

下午，下发启动仪式选调折子戏精品节目的通知，上报邀请相关省领导出席活动的请示。

今年第六期《浙江文化》月刊，在封面的导读上，有5个标题：浙江率先实现省市县三级非遗保护工作机构全覆盖，第七届"台湾·

浙江文化节"增进交流与合作，第八届浙江省非遗节暨主场城市活动在金华开幕，舟山群岛·中国海洋文化节践行"节俭办节"，嘉兴端午节尽显民俗文化魅力。其中导读第二篇是对外交流，内文标题为"美丽非遗与文化交流"。而且，卷首语为"唱响浙江'美丽非遗'之歌"。本期《浙江文化》堪称"非遗专辑"。6月的非遗活动很丰富，非遗很美丽，苏唯谦主编很给力！

2013年7月11日　星期四

上午，召开省级文化系统群众路线教育实践活动动员大会。金兴盛厅长作动员讲话，省委第14督导组组长陈荣讲话。

新的群众路线教育实践活动，要全过程贯彻"照镜子、正衣冠、洗洗澡、治治病"的总要求。省委要求党员干部通过批评和自我批评，真正"红红脸""出出汗""排排毒"。

习近平总书记指出：人民对美好生活的向往，就是我们的奋斗目标。要始终与人民心心相印、与人民同甘共苦、与人民团结奋斗，夙夜在公，勤勉工作，努力向历史、向人民交出一份合格的答卷。

下午，起草浙江省新生代企业家参与非物质文化遗产保护倡议。

2013年7月12日　星期五

近日，收到文化部办公厅下发的"开展非遗档案摸底调查的通知"，了解的内容包括非遗档案管理基本情况，组织机构情况，规章制度情况，档案信息化情况，档案开发利用情况，"十二五"非遗档案工作安排，问题与建议。部里将研究制定非遗档案管理办法，明确编制归档范围，加强业务指导和有效管理，推动非遗档案工作标准化、制度化、规范化建设。

今天上午，与省档案局档案登记备份管理处许处长、刘处长，厅办骆威主任共同商议非遗档案建设。许处长介绍，艺术档案和非遗档案列入了国家基本业务档案目录，体现了国家档案局对非遗档案的特别重视。档案部门将会同文化部门做好建档、档案备份、电子化保护管理、促进档案利用工作。

骆威主任介绍了我厅艺术档案建设情况。

我简要介绍了非遗十年工作情况，介绍了非遗档案的特点：一是21世纪才兴起非遗事业，前期主要是抢救性记录，展示宣传，唤起全民共识。二是非遗涉及面广，上至天文地理，下至鸡毛蒜皮，无所不包，目前非遗还没有边界。三是以人为主体，传承人为核心。四是理论上讲，应当全过程记录、全方位记录、全媒体记录，档案量非常大。五是因为人手缺，而且人员不固定，铁打的营盘流水的兵，或是聘用老同志，或是年轻人，对档案管理业务生疏，操作比较粗糙，不够规范。六是非遗档案还有一个重要特点，是老物件的征集。

我提出，一是要有建档标准，哪些归档，怎么归档，要有制度，要有指导意见。请档案局一起下基层调研，总结好的做法，依照法律法规精神，根据非遗特点，提出指导性意见。二是加强非遗建档培训，适当时候合作组织全省性的非遗档案建设培训班。对于非遗系统，对于档案系统，都要加强非遗档案业务的培训。三是抓好档案备份，先试点，然后以点带面。四是抓电子化，抓非遗信息化建设。五是加强档案保管硬件建设。六是档案的开发利用。大量的非遗资料，不能束之高阁，"刀枪入库、马放南山"，要服务社会，服务人民。

下午，象山吴健局长来访，商量全省非遗生态区建设研讨会事宜。我提议，今年省文化生态区建设研讨会的主题，定为"海洋渔文化生态保护"。原先拟定全省9个非遗生态区参会，调整为浙江涉海的市县参会。全省涉海地区一起来研讨海洋渔文化生态的保护，既是学习象山经验，也是推进全省海洋渔文化保护工作。

2013 年 7 月 13 日　星期六

今天，从早上10点到晚上10点半，与毛芳军起草濒危剧种守护行动的几个稿子。

代为起草《浙江省新生代企业家联谊会倡议》；起草厅领导在濒危剧种守护行动启动仪式上的讲话；修改《浙江省文化厅、浙江省新生代企业家联谊会关于非物质文化遗产保护合作框架协议》。

2013年7月14日　星期日

今天，早上睡到8点，中午又午睡，下午5点又想睡，眯了一会。大概是近一个星期睡眠不足，需要补觉吧。

近一年，经常会感觉体力不支，精力不足。大概睡眠不足，有时打稿子会突然间犯困，就坐在椅子上眯一会补补精神。电量不足，要充电了。开会或起草稿子时，我依然思想激荡、思维敏锐，甚至可能激情四溢，思想火花迸发，精气神十足。但开会结束或是大稿子定稿了，放松状态下，偶尔突然身体发虚，不单是低血糖症状，是感觉体力不支。人时有疲倦感，脑子思考问题凝聚点不足，人真有点老了。

一个人的年富力强时期，特别是思想成熟时期，时间并不是很多，更要抓紧时间，努力去做想做的事情；总是感觉时不我待，总是觉得不能辜负领导的信任，不能辜负组织上给予的那份荣誉。要让这支队伍保持高昂的热情、饱满的干劲，再接再厉，再创佳绩，再立新功，再铸辉煌。

离退休还有八年多，也就是3000天时间，能够干一番事业的日子不多了，时不我待，刻不容缓！

2013年7月15日　星期一

上午，对濒危剧种守护行动活动指南、舞台及现场设计方案、经费预算等，提出修改意见。

下午，杨越光副厅长召集会议，征求对文化部、省委宣传部等群众路线教育的意见和建议，各处室负责人参加。大家总体意见：一是要加强宏观研究；二是破解难题上要有智慧和方法；三是要避免教条主义，有关决策要符合基层实际；四是要尊重基层首创精神，总结和推广经验；五是要杜绝形式主义。

2013 年 7 月 16 日　星期二

　　上午，召开濒危剧种守护行动暨新生代企业家非遗基金启动仪式筹备工作协调会。我厅非遗处、艺术处（徐坚）、统战部经济处（周处、小徐）、新生代联谊会（小马等）、西湖区（魏局长、寿主任、齐馆）、西溪湿地（高丽丽）等参会。讨论了议程，研究了现场场景，明确了工作事项内容，分配了具体分组及人员，强调了具体准备工作。

　　会上，我讲了几点：一是统一思想，提高认识。这项活动规模小，但规格高；场面不大，但影响大；演员不多，但头绪多。三角四方，涉及面广，特别是出席的领导多、贵宾多，还有新闻记者也多。"麻雀虽小，五脏俱全"，方方面面一点都不能疏忽和耽误。这些新生代企业家不了解非遗，这次活动是宣传传统戏剧的窗口、宣传非遗的平台，也是体现非遗人工作能力、工作水平、工作作风的机会，务请各方高度重视。二是明确任务，细化责任。参加活动的人不多，但领导多、嘉宾多，谁家孩子谁来抱，谁的口子谁接待谁负责。要按照今天的协调会分工，抓好重点环节，细化流程，各相关方面相关人员要有备忘录，任务要清晰，工作要倒排，要落实到位。三是及时沟通，做好衔接。要各司其职，分工不分家，零距离对接，无缝对接。时间已不足三天，精诚合作，确保活动圆满顺利举行。四是加强宣传，营造声势。两项启动，具有象征意义，将是青年企业家参与濒危剧种保护和参与非遗保护的重要发端，意义重大，影响深远。18 日下午 3点，召开新闻通气会，重要媒体重点联系，帮助找选题，提供背景材料，要争取重要版面，争取发表大文章、深度文章、重量级文章，造点声势。

　　下午，进一步联系和衔接落实出席两项启动的领导，修改活动指南，敲定具体事项，商议了现场场景设计。舞台两侧宣传板，定为两条标语：左，非遗标志，"共享美丽非遗，梦圆美丽浙江"；右，新生代企业家联谊会标志，"同一个梦想，同一个行动"。启动仪式之后的浙江省传统戏剧折子戏精品邀请展演，主题为"美丽非遗，魅力戏剧"。

晚上，研究濒危剧种守护行动量化目标，确定为"十百千万＋百万"行动：2013年，十个剧团唱新声；2014年，百台大戏送乡亲；2015年，千名弟子共传承，万名票友露露脸，百万观众过戏瘾。虽然流于俗套，但是提纲挈领、简明醒目、顺口好记。

2013年7月17日　星期三

上午，绍兴县局王彪局长、新的分管局长陈局长和王雷主任来访。绍兴县为我厅定的17个非遗保护综合试点县之一。王局长介绍，县里领导对非遗很重视，县政府在2009年4月出台"加强非遗保护的意见"，今年4月县政府常务会议专门听取非遗工作汇报，再次出台"进一步加强非遗保护工作的意见"。绍兴县非遗方面在人、财、物保障上，有切实措施，局文化遗产科2人，非遗中心4人，非遗馆5人，共11个在编非遗干部；县财政每年安排200万元的非遗专项资金；绍兴县非遗馆面积不大，1000平方米，但我评价是我省县级区域第一个真正意义上的非遗馆，去年6月开馆，至今参观人数超过10万人。根据我处提议，他们送来一个材料初稿，题为《绍兴县着力破解非遗保护五大难题，试点县工作成效显著》，内容包括破解工作保障之难、传承发展之难、阵地建设之难、出人出戏之难、内热外冷之难。材料思路不错，内容也翔实。

下午，召开处务会，就两项启动仪式，处内按照人员分组和工作分工，进一步明确和落实责任。

处务会讨论了新生代企业家联谊会基金资助的濒危剧种（团）名单。新生代企业家联谊会拟定三年共捐资360万元，我处与联谊会商量后，资金投向拟为：2013年100万元共资助10个剧团（十个剧团唱新声）；2014年100万元资助送戏进乡村、进校园、进企业（百台大戏送乡亲）；2015年160万元资助传统戏剧传承发展基地建设（千名弟子共传承）。

其中，2013 年 100 万元拟资助以下 10 个剧团，每个剧团 10 万元：一是参加本次启动仪式演出的：睦剧（淳安三角戏）、宁海平调、兰溪滩簧、浦江乱弹、泰顺提线木偶、苍南单档布袋戏。二是省政协专题建议点名的几个濒危剧种的剧团：湖剧、杭剧、新昌调腔、台州乱弹。"两项启动"仪式上要宣读今年资助的 10 个剧团名单。

晚上，与毛芳军准备"两项启动"新闻通气会提纲。

2013 年 7 月 18 日　星期四

下午，我处召开"两项启动"新闻通气会。我介绍了有关情况：一是两项启动的背景。二是濒危剧种守护行动方案。三是启动仪式议程安排和相关情况。四是希望媒体加大宣传。

我提出四个关注点：第一，看点，创二代、年轻浙商的文化自觉和社会责任担当。第二，焦点，濒危剧种的抢救保护，要做的事很多。第三，难点，濒危剧种的永续保护和可持续发展。第四，热点，希望媒体热切关注，引发社会更广泛的关注和支持。

晚上，与处里各位、西湖区魏局长等，去西溪湿地现场检查各项准备情况。对启动仪式背景、场景设计等，提出修改和调整意见，要求连夜赶工。场面还有些乱，但我相信，明天将会与以往的活动一样，大幕一拉开便呈现精彩。

2013 年 7 月 19 日　星期五

今天，由浙江省文化厅主办，浙江省戏剧发展促进会、浙江省新生代企业家联谊会、杭州市西湖区政府联办的浙江省濒危剧种守护行动暨新生代企业家非遗保护基金启动仪式在杭州西溪湿地公园举行。

两项启动仪式放在西溪湿地，事出有因，师出有名。据称，107年前，越剧从落地唱书形式转为舞台演出的首场演出，就在西溪。因此，濒危剧种守护行动放在西溪湿地启动，有着象征性意义，寓意传统戏剧保护发展的再出发。

今天依然烈日当头，艳阳高照，但老天助我，9点至10点（启动仪式），仪式主席台半边日出半边阴，进行相关仪式时，大家不用在大太阳下面暴晒；在戏台对面屋檐下的领导席，也晒不到太阳，电风扇吹拂，领导们和来宾们在凉爽的清风中观赏仪式，观看精彩演出。两边有廊檐的过道，是熙熙攘攘的人群。现场报到有26家媒体、39位记者，其中有5家电视台扛着摄像机莅临盛会。

全国政协文史和学习委员会副主任周国富，副省长郑继伟，省政协副主席、省委统战部部长汤黎路，三位省领导出席；周主席鸣锣宣布守护行动和非遗基金正式启动。

启动仪式上，金兴盛厅长致辞，省新生代企业家联谊会宗馥莉会长代表青年企业家，向社会群体发出"关注非物质文化遗产，复兴中华传统文化"的倡议书。柳河副厅长与宗馥莉会长签署《关于非物质文化遗产保护合作框架协议》。新生代联谊会向濒危剧种剧团代表捐赠100万元大支票，我处特意安排80多岁的浦江乱弹老人和30岁的穿着戏装、花脸化妆的宁海耍牙传人接受支票，现场媒体记者留下珍贵的照片和视频记录。

"美丽非遗，魅力戏剧"浙江省传统戏剧折子戏精品展演开场演出。越剧、昆曲、婺剧、绍剧等经典剧种，和淳安三角戏、宁海平调、浦江乱弹、兰溪滩簧等濒危剧种，展示了传统折子戏精品。经典剧种，不负盛名；濒危剧种，绝技绝活，名不虚传。浦江乱弹老人还未出场，一亮嗓子，那个滚喉，便迎来阵阵喝彩；宁海耍牙，表现着判官的凶猛，令人叫绝。场外广场上，泰顺提线木偶戏、苍南布袋木偶戏精彩亮相，游客拥簇。同时举行的"戏韵流芳"浙江省濒危剧种图片展，图文并茂地展示了浙江56个传统戏剧项目，游客观众纷纷驻足观看。

下午，回到厅里，伙伴们都有些疲倦了，连续作战，工作转换太快，节奏太快，每天加班加点到深夜，每天工作15个小时，累了，但事情完成后，大家很喜悦，很有成就感。

与李虹起草了发《中国文化报》、厅简报的稿子，题目为《浙江拯救濒危剧种，政府企业联手行动》。

2013 年 7 月

厅里部署开展"文化零距离——百千万行动",包括百名基层文化局局长恳谈会,千家(名)基层文化单位(机构)、人员"大走访",万名基层群众文化民生满意度调查。这是厅党组响应省委关于全面开展机关干部基层走亲连心活动所采取的有效举措。其中涉及我处职能的有"调研百家非遗传承基地,走访百名非遗项目传承人"。

与祝汉明、季海波等商量紧接着的下乡调研事宜。一是"双百"调研,部署各市县文化行政部门及非遗工作部门共同进行,提出具体要求。二是对赴台温调研的抄告单过了一遍。

2013 年 7 月 20 日　星期六

根据厅党组群众路线教育实践活动的部署,组织调研小组赴基层调研,识民情、接地气。拟定安排一周时间,重点为温州、台州地区。

下午 3 点出发,赴家乡临海。临海高速下来,进老县城,路线有点远,也有点绕,我回家少,而且不记路,居然走错了路。到家里已是晚上 8 点。

妈妈和妹妹准备了食饼筒。买、洗、切、烧,材料多、程序多,蛮辛苦的,但妈妈乐在其中。她将原先的食饼筒做法做了改良,将原来的每个菜单独烧好改为一锅烩,这样相对简单,特别是少了油,吃起来也许没有原先的香,但是更加原汁原味,更加生态环保。在小院子里,大家自己动手,蛮欢乐的。海波他们随机抓拍,定格了其乐融融的场景。

2013 年 7 月 21 日　星期日

上午,从临海赴温岭。

下午,温岭局长等陪同考察了温岭舜浦帽业有限公司。草编传承人陈根土介绍了温岭草编发展和企业发展情况,以及草编展示馆的设计方案。这个公司站位蛮高,草帽品种繁多。据介绍,材料有 20 多种国内外的蒲草、席草,颜色有 93 种,工艺编织纸运用的是进口环保的纯木浆纸，头的模型面向从十多岁的小孩到老人、从中国人到欧美人，有200多种，花帽产品进入不少欧美大超市。温岭草编2012年的产值达1.2亿元，在全国草编中排名第一，被评为中国驰名商标。据说，台州各地做帽子的，有8万人；编织材料发到各户，各家做好帽子交上去。

我讲了几点：第一，企业有全球意识，站位很高，一进厂门，墙上的企业目标和经营理念面向全球、放眼世界，值得我们学习。第二，帽子工厂化草为宝、化腐朽为神奇，体现了人民的创造，打造了地方文化品牌，而且成为地方支柱产业、纳税大户，占领国际市场，意义很大。第三，温岭的帽业也要打出响亮的广告语，譬如"琳琅草帽，斑斓生活；美丽生活，从头开始"。第四，加强传统草编的传承发展，包括草编花式品种的挖掘、草编产品的收集整理，将草编产品推向市场等；工业化流水线的产品不是非遗，传统草编更有韵味。第五，办一个温岭草编展示馆的构想很好，建立草编艺术研究院的想法也很好，要把草编发展的沿革历史，从种草开始到草编成果的全过程和整个流程体现出来。设计的时候要注重传统与现代的结合，把它办成一个草编技艺的活态展示馆、草编知识的科普馆，办成旅游体验的景区。

随后，我们赶赴文成。

明天一早的太公祭活动，在文成县南田镇举行。南田离县城有一个小时的山路，为此，决定夜宿南田。黑夜里，山道弯弯，峰回路转，到南田大概10点多了。

2013年7月22日　星期一

上午，参加第五届中国（文成）刘伯温文化节暨"太公祭"秋祭大典。当天，是刘伯温诞辰702周年纪念日。刘伯温以辅佐朱元璋完成帝业、开创明朝而驰名天下，是我国历史长河中最富传奇色彩的人物之一。文成县委、县政府以"传承国遗经典、弘扬伯温文化"为主题，隆重举办了这一活动。

太公祭大典分"盛世鼓乐　祥龙飞天""恭读拜文　乐舞告祭""行礼施拜　敬献花篮""祭祀先祖　守望非遗"四个篇章，表达后人对先贤的追思和敬慕，弘扬刘伯温的勤、廉、清、正的高尚品格，以激励后学之辈。

下午，文成县委、县政府召开刘伯温文化保护与开发建设座谈会。县委书记汪驰出席讲话，县委宣传部长刘金红介绍了刘伯温文化传承发展情况，副县长雷宇主持。刘伯温文化研究会专家、刘氏宗亲、青年企业家、省非遗专家等先后发言，对刘伯温文化保护与开发利用，发表了意见和建议。

我在会上特别强调了文成的发展定位问题。我建议文成的定位为"风水文成，风情山城"，定位实际上就是宣传口号，也就是战略方向。具体归纳为六步走：一是立足南田。刘伯温各方面相关的资源都集聚在南田，我们用几个"地"概括它——伯温故地、风水宝地、洞天福地、度假胜地，这四个"地"就是旅游的目的地。二是提升文成。把文成全县作为大景区，提升整体形象。山水体现人文，人文融入山水，普及山水人文，推出具有自身特色的旅游品牌。三是依托浙江。与青田携手合作，错位开发，线路共推，游客互送，资源共享。四是影响全国。要争取"中国刘伯温文化研究中心"牌子，成为全国研究刘伯温文化基地。五是辐射东南亚。正面引导风水问题，人与自然和谐就是生态。六是闻名世界。

县委汪驰书记说，一是时机很好，启发很大。以往做了不少工作，但还很凌乱，低位徘徊。这次借刘伯温祭典活动，各方嘉宾莅临，会上提出了许多宝贵意见和建议，深受启发。二是发挥优势，抢抓机遇。客观上，文成不能发展工业，也不允许发展工业，浙江八大水系，飞云江水系是保护最好的水系。为了保护水源，700多万头猪和鸡啊鸭啊，都不允许养了，迁出了养殖业。为了保护水源，每年支出1亿多元，但是生态补偿机制还不完善，温州市三年只补偿了文成1亿多元（汪书记专门对着我说："我们很不容易呀，王处长！"）。还有，交通瓶颈问题，文成与泰顺没通高速，夏宝龙书记来调研，表态要解决。三是着眼长远，立足当前。1.文成定位打造旅游目的地，四条美丽乡村规划带，把九镇一乡都连起来。2.把刘伯温文化融入整个经济社会发展，带动城乡建设。打算建立中国刘伯温文化研究中心，提出规划思路，提供决策咨询。3.具体项目建设，以南田镇为中心，全县统筹规划和确定项目布局。4.通过动漫、微电影等新型手段扩大宣传。四是要求和希望。请各方继续关心和支持文成，特别是刘氏宗亲，能否建立刘氏基金，参与文成建设。希望青年企业家对文成的投资前景进行评估，前景应当很乐观。

我随后在会上谈了点感受：听了汪书记的一番话，深为感动，深深感怀。感动于文成为飞云江水系、为生态保护做出的牺牲和奉献。感怀于汪书记满腔情怀，为文成发展、为民生幸福的真诚努力和倾心付出。对于文成的发展，有战略思考，也有具体步骤，我们期待并且相信文成的未来将更加美好，将无限美好。作为职能部门，我们要量力而行，更要尽力而行，支持文成的发展。

2013年7月23日　星期二

上午，《伯温讲坛》专场讲座。我着重强调非遗保护的融合发展，具体用10个结合来表述。第一，非遗保护与地域文化形象塑造结合。第二，非遗保护与乡风文明建设结合。第三，非遗保护与丰富群众文化生活结合。第四，非遗保护与推出品牌活动结合。第五，非遗保护与发展文化产业结合。第六，非遗保护与发展旅游经济结合。第七，非遗保护与美丽乡村建设结合。第八，非遗保护与生态文明建设结合。第九，非遗保护与文化设施建设结合。第十，非遗保护与乡土文化队伍建设结合。

下午，赶赴泰顺。考察了泰顺竹里畲族乡的竹雕馆。竹里做竹子文章，好。泰顺有20多个竹子品种，当地开发竹制品，有竹雕、竹刻、竹筷、竹编等，种类不少。我对竹雕馆的发展提出一些建议。

2013年7月24日　星期三

上午，赴泰顺龟湖参加泰顺禳神节。这个节日传承近千年，主要祭祀徐三翁、陈十四、马仙等地方神，每年农历六月举行节日活动，在浙南传统民俗生活中占有重要地位。徐三翁何许人？宋泰顺人，叫徐震，官至温州府判，秉公廉政，保境安民，"勇当寇锋，陷阵先登，以身殉国"，为时人敬佩，被三位皇帝先后敕封，后人因此尊他为"徐三公（翁）"。活动有龙灯飞舞、木偶表演、乌衣红釉精酿、彩旗飞扬等，从各个方面和角度展现了泰顺民俗特色。通过禳神文化节活动，借助民间信仰和英雄文化故事的强大生命力，引导人民群众崇尚善与美，延续爱国爱乡和感恩情怀，促进当地传统文化的传承与发展。同时，借助民间信仰和信俗文化的力量，与当地自然景观、乡村旅游等紧密融合一体，促进了当地经济发展和文化繁荣。

中午参加禳神节百家宴。烈日当空，天气炎热，街上摆满了饭桌，我们在大樟树下就餐，很有乡土风情。

考察了泰顺龟湖的采石场，参观了龟湖石雕展，浏览了龟湖的石雕市场。来泰顺多次了，但还是第一次参观泰顺的石头市场。泰顺的叶蜡石矿区，爆破开采，对石资源破坏巨大，令人忧心。泰顺石资源的保护和开发，应当采取措施。

下午，赶赴平阳。

晚饭后，考察了平阳城区湖心岛上的书场。书场上正在演出温州鼓词，台上一位中年鼓词女艺人正在讲《杨家将》，自己敲、自己打，绘声绘色、声情并茂，生旦净末丑，各种角色，一个人全包了，很有气场。全场七八十位观众都是老人，听得津津有味，很入迷。我与平阳吕德金局长也混入其中，虽然听不懂，但能领会那种韵味，感受那种氛围。办好书场很重要，艺人需要舞台，群众需要精神食粮和欢聚的场所。全省有曲艺项目的地方，都应该有个书场。

2013年7月25日 星期四

上午，平阳县吕局长等陪同考察城郊白鹤拳传承基地。这个村有600多位村民捐款，多则上万，少则数百，几年来筹集了120多万元，建了一座白鹤拳纪念馆。我建议改为"练武堂"。会长介绍了这几年白鹤拳传承情况，收集整理拳术套路情况，参加各种比赛情况。村里挖掘了52种套路，编了一本拳书，拍摄了一组录像。村里有中国武术协会会员30多人，今年报名参加拳术培训的有127人。老中青少，分别表演了拳术套路，成人的拳术表演，吐气开声，类似于鹤鸣，动作拟鹤化，白鹤亮翅，有特色，有意思。孩子们的表演，也像模像样。

明后年，设想举办一次全省的传统武术群英会，或者干脆就叫浙江武林大会！王某人，一身骨头，两袖清风，人比黄花瘦，四肢不勤，五谷不分，特别羡慕有武功的人，特别崇拜像岳飞、霍元甲这样精忠报国、精武卫国的人物。中国人要野蛮其体魄；文明古国也要有尚武精神！

下午，到永嘉。金兴盛厅长出席温州各市县文化局局长座谈会，听取工作情况汇报。金厅长梳理了大家反映的问题，强调要有针对性地改进：一是如何通过省厅工作推进党政重视。文化工作要"四个走"，走上去，走进党政一把手议事日程；走下去，重心下沉资源下移；走出去，四多四少；走进去，内化于心，外化于行。二是如何通过完善工作机制，推动文化发展。列入考核，不能自娱自乐，要有目标指标；投入机制，文化是花钱的，不是赚钱的。财政要"两个高于"；设立"1%公共文化计划"专项资金账户。做好政策落实落地。三是如何加强文化战线队伍建设。包括编制、素质、地位，影响和谐程度，平安指数，这支队伍很重要，是和谐社会的建设者、群众幸福的传递者、精神家园守护者。四是省厅如何转变作风，推动文化发展。大家意见很婉转，你们轻轻讲，我们重重听。多下去调研，多下去帮助基层呼吁。要增强信心，文化战略地位不断提升，群众文化需求进一步增强；要勇于担当，履行职责；主动作为，积极谋划，创新发展。

晚上，观看永嘉昆剧《琵琶记》演出。第一次看永嘉昆剧的全本戏，虽然题材老套，但演绎得很感人。

2013 年 7 月 26 日　星期五

上午，我厅在永嘉召开全省公共文化服务体系建设提升年推进会。金兴盛厅长出席讲话，柳河副厅长主持，温州、永嘉等有关领导出席。

永嘉盛秋平书记介绍，永嘉有四大名片：永嘉山水诗、永嘉古村落、永嘉学派、永嘉昆曲。永嘉有 200 多个古村落，其中三个村列入"全国最受欢迎的 100 个古村落"。永嘉是没有围墙的博物馆。对于永嘉，抓好古村落保护和历史文脉永续传承，是重中之重。

金厅长强调，基层公共文化服务体系建设涉及面广、工作量大，任务繁重，必须在统筹兼顾的同时，集中力量抓好牵动全局、事关长远的关键环节，以重点突破来促进整体推进。要善于谋划、勇于争优、创造特色，紧紧抓住设施、内涵和制度"三提升"这三大工作重点，点面结合、重点突破，全力实现基层公共文化建设的整体提升。

下午，从永嘉回杭州。

2013 年 7 月 27 日　星期六

上周六出发下基层调研，至本周五，整整一周。这次调研旨在落实群众路线教育实践活动的精神，参加了金厅长主持的温州市文化局长座谈会，列席了全省公共文化服务体系建设提升年推进会，体验了文成太公祭、泰顺龟湖禳神节，出席了文成刘伯温文化保护与开发座谈会，在《伯温讲坛》上为文成的乡镇党政领导和宣传文化干部讲了一课，调研考察了数个非遗传承基地。此行求教基层，问计于民，交流指导，共襄大计。

2013年7月28日　星期日

看纪录片《角马大迁徙》，共三集。角马生活在非洲的东部和南部。雨季期间，雨水充足，大地一片生机，角马在这栖息地日子过得很滋润。但是，到了夏季，青草枯黄，为了寻找新鲜的芳草地，所有的角马要进行长途大迁徙。120万头角马组成了一支庞大的队伍，一路行军，过险滩，涉丛林。沿途危机四伏，狮子、豹子、鬣狗、鳄鱼等食肉动物随时可能偷袭，发起致命一击，角马中的老弱病残难逃劫运。它们历经磨难，矢心不改，终于抵达目的地。周而复始，终点又将是新的起点。

角马大迁徙的场景惊心动魄，我看后心情不能平静，从中也受到极大的激励。一个有追求、有信仰、有信念的人，一旦认定追求的目标，就要不懈地奋斗，就要经受各种曲折考验，要在艰难甚至恶劣的境遇中求生存、求发展。角马大迁徙体现了一种精神的力量。也正是这种精神力量，给我以激励，使我更加坚定信心和斗志。

2013年7月29日　星期一

下午，与省档案局登记处刘处长、管理处封处长会商非遗档案事宜。我介绍了非遗档案的特点：一是资料海量；二是分级负责，以县为主；三是保基本，抓延伸；四是硬件、软件、活态兼顾；五是各地综合性的非遗馆或专题性的展示馆，一定意义上说，也是非遗档案馆。

双方就省级非遗评审资料归档、县域非遗档案试点、出台全省非遗档案管理办法、共建浙江非遗档案馆等，做了初步磋商，要创新理念、思路、模式，务求前瞻和实效。

2013年7月30日　星期二

上午，《杭州日报》记者姜雄来访，专题采访濒危剧种守护行动后续工作安排，准备做个深度报道。我介绍了为什么启动濒危剧种守护行动，这一守护行动三年计划安排和预期目标，也特别强调了各市县上下联动、社会力量共同参与的重要性和作用。通过三年努力，取得明显成效，向社会和媒体报告守护行动工作成果。三年后，转入正常性工作。守护行动，不是一句口号，而是一项行动，不达目的，决不收兵！

下午，召开处务会。重点有两项议程：

一是拟定8、9、10月工作安排和责任分工。8月，为非遗项目保护深化月，由叶涛牵头；9月，为非遗十年回顾展望月，由祝汉明牵头；10月，为美丽乡村与美丽非遗交流月，由毛芳军、李永坚牵头。贯穿三个月的非遗档案和信息化建设，由李虹牵头。

二是2013年度省非遗专项资金项目补助经费安排。研究拟定了项目补助原则，讨论拟定了经费补助的项目。

2013年7月31日　星期三

下午，浙江日报社文化新闻部召开座谈会，科教文卫相关单位参加。这是落实群众路线教育实践活动精神的一个措施。到会人员轮流发言。

我对《浙江日报》印象很好：一是党性和亲民性有机结合。《浙江日报》办得生动，报纸各版块很清晰，好找；版式版面图文并茂，有可读性，有指导性、应用性，好看好用。二是办报理念上注重人文引领。"两富"浙江，精神富有比物质富裕境界更高，人文版块是精神富裕的重要内容，《浙江日报》每期人文版块有四个版面，体现了文化自觉。三是《浙江日报》对非遗保护密切关注，及时宣传，重点报道，推波助澜。浙江非遗的成绩成就，有《浙江日报》的贡献。四是《浙江日报》的檀梅主任、刘慧老师等，境界很高，水平很高，素质很高，都是有情怀的人，对守护历史文脉、守护精神家园有满腔情怀！

如何更好办报，有几点建议：一是强理念。要在办报理念上进一步强化人文意识，贯穿到办报的整个过程、全部版面。二是推品牌。

首先是人的品牌，要推出名记者、名评论员；其次是推名牌栏目或品牌版面。譬如，浙江已经打出和打响了"美丽非遗"品牌，今年，《今日浙江》、浙江电视台钱江频道分别推出了"美丽非遗"栏目。三是办专刊。党报要办得生动，特别是人文版面，没有专刊、副刊、周刊，不生动，没活力，缺少可读性。四是搞活动。活动是文化的生命力所在，也是报纸的生机活力体现。五是下基层。要识民情、接地气，要走转改，习近平总书记提出了十个"更好"，提出了"人民群众对幸福生活的向往，就是我们的奋斗目标"。重心下移、阵地前置，才能抓到活鱼，才能有真切、形象、直观的感受，才能有生动形象的表达。六是建网络。要开门办报，靠大家一起写稿子，共同办好报纸。

《浙江日报》文化新闻部主任檀梅主持会议，她说：以前都是一个行业系统分别开座谈会，这次根据群众路线教育的精神，科教文卫四个领域一起开座谈会，隔行如隔山，但是隔行不隔理，相互之间的意见和建议，迸发出更亮丽的火花。大家都是表扬褒奖，但温柔温馨的表达，话外之意我们明白，我们听得懂，我们还有差距，我们还有很大的努力和发展的空间。

2013 年 8 月 1 日　星期四

上午 9 点，厅党组中心组召开学习（扩大）会，金兴盛厅长主持。会议传达了中央关于习近平总书记再访西柏坡、在河北调研时讲话精神，传达了习近平总书记关于经济形势的讲话精神。

金厅长对厅机关群众路线教育实践活动做了强调：一是思想认识上更高一筹；二是理论学习上更深一层；三是查摆问题上更进一步；四是联系实际上更紧一点。

下午，年初制订的本处工作月历，确定 8 月为非遗项目保护深化月。7 月 30 日下午的处务会研究了本月工作。具体为：一是"三个文件"：实施省级非遗项目"八个一"措施，申报人类非遗项目预备清单，非遗保护成果奖评选。二是"三个评审"：省级传统节日保护基地评选，非遗主题歌曲评选，我的非遗故事征文评选。三是"五件事"：国遗丛书编撰指导会（第二批国遗项目第三批次书目），非遗基地建设座谈会，第四批省级非遗传承人初评会，非遗十年系列活动筹备，非遗档案和信息化建设推进工作。

2013 年 8 月 2 日　星期五

上午，收到文化部简报（第 245 期，7 月 31 日编发），头条为"浙江政企联手开展濒危剧种守护行动"。

中新社记者汪恩民来访，专门了解濒危剧种守护行动后续工作安排。凑巧，永康局长翁卫航、非遗中心主任吕美丽来访，商量重阳节胡公庙会相关事宜。谈起濒危剧种保护，翁局长说，永康中月集团的老总俞朝忠为保护婺剧做了很多事。今年 6 月，中月集团全额投资，收购建立了民乐团有限公司和婺剧团有限公司，这两家公司分别有 50 多人和 30 多人。中月集团用经营性理念、企业化管理，经营两个民营文艺团体。有奖励机制，今年启动了送戏下乡计划，打算开 60 场，每场要补贴上万元。

永康的实践探索，是一个重要的典型，既是体制创新，也是机制创新。民间蕴藏的热情，要充分激发出来，这一能量很大。

讲到非遗处的工作，工作转换很快，节奏很快，每天连轴转，大家都是拼命三郎，大家有着油然而生的使命感、责任心。思考很重要，创新很重要，我们抓住每一个点切入，抓住每一个机遇推进事业发展。譬如十八大之后，召开美丽乡村会议，提出"美丽中国要从美丽乡村开始"，余杭论坛又提出了"非遗让美丽中国更美丽"的余杭倡议，倡导了"美丽中国需要美丽非遗"的理念。

下午，收到相关方面两个关于县域发展的材料，一是嘉善县被列为中央县域科学发展示范点之后，省委、省政府下发专门意见，并在嘉善召开示范点建设动员大会，检查有关工作进展；二是省委、省政府出台《关于加大力度继续支持景宁县加快发展的意见》后，我厅拟定研究出台扶持支持景宁文化发展的意见，着手文件起草。

省委办、省府办转发了省发改委《浙江嘉善县域科学发展示范点建设方案实施计划》（浙委办发〔2013〕54号）。其中，省文化厅牵头的任务有：1.组织开展文化体制改革试点。2.加强西塘历史文化名镇和大圩遗址的保护利用，支持西塘古镇申报"世界文化遗产"，保护嘉善田歌等非物质文化遗产，推进具有江南水乡特色的非物质文化遗产生态保护区建设，积极创建省级优秀传统文化传承体系建设模范区。3.支持嘉善县省级公共文化服务体系示范项目、重点文化设施建设和传统文化发展，打造文化产业示范基地。文件还要求，注重动态研究和理论探索，在实践的基础上共同总结提炼一套既具嘉善特色、又有普遍意义的县域科学发展实践经验和理论研究成果。

看到这一文件，实在很高兴！原先，省发改委起草的征求意见稿关于非遗部分，只有一句话："保护嘉善田歌等非物质文化遗产。"嘉善是全国的科学发展示范点，在省里的建设方案中，对于非遗方面的充分体现，事关重大，关系全省县域非遗事业的推进和发展，也关系全国非遗事业发展。为此，我处提出了一段修改意见，得到了省发改委的重视，在正式出台的《实施计划》中全面采纳，一字未改！方案的工作目标，提出了"省级优秀传统文化传承体系建设模范区"的概念，对于我们全省开展和实施模范区建设的破题，意义重大！

2012 年，省委、省政府下发了《关于加大力度继续支持景宁畲族自治县加快发展的若干意见》。为贯彻这一文件精神，我厅拟定出台《关于加大力度继续支持景宁畲族自治县文化大发展大繁荣的意见》。非遗部分，我处提出了"三个着力"：

着力支持畲族文化事业发展。指导和积极支持景宁申报省级、国家级非物质文化遗产名录项目，推进传承人队伍建设。支持和推进景宁县建设综合性的畲族非物质文化遗产馆，建立多种类型的非遗展示馆、非遗保护传承基地。

着力推进畲族文化生态保护。支持抢救、挖掘、保护与传承畲族文化，加大生态文化古村落保护力度，加快畲族特色村寨建设，彰显畲族文化特色。积极探索民族地区文化生态保护的新途径，先行先试，率先作为，加快建设畲族文化发展和研究高地。

着力指导畲族文化发展基地建设。打响美丽畲乡的美丽非遗品牌，支持指导景宁办好中国畲乡"三月三"、中国畲族民歌节等活动，发展畲族特色文化风情旅游。支持景宁民族特色工艺品制作，促进畲族文化保护发展。

"三个着力"体现了我们的想法和期望。畲族文化，非遗应该唱重头戏，应该是主角，是主旋律。

2013 年 8 月 3 日　星期六

上午，翻阅处理近期相关文件材料。

收到省府办下发的《振兴浙菜加快发展餐饮业重点任务分解方案》，其中提出"建设浙菜三大特色集聚区"，具体内容为：杭嘉湖绍平原地区，重点打造杭帮菜创新基地及世界休闲美食之都、绍兴越菜文化之城和嘉兴、湖州湖鲜风味餐饮；甬温舟台沿海地区，重点打造甬菜、瓯菜及岛屿海鲜菜；金衢丽内陆地区，重点开发山珍风味和民俗餐饮文化。

省府办专门为浙菜发展下发文件，有点意外，但也是情理之中。

民以食为天，何况现在的食品安全成为大问题。浙菜发展，应当是有根脉的发展，应当是在继承传统基础上的发展。振兴浙菜，特色是发展之魂，非遗是发展之源，品牌是发展之旗。让毛芳军下发抄告单，告知各地，并鼓励开办非遗大食堂。当然，投资有风险，入市须谨慎，也当提醒。

2013年8月4日　星期日

缙云拟举办轩辕氏祭典，拟提请北京有关方面和我厅联合主办。后人祭奠轩辕黄帝，寻根祭祖，是孝道文化的传承，感恩追思，从中汲取奋进力量。

2013年3月，中办、国办下发了《节庆活动管理办法（试行）》。为防止节庆活动过多过滥，出台管理规定是很有必要的。我省就有缙云轩辕氏祭典、衢州与磐安榉溪祭孔大典、兰溪诸葛亮后裔祭祖、文成与青田刘伯温祭典等，如何履行报批程序和手续？该管理办法规定公祭类活动要报批，那么民祭呢？

中华文明源远流长，追根溯源，中华民族有许多人文始祖和英雄豪杰，举行公祭活动，体现了政府的倡导和引导，体现了对于核心价值的推崇，体现了对于优秀传统文化的弘扬，体现了中华民族的凝聚力和向心力，体现了对中华民族精神家园的守护。有的人死了，但是他还活着；有的人离开江湖，江湖还流传着他的传说。一个民族没有先贤英雄志士是可悲的；一个民族有先贤英雄志士，后人不去祭奠他、瞻仰他、追随他、效仿他，更是悲哀的。

2013年8月5日　星期一

上午，温岭吕局长、非遗中心邵主任来杭州，商量组织七夕媒体采风事宜。浙江的七夕节活动很丰富，多处地方有相关习俗。

吕局长介绍，温岭石塘是石头城，依山而建，环境美，风情独特。当地群众以捕鱼为生，从业风险高，更珍爱生命，更重视孩子的健康成长。当地有小孩的人家，要祭拜七仙女，乞巧、祈福，希望孩子更智慧，祈祷孩子幸福成长。但是，这一活动也有局限性，场地空间小，仪式时间短，活动地点分散，氛围不够浓。

我提出三点意见：一是要有主题思想。提升活动的主题和意义，要有几个点来支撑这一主题。二是要有主体活动。除了家家户户自行组织的活动，还要有主体性的活动，要有凝聚点，强化仪式感，放大效应。三是要以孩子为主角。小人节，顾名思义，应当是小孩子的节日。石塘海乡风情的民间工艺琳琅满目，就地取材，体现孩子们的心灵手巧和聪慧智慧，要作为配套活动体现进去。

中午，与叶涛等浏览了各地七夕录像片，各有特色。为体现七夕的丰富性和浪漫主题，拟定花开两朵，建议未婚男女记者到诸暨东白山，已婚已有小孩的去温岭石塘，各取所需，各得其所。

拟七夕采风体验活动主题为：情牵美丽七夕，共享美丽非遗。借助专家、记者观摩体验温岭小人节的契机，召开温岭传统节日保护发展研讨会；并借鸡生蛋，开展第二批省级传统节日保护基地评审工作。

下午，召开2013年年中全省市级文广新局局长座谈会，陈瑶副厅长主持，金兴盛厅长作主题报告。金厅长讲了五个问题：第一，总结回顾十八大以来我省文化工作的主要特点和成效。第二，深刻认识当前文化工作面临的机遇与挑战。第三，全力创建全国文化发展示范区域。要强化三"以"理念（以文化人、以文惠民、以文强省），明确"六区"目标。第四，进一步提升新形势下文化工作水平。第五，着力抓好下半年工作任务。

金厅长的讲话具有理论思考性、经验总结性、指导引领性，对于推进浙江文化发展示范区建设，实现文化梦有指导意义！

2013 年 8 月 6 日　星期二

上午，全省市级文广新局局长座谈会继续。先是各市文化局长轮流发言，大家高度评价金厅长昨天下午的主旨报告和即兴讲话，交流各地亮点工作，提出建议，畅谈前景，表达决心。

各市工作态势：温州正在创建历史文化名城，文化遗产保护是重中之重。要做好10个名人城雕。推进文化产业园建设，泰顺廊桥、苍南妈祖、瑞安非遗，搭建平台，做大增量。金华加强地域特色文化研究，抓婺文化生态区建设，金华非遗馆10月装修好，规划博物馆、非遗馆一体化建设。绍兴明年重点抓振兴戏剧工程，重点是绍剧和越剧。台州市整合文化资源，每个月都向社会公告文化活动安排，给予台州乱弹每年400万元的经费补助。台州40位非遗传人，统一举行拜师仪式，新华社做了报道。衢州安排1000万元出版100卷历史文献。丽水、湖州等地申报历史文化名城。

金厅长作了小结讲话。一是四点收获：交流了情况，分析了形势，明确了目标，提出了建议。二是四个重点：1.进一步明确定位，理清思路。2.目标要深化落地，推进实施。3.盘活存量，做大增量。4.加强研究，探索规律，提升水平。三是四点要求：1.抓住重大发展机遇，乘势而上。2.勇于担当，主动有为。3.加强指导，抬头看方向，俯身接地气。4.在苦中讲奉献，在乐中见成效。

下午，厅里举行党的群众路线教育实践活动报告会，省文物考古研究所党总支书记沈岳明、浙江京昆艺术中心（浙江京剧团）艺术总监翁国生作事迹报告。舟山市定海区文广新局局长张交和、衢州市柯城区沟溪乡文化站长郑利民分别介绍了基层文化单位如何做好文化为民服务工作。考古所沈岳明书记说过："考古考古就要吃苦，吃不了苦就考不了古！"这句话让我很有感触。非遗人何尝不是如此，自作多情、自加压力、自讨苦吃、自寻烦恼，以苦为乐，苦得其所、苦尽甘来，苦中讲奉献、苦中大作为！

2013年8月7日　星期三

上午，应对某电视栏目组给"省长信箱"的投诉，与毛芳军起草关于"省长信箱"投诉意见的情况反馈。主要两点：第一，关于合作开办"美丽非遗"电视栏目的来龙去脉；第二，关于某栏目组8月2日给"省长信箱"投诉意见及8月2日、3日给省非遗办的来件，所反映的几个问题的说明和澄清。幸好，我有每天记工作手记的习惯，有关时间节点和有关会商的情况，基本上都有记录备案。

在这份情况反馈的最后，我理直气壮地强调：没吃过某栏目组一顿饭，没抽过某栏目组一根烟，更没有拿栏目组的一针一线、一毫一厘！当时支持开办"美丽非遗"电视栏目，和今天要求终止合作这一电视栏目，没有任何的个人利益！

我清清白白、问心无愧，为此也有底气和勇气明确地这样申明和表述！坦坦荡荡、磊磊落落做人真好！

金厅长说："王淼你不要有任何心理负担，你的做事和为人，我们都很信任！"

下午，柳河副厅长听取省非遗中心亚太非遗博览会筹备情况汇报，裘国梁主任、许林田等参会，外事处副处长张雁参加。裘主任介绍，博览会设亚太馆、中国馆，并设立非遗一条街、非遗大舞台，配套举办亚太非遗保护高级研修班、龙泉青瓷保护发展高峰论坛、徐朝兴青瓷精品捐赠仪式。另外，与浙江机电职业技术学院合作设立浙江手工艺精品馆。会上，就组委会构成、开幕式议程、评奖事宜、国外参展人员签证、涉外报批、安全审核，以及展卖税费等事宜作了研究。

会议要求省非遗中心做好方案，提交厅长办公会议审议；组委会办公室主任建议由杭州方面担任；经费问题确保各方表态的抓紧到位；外事程序和手续报批，抓紧与厅外事处做好沟通和衔接。

2013 年 8 月 8 日　星期四

上午，叶涛起草了我厅在全省实施省遗项目"八个一"保护措施的通知和我省建立推荐申报联合国教科文组织非物质文化遗产名录项目预备清单的通知。我过了一遍。

省非遗中心郭艺、许林田送来有关亚太非遗博览会筹办工作的三个文件：一是印发各市县的举办首届亚太传统手工艺博览会的通知，二是举办"非遗薪传"浙江抽纱刺绣艺术、根雕艺术精品展暨中青年十大名师评选活动的通知，三是发给各兄弟省份的邀请参加首届亚太传统手工艺博览会的函。我过了一遍。

下午，诸暨非遗中心卓秋萍、文化馆郑馆长、东白湖镇钱镇长等来厅里，专题商量东白山七夕节活动观摩事宜。东白山龙门顶有座仙姑殿，当地传说很灵验。去年的七夕节，2000多辆车子上东白山，两三万人彻夜不眠，就在山上过夜。帐篷要提前预订，上山迟了，人太挤了，就上不去了，上去了也下不来。在山上也只能数星星，观七夕巧云，看东白山日出，没有其他的民俗活动。东白山下斯宅村人文积淀深厚，有斯宅千柱屋、斯民小学、柳仙庙、十里红妆展示馆。山上不足山下补，丰富了体验内容。建议诸暨进一步做好文化内涵挖掘，强化和放大传统文化表现形式，优化节日经济文章。

晚上，对"浙江省文化强镇、文化示范村（社区）评选活动的通知"（草案）中有关非遗的内容，做了些补充。

2013年8月9日　星期五

上午，与毛芳军准备今天下午七夕体验活动暨传统节日保护新闻通气会提纲。分为四个方面：第一，我省的七夕情况。1.七夕是鹊桥会；2.七夕不单是鹊桥会。第二，我省的传统节日保护情况。1.2011年，重点抓传统节日保护传承；2.全省传统节日情况；3.我省传统节日的特点。第三，传统节日保护的意义。关系国家文化安全，传承优秀传统文化，体现核心价值，构建和谐社会，塑造地方文化品牌，促进文化消费和文化产业发展，增强民生幸福感。第四，我省传统节日保护工作的打算。1.打响"过节到浙江"品牌；2.挖掘各地传统节日文化内涵；3.防止民俗搞成官俗；4.保护原生的自然环境和文化空间；5.重塑文化自信，提升民生幸福，营造精神家园。

下午，召开浙江省七夕体验活动暨传统节日保护情况新闻通气会。会上，印发了全省各地十个七夕节活动一览表和传统节日保护基地情况一览表；播放了诸暨东白山、温岭石塘、缙云张山寨三个地方的七夕节活动录像；诸暨东白山管委会孟主任和我处叶涛、李永坚作了相关补充介绍。我介绍了全省各地七夕节活动情况和全省传统节日保护总体情况，阐述了加强传统节日保护弘扬的意义，对于媒体以七夕节为新闻由头延伸做好传统节日保护工作的宣传，提出了建议。

诸暨东白山和温岭石塘两者结合，有山有海。东白山的七夕活动是浪漫的，温岭石塘的活动重在民俗体验，我们定义的七夕活动主题"情牵美丽七夕，共享美丽非遗"，相辅相成，完美体现！

新闻通气会之后，召开处务会。会上几个事情：一是就诸暨、温岭两地七夕节体验事宜，做了工作安排和分工。二是李虹通报了今天下午厅计财处召集的财务会议，有关 2014 年度工作安排以及经费预算（8 月 19 日前报计财处），还有今年预算要花掉的钱，要结合相关工作安排及时支出，否则会影响工作考核。三是我通报了某电视栏目组向"省长信箱"投诉的事情，以及有关情况的答复和处理意见。

2013 年 8 月 10 日　星期六

下午，与祝汉明、毛芳军等商量 2014 年（明年）我处非遗工作安排。按照我处的五年构想和构架，今年是浙江省优秀传统文化传承体系建设推进年，2014 年为体系建设深化年。计划不再以"月"为单位搞专题活动月，2014 年的工作以"季"为单位，一年四季各有侧重，具体为：第一季，非遗设施推进季；第二季，非遗展演活动季；第三季，非遗深化建设季；第四季，社会力量动员季。对于一年四季的相关具体工作安排，也做了初步设想和考虑。

2013 年 8 月 11 日　星期日

厅办印发了今年第二季度政务信息采用情况的通报。我处拟稿的"全省各地举办丰富多彩的民俗活动共庆端午佳节"，省委办公厅采用；"我省率先实现省市县三级非遗保护机构全覆盖"，省政府办公厅采用。另外，我处第二季度在厅简报上发了"省文化厅部署实施优秀传统文化传承体系建设推进年活动""我省着力打造'美丽非遗'品牌""我省 90 个国遗项目保护单位经文化部认定""我省六个院校相关

195

专业入选首批全国职业院校民族文化传承与创新示范点""2013浙江省非遗保护工作推进会在富阳召开""浙江省非遗宣传工作经验交流会在诸暨召开"。这些稿子有一定的含金量。

省政府办公厅要求报送2013年上半年责任制目标完成情况。涉及我处职能的有列入二类目标的工作：推进人类和国家级非遗项目的保护传承，深化县级区域非遗保护试点，加快美丽乡村建设中非遗保护工作。强化非遗保护载体建设，推进非遗资源共享。继续加大非遗保护宣传工作力度。落实一项我省承办的全国性重大文化活动。

我处一些已做的工作，没有列入考核内容；已列入考核内容的，还有些工作需在下半年抓紧推进和做好。

2013年8月12日　星期一

上午，某电视栏目组聘请的律师上门，了解核实有关情况。栏目组做事不地道，违背约定精神，把准公益性的项目做成商业模式，想让这个栏目盈利，应当他们理亏，居然先下手为强，既写信要挟，又给"省长信箱"写信，再找律师上门，没想到他们做事还很有招数，很有套路。吸取了一些教训：第一，缺少跟企业打交道的经验，也缺少教训，应该遵循商业规则，先小人，后君子，结果我们是君子协定，把小人当君子。第二，事情太忙，没及时处理，拖泥带水，造成被动局面。第三，缺少法律维护的意识，应该让厅里法律顾问提前介入，参与全过程。第四，做事急于求成，不具备合作办栏目的条件却想硬上。我历来强调，有条件上，没有条件创造条件上。看来不具备条件，不能强求。第五，人少事多，政府部门不可能包打天下，还是要借助社会力量，今后许多工作要跟社会合作。业务外包，是改革的趋势和要求，不跟企业打交道是不可能的，但要慎之又慎。要警惕社会上缺少道义的人，今后引以为戒。要如履薄冰。

幸好，平时自身行得正，廉洁从政，没有任何经济利益、个人利益在里边。不担心这件事情的处理结果，问心无愧，只是牵扯一些精力。这件事情在厅里的法律顾问指导下，希望及时了结。

下午，从杭州赴温岭，途经临海看妈妈。先不惊动家里，也不惊动文化局。找了一家麦饼店吃晚餐，5个人每人一碗绿豆汤、一两个麦饼，总共35元钱，平均每人只要7元钱，省钱省时又好吃。

2013年8月13日　星期二

今天是七夕节。

早上6点半出发到石塘，临近海边时，海腥味很浓，依山而建的石头房子呈现在大家眼前，这是海滨渔村特有的风情。当地安排了"大奏鼓"表演，男的女的都装扮成老太太，脸上化小丑妆，跳着古朴、诙谐的舞蹈。随意串门，有16岁及以下的孩子的人家，都摆了七娘仙亭，用于祭拜。在石塘，七夕为什么不是浪漫七夕，而是小孩子过的节？大奏鼓为什么男扮女装？祭拜七年妈为什么是在小门口，而不是在家里？里边应该有故事，有地方文化。

考察了渔霸的"故居"。展厅中有几位传人，有几个孩子，在展示具有渔村特色的手工技艺，比如在鲨壳上画画，在鹅卵石上画画，做温岭剪纸。这些技艺有海洋渔家特点，也有体现乞巧的主题、为孩子祈福的主题。

感觉温岭小人节形式有点散，缺少主题的提升，缺少整体性、群体性活动，缺少仪式感，缺少激情。从民俗学来讲，要形散神不散，建议在表现和表达上做些提升：一是要有主场活动。除了每家每户祈福孩子无病无灾、考上大学，表达一种家庭的企盼，还应该有希望孩子长大成人对社会做出贡献的社会期盼。二是要有巡游活动将散落在各家各户的小活动，串联成大活动。石塘渔港名气很大，七夕小人节在学术上评价蛮高，但参加活动的人普遍感觉活动缺少兴奋点。

9点回到宾馆，召开传统节日保护发展座谈会。柳河、童芍素、连晓鸣、王银花等领导、专家参加。有两个议程：一是第二批省级传统节日保护基地评审。先讨论了评审条件，概括说，体现5个性：思想性、典型性、丰富性、整体性和群众性。全省各地报了56个，通过观看申报片，每个项目1分钟，过了一遍。集体讨论，拟定29个，另有5个再推敲或补充材料。

二是传统节日保护发展座谈。童部长讲了几点：第一，石塘原生态文化保护好，体现了以人为本，体现了对老百姓的尊重，对传统生活方式的尊重。艺术是生命力的张扬，渔民更感觉到生命无常，也就更为珍惜生命。第二，传统节日是公共文化工作，人要适应和回归社会。第三，传统基因可以现代表达，节日的文化主题是要表达的，或者草根表达，或者主流表达。对孩子的生命教育，既要活着，也要活好。活好，包括健康、善良、聪慧、勤劳。第四，节日要有节日要素：时间、地点、事项、仪式、娱乐、社交、纪念物。仪式体现神圣感，娱乐享受快乐。

大家建议，要进一步挖掘内涵，丰富表现形式，要凸显主题，要提升价值，要保护自然环境和文化空间。

下午，从温岭到仙居。

晚上，召开非遗工作务虚会。台州郑楚森局长和临海苏小锐、金华朱江龙、绍兴胡华钢等局领导，吴双涛、王雷等专家参加。讨论了几件事：第一，拟定在临海召开的第二届浙江省县域非遗保护现场会，以非遗基地建设为主题，具体研究了议程安排、参观考察、与会对象、主题内容等。第二，讨论了非遗十年的方案。依照新精神，简朴、实在，杜绝形式主义，要有新闻效应，体现非遗十年的奋斗历程。借题发挥，加大宣传；更要有所思考和勾画，谋划未来的发展。第三，就明年工作安排的框架和思路，具体征求意见和建议。初步商议了明年的文化遗产日主场城市活动，初步定在绍兴。

台州郑局长说，通过上午的会议和晚上的务虚会，感触良深，对非遗有了新的认识，要进一步强化非遗工作的一系列措施。

2013年8月14日　星期三

上午，听取了仙居朱局长对非遗工作情况的介绍。朱局长说，最近去基层调研，非遗设施建设是集中还是分散，应该是集中；文化活动在室内还是室外，应该是室外为主。仙居县委、县政府很重视，计划建文化艺术中心，包括图书馆、文化馆和博物馆。我建议：一是强化四馆意识，要把非遗馆统筹进去。并建议首先要把人配足配强。二是仙居非遗资源很丰富，要怎么样推出来，通过什么途径？一条街、一个馆、一个节？不能自娱自乐，要成为台州市或者全省的高地。非遗资源要融入旅游产业发展，给老百姓带来实惠，要为经济社会发展做出贡献。三是仙居的非遗事业发展，要有目标定位，要做出规划，要有整体思路，有具体举措，有政策措施。四是仙居工作要抓重点，发挥优势，要抓特色，做出品牌，做出成绩。

2013 年 8 月 15 日　星期四

下午，召开处务会，就最近需要办理的文件和要落实的事项，进行研究和分工。具体如下：

第一，三个综合性文件的办理。1.省发改委发来征求"十二五"规划纲要中期评估报告意见，要求按照各自职能，对照评估报告中的相关章节，提出补充增加和修改完善的具体意见，并对有关数据进行核实。2.省委宣传部和省委中国梦宣教活动领导小组印发《中国梦四大教育工作安排和任务分解》，涉及我厅非遗职能的有："做好最美人物评选表彰活动"，其中有最美非遗人评选；"开展最美主题文艺活动"，其中有组织开展以刻画神州风韵、描绘美丽中国为主题的第五届全国剪纸大赛。3.文化部办公厅下发《全国文化先进单位、文化先进县（市、区）评选标准（征求意见稿）》。基本指标700分，其中"文化遗产保护扎实有效"80分。整个文化遗产方面的评选标准，相关内容比较概念，没有任何量化，要提出修改建议。

第二，三个区域发展专题文件的办理：1.省委、省政府下发了《关于推进舟山群岛新区建设的若干意见》，浙江舟山群岛新区工作领导小组印发了"具体任务分工方案"。涉及文化厅职能的有"第三十二条，保护和发展海洋文化"。里边基本上没有非遗方面的具体表述，也缺少文物方面的具体表述，非常遗憾。让小毛拟个抄告单，提请各地在舟山群岛新区建设中，切实加强非遗工作。已经错失了良机，只好亡羊补牢啦! 2.省两办7月19日转发省发改委《浙江嘉善县域科学发展示范点建设方案实施计划》,为落实这一精神,省文化厅与嘉善县政府拟签订"县域科学发展示范点文化共建框架协议书",嘉善起草了草案。这一文件草案还很不成熟,要提出具体修改意见。3.国务院侨办、文化部下发《关于加强侨乡地区和华侨农场文化建设工作的意见》。我省的青田、文成等多个市县为著名侨乡。抓好侨乡的非遗保护,弘扬侨乡优秀传统文化,对于增强中华民族凝聚力、向心力具有重要意义。将积极会同相关市县推进侨乡非遗工作。

第三,四个作风整改要求:1.厅机关党委印发中央八项规定及实施细则和我省"28条办法"执行情况自查统计表,包括改进调查研究、精简会议活动、精简文件简报、规范出访活动4个方面10个具体内容。要求按月报送相关情况和数据。2.省直机关工委从社会上征集到对文化厅作风方面的9条意见,厅机关党委据此将有关意见分解到各相关处室,要求上报整改情况。3.根据中央《节庆活动管理办法》及8月8日中央有关新精神,今天上午厅领导赵和平主持召集会议,研究我厅清理和规范节庆、论坛、研讨会事项。各处室需提出拟保留的庆典、研讨会、论坛项目,填表申报。我处拟请保留之前我厅公布的全省18项重大文化节庆活动,传统节日不在清理范围。并拟保留我省已承办2届的中国非遗保护论坛和已举办8届的浙江省非遗保护论坛。其他的之前以论坛、研讨会形式举办的活动,一律改为座谈会。4.省群众路线教育实践活动督导组要求即时提供"边学边改、边查边改"的内容,厅人事处要求上报下基层走访调研反映的情况以及整改措施。我处整理了一份近期下访调研、基层反映问题的整改情况材料。

第四,两个培训班。全国传统医药类国遗项目传承人培训班,8月19—23日,派叶涛领队,我省相关5个项目代表参加。中国非遗保护的现代科技手段及数字化建设培训班,8月20—26日,派季海波、非遗信息办楼强勇参会。

晚上,处理和办理近期收文。

2013 年 8 月 16 日　星期五

文化部办公厅下发《全国文化先进单位、文化先进县（市、区）评选标准（征求意见稿）》。我处提出修改建议：一是"制定文化遗产保护发展规划"，并纳入本级国民经济和社会发展规划。二是本级财政每年安排非物质文化遗产保护专项经费，改为建立非遗保护专项资金。三是将第三条修改为："及时公布本级非遗名录和传承人，制定实施方案，落实具体抢救保护措施。"第四条"建有非物质文化遗产展示传习的基础设施"，改为："建立综合性的非物质文化遗产馆。"增加第五条："促进非物质文化遗产融入当地经济社会发展。"

李虹起草了召开浙江省海洋渔文化保护与发展座谈会的通知（象山）、召开"浙江省非物质文化遗产代表丛书"第二批国遗项目第二批次 35 本书稿编纂指导会的通知、《关于启用非遗信息化平台短信提醒功能的通知》、《关于推荐基层同志到省文化厅非遗办上挂锻炼的通知》。我过了一遍。

祝汉明起草了中国梦四大教育涉及非遗方面工作安排上报材料，我过了一遍。

2013 年 8 月 17 日　星期六

下午，杭州电视台影视频道胡导演来处里，就《发现美丽》系列电视片的后继拍摄宣传计划征求意见。据介绍，百集《发现美丽》手工技艺系列即将完成，反响良好，收视率为 2.5。下一阶段，设想围绕竹子做文章，还想做传统戏剧系列、传统浙菜系列等。

我建议他们，一是要有目标定位，有计划、有步骤做。二是争取将"发现美丽"作为正式的品牌栏目。现在还仅仅是"新闻直击"的一个内容。这个美丽指人文美。三是要把自己定位为人文记者，塑造形象。建议她每个阶段做个小结，将采访、拍摄、制作、编播过程中的有意思的东西，写成手记，到时候配上图片，可以正式出版，也成为"发现美丽"的副产品。四是可以找一些合作单位，竹系列请安吉协办。五是"发现美丽"可以开发延伸产业。挖掘深一点，放大点，做得细腻点，做得有生活气息、人文气息，也做得与百姓贴近、平易近人，接地气、有烟火气。

2013年8月18日　星期日

考虑全省县域非遗保护现场会会议材料内容，绞尽脑汁、苦思冥想找角度和切入点，三个材料角度错开：厅主要领导强调县域非遗保护的几个重要关系，分管厅长对非遗基地建设情况和工作成效以及下一步的基本思路谈几点意见，我就基地联盟建设抛个设想方案和指导精神。

2013年8月19日　星期一

下午，平湖新任文化局局长郑忠勤、陆科长等来访，就老市政府改造为文化产业园区征求意见。

我提出几点建议：一是要围绕市委、市政府对平湖的发展定位，对文化局局长的五年任期找准发展定位，提出奋斗目标，做出统筹规划。要有愿景，要有大手笔、大动作。二是要强化四馆意识，除了文化馆、图书馆、博物馆，要提升对非遗馆建设重要性、必要性的认识，要将非遗馆建设纳入重要议程。三是老的民俗馆，内容老套，门可罗雀，要创新思路，可以把每个房屋改造成传承人工作室，形成集聚效应，增强吸引力和社会功用。四是要有打造大品牌的理念，树立鲜明的地域性文化品牌。西瓜灯会从1991年开始已22年，不能简单重复，要丰富内涵，要创新形式，要有新创意。平湖派琵琶，不能限于自娱自乐，要有经典表达，能够走出去展演，打出品牌。五是抓紧做好规划构想，积极争取将老市政府改造成非遗产业综合体，既是非遗馆，也是非遗旅游景区，更是非遗产业基地。

2013年8月20日　星期二

上午，修改与某电视栏目的终止合作协议。

下午，双方会商联办期间未尽事宜和终止协作后续问题。

晚上，与毛芳军撰写一份汇报材料，向厅领导书面递交此事处理情况和教训。

2013 年 8 月 21 日　星期三

上午，接受《中国慈善家》杂志记者采访。记者的问题有点意思：1.这项濒危剧种守护行动最初是怎样形成的？2.关于浙江省濒危剧种守护行动，省文化厅和省新生代企业家联谊会之间是一种什么样的合作方式？3.此次浙江省新生代企业家联谊会的捐赠和支持，对于浙江省濒危剧种保护意味着什么？4.浙江省濒危剧种的具体情况、生存状态如何？5.浙江在保护濒危剧种过程中遇到的主要问题是什么？

下午，准备厅长办公会议上要汇报的两个材料：一是传统节日保护基地名单，核一遍，拟上 33 个，不上 23 个。二是拟在象山召开的海洋渔文化生态保护与发展座谈会方案。

今天下午，召开浙江省国遗项目丛书编撰指导会。主要针对存在问题较多的 26 册书目，请相关地区的文广新局负责人、执笔作者和审稿专家参会讨论。

马来法老师等不同门类的专家，结合审稿中反映出的问题，进行分析和点评，提出了解决问题的办法和建议。专业的书，还是要专业领域的专家把好关。多数专家都很认真和用心，对非遗很有情感，对书稿的审稿都极为负责任。浙江摄影出版社林青松主任结合编辑已经出版的国遗项目的经验，提醒和指导了具体撰稿过程中可能出现的问题。李虹对于书稿编写的整个流程、整个过程，以及各个环节要注意的事项，做了提醒和指导。

2013 年 8 月 22 日　星期四

上午，浙江省国遗项目丛书编撰指导会继续。

我在小结时，要求把好八个关：认识关、资料关、史实关、作者关、文字关、质量关、保密关、进度关。要求带着感情写、带着责任写、带着敬畏写、带着追求写、带着问题写、带着精神写。

2013年8月23日　星期五

上午，金兴盛厅长主持召开第12次厅长办公会议、第15次厅党组会议。其中三项议程涉及我处：

一、会议通过了《浙江省海洋渔文化保护和发展座谈会会议方案》。会议认为，浙江是海洋大省，应深入发掘浙江各地的海洋非遗资源，彰显优势和地域特色，各美其美，美美与共，打造浙江海洋文化的品牌。

二、考虑到一些具体情况，特别是现在严格审批节庆的背景，对我处提出的第二批浙江省传统节日保护基地拟定名单，决定暂缓公布。有领导说，现在节庆活动审批从严，传统节日要不要审批这么多，建议少公布一些。我说，这些是民俗，不是官办的节庆。又有领导说："这次下去调研，基层的同志说，对王淼是又爱又恨，爱的是在王淼指挥下，保护了很多非遗项目，恨的是非遗处下的文件太多，下面做不过来。你们没必要做这么多事，少做一点，187个项目，不一定都要保护，有些把录像录下来就行了。"金厅长说："还是要保护王淼同志的工作热情，但是考虑到现在严格审批节庆的背景，是不是先缓缓？"

三、会议听取省非遗中心关于首届亚太传统手工艺博览会筹备情况的汇报。会议认为，首届亚太传统手工艺博览会在杭州举办，对推动浙江传统手工艺技艺发展，加强与亚太国家手工技艺方面的合作等，都有积极的作用。会议指出，办好首届亚太传统手工艺博览会，第一，不要求大求全，要突出重点。第二，要精心组织，分工协作。我们要加强业务指导，杭州市要承担好接待工作和安全工作。第三，要向省政府报告。第四，经费要严格控制。第五，是否永久落户杭州，等办了这届活动后再定。

上午11点，乘车赴桐庐。

下午，参加我厅举办的2013省级文化系统党工团负责人和厅机关干部读书会。读书会以"加强作风建设，进一步深入扎实推进党的群众路线教育实践活动"为主题，集中辅导与座谈讨论结合。

金兴盛厅长作辅导报告，强调了四点：第一，把提认识、明道理作为搞好教育实践活动的前提。第二，把听意见、查问题作为搞好教育实践活动的重点。第三，把抓整改、出实效作为搞好教育实践活动的目的。第四，把建机制、保长效作为搞好教育实践活动的关键。

晚上，以支部为单位，分组进行学习和座谈讨论。本支部由艺术处、公共文化处、非遗处三个处室组成。

晚9点，启程返杭。

2013 年 8 月 24 日　星期六

今天，准备全省海洋渔文化生态保护座谈会上有关领导讲话代拟稿提纲。初步考虑，拟从保护理念、保护思路、空间布局、层次结构、工作重点、实施主体、工作方法等七个方面去体现和表达。

2013 年 8 月 25 日　星期日

今天，认真学习了厅机关党委发的两本学习材料：一是《党的群众路线教育实践活动学习文件汇编》，二是《厉行节约　反对浪费——重要论述摘编》，认认真真、原原本本、从头到尾看了一遍。

平常主要精力放在业务工作上，政治方面的学习很不够。认真学习了一遍文件汇编，在认为重要的、深有启发的地方，划了线，做了记号，在深有感触之处，也记上感受感慨。习近平总书记的讲话，给我们指明奋斗目标，唤起中国人的梦想愿景，是我们的指导思想、理论基础。作为党员、作为公务员，要遵循遵照，要有使命担当，要将讲话精神付诸实施实践，立党为公、执政为民，以人民为中心，为人民服务。习近平总书记的讲话让我开拓思维，提升做事的境界。

2013 年 8 月 26 日　星期一

上午，进行非遗主题歌评选。张卫东、周羽强、钱建隆、王戈刚、周斌等专家参会。各地共报来106首，通过听小样评选。分两个阶段，先是全省性的，评选适合在全省范围推荐推广演唱的主题歌；再是区域性的，评选反映一个地方或一个项目的主题歌。涌现出了《非遗工作者之歌》《梦寻美丽非遗》《再次辉煌的是你》《非遗之光》《薪火相传》等一批好歌。我希望从中产生若干首脍炙人口的歌曲，在全省唱响！我的匿名创作《守护者的荣光》相对概念化，比较生硬，不够艺术，没有上榜。

下午，继续评选非遗主题歌。《今夜运河最美》《我用湖笔画你》《我在廊桥等你》《小戏迷》获金奖；《江南丝竹》《打糍粑》《国石之恋》《南宗孔庙》等获银奖、铜奖。我希望从中产生像《达坂城的姑娘》《青花瓷》《说唱脸谱》《提线木偶》这样的广为传唱的歌曲。

2013年8月27日　星期二

看到《浙江日报》今天报道，省委办公厅大刀阔斧整治文山会海。又收到厅里调研对我处的意见，指出会议过多。根据这一精神，处里开个碰头会，商量合并和精简会议。拟定在临海召开的全省县域非遗保护推进会推迟到明年，把会议频率放低，改为两年一届。

下午，景宁县夏雪松局长、朱益龙副局长到厅里，就2014年的"三月三"中国畲族民歌节方案听取意见，并商量承办全省会议事宜。

拟于10月上中旬在景宁召开第二届浙江省美丽乡村建设中非遗保护现场会，同时配套召开全省畲族文化乡镇长座谈会、全省非遗保护综合试点县建设座谈会。三级联动，三会合一，上下合力推进非遗事业发展。这又将是非遗领域的一个重要会议。商议了与会对象、会议议程、分类议题、参观考察等方面。

2013年8月28日　星期三

上午，从杭州赴奉化。省编办、省文化厅共同组成基层公共文化服务机构编制情况调研组，省调研组由省编办事业处副处长郑万尧，厅人事处副处长杜毓英，有关业务处室王淼、张卫中、杨文庆、夏仁、毛芳军、钱彬欣组成。

下午，在奉化召开公共文化服务机构建设座谈会，宁波市非遗处邝处长，奉化市编办谢主任、市局毛伟芳局长等，局属单位负责人，基层文化站长等参会。省调研组成员参会。

毛局长介绍，文广新、体育合并，有 7 个下属单位，在编 123 人。市直文化单位都超编。11 个镇街文化站，31 个编制，纳入社会发展中心。文化站不是零部件，应该是机器。介绍了六个工作亮点：一是奉化布龙传承传播成效突出。奉化高级中学对特长生优先招生，每个班都有舞龙队，全校有 80 多支舞龙队。北京体育大学对布龙特长生高考加分，优先招生。布龙赴英国、土耳其展示。二是奉化电视台开辟"奉化书场"电视栏目，"宁波走书"每天晚上 30 分钟，收视率高。三是推行基层文化使者制度，开展文化使者评选。四是每年办地方春晚。五是已举办 6 届弥勒文化节。六是重视制度建设，出台了 7 个政策性文件。还提出意见建议，十八大后上级文化部门没有出台一个政策性文件，希望春风又绿江南岸。

杜处长说，制定行业标准，要有依据，这次调研将形成课题报告，也为省编办决策提出意见、提供参考。教育方面已经编制了从幼儿园、中小学到高校的编制标准，卫生方面也编制了行业标准，今天的调研是为研究和出台文化行业标准做准备。

郑处长说了三点：第一，编制部门三大任务：定编、改革、管理。第二，怎么做好顶层设计。公共文化体系怎么建，体制机制怎么健全，设施和布局怎么构架，怎么吸引社会力量参与等问题要研究，要适应形势发展。第三，文化往往自由裁量，也要制度化。体制是龙头，文化站到底采用什么样的体制，要有系统思维。在体制不可变的情况下，要通过机制弥补体制不足。

我讲了几点：第一，调研材料认真。毛局长介绍的情况，反映出奉化做了大量的富有成效的工作，反映出有不少创新举措，反映出重视制度建设，反映出对事业的发展有不少深入的思考，反映出扎实细致的工作作风。

第二，反映出的问题很突出。我根据毛局长的介绍，概括为五个问题：一是进与出，引进难，出不去；二是快与慢，乡镇流动太快，不稳定，市本级基本不动；三是高与低，工作要求高，政治经济待遇低，文化站干部反映工作付出与工作待遇根本不相匹配；四是强与弱，文化创强调子很高，但文化地位相对弱势，文化局连文化站都管不了；五是老与少，队伍年龄结构老化，高层次、高学历人才少。

第三，建议。一是目标引领。围绕奉化市三大战略（实力城市、品质城市、文化城市），找准文化工作的发展定位，制定文化发展规划，做好顶层设计，要有美好愿景。二是强化设施。奉化文化公共场所太少，规模不大，档次不高。要强调四馆概念，非遗馆建设应当纳入公共文化服务体系。包括书场建设，电视书场很好，还要恢复和办好实体的书场。三是盘活资源。这里讲的是人力资源。市本级要加强非遗中心建设，要争取机构独立、法人独立。四是打响品牌。大力发掘具有本地特色的文化资源，推出更多像奉化布龙一样的非遗品牌。五是借力发展。要注重与旅游结合，与产业发展结合，更好发挥文化工作功能作用。六是推进落实。要提请市委、市政府加强文化工作考核权重。七是总结经验。广泛动员社会力量参与文化建设，"三优"评选很好（评选文化使者、培养艺术明星、评定业余团队等级），要总结提炼经验，向厅里专报。

2013年8月29日　星期四

上午，在北仑区召开公共文化服务机构建设座谈会，区编办金主任，区局陈局长、林局长，以及三馆馆长、基层文化站长等参会。省调研组成员参会。

北仑有户籍人口32万，外来人口50多万。2000年就是全国文化先进县。每年文化经费3000万元。北仑区海享文化大舞台，每年完成400多场演出任务。建立"文化加油站"，首批挂牌52家。建立海晨文化艺术团，招聘社会专业人才，派到乡镇从事文化工作，每人每年工资4万元，区里与乡镇各出2万元。北仑没有国遗，有6个省遗。

宁波职业技术学院专门建立了书法、茶艺、剪纸、根雕、风筝、漆画、舞龙、戏曲等多个"非遗"工作室。对有"非遗"特长的考生，有50分加分优惠。对能舞奉化布龙、会玩宁海耍牙的，进行特招。

省编办郑处长说：首先，北仑文化工作亮点纷呈：一是热。文化工作很热，活动热，热火朝天。二是新。有创新的意识，文化加油站等活动载体创新。三是实。满意度第一，是文化走群众路线的表现。其次，要有智慧地解决编制问题。在不突破红线的情况下，开动脑筋想办法，资源有限，效益无限。

我对北仑非遗充分肯定：第一，基层强。镇乡街文化站独立机构，站长享受正科待遇，业务经费保证；村、社42个专职，203个兼职；干部力量强。第二，素质高。年龄结构、学历结构比较合理，在厦门大学、武汉大学、山东大学开办文化干部培训班，鼓励带薪报考研究生。第三，团队热。倡导人人参与、人人享有、人人建设的理念，建立文艺团队长效机制、文化志愿者协会制度，开设海享文化大舞台，促进社会力量参与文化事业。第四，思路新。文化加油站首批挂牌52家，搭建文化资源配置平台，菜单式进行培训等。第五，效果好。2012年荣获两个"第一"：全市各县市区排名第一，零点公司测评满意度第一。希望深化经验总结，形成制度，宣传推广！

下午，在上虞市召开公共文化服务机构建设座谈会，市编办宋建朝副主任、市局孟苗海副局长、非遗中心彭主任、三馆馆长、基层文化站长等参会。省调研组成员参会。

上虞基本工作情况：第一，上虞市建立市文化管理总站，统管乡镇文化站人员，定编定人定经费。第二，建立市公共文化服务中心，实施阳光文化配送，阳光文化惠民。第三，20个乡镇，其中18个乡镇已经建立1000—1500平方米的文化活动中心。第四，市里三馆都是近几年新建设的上规模的文化场所。但人才不足，图书馆十多年没引进大学生，博物馆多年没有引进专业人才。第五，上虞名人资源很丰富，虞舜、曹娥、祝英台，东汉哲学家王充，但打造品牌不够。第六，非遗工作有亮点。

上虞市编办宋主任介绍，上虞行政编制3023个，事业编制13000多个。转变职能，逐步规范。去年，市编办年终考核倒数第四；市长建议编制管理就要从严从紧。

杜处长说，第一，制订编制标准，是事业健康可持续发展的要素之一。第二，设施扩大了，免费开放，晚上、双休日也开放，编制应该相应增加。第三，上虞设立市文化管理总站统管文化站，这一体制值得总结。

省编办郑处长指出：第一，编制怎么核，要调研，要考虑基本参数。第二，李克强总理明确，本届政府不增一个行政、事业编制，总量控制，但有保有压，腾挪空间没有了，只有在已有空间中腾挪。经济领域能够推向市场的，腾出编制，文化事业是重要的民生事业，要根据情况和可能增加编制。第三，（编制）资源有限、资源宝贵，要用好编制。同时，可以参照江北区做法，用政策吸引和聘用社会专业人才。第四，这次调研也是学习，隔行如隔山，听了看了很有收获，大开眼界，对文化领域情况有了更多了解。文化部门做了大量工作，特别是在困难条件下，克服困难，迎难而上，推进事业发展，很感动。

会后，考察了上虞图书馆和非遗展示厅。上虞建非遗展示厅起步比较早，2010年开放，至今三年，共接待观众7万多人。

晚上，赴绍兴县，考察绍兴县非遗馆。冯健副局长、非遗中心主任王雷陪同。绍兴县非遗馆去年文化遗产日开馆，一年多时间，已经有2万多观众，特别是有中小学生集体来参观。兄弟县市接二连三来参观取经。这个馆1200平方米，投资500万元，平均每平方米4000多元，花钱不多，效果很好。

2013年8月30日　星期五

上午，在绍兴县召开公共文化服务机构建设座谈会。绍兴县编办李自强主任，县文广新局局长王彪、副局长冯健等参会。省调研组成员参会。

绍兴县户籍人口 71 万，外来人口 80 多万。绍兴县本级建有文化发展中心，下辖三馆一所一广场（文化馆、图书馆、博物馆和文物管理所，及明珠文化广场），这一体制比较独特。县文化发展中心定编 86 名，并核定临聘人员编制 78 名；绍兴非遗中心有 4 个正式编制，4 个临聘，但与县文化发展中心平级并立。

我对绍兴县的文化工作评价有五点：第一，文化地位高。领导很重视，要求也高，硬件设施上规模，楼有多高，威信有多高，经费保障力度大，非遗每年有 200 万元经费。还有，绍兴文化干部的级别高，文化馆下面设八个处，八大处长。第二，改革意识强。文化发展中心建设，是管理模式的创新。秉持整合、共享、统一的理念，公共资源共享、特色资源分享的格局，降低了运行成本，提高了运作效率，成效很明显。第三，事业发展快。第四，政策措施硬。人才引进、培养激励，有一系列政策。面向全国招聘人才，软性、柔性引进人才的机制，"六名工程"的实施，鉴湖英才的评选，人才兴文的理念，都体现了开放开明的意识，体现了求贤若渴的真情。第五，非遗工作好。非遗中心全民事业单位，全额拨款，定编 4 人，长期用工聘用 4 人。率先建立县非遗馆，引领风尚、引领潮流。

我对绍兴打造文化发展升级版，提出了六点建议：一是认识意识上要率先领先；二是思想思路上要做好规划计划；三是专业事业上要打造名牌品牌；四是方式方法上要注重结合融合；五是体制机制上要确保长效实效；六是目的目标上要共建共享。

中餐后返杭。

下午，厅机关党委胡雁书记告诉我，厅党组会议推荐我为省直机关处级干部先进典型，要求我处提供基础材料。金厅长对这次推优很重视，亲自推举人选。这个典型，不仅是个人典型，更是文化厅的典型，代表了文化厅的工作作风、工作水准，代表了省文化厅干部的形象。厅党组一致同意推荐我为先进。大家对我的事业心、科学谋划能力、对事业的推进力度和抓落实、工作成效，都很肯定。

金厅长和厅党组的信任厚爱，是对我的肯定，也是对我工作团队的肯定，更是对全省非遗系统的肯定，非常荣幸，是鼓励，更是鞭策。我们唯有更勤奋、更努力，以报答党组织的关怀！

2013年8月31日　星期六

上午，讨论浙江"非遗十年"系列活动方案。我考虑，非遗十年安排8项活动：第一，浙江非遗十年座谈会，总结过去，面向未来；第二，浙江最美非遗人先进事迹报告会；第三，第二届浙江省非遗保护十大新闻人物评选，发现最美非遗人，争做最美浙江人；第四，编撰《浙江非遗十年概览》《浙江非遗保护十年大事记》；第五，"我的这十年"征文选编；第六，公布浙江非遗主题歌曲评选，出版碟片；第七，新闻媒体看浙江非遗专题采访活动，提示浙江非遗十年十大看点；第八，举行浙江非遗十年系列活动新闻通气会。大家讨论和研究了具体活动方案。

2013 年 9 月 1 日　星期日

召开处务会，专题研究第四批省级非遗项目代表性传承人评审会准备事项。重点梳理和准备三方面事项：第一，评审工作流程、评审规程、评审议程；第二，第四批省级非遗传承人申报情况简介及数据分类统计，包括按地区、按门类、按年龄统计；第三，第四批省级非遗传承人申报名单；第四，前三批省级非遗代表性传承人情况分类统计。

各地、各单位申报工作很踊跃，共申报传承人 461 人，申报材料装了十多个大小不等的箱子，大家翻箱倒腾材料，分类整理，并进行申报资格的初步审核。从早上 10 点开始，到晚上 10 点，整整 12 个小时，中餐、晚餐都是吃盒饭。

2013 年 9 月 2 日　星期一

上午，根据厅里统一安排，召开公共文化处、非遗处"四风""提、查、点"会议，金兴盛厅长、柳河副厅长出席。会议主题：第一，对厅党组班子在"四风"方面提出意见建议；第二，对厅党组应关注的重点问题提出建议；第三，查找本处室在"四风"方面存在的问题，并由厅领导点评。

以金厅长为班长的厅班子，政治站位高，大局观念强，工作思路清，问题指向准，任务落点实，上下赢得非常好的口碑。我对厅班子提出了三点意见建议：第一，要多下基层，多与地方党政领导交流，有利于推动工作。譬如金厅长在永嘉召开的温州全市文化局长座谈会，既是现场办公会，也是调查研究会，又是决策咨询会，效果很好。第二，人财物是文化事业发展的重要条件和支撑。省编办、人事厅、公务员局都很重视支持文化；省发改委很重视支持文化设施建设。文化事业发展很快，但经费不足问题已严重制约事业的发展。譬如非遗，2006 年省非遗专项资金 1500 万元，当时，国家还没有公布国家级非遗名录，8 年过去了，我省有国遗项目 187 项，省遗项目 788

项，每年还只有 2200 万元经费。建议文化厅和财政厅开个会商会，会商和研究资金瓶颈专题，争取有大的突破。第三，要抓执行力抓落实。金厅长站在全局高度看问题，提出了六区的概念，提出了打造文化发展升级版，目标明确、要求很高，厅里要抓执行力抓落实抓督查。各处室要围绕六区，提出相应的框架方案和指导意见；各地要提出贯彻落实的具体方案和措施。厅里应当抓一些试点，譬如嘉善作为文化遗产保护模范区建设的试点。

对于本处室在"四风"方面存在的问题，我概括为5句话：重事务，轻学习。重布置、轻督查。重工作实效，轻上班考勤。重对下压担子，轻体谅基层实际。重文件会议推进，轻制度规范指导。

柳副厅长点评，他说：第一，非遗处会议活动和上报材料太多，下面吃不消。第二，文化部蔡武部长最近讲话中指出，对于产业发展好的项目，要放给市场，要重点关心濒危的项目。要提醒省非遗中心注意工作导向。第三，加强对省非遗中心的工作指导。

金厅长点评，对于非遗处讲了两点：第一，王淼对党组提的三条意见，即厅党组应当更加密切联系基层和联系基层的党政领导，应当与财政等部门加强沟通，加强经费等保障，应当对处室和各地提出进一步要求，提高执行力，使目标真正落实，针对性很强，建议很好。第二，非遗处对本处的剖析，从严要求，是比较深刻的。非遗处人手少，任务重，自我加压，走在前列，非遗处的工作精神和工作成果都是值得肯定的。

金厅长指出，基层对省里非遗工作有些意见：一是反映会议、活动、文件太多。要继续做好工作，但也要体谅基层的实际情况。二是要注意发挥省非遗中心的作用，注重整合基层单位的力量，整体推进。三是提醒非遗保护中心，产业发展好的，引导就行了，保护濒危项目，这是政府的责任。非遗项目都消失了，还叫什么保护？不能嫌贫爱富，要雪中送炭。

下午，与李虹、钱彬欣研究了厅长办公会省级传承人评审上会材料。各相关依据、分类整理的评审材料、评审流程与规程等，要做个汇编。这一工作相当烦琐，工作量也实在有点大。各地非遗补助资金使用情况自查，已陆续反馈并上报自查报告，与计财处拟定省里抽查名单。

祝汉明、李永坚根据评审会评审结果，拟出"非遗主题歌"征稿和"我的非遗十年"征文评选公布文件，我过了一遍。

晚上，观摩杭州剧院策划出品的大型原创音乐剧《简·爱》。这台演出非常好。简·爱的故事情节，深深打动观众。这台音乐剧的各种艺术表达完美融合，歌词凄美、音乐旋律唯美，主演的演唱很有质感、很有情绪，舞美和灯光既简约，又很能够表达剧情与高潮，在我眼中整台演出堪称完美。总导演王晓鹰是国家话剧院副院长；编剧兼作词王凌云，作曲兼指挥祁峰，都是年轻人，后生可畏。女主演章小敏，演出了一个自卑又充满梦想的女孩，演出了一个内心炽热但又很矜持的女教师，演出了一个内心世界很丰富但又充满矛盾心理的女人，演出了一个朴实单纯但举手投足之间又无不体现了修养和优雅的简·爱。她的表演直指人心，她演绎得让人心碎。

2013 年 9 月 3 日　星期二

上午，与毛芳军修改第四批省级非遗项目代表性传承人评审方案初稿。申报和评审公布的流程，大概有 9 个环节：第一，下发推荐申报通知；第二，各地、各单位提出申请；第三，申报材料审核，包含分类整理、申报资格审核；第四，拟定第四批省级传承人评审细则；第五，评审方案、评审细则提交厅长办公会审核；第六，召开评审会；第七，厅长办公会议审核评审结果；第八，社会公示；第九，发文公布。认真过了一遍方案初稿。

下午，与毛芳军修改第四批省级传承人评审细则初稿，包括评审组别、评审原则、评审条件、评审参照因素、附则。评审参照因素是个难点，包含一般不列入认定名单的情况、可考虑列入认定名单的情况、其他参照因素。因为传承人的评审工作政策性强、社会关注度高，评定工作很敏感，要反复斟酌、仔细推敲。

省档案局徐处长、吕处长来访，考察了解非遗档案的基本内容，商量非遗档案馆建设的初步构思。这是省档案局第四次有关处长上门，档案局的认真态度和工作作风，让我感慨。省档案局目前重点抓百年沧桑、浙江名人、档案精品三个部分，设想将非遗档案作为第四个重点。非遗档案体现了浙江的地方风情，立体呈现文字材料与声像视频档案以及实物精品，对于新浙江档案馆的建设是个亮点和重点。非遗档案工作要抓系统、系统抓，特别是非遗档案馆的建设，应当通体构思、系统设计。非遗工作队伍人员变动太快，管理非遗资料和档案也就像猴子掰苞米，走一路丢一路。我处也应腾出精力重点抓一下全省的非遗档案工作，包括实物资料、电子档案。

晚上，集体讨论第四批省级传承人评审委员会人员构成，拟定十大门类各专家评审组专家名单，拟定各评审组召集人，确定各组联络员。

2013年9月4日　星期三

上午，赵和平副厅长召集研究"美丽中国海疆行"浙江采访活动方案。《中国文化报》总编室隗瑞艳主任参会，厅相关处室人员参会。隗主任介绍：《中国文化报》重视重大专题报道，已组织边疆行、陇上行等专题，近期组织海疆行专题，已赴海南、广西、广东、福建等地采访报道。其中，"广东行"发了8篇系列报道。9月中下旬，拟组织采访组来浙江。

我对选题提了点建议，强调要找准报道的热点、焦点、亮点、重点、痛点、难点、盲点，有的放矢，对症下药。第一，海洋文化的保护是个"热点"，中央提出美丽中国、文化强国、海洋强国建设，都与海疆文化紧密相关。特别是2011年中央批准建立舟山群岛新区，海疆开发和海疆文化保护，是经济和文化重要增长极。

第二，大桥时代的岛文化保护是个"焦点"。处理好保护与开发的矛盾关系，开发要服从保护，保护要促进开发，要有正确理论和舆论引导。农村城镇化出现的千城一面、千村一面的局面，不能在海岛渔村重演，要保护好文化遗存遗迹遗址遗物，传承历史文脉，这是焦点。

第三，象山海洋渔文化生态区建设，是浙江的"亮点"。象山是全国唯一的海洋渔文化生态区，它的整体性保护理念和实践值得总结宣传推广。

第四，海洋文化保护是"重点"。海洋文化保护是个理论盲点，也应该是我们的工作重点，要加强理论引导。第三届中国非遗保护论坛的主题建议为"文化强国与海洋文化"，请《中国文化报》继续领衔举办，浙江来承办。

第五，海洋文化保护是"痛点"。浙江舟山定海城被拆，海防遗址被拆，这个教训必须吸取；要敲警钟，警钟长鸣，这也是对新区建设开发的预警。省里印发的《关于推进舟山群岛新区建设的若干意见》，"第三十二条，保护和发展海洋文化"，里边基本上没有非遗方面的具体表述，也缺少文物方面的具体表述。由此可见，群岛新区建设缺乏文化遗产保护意识，要痛定思痛。

第六，海洋文化保护是"张点"。海洋文化要促进各地交流，维护一个中国原则和我国外交大局。比如象山石浦与台湾台东小石浦，两岸都有朝拜"如意娘娘"的习俗。徐福东渡、黄大仙习俗等都可以促进中外文化交流。

赵副厅长对报道提出指导意见：一是高起点切入；二是长镜头发现；三是特色来展示；四是大气来描述。

赵副厅长对具体选题做了概括和提示：一是全省海洋文化保护和建设的访谈；二是东海文化明珠建设；三是岱山收集海洋历史，建设博物馆群；四是文化礼堂建设，小礼堂大作用；五是大桥时代的文化生态保护；六是象山海洋渔文化生态区建设；七是英雄的海疆，镇海、定海、临海是英雄城，抗倭、抗英法联军等发生在浙江、影响在全国；八是海底文物保护；九是海商与浙商，浙商是飞翔着的海商，还有浙商回归。赵副厅长提出的指导精神和选题建议，视野开阔，思路也新，很好，我听了也很有启发。

隗主任说，一是将积极推动浙江的采访活动。二是从版面出发，做好策划。三是小处着手，将读者悄悄带进深度，带给读者一种正能量。四是提出问题，留给读者去思考。五是报道要生动，还要有点睛之笔。

下午，从头到尾仔细再过了一遍第四批省级传承人评审会方案、评审细则、申报概况等，认真推敲。再过了一遍2013年度省非遗专项资金补助方案。这两个方案，将提交本周五的厅长办公会审定。

2013年9月5日　星期四

上午，约请省委党校机关党委张书记来厅里，商量非遗十年座谈会事宜。这一座谈会拟定名为"光荣与梦想"浙江省非遗十年座谈会，由省委党校、省文化厅、浙江日报社共同举办，时间拟定于10月10日前后，邀请各方代表60人左右参会，配套全国非遗传承人风情摄影大展在党校巡展。座谈会的具体议程和事项，待处里研究提出一个方案。

下午，收到省两办特急明电《关于开展省直属单位2014年拟建电子政务项目预审工作的通知》。这个文件与省非遗信息化平台建设相关。我们是已建，不属于拟建，但也作为预审的范围。预审内容，包括电子政务基础设施项目、基础数据库、数据交换平台、办公自动化系统、运维服务等政务信息资源开发利用项目。要求各厅局在9月17日前做好申报材料编制和报送工作。让李虹和楼强勇负责做方案。

电子政务建设，要求遵循"统筹规划、节约共享，按需建设、注重实效，强化标准、确保安全"的原则。这对于我省非遗信息化建设，也有指导和参照性。

2013年9月6日　星期五

上午，今年第13次厅长办公会议，金兴盛厅长主持。省教育厅副厅长褚子育转任我厅副厅长，兼浙江音乐学院院长。其中，第一项议程为省文物局文物处汇报《关于迎接国际专家现场考察评估大运河申遗项目准备情况》，第二、三项议程为我处汇报第四批省级传承人评审方案和2013年度省非遗专项资金补助方案。我简单汇报了第四批省级传承人申报情况，评审会议程，评审细则的第三条"评审条件"和第四条"评审参照因素"。

金厅长指出，评审工作对非遗的保护很重要。非遗处为评审前期做了大量细致工作。一是要把游戏规则制定好；二是严格按规则办；三是坚持公开公正公平。

下午，文化部非遗司传来《关于申报非遗保护利用设施建设储备项目的通知》。这一文件由国家发改委社会发展司，文化部财务司、非遗司共同下发。通知提出的项目选择范围，为国遗项目中具有较好社会效益和经济效益、具有典型示范意义的项目。生产性保护项目，主要功能空间包括生产传习用房、小型展示厅、销售用房、库房和相关辅助用房等。表演艺术类项目，主要功能空间包括小型排练展演场所、小型展示厅和相关辅助用房等。要求根据项目特点和保护工作基本需求确定建设规模，防止贪大求洋。

其中，优先选择建设条件比较成熟（已落实建设用地，明确了法人主体、产权单位和管理运行单位等）的项目，优先选择便于群众参观、能够自主运行的项目（应制定务实可行的管理运行方案）。鼓励利用现有设施进行改造，鼓励在非遗项目原生地建设，鼓励与当地劳动力就业相结合。各省申报不超过3个备选建设项目，9月底前将正式申报文件和每个项目建设方案上报国家发改委和文化部。

两部委的文件要求报国遗项目的保护利用设施，我的意见是，应当重点考虑综合性的非遗馆建设，包括省、市、县三级的已经有项目规划、已落实建设用地、具有相当规模的或者正式启动建设的。我省可以先多报几个。处里先考虑提出一个初步名单，与厅计财处，再与省发改委社会发展处会商。拟定名单后，再通知做项目建设方案。

2013 年 9 月 7 日　星期六

今天早上，睡到10点多。吃了中饭，又从下午1点多睡到4点多，睡得很熟很沉。怎么这么想睡？大概是这个星期坚持每天早上8点半前到办公室，早上的作息时间被改变了、被打乱了，晚上依然加班到11点多，回到家习惯到深夜一两点钟睡觉，加上我的睡眠质量又不高，这样睡眠时间就不能保证了。新的作息时间，不适应也得适应！

2013年9月8日　星期日

上午，厅里组织在新远影城观看电影《周恩来的四个昼夜》。反映20世纪三年困难时期的事情。我国遭受了严重的自然灾害，全国发生了大饥荒。周总理访贫问苦，结交穷苦百姓，要听真话，不听假话，苦口婆心地开导，用自己赤诚的一言一行，感动和感召干部、群众。最终，周总理深夜和毛主席长时间通话，当即做出了取消大食堂、恢复分户吃饭的决定。由此，贯彻和体现了实事求是的精神。

这部电影有很多感人的场景，总理的赤诚为民，邓大姐的朴素情怀，百姓的为党分忧，党和人民群众的血肉联系，还有坚持实事求是精神如此不容易，都让人感怀感叹！

下午，厅里召开会议，就机关开展群众路线教育实践活动进行动员部署，强调加强党的性质和宗旨教育，加强责任意识、公仆意识、服务意识教育；文化工作要与路教精神和要求结合，与群众的文化需求增长变化结合，与推进文化强省建设结合。

会议指出：东汉思想家王充《论衡》有句名言"知屋漏者在宇下，知政失者在草野"，批评一种现象：对领导放礼炮，对同事放哑炮，对自己放空炮。要批评和自我批评，知无不言，言无不尽，有则改之，无则加勉，保持蓬勃朝气、昂扬锐气、浩然正气！

2013年9月9日　星期一

上午，计财处方培新处长主持，专题研究非遗保护专项资金补助经费重点检查工作。同方审计事务所等三家事务所的负责人参加，我处我和李虹参会。方处长介绍了重点检查小组的组成，重点检查对象的确定，检查的内容和方法，检查时间及进度安排，强调检查纪律。

我简要介绍了什么是非遗，并就补助经费截留、挪用、绩效、地方资金配套等问题，谈了我的理解和要求。

这次重点抽查 15 个单位，包括湖州、舟山、衢州市本级和 12 个县（市、区）。对 2010—2012 年三个年度的补助资金进行检查。

下午，毛芳军起草了第四批省级传承人评审会上厅领导的讲话参考材料，我过了一遍。

2013 年 9 月 10 日　星期二

上午，召开处务会。重点研究第四批省级传承人评审会事宜，就申报概况、会议指南、专家分组及召集人、会议议程、处内工作分组分工、劳务列支、评审纪律、评审会后续事项等作了商量和安排。商量了象山海洋渔文化生态保护研讨会事宜，讨论了会议主题论题、会议内容和议程安排、参会对象等。

下午，关于濒危项目保护情况，向厅里报送了一个简报。

晚上，与林敏讨论非遗十年系列活动方案。

2013 年 9 月 11 日　星期三

上午，钱彬欣负责编制第四批省级传承人评审会会议指南，我过了一遍。会议指南将相关材料作了分类，分三个版块：一是评审文件；二是评审会安排；三是申报材料概况及申报名单汇总。

文化部非遗司昨天传来申报第四批国家级非遗名录项目的通知，要求在明天进行网络系统申报测试。幸好，我们早作准备，筛选了一遍我省各地的预申报项目，从几个方面考量，遴选了 40 个左右的项目，请各地将相对成熟的申报书、申报录像片等材料，明天通过非遗司网络系统申报测试。

下午，叶涛起草了第四批国遗项目申报通知，我过了一遍。

晚上，召开第四批省级非遗传承人评审会联络员会议。这些联络员都是见习专家，或者是上挂部里厅里工作过的同志。除了听取评审工作方面的要求，也听听他们的意见。

2013年9月12日 星期四

上午，第四批省级传承人评审会在新世纪大酒店召开。

第一阶段，大会，我主持，柳副厅长讲话，讨论通过评审规程、评审细则。

第二阶段，分小组初审，按照非遗十大门类，分十个小组，其中手工艺、民俗两组，参评人数较多，增设小组。

中午，联络员会议。

下午，大组复评，分传统表演艺术（音乐、舞蹈、戏剧、曲艺、体育），工艺美术（传统美术、传统手工艺），大民俗（民间文学、中医药、民俗）三个组。

评委阵容强大，各专业门类顶尖专家学者担任组长；评委中还有多位省级宣传文化系统、文联、社科联的老领导，还有两位大学校长。

代表性传承人评审，依照技艺传承、作品成就、艺术创造力、代表性、带徒传艺、参加展演活动、社会认可度、从业年限、学历、道德品质等十条来评比。

评审有三个敏感点：一是从业年限25年以上；二是事业单位在编在职人员不参评（剧团演员例外），退休后5年以上依然一直从事非遗专业的可以参评；三是省级非遗项目保护责任单位同意推荐为必要条件。这三条比较敏感，是个焦点。

各地推荐参评461人，经初评复评拟定259人入选，专家签署评审意见，每个传承人有5位专家签署认定意见。

晚上，专家评审意见需逐一打字输入电脑，打印稿与专家手写稿一并存档备查。

后面还有工作：汇总评审结果，报厅长办公会议审核；公示，公布。

2013年9月13日　星期五

上午，省外事公司来人商量接待日本媒体访问我省非遗事业的事宜。日本某媒体拟采访杭州的古琴、金石篆刻、书法、瑞安木活字项目。这四个项目中前三个是人类非遗项目，木活字是急需保护项目。据称，日媒计划采访世界各国的人类非遗项目，作系列报道，每个项目播出5分钟。

按照《中华人民共和国非物质文化遗产法》第十五条，境外组织或者个人在中华人民共和国境内进行非物质文化遗产调查，应当报经省、自治区、直辖市人民政府文化主管部门批准；第四十一条，如果没经批准，擅自活动，将予以相关处罚。

我与外事公司强调几点：第一，依法办理报批手续。第二，依照法律精神，外国团体和个人采访考察，需与非遗学术研究机构合作进行。第三，大家都要有国家意识、民族意识，要有保密意识，在接待采访过程中，要把握好度，要有分寸。第四，基层单位宣传意识很强，保密意识不够，相关地方接待要热情，来者都是客，可以让日本朋友观看欣赏，但不能倾囊而出，千万不能把核心技术、关键环节泄露和透露出去。我向他们介绍了宣纸泄密的案例，以加强外事接待方的警惕性。具体让叶涛衔接，要在可能情况下给予支持，更要把好关。

下午，省两办下发《关于进一步做好评比达标表彰活动核查和规范工作的通知》。要求坚决取消未经批准擅自开展、不按规定组织实施、擅自扩大评选范围、更改表彰名称和以此为名拉赞助等活动，要求从紧从严控制评选活动，进行一次全面清理。

我处今年已开展的评选项目有5项：1.省非遗传承教学基地评选；2.浙江最有年味的地方评选；3.省优秀传统文化教育普及活动先进集体和先进个人评选；4.省非遗保护宣传报道奖评选；5.省"非遗薪传"系列评选。拟请保留的项目有2项：以"寻找最美非遗人，争做最美浙江人"为主题的省非遗保护十大新闻人物评选，省"精神家园守护者"荣誉奖评选活动。祝汉明起草自查情况报告。

2013年9月14日　星期六

下午，赴象山。

晚上，听取象山会议活动筹备情况汇报。

2013年9月15日　星期日

上午，考察石浦。今年开渔在即，石浦东门渔村彩旗飘飘，一派繁忙景象。渔民们抓紧时间整修设备、清理船舱，为扬帆出海做准备；来往的游客逛老街、看灯塔，体验原生态的渔家生活。

作为海洋渔文化（象山）生态保护区的核心保护区，石浦—东门岛区域，渔家风情浓厚，渔文化遗存丰富。古镇依山滨海，沿着古街拾级而上，曲径通幽，或者豁然开朗。古镇保留着天后宫、城隍庙、将军庙、古民宅、明代古城墙、灯塔等文化古迹，拥有"渔民开洋节、谢洋节""石浦—富岗如意信俗""象山渔民号子"等国家级非遗，吸引着四方的游客前来游览体验。

下午，考察象山影视城。这个影视城围绕游客体验性、影视趣味性、旅游互动性做文章，打造中国首个实景电影主题乐园。游客在影城中可亲身体验电影声音合成制作，木偶戏、皮影戏、励志魔幻剧、"天地英雄"情景剧、影视梦工厂体验剧等；逢年过节有影视庙会，有踏青节、风筝节，有影视嘉年华、狂欢泼水节等。

影城中随处都是电影拍摄场景，很有趣；我们大家也体验了一把在电影中配音，很好玩！原先电影那些雷鸣电闪，就这么简单整出来的。

晚上，一场具有海洋文化风情的妈祖巡安仪式在石浦港吸引了无数游客。

这支巡安船队有6艘船，妈祖、如意巡安船及4艘巡安小船，分别代表"肃静回避""妈祖巡安""如意赐福""一帆风顺""鱼虾满仓""吉祥渔港"。石浦妈祖文化由来已久，渔民在出海前都要向妈祖祈福，以求平安丰收。

2013 年 9 月 16 日 星期一

上午，第十六届中国（象山）开渔节开船仪式在象山石浦港举行。现场锣鼓喧天，鞭炮齐鸣，千帆竞发，大气磅礴！

下午，浙江省海洋渔文化生态保护与发展座谈会在象山举行。象山县介绍典型经验，全省各涉海市县区代表和专家共同研究探讨海洋渔文化的保护、传承和发展，为实现"蓝海浙江"添砖加瓦。

象山加强政策规划引领，夯实非遗保护基础；突出开渔节引领，推动渔文旅融合；挖掘海洋特色文化，建设乡村特色非遗阵地；广泛建立非遗基地，建设非遗志愿者保护团队。象山海洋渔文化保护和研究取得成果，形成共识，得到共鸣。

2013 年 9 月 17 日 星期二

上午，继续召开生态区会议，各地代表发表意见。

概括来讲，我省海洋文化生态保护存在的主要问题有：一是重经济发展，轻生态承载；二是重开发，轻保护；三是重项目，轻整体；四是重节庆规模和声势，轻日常融入和常态管理；五是重整齐划一，轻文化多样；六是重短期，轻长远；七是重部门管理，轻协调统筹；八是重要求，轻投入。

我讲了几点：第一，总结象山文化生态保护基本经验；第二，文化生态保护的范畴和重点（保护什么）；第三，文化生态保护的基本途径和办法（怎么保护）；第四，保护的刚性措施，生态文明建设要有一些有效的处罚措施，要有红线；第五，文化生态保护与发展旅游、产业开发；第六，政府与民众在文化生态保护中的责任义务；第七，文化生态保护的地域优势和特点，品牌特色，错位发展，美美与共！

下午，到鄞州区。鄞州区建立了一支非遗联络员队伍，专门发现、搜集、整理非遗资料。这些乡镇非遗联络员，无私地做非遗的义工，拥有满腔热情，付出很多，但很少有机会抛头露面，要是能获得区里年度评的先进就很高兴了，让我很感慨。这支由五老为主体组成的、遍及全省的、人数可观的非遗志愿者队伍，是真正的精神家园守护者，是我们坚实的工作基础和忠实的工作力量，我们应当给予更多的关心，应当给予表彰和鼓励。这也是我们希望继续开展评选"浙江省精神家园守护者"荣誉奖的缘由。

晚上，听宁波走书。宁波走书有着通俗易懂的唱词、跌宕起伏的情节、绘声绘色的表演、原汁原味的唱腔，在当地有广泛的群众基础，很受欢迎。传承人朱老师的演唱表演很地道。朱老师说，有一次她讲宁波走书，到结束了，说出"且听下回分解"，其中有位渔民听众，因开渔了马上要出海，一定要朱老师把故事结局告诉他，否则在外面会寝食难安、牵肠挂肚。这位渔民掏出 200 块钱，请朱老师提前剧透结局。

宁波鄞州区很重视宁波走书的保护和传承，探索走书公演和商演相结合的保护途径，推进书场和流动书场建设，而且将优秀走书曲目制作成光盘，这样让渔民出海在船上也能听到和欣赏走书。

2013 年 9 月 18 日　星期三

上午，考察鄞州区黄古林草编厂。黄古林镇的蔺草种植、编织，历史悠久，是鄞州区的历史经典产业。黄古林草编厂建有草编博物馆，有一定规模，由展示厅、演示厅和展销厅三部分组成，收藏了不少老式农用工具和织席工具，还有一些很珍贵很有特色的展品和照片，譬如周恩来总理率团参加日内瓦国际会议时把黄古林生产的白麻筋草席作为国礼馈赠各国首脑的大幅照片，中华人民共和国成立初黄古林 32 家席行与上海草席采购组签订的草席购销合约等，见证了黄古林草席行曾经的辉煌。

草席草编很有中国特色，黄古林产品现在主要外销。这个草编博物馆总结和展示了鄞西草编的历史、技艺、产品和作品，可让游客学到不少知识，对"鄞西一根草"起到了很好的保存保护。但是，缺少传承人现场演示，缺少传统技艺活态传承，我针对这些情况提了些建议。

下午，返回杭州。

2013 年 9 月 19 日　星期四（中秋休假）

晚上，去西湖边赏月。杭州西湖是赏月最佳的地方。湖边和白堤到处是川流不息的人，许多年轻人沿湖而坐，许多人拿着手机，甚至撑起"长枪短炮"拍月亮。据说今年是十五的月亮十五圆，但是，感觉上月亮还是与往常的月亮差不多。城市里灯火阑珊，感受不到月亮的清澈和清辉，更看不到满天亮晶晶的繁星。我是埋头拉车的人，平常不大注意抬头望月，很希望有机会脱离具体繁杂的事务，走进大自然，静静地看看天。人说，大隐隐于市，真要让心静下来，还是要隐于野。月光如水照缁衣，很向往那么一种环境和心境。

抬头望明月，低头思故乡。突然想起故乡岭根村编了一本村志，嘱咐我写序，答应了许久，还没动笔，赶紧趁着有点小闲暇，趁着有一份写作的冲动，回家起草去。

晚上，理了个思路，起草了个初稿。

2013 年 9 月 20 日　星期五（中秋休假）

整理家里书桌桌面，放了很多案头材料、报纸，经年累月没有整理，一团糟。逐张逐页整理，该扔的扔，有参考价值的分门别类。整整花了一天时间。

2013 年 9 月 21 日　星期六（中秋休假）

认真看了一遍厅机关党委发的《论群众路线》册子。重温我们党几代领导人的精辟论述，再一次受到深刻的马克思主义群众观和党的群众路线教育。

"从群众中来，到群众中去"是我党一贯倡导和坚持的群众路线、群众观点、群众观念。一切为了群众，一切相信群众，一切依靠群众，是我们做好党和政府工作的出发点和落脚点。"以人为本，执政为民"是检验党一切执政活动的最高标准。随着经济社会的发展、执政环境的优化，有的党员发生角色错位，由"公仆"变为"主人"，脱离了群众，看不起群众，不关心群众，从感情上伤害了群众，等等。这些现象虽然存在于党内少数成员身上，但这些行为损害了党的形象，败坏了党的声誉，腐蚀了党的肌体，玷污了党的纯洁，伤害了人民的感情。

党中央部署在全党开展"群众路线教育实践活动"，十分及时、相当关键，体现了中央的政治眼光、群众情怀、忧患意识。

2013年9月22日　星期日（上班）

上午，缙云县严副县长和沈局长来访。缙云定于10月13日（九月初九）上午举行中国仙都祭祀轩辕大典。

下午，会商首届亚太传统手工艺博览会事宜。柳河副厅长出席，厅办、外事处、非遗处、非遗中心等有关负责人参会，杭州文创办魏主任参会。杭州文创产业博览会、两岸文创企业交流对接会、亚太手工艺博览会，三个节会联合进行。三节联动，融合发展。磋商会上，就开幕式、邀请领导、安全保卫等事宜作了研究。省非遗中心主任裘国樑就"非遗薪传"抽纱刺绣、根雕十大名师评选、徐朝兴青瓷作品捐赠、省非遗保护协会换届等，作了简要汇报。

开化县委常委、副县长蒋国强，县文化局局长方忠明来访，介绍筹建非遗博览园情况，同时表示拟申报第四批国遗项目。非遗博览园由义乌的一个老板投资，拟占地20亩，内设若干小型专题馆；突出建设红色旅游、钱江源文化、非遗体验项目，将建有"红、绿、古"三色文化非遗展示馆及古玩字画等展馆展厅。探讨了博览园的定位和功能布局。

对于国遗申报，我对开化的"满山唱"很有兴趣。开化方面已整理了80多首唱词，其中的"九娘歌"有412句，"朱买臣"有900多句，这么长的唱词，极为珍贵。"满山唱"有两位老艺人，都已过世；会唱的还有两三人。这个项目要继续挖掘整理，要保护传承好！想象一下场景：在钱塘江源头，在大山深谷，满山都是唱山歌的人，想唱就唱，放声歌唱，那是多么有豪情，多么有诗情画意！

2013 年 9 月 23 日　星期一

上午，文化部非遗司管理处发来《国家级非物质文化遗产代表性项目管理办法（征求意见稿二稿）》，这是在《国家级非物质文化遗产代表作申报评定暂行办法》（国办发〔2005〕18 号）、2006 年 10 月部长令《国家级非物质文化遗产保护与管理暂行办法》基础上进行了修改之后的文件。我匆匆过了一遍，提出一些意见和建议。

下午，指导戴炜荣回了四封基层来信，有平阳白鹤拳协会、台州章氏骨伤科传承人宣传保护传承工作的，有温岭民间文学传承人感谢上级文化部门关心的，有金华一食品厂老厂长给省政府领导写信要求列为中华老字号和非遗项目的。非遗很热，非遗工作部门受到的社会关注度也越来越高。

小戴上挂我处才一个星期，先从具体事务的处理、应知应会的工作开始，从基础开始做起。铁打的营盘流水的兵，非遗处培养了一茬又一茬的非遗干部。

《今日浙江》记者朱馨来商量非遗宣传工作。《今日浙江》今年开始与省非遗办合作开辟了"美丽非遗"专栏，每期两个版面，全年 24 期。朱馨说，"美丽非遗"专栏是《今日浙江》最好看的版面，也是唯一一个每期固定的专栏。这一栏目反映很好，可以考虑明后年一直办下去，以后这一专栏的文章还可以结集出版。我说，文化版块以前像副刊一样，像葱花一样零零散散，现在注重文化版块的整体建设，增加了厚重感和分量。譬如今年第十七期，将全省宣传系专题学习讨论会发言选编，也纳入文化版块。

2013 年 9 月 24 日　星期二

上午，召开处务会。重点研究四件事：一是第四批省级非遗传承人评审情况汇总。对评审中把握不定的共性和个别问题，进行研究。经专家评审，推荐省级传承人 259 人，共涉及省级非遗项目 222 项。

二是非遗十年系列安排。总体上拟定八项工作。按时间排，9月已完成的2项，有非遗主题歌曲评选公布和"我的非遗故事"征文评奖结果公布。10月，拟定4项，"光荣与梦想"浙江省非遗十年座谈会、亚太非遗博览会、精神家园守护者评选启动、"美丽非遗浙江行"新闻媒体采风报道活动。11月至年底，编辑"浙江非遗这十年"画册。2014年元月，第二届浙江省非遗电视春晚，包括推出一批非遗主题歌曲。

三是年度省非遗专项资金安排。昨天，省财政厅发来中央财政非遗资金年度补助关于我省项目经费的情况。我们一直等国遗项目经费安排情况，据此可以对省级资金经费安排做必要的调整。

四是拟定在景宁召开的第二届浙江省美丽乡村建设中非遗保护现场会，以及配套召开的全省畲族文化乡镇长座谈会、第二届浙江省县级区域非遗保护交流会。三会联动，这三个会都是今年非遗工作计划中安排要召开的；考虑到突出"美丽非遗进礼堂"的主题，也考虑到县、乡、村三级会议或者说三个层次会议的延续性，还是分开举办。议题上，突出重点，解决问题，指导工作。议程上，都作必要的简化，开短会，求实效。

下午，毛芳军起草了召开第二届浙江省美丽乡村建设中非遗保护工作现场会的通知，我过了一遍。

祝汉明起草了关于对非遗特色歌曲获奖作品酌情给予奖励的建议。我厅对非遗主题歌曲颁了获奖证书、奖金，非遗特色歌曲只发了证书。《我在廊桥等你》《我用湖笔画你》等特色歌曲，对于当地非遗项目的宣传和地方文化形象的推广很有价值。为了尊重作者的艺术创造，尊重作者的辛勤付出，以及做歌曲小样的财力付出，提醒各地酌情奖励。我过了一遍文字。

季海波起草"我的非遗故事"征文获奖名单，我过了一遍。

省非遗中心起草邀请部、省领导等出席亚太非遗博览会的请示，我过了一遍。

晚上，修改了中秋之夜起草的《岭根村志》序草稿。家乡岭根有着辉煌的历史，如今闲看云卷云舒。凭栏青山依旧好，繁华散尽远云烟。将序发给临海苏小锐局长和村志的编撰负责人王伯淳老师。苏局长发来短信："大作已拜读，情感充沛，文笔优美，深入心灵，将是此志的亮点！"

2013 年 9 月 25 日　星期三

上午，向柳河副厅长汇报拟上厅长办公会议的两件事：一是第四批省级传承人评审情况，二是非遗十年系列活动安排。另外，商量了将在景宁召开的第二届浙江省美丽乡村建设中非遗保护现场会，以及两个配套会议等事宜。

嵊州市新任分管局长和非遗办裘主任来访，就非遗工作征求意见。嵊州的目连戏是活化石，有重要价值，但除了男吊三十六吊，其他的表现形式已失传了。我提了几点建议：一是抓紧目连戏的抢救，在全市范围再次重点调查发掘和采风记录，可以依托越剧艺校的学生，最大限度抓好传承。二是嵊州是越剧人才的培养基地，也希望给全省传统戏剧人才的培养作出贡献。各类戏剧的表现形式有别，但基本功上还是有共通之处的。设想明年在嵊州艺校办个班。三是嵊州越剧做大做强，还应当重视其他类别非遗项目的培育发展，一极做大，多点支撑。四是要将非遗馆建设列入议程。嵊州原先设想建综合性博物馆，在二楼开辟一个非遗展厅。我说，空中楼阁不是非遗，非遗要接地气，而且理念上要转变，两馆的功能不同，要分头建设。五是嵊州工作在非遗方面要有创新和突破，要在全省树立形象和地位。

今天，召开我省国遗丛书第二批国遗项目第二批次书目审稿会。浙江摄影出版社林青松主任等 5 位编辑参加，邀请林敏、王全吉等老师参加会审。推敲和斟酌本批次 35 本书的目录提纲和封底的项目简介。经过紧张热烈的讨论，基本定稿。

对于下一步，一是下个抄告单，相关地方按照改定的目录提纲，再适当作调整和修改完善。二是各书目篇幅和页码要大致一致，出版社要把关。篇幅太长太杂的，去伪存真，去粗存精；篇幅不够的，该补充内容的要补充。三是请出版社和各地加快节奏，务必年底前完成这35本书的出版。四是数量服从质量，速度服从质量，有些书稿如果底子实在太差，调整为下批次出版。五是本丛书形成规模效应了，洋洋洒洒100多本，应当做点宣传。

下午，趁几位专家在，请苏唯谦主编过来，处里同志也参加，专题商量"美丽非遗浙江行"报道选题。《中国文化报》徐涟总编对浙江非遗工作很关切，评价很高，主动提出在报上加强宣传。徐总编说，美丽非遗的系列宣传先从浙江开篇。商量了一下，初步考虑重点做八篇文章：一是浙江党政领导重视非遗工作。二是打造和打响美丽非遗品牌。三是非遗保护强化举措。国遗项目三连冠，实施国遗省遗项目"八个一"保护措施，开展服务传承人月八个一活动，推进八大基地建设等。四是促进文化惠民、文化富民。五是社会力量广泛参与。23万普查员参与非遗普查，建立一批非遗社团，组建志愿者队伍，动员企业界参与非遗保护，社会力量建设专题非遗馆，开展精神家园守护者评选，新闻媒体推波助澜，动员最广泛的社会力量参与。六是浙江非遗人的进取精神。包括忧患意识、责任意识、创新意识、求实意识。非遗十年，可感可叹、可歌可泣、可圈可点的典型很多。七是非遗走出去。非遗是民族的，也是世界的，唱响主旋律，打好主动仗，抢占话语权，展示中国形象。

《浙江文化》苏唯谦主编等提出的意见很好。一是因小见大，小切口大视角，以最小的密度，展示最大的信息量。二是用数据说话，用事实说话，把一个个县融入文章之中。写任何新闻都有人在里边，体现浙江非遗人的进取和精神，贯穿浙江精神。三是站在一定高度俯瞰，体现浙江符号，反映浙江最独特的地方：浙江做到的，其他地方暂时做不到的；浙江做到的，其他地方也能够学着做到的。四是点线面兼顾，最好不重叠，又形成系列。五是标题很重要，要抓人，要醒目，要体现浙江的理念，体现前沿性，体现先进性。六是"美丽非遗浙江行"报道文章，汇编成册；之前三届的省非遗宣传报道奖"三好"评选的优秀文章，也汇编成册。

　　晚上，邀请媒体的几位记者担任桐庐中国剪纸大赛的剪纸论文评委。以前都是专家担任评委，这次调整为媒体记者为评委。这些记者对非遗很有情怀，很关注，参与有关会议和活动，撰写的报道切入点好，文章有高度、有深度、有热度。让媒体记者通过评审论文，更深入了解剪纸和非遗，也更有利于做好这次活动的报道。

　　借几位记者在厅里评审，也向他们征询"美丽非遗浙江行"宣传报道方案的意见。总体上有三点：一是要提供一些背景资料，让不同的媒体找所需要的选题。二是把各媒体的采访目的、主题汇总一下。三是不同的媒体方向不一样，有不同的选题，选题一致的凑在一起，不同选题的分头采访。四是采访选点很重要，不同的采访主题需要不同的例子，点不在多，在于准，以点带面，以小见大。五是编好路线图，不走冤枉路。六是明确采访联系人。

2013 年 9 月 26 日　星期四

　　下午，国家发改委、文化部要求上报非遗基础设施建设项目。文件要求上报国遗项目的专题展示馆。我考虑我省还是报综合性的非遗馆，报官方办的馆。拟定报 2 个项目：省非遗馆筹建项目（10 万平方米）、桐乡非遗馆即将竣工项目（3000 平方米）。祝汉明汇总了拟上报的 2 个馆的情况，并填了表。我过了一遍。

　　晚上，起草群众路线教育实践活动"四风"方面个人对照检查材料。从下午 3 点到晚上 12 点，整整 9 个小时，将自己"四风"方面存在的主要问题、思想根源剖析、整改措施，很认真地挖掘和梳理了一遍，基本理清楚。不查不知道，一查吓一跳，原先以为"四风"离自己很远，结果发现问题有很多。这次自我剖析还不够，旁观者清，不识庐山真面目，只缘身在此山中。还应当请身边的人，请基层的同志讲真话、开门见山，多提宝贵意见。

2013 年 9 月 27 日　星期五

　　上午，继续修改群众路线教育实践活动"四风"方面个人对照检查材料。写了7300字，力求全面，力求深刻，力求有针对性和实效性。深刻自查、自省、自警，很重要，很有必要。对待权力、对待人际交往，对待工作，要常怀敬畏之心，要绷紧廉洁从政这根弦。有了敬畏之心，才能约束自己，才能不做出格越轨的事情，这次自查、自纠，是对自己的进一步提醒和警诫，将会使自己更加清醒和律己，在大是大非上和类似于交友这些小节上，避免犯错误。通过思想剖析，也更加坚定对党的信念，坚定理想追求，提升思想境界，提高自我约束能力。

下午，召开厅长办公会。涉及我处事项有：一是汇报第四批省级非遗传承人评审结果。二是"非遗十年"工作方案，八项工作。

金兴盛厅长说，这次省级传承人评审工作，坚持了公平公正的原则，同意评审结果。我省推进非遗保护工作十年，成绩斐然，一直走在全国前列。非遗十年值得做点文章，回顾保护历程，宣传保护成果，理清今后的发展思路。要认真做好非遗十年相关活动的组织工作。

厅机关党委牵头，要求整合考核评比达标项目，并陈述理由。经上午厅长办公会确认，十大非遗新闻人物和精神家园守护者评比，保留精神家园守护者。整合各类非遗基地评选。祝汉明起草了报告，我过了一遍。

晚上，邀请马来法先生一起去老开心茶馆。小热昏国家级传承人周志华先生，是个电视明星，是个非遗达人。杭州电视台专门开辟了开心茶馆，周先生之前恢复了大华书场，去年又在拱墅区一个古街区开办了老开心茶馆。走进古色古香石板路的小巷，走进一个大杂院，民国时这是一个茶商会所，空间蛮大，结构还蛮恢宏，场地不错。

周志华先生一腔情怀、一往情深，说起曲艺，神采飞扬，69岁了，还有着蓬勃活力！老开心茶馆给我们保护和传承传统曲艺提供了一个精彩样本。

2013 年 9 月 28 日　星期六

上午，杭州图书馆地下层举办杭州书展，约毛芳军、戴炜荣专门去赶场子。有十多家书店在此开辟了宣传销售的窗口，有些是特价，有些打折，还有几位作者现场签售。逛书摊买书是很开心的事，特别是买到了几本有点参考价值的，或者值得一读的书，很高兴。总共花了八九百元。一晃已是下午两三点了，肚子还饿着，但是精神是充实和饱满的。买书的过程很有乐趣。当然，书还要挤时间看，要加强理论和业务素养。

下午，执法处（法制处）牵头，申报 2014 年政府规章项目。我处将文化生态保护区管理办法，2013 年作为二类项目上报，考虑到生态区建设依然是个复杂的问题，还没有成熟的理念和思路，2014 年依然作为二类项目申报。

这个问题涉及我的知识盲点，要花点精力深入研究考察思考生态问题。

2013 年 9 月 29 日　星期日

上午，召开处务会。安排 10 月的工作，并商量了景宁会议、国遗项目申报等事项。10 月 6 日下午，信息化及网站评估会；7 日下午，讨论景宁会议具体事项。8 日上午，全国非遗传承人抢救性记录工程业务标准研讨会，下午中国非遗保护协会成立仪式。10—13 日，全国国遗申报培训班，让叶涛、小楼参加。10 日下午，景宁会议报到，10—12 日会议。12—18 日，上城区中国民间艺人节。14 日下午，童部长召集民俗文化促进会研究工作。17 日上午，亚太博览会开幕式，20 日结束。美丽非遗浙江行，拟 18 日上午开始。10 月 22 日，"光荣与梦想"省非遗十年座谈会。10 月 30 日，我省国遗申报评审推荐会。11 月 10 日前，报厅长办公会议审核我省推荐名单，然后报省政府。其间，还有《精神家园》杂志、《浙江通志·非遗卷》、非遗档案馆、非遗代表作丛书前言起草等事宜。

下午，叶涛根据处务会上定的基调，起草了我省国遗项目推荐申报补充通知，我过了一遍。要求：节庆祭祀项目慎重，没有省级传承人的不报，项目名称和保护地不能变更，联合申报不行，当地政府没有审核盖章的不报。拟定正选30个，备选30个。我省有省遗项目788个，去掉已上国遗的187个项目，省遗中可推荐国遗项目601个，选择空间很大；要求各地按1/10的比例和基数推荐，要强调项目价值、表现形式和竞争力，不能搞平均主义。第一轮各市遴选，第二轮由省里各门类专家评审遴选，在各地推荐的60个左右项目中，分出正选、备选两档。

2013年9月30日　星期一

上午，武义文广新局吴旭东局长来访。10月将举办第31届武义民间文艺百花会，1983年为首届。这个活动源自本土，自编自演，开始以乡镇为单位，现在是村、乡镇、县三级逐级推选。九狮图、花灯花轿、鲤鱼跳龙门、昆曲、迎大蜡烛、马灯、擎天阁等非遗项目不断恢复和兴旺，有些项目还到东南亚和日本演出。

这个百花会算上本届已举办31届，真的很不容易。频道不变，内容可转换，把民间乡土文艺一个个推上舞台，推陈出新，百花争艳！这个百花会，可以列为重点扶持的非遗节庆；全省美丽非遗赶大集，可以将武义百花会作为一个启动点，推广武义做法和经验，推进非遗活动品牌建设。

下午，工作越来越多，有点照应不过来。有些工作是本身要做，有些是借势而为，有些是箭在弦上不得不发，有些是拔出萝卜带出泥，不断思考，不断探索，不断迸发出思想火花，不断产生金点子，不断产生新的事情，一生二，二生三，三生无穷，不断给自己找事干。一事未了，又衍生出好几件事；一事既了，赶快转换到另一件事情。我们的工作也就由此不断深入深化，不断延伸拓展。我们的工作也就因此不断推向新的境界，我们的事业也就不断达到新的境界。

2013年10月1日　星期二

上午，考察运河边上冠以"国字号"的文化遗产系列场馆，包括中国工艺美术馆及杭州工艺美术活态展示馆（一期和二期）、中国伞文化博物馆、中国扇文化博物馆、中国刀剪剑博物馆等四个馆。泰顺在工艺美术馆举办为期三个月的木偶文化展示，包括木偶和木偶戏表演。正好是国庆长假，加上活动内容丰富，有造纸、制伞等手工艺现场表演，神奇的木偶表演等，很吸引人，人气很旺，特别是家长和小孩子很多。在活态展示馆有一面感悟非遗留言墙，贴着满满的彩色小纸条，不同的表述，不同的字迹，但表达的是共同的心声、心愿。原先的陶馆长昨天刚退休，将去美国，孙馆长去年调过来。潇潇是国外历史学硕士，读的是陈列艺术专业，2009年到博物馆。她说，学有所成、学有所用，很幸运。热爱本职工作，乐业爱岗，这很重要，也能提升幸福指数。

四个馆转一圈，差不多半天过去了。与孙馆长、潇潇坐下来聊了会儿，了解些情况。去年共接待187万游客，平均每天5000人。每年运行经费1400万元，另人头费500万元。系列馆核编40人，在编30人，另批下来编外用工39人。展览主题以工艺美术为主，涉览其他的非遗项目，领导和社会的期望很高，怎么样办好、办得更好，压力很大，展览的资源紧缺。我去过几次这几个博物馆，每次总会有新的感受。我提了点建议：一是业态置换，伞、扇在专题馆、工艺美术馆、活态馆，重复展陈，可以把场地置换出来，以新的项目充实。二是系列馆可以作为全省非遗展示，特别是手工技艺展示的窗口。三是在展览上还可以体现一些新的表现形式，各地非遗馆，有一些好的展示方式，而且花钱不多的，可以借鉴和应用。建议孙馆长等走出去看一看，也将邀请孙馆长多参加非遗的会议和活动，对非遗有更充分的了解和认识。四是在办馆上有经验，也有资本和资历，成为专家，希望走出去对各地非遗馆建设给予指导。五是明年我厅将进一步抓一下非遗基础设施建设，综合馆可以作为参观点或者联办单位。六是无论作为博物馆还是作为非遗馆，在功能作用上是共通的，文物部门与非遗部门工作一起做，成绩各自报。七是可以考虑建立合作关系，签订合作协议，在可能条件下，尽力给予支持。

这几个系列馆，由运保委（运河保护管理委员会）主办，算是社会力量参与文化遗产保护，而且是大规模、成系列，注重物质遗产和非遗的结合，日常的展陈和经常性活动并重，干的都是政府文化主管部门的事，而且很认真在做，做得很好，很有意思。

下午，与诺妈、诺去安徽广德县。外婆89岁了，准备利用这次长假的机会，给她过个90岁生日。

2013年10月2日 星期三

中午，给外婆过90岁生日，家人聚餐，有两桌人。四代同堂，咪咪、囡囡都开始读初中了。

下午，全家人到县政府广场合影留念，拍全家福。平时大家都忙，难得有机会聚在一起，也没拍过全家照，这次补上很好。

回杭。王伊诺开车回来，广德到杭州开了不到一个半小时，进城到家开了两个多小时。

2013年10月3日 星期四

趁这几天长假，理理国庆后马上要在景宁召开的全省会议讲话材料的思路。三个会：全省县级区域非遗保护交流会、畲族文化乡镇长座谈会、美丽乡村建设中非遗保护现场会，每个会议经验交流、座谈讨论之后，总得收收口，小结一下，强调一下。三个会，县、乡、村三个层次，不同的会议主题和内容，讲话也要找不同的切入点，要有针对性、实效性。讲什么、怎么讲？考虑了大致的角度和框架。

2013年10月4日 星期五

今天，理了一下全省县级区域非遗保护交流会和全省畲族文化乡镇长座谈会上的讲话提纲的基本思路。

县级区域会上，准备讲树立若干个理念，这几个理念是以往工作经验的概括提炼，也是今后工作应当继续坚持和遵循的。

乡镇长会上，准备强调几个做：做优、做大、做强等。围绕这几个方面，各地有着积极的探索和实践，也应当继续强化和强调。

2013 年 10 月 5 日　星期六

今天，将全省美丽乡村建设中非遗保护现场会的讲话提纲基本理清楚了，准备从文化礼堂的四个定位、四个关系、四个支撑、四个作用，进行阐述和强调。

本来还想就调研中基层反映的问题，概括讲下要注意避免和防止的四个倾向：一是推进建设突击化，二是标准要求趋同化，三是内部功能空壳化，四是作用发挥花瓶化。但考虑到对这一新生事物，还是正面引导为好，这次会上就不特别强调了。

2013 年 10 月 6 日　星期天

下午，召集召开浙江省非遗数字化保护平台（一、二期）开发成果验收会。请林敏、王其全、许林田、李发明等参加。蔡勤伟说明，信息化平台努力体现权威性、全面性、科学性、实用性、便捷性、公益性、安全性的要求。非遗信息办楼强勇介绍和演绎非遗数字化平台的构架和主要内容，体现资源库、工作平台、惠民窗口和社会互动的功能定位和作用。大家边看边讨论并提出问题和修正意见。

这个平台的设计理念、基本框架和具体体现，感觉上肯定是领先的、科学的且实用的，但是在资源输入上没有及时跟进，各地的工作跟进和进度也跟不上，整个信息化平台还有空壳化的现象。

我希望，非遗处不断开拓，非遗信息办紧跟着打扫战场，两厢合力才能抓好。做好任何事，关键还是人的问题，一个是人的素质和能力问题，一个是工作是否用心和有没有责任心的问题。这是一项极为烦琐细致和需要极端的认真精神的工作，缺少得力的人啊！

晚上，接着讨论浙江非遗网改版方案。非遗网原先版式还不错，动态信息更新也很及时，反映也不错。但总有审美疲劳的时候，加上非遗工作的拓展，网上应当体现和展示更多的内容，要考虑更新和扩容。楼强勇及团队新设计的非遗网版式，比较时新，也比较大气，版块设置也比较合理。对网站改版，大家讨论提了些意见，略微调整了板块的设置，修改了一些栏目和内容体现。下一步，关键在于内容，内容为王。

2013年10月7日　星期一

今天，台风"菲特"在福建登陆，已严重影响我省，风雨交加，倾盆大雨，全省严阵以待，抗洪防汛。

昨天已经通知开会，按我的性格，不到万不得已，还是不做改变。因此，下午继续会议。楼强勇为非遗网做了一个在线藏书阁、大戏台的模板，蛮有意思。受到启发，我提出重点讨论浙江网络非遗馆建设方案。我觉得，虚拟社会应当对应现实社会，网络非遗馆的建设，也应当体现社会有关文化的场景。譬如，开辟网上的浙江非遗大观园，包括在线图书馆、电影院、书场、美食街等。按照这一理念，大家讨论，提出了大观园的基本场景设置藏书阁、大戏台、说书场、电影院、演播厅、展示馆、档案室、百工坊、美食街、中药房、民俗村、舞林汇、精武门等13个场景，非遗各门类和各相关方面，基本包容进去了，应有尽有。大家都很兴奋，这是一个思维和思路的突破，不经意间，将催生一个生动的立体化的网络非遗大观园。我要求蔡勤伟和楼强勇的信息化团队，结合我处原先的浙江非遗馆"外圆内方"场馆设计方案，结合13个场景设置，用虚拟的方式完整完全体现出来。这个网络大观园做好模块后，也可以为实体的大规模建设的浙江省非遗馆提供参照。

2013年10月8日　星期二（国庆后上班第一天）

上午，就即将在景宁召开的三个套会等，与柳副厅长衔接了下。省领导和金厅长、柳副厅长等10日将去山东参加第十届中国艺术节开幕式活动，无法参加景宁的会议。

下午，与毛芳军斟酌景宁套会上三个讲话稿思路，具体内容上找点实例来佐证观点和形象说明。过了一遍会议议程。这次各地报来的经验材料，还没时间看，实在太忙，这一阶段没有安排出时间下基层调研，接接地气，对于文化礼堂建设、畲族乡镇文化建设，还有非遗保护综合试点县的情况，没有真切的直观的了解和考察，筹备会议缺少充分的准备。没有调查就没有发言权，没有调查也许讲话就缺少针对性实效性，但愿景宁几个会上大家所交流和介绍的情况，能有所启发和启迪。

2013 年 10 月 9 日　星期三

下午，海盐刘德威副县长、郁惠祥局长来访。他们介绍，城市有机更新，重点开发古街区杨家弄，城投回购，并准备购买几座古建筑移过来，准备建个综合性非遗馆。

我建议，第一，古街区改造之前要慎重，可以了解一下其他地方的古街区保护开发，以借鉴和参考，吸收人家好的做法，避免人家的失误和教训。第二，古街区业态调整，不能做成商业街。要体现街区的文化内涵，关注有效益的，也要关心没多少经济效益的项目，有点扶持政策。找个老宅院，办个书场，让海盐骚子等传统戏曲项目有个展示的平台，营造老年人的精神之家，也为古街区增添人文气息和生活气息。第三，非遗馆建设最好与古街区形成呼应，还要注重体验性、感受性、参与性项目的植入和布局，与旅游和产业开发结合。

2013 年 10 月 10 日　星期四

下午，赴景宁。

晚上，量体温，39.5 度。人在病中，实在没体能准备明天的讲话思路，本来有个基本考虑和构思，但缺少深入思考和了解，想翻翻各地的典型材料，但实在没有体力。

2013年10月11日　星期五

上午，全省县级区域非遗保护工作现场会在景宁举行。

景宁县依照"打造全国畲族文化总部"的战略定位，以大手笔做大文章，按照"非遗先行"和"非遗富民、非遗安民、非遗扬名"的工作理念，提出了以"抓保障、抓申报、抓建设、抓利用"为主要内容的"四抓"工作法，以"非遗项目申报制"为推力，掀起了新一轮非遗发展的新高潮。临安、象山、海宁、永康等县市交流经验。

我讲话的主题是做县域非遗事业创新发展的领跑者。强调要树立八大理念：主体在县，全域规划，保护优先，群众为本，特色取胜，融合发展，创新驱动，建功立业。

中午，量体温，39.3度。

下午，全省畲族文化乡镇长座谈会——以民族特色赋韵"不一样的畲乡"。

这个会议邀请全省各地18个畲族乡镇的乡镇长来景宁，目的有五：一是畲族乡镇"回娘家"，加强与景宁的联系；二是景宁进一步发挥畲族文化总部的辐射功能；三是各畲族乡镇交流好的经验做法，共同探讨解决面临的困难和问题，畅想未来；四是省厅也借此机会对全省畲族文化保护传承发展的情况动态有所掌握和了解，加强政策支持和推动的力度；五是期望全省畲族文化形成"明月高照、繁星点点"的景象。

我发高烧，头昏脑涨，实在撑不起来了，把想法跟汉明说，让他主持会议。

晚上，在医院挂针，挂到第三瓶，小护士量体温后说，温度降下来了，大家才放下心来。

2013年10月12日　星期六

上午，景宁东坑镇章坑村尝新谢祖大典。与会代表一起参加体验，共庆丰收，祈福感恩！

下午，全省美丽乡村建设中非遗保护工作现场会，主题为"美丽非遗进礼堂"经验交流。

建设 1000 个农村文化礼堂，是今年省政府十件民生实事之一。今年 3 月，省委宣传部在临安召开全省农村文化礼堂建设现场会。今年 5 月，省委办公厅、省政府办公厅下发了《关于推进全省农村文化礼堂建设的意见》。对于我们来说，肯定要抓住机遇，乘势而上！文化礼堂建设热火朝天，但文化礼堂总不能村村摆着同样的脸；设施为先，内容为王、为魂，文化礼堂如何体现出别具一格的乡村特色？融入非遗是绝妙的措施。

我"说文解字"，解读"文化礼堂"的定位：一是文化礼堂的核心内容在于"文"，以"文"为灵魂，引领内涵发展。二是文化礼堂的持久动力在于"化"，以"化"为功用，传递真善美。三是文化礼堂的关键要素在于"礼"，以"礼"为规范，提升群众素质。四是文化礼堂的重要特征在于"堂"，以"堂"为阵地，建设精神家园。

文化礼堂建设离不开美丽非遗，非遗保护与农村文化礼堂建设相结合，体现地方文脉、地方特色；将非遗融入美丽乡村建设，还能促进当地旅游业的发展，拉动内需，发展经济，非遗有很大的文章可以做。

2013 年 10 月 13 日　星期日

上午，从景宁返回杭州。

近期会议多：10 月 11—12 日，全省文化政务会议在武义召开，让戴炜荣参加；12 日，中国民间艺人节开幕式，让钱彬欣参加；文化先进县验收标准讨论会，让钱彬欣参加；10—12 日，第四批国遗项目申报培训班在西安召开，让叶涛、楼强勇参加；10—12 日，景宁全省美丽乡村非遗保护会议。

2013 年 10 月 14 日　星期一

上午，叶涛介绍了参加在陕西召开的全国第四批国遗项目申报培训班的情况，并告知：今年年底要评第四批国遗项目，明年评第五批国家级传承人。

10点，童芍素会长召集研究省民俗文化促进会事项，连晓鸣副会长、吴露生老师、我和叶涛等参会。商量了几个事：第一，今年年会暨研讨会。拟安排三项议题：民俗文化保护传承论文交流（29篇），传统节日保护基地交流（专题报告20篇），《浙江通志·民俗卷》编撰要求（11个市分卷作者）。拟安排三个主旨发言：传统节日与当代生活相结合（童部长）、农村民俗与美丽乡村建设（吴露生）、民俗卷编撰（连晓鸣）。我做研讨会小结，结合民俗文化村建设推动美丽乡村建设，使非遗成为推动民俗传承发展的平台。时间拟冬至前夕，与三门祭冬结合，在三门县举行。第二，理事更替，会员发展，明年换届准备。

下午，永嘉应界坑村麻福地等来访。我一直很关注应界坑村。这个村有6个乱弹剧团和1个木偶乱弹，平均一个团每年演出430场（下午场、夜场），一个团约40个人，每场收入在4000—6000元，村里每年演出收入有1亿多元。几位老人在退休老师的帮助下，已经整理了60多本戏，据说这个村能演出的戏在120出左右。应界坑村的乱弹为什么这么红？为什么不少专业院团办不好，他们自己发展的剧团反而很活跃？

我突然冒出了一个念头，准备明年初开三个戏剧现象研讨会：一是在应界坑开个研讨会；二是新昌调腔现象研讨会；三是婺剧现象研讨会。三个会形成系列，总结和推广系列经验，也企图解决一系列问题。

祝汉明起草第二届浙江省美丽乡村建设中非遗保护现场会纪要，我过了一遍。毛芳军起草浙江省畲族文化乡镇长座谈会纪要，我过了一遍。

2013年10月15日　星期二

上午，浙江日报社文化新闻部檀梅主任、记者曾福泉来访。檀主任说，省委宣传部鲍洪俊副部长提出，在《浙江日报》开辟浙江文化现象专栏，宣传我省文化领域发展繁荣兴旺景象。《浙报》拟定以非遗工作为开篇，采写一篇有思想高度、有挖掘深度的文章。

檀主任讲了几个问题：第一，浙江非遗工作在全国的位置，要有比较准确的表述，要表达特点性的东西，要反映工作创新，要有具体事例、人物，要有故事性。第二，明年戏剧三个现象的研讨，还有有关活动，《浙报》参与合作联办。应界坑村乱弹现象，体现了草根的生命力，非遗与泥巴乡土打交道，但活力还真在民间，给国有大团以借鉴。新昌调腔，一出戏带活一个团，重新复苏。浙江婺剧现象，浙江婺剧发展得这么好，对于越剧有没有警醒启示？越剧远离老观众，但又没有新观众，怎么办？这三个研讨会，建议时间上尽早，相对集中，《浙报》跟进性、密集性报道，然后再来商量怎么样让浙江的好腔调继续好下去。第三，百场戏剧送乡亲，或者与校园剧社联系在学校里定点演出，也可以夏天夜晚进城在固定地方演出，与纳凉结合。应界坑村等民间剧团的演出，总是走不出村子，要多创造条件推出来，进城展示。将剧团演出做成内容，然后在互联网上、在数字平台上联动。第四，杭州剧协主席赵志刚推崇传统戏剧时尚化，打算在小剧场设点，面向公众，每周办班，一招一式教越剧，而且策划了北山街"穿汉服游西湖"民国之夜活动。第五，关于财政要求非遗数据库与其他数据库归并建设问题。赵洪祝书记的批示，非遗具有世界人类文明传承工作的意义。数据库反映的是地域性工作，但这项工作的意义是跨越地域、跨越时代的。非遗反映的是传统，但也需要最现代化的手段，要符合大数据时代精神。非遗数据库与图书馆数据库可以兼容共享，但做的时候需要专业的队伍，而不是简单运用图书馆数据库的模式。要强调建立非遗数据库的必要性和专业性。第六，非遗工作有什么困难和问题，需要《浙报》反映和报道的，可以用"浙报内参"的方式向上反映。第七，民俗的呈现比较粗糙，但反映的是人的内心需求和合群的本质要求，民俗反映的是生命的起点和终点。第八，对传承人的关心做得很好，有些非遗项目不适应时代了，传承人坚守下去，有人会认为很背时，坚持下去很孤独，非遗干部关心他们，让他感受到有人与他做同样的事，有人很看重他，才感受到背后党和政府的关心和温暖。第九，省科协组织"科协＋"系列活动，包括科学会客厅、科学咖啡馆、科学连线、科学脱口秀、科学在现场等活动，是否要考虑举办"非遗＋"系列活动。第十，材料上，要几个数字，余杭、桐庐、景宁的典型材料，几个先进人物的事迹，景宁会上各地的交流材料。檀主任没有套话大话，娓娓道来，言语间，有许多智慧和思想火花，很有针对性和指导性，我很受启发。

下午，召开处务会。重点商量两件事：

一是第四批省级传承人公示后反馈情况及相关处理。反馈意见41条，涉及36个项目。集体逐条初步研究了相关意见，让钱彬欣再理个汇报材料。

二是各市推荐申报第四批国家非遗名录项目情况及研究评选方案。我省省遗788项，涉及保护地977个，各市按省遗1/10的基数申报，四舍五入，上报99项。下抄告单，同意各市正式提出申报，并于11月10日前正式报送申报书和录像。拟定从中评出30项正式上报文化部，备选30项。商量了评选工作节奏、评审标准拟定、评审会的组织等事宜。

全省尚有26个县（市、区）还没有国遗项目，有7个县（市、区）有可能实现零的突破：上城区的方回春堂，下城区的木版水印，拱墅区的元宵灯会，桐庐的剪纸，海曙区的董氏儿科，三门的祭冬，常山的喝彩歌谣。对于这次预推，是否准确和正确，有待检验，先立此存照。

2013年10月16日　星期三

今明两天，根据檀梅主任的安排，《浙报》记者曾福泉到余杭、桐庐采访，了解基层非遗工作情况，我处祝汉明、钱彬欣先后陪同。

与李虹、毛芳军、钱彬欣具体商量了浙江非遗十年座谈会事项。邀请参会的人选，很重要，这些人选应当具有代表性、先进性，应当有实践、有故事，也要有一定的表达能力。座谈会拟定于本月23日在省委党校举行。十年前的这一天，联合国教科文组织颁布了《保护非物质文化遗产公约》；2003年10月24日，文化部发文公布我省为中华民族民间文化保护工程综合试点省（浙江省、云南省）。

2013 年 10 月 17 日　星期四

上午，首届亚太非遗博览会开幕。亚博会由我厅会同杭州市政府主办，省非遗中心会同杭州市文创办等承办。

与李虹、蔡勤伟、楼强勇开了个碰头会，明确了非遗信息化建设汇报会要汇报和准备的工作的要求。一是全透明、全公开，全盘托出，全面汇报。二是重点体现和反映我们这一平台的科学性、可操作性和实用性。三是用实例说话，形象解读。四是信息化平台和非遗网新版设计，都听听意见，听取指导指示。五是在实际运行过程中有什么困难和问题，也实事求是一并反映，以供国家非遗数字化中心丁主任他们参考。

与叶涛梳理了第四批国遗申报的工作和问题。叶涛起草了补充通知，就有关申报过程中基层反映比较多的问题，作了说明和提示。我过了一遍，用抄告单下发。

浏览了非遗专项资金审计报告。这次非遗专项资金使用绩效审计，总体上各地资金的拨付、使用和绩效，都是好的，唯有对某地的审计，反映出有较严重的资金挪用现象。

2013 年 10 月 18 日　星期五

上午，我处在白马湖建国饭店召开了浙江省非遗信息化建设汇报会。中国非遗数字化保护中心主任丁岩、非遗司原巡视员屈盛瑞出席听取汇报，我处人员和非遗信息办人员介绍情况，并演绎了浙江非遗数据化平台以及浙江非遗网新版方案。信息办准备了一本浙江省非遗数字化保护平台建设汇报材料。

丁主任认真听了汇报，讲了几点意见：第一，非遗信息化功在当代，利在千秋，有意义，而且对每个人来说都是很好的机会。非遗是根，古人很有智慧，有很多能工巧匠，有不少天才创造，譬如上午亚太博览会上的木版水印、天竺筷、玻璃雕刻，生产生活中处处都体现了大师的绝活，非遗博大精深。我们从事非遗很幸运，了解不完，永远可做。第二，看了浙江非遗数字化的前台和后台，收获很多，很开眼界，大开思路，很有感触。六大数据库组成数据库群，比我想象的好得多，内容很全，框架构架很好，很不简单。有数据才有依据。建库的目的是传承弘扬，为今后多元化应用起到了关键性、基础性和引领性作用。浙江确实是领头羊。第三，数据库的建设，要体现科学性、实用性和安全性。要注意上传信息的安全，场面热闹的可公开，传承的核心技艺不能随意公开。还要注意网络的安全。第四，普查线索是基础，让我们知道要保护什么；非遗项目需要深入采集，还需要做专项采集，先把国遗187个项目做完。要采集什么，怎么采集，要研究和制定标准。国家中心正在做标准，要找准角度，制订技术要求，各方面要考虑周到。到去年底已完成74项输入。收集和整理好源数据和方方面面的信息，这比申报资料有价值得多。第五，拍摄系列非遗电影，这一做法很好，很有创新，扩大了非遗的宣传传播。许多非遗都很有故事，拍出来很漂亮，加工好这些素材，会很有表现力。在美国讲中国文化，从剪红双喜作为切口；讲篆刻，让美国人用土豆来雕刻，很有情趣，很受欢迎。第六，浙江非遗网在百度非遗官方网站排第二，排在国家非遗网之后，居各省第一，说明了点击率很高。第七，他从2011年4月开始到数字化中心工作，两年半了，还是个新兵，要多向浙江学习。非遗信息化建设，不是短期的，是长期的；短时间建成，资源全部输入不可能，这需要时间，是一项长期的工作，永远的工程。

屈司长讲了几点：第一，浙江非遗在各方面都走在前列，非遗数据库又开创了新局面。浙江做事向来很认真，这个工作团队很不容易，有一种可贵的精神、宝贵的品质，值得全国学习。第二，普查资料输入，对以后有目的保护意义很大，要进一步抓好。第三，项目的视频要更全面，要争取集中一个阶段把它做完，越全越好。设备要最好的，拍摄的图片、视频都要高清，既然要数字化，就要以最高水平做好，更好地服务社会。第四，信息安全，涉密的要保密，还要防止数据丢失。第五，争取三块经费，要争取列入文化部科技司的科研课题；要争取承担非遗司的任务；也要承担国家非遗数字化中心的开发任务，形成互补。第六，希望浙江把非遗数字化做得更好，做得更强、更大，起到引领全国和率先垂范的作用。

2013 年 10 月 19 日　星期六

中国文化传媒集团中传文创王永强董事长和江苏吴江沈馆长前来参加亚博会，并就手工艺网做了会商。我主要讲了几点：一是这个平台好，有利于手工艺从实体性展示展销到网络线上的展示展销，是个创新，也是很有益的探索实践。理论上讲，空间很大，前景广阔。二是不要嫌贫爱富，有利可图的事要做，也要关心草根项目，为他们打开市场创造条件，创造更多机会。三是不要急功近利，眼光要放长远，要循序渐进，要培育市场，市场做大了，经济利益也就丰厚了。毕竟是《中国文化报》办的网，还得注意形象。四是有些看准的项目，可以直接投资和策划设计，把它做大。五是我们支持这一工作，我们希望为上网上线的草根传承人做好服务。

参观亚太非遗博览会，逛了一楼和二楼的部分展馆。一楼的台湾馆展示茶香檀香，展位很雅致，板块也很大。其他的也都是各有特色，但展位都不大，展示的内容也都不多，没有现场演示。展位上多数是我们的志愿者，感受不到浓郁的地方特色。我们一群人，东张张西望望，买了一些小玩意。我还是很有收获，买了一块广东端砚，很喜欢；买了一条吉尔吉斯斯坦的围巾，准备送给诺妈；还买了尼泊尔木质的糖果盘，比较质朴，蛮好。举办亚博会还是很好的，没多少机会出国，这样逛逛也算是领略异国他乡了。

2013年10月20日　星期日

拟定于10月23日在省委党校召开"光荣与梦想"浙江非遗十年座谈会。起草"光荣与梦想"浙江非遗十年共识；准备会议材料，发布会议通知，确定和通知与会对象。

2013年10月21日　星期一

上午，金兴盛厅长主持召开2013年第16次厅长办公会议。听取我处"推荐申报第四批国遗项目工作方案"汇报。会议认为，我省国遗项目已实现三连冠，在前期工作的基础上，这次的推荐申报方案是比较全面的，非遗处要根据此方案做好相关工作：一是要注重推荐申报过程中的公平、公正；二是所推荐申报的项目要居全国前列，努力争取在第四批国遗申报工作中取得好成绩。

下午，听取非遗信息化课题组"浙江非遗信息化平台建设"方案汇报。林敏演示了基本思路和框架，分为7个版块：1.非遗保护公共数字化云平台：数字化加工处理云服务；2.非遗特色数据库系统：多媒体知识库；3.非遗展示与分享：互动门户、数字博物馆；4.非遗保护工作协作平台：普查、资料、申报、会议、交流、评审；5.非遗保护传承与教育平台：在线培训＋线下口传心授；6.非遗推广与交易平台：网络推广、电子商务、版权交易与版权保护；7.非遗保护开放获取与研究平台：在线浏览、知识检索、第三方应用接口、研究共享。

我在2011年12月召开的全省非遗信息化建设工作会议上，提出要建设平面架构的六大数据库，并提出要架构六大平台——数据存储平台、应用管理平台、服务共享平台、宣传展示平台、文化惠民平台、电子商务平台。这六大平台逐步递进。但是，当时只是提出概念和基本的想法，怎么样应用电子科技手段实施和实现平台功能，还没真正破题。希望有专业力量和技术支撑，来实现平台建设。

2013 年 10 月 22 日　星期二

起草《"光荣与梦想"浙江非遗十年共识——非遗事业的浙江展望（讨论稿）》。

十年，在历史的长河弹指一挥间，但对浙江非遗人来说，却是努力奋斗的十年，值得追忆！

十年来，浙江文化生态发生显著变化。非遗从社会新词到社会热词；从非遗项目"求生存"到非遗保护"求生态"；从散落遗珠到串珠成链；从非遗是一种元素到非遗成为一种时尚；从美丽非遗概念的最先提出到开展得如火如荼、形式多样的美丽非遗系列活动、系列行动；浙江从非遗资源小省变成资源大省。

非遗十年，非遗工作者胸怀理想、心怀使命，牢记职责、恪尽职守，敢于担当、积极作为，善于研究、敢于破题，艰苦创业、大胆创新，殚精竭虑、全力以赴，干在实处、走在前列，以饱满的政治热情和昂扬的精神状态投身于非遗保护事业，守护精神家园，成为全国非遗保护的排头兵、领头羊。

昨天的传说讲述着荣光，今天的故事续写着辉煌，非遗之光把梦想点亮，非遗之光把前方照亮。

2013 年 10 月 23 日　星期三

下午，"光荣与梦想"浙江非遗十年座谈会在省委党校举行。座谈会邀请了非遗志愿者和专家学者，回顾总结了浙江非遗十年的历程，并为今后非遗事业的发展描绘了蓝图。金兴盛厅长，省委党校、浙江日报社领导出席。

永嘉乱弹传承人麻福地介绍，永嘉乱弹为所在的村子带来了 1 亿多元的总产值；杭州小热昏传承人周志华介绍，一度受到冷落的小热昏，已经有了年轻的继承人；杭州利民中式服装厂厂长包文其一直相信，这种传统服装制作技艺还会再复兴；衢州白瓷传承人徐文奎明年就奔六十了，很担心这项技艺会彻底失传；泰顺药发木偶传承人周尔禄不怕挫折打击，传承保护以火药带动木偶表演这种珍贵技艺……

一个常见的事例、一个简单的数字，背后都是每个传承人独特而弥足珍贵的故事。

浙江师范大学省非遗研究基地主任陈华文说："只有保存文化的多样性，我们的子孙后代才有更多的选择余地。停水的时候，总要为后代留一口水井。"

金兴盛厅长说："今年是我省开展非遗保护工作的第十年，从加强抢救保护，到推进传承发展，再到彰显非遗之美转变，这是一个标志。21世纪初的非遗十年，是光荣绽放的十年；下一个十年，我们同样充满着期待。"

与会者讨论通过了《"光荣与梦想"浙江非遗十年共识——非遗事业的浙江展望》。光荣与责任同在，梦想与奉献同行。为了光荣与梦想，赤子之心已经滚烫。

2013年10月24日　星期四

周二到周五，厅人事处举办全省文化局局长培训班，我处安排祝汉明参加。参加会议的局长，有些来厅里"串门"。这些新局长都满腔热情想做事，很好。

海宁市局新任分管局长朱红和周郁斌来访。朱局长说，海宁江南水乡非遗馆总规划占地2.3万平方米，建筑面积1.4万平方米，一期面积8000平方米。建在盐官古镇，已经着手建造，由景区负责。海宁城关硖石镇南官巷规划为灯彩一条街，想引进各地的一些灯彩项目。我说，海宁有基础有条件，也有实力走在前列。现在又大手笔建非遗馆、建非遗主题街区，我们支持。希望海宁创建省级文化遗产保护模范区，成为全省的领头羊。

莲都区胡鞠萍局长来访。胡局长说，莲都还没有国遗项目，能沉淀下来的不多了，能经历时间考验的不多了，所以要重视加强对非遗的保护传承。莲都有跑马灯、采茶灯、荷花灯，非遗资源不少，抓紧挖掘抢救。区文化馆新馆在建，建筑面积1.09万平方米，使用面积

6000 多平方米，准备开辟非遗展示厅。我对胡局长有这样的认识，有
这么高的热情，有实在的措施，表示赞赏和支持。

2013 年 10 月 25 日　星期五

两家"主媒"凑巧都于今天开篇设立专栏，都以浙江非遗为
先导。

今天，《中国文化报》头版头条以"非遗十年，浙江写下精彩"
为题做深度报道，介绍浙江打造和打响美丽非遗品牌。编者按指出：
今年，在非遗保护重要时间节点的 10 周年之际，本报策划组织的"美
丽非遗·浙江行"专栏报道今日开始刊发。作为本报近两年来持续深
入开展基层采访活动的重要组成部分和"美丽非遗"基层行的开篇，
该系列报道将从浙江开始，对全国各省区市的非遗保护工作进行全景
式连续性深入报道。

今天，《浙江日报》推出系列报道"流芳——浙江文化新新现象
观察"，以浙江"非遗现象"为首例标本，记录、观察与思考。报道
题目《寻找浙江文化的入口和出口：拾"遗"十年》，其主题为："非
遗"有大美，拾"遗"已十秋。

今年非遗新闻宣传，第一冲击波：美丽中国需要美丽非遗；第二
波：政企联手，抢救濒危剧种；第三波：七夕节以及传统节日保护；
第四波：非遗十年，《中国文化报》开辟了美丽非遗地方行的专栏，
开篇为浙江行。

2013 年 10 月 26 日　星期六

省人大教科文卫委员会发布《关于我省"十二五"社会发展规划
（教育文化卫生部分）实施情况中期评估调研报告（征求意见稿）》，
其中涉及非遗内容，做了些补充，用数字说话。

省住建厅、文化厅、财政厅转发了第二批列入中国传统村落名录
的村落名单（浙建村发〔2013〕253 号），全国 915 个村落上榜，其中
我省有 47 个村上榜。家乡临海岭根村榜上有名。今年年初，省政府确

定了要做的十方面民生实事，其中之一就是农村历史文化保护和建设。既要保护古村落古建筑，又要改善村民生产生活的方方面面，"投下8个多亿，留住活的历史"。我省非遗工作也应当结合这一目标任务，确定历史文化村落保护的工作对象、主体和具体措施。

2013年10月27日　星期日

上午，去浙二看牙齿，孙伟莲医生专门加班，做了3颗牙的模子。总是太忙，看牙一拖再拖，酿成多颗烂牙的后果，小洞不补，大洞吃苦。所幸遇到医术高明又很有仁心的孙医生。

下午，看了冯小刚拍的电影《1942》。反映那年河南的大饥荒，国破山河在，国贫百事哀，饿死300多万人，流浪失所上千万人。影片从一个地主家的兴衰为主线，反映了国不国，家不家，倾巢之下安有完卵，人民的深重苦难。

70年后的今天，中央提出了中华民族伟大复兴的目标，提出了建党100周年全面建成小康社会，中华人民共和国成立100周年基本实现现代化的目标！中国梦，是几代中国人的夙愿和期盼！中华民族伟大复兴，匹夫有责，实干托起中国梦，脚踏实地加紧实现中国梦！

2013年10月28日　星期一

上午，我厅举办的浙江省非遗保护十大新闻人物评选和浙江省精神家园守护者荣誉奖评选，按照重新审批评比达标考核活动的精神，两选一，或归并。这两个品牌，去其一我都有点舍不得，非去掉一个，我拟保留精神家园守护者评选。精神家园是十七届六中全会和十八大提出来的，与非遗的关联度最密切；金厅长把文化工作者概括为和谐社会的建设者、群众幸福的传递者和精神家园的守护者，对于非遗工作者更有针对性。

下午，申报第四批国遗项目省专家初审会，请专家对各申报项目简介以及文本、录像修改，提出指导意见。每个大门类半天时间，分别为民间文学、中医药、民俗版块，表演艺术板块，工艺美术板块。

请各门类组长参加会审。

趁今、明两天各门类的主要专家来处里开会的机会，专家集体复审第四批省级非遗传承人公示名单反馈意见情况。

2013 年 10 月 29 日　星期二

今天一天，传统表演艺术和工艺美术两个版块，分上、下午，继续安排专家会审。专家总体上很了解项目，也都很认真，加上之前电子申报材料已发给专家预审，所以专家的意见很有针对性，效率也很高。

下午，杭州电视台新闻部朱主任、胡栗丹来访，商量两件事：一是大型电视专题片《竹子的变脸》策划方案征求意见，趁都一兵、王其全、林敏三位专家在，请大家提出补充意见。在方案基础上，大家讨论并罗列出内容，分为竹之居、竹之用、竹之食、竹之乐、竹之韵、竹之雅、竹之艺、竹之情等，与竹子相关的方方面面，林林总总，实在是琳琅满目。这一选题和切入点很好，大家建议不要做成宣传片，要做成人文篇，小切口小人物，不要就事论事，要体现人文情怀，一方面要讲许多传统竹艺，濒临消失，即将消亡，要触动心灵；同时要讲竹文化创意产业前景广阔，传统手艺可能变成现代化的产业，希望引起重视。

杭州电视台影视频道开辟了《当代手艺人》栏目，主题口号为"发现美丽，追逐梦想"。已拍摄 40 集，计划拍 100 集。之前，我处下了个抄告单，请各地配合，影视频道包揽了所有的工作。这种作为很难得、很可贵。

二是与杭州电视台商量开设"浙江好腔调"栏目，探讨合作可行性。第一，国家广电总局有通知，电视台公益类、文化类节目不能少于 30% 的量，这是个好契机，争取台里领导支持开设这一栏目；杭州网络电视台一并互动。第二，现在提倡"栏目活动化，活动栏目化"，活动与栏目互动，策划一些活动，找卖点、找亮点、找时间节点，不仅可以报道剧目演出，还可以报道拜师、专家访谈、讨论会等。第三，纯剧目演出观众可能兴趣不大，可以考虑把剧目分解，小切口，譬如亮嗓子，大家来竞技，像打造"好声音"一样打造好腔调。第四，譬如每周一期，周五周六周日都可以，但不用在黄金时段，黄金时段要拉广告。第五，希望有企业支持协办，如果有宣传文化经费补助更好！

2013年10月30日 星期三

今天，主要修改了2014年浙江省优秀传统文化传承体系建设（非遗工作）拓展年工作方案（草案），形成汇报稿。拟将浙江省优秀传统文化传承体系建设分三个五年计划推进。第一个五年计划，2013年为推进年，2014年为拓展年，2015年为深化年，2016年为提升年，2017年为跨越年。逐年深入深化，逐步转型升级。

2014年的四个季度，各有主题。第一季度：社会力量动员季；第二季度：非遗展演活动季；第三季度：非遗设施推进季；第四季度：非遗品牌建设季。通过四个季度的主题工作，拓展非遗保护力量，拓展非遗保护途径，拓展非遗保护阵地，拓展"美丽非遗"品牌影响力。

整理出全年非遗工作框架和具体事项后，感觉很亮眼。亮点层出不穷，反而把亮点都淹没了，全是特点就没特点了。但是，我们的非遗工作，依然要风生水起逐浪高，高潮迭起！

2013年10月31日 星期四

上午，省人大常委会副主任姒建敏和教科文卫委员会主任蒋泰维，副主任李霞、林昌建、吴天行、幽扬及办公室主任邵中等，走访我厅，听取全省文化工作的汇报，征求开展立法监督等工作的意见建议。金兴盛厅长、陈瑶副厅长及相关处室负责人参会。

金厅长汇报主要讲了四点：一是依法行政的情况及存在的问题；二是今后五年立法规划；三是2013年省人大代表建议办理情况；四是有关工作建议。金厅长说，文化发展，还在靠自觉的阶段，投入、考核、政策刚性不足。以前是"一公交二财贸，留点小钱给文教"。非遗，之前没有这项工作，现在工作量非常大。王淼这个处，整个工作走在全国最前列。

似建敏主任说，听了汇报，有几点感触：一是浙江文化工作走在前列，发挥了文化引领、文化支撑的作用，很欣慰。二是依法行政工作是不错的。自觉自省，积极推进。三是建议。体育有彩票，能否制定个文化彩票的法规。要借省委加强文化产业发展的决定，争取制定彩票法。国外成立基金会，通过民间捐赠，支持文化事业。要把文化产业集团抓好。我们关键在把设施造好，转塘浙江文化城、三个馆，要好好造。彩票、基金、集团，就这三样事。要通过政策激活，立法要有这种观念。四是今后多沟通。"两会"前，代表来视察，要说说困难，主动提出议案、建议，议案的质量要提高。五是凡是政府该承担的责任，政府不能推卸。

下午，2013 年第 17 次厅长办公会议。我汇报了 2014 年浙江省优秀传统文化传承体系建设（非遗工作）拓展年工作方案。

各位副厅长先提出意见。柳副厅长说，这是王淼风格的工作计划，全年排得满满的。明年"美丽非遗"要继续强化。陈副厅长说，2013 年全年工作满满的，每个月都很具体，在年初定好框架，有能力完成好。很高兴王淼启动优秀传统文化传承体系模范区工作，把文物融合在一起。明年的文化遗产日活动，可以考虑两家融合，上面两家主题不一样，怎么样把两个口号都叫响。赵副厅长说，非遗处四个季度和每个月的工作都做了安排，怎么样做到月月红、季季香，12 个月，在其中要设置高潮。黄副厅长说，非遗处提前两个月就排好了明年全年的工作，提前谋划的意识，是值得大家学习的。非遗产业化工作，可以跟新远文化产业集团合作。杨副厅长说，非遗处工作主动，工作计划性很强，工作落地，思路对的。下一步工作，要从申报重点转到保护弘扬，这是生命线。

金厅长说，建立优秀传统文化传承体系，是十七届六中全会、十八大提出的重要任务，也是文化厅的重要责任。非遗处谋划主动，计划实，推动有力，整个方案比较好，还要注意几点：一是整合，非遗活动本身要整合，非遗处与非遗中心要同向工作，要指导非遗中心工作；非遗处与公共文化处活动要整合，利用文化礼堂载体抓非遗的做法很好；与艺术处等有关处室工作要整合。二是按中央有关精神艰苦奋斗、厉行节约，节俭办活动。三是拓展年的提法，是不是再推敲？五个年表述上是不是科学？我省非遗工作水平已经处于全国前列，下一步要提升什么、完善什么？金厅长最后又强调：非遗处的工作精神，实在值得其他处室学习。

根据金厅长的指导意见，进一步斟酌推敲五个年的表述，拟改定为：2013年为推进年，2014年为拓展年，2015年为深化年，2016年为提升年，2017年为跨越年。

2013 年 11 月 1 日　星期五

上午，去拱墅区，商量一揽子事情：省非遗图书馆合作共建，明年的第九届省非遗节暨"浙江好腔调"启动仪式，周志华老开心茶馆经费补助和工作支持，杭州工艺美术博物馆非遗展示活动的配合和互动等。

区委书记许明专门安排时间和我商谈，拱墅区局长黄玲和我处祝汉明、李虹参加。许书记说：六件事照单全收。他说，第一，这几项工作，拱墅区积极配合省厅做好。合作共建浙江非遗图书馆，文广局要与省厅非遗处做好对接。第二，非遗工作抓与不抓不一样。非遗要传承、发扬，传承是根，发扬是魂。当年在余杭，关于塘栖三条半弄堂拆与不拆，争论很激烈。当时重视非遗，大家有了认识，幸好没拆。我们的小河直街、桥西直街，迁回老居民，就有生活气息，有文化气息。第三，吕祖善老省长说：杭州文化看拱墅，拱墅文化主要体现在运河、非遗、市街。通过元宵灯会，政府平台引导，百姓参与，把资源盘活了。第四，老开心茶馆在起步时要扶持，用政府采购的办法支持曲艺的演出和传承，文广局要帮助联系旅游团队去体验和参观。第五，"浙江好腔调"启动仪式，就放在拱墅区。拱墅运河广场每周举办越剧大舞台，包括小百花等剧团来演出；运河边有个文化大戏院，民国时期建的，环境很好。室内室外的演出场所都有。第六，文化就是人的活动。"人"字，一撇是长城，一捺是运河，拱墅就在捺上。地理方位上，拱墅是地标，拱墅在京杭大运河的最南端。运河是活的，是沿线数百万人民共同享用的。

许书记对非遗的认知很高，他讲的不少观点，对我也很有启发。

下午，郭艺、许林田汇报全省非遗保护培训班方案，这个班拟定11月20日在桐庐举行，大议题为"非遗保护"，小议题为"美丽乡村非遗保护"。商量了培训班的讲课内容、议程安排、讲课老师、参会对象等。我的意见是，这次培训班的讲课老师由我们自己工作系统的省专家担任，郭艺讲生产性保护，许林田讲非遗信息和论文写作，祝汉明讲美丽乡村非遗保护，叶涛讲非遗项目申报，李虹讲非遗资金申报和使用管理，裘国樑讲非遗保护的形势和任务，再请柳副厅长在开班仪式时到场讲个话，我在结业式上强调一下。

晚上，处里开会，讨论文化部非遗司管理处发来的《国家级非物质文化遗产代表性项目管理办法（征求意见稿二稿）》。司里要求马上反馈。这个征求意见稿分5章共46条，打印了13张纸。总体上看，这个稿子已经很全面、很细致，也很实际，很有针对性和操作性，起草稿子的同志花了不少心血。加强国遗项目的保护管理很重要，出台这么一个规章很必要。我把感觉还有些问题的地方先标出来，提出修改意见，再听听大家的意见。希望这个文件更具可行性和更有利于操作，有关表达更清晰、明确。

2013年11月2日　星期六

上午，赴兰溪指导调研。

中午，考察诸葛村，蓝局长和村里的诸葛书记等陪同。村里利用原来的小学校舍，建了个乡土文化展馆，这是一个有机组合的多功能馆，分九个展厅：综合概貌、农耕与家族文化、手工业与商业、年节习俗、婚庆与寿庆、文化教育、家谱、中药业、戏曲。这个展馆内容丰富，涉及面广，展品实物据说近2000件，全部是从村民中收集来的，每一份展品都是一个历史故事，都是一段历史的明证。诸葛村在近700年的发展中，承载了很多的文化元素。这个展馆展示的知识内容不仅仅关于建筑和村落整体，还关于历史上村民们的生活状态、生产技能、文化创造和思维方式等等。绕村里游览了一圈，诸葛村村落布局奇巧，高低错落，气势壮观，结构别致，轮廓优美，很经典。

开了个座谈会，大家对于诸葛村文化生态的整体保护充分发表意见。内容包括：非遗的活态展示，与旅游开发的结合；乡土民俗馆内容的丰富、布局的调整；产业的开掘发展，中医药文化的开掘发展；如何从游到旅，留住游客，开发游艺游乐项目吸引孩子；夜间非遗活动，游览线路的指引标识；诸葛亮文化的内涵支撑，风水八卦天人合一理念的传播，旅游口号的提炼宣传，新媒体宣传等方面。大家各抒己见，供兰溪方面参考。

我讲了几点：第一，做大诸葛亮文章。进了诸葛村，只见古村，不见"诸葛亮"。应当有关于诸葛亮的专门展示。第二，做活民俗文章。如果二十四节气在诸葛村很完整，活态传承，那非常有价值，要做好"过节到诸葛村"的品牌。第三，做强中医药文章。诸葛亮留下"不为良相、便为良医"的遗训，诸葛村不做好中医药太可惜、太遗憾。第四，做优非遗产业文章。要做好旅游，没有产业支撑，做不强；没有产业，老百姓没有更多收入。要推出一批与诸葛亮有关的旅游产品。第五，做好旅游文章。乡土文化馆很不错，有相当规模，结构布局也很不错，但是内容为王，只有静态的展示，没有动态的展演展示活动，没有体验互动内容，就没有太大的吸引力。

之后，参观兰溪水亭畲族乡小学，孩子们正在排练断头龙。断头龙有历史典故，很有教育意义，同时，舞龙表演对于孩子们的身心培育和锻炼强健体魄都很有益。

2013 年 11 月 3 日　星期日

上午，参观兰溪博物馆和芥子园。这两个地方相连，环境不错。但是，博物馆的结构不合理，一般的展馆都是一环扣一环，环环相连，兰溪馆东一搭西一搭，缺少气脉、缺少浑然一体，也缺少让人震撼或是让人印象突出的展品和布展效果。芥子园很秀丽，但是里边也没有专门关于李渔的介绍和陈展，感受不到主题园林应有的主题彰显。我对博物馆的结构布局和展陈，以及怎样吸引人气，提出了意见；对芥子园如何彰显李渔文化提出了建议。

参观完之后，回杭州。

下午，祝汉明说，想在桐乡三馆新馆开馆的时候，在非遗馆举办一个全省非遗图书大展和评选活动，也为省非遗图书馆征集书籍。这一想法很好。我说，可以作为 2014 年美丽非遗赶大集的启动，首场就赶"书集"，这也是赶大集，但又很别致、很新颖，出乎意料。

2013年11月4日 星期一

早上,《浙广早新闻》报道,富阳有120多家造纸企业,富阳位于钱塘江中上游,污水直接影响当地的用水质量,造成严重污染。我之前还以为富阳就三家造纸厂,相互竞争,原来纸厂如此之多。早新闻说,夏宝龙书记强调,抓治水就是对浙江未来负责,对子孙后代负责。要通过治水的倒逼,以壮士断腕的决心淘汰落后产能,以治水治出转型升级,恢复老祖宗留给我们的青山绿水。我们往往讲非遗的传承发展,但要从大局上着眼,关注传统造纸产业的关转停和转型发展。

下午,叶涛起草了第二届浙江省守护精神家园荣誉奖评选的通知。首届评选,当时主要考虑非遗领域的"五老";这次拟将文物结合在一起,涉及文物局,关于评选标准、名额分配、材料报送、评选组织等,都要融合体现,要进行协商。文物与非遗,是一个事物的两个方面,分工不分家,花开两朵各表一枝,结合融合是对的,何况精神家园的建设也主要包括了两方面的力量。我过了一遍通知草稿,让叶涛发给文物局综合处征求意见。

义乌市文广新局分管局长朱局长来访,就义乌的非遗保护工作征求意见。朱局长说,义乌只有一个国遗项目(义乌道情);义乌非遗保护中心机构不独立,没有政策,没有规划,没有场地,与兄弟县市差距很大。虽然义乌地位特殊,但每次参加会议,没底气。他说,义乌在建文化馆,规模很大,准备其中5000平方米办非遗馆,但是刚挖地基,可能会有变数。

我提了几点建议:第一,义乌应当建一个综合性非遗馆。每年的义乌文博会,其中非遗博览会都是亮点,招揽人气,为什么不办一个永不落幕的非遗馆?第二,其他博览会展示的是产品商品,非遗是艺术品、文化品,既然非遗这么受欢迎,可以跟产业结合、跟文化创意结合,做成非遗产业创意园区。依托大市场,做大做强。第三,宁波是国家计划单列,义乌是省里计划单列,地位特殊,义乌要有舍我其谁的勇气，要出成绩、出经验，走在前列。

晚上，修改季海波与台湾教授合作的廊桥图文集的后记。我与海波、小毛三个臭皮匠，深更半夜了，边改边议，边议边改，用散文诗的笔触，用凝练的词句、抒情的文字修改，加了一个标题："山里人的脊梁"，形容廊桥的傲世雄姿。

2013 年 11 月 5 日　星期二

上午，第四批浙江省级非遗传承人名单公布，有 197 人，前三批为 738 人，减去已过世的 51 人，四批合计 884 人。

省档案局业务指导处何力迈处长来访，商量合作共建省非遗档案馆的具体方案，并就非遗信息化相关资料拷贝等事宜提出要求。合作共建省非遗图书馆的初步方案已拟就，将与拱墅区进一步磋商。省非遗档案馆的共建方案，我也很着急，但实在调整不出精力起草，要抓紧倒腾点精力，商量和提出具体的构想和构架。还有，非遗档案馆与非遗图书馆的功能职能区分，管理机制的异同等，也需要研究。

与季海波、祝汉明、李虹商量补上 2002 年至 2005 年非遗十件大事，要抓紧找档案找资料，每年排出十件事来，再征求各地意见，敲定编出四期图册。非遗保护以来，我们有着较强的档案意识，但是没有固定的工作人员和条件，就像猴子掰苞米，边掰边丢，要找补材料照片还真不容易。

2006 年以后，我处每年公布浙江非遗十件大事，并编辑了图册。2013 年的非遗十件大事及图册，也要抓紧了。这样，非遗十年，十本画册，作为非遗十年生动历程的历史见证和真实写照。今年，专门组织举办了 56 个省级传统戏剧图片展，效果很好，也要汇编成图册。

下午，召开处务会。一是排一下近期工作。二是商量《中国文化报》"美丽非遗基层行"赴浙采访事宜。三是我省申报推荐第四批国遗项目评审会准备事宜。

晚上，起草"浙江打响美丽非遗品牌——2013 年厅非遗处工作总结"。主要有十个方面内容：第一，开展浙江省优秀传统文化传承体系建设（非遗工作）推进年系列活动；第二，在新春，开展了两项网络寻访"美丽非遗"活动；第三，举行以"共享美丽非遗，梦圆美丽浙江"为主题的第八届浙江省非物质文化遗产节系列活动；第四，举行以"美丽中国与美丽非遗"为主题的中国非物质文化遗产保护（余杭）论坛；第五，开展以"美丽非遗 魅力戏剧"为主题的浙江省濒危剧种守护行动；第六，开展以"美丽非遗 魅力戏剧"为主题的浙江省濒危剧种守护行动；第七，"美丽非遗 活态传承"在全省形成良好态势；第八，举办亚太传统手工艺博览会；第九，"美丽非遗"为浙江美丽乡村建设"锦上添花"；第十，举办"光荣与梦想"浙江非遗十年座谈会。今年的工作，用"美丽非遗"贯穿始终，主题鲜明，凸显形象，做大品牌，影响广泛。

2013年11月5日　星期二

上午，我和叶涛，与省文物局综合处长钱剑力，讨论浙江省守护精神家园荣誉奖评选方案，重点推敲和研究了评选对象、评选条件、评选程序、表彰宣传等。拟定文物与非遗分头上报材料，分别推荐，有分有合。增加网络投票环节，集聚人气，也借此扩大文物网和非遗网的宣传。拟定推迟到明年年初发文部署，明年文化遗产日揭晓颁奖。几年一届待定。

下午，改定《2014年浙江省优秀传统文化传承体系建设（非遗工作）拓展年工作方案》。让小毛走OA程序，抓紧送审。

2013年，我厅部署开展了浙江省优秀传统文化传承体系建设（非遗工作）推进年活动，取得了显著成效，特别是打出和打响了"美丽非遗"品牌，成为非遗工作的新热点。

党的十八大报告提出了"建设优秀传统文化传承体系，弘扬中华优秀传统文化"的重大任务，加强非物质文化遗产保护，对优秀传统文化思想价值的挖掘和阐发，维护民族文化基本元素，是构建优秀传统文化传承体系的重要内容，也是最重要的基础性工作。我们在构建优秀传统文化传承体系上发挥主力军作用，责无旁贷、理所应当、在所不辞。

<u>2013 年 11 月 6 日 星期三</u>

厅里一位处长来我办公室，他说："我从来没看见你闲的时候，要么在这个房间，要么在那个房间，什么时候你都是在电脑前写稿子。"他这句话倒真是讲出了我的特征。我与李虹、海波聊起这个话题，李虹说："我们去计财处办事，去厅领导那里送个文件，都是小跑着走路，这么多的事情等着，来不及做，所以走路步子都很急。"李虹这句话，倒又讲出了我们处里工作忙碌的状态。我们浙江的非遗人始终以一种忧患意识，以一种使命感、责任感在工作，在忘我工作！

厅里下发了《2014 年工作思路调研方案》，其中我处报的调研课题"浙江省濒危非遗项目生存现状和保护对策研究"被列入。

厅办要求报送文化工作提速增效方案，祝汉明起草稿子，我过了一遍。提速增效重在系统思维，理清逻辑，找到方向，岗位设计，流程再造，团队建设，注重整理，制度化，让工作简单。

<u>2013 年 11 月 7 日 星期四</u>

上午，厅机关党委胡雁书记从收发室取来《浙江日报》给我看，第七版刊登了《省直机关党员干部践行群众路线先进事迹》，分为四个专题：一是爱岗敬业，默默奉献。典型有省委办公厅苏崇东、省检察院褚建新。二是勇于创新，开拓进取。典型有省国土资源厅孙乐玲、省文化厅王淼。三是心系百姓，服务社会。典型有省文明办顾承甫、省妇联金洁。四是不怕危险，敢于担当。典型有省环保厅张诚、省林业厅贾伟江。

下午，萧山区新任局长董局长等来访。萧山按照省厅要求举办区非遗十年纪念活动，专门策划了一个"美丽非遗 美丽萧山"第四届萧山区非物质文化遗产展示活动方案，包括非遗大展演、书法篆刻中坚作品邀请展、非遗保护研讨会，时间定在 12 月 27 日。对于我厅要求各地举办非遗十年纪念活动的精神，萧山积极响应，具体谋划和实施，很好。

董局长提到，今年5月以来，萧山每个周末都有周末剧场，请周边剧团来演出。希望省里"浙江好腔调"在萧山设一个展演点。并提到萧山的绍剧团办得不错，演出也蛮正常。我之前不知道萧山还有绍剧团。

我讲了几点：第一，非遗大展演，节目不少，门类不少。建议通体构思，分几个版块，有机组合，形成系列，再定个主题，这样效果更好。第二，"浙江好腔调"，可以考虑萧山设一个展演点。第三，建议萧山建一个综合性的非遗馆，各地水涨船高，多个地方有大的设想和规划，萧山不能落后，萧山应该前瞻。第四，区非遗中心只有一个编制，不能适应形势发展需要，在杭州各城区中是唯一的三个编制以下的，要抓紧争取增编。第五，萧山的地位，决定了萧山应当出成绩、出经验。相比余杭、鄞州，甚至全省面上，萧山不显山不露水。应该做好规划，找准突破口，承办省里的会议或活动。

富阳周局长、庄局长和渌渚镇杨书记等来访，就孝子湾建设征求我的意见。渌渚有个孝子周雄，据说宋、元、明、清历代皇帝敕封了11次。当地恢复了四个牌坊，建了孝道，建了孝子祠和周雄纪念馆，建了孝星广场；当地还有一座周显灵王庙，每逢三月三、九月九，香客盈门，有上万人。我一直很关心渌渚，前些年我厅在富阳召开第四届浙江省非物质文化遗产保护论坛，主题是孝文化。对于渌渚孝子湾的建设，我也是希望推动发展。渌渚换了三任党委书记，他们都很重视很支持孝子湾建设。

我建议：第一，明年九月九敬老节，做大文章，大做文章。可以争取与省老龄委等共同举办。孝子湾各项建设要加快节奏。第二，内容为王，在乎硬件，更在乎软件和活件。建议组织一个全省性的孝文化主题传统工艺美术作品征集，这样孝子祠和周雄纪念馆就有丰富的展品了。只有建筑是不够的。第三，孝子祭要有仪式感，还要吐故纳新，古为今用，与时代相适应，与社会生活相协调，要体现教育意义、体现核心价值。第四，发展孝文化产业，促进孝文化旅游。打响口号：杭州有个太子湾，富阳有个孝子湾。

2013 年 11 月 8 日　星期五

上午，与毛芳军去永康。到永康已是下午 2 点半，中饭也没来得及吃，先参加永康市五星社区小东陈第二届文化节暨金华市婺剧擂台赛开幕式。永康翁卫航局长、省婺剧促进会副会长黄大同和我先后致辞。金华市人大常委会副主任杨守春、金华市局局长钟世杰参加。中月五星民乐团开场演出，这是一家企业办的民乐团，有四五十号人，有指挥、演奏，阵容齐全，像模像样，正规正式。据董事长俞朝忠说，一个团一年支出上百万元。团里还引进了一位河南豫剧团的，以及若干艺术院校的学生。

小东陈村今晚将举办婺剧擂台赛，村里在一个硕大的操场搭起了九个舞台，乖乖，好大的气势！

金华九个县市区的婺剧团将同时登台亮相，这个阵势，难得一见，我们能够想象出晚上九个剧团的相互比拼，热闹非凡。

2013 年 11 月 9 日　星期六

上午，在书店，看到一本书《十年——从改变电视的语态开始》，作者为中央电视台副总编辑孙玉胜。这本书不是讲十年的历史，而是讲背后的理念、故事。

这本书对我很有启发。21 世纪初的非遗十年，对于非遗保护历程来讲，甚至对于中华民族文化复兴来讲，都是非常值得记忆和纪念的。我恰巧这十年没有记工作日记，现在想想真是遗憾。我当时考虑到会议上的讲话都有录音，这些讲话讲课基本包容了整个工作内容，对于细枝末节的事情不记也罢，省略掉也无所谓。现在回过头来看，只有宏大叙事是不够的，当时的思考，当时为什么这么做，当时怎么样破解疑难杂症，怎么样创造条件奋勇开拓，那些理念、思考，那些见仁见智，那些艰辛困难，那些背后的故事，那些细枝末节，恰恰是最可宝贵的，恰恰是最感人和最打动人的。透过现象看本质，这些琐碎、这些过程，这些感受和感悟，反映了其间的艰苦卓绝，反映了其中的不简单、不容易，也真正传递了我们非遗人的精神和追求，体现了浙江非遗人的使命和担当。

2013年11月10日　星期日

今天一天，召开我省申报第四批国遗项目专家评审会。柳河副厅长讲话，我介绍了具体评审方案，厅监察室主任胡雁列会、童部长、尤炳秋、黄先钢等50多位评审专家参会，10多位见习专家帮助工作。评审按十大门类分组，每组有五个以上的专家。各组专家都很认真，讨论很热烈，对于有的项目意见一致，有的见仁见智，难以取舍。我先听取了表演艺术版块五个组的情况反馈，再听取大民俗版块三个组的情况反馈，最后听取工艺美术版块两个组的情况反馈。

各市按省遗项目及保护单位十分之一的比例，向上推荐申报国遗的项目，我厅要从各地推选的100个项目中，评选出正式推荐项目30个，备选项目30个。综合各方面因素，对于一些可上可下的、一时难以取舍的，也同意先参加申报材料加工会。确定了12个项目参加加工候补。

2013年11月11日　星期一

上午，起草在桐庐全国剪纸大赛开幕式上的领导讲话代拟稿。

下午1点，我和祝汉明、毛芳军去桐庐。《中国文化报》副总编徐涟、新闻部副主任焦雯，从北京到杭州转桐庐，我抢先一步在桐庐高速口接上徐总编等。桐庐王樟松局长、郑琳副局长陪同考察荻浦村。荻浦是上个月在桐庐召开的全国农村人居环境建设工作会议现场考察点，果然名不虚传。两年前，我曾来过荻浦，当时还很冷清，村庄环境还没有整治，还有点乱。去年11月，我厅在桐庐召开全省美丽乡村建设中非遗保护现场会，安排会议代表考察荻浦。今天故地重游，村口的老樟树、风水林，郁郁葱葱；环村水渠中的水很清澈，红鲤鱼在水里欢畅游弋，真是好风光好风水。鹅卵石子路把村里游览线路勾连起来，几处水塘，让村里呈现出灵性，几处古建筑、古戏台，呈现村里的历史和古朴。新的民居也错落有致，拆违很见成效，处处有绿化小景和窗台的盆景，呈现出欧洲小镇般的风情。最别致的是村里的一处牛栏咖啡屋，以前是关牛的，现在布置得很有情调。小村庄真的很精致，大家感叹村民好幸福。我还是有点遗憾，村里的非遗、乡土风俗等老底子传统文化体现不够。传统村落，不能仅仅体现在老房子上，还应该体现在传统的文化表现形式上，否则，只有整洁的人居环境。

晚上，听取桐庐王局长、郑局长关于明天剪纸活动开幕式准备情况的汇报。

2013 年 11 月 12 日　星期二

上午，参加桐庐"神州风韵"全国剪纸大赛开幕式。桐庐县长、黄健全副厅长、徐涟副总编致辞。

参观剪纸作品展，作品琳琅满目，丰富多彩，各种题材，各种切入点，反映美好生活，展现美好追求，共同烘托建设美丽中国的宏大主题。扬剪纸国粹，展神州风韵。

徐总编等下午去泰顺。我与毛芳军去天台，之后再赶到泰顺会合。

下午，天台县委宣传部举办宣传文化系统培训班，我讲了一课，主要围绕贯彻落实党的十八大精神，重点讲述乡土文化资源的挖掘和利用，推动优秀传统文化的传承发展。我用十个结合去讲述，用些实例、事例去佐证。我也希望，通过一些讲座去宣传非遗工作的重要性，给各地一些启发和指导，进一步激发和唤起基层同志们的工作热情和激情。

之后，去泰顺。

2013 年 11 月 13 日　星期三

上午，在泰顺县泗溪镇，举行第五届中国泰顺廊桥文化节开幕式。阴雨天气，开幕式从广场转换到文化礼堂进行。

会议代表观看了泰顺宣传片。泰顺生态绝佳，清冽的空气，甘甜的水，优美的风光，最美的廊桥，让大家对泰顺很神往。县委、县政府提出旅游主业化、全域景区化的理念，泰顺的发展掀开新的篇章。开幕式上，举行首届泰顺廊桥之子十大人物颁奖仪式，获奖的人物有推动廊桥成为世遗的专家，有守护廊桥30年的老干部，有廊桥营造技艺的代表性传承人，有推动廊桥申报与保护的非遗工作者，也有编撰出版解读廊桥书籍的文化遗产工作者，有开办廊桥网站扩大传播的企业家等。其中，非遗干部季海波、薛益泉上榜。

老外代表那辛良致辞。他说："有老外说，看了廊桥，死都值得了，希望与廊桥长住同在。我联想到有媒体记者现场观看象山开渔节时，说有一种想哭的感觉。心灵深处的触动，心灵的震撼，体现了文化的力量！最能打动人心的是文化，只有文化才能深入人心、才能触及灵魂。我又联想到前年2011年我在第三届廊桥文化节上的致辞。我说，要感谢五老：老天爷、老祖宗、老艺人、老专家，还有老百姓。如果今天我致辞，再加一个'老'——老外，促进廊桥文化的对外传播。"

中国民间文艺家协会分党组书记罗杨致辞。他说：绝代有佳人，幽居在深谷。廊桥像一本书，记载历史；像一幅画，绝代风华；像一首歌，歌咏廊桥当代风采。他说营造一座廊桥，也就是修建一条心灵回家的路，修建一条百姓精神的廊桥。一个国家，只有重视文化的力量，才能有内生的力量支撑。

徐涟总编致辞，她说，泰顺的父老乡亲好有福啊！她以邂逅廊桥匆匆过客的身份，阐述了对于廊桥惊鸿一瞥的感受。她说：廊桥是连接古今的桥梁，是沟连交通的桥梁，是联通友谊的桥梁。让我们"追梦廊桥，诗意栖居"。这八个字可以作为泰顺的广告词，很好。

开幕式后，会议代表考察泗溪下桥沿街的泰顺手工艺展示和木偶戏表演。特别是北涧桥的文化空间，山水交融，桥与自然相得益彰；碇步龙的表演，别具一格，别有风采。绝佳美夹的风光，温暖感人的人文，诗意和谐的栖居，生态真好，环境真美。泰顺廊桥，不仅有勾连交通的功能，其巧夺天工的技艺，风姿绰约的造型，与自然融为一体的美景，让人叹为观止。

中午，徐涟总编接到报社电话，匆匆从泗溪赶往温州，乘飞机回北京。

下午，出发到景宁。到了景宁一个村落，已天黑，畲族妇女唱着畲歌献上彩带，端来热茶。参观了省级传承人蓝延兰的畲族彩带工作室。

晚上，考察景宁畲族博物馆。夜色中，灯光折射下的博物馆和边上的文化馆，很夺目、醒目。大家在博物馆会客室观看《千年山哈》录像片。大家有很多感受、很多话题，形成几个小圈子畅谈。夏局长和非遗中心项主任与北京的两位记者焦雯、吴艳丽介绍起景宁的非遗工作，很专注、很投入。我与《今日浙江》的戴主任、景宁朱局长聊到非遗工作。朱局长说，非遗工作要注重本土化，地方的东西地方要重视。排舞到处都有，不是自己的东西。景宁最大的亮点就是非遗。他说非遗要有形化，文化礼堂不能空心化，要用非遗去丰富和彰显。朱局长说，他想编个《畲族礼仪大全》，把这些礼仪保存下来，传承下去。这些礼仪最具民族性、地方性，是最传统的东西，也是与众不同的东西，把它们整理出来，去掉糟粕，进一步程序化。我觉得这个建议非常好，人生有许多礼仪在里边，很有意义。景宁不但有夏局长，还有一个非遗工作者的群体，大家都满怀热情，满腔激情想做事。

景宁畲族博物馆，大家看了都说很好，但是这次太匆忙，只好下次再来好好看看。要了解一个地方，最好的方式和途径是看当地的博物馆，当然还有以后的非遗馆。景宁博物馆办得很好，在我的概念里，景宁全域就是没有围墙的非遗馆。

2013 年 11 月 14 日　星期四

上午，《中国文化报》焦雯等四位记者深入景宁东弄村采访蓝陈启。她 70 多岁了，是畲族民歌的国家级传承人，是畲族文化的代表性人物，曾有六位省委书记去过她家看望她，铁瑛、李泽民、张德江、习近平、赵洪祝、夏宝龙都去过她家，墙上挂着照片。她是畲族歌王，张口就来，随口能编能唱。人很慈祥，每次见到都感到亲切。我今天没陪着记者去，但相信记者们会很有收获。

中饭后，小毛陪着四位记者赴临海。我和文物局吴志强局长回杭州。到杭州已傍晚6点半了。

2013年11月15日　星期五

今天一天，召开我省申报第四批国遗项目材料加工会。分三个组，叶涛具体负责。我召集全体开了个会，讲了话，主要三层意思：

第一，不仅要把项目找准，还要把项目做好。项目是不是具有重要价值，是不是具有典型性、代表性，是不是具有实力，是不是具有核心竞争力，这些是关键。项目的申报文本和申报录像做得是否到位，能不能为我省国遗申报工作再次走在前列作出贡献，也是关键！申报是目标不是目的，申报是为了更好的保护，我们要通过申报促进非遗项目的保护，这才是非遗工作的根本！

第二，对专家来说，两句话。一句话，我们要尊重专家。专家鉴宝，一锤定音！行家一出手，就知有没有；我们项目申报就是要请专家把关、专家指导。另一句话，专家要走正道，要讲公道。专家是行家，专家不能成为"砖家"；专家要讲职业道德，要讲艺术良心，要公正公平，要主持公道，要传递正能量。我们要把最有实力和竞争力的项目推出来、推上去！

第三，处里应当自我监督，自我约束。作为公务人员，要有自己的底线，有自己的原则。我们要维护非遗系统评审工作风清气正的形象，要维护我们非遗干部为民务实清廉的形象，不要搞得乌烟瘴气的。希望大家相互监督！

具体评审会我不参加了，回到厅里，一天都很清静。我就希望营造这么一种风清气正的环境。

下午，与李虹准备几个材料，包括专项资金审计综合报告。

晚上，召集几位骨干，一起学习十八届三中全会精神。今天，新华网发布了12日三中全会通过的《中共中央关于全面深化改革若干重大问题的决定》全文。林敏就报告的主要观点逐条做了"通报",大家反响热烈。这个报告,改革的决心前所未有,改革的力度前所未有,改革的举措前所未有,昭示了我国改革开放事业将掀开新的篇章,掀开新的局面。我正在考虑11月20日全省非遗保护工作培训班上的讲话思路,绞尽脑汁,颇费踌躇。《决定》的有关表述,突然给我灵感,突然点醒了我,让我一下子贯通了,我就在这个班上讲讲学习十八届三中全会《决定》的体会,这是最新的也是最重要的精神!当然,《决定》统揽全局、协调各方,包罗万象、博大精深,文化只是其中的一个方面,当然是重要的方面。

要站位高点,才能找准当前和未来一个时期非遗事业发展的定位。

2013 年 11 月 16 日　星期六

下午,去绍兴,与媒体采访组会合。《中国文化报》焦雯等四位记者从临海至绍兴。观看了绍兴非遗十年宣传纪录片,听了绍兴市非遗工作面上情况的介绍。绍兴这个纪录片,分为源、寻、传等几个篇章,真实、亲切、自然,乡土气息和地方风情浓郁,对非遗十年的工作历程做了一个形象、真切和完整的阐述记录。

晚上,与几位记者商议和探讨了报道选题。关于绍兴市,我觉得可以从节庆、戏曲、非遗馆三个节点阐述和宣传。关于临海,可以从历史文化名城、名村的历史遗迹保护,非遗活态传承,非遗融入百姓生活去报道。关于景宁,可以从畲乡人民珍爱自己的文化、畲族文化表现形式全面恢复和活跃,促进非遗与旅游的融合,创新措施调动全社会的热情和共识去表达。关于泰顺,可以从古今辉映、文旅融合、天人合一、中外交流去宣传。关于综合稿,可以从浙江上下同心,顶层设计与尊重基层的创造结合,以村为基础、县为关键、省级统筹,来考虑思路。

2013年11月17日　星期日

上午，媒体采访组考察绍兴市非遗馆和柯桥区非遗馆，我和市局胡华钢副局长、范机灵处长、吴双涛主任陪同。绍兴市馆位于市区中心市文化馆，开馆已三年。一楼为手工艺展示区，数位艺人进行捏面人、泥塑、棕编等现场表演；二楼为传统表演艺术展示区，主要为图板、实物、场景展示；三楼为小剧场演出，有绍兴平湖调、绍剧、绍兴滩簧三个表演类项目在表演。绍兴平湖调的演员来自各行各业，有老师、银行职员等，一穿上长衫旗袍，就进入了场景、情景，脱离了城市生活，进入了艺术的境界，慢条斯理、如痴如醉，很风雅。一见到绍剧十一龄童刘建扬，大家就为他炯炯有神的眼睛所吸引。他表演的猴戏，一招一式、一举一动，惟妙惟肖，的确是六龄童的嫡传真传，绝了！绍兴市文化馆新馆即将落成开放，文化馆老馆址将整个置换为市非遗馆。

考察绍兴柯桥区非遗馆，陈副局长、非遗中心王雷主任陪同。柯桥非遗馆开馆已两年，馆面积不大，1000平方米左右，但螺蛳壳里做道场，整个馆功能结构有序，展示内容丰富，展品陈列和介绍有特色。馆外的空间很大很空阔，环境很好。柯桥馆两年前是全省领先的比较成熟的县级非遗馆；两年后看，应当有更为宽阔的空间来展示非遗的活态传承，应当有新的布局。绍兴县已有新设想，准备在柯桥古镇建一个更大规模的综合性的非遗馆，将更有人气。绍兴市非遗馆和柯桥区非遗馆都将面临升级换代的问题，以顺应形势的发展，顺应群众的需要。

下午，《中国文化报》焦雯、《人民日报》吴艳丽返回北京，《今日浙江》戴天才、《文化月刊》苏唯谦也返回杭州。大家都感觉很有收获，浙江各地非遗的兴旺火热，各地非遗人的勤恳努力，浙江非遗的浓郁氛围，感受真切、感受良多，言辞间充满着褒扬，大家都表示要做浙江非遗保护的志愿者！焦雯说，要我们给她颁一个志愿者证，编号为230001号，也就是浙江23万非遗普查大军之后的坚定加盟者和志愿者。

2013 年 11 月 18 日　星期一

上午，叶涛起草上报省政府我省推荐申报第四批国遗项目的请示；小陈起草要求各地上报 2013 年总结、2014 年计划的通知；李虹起草要求各地做好省委党刊《今日浙江》"美丽非遗"栏目 2014 年征稿工作的通知，我过了一遍。与祝汉明、李虹讨论了《舟山锣鼓》《舟山渔民号子》书稿质量。

下午，浙江卫视新闻中心记者谷坚、贾佳来访。我向他们介绍了 2014 年我处一年四个季度的工作安排。他们对非遗、对我处明年的工作充满兴趣、充满热情，届时及时做好沟通，借助于卫视新闻的力量，做好宣传。

李虹起草关于做好《浙江省非遗代表作丛书》第三批国遗书系编撰出版工作的通知，我过了一遍；并与李虹起草本批次丛书厅领导前言代拟稿，这是本套丛书的第三个前言。

2013 年 11 月 19 日　星期二

上午，关于第四批国遗申报，我厅给省政府的请示，给文化部非遗司要求追加申报名额的请示，以及申报事项，向金厅长汇报，经审签报出。

桐乡吴利民局长、张琳副局长来商量桐乡非遗馆开馆及"赶书集"相关事宜；建议做个纪念章（非遗赶集·书市/桐乡）。商量《精神家园》杂志编辑出版事宜。

下午，浙江电视台科教频道王戈刚导演等前来讨论 2014 浙江非遗电视春晚，特邀邵仲凯、李发明参加。

杭州电视台影视频道节目部祝主任、胡栗丹来访，商量"浙江好腔调"，建议开辟专栏，贯穿全年。

晚上讨论非遗赶大集活动方案，拟定这次赶集为"赶书集"。李发明提出"百千万"：百册精品评奖，千种典藏精选，万卷荟萃赶集。

还缺个主题，缺个响亮点的主题口号。

2013年11月20日　星期三

中午，去桐庐。

下午，全省非遗干部培训班开幕式，我主持，桐庐周副县长致辞，柳河副厅长讲话。之后我讲第一课：《在共建中共享　在共享中共建——学习十八届三中全会精神的一点体会》。

这次省里的培训班，我的意见是，不请国家专家，由处里和中心的同志担任培训老师。浙江省里的专家完全有实力讲课，要培养自己的专家，要依靠自己的力量。

2013年11月21日　星期四

上午，罗列了今年非遗工作十件大事。拟定为：1.实施浙江省优秀传统文化传承体系建设推进年（包括召开推进会、第二届县级区域非遗保护交流会）；2.濒危剧种守护行动；3.中国非遗保护（余杭）论坛；4.以"美丽非遗"为主题的第八届省非遗节系列活动（包括浙江年俗、非遗春晚，《今日浙江》开辟"美丽非遗"专栏）；5.实现省、市、县三级非遗机构全覆盖；6.强化非遗保护传承（公布第四批省级传承人、开展服务传承人月活动、公布第二批省级非遗传承教学基地，各地与开展农村实用人才培训结合）；7.推进美丽乡村建设中非遗保护工作（包括畲族文化乡镇长座谈会、非遗与文化礼堂建设结合）；8.非遗十年系列活动（包括开展精神家园守护者评选活动）；9.亚太非遗博览会；10.新闻媒体宣传浙江非遗工作（包括美丽非遗浙江行开篇、浙江文化现象开篇）。排名暂不分先后，表述上再推敲。

下午，厅里拟出台《贯彻落实中央十八届三中全会精神和省委十三届四次全会精神　深入推进文化体制机制改革创新的实施意见》，并要求报送"深入推进文化体制机制改革创新项目规划一览表"。依照新的精神，参照浙江省非遗事业发展"十二五"规划，修改相关内容，按表格要求填报。拟定"浙江非遗传承发展创新规划"，具体实施八大计划：第一，浙江省非物质文化遗产抢救保护计划；第二，浙江省非物质文化遗产活态传承计划；第三，浙江省非物质文化遗产生态区建设计划；第四，浙江省非物质文化遗产展示共享计划；第五，浙江省非物质文化遗产生产实践计划；第六，浙江省非物质文化遗产研究应用计划；第七，浙江省非物质文化遗产制度建设计划；第八，浙江省非物质文化遗产可持续发展计划。并对具体内容、分期推进目标等做了具体计划。分为三个阶段：近期目标（2014 年）、中期目标（2017 年）、远期目标（2020 年）。

2013 年 11 月 22 日　星期五

上午，去桐庐。

下午，参加全省非遗保护工作培训班结业式。郭艺主持，6 位学员代表交流参加培训的心得和学习体会。给学员代表颁发了结业证书。

我在会上扼要总结了 2013 年非遗工作，介绍了 2014 年工作安排。

2013 年 11 月 23 日　星期六

上午，在家里翻看旧报纸，有用的信息先撕下来，分门别类，整理留存。各级各部门关于学习领会三中全会精神的文章，值得参照；各地的工作创新和推进举措，值得参照；与非遗相关的信息报道，也值得借鉴参照。一是时不我待，二是本领恐慌，三是要与时俱进。体现改革创新精神，不看报不行，不了解新精神不行，不思考新举措不行。看报、看书的时间实在太少，分身无术，精力有限，只有靠挤海绵的办法。

下午，与祝汉明、季海波、毛芳军去省新闻出版局，与范春梅副局长等商量三件事：一是对社会力量建设中国非遗谷方案进行讨论；二是就明年初浙江非遗赶大集启动暨赶书集活动方案，听取范局长意见，拟请联办；三是《精神家园》杂志拟申请内部刊号。

对于中国非遗谷方案，大家提了一些意见建议。我讲了几点：第一，要领会和结合三中全会精神，与杭州世界手工艺之都的建设结合，要让世界手工艺之都通过非遗谷落地，成为常态化的非遗博览会。第二，非遗谷的目标定位，包括名称、建设方向、规模等。第三，功能结构设计，要有老百姓喜闻乐见的手工艺、民俗风情体验，要引进大师和传承人坐镇，要有非遗创意产业的开发，还要有精品力作的展示馆。第四，要结合旅游设立婚俗、敬老、风味小吃等吸引杭州百姓和游客的项目。第五，设计活动要有创意，扩大宣传和影响。第六，要通过新媒体和网络宣传和促销。我们支持社会力量在杭州办一个全国性的或全省性的非遗展示传播综合体，只要有利于促进非遗事业发展，为全省各地的非遗项目搭建平台，为非遗展示提供阵地，为宣传浙江非遗提供窗口。

2013年11月24日　星期日

与季海波、毛芳军讨论泰顺非遗工作典型经验的专题报道，拟题为《泰顺：文化与旅游融合发展的美丽之路》。我加了篇评论"走出文化与旅游融合发展新路"。

泰顺提出"旅游主业化、全域景观化"理念和目标，推动文化与旅游融合发展。45座廊桥蜚声中外，118个非遗项目熠熠生辉，每年180万人次游客纷至沓来……文化魅力得到彰显，文化与旅游结合让百姓得实惠、民生有改善，泰顺走出了文化与旅游融合发展的特色之路。

2013年11月25日　星期一

上午，起草我厅《深入推进文化体制机制改革创新的实施意见》（非遗部分）。

下午，召开处务会，商量年底及2014年第一季度工作。

本月底和12月工作，主要有：第一，省纪委要求报送开展提能增效集中行动总结材料，总结具体做了哪些方面工作，有哪些特色做法和工作亮点，通过集中行动取得了哪些成果，特别是量化的成果，建立健全了哪些长效机制；第二，省农办关于美丽乡村建设规范（村级版）省级地方标准（讨论稿）征求意见；第三，本厅深入推进文化体制机制改革创新的实施意见及改革创新项目表（2014 年至 2020 年），提供内容；第四，第四批国遗项目申报工作，确定正选推荐项目和备选项目；第五，拟定《浙江通志·非遗卷》编撰大纲，并送审；第六，本厅若干非遗规范性文件（草案）征求意见和修改；第七，省民俗文化促进会年会，12 月 21 日（冬至）在三门召开；第八，2013 年度工作总结，2014 年度工作计划。

2014 年第一季度重点工作：部署开展第七个浙江省服务传承人月系列活动；第二届省非遗电视春晚，1 月 20 日左右举行；第九届浙江省非物质文化遗产节暨"浙江好腔调"系列活动启动仪式；浙江美丽非遗赶大集启动仪式；浙江非遗保护志愿者社团建设经验交流会。

晚上，讨论《浙江通志·非遗卷》编撰纲目，程建中、祝汉明、王其全等参加。程建中传达俞文华在《浙江通志》第二期编撰业务培训班上的讲话和潘捷军在第三次编撰业务研讨会上的讲话。俞文华主要讲通志的总体框架和编撰思路，潘捷军主要讲编撰工作中需要注意的几个问题，指出：通志不是断代志，通志不是部门志、行业志、专业志。编撰文献时限要长，视野要宽，史料要实。要贯通古今，略古强今。

在大家学习领会《浙江通志》编撰工作总体精神之后，我和各位认真讨论了一遍祝汉明起草的非遗卷编撰纲目（第二稿）。

2013 年 11 月 26 日　星期二

上午，省旅游局规划发展处处长张雄文和陆处长、王处长等来访，本厅产业处何蔚萍处长、石海频副处长、市场处王华副处长，我和祝汉明参加。

旅游局张处长说，本月底省政府将召开旅游发展大会，就文化与旅游的融合听取意见，并商量有关举措。具体为：一是做规划。旅游局拟定了一个文化旅游发展规划，文化方面提出修改意见。二是搭几个平台。旅游局与相关部门推出了工业旅游、乡村旅游、红色旅游、体育旅游、中药旅游等，与文化厅公布了两批非遗旅游景区。设想共同开展文化旅游示范区评选工作。三是搞活动。之前自娱自乐多，两家能否结合，做好策划，把档次拉高。四是出书。整理一批文化旅游结合的案例，编撰出版，供各地参照借鉴。张处长说，浙江山水都是与人文融合的，两相结合，互动双赢，文化与旅游是孪生体，只有旅游，没有文化则没有魅力，只有文化，没有旅游则缺少活力。他说，2013年浙江游客有4个亿，在全国排名第三。

何处长介绍了文化产业发展情况，与旅游结合的一些案例，提出编撰文化旅游典型案例分析，开展非遗旅游评选，会同做好文化旅游示范区评选，集聚文化产业，开拓旅游市场。

我讲了几点：第一，文化部、国家旅游局专门出台了文旅融合发展的指导意见，十七届六中全会对非遗与旅游的结合做了强调。第二，我省率先进行非遗与旅游融合实践，早在2006年省两办印发的浙江文化大省建设八大工程中，就明确提出建立一批省级非遗旅游景区。省文化厅与旅游局已公布了两批非遗旅游基地。第三，民间故事、传统手工艺、演艺产品、节庆等民俗活动，都与旅游密切相关，非遗与旅游相互促进。第四，与明年的工作安排结合，建议每年一个切入点，可持续。第五，旅游靠文化丰富内涵，文化靠旅游扩大传播。建议我省出台文旅融合发展的指导意见，或会签战略合作协议。

下午，与浙江电视台科教频道王戈刚导演、祝汉明等商量第二届非遗春晚方案。春晚到底做综合性的，还是做"浙江好腔调"，抑或做非遗主题歌曲专题晚会？经过左右权衡，决定还是做非遗主题歌曲。

2013年11月27日　星期三

上午，全国省非遗中心主任培训班、国家级传承人培训班在杭州开班，马盛德副司长讲课。

下午，全国省非遗中心主任培训班，刘魁立先生讲课，我主持。刘老有长者风度、学者风采、强者风范、行者风骨。

2013 年 11 月 28 日　星期四

上午，浙江省推荐第四批国遗项目终评会。

下午，浙江省艺术职业学院青海文化干部培训班讲课。

青海是多民族省份，有汉族、藏族、回族、蒙古族、土家族、哈萨克族、撒拉族等民族，青海不同的民族有不同的文化传统，保持着独特的、丰富多彩的民族风情和习俗。

我简要介绍了浙江非遗保护情况，着重结合青海情况提出建议：做强民族特色，做好项目申报，做实基地建设，做大产业发展，做靓宣传平台，做足政策文章，做响节庆品牌，做赢"非遗＋"。

晚上，对《浙江省文化厅贯彻落实党的十八届三中全会和省委十三届四中全会精神深化文化体制机制改革的实施意见（初稿）》中的非遗方面，做了补充。

2013 年 11 月 29 日　星期五

上午，厅人事处杜处长发来《浙江省基层文化队伍建设研究报告（征求意见稿）》。省编办事业处郑万尧、吴宇光处长，厅人事处杜处长和相关业务处室，曾于今年上半年赴基层调研。我在"机构人员编制过少与所承担的职能不相匹配"部分和"规范机构，合理配备人员编制"部分，增加了些非遗方面的内容。与李虹之前起草了《浙江省非遗保护机构和队伍建设情况调研报告》，并草拟了《关于加强我省市县非遗保护机构和队伍规范化建设的意见（草稿）》，再做了些修改和补充，提供给厅人事处参考。

厅人事处杜处长发来"规范评比达标表彰活动"的方案，拟报厅党组审定。涉及非遗方面的，拟归并并保留的为：整合设立"浙江省精神家园守护者荣誉奖"；拟转为业务性评审项目的为：省级非遗保护传承基地、非遗薪传十大名师评选；拟取消的为：省非遗宣传报道奖、非遗教育普及活动先进评选等；拟争取设立的为：省级优秀传统文化传承体系建设模范区评比项目。

下午，浙江省美丽非遗摄影大赛作品评选，由永康承办。特邀盛昌黎副主席、龚吟怡副部长到场指导。盛主席说：非遗的摄影大赛，内容要体现非遗，这是核心；作品内容要体现非遗的内涵，而不是几个手工艺摆件，要体现非遗活态传承的特点，还要体现非遗背后的精神。然后才是构图、用光等摄影的技术、技巧问题。盛主席讲得很到位，而且很专业。这次参赛的作品，总体上感觉缺少有震撼力的作品。盛主席建议我们办培训班，这建议很对很好。

晚上，吃过盒饭后，海波他们把大家叫到一起，意料之外，小钱捧上一束鲜花，小陈递上一盒蛋糕，大家唱起了生日歌，祝福我这位老人的生日！我倒忘了明天就是生日了。早上，管美华老师代表厅工会送来一枝玫瑰和一份生日礼物，组织的关怀温馨感人。这时，我才想起是生日，但之后一忙起来，我又忘了生日了。承蒙海波和大家记挂着，他们的情意暖人心！我又心里有点愧疚，平常我对大家只是在工作上高标准、严要求，生活上实在是不大关心大家。

今晚8点，我带着蛋糕、鲜花和贺卡提早回家了，诺妈和诺在家里又给我准备了一个蛋糕，还特意给我买了一件紫红色的羊毛衫，我当时就换上了，很漂亮。充满温馨和温情的生日，让我陶醉。人老了，对生日和过生日真是无所谓的，但有亲人、友人记挂着，又是多么幸福。

2013年11月30日　星期六

今天是我52岁生日，同意诺和诺妈的安排，给自己放假一天。上午吃过面条，与家人去江洋畈生态公园晒太阳。从南山路往江洋畈方向，沿途阳光照耀下的梧桐树、枫树，树叶斑驳陆离，色彩斑斓。江洋畈是一处原生态的湿地景观，边上是中国杭帮菜博物馆。我们找了一处能晒太阳的地方，打开自己带来的帆布小凳子，拿出花生、榛子等零食，悠闲地晒晒太阳看看书。难得与家人一起休闲，难得有晒太阳的机会，真的好惬意！

2013 年 12 月 1 日　星期日

下午，去浙江大学医学院附属第一医院看牙齿。小洞不补，大洞吃苦；牙疼不是病，痛起来真要命。孙伟莲医生帮我补上了牙齿。天热了，医院里都是人，也有很多牙科病人。孙医生看起来很疲惫，她对谁都很认真，和蔼可亲，而且医术很高明。其实，身边处处有最美浙江人。

2013 年 12 月 2 日　星期一

上午，召开 2013 年第 26 次厅党组会，传达省委十三届四次全会精神。省委指出：按照"一三五"时间表分步推进，到 2015 年，《决定》提出的一批改革具体项目取得突破性进展；到 2017 年，在重要领域和关键环节改革上取得决定性成果，基本完成《决定》提出的改革任务，为到 2020 年形成系统完备、科学规范、运行有效的制度体系打下坚实基础。

厅党组会对我厅《贯彻落实中央十八届三次全会和省委十三届四次全会精神，深入推进文化体制机制改革创新的实施意见（草案）》作了讨论。

厅党组会研究了我厅做好评比达标表彰活动核查和规范工作。金厅长强调，第一，思想上，要与省委精神统一，认真做好清理和规范。第二，体现文化工作特点。哪些项目保留，保留得要有智慧。有些归并，有些转为业务性评审项目，有些调整为非政府主办评选项目。第三，充分发挥社团、社会中介的作用。

非遗方面，一是建议将各类非遗传承传播基地，统一纳入浙江省优秀传统文化传承体系建设模范区创建项目，归并并加以保留。二是浙江省非遗保护十大新闻人物、浙江省"精神家园守护者"荣誉奖评选，整合为浙江省"精神家园守护者"荣誉奖。三是取消省非遗宣传报道奖、优秀传统文化教育普及活动先进评选、春节文化特色地区评选。

下午，我厅委托的三个会计师事务所对全省重点抽查检查单位非遗专项资金使用情况的审计报告，分别反馈我厅。李虹整理了三个审计报告提出的问题，起草了《关于2010—2012年中央、省级非遗专项补助资金使用情况的检查报告》，我认真过了一遍。

存在的主要问题有：第一，部分专项资金财政部门未及时足额拨付。第二，部分专项资金，文化主管部门未及时足额拨付至项目单位。第三，部分专项资金使用进度缓慢。第四，对专项补助资金未按项目单独核算。第五，专项资金未真正做到专款专用，存在统筹使用、变更资金用途的情况。第六，财务核算欠规范，财务监督有待进一步加强。第七，地方项目配套资金未落实。

这次对中央和省级非遗专项资金的拨付和使用情况进行自查和抽查，为我处主动提议，旨在切实加强非遗专项资金的使用绩效，并督促各地建立当地的专项资金，以及落实项目配套资金，为非遗事业发展提供财力保障。抽查中反映出的问题不少，甚至有点严重，发现问题是为了解决问题。审计报告提出了8条整改建议，要督促各地举一反三，推进问题解决，推进事业发展。

晚上，程建中老师起草了《浙江通志·非遗卷》编撰纲目（第三稿），我过了一遍。祝汉明起草了拟明年初举行的第九届浙江省非遗节暨"浙江好腔调"开幕式方案，我过了一遍。

2013年12月3日　星期二

上午，推荐申报第四批国遗项目的申报片，我处再次逐个过了一遍，柳河副厅长参加。申报片形象、直观地反映项目的表现形式和特征价值，在国家评审中极为重要和关键。全省上报文化部的名额只有30个，我不得不慎之又慎，反复比较，慎重遴选。

下午，趁相关方面人士都在，召开三个专题讨论会。

第一个议题：讨论第二届省非遗春晚方案。

浙江电视台科教频道王戈刚导演拟出了第二届省非遗电视春晚方案，大家讨论很激烈，各抒己见，展开头脑风暴，迸发智慧。王导提出了节目框架，由大型节目、小型节目、非遗十年 VCR、非遗人物现场采访、新春送福现场互动、公益广告等组成。晚会分多个表演区，有多视点，这台晚会将在 800 平方米的演播厅演出，时长为 75 分钟。

邵仲凯提出，这台晚会的目的是什么？应该是宣传、教育、弘扬。要体现浙江非遗最典型的符号，将原生态、新奇特、代表性、新挖掘结合，将看点、卖点、亮点结合。晚会不仅仅是看艺术表演，还是数家珍、亮宝贝，展示要有知识性，表演要有观赏性，采用与以往不同的表现形式，形成晚会不同的特点。

李发明提出，要有点有面、有源有流、有轻有重，各种手工艺分区展示，服务屏幕前的观众。

张卫东提出，做好一头一尾，中间节目支撑，马年说点马，可以让余杭高头竹马、淳安竹马、鄞州云马在马年春晚亮个相。奉化布龙也一起亮相，体现龙马精神。

我讲了几点：第一，核心主题一定要是非遗，主题歌要体现非遗，体现非遗项目、非遗十年。第二，要好看，要有原生态的节目、创新的节目，体现薪火相传、发扬光大。第三，要体现非遗人，包括传承者、保护者、志愿者，共同守护精神家园。第四，要体现春节味，如春联、灯彩、拜年、马年。第五，不要豪华、奢侈，专业院团的、群星奖的项目尽量不上。第六，舞台演出引出背后的场景，譬如舞台上一个戏剧节目，电视屏幕为人山人海看戏。

今天重点讨论方向、板块、节目、设计，兼听则明。

第二个议题：讨论第九届省非遗节暨"浙江好腔调"系列活动开幕式方案。杭州市局非遗处，拱墅区、萧山区、上城区，以及绍兴市、柯桥区相关人员参加。

原计划在拱墅区运河广场民国大戏院举行开幕式，杭州若干城区联动，或者在绍兴市设主会场。鉴于种种因素，我决定启动仪式就放在文化礼堂。

"浙江好腔调"要尽量展示浙江戏曲风采。省里启动主场演出活动，全省 11 个市设分会场，各个有条件的县设子会场，全省上下联动，实施百场大戏送乡亲，在各地的村文化礼堂和企业文化礼堂开展活动。活动在各地应当跟正常送戏下乡演出结合起来，形成声势和态势。

第三个议题：讨论浙江非遗图书馆共建方案。

拱墅区陈展副局长介绍了几个情况：一是拱墅区局成立了筹备小组，黄琳局长任组长；二是原区图书馆届时搬迁到新馆，运河广场的老馆腾出来作为省非遗图书馆，总共2500平方米，包括运河文献馆、一个报告厅、一个临展厅，场地可在2014年底置换腾出。边上的运河博物馆有些功能厅，也可以共享。三是涉及编制、人员、经费。拟争取编制10人，经费预算为500万元，其中老馆重新装修300万元，每年购书100万元（拱墅区图书馆2013年的购书经费为60万元），人头费和日常运行经费100万元。

我的意见是，第一，定位是一套班子、两块牌子，省非遗图书馆暨拱墅区图书馆运河馆区。第二，管理，拱墅区为主，省厅非遗处协调和指导。属地管理为主，我兼筹备小组副组长。第三，明确责任。拱墅区负责人财物和日常运行管理，我处负责统筹图书文献资源建设。拱墅区先拟个合作框架协议草案，相互讨论形成一致以后，分别报送主管部门审定，再签合作协议。第四，文献资料，部分进入同城通借通还；部分哪里借哪里还，不流通；部分作为特藏可查阅，不外借。第五，非遗图书馆的功能结构，再专题讨论，应当包括非遗文献、非遗图书、非遗音像、网上非遗图书馆等。第六，要有过渡馆，藏书体系要分步充实起来，拱墅区馆的进书结构要突出非遗，非遗图书馆的人员要先进入角色。

2013年12月4日　星期三

上午，临安省级文化先进市验收。验收组通过听取汇报、查阅资料、暗访，详细了解了创建工作情况。充分肯定临安文化先进市创建工作，同意通过验收。

金兴盛厅长指出：创建过程中，临安的文化工作亮点频现，在全省率先提出并实践农村"文化礼堂"建设，成为全省文化工作的一大亮点。通过创建工作，临安文化设施、群众文化、服务队伍、遗产保护、文化市场规范化建设等方面取得了明显进步。他希望临安在今后的文化工作中，要处理好改革与发展的关系、悠久历史传承与现代文化发展的关系、设施建设与管理利用的关系、管理与繁荣的关系、政府主导与群众主体的关系、当前工作与长效机制的关系，使临安文化事业发展迈上新台阶。

下午，处里再次开碰头会，对拟推荐申报第四批国遗的项目，再过了一遍。特别是反复比较部分感觉可上可下的项目，再三权衡，非常慎重地再次拟定了拟正选申报的30个项目名单。并对备选的10个项目进行了比较和排序，将其余备选的20个项目，按门类排序。我们必须本着对厅党组高度负责的精神，公正公平对待每一个申报项目。

与叶涛就拟正式报厅长办公会议审定的正选和备选项目清单，送金厅长预审。金厅长非常公平公正，不介入任何一个具体项目；金厅长高度信任我们，我们不能辜负这份信任，也不可辜负厅长对于我省申报第四批国遗工作继续走在前列的期待！

2013 年 12 月 5 日　星期四

上午，"浙江省非遗代表作丛书"第二批国遗第二批次书目35本，封面图案和封底的项目概要，再会审一遍。浙江摄影出版社林青松对35本书的封面设计作了说明，我和大家逐本提出意见。35本书中有30本的封面设计做适当的调整。

上海市非遗立法调研小组来浙江"取经"，了解我省非遗地方立法工作。上海市局非遗处处长杨庆红、政策法规处调研员施福平等一行9人，我与他们举办了座谈会，叶涛参加。

我讲了几点：第一，我省非遗条例为全国第七个非遗保护地方法规，综合和整合了兄弟省地方法规的优点和好的表述，某种程度上讲是集大成者。第二，立法工作的成功，关键在于省政府法制办和省人大教科文卫、法工委两个专委会的共识和大力支持，和省人大、省政府领导的重视支持。第三，突破一些政策性的难题，是一个不断争取和妥协、磨合的过程，要坚持，才能达到目的。譬如人财物保障，有刚性的要求，对于事业发展提供了有力保障。譬如几个纳入，譬如各类保护基地建设。第四，一时还不能明确明晰的工作，在条例中埋下伏笔，可以借题发挥，大做文章，做好文章。譬如文化生态区建设。第五，要把有关部门套进去，浙江条例点了17个部门，涉及了各有关方面一应人等。其中，条例总则中有一句，"任何单位和个人都有保护非物质文化遗产的责任和义务"。也就是你我他都有责任和义务。第六，上位法已有的业务方面的，不一定重复，不要管住自己，要管人家；国家没有体现的，特别是事业发展保障方面的，是重点。通过立法强化文化行政部门非遗保护的职能。

下午，2013年度第20次厅长办公会议、第27次厅党组会议。其中，涉及我处的有两个议题：提请审定我省申报第四批国遗项目名单；艺术处起草的《关于进一步加强我省地方戏曲剧种保护和扶持工作的意见》，提交审议。

关于第四批国遗申报工作，我从以下三点作了汇报：

第一，我省申报第四批国遗面临的形势。第四批与前三批国遗项目申报比较，有几个新的特点：一是限量上报。各省30个。二是前三批申报，浙江重要的、有影响的项目，多数已上报、已上榜。第四批申报时，有分量、有冲击力的项目，相对要少。三是兄弟省醒过来了，有后发优势。相对资源大省，相对民族省份，在资源上看，在文化多样性上看，我省不具优势。四是我省第四批国遗申报，没有了资源优势，唯一优势在于领先于其他省份的申报经验。我们把项目选准，把申报文本和申报录像片做好，以我们认真的态度，以我们对资源的挖掘，以我们的抢救保护和传承发展成效，应该能在评审中再次脱颖而出。

第二，我省第四批国遗项目申报情况。一是各市申报情况。这次国遗申报，共有788个省级项目，979个保护地，各市按10%的比例推荐，共100个项目上报到省里。二是省里评审工作情况。首先，省里组织专家评审委员会，将 100 个项目分为 10 个门类讨论评审，评出拟定正选 30 个，备选 30 个。各组专家提出评审意见，每个项目 5 个专家签名。其次，我厅组织申报项目申报材料加工会，重点对正选项目的项目简介、申报录像，提出修改完善意见。然后，再次组织专家评审委员会各门类组长审核修改后的项目申报文本和申报片，对拟正式推荐项目做了微调。最后，我厅向省政府递交了申报第四批国遗项目的请示报告。正选 30 个，正备选 10 个，排序；另外备选 20 个。如果文化部放开，我们就按排序报。省政府文件也排序。

第三，我们不辜负厅党组的高度信任。一是金厅长和厅党组高度重视第四批国遗项目申报工作，高度信任我们。我和我处的同志不辜负金厅长和党组的信任，非常认真、非常慎重对待每一个项目。二是对我们来说，项目是否有重要价值、是否有实力、是否有竞争力、是否能够上榜，是唯一的衡量标准。我们尽可能站位高点，从文化部的视角、国家专家的视角审视每一个项目。三是前三批国遗申报三连冠，第四批国遗项目申报，能否继续走在前列，再创新优势，我们既充满信心，又有很大的压力。我们尽力而为，尽最大的力量争取。

几位厅领导发表了意见。柳副厅长说，非遗处工作很主动，在文化部文件下达前，在 5 月就下发了申报工作的预备通知，在莫干山举办了全省国遗项目申报培训班，在整个评审过程和工作环节上，都认真把关。尤炳秋副巡视员说，非遗处在国遗申报上非常有经验，整个工作非常认真，浙江的申报材料可以作为全国的申报范本。陈副厅长说，浙江的国遗申报，已经穷尽资源了，我们不一定要提争取四连冠，我们要重点在怎么样保护好上创造经验。

金厅长说，非遗处谋划超前，认真细致，标准把握严格，同意申报项目。我们要把重心放在保护上，在保护上继续创造经验。重点要处理好四个关系：一是申报与保护的关系。二是保护与传承的关系。三是保护与利用的关系。要注重非遗资源的开发利用，发挥好功能作用，把资源优势转化为发展优势，包括转化为经济优势。但要强调，是在保护下的开发，开发是为了更好的保护。四是优势项目和弱势项目的关系。对于自我发展能力超强的项目，我们应当关注，但可以放手；对于弱势的、濒危的、要抢救的项目，要体现政府的作为，加强保护措施，传承历史文脉。

关于艺术处起草的地方戏剧保护的意见草案，我提了点意见，提出应当注重处理好几个关系：一是体制内与体制外的关系。应当最大限度激发民间活力，体现社会公平，促进多种所有制共同发展。二是剧种与剧团的关系。扶持地方戏剧，要重视专业院团，也要重视小剧种和民间剧团。三是扶强与扶弱的关系。要锦上添花，也要雪中送炭，对濒危剧种不能春风不度，要支持出精品、出人才、出效益，引导做大做强。四是政府与社会或者与市场的关系。譬如新生代企业家的参与，譬如对演出场次多的给予项目奖励。要更好地发挥政府的作用和市场的作用。五是分工与合作的关系。厅内艺术处管专业剧团，公共文化处管群众文化生活，市场处管民间剧团，产业处从文化产业角度培育发展，非遗处管保护传承，要齐抓共管、形成合力。

金厅长建议厅办牵头整合，从全局考虑和研究地方戏剧的保护。

2013年12月6日　星期五

上午，召开《浙江通志·非遗卷》篇目大纲第二次讨论会，《浙江通志》副总编童芍素教授、柳河副厅长出席，通志总编室副主任颜越虎、王林，文化组责编汤敏、汪珏出席指导，省专家马来法、吴露生、徐宏图、祝汉明、许林田、王其全、程建中参会。

省方志办专家提出指导意见。颜越虎副主任说，8月1日，李强省长专门听取了俞文华总编的汇报，定了基调，"非遗分卷"改为"非遗卷"，102卷改为113卷。并提出了编写通志的几条原则：方志官修，横排竖写，述而不论，越境不书，突出主项，人随事出，生不立传。他说：志、史、论中，志最难，志就是记，记历史，记今天，不需要自己的观点，述而不论。要根据方志表述方式体现专业特点。王林副主任说，编志定位要高，要了解各相关卷目的总体设计，非遗卷与其他卷有大面积重复，如何错位体现，是个难点，也是亮点。并指出，纲目设计的理念上要体现非遗的总体面貌，体现非遗的特点，体现非遗的代代相传、活态传承和文化的多样性。各章节的篇幅要把握好，体量大的单独，小的合并。

祝汉明介绍了非遗卷篇目大纲第二稿，程建中老师介绍了第三稿。第二稿主要体现非遗的门类和项目，体现新时期非遗保护事业发展现状；第三稿特别补充了古代、近代、现代非遗保护的历史。两稿结合，更贴近方志体例要求。

各位专家发表了意见。童总编讲了几点：第一，官方修志，民间修谱。通志是浙江境内对有史以来社会发展的状况作全面客观真实记录的资料性文献。志书不能有创造，只能是叙述。编志是官方的传统，对于文脉的传承起着重要作用。雍正年间，浙江曾修志，迄今已经270多年没修了。第二，浙江通志分为五大部类，包括自然、经济、文化（教科文卫）、政治、社会。第三，文化部类有表演艺术卷、美术卷、图书馆卷、文物卷、公共文化卷、民俗卷、方言卷、文学卷、非遗卷，各卷之间交叉很明显。关于重叠，非遗是源头，是文脉，哪里都可以看见非遗的影子，这很正常。非遗卷是最有特色和亮色的。第四，当初为什么提出非遗要单独立卷？文化遗产是人类最可宝贵的财富，文化遗产多元且不可再生，有这么多遗产才有这么多基因，如果非遗不能好好保护，那么文化多元化、生活方式多样性将受到威胁。联合国提出物质遗产和非物质保护，文象文脉共同传承，世界认识已经到了这一层次。专门编非遗卷，在全国是唯一，有助于引起全国各地对文脉保护的重视。第五，非遗保护历史的发端，有三种理解：一是政府有这个部门。二是出现了这个概念。三是有事实开始。先有事实才有概念，概念是在不断变化的。文化部类历史都很长，文化是人的生活方式，不断在变化。第六，通志叙述内容从发端讲起，内容要贯通，统一体例和要求。第七，先定好纲目，再花一年时间收集资料，先做卡片，资料长编300万字，总篇幅60万字，编好两本志书的文字稿和电子版，然后三审，紧前不紧后。

我讲了几点：第一，非遗卷单独立项，意义重大。文象文脉，花开两朵，各表一枝。非遗集中一卷，集古往今来非遗之大成，全国唯一，留给历史，也希望引起关注。第二，定位。大的定位，反映非遗资源，反映保护历史，反映传承发展，反映非遗事业的蓬勃发展。小的定位，把握非遗要素，找准入口和出口，入口讲发端，讲生存，讲流变；出口讲保护传承。第三，定好篇目大纲是关键，纲举目张。综合专家指导意见，要做到五个清：一是对于非遗的理解和定位，方向要清；二是对于非遗本身的表达要清楚；三是对于非遗保护的要素表达要清爽；四是对于非遗卷与其他卷交叉的问题，边界要清；五是章节眉目要清楚。第四，提出工作进度和计划安排，要把握好节奏。争取在2016年底交付非遗卷的初稿。第五，质量要把关，全面真实客观记录。非遗卷一定要出彩。

这次会议提出了方向，梳理了思路，澄清了认识，对于章、节、目，专家提出了富有针对性、实效性和指导性的意见。

2013年12月7日　星期六

下午，香港《文汇报》浙江分社副社长、首席记者茅建兴和记者高施倩来访，商量了三件事：第一，《文汇报》开辟了"小城故事"栏，每周一个版面。以前报纸重视经贸外宣，现在尤其关注人文宣传。第二，《文汇报》下设企业香港艺术机构，有兴趣合作做非遗的文化产业。第三，非遗的活动，他们可以参与报道。《文汇报》还牵头成立了华文媒体联盟，可以联动宣传。我向茅社长介绍了浙江非遗工作情况，交流和探讨了有关项目的合作和宣传。茅社长和小高对浙江的非遗兴趣盎然，对今后的交流和合作兴致高涨。

2013年12月8日　星期日

上午，起草《今日浙江》的"非遗十年"专稿。

"非遗有大美，拾'遗'已十秋。"浙江自2003年10月24日被确定为全国"非遗"保护综合试点省份，全省上下致力于保护非物质文化遗产，至今已历10年。

浙江世遗上榜数居全国之首，国遗上榜数实现三连冠，兄弟省市将成绩斐然的浙江视为中国非遗保护的浙江非遗现象。对于这份成绩单，大家都很好奇。为什么地域并不广阔，民族成分单一，工业化、市场化、现代化进程相对发达的浙江，能够在非遗保护工作上超越其他许多拥有丰厚文化积淀的省区，成为非遗大省，成为国家的模范生？回首，前望，浙江非遗保护工作者同样向自己提问。

下午，起草《金声玉振——浙江省非遗保护的热点评说》前言。浙江为何能走在非遗事业发展的前列？浙江非遗保护充沛的动力和活力来自何处？浙江的探索有哪些启示和借鉴？浙江的经验和特有现象需要深入追寻，探索非遗事业发展背后深层次的原因和动力，并由此生发出对全国各地非遗保护实践有益的启发和思考。

2013 年 12 月 9 日　星期一

上午，根据计财处俞伟杰的意见，专项资金审计报告（关于2010—2012 年中央、省级非遗专项补助资金使用情况的检查报告）中，增加资金使用绩效的内容。为此，让李虹在报告中加了一个版块："二、资金使用绩效"。

从总体上看，各地按照"及时拨付、足额拨付、专款专用、加强监管"的原则，使用国家和省级非物质文化遗产保护专项补助经费，使上级补助资金落到实处。专项资金的使用，基本符合专项资金管理办法规定的开支范围和财务规定制度，没有明显的不合理支出和违规违纪情况。这些补助资金，对于各地的非物质文化遗产保护传承工作起到了很好的鼓励促进作用。

具体体现在：一是解决了保护传承的资金困难。二是促进了非遗项目的深入调查。三是提升了传承人自觉传承的积极性。四是推动了各级非遗名录项目的保护。五是搭建了各类非遗保护传承平台。六是加快了各地非遗展示馆建设。七是举办了系列非遗展演展示活动。八是弘扬了优秀传统文化。

今天的《浙江日报》以一个整版刊发了《省领导联系点省直单位

党的群众路线教育实践活动部分整改项目表》，其中涉及文化厅的有三项：规范和压缩节庆活动；积极扶持基层群众文化活动主体；繁荣我省舞台艺术精品创作。第二项里，关于非遗有一句话："推动优秀非遗项目传承发展，服务各地老百姓。"这句话好，空间很大，我们可以借此把非遗工作的各项要求，具体量化考核。

2013年12月10日　星期二

下午，去萧山，商量一揽子事情：一是明年初的浙江非遗赶大集启动仪式；二是杭州电视台"非遗赶集"栏目联办事宜；三是萧山提出承办全省饮食类非遗博览会；四是明年初的社会力量参与非遗保护现场会选点。萧山周局长、局办高国富、非遗中心副主任翁迪明、大地文化传媒公司姚总参会，我和祝汉明、叶涛，浙江电视台王戈刚，杭州电视台节目部祝主任和胡栗丹参会。

萧山的新农都商贸城去年开张，是省里办的，规模很大，占地350亩，主体建筑有5栋，其中的一栋二楼的面积就达3万平方米。新农都定于2014年1月10—15日举办年货节，并配套举行民俗文化庙会和美食节。广告词为"赏年俗，寻年味，买年货"；宣传口号是"荟萃年俗文化，弘扬民族文化"。

我讲了几点：第一，大家都有需求，可以合作共赢。新农都有文化意识，杭州电视台有文化情怀，萧山区有工作热情，省厅非遗处有相关工作安排，大家可以共建共享、共赢多赢，共同搭台唱戏，互相促进，皆大欢喜。第二，活动定位，三位一体。浙江非遗赶大集系列活动启动仪式，杭州电视台"非遗赶集"启动仪式，新农都文化庙会启动仪式，三合一，整合资源办活动。第三，新农都文化庙会，要打品牌。要有长远目标，要重内涵、多形式、聚人气。第四，开幕仪式基调：喜庆、热闹、多元、节俭。活动有戏剧演出、老底子的手工技艺展示、各地风味小吃荟萃，非遗进商城。老百姓来新农都既可以买有形的年货，也可以买无形的文化年货。把这里办成萧山的亮点，办成省里非遗展示一个重点窗口。

大家都觉得下午的磋商会非常务实，提出了问题，讨论、解决了问题。

晚上，与王戈刚导演、祝汉明商量第二届非遗春晚的节目构成。选哪些节目，为什么要选这些节目，要有说法。或者是区域文化的代表，或者是各门类代表性项目，或者是每个设区的市各选一个，或者是专题性展示，或者是原生态节目，或者是纯粹从好看的角度。但感觉这些都不是，节目构成应当有主题、有脉络。后来我考虑与非遗专题片对应和结合起来，围绕"源、寻、传、融"这四个字选择节目，主题明确，脉络清晰，可以从海量的非遗节目中挑选。

2013 年 12 月 11 日　星期三

上午，与叶涛去省政府办公厅，与教文卫处吕伟强处长商量我省申报第四批国遗项目名单事宜。文化部要求限报 30 项，我厅提出正选 30 项，备选 30 项，由省政府批文一并报文化部。吕处长说："我相信你，但是领导问我，我要说得清楚。为什么要有备选？为什么要备选这么多？文化部有没有放量的可能？口说无凭，不能想当然，要有有说服力的依据。"吕处长的意见是对的，我们向非遗司再请示一下，另外了解一下兄弟省市上报的数量情况，再据此提出我省正式上报文化部的项目数量和清单。

舟山普陀区蔡敏波局长、乐波副局长来访。他们讲到的几个问题，引起我的注意。一是领导和老百姓往往对有形的遗产比较重视，因为看得见。因此，无形文化也要有形化，所以普陀区抓好五匠馆建设，推动非遗展示馆建设。二是普陀区的旅游资源比较丰富，开发得也比较成熟，所以对于非遗的开发利用就不如其他地方重视。三是普陀区非遗保护中心没有独立，与文化馆合署，也没有明确的编制。希望省厅会同编制部门促进一下。

另外，蔡局长说，每次她都认真看省厅的抄告单，特别是最近的两个会议纪要：一个是畲族乡镇长座谈会纪要，另一个是第二届美丽乡村建设中非遗保护现场会纪要，都很简明扼要，很清晰明白，也从中看到省厅非遗处认真负责的工作态度。她说，以前其他部门、其他处室还没看到有这样做的。蔡局长的"表扬"，反映了基层的评价。一个会议，现场参加会议的人不多，下发纪要是为了扩大会议的效应。群众的眼睛是雪亮的，上面做事是否敬业，是否认真，底下都看得很清楚。

下午，我省推荐申报第四批国遗项目。据说，河南省报了57项，青海只报了10多项，参差不齐。我省还是争取多报些。根据文化部非遗司的非正式反馈，各省可以适当放量，但要做好排序。为此，再请几位情况熟悉的同仁一起过一遍，把个关，对备选的20个项目再排排序。

浙江电视台科教频道承办第二届省非遗春晚和承担非遗十年专题片，已中标。甲乙双方签订合作协议。

晚上，讨论《浙江通志·非遗卷》的提纲。

2013年12月12日　星期四

上午，中新社浙江分社汪恩民来访，商量年终特稿。

设想宣传三个方面：一是综合报道浙江非遗，中新社对金兴盛厅长关于非遗的专访；二是宣传浙江各地非遗亮点典型，如宁波、绍兴、泰顺、景宁、德清、桐乡等，11个市都先排摸推荐各一个；三是宣传浙江非遗年度十件大事、年度新闻人物；四是浙江非遗评论。

初步商议了中新社采访厅领导的采访提纲。

下午，审核浙江非遗网改版方案，林敏、祝汉明、王其全、季海波等参加，楼强勇介绍了方案。总体上看，框架没问题，版面板块比较大方大气，层次也清晰，原先非遗网内容太多太拥挤，现在网页界面拉长，还比较有格调。但也存在一些问题，色块上过于凝重，不够清新活泼，图案设计上比较概念化，没有体现非遗元素；内容上需要充实丰富。

大家对网站提了一些意见，总体上有这么几点：第一，编撰非遗百科词条，包括人物、非遗术语，今后有条件，编一本非遗辞典。第二，非遗网是政府网，政治性的内容要有所体现，不能单纯地就非遗论非遗。第三，省里的重点工作，譬如非遗进礼堂、非遗赶大集，网上要有对应的宣传。第四，网站的投稿发稿，可以授权各市，省里审核。

我肯定非遗信息办扎实有效的工作，他们付出了辛勤劳动，倾注了智慧和汗水。也提出几点要求：第一，根据讨论的意见，进一步修改网站页面，充实有关内容。要志向高远，以凤凰网作为参照，朝最好的方向努力。第二，微信平台与网站改版同期推出。在微信时代要借势作为。网站被动接受，微信主动输送，滚雪球，覆盖无边界，太重要了！第三，举办一些活动，譬如"最美中国年 美丽非遗随手拍"，用微信投稿。第四，对通讯员进行培训，研究出台一个指导意见。第五，全省非遗领域全包含，非遗干部、专家、传承人、各类基地、项目保护单位等都要用好网站。

2013 年 12 月 13 日 星期五

上午，商量 2014 浙江省"美丽非遗进礼堂"启动仪式方案，省委统战部周晓勇副处长，临安分管局长吴晓武，以及祝汉明、楼强勇参加。

11 月，我厅在景宁召开以"美丽非遗进文化礼堂"为主题的经验交流会；拟定 2014 年 1 月举行浙江省"美丽非遗进文化礼堂"启动仪式。这是对重点工作的深入深化，也是推进优质文化资源下基层，促进各地文化资源相互交流共享。

就启动仪式有关事项，做了商议：第一，临安是我省农村文化礼堂发源地，所以启动仪式在临安举行，有象征意义。第二，在临安设一个主会场、两个分会场。主会场组场演出；海宁皮影戏和平阳木偶戏在分会场表演。第三，省新生代企业家联谊会 2014 年捐赠资金 100 万元，补助 10 个剧团，每个剧团 2014 年戏剧进农村和企业文化礼堂百场演出。第四，组台节目和选调，请宗馥莉、周志华致辞。邀请领导、来宾、媒体等一起商量。第五，轻车简从，除了演出团队，其他人员一概不在临安就餐，演出后返杭。

初步研究了"美丽非遗进礼堂"系列活动实施方案。

下午，与祝汉明、楼强勇讨论，初步拟定2013浙江非遗十大新闻、十大新闻人物。十大新闻好办，找到重点、热点、亮点、焦点；十大新闻人物呢，应该有哪些条件？

我想有几个条件：一是要有新闻点，有新闻故事、创新故事；二是在非遗领域或者具体门类行业有一定的影响力、知名度，是领头羊；三是获得过含金量较高的称号；四是对非遗保护传承有突出贡献；五是创新驱动发展，有一定的创新成果；六是新生代，"90后"值得关注；七是体现公益精神和社会担当。

探寻浙江非遗保护标杆，寻找浙江怀揣梦想、脚步坚定的非遗守护者。

2013年12月14日　星期六

中央城镇化工作会议12—13日在北京举行，习近平总书记发表重要讲话。会议指出，城镇化建设，"要融入现代元素，更要保护和弘扬传统优秀文化，延续城市历史文脉"，"要注意保留村庄原始风貌，慎砍树、不填湖、少拆房"，"要传承文化，发展有历史记忆、地域特色、民族特点的美丽城镇"。"依托现有山水脉络等独特风光，让城市融入大自然，让居民望得见山、看得见水、记得住乡愁"。

这次会议意义深远，影响深远；特别是"记得住乡愁"，成为社会热词，给未来城镇化发展指明了方向和路径。这对于我们强调非遗保护的重要性和争取非遗保护的有关政策，非常重要！

2013年12月15日　星期日

今天一天，构思非遗十年综述，这是《浙江蓝皮书·文化卷》陈野主编的约稿，也是我应该完成的事。设想用"探索非遗保护新道路、书写非遗事业新篇章"为题，对非遗十年进行回顾，对未来发展做出构想。

总结好写，素材充分，之前也有相应的梳理；未来的构想难写，绞尽脑汁还是没构思好。在思路上，跳不出几大体系、几大计划、几大机制，思路老套，没有新意，就准备不应稿了。没及时写好稿子，深感歉意。这是陈主编的遗憾，更是我的遗憾。

2013 年 12 月 16 日　星期一

下午，叶涛起草了我省第四批国遗申报 60 个项目的补充说明，报请省政府审视，我过了一遍。文化部明文规定各省限报 30 个，我省上报数为正选 30 个，备选 30 个，不排除文化部临时放量的可能。我们是未雨绸缪，有备无患。结果果然如此，文化部放开了申报名额的限制，河南报了 57 项，广西报了 48 项，广东 36 项。当然也有报不足 30 项限额的省份。我省省遗存量大，各地申报热情高。

浙江省民俗文化学术研讨会拟定在三门召开，准备事项已基本就绪；三门方面编制了会议指南，我过了一遍。

2013 年 12 月 17 日　星期二

上午，计划起草三个规范性文件，分别为《关于加强浙江省传统表演艺术精品培育工作的指导意见》《关于加强浙江省非物质文化遗产生产性保护的指导意见》《关于加强浙江省传统节日传承发展的指导意见》。通过三个文件，对非遗各大类进行分类指导。

邀请林敏、许林田、王雷、季海波参加，处里祝汉明、李虹、毛芳军参加，分三个小组。

下午，参加起草《关于加强浙江省传统表演艺术精品培育工作的指导意见》。研究了总体思路，从指导思想、目标任务、培育途径、实施要求、保障机制五方面着手，特别是对于具体的内容体现做了设计。提出了 2014—2017 年的年度具体工作任务。

晚上，大家围绕下午提出的思路框架，对《意见》内容进行书面整理。

2013年12月18日　星期三

上午，继续修改《关于加强浙江省传统表演艺术精品培育工作的指导意见》。

下午，起草《关于加强浙江省非物质文化遗产生产性保护的指导意见》。

晚上，大家加班到12点。

2013年12月19日　星期四

上午，继续修改《关于加强浙江省非物质文化遗产生产性保护的指导意见》。

下午，考察安吉中南百草原、高禹村移民博物馆、鄣吴村吴昌硕故居和扇文化展示馆、景邬知青大院等。安吉沿线都是美丽乡村，都是景，几乎村村都建有非遗展示馆。2011年，我厅在安吉召开全省乡村非遗馆建设现场交流会，进一步推进乡村非遗馆建设，星星闪烁，星火燎原。

中南百草原，非鲁迅笔下的百草园，此百草原气势大，占地5600亩。坐着观光车游览百草原，看到有小草原，有小山，有多处小湖泊，除了树林果林，还有各种草药植物；除了凶猛动物，还有孔雀、猴子、狒狒等，有趣好玩。里边各种娱乐项目也应有尽有。

考察了三个村及专题馆，印象很不错。移民馆办在村里，但立足全县；扇子馆尽善尽美，还有家家都是小作坊；知青大院，还有村里沿路墙上的毛主席语录街景画，还原了特殊岁月的特殊意味。安吉一村一品，一村一韵，一村一景，乡村处处美丽，形成一幅多彩的画卷。美丽乡村成为安吉的最大发展特色和金名片，名副其实，名不虚传。安吉是"望得见山、看得见水、记得住乡愁"的典型！

晚上，返杭。

2013 年 12 月 20 日　星期五

上午，商量省民俗文化促进会年会准备工作。这个会，童芍素会长亲自抓，亲自定会议基调和安排。叶涛具体负责准备，考虑周到；陈澍冰与三门具体衔接，做好事务，基本就绪。

我给童部长打了电话，作请示。童部长将会议的安排再跟我通了气，她建议：年会的宗旨，就是促进民俗文化保护传承。通过三条途径来促进：一是通过节日文化交流，2008 年省里公布了 28 个传统节日保护基地，对 5 年来基地的实践进行总结，同时学习观摩三门祭冬，感受民俗的本真性和丰富性。二是民俗文化怎么样在美丽乡村、美丽非遗建设中发挥好作用，互为促进。三是对于《浙江通志·民俗卷》的编撰提出要求。非遗是工作语言，民俗是学术语言，相互促进。我们发展民俗文化，不求名不求利，无名无利，为的是促进传承。

下午，李虹起草了开展第三批国遗项目丛书编撰工作的通知和开展第七个服务传承人月活动的通知，我过了一遍。

2013 年 12 月 21 日　星期六

上午，省民俗文化促进会童芍素会长，副会长连晓鸣、高克明等，新华社、中新社等媒体记者，我和顾承甫、吴露生、叶涛等民促会秘书处人员，一同赴三门。

下午，举行 2013 浙江省民俗文化学术研讨会暨浙江省民俗文化促进会年会开幕式。三门县委常委、宣传部部长吴善灵致辞，副县长颜惠珍出席，高克明主持，我代表省民促会开场。我指出：本月 12 日至 13 日，中央召开了城镇化工作会议，提出了"让居民望得见山、看得见水、记得住乡愁"，如此诗意的表达，让人耳目一新。"乡愁"成为网络热词。民俗勾起乡愁，乡愁里有民俗。传扬优秀传统文化，是解决现代人精神和道德困境的重要途径；越是经济高速发展，我们越应当坚守传统文化。这次民俗文化学术研讨会，是贯彻落实中央城镇化工作会议精神的具体体现。

会议第一单元，首批浙江省传统节日保护基地建设经验交流，童会长主持并作主旨报告。

第二单元，与会者交流论文，研讨民俗文化传承与美丽城乡建设的相互促进；吴露生老师主持并作主旨报告。

晚上，我召集开了个小型座谈会，三门郭萍局长，景宁严慧荣、项莉芳，象山吴健，温州阮静、季海波，处里叶涛、毛芳军等参加。我就省民促会促进什么、怎么促进，听取意见。大家都有丰富的实践经验，了解基层的工作需求，也都比较有想法，从各自的角度提出了意见和建议。这个座谈会开拓了我的思路，给我以很大启发。

我与毛芳军连夜把大家谈的打印出来，进一步梳理思路，为明天上午的小结讲话做准备。夜已后半夜1点半了，理出思路，心里也有谱了。

2013年12月22日　星期日

今天是冬至。凌晨3点半，宾馆总机叫早，4点到6点，会议代表到亭旁镇杨家村杨氏宗祠观摩三门祭冬仪式。我早起吃不消，就没去参加。事后听说，活动很有特点，祈天、祭祖、演祝寿戏、行敬老礼、设老人宴，场面很热闹。但大家也很辛苦，天气很冷，有人脚冻得麻木了。

上午，会议进行第三单元，交流《浙江通志·民俗卷》编撰工作及资料卡片与长编工作，连晓鸣副会长主持。各位编撰专家作指导发言。

我在会上作了小结，主要就民促会促进什么讲了五点，怎么促进讲了七点。一是促进什么：促进民俗节日的全面复兴，促进社会主义核心价值体系建设，助力地方打造文化品牌，促进融合发展，促进人民群众幸福指数提高。二是怎么促进：进一步调查摸底，民办官退，民促会加强对民俗文化传承发展指导，民办官统做好参谋和决策咨询，做好普及宣传，加强民促会自身建设，政府加强对民促会工作的支持和引导。连会长说，王淼的"五七指示"，体现了十八届三中全会精神，对民促会今后的发展方向提出了富有建设性的指导意见。

同时召开三门祭冬研讨会，童会长等省民促会的主要专家参加，讨论很热烈，譬如：祭祀人员穿明朝服饰对不对？是否合适，有没有出典？有专家说，民间祭天在古代中国是不被允许的，是想翻天，要闯大祸；今天民间可否祭天？祭冬仪式上，主要体现在祭祖上，方向上是否要做调整或增补些什么？这些讨论应当是有意义的，兼听则明，但民俗也要与时俱进，不能过于守旧，不能很僵化，要吐故纳新、推陈出新、古为今用。

会议从昨天下午开始，到今天中午结束，满打满算24个小时，时间紧、转换节奏快、内容多、形式丰富，连轴转，大家都很亢奋，但也都有点疲惫。我们每一次会议，都是抓住机会，尽量多研究一些问题，多解决一些问题。用童部长的话说，大家都无私利、无所求，为百姓做点事。

下午，会议代表返程。我们回杭州。

2013 年 12 月 23 日　星期一

下午，约浙江电视台科教频道王戈刚导演过来，浙江歌舞剧院胡亚文导演、祝汉明参加，再次商量非遗春晚方案。王导前些天与综艺晚会专家商量，将原先拟定的"源、寻、传、韵"四个篇章方案，改为"山之恋、水之韵、海之魂"三个篇章。从这三个视角反映浙江非遗也有道理，但雷同于一般综艺晚会，而且不能体现非遗十年工作的历程和非遗工作的特征。为此，我将被推翻的重新翻回来，坚持"源、寻、传、韵"四个篇章。

大家按照这四个切入点，重新对号入座，在获奖的非遗主题歌曲中找出了四首对应的主题歌，分别为《光阴的故事》《梦寻美丽非遗》《再次辉煌的是你》《非遗之光》，天衣无缝；然后再加上谢幕时压轴主题歌《非遗工作者之歌》。并根据四个篇章，从省级非遗项目中，找出对应的节目。

我强调了几点：一是定位。非遗春晚定位为"勾起乡愁，唤起自觉"。二是晚会板块定基调后,确定拟选调的节目,下个抄告单布置,先多选再精选。三是串词先准备起来,按四个板块该表达的准备好,等正式入选节目定后再对应体现进去。四是唱主题歌的,还有需要专门编舞的,先布置当地落实。五是任务安排按1月18日晚会时间倒排。六是非遗十年纪录片,与晚会有关的先抓紧拍起来,要专门组个班子。晚会后,再集中力量拍好。历年来的浙江卫视有关非遗的新闻报道,很珍贵,可进行结合。

2013年12月24日　星期二

上午,广电集团周羽强台长说,他前几天去开化,吃饭的时候与县里广电总台台长聊起我,讲我讲了半个多小时,当然都是好话,问我耳朵热不热。

景宁朱局长他们谈到,前一阵子去福建柘荣县,考察马仙文化节(据说景宁是马仙的出生地)。柘荣县是福建最小最偏远的县,该县文化局分管局长居然知道浙江有个王处长。说是福建只有一个地方批准建立了非遗中心,浙江到处都建立了非遗中心,浙江有王处长领导和推进,真是很幸福!听了他们的介绍,我也有点得意扬扬。我们依靠组织,依靠群众,才有这么突出的工作成绩,但作为具体负责这方面的工作人员,还是很有成就感的!

下午,民俗年会的召开,让我突然冒出一个念头,应该就城镇化热潮中的非遗保护有所思考,做些调研,提出意见,并在工作中付诸实践。

城镇化对非遗的冲击,就是现代文明对传统文明的冲击。如果不加以正向引导,城镇化建设对传统文化而言,将会是一个灭顶之灾。在电视主媒文化的引导下,城市的文化几乎替代了乡村文化,替代了乡村特色。而乡村的根与魂,都蕴藏在传统剧目等非遗里。

2013年12月25日　星期三

上午,根据省政府关于做好2013年度省政府直属44个单位目标责任制考核工作的通知精神，考核工作分三个阶段：自查自评阶段，抽查汇总阶段，通报表彰阶段。省文化厅 2013 年省政府考核目标任务分解表，其中涉及我处的有五项：一是推进人类和国家级非遗项目的保护传承；二是深化县级区域非遗保护试点，加快美丽乡村建设中非遗保护工作；三是强化非遗保护载体建设，推进非遗资源共享；四是继续加大非遗保护宣传工作力度；五是落实我省承办的一项全国性重大文化活动。

厅办发来省文化厅 2013 年工作总结和 2014 年工作计划（二稿），再次征求意见。

毛芳军综合相关工作情况，整理了两个上报厅办汇总的材料。我改了一遍。今年非遗工作，在优秀传统文化传承体系建设推进年的总目标下，系统推进、分步实施，有条不紊、成效突出；在美丽非遗的旗帜下，打出、打造和打响了品牌，亮点频现，再度掀起热潮；各方关注的两项评审——第四批省级非遗传承人评审和第四批国遗项目推荐申报，公正客观，好中选优，风清气正。基层非遗工作稳步推进，县、乡、村三级，点面结合，以点带面，呈现出兴旺景象。全省市、县两级实现非遗保护中心建设全覆盖，为非遗事业的可持续健康发展创造了条件。

下午，祝汉明起草了举办第二届非遗电视春晚通知，2014 年初举办第九届浙江省非遗节暨"浙江好腔调"系列活动的通知，以及选调剧团参加开幕式暨主场城市（临安）演出的通知。我把三个文件改了一遍。

2013 年 12 月 26 日　星期四

上午，省委宣传部发来《关于进一步加强和改进基层宣传思想文化工作的意见（征求意见稿）》。其中，关于非遗的表述有："培育发展农村地域特色文化和农民群众身边的文化，进一步加大引导力度，转变基层群众消费观念，不断提升文化消费水平"，"要鼓励各地挖掘地方文化资源，积极开发文化产品，发展特色文化市场和文化旅游"。

两句没有直接点出非遗，即使有相关表述，落脚点也是文化消费和文化市场。抓宣传思想文化工作，怎么能不强调非遗和优秀传统文化传承体系建设？

我将十八届三中全会（11月9—12日）之后一个半月以来，习近平总书记12月12日、13日在中央城镇化工作会议上的讲话，12月23日、24日在中央农村工作会议上的讲话，11月26日习近平总书记考察曲阜孔府时的讲话，新华社12月23日发布的中共中央办公厅印发《关于培育和践行社会主义核心价值观的意见》，以及8月19日习近平总书记在全国宣传思想工作会议上的讲话，罗列了一下，引经据典，摘录了相关表述，要求增加"加强文化遗产保护"的板块，向厅里和省委宣传部提出意见建议。

中新社浙江分社发来致我厅金兴盛厅长的采访函。主要是了解两个十年的情况：一是浙江文化体制改革十年，文化领域发生了哪些巨变，取得的最大成绩是什么等。二是浙江非遗工作十年。共八个题目，其中关于文化体制改革有五个题目，关于非遗有三个题目。关于非遗的三个题目，题目一：除了文化体制改革，浙江的非遗工作，也走在全国的前列，为什么浙江会选择将非遗作为目前工作的重点之一？题目二：今年也是浙江非遗工作的第十年，并且提出了美丽非遗的主题，这一年来非遗工作最大的亮点和推进的着力点是什么？明年开始，又有什么新的发展规划和方向？题目三：浙江有丰富的民营资本优势，是否可以利用民资与非遗相结合，达到一个相互繁荣的局面。

关于非遗的三个题，要准备一下简答。

下午，《中国文化报》"美丽非遗浙江行"之五，临海的稿子，加了记者点评，征求意见。

2013年12月27日　星期五

上午，金兴盛厅长作党课报告《让网络空间清朗起来》。

习近平总书记在8月19日全国宣传思想工作会议上，强调要把网络作为重中之重。省委专门部署"让网络空间清朗起来"学习讨论实践活动。要求建立强大的网军，当战士不当绅士，打好遭遇战、阵地战。金厅长结合我厅工作实际，作专题报告。他讲了四点：一是把握互联网与信息化的趋势。二是应对互联网带来的新挑战。三是加强网上引导能力。四是深入开展专题学习讨论实践活动。

晚上，诺紧张复习，迎接广电采编记者考试。我发现诺记忆力惊人，像曾经的老爸！面试的自我介绍，三分钟时间，准备了800多字，语言表达总体感觉层次很清楚，咬字清晰，节奏把握得也好，而且感情真挚，声情并茂，我已经被深深打动了。

2013 年 12 月 28 日　星期六

经过上午的笔试和下午的面试，晚上，等成绩、等通知，到了10点半了还没消息，等得很心焦，可惜最后没上榜。诺没心理准备，眼泪跟珍珠一样"哗哗"流，我和她妈也心疼，但也帮不上忙，只好让她自己伤感宣泄会儿，做好自我调节。

2013 年 12 月 29 日　星期日

上午，与诺聊了会儿，她依然很伤感，依然触及伤心处。我与她说，人生难免会有挫折，不可能一帆风顺，年轻时受点挫折也不是坏事，坏事可以转化为好事，你可以把它当作绊脚石，绊倒，一蹶不振；也可以把它当作垫脚石，站得更高，看得更远。凡事要尽最大的努力，也要做最坏的打算。打开窗子，外面不是泥泞满地，而依然阳光灿烂。

下午，撰写了《勾起乡愁　唤起自觉——2013中华优秀传统文化传承体系建设述要》，3200多字，发给《中国文化报》审核。并在浙江非遗网上发布。今年以来，习近平总书记在多种场合，关于弘扬优秀传统文化发表重要讲话，对我们今后的工作很有现实指导性。我将习近平总书记今年一年的相关讲话，做了摘编和学习，撰写了一篇学习体会，还很粗浅，但我觉得有与大家共享的必要。各地可以结合习近平总书记的系列重要讲话精神，引经据典，争取重视，唤起自觉，增强责任意识，指导工作，推动实践。

2013年12月30日　星期一

下午，召开《浙江通志·非遗卷》专家论证会，通志副总编童芍素教授和方志办专家颜越虎、王林、汤敏、汪珏参加，省非遗专家马来法、徐宏图、王其全、林敏、许林田等参会，非遗卷编辑部祝汉明、程建中等参会。我主持会议，介绍了篇目大纲方案和大纲编制情况的说明。

专家纷纷发表意见，提出：章节目分类标准要统一，章节目标题要准确；内容要补充完善，处理好与其他卷的交叉重复问题，在详略和切入点上错位体现；建议先做模块，再布置和指导各地做卡片。对卷内交叉重复的内容和个别词的准确性，进行调整纠正。譬如"烧造"还是"烧制"，"滩簧"还是"摊簧"。

童总编说，总体上评价和定位，一是站位要高。方志代表中华民族的价值，代表政府立场。二是立意要深。浙江的非遗工作是很出彩的，要全面系统反映。三是篇目要全。要全面、系统反映了浙江非遗的历史和现状。四是通志要通。五是目的要清。为存史育人咨政服务。

童总编对方志编撰提出五条标准：一是横排，有没有缺要项；纵向，有没有断主线；二是布局上内在逻辑是否合理，是否体现了系统性；三是章节目的标题是否有重复现象；四是有没有体现浙江特色、时代特征；五是篇目设计是否符合通志体例，是否科学合理。童总编代表方志评审组宣读了评审意见，在总体上给予充分肯定，也提出了要求。

我最后小结：第一，事情很重要。非遗单独立卷，说明了我省非遗资源很丰富，抢救保护很有成效，体现了省方志办对浙江非遗的重视和肯定，确立了非遗的地位，体现了对文化遗产整体观、人类创造历史观和唯物史观的认识。第二，指导很到位。提出了大小问题，讨论稿还很粗糙，专家精益求精。第三，工作很急迫。要提高认识，抓好提纲，做好布置，强化责任，认真编撰。

2013 年 12 月 31 日　星期二

上午，叶涛起草了上报文化部的我省申报推荐第四批国遗项目的报告，以及 7 个项目更改项目名称的报告，我过了一遍。省民俗文化促进会 2013 年度总结，我过了一遍。

我厅会同省财政厅关于 2010—2012 年中央、省级非遗专项补助资金使用检查情况的通报，已经财政厅会审，走程序审签后，印发。我们希望通过这次专项审计检查，促进国拨、省拨项目经费使用绩效，促进非遗经费的专款专用，促进市县加强非遗经费的投入。

下午，第二届浙江省非遗电视春晚节目协调落实，电视台王导、李导，浙歌胡亚文导演、编曲王天明老师，李虹为舞台总监。这台晚会，分"源、寻、传、融"四个篇章，需要相应的节目支撑和阐发。具体商议晚会的实施，总体上各地都很支持，有些地方调度节目有困难，或是演员集中不起来，或是学校放假，或是排练和演出经费落实不了。有变化和调整总是难免的，主题不变，内容可转换。浙江是非遗大省，非遗项目丰富多彩、斑斓多姿，可选择的项目很多。这台晚会的精彩可想而知。

预定 2014 年 1 月 18 日晚录制，2014 浙江非遗电视春晚大年初一亮相。

2014年1月1日　星期三

今天元旦。诺给我买了本曼德拉的《漫漫自由路》。这是曼德拉在狱中写的，他在狱中27年，坚持革命理想，坚持锻炼，坚持写作，心中有不灭的灯火。我一天光景，只看了大约四分之一，了解了南非土著民族风情、南非政治体制，特别是曼德拉迥然不同的人生经历，值得认真寻味。

2014年1月2日　星期四

下午，召开2014年新春两项非遗重要活动新闻通气会，约请了几家媒体记者参会。中新社浙江分社、《光明日报》浙江记者站、《钱江晚报》、《文化月刊》等媒体记者参加。

我介绍了本月举行的非遗电视春晚、"浙江好腔调"开幕式两项活动方案。这台非遗春晚最大的特点是，以"望得见山、看得见水、记得住乡愁"为主题，将自然之美和人文之美融合在一起，勾起乡愁、唤起自觉；"浙江好腔调"传统戏剧演出季，是一年四季的季，贯穿全年，不是一个季度的季，字一样，含义不同。省里在临安启动，一个主会场、两个分会场；同时，全省各地联动。

我希望各媒体对于新春两项活动的报道，不是就事论事，而是立意高点，角度新点，报道深点，版面多点，力度大点，"炒作"成热点。我历来对于媒体参加活动报道或不报道不提要求，多体验、多感受、多思考，厚积薄发，找个切入点，写深写透，写个大稿子，或许更好。我反对把很有亮点卖点的活动做成小报道，这样还不如不报道。各位记者对两项活动都很有兴趣，对于怎么报道也很有见解，对于我的意见也很响应。

《光明日报》朱海洋说，勾起乡愁，非遗是最好的形式。经济发展了，文化不能成为荒芜，要留住乡愁。要采访传承人，怎么从濒临灭绝到重新焕发生机走上舞台。《钱江晚报》陈淡宁说，要采访有故事有代表性的人。中新社汪恩民说，天下第一团研讨会，要多请团长，团长有酸甜苦辣，有真情实感。不能只讲一些笼而统之、普遍意义上、场面上的话，不能只是观点堆积。

非遗十年来，各媒体很帮忙，助力赋能、摇旗呐喊、鸣锣开道，重彩浓墨、大张旗鼓地宣传非遗，为非遗造势。

2014 年 1 月 3 日　星期五

上午，省级机关工委《机关党建》要发表群众路线教育先进典型材料。厅党组推荐我为先进典型，厅机关党委委托《浙江文化》月刊苏唯谦主编把关、修改。苏主编对非遗情况比较了解，文笔生动，而且出手快。她梳理修改后的稿子，人物形象丰满生动，真是高才妙笔。

组织关怀，我唯有更加努力、勤奋，方不辜负组织培养、信任。

2014 年 1 月 4 日　星期六

上午，《中国文化报》记者王学思来电话了解浙江 2013 年度非遗工作情况。报上特辟非遗版，将推出梳理上一年非遗保护工作的年终专稿。她发来短信说，浙江非遗工作总是能引领潮流。

我觉得，2013 年浙江有三项工作有特别的意义。一是浙江率先启动优秀传统文化传承体系建设；二是浙江率先打造和打响美丽非遗品牌；三是浙江率先实现省、市、县三级非遗保护工作机构全覆盖。这三项工作对于非遗事业发展，做了新的规划和构想，提升了工作质量和行业地位、社会影响，对非遗事业的可持续发展，起到了重要支撑和保障作用。这三项工作对全国也有借鉴和引导作用。

2014 年 1 月 5 日　星期日

下午，讨论非遗电视春晚方案。拟定 2014 浙江非遗电视春晚于 1 月 18 日录制，这场春晚将于大年初一晚 7 点 45 分在浙江电视台公共·新农村频道播出。

2014年1月6日　星期一

上午，召开处务会。第一，学习党的十八届三中全会精神和习近平总书记2013年在各种场合关于优秀传统文化传承、提升文化软实力的讲话精神。第二，将1月及第一季度的工作，作了说明和分工安排。有重点工作，如非遗电视春晚、省非遗节启动仪式及"浙江好腔调"实施方案、智慧非遗实施方案；有常规工作，如服务传承人月活动、非遗代表作丛书编撰；有突击性工作，如国遗项目申报追踪跟进，2014年度国家级非遗专项经费申请；有需要提前启动的工作，如海洋文化与文化强国论坛，社会力量参与非遗保护现场会等。第三，对全年主要会议和活动的承办地，根据我处公益项目招标各地的自愿申报，拟定各承办地。

下午，中新社浙江分社发来拟采访厅领导的提纲，共11个问题，其中7个关于文化体制改革，4个关于非遗。后与中新社汪恩民主任见面商议，对非遗的采访提纲做了研究和补充。

我向金厅长做了汇报，听取指示；根据采访提纲，就非遗问题起草答题材料。

2014年1月7日　星期二

《中国文化报》理论版发表了我的文章《赋予传统文化新的时代内涵》。

下午，金兴盛厅长走访省非遗中心。我提出，省非遗中心要把握几点：一是找准中心的定位。二是要面向主战场，积极发挥作用。三是找准支点和杠杆。面向基层要落地。

金厅长强调，要立足构建优秀传统文化传承体系，做好非遗中心工作；要针对基层需求、传承人需求、群众需求，做好非遗工作；要围绕中心服务大局，做好非遗工作。

2014 年 1 月 8 日　星期三

上午，收到文化部下达的 2014 国家非遗专项资金经费申报通知，要求 1 月 30 日前所有申请国家经费项目上报并通过电子平台审核，逾期、审核通不过的将不予受理。在 2 月 28 日前由省文化厅、财政厅汇总审核后报文化部、财政部。为此，李虹拟文，要求各地在 1 月 25 日前完成网上申报材料上传。留给我厅预审和与财政会签的时间，也是非常紧张了。

下午，舟山王局长、岱山周局长等领导过来，商量第三届中国非遗保护（舟山）论坛方案。十八大提出四大概念，我们逐年推进，并拟于 2014 年 10 月在舟山举行以"海洋文化与文化强国"为主题的全国论坛。浙江为海洋大省和文化强省，加上舟山群岛新区列为国务院批准的特区，我处在今年将重点打造智慧非遗品牌，将几个方面因素统筹起来考虑。经讨论，确定三项主体活动：一是海洋文化与文化强国论坛，其中有三个子论题：海洋文化生态保护，美丽非遗与美丽产业，美丽非遗与海洋旅游；二是中国海洋非遗产品网络博览会；三是岱山县非遗夜市。

这次活动，该怎么策划成亮点，我概括讲了几点：第一，主题定位。文化强国、海洋文化、非遗保护、智慧非遗，这些关键词，能否浓缩提炼为一句话？能不能形成一个行动方案？第二，组织发动。包括全国沿海省份，南沙西沙，东海之滨，渤海湾，港澳台等；包括省内涉海的市县，要提早打招呼，要提出需要各省各地配合支持的具体事项。第三，分工合作。请国家非遗中心、《中国文化报》领衔主办，我厅统筹协调，舟山负责主论坛，网博会由岱山与舟山海洋宽屏网合作。第四，活动设计。应当有多种形式，多重表达，特别要全方位体现智慧非遗的理念。第五，网络宣传。与全国知名网站合作，运用新媒体宣传。第六，把握节奏。邀请各省、网博会构架和筹备等，工作要有提前准备。

2014年1月9日　星期四

上午，省政协文卫体委主任杨建新，副主任穆建平、黄明辉、叶成伟等走访省文化厅。金兴盛厅长作2014年度文化工作要点介绍，厅各业务处室负责人参会。

杨主任说，要好好利用岁末年初走访，了解情况，共同商量明年文化工作省政协能参与促进的事项。省政协促进的渠道，包括提案、反映社情民意、协商机制。

金厅长说，文化总体上还处在依靠自觉阶段，刚性不足，政协推进很重要。2014年，文化工作要把握七大趋势：一是把握十八大以后我党依法治国理政的新理念新举措。二是把握全面深化改革的大趋势。实现三个解放：解放思想，解放生产力，解放民族文化活力。三是把握城镇化大踏步发展的趋势。把文化融入城市建设和乡村建设，文化是灵魂。四是把握中央高度重视文化软实力的趋势。五是把握文化需求日趋强烈、日趋多样的趋势。六是把握产业转型升级的趋势。文化本身是产业转型升级的一支重要力量。金厅长说，这是他自己的几点理解和思考。金厅长胸怀大局、把握大势、着眼大事，阐述得很清晰。我们也要好好领会，体现到非遗工作中去。

下午，去缙云。

晚上，与赵和平副厅长等观看缙云婺剧神话剧《轩辕飞天》。总导演、男主演、女主演，是省属文化单位的；其他40多个演员，都是缙云民间婺剧团的演员。这台演出将神话人物传说，缙云的山水风情、地理风貌和缙云的婺剧融合在一起，很好！有个问题，男女主演回原单位，这台戏怎么办？一台戏要做到能持续演。

吃晚饭时，我对县委周书记说，五芳斋粽子、金华酥饼已经覆盖浙江全域，走向全国；缙云烧饼很好吃，酥饼只能当点心，烧饼还可以当饭，比酥饼有优势，可以做大产业。

周书记说，这个建议好！于是县里成立缙云烧饼领导小组，要把缙云烧饼做到标准化、规模化，要开连锁店。

2014 年 1 月 10 日　星期五

上午，召开缙云民营剧团座谈会，赵副厅长参会。

缙云戏曲剧种很多，有七种戏：婺剧、越剧、缙云杂剧，还有灯戏、木偶戏、叠八仙、独角戏。另外缙云还有道情、鼓词等曲艺项目。缙云要着力打造"戏窝子"这个品牌。

特别是缙云婺剧，要在中小学抓普及，让全县4万多中小学生都会唱婺剧、演婺剧，这是缙云最美丽的风景！与仙都媲美，相得益彰！

下午，从缙云回杭州。

2014 年 1 月 11 日　星期六

上午，与祝汉明、林敏、楼强勇一同赴南浔，应南浔区文化局邀请参加渔乡婚礼暨鱼文化节，我们也借此去南浔商量浙江省智慧非遗建设推进会事宜。前两天看到《中国旅游报》报道"中国智慧旅游年广西开年仪式"，忽有所感和触动，我觉得可以借鉴应用到非遗领域。

下午，大家就智慧非遗、智慧非遗试点城市的概念和框架，还有智慧非遗与非遗信息化的关系，进行讨论。大家各抒所见，总的来看，智慧非遗要从智慧管理、智慧服务、智慧传承、智慧传播四个方面来构架和体现。就具体的内容支撑，也分门别类做了初步研究。

晚上，参加荻港鱼文化节，广场上渔乡婚礼正在进行中。边上搭了一溜帐篷，一个个灶台炭火正旺，渔乡百家宴拉开序幕，很欢乐很喜庆很热闹。

回宾馆，继续讨论智慧非遗，逐步构筑起三级目录。

2014 年 1 月 12 日　星期日

上午，从南浔回杭州。

下午，起草本处2013年度述职报告。一年的工作很多很多，大家的付出应当充分反映，但时间规定只有8分钟，又不可能讲太多，择要拎出几点。业务工作主要讲三点：一是推进优秀传统文化传承体系建设；二是打造美丽非遗品牌；三是推动非遗机构全覆盖。还有许多工作，在这三个框架内体现不进去，就不全包含了。

2013年，上面要求砍文山填会海，算下来，我处召开的有一定规模的正儿八经的会大概有10个，以厅非遗文号下的文件上百个，以非遗办名义下的抄告单有近百个。推进工作总得有部署，要抓落实，要全过程指导，要全方位跟进。我们是自作多情、自加压力、自讨苦吃、自寻烦恼，做一番事业就得有"四个自"精神。

2014年1月13日　星期一

上午，处长述职。厅里首次开展处长述职，还要处室互评，厅直单位党政主要负责人为处室打分。金厅长、陈副厅长先后主持述职会，厅局15个处长上台述职，每人8分钟，大概有一半多超时，工作内容都太丰富了，不总结不知道，一总结，全年做了这么多的事！

我介绍非遗处在厅党组的领导下，在大家的支持下，主要做了三件事：一是率先启动优秀传统文化传承体系建设；二是率先打造打响美丽非遗品牌；三是率先实现省市县非遗机构全覆盖。说是三件事，又包含包容了多少内容，多少千头万绪的工作在里边！全处同志和全省同仁为先行一步、为事业发展、为传承历史文脉、为人民的幸福，付出了多少辛劳！

处长述职、互评，围绕"创优、攻坚、创新、绩效"四个维度，总结反思，把目标亮出来，把问题摆出来，把思路讲出来，把措施列出来，通过"亮绩""赛绩"，形成比学赶帮超、奋勇争先的氛围。

下午，浙江电视台科教频道王导、刘导、李导和浙江歌舞剧院吴导过来，一起就非遗电视春晚节目的落实情况、编排体现、VCR制作、内容材料准备、演出队伍接待等事宜，全面过了一遍，该定的基调都定下来，明确了分工。

2014 年 1 月 14 日　星期二

上午，召开处务会。研究定于 1 月 18 日举行的 2014 浙江非遗电视春晚和 1 月 21 日下午举行的第九届浙江省非遗节暨"浙江好腔调"开幕式准备事宜。这两项活动分别由科教频道和临安承办，除了演出统筹、现场组织、演出接待，行政性的工作还有不少。我处主要负责把握方向、出谋划策、确定方案、帮助协调，还有邀请领导、媒体宣传，以及"浙江好腔调"全省实施方案的制订。处内对工作做了分工，两人一小组，各负责和承担相应工作。

这样的大活动，其他业务处室有厅直单位支持和承办，可以有几十号人参加筹备，队伍训练有素，活动经验丰富。而我处工作满负荷，处里人手少，缺乏组织大活动的直接经验，我也只好抓大不放小，放手不放心。但是，这样也特别能够锻炼一支队伍，也靠这样一次次的磨炼培养出一支团队。

考虑到当下非遗系统人手严重不足、工作涉及面又很广、工作量庞杂巨大的特点，我们要抓紧培育和培养长期性的合作团队，借助社会化运行机制，做大非遗事业，赢得共同发展。

下午，《中国文化报》"美丽非遗浙江行"版块准备近期再发一篇关于浙江全省非遗馆建设的报道。处里下发调查表，对全省市、县两级非遗馆建设情况，包括已建成开放的、在建的、拟建的，以及非遗馆运行活动情况作了了解，进行汇总分析，用数据说话，用事实说话，用典型说话，汇总发给苏维谦老师参考。

据统计报表，全省市、县两级已经建成开放的综合性非遗馆 22 个，专题性非遗馆 332 个；正在建设的综合性馆 9 个，专题性馆 45 个；已经规划立项的综合馆 17 个，专题馆 26 个。2014 年，浙江将把非遗馆建设列入年度工作重点之一，设想通过 5—10 年建设，争取每个市县都有一个综合性非遗馆，每个乡镇都有一个专题非遗馆；结合全省乡村文化礼堂建设，争取把每个文化礼堂建成乡村非遗馆。

要把非遗馆办成非遗保护传承的阵地、地方优秀传统文化展示的窗口、大中小学生爱乡爱国教育的课堂、城乡居民寄托乡愁的精神家园。

2014年1月15日 星期三

下午，柳河副厅长听取省文化馆、省图书馆、省非遗中心2013年度工作汇报，相关处室负责人参会。

省文化馆馆长刁玉泉代表班子汇报工作，各处长给予点评。我肯定了几点：一是抓精品。全国群星奖得第二名，全省群文精品评选推出"八个一百"。二是打品牌。唱响文明赞歌，做好文化走亲、耕山播海、舞动浙江、农民文化节等几个品牌，让新老品牌都有较大影响。三是拓阵地。西湖文化广场新馆区启用，在基层建立文化良种基地，单是视觉艺术就建有60多个群体。四是强服务。通过公益大讲堂，百名专家连百村，省馆跟基层结对共建，建立文化志愿者联合会，志愿者在行动等，推进基层文化丰富活跃。五是顾大局。协同推进文化礼堂建设，推出了文化礼堂"十个一"，丰富内涵内容。六是传非遗。举办戏曲票友赛，剪纸赛，最具地域特色文化符号的评选。七是树形象。《钱江晚报》刊发专版宣传新馆区公益服务预告，推进素质提升工程，全省文化馆下基层"六个一"活动，树立良好社会形象。八是勤研究。编撰出版公共文化服务创新研究、文化馆站服务与管理相关书籍等。

省图书馆馆长应长兴代表班子汇报。我肯定了几点：一是转变方式。在理论上、实践上、模式上转型升级，硬件向软件转化，资源向利用转化，管理向服务转化，经验向制度转化。二是搭建平台。在技术上，推进共享工程，建立数字馆、网络馆；在地方特色资源库建设上，建立了畲族文化、传统工艺美术等多媒体数据库，可以与非遗共建共享。三是完善体系。全省兴起第二轮建馆高潮，图书馆系统延伸到乡村、社区，同时构建没有围墙的图书馆。四是盘活基层。建立讲座、展览、信息等五大联盟，以联盟为品牌推进省内图书馆发展，带动市县馆参加全国义务教育。五是延伸服务。决策参考专题剪报系列，为"两会"服务，丰富导读形式，为盲人专题服务，建立网络馆影视频道系统。六是打造精品。比如文澜系列、文澜讲坛、大课堂、朗诵团，省委高端讲座，未成年人读书节等。

省非遗中心主任裘国梁代表班子汇报。我肯定四点：第一，非遗会展，促进手工艺产业；第二，非遗培训，提高非遗传承人群素养；第三，开展对外文化交流；第四，筹建省非遗协会。

文化馆用事实说话，图书馆用数字说话，非遗中心用"大师"说话，体现了各自的管理风格、工作态度。

柳副厅长对三个分管单位的工作给予肯定和评价。大家当场对三个单位进行综合评估，提出推优名单。

晚上，去看住院多日的丈母娘。丈母娘前些日子在广德家里摔了一跤，老人经不起摔，腿骨粉碎性骨折，被送进浙二医院。诺妈这一个多星期，每天守夜到天亮，白天还要上班，我看她很憔悴，但她说，一点都不感觉累，这时候有精神撑着。为一个家，都不容易。

诺妈不在家，我两手不能上举，早上穿衣服不方便，笨手笨脚的，不灵便。没人照顾的日子，有点冷清，也有点不便，我要习惯自己照顾自己。

2014 年 1 月 16 日　星期四

上午，2014浙江非遗电视春晚将于1月18日晚举行，邀请领导出席，也是个大事，与有关领导秘书和有关职能处室衔接。恰巧18日晚为省人代会主席团会议，因此多位领导不能出席。工作做了，让相关领导和有关部门了解，可以赢得进一步的重视和支持。

下午，与《浙报》檀梅主任通了电话，商定2014年"浙江好腔调"传统戏剧系列活动，主体活动为"百场大戏送乡亲"，由省文化厅、浙江日报社联合举办。

讨论"第九届浙江省非遗节暨百场大戏送乡亲活动方案"以及开幕式方案。第九届省非遗节，拟定活动主题为"美丽非遗进礼堂，魅力戏剧响浙江"；共同打造"美丽非遗·魅力戏剧"品牌。从抢救保护、精品展示、送戏下乡、戏剧现象研讨、振兴戏剧研讨、出台指导意见等，全方位推进。一地启动，多点展示，设置卖点，引发热点，打造亮点。上下联动、左右协调、全省呼应、贯穿全年。

2014年1月17日　星期五

上午，衢州市局王建华局长、陈玉英处长来厅里汇报筹备全国流动文化服务站现场会事宜，并提及构想建设儒学文化区，建设中国儒学馆。这一构想好！我建议王局长牵头衢州和金华以及磐安，共同建设南孔与儒学文化生态保护区，并参照山东曲阜孔子研究院，在儒学馆加挂孔子研究院牌子。建议他争取增加市非遗保护中心编制，争取为独立法人单位；积极推动建立衢州市非遗馆，扩大非遗事业发展空间。

下午，与祝汉明去省委统战部经济处，与闵涛处长、周晓勇副处长就非遗春晚和第九届省非遗节启动仪式有关事项进行磋商。介绍了两项活动的基本情况，对邀请统战部相关领导和新生代企业家参与活动联动，提出建议。两位处长很支持，将帮忙联系参加省政协全会的新生代企业家委员参加春晚，建议省新生代企业家联谊会负责人参加省非遗节启动仪式，并捐款支持美丽非遗进文化礼堂。新生代企业家的参与，一直是媒体的关注点和新闻亮点，更大的意义在于呼唤和动员更多的社会力量参与非遗保护。

晚上，对2014省非遗电视春晚主持人席文和晶晶的主持词，做了修改。省委宣传部"中国梦想·美丽浙江"活动方案（草案）征求意见，我眼睛一亮，决定将原先的"留住乡愁·唤起自觉"春晚主题，改为"中国梦想·美丽浙江"！围绕这一大主题，添加了一些点题的内容；围绕"源、寻、传、融"四个字，深化主题，主要从自然生态（水）和人文生态（文脉）的维护保护做了阐述。美丽浙江，繁花似锦；中国梦想，梦想成真！

2014 年 1 月 18 日　星期六

上午，睡了个懒觉。

下午，去浙江电视台 800 平方米演播厅审看节目彩排，胡戎总监也到场。王戈刚总导演、吴亚文导演负责舞台编导，演员逐个节目走台，VCR 相互呼应，灯光配合追踪，舞美效果对号，音乐衔接测试，主持人到位，全方位呈现和检验。节目效果总体不错，有几个节目很有创意和新意，有些在节奏上、表达上、情绪上要提醒，也有个别水平明显偏差。我们对这台晚会充满希望和期待。

彩排走台结束后，我对全体演职员讲了话。一是充分肯定、高度评价。二是强调这台晚会很重要，中央四大春晚停办三个，我们省里非遗电视春晚保留、坚持演出，一定要演好。要体现非遗抢救保护成效，体现非遗传承发展成果。三是每个演职人员都很重要，我们每个人都是精神家园的守护者，要体现非遗人的精神风貌，体现饱满的情绪、昂扬的热情。今晚将因你而精彩，因为我们而精彩！

随后，在现场召集各演出队领队碰头开会，对于每个节目存在的问题，我直截了当提出意见，要求调整或修改。

晚上，"中国梦想·美丽浙江"2014 浙江非遗电视春晚录制。晚会一切按照预定的方案，按"源、寻、传、融"四个篇章循序渐进进行。舞台很美，很好看，很灿烂，节目很丰富，形式很多样，编导设计很有新意。

嘉宾席上，省政协盛昌黎副主席多次表扬，她说，后悔没带相机来。晚会现场的海外省政协委员很兴奋、很激动，主动要求上台表达心声，说非遗勾起了乡愁，表示要捐款支持非遗。现场的新生代企业家，也上台表示要继续为非遗保护做贡献！我也上台，对浙商和海外浙商保护非遗的文化自觉、爱乡爱国情怀，代表主办单位致敬致谢。

晚会赢得满堂彩，几乎所有的观众都很兴奋，不同的表达，都是同样的意思，"好看、精彩、非常成功、非常圆满"。我们处里的各位同事和科教频道的几位编导，心里喜洋洋、暖洋洋、得意扬扬。两个月倾心的策划构思和组织实施，得到了大家的高度认可，有晚会策划成功的成就感，有非遗保护工作者的自豪感。胡戎总监说，到时候我们提前反复滚动预告，做好后期的播出和宣传。

这台晚会荟萃了全省30多个非遗项目，聚集了400多名草根演员，将在马年大年初一晚上7:45的黄金时段，通过浙江电视台公共·新农村频道（七套）向全省观众播出。

2014年1月19日　星期日

《浙报》檀梅主任发来《2014浙江非遗创造力乡村计划》方案。分四个板块，"乡音里的家园——2014浙江非遗创造力新春篇""手艺里的家园——2014浙江非遗创造力夏至篇""米香里的家园——2014浙江非遗创造力秋分篇""传说里的家园——2014浙江非遗创造力冬至篇"。

檀梅主任思想绽放、智慧迸发，我看了方案很兴奋。但又觉得，2014年我处工作计划已下达，一年四季工作分明，工作任务也是满满的，再增加一个大系列，贯穿全年，恐力有不逮；还有，一年工作两个系列两条线齐头并进，会造成混乱。另外，我原先构想，去年做美丽中国，2014年做文化强国，2015年做优秀传统文化传承体系和精神家园，檀主任的方案刚好与我2015年的计划相对应，为此我主张明年搞！檀主任说，"精神家园"概念已提出一两年了，省委将文化礼堂定位为精神家园，也是这一阶段的工作重点和新闻点，新闻讲时效，保不定明年还有新概念，建议2014年先做起来，2015年作为延续品牌做。檀主任很认真很执着。原本我借媒体来做大宣传，现在是《浙报》借助非遗来做宣传，相辅相成，好！

我甚至把"十三五"我省非遗的构架都想好了。2015年为"十二五"的最后一年，将开始起草"十三五"事业发展规划。我考虑将传统表演艺术"百花争艳"计划、传统手工技艺"百工振兴"计划、传统节庆"百乡缤纷"计划，加上檀主任提出的"非遗创造力乡村计划"，再加上"智慧非遗建设计划"，五大计划，作为"十三五"的构架。

下午，去市中医院，手指烫伤已有十多天，大概我的免疫力有问题，自身修复功能差，小小一点创伤，总是经久不愈。医生说要挂针，先挂三天，看看效果吧。

2014 年 1 月 20 日　星期一

上午，黄健全副厅长召集研究第九届中国（义乌）文化产品交易会相关事宜，厅各相关处室负责人参会。黄厅长说，原先的义乌文博会，更名为文交会，从展示为主向实质性贸易转型。文化部副部长项兆伦很重视，不到半年就来义乌四趟，强调义乌文交会要体现市场化运作，体现国际性、体现专业性。文交会时间为 4 月 27—30 日。

之前，非遗博览会是义乌文博会的亮点，是最体现文化内涵的展览，展位都是免费的。2014 年的文交会，要求所有摊位都不免费，已经没有免费的午餐了。摊位费 7200 元，非遗优惠为 3000 元。参展的传人，交摊位费加装潢装修加吃住行，还是要花点钱的。对于效益好的项目，收点费是应该的；有些草根项目，还是有负担的。这次展会还将举行知识产权拍卖等新的尝试。

我认为先要找准定位，把基调先定下。我讲了几点：第一，大师加草根。没有大师的作品没地位，但大师的作品，普遍买不起，要以草根为主。第二，批量加手工。工业产品是商品、是产品，手工产品是文化品、艺术品。第三，静态加活态。除了展示销售，还应当有传承人现场表演，非遗是传统文化表现形式。第四，展览加交易。一部分只展不卖，一部分销售。第五，公益加市场。有一部分是没多少市场空间、市场效益的，来参展主要是体现丰富性，树立形象，场租要免除或者优惠；一部分市场效益好的，收摊位费，区别对待。第六，场内加场外。场外可以邀请永康九狮图、十八蝴蝶等项目来演出，招揽人气、聚集人气。我特别强调，文交会方向微调，但调整幅度不宜很大，非遗项目与其他项目还是有区别的。

下午，将第九届省非遗节暨"浙江好腔调"开幕式活动议程及各项准备事宜过了一遍，逐项敲定。

2014年1月21日　星期二

下午，第九届浙江省非遗节暨"浙江好腔调"系列活动启动仪式在临安板桥镇花戏村举行，也标志着"万场大戏送乡亲"活动正式拉开序幕。十届省政协盛昌黎副主席宣布活动正式启动，吴天行、柳河、宗馥莉、李林访、朱志华等省有关部门领导及临安四套班子领导出席。临安副市长裘小明、宗馥莉分别致辞，新生代企业家联谊会捐款100万元，嵊州小百花越剧团长和国家级非遗小热昏传承人周志华作为代表受捐。我主持启动仪式。

省启动仪式，好戏连台，在临安设一主两副会场，花戏村为主会场，嵊州小百花越剧团演出《五女拜寿》；秋口村、肇村村为分会场，分别选调海宁皮影戏剧团和柯桥莲花落曲艺团展演。全省各地在今天或春节前夕联动启动"万场大戏送乡亲"活动。

2014年1月22日　星期三

文化部在2014年度申报国拨经费的表格设计中，加了一个栏目，要求报送2012年度国拨项目经费的验收报告，以及验收组长和成员名单。此类工作，应当事先有通知，底下有准备。现在突击布置，何况再过一个星期就大年初一了，但我们也只好照办。让李虹起草《关于做好2012年度国拨非遗项目经费使用情况验收报告报送工作的紧急通知》，用抄告单下发。幸好我省2013年度组织了国拨项目资金使用绩效自查，各地还不至于措手不及。

下午，百度一下"浙江好腔调"或"万场大戏送乡亲"，各有两页的报道。《浙报》人文版头版醒目报道：《第九届浙江省非遗节暨"浙江好腔调"敲响锣鼓——觅乡音、忆乡愁、爱乡土》。不少网络媒体转发了这篇报道。这两个活动打出了品牌。特别是"浙江好腔调"上了凤凰网头条、腾讯头条，媒体报道很多。宗馥莉发挥了明星效应，超乎寻常的热。

2014 年 1 月 23 日　星期四

上午，下发抄告单：《关于认真学习贯彻中央"建设优秀传统文化传承体系"系列指示精神的通知》。

党的十八大提出了构建优秀传统文化传承体系的重大任务，要全面落实。特别是 2013 年以来，习近平总书记对文化遗产保护作出了一系列重要指示：在 3 月 3 日的中央党校 80 周年校庆时发表讲话；8 月 19 日，在全国宣传思想工作会议上提出了"四个讲清楚"；9 月 26 日，在会见第四届全国道德模范时又作了强调；11 月 26 日，在考察山东曲阜孔府后召开了座谈会，作了深刻阐述；12 月 12 日，在中央城镇化工作会议上发表重要讲话，作了生动的诠释；12 月 23 日，在中央农村工作会议上再次明确提出要求；12 月 30 日，在主持中央政治局第十二次集体学习会时做了精辟的论述。并且 12 月 23 日中共中央办公厅印发了《关于培育和践行社会主义核心价值观的意见》，对于建设优秀传统文化传承体系，加大非物质文化遗产保护力度，做出了全面和深入的部署。

《中国文化报》2014 年 1 月 7 日理论版刊发了我撰写的文章《赋予传统文化新的时代内涵》，这篇文章对于习近平总书记提出的加强优秀传统文化传承体系建设的一系列新思想和新要求，做了摘录。我们要认真学习习近平总书记一系列指示精神，认真领会、切实贯彻落实。特别是要抓住机遇，积极争取出台有关政策措施，加大非遗事业发展力度，推进优秀传统文化传承体系建设。

下午，起草政务信息：《宣传"五水共治"战略　彰显"留住乡愁"情怀——"中国梦想·美丽浙江"非遗电视春晚马年大年初一播放》。2014 浙江非遗电视春晚，呈现出五个特点：第一，通过主题宣传，唤起公众投身"五水共治"的自觉；第二，通过通体构思，展示非遗保护成果；第三，通过乡土风情节目，勾起海外游子乡愁；第四，通过 VCR，反映新时期非遗保护历程；第五，通过非遗主题歌曲，演绎非遗工作精神。

晚上，挂针。

2014年1月24日　星期五

上午，省农办要求报送"2013浙江新农村建设大事记"，公共文化处报了5条，他们是主体；我罗列了一下，非遗部分也报了5条。一是举行首届浙江省非物质文化遗产电视春节晚会及"2013最美中国年·浙江年俗"寻访活动；二是第八届浙江省非物质文化遗产节在金华市开幕；三是以"美丽非遗·魅力戏剧"为主题的浙江省濒危剧种守护行动启动仪式在杭州西溪湿地举行；四是以"美丽非遗与文化礼堂"建设为主题，在景宁举行第二届浙江省美丽乡村建设中非遗保护现场会；五是在景宁召开浙江省畲族文化乡镇长座谈会，与会的39位乡镇长向全省发出《用绚丽多彩的民族文化打造幸福畲乡》的倡议。

下午，起草浙江"美丽非遗赶大集"方案。

晚上，毛芳军起草《关于召开浙江省传统戏剧振兴现象系列研讨会的预备通知》，我过了一遍。

2014年1月25日　星期六

填报《公务员年度考核表》，我依照年度述职报告的内容，稍许修改了一下。2013年度主要抓了三件事：一是我省率先启动优秀传统文化传承体系建设；二是率先打造和打响美丽非遗品牌；三是率先实现省、市、县三级非遗保护机构全覆盖。如果2013年只谈三件我骄傲的事，那么就是以上三件。三个率先，文字表达很轻松，但其间的艰苦和付出那是海量的。付出非常值得，我们很忙，但快乐着。始终领先一步，这才是浙江的优势所在。

2014年1月26日　星期日

上午，厅党组会暨厅长办公会议。金兴盛厅长传达了四个会议精神，并对贯彻落实会议精神做了要求。

其中，传达了全省宣传思想文化工作会议精神。葛慧君部长把全省有关工作概括为五个特点：主题主线更加鲜明，抓住机遇更加有为，舆论引导更加有力，重点亮点更加突出，作风建设更加深入。强调要倍加珍惜老祖宗留下的精华，强化文化传承，注重以文化人。要求推进文化礼堂建设，抓好浙江非遗馆等重点文化设施建设，建成文化地标、精神家园。

会上，讨论了将于 2 月 12 日召开的全省文广新局局长会议方案。

下午，对全省局长会议上厅领导的主题报告有关非遗的内容等，作了补充。

晚上，起草党员民主评议个人自评材料。

2014 年 1 月 27 日　星期一

下午，毛芳军起草《美丽非遗进礼堂　魅力戏剧响浙江——第九届省非遗节暨"浙江好腔调"活动启动》，切入点很好，我过了一遍。

亮点之一：浙江省新生代企业家联谊会现场捐赠 100 万元，计划全年资助送戏进文化礼堂 200 场。亮点之二：全省上下联动，万场大戏送乡亲。亮点之三："浙江好腔调"传统戏剧系列活动鸣锣开唱。亮点之四：传统戏剧与文化礼堂紧密融合。亮点之五：推进濒危剧种的抢救保护力度。亮点之六：召开浙江传统戏剧振兴现象研讨会，探寻保护发展规律。亮点之七：探索传统戏剧市场运行新机制。

晚上，观看 2014 浙江非遗电视春晚录制片。

2014 年 1 月 28 日　星期二

今天起草了一封信"非遗工作与党委政府的总体战略紧密相连——马年新春的期盼"。主要表达两层意思：

其一，在马年的第一个月，浙江非遗工作大幕已经拉开。

一是省文化厅、浙江广电集团联合举办 2014 浙江省非遗电视春晚。这台非遗春晚将于马年大年初一晚 7 点 45 分，通过浙江电视台七套（公共·新农村频道）的电视荧屏向全省观众展播。

二是文化过年，好戏连台。第九届浙江省非物质文化遗产节暨

"浙江好腔调"传统戏剧展演系列活动,已经于1月21日下午在临安花戏村文化礼堂拉开序幕。本届省非遗节一改往年,提前到年初部署启动,因为新春佳节老百姓就要看戏。

三是我省今年将重点推进"智慧非遗"建设,打造非遗升级版。作为智慧非遗宣传窗口的浙江非遗网,已于1月18日改版上线。省非遗办推出的浙江非遗微信、微博等微平台,已经有5万多粉丝。

其二,我省非遗工作马年开门三件事,传递出的理念和信息,请大家关注。

一是要树立服务中心、围绕大局的意识。要将非遗工作与党委、政府的总体战略部署紧密相连,把握大势去思考,着眼大事去谋划,使我们的工作有一个更加开阔的思路和更加有为的空间。

二是要突出重点。非遗工作千头万绪,抓重中之重才能纲举目张;非遗事业庞杂繁复,抓突破口方能取胜;抓重点,就是走好一步让全局活起来的妙棋。

三是要注重品牌建设。2013年,我们打造和打响了"美丽非遗"品牌;在新的一年,我们将继续推进和深化美丽非遗品牌,并重点培育和打造"智慧非遗"的品牌。希望大家全省一盘棋,着力打造具有鲜明地方形象的响亮的非遗品牌,合力共推品牌。

骏马奔腾迎新年,浙江非遗谱新篇。对于充满挑战的2014年,我们满怀激情和期待。

2014年1月29日　星期三

省里取消一批检查评比达标活动项目,我处建议:浙江省优秀传统文化传承体系建设模范区评选,争取保留。

习近平总书记2013年在多个场合,先后8次就继承、弘扬优秀传统文化发表重要讲话,特别是在全国宣传思想工作会议上,提出了"四个讲清楚",用历史辩证法,强调了传承优秀文化的重要意义。

12月23日,中共中央办公厅印发了《关于培育和践行社会主义核心价值观的意见》,再次强调要"建设优秀传统文化传承体系,加大文物保护和非物质文化遗产保护的力度"。

蔡武部长在全国文化厅局长会议上，对 2014 年工作做了部署，明确将构建优秀传统文化传承体系建设列为工作重点。

省委办、省府办明确嘉善要创建省级优秀传统文化传承体系建设模范区，省里没有载体，那嘉善何以为凭？

我省应当在构建优秀传统文化传承体系上率先作为，走在前列！

2014 年 1 月 30 日　星期四（大年三十）

元月，我处重点做了三件事：

一是 1 月 18 日晚，举行 2014 浙江省非遗电视春晚录制，以"源、寻、传、融"四个篇章，演绎和宣传非遗十年保护成果。

二是 1 月 21 日，第九届浙江省非遗节暨"浙江好腔调"系列活动启动，媒体反响很大。

三是 1 月 21 日，浙江非遗网改版上线。浙江非遗网一直反响不错，但还得不断转型升级。

2014 年 1 月 31 日　星期五（大年初一）

往年春节，一般我回临海看老妈，诺妈在杭州或回广德老家陪丈母娘，诺看情况。

今天情况特殊，丈母娘已 90 多岁了，住了一段时间院，这次我们一起把她送回广德老家。

"中国梦想·美丽浙江"2014 浙江非遗电视春晚，马年大年初一晚 7 点 45 分在浙江电视台公共·新农村频道播出。

2014年2月7日　星期五（年初八）

今天是马年新春上班第一天。金厅长等厅领导到各处室巡访，新年互祝马年吉祥。

上午，收到厅办转来省委领导的批示。厅工作简报刊发了《宣传"五水共治"战略　彰显留住乡愁情怀——"中国梦想·美丽浙江"非遗电视春晚将于马年初一播放》。夏书记批示：这条信息好。还在"将于马年初一播放"下面画了横线。

马年上班第一天，就收到省委书记的批示，好！

厅里印发了2014年工作要点。其中有非遗的一个大版块："六、部署开展浙江省优秀传统文化传承体系建设（非遗工作）拓展年活动，推动非遗工作再上新台阶……"

下午，将《温州市非物质文化遗产保护管理办法》以厅文件转发各地。温州该《办法》有几个亮点，值得关注。该《办法》明确要求：为非遗保护提供财政、机构和人员保障；具体明确了文化、教育、财政、规划、住建、海洋渔业、卫生、旅游、公安、水利、民宗等政府各部门非遗保护职责；强调抢救性保护和生产性保护；鼓励全民参与非遗保护，并鼓励发挥民间力量活跃的优势，积极兴办民间非遗馆。特别是该《办法》强调指出：非遗保护，实行市、县（市、区）、乡镇（街道）、农村新社区"四级保护管理机制"。这一《办法》颁布至今已近一年，在推进温州非遗保护上发挥了重要指针和导向作用。

马年元宵将在天台举行浙江"美丽非遗赶大集"暨天台非遗踩街活动，天台发来启动仪式方案，我过了一遍。

2014年2月8日　星期六（年初九）

上午，与毛芳军将春节后我处非遗重点工作，以及全年非遗重点工作，做了梳理和分工安排。

下午，召开处务会，罗列了春节后几项工作内容：第一，四个方案：中国梦主题活动方案；"浙江好腔调"实施方案及活动筹备；美丽非遗赶大集实施方案及启动仪式；浙江省智慧非遗建设实施方案及现场推进会筹备。第二，四个征文。第三，非遗项目方面。第四，编辑编撰及出版事项。第五，经费管理与机构建设。第六，非遗宣传方面。第七，日常工作。总共有 37 项，每一项都可能是个小系统，可能延伸出不少具体的工作。明确了处里各位及非遗信息办的分工和责任要求。

2014 年 2 月 9 日　星期日

下雪。今天与毛芳军加班，起草了三个稿子。

一是《关于雨雪天气各地切实加强元宵节活动安全事项的紧急通知》。今年元宵期间，我省不少地方将组织举办具有一定规模的非遗踩街、巡游、灯会等活动。但据省气象台预报，从昨天夜里开始，一场大范围的降雪天气自西向东影响我省。为此就加强元宵节活动安全事项紧急通知，要求：第一，切实增强元宵活动的安全防范意识；第二，密切关注雨雪和冰冻天气情况变化，慎重决策；第三，切实做好各项安全保障工作；第四，祝愿全省人民欢度元宵佳节。

二是补写了一篇《浙江非遗网的变与不变》，作为非遗网新春改版的献词。在"快阅读"时代，增加网站信息含量，增强版面吸引力，是网站编辑部至关重要的命题。在保持原有定位的基础上进行版式创新，呈现新的风格，让网友有一些新鲜感，这是我们作出变化的初衷之一。

新版非遗网，改变的不只是形式，还有风格和内容。新版纵向设置了十个板块，其中的"非遗新闻"和"热点专题"版块，反映了全省各地热浪翻滚的工作动态；"非遗传人"和"我们的身影"板块，彰显非遗人的梦想追求和出彩人生；"非遗项目"和"保护载体"板块，传递出浙江非遗十年的坚实足音；"非遗悦读"和"非遗视界"板块，展现了浙江非遗保护成果的丰盈多彩；"非遗论坛"和"在线互动"板块，体现了服务非遗工作者、服务网民的宗旨。各板块互动互补，形成整体联动效应，使非遗网发挥出更大效能。

三是与处里几位一起讨论提名"2013年浙江非遗保护十大新闻人物"，拟为：宗馥莉、宋卫平、周志华、薛巧萍、王晓平、俞朝中、徐朝兴、陈华文、夏雪松、朱馨。我与毛芳军为每个候选人物写了一段评语，类似于颁奖辞。前六位，都与今年的热点戏剧保护相关；其他四位中，国家级传承人、高校专家、文化局局长、新闻记者各有一人。这些人物都比较典型，各有风采，是浙江2013非遗事业活力奔涌的推动者和践行者。

2014年2月10日　星期一

早上起来，发现天已放晴，偶尔还露出一丝阳光，真高兴。可是遗憾，到了下午，又是雪花飘扬，漫天飞舞，我的心又拎起来了。天公不作美，苦了演出踩街队伍，苦了观摩观光的群众，也难为了我们邀请出席活动的领导嘉宾和媒体记者。

上午，厅法规处牵头召集会议，各处室负责人参加，专题研究省编办发来的"省文化厅职责清理工作初审反馈意见"。涉及我处职能的："对未经审核批准，具有保密性的非遗进行学术性考察与研究"的处罚，拟定保留权限；要求"省非遗保护专项资金"与"省基层公共文化服务建设专项资金"整合归并，对此我有保留，拟再争取试试；对于"开展省级优秀传统文化传承体系建设模范区评选工作"，初审反馈认为"作为嘉善县试点工作内容，暂不在全省开展"。对此，我将依据中央文件，寻章摘句，据理力争。

我历来的习惯，只要有利于发展生产力，增强文化软实力，有利于事业和行业建设，必要的权益要争取。

下午，修改《浙江省"美丽非遗赶大集"系列活动实施方案》。举办单位拟为省文化厅、省旅游局、浙江日报社、浙江广电集团四家。主要有五项活动：一是浙江"美丽非遗赶大集"于天台启动；二是全省各地传统节日活动；三是全省各地非遗节庆活动；四是各地各类非遗博览会；五是各类非遗专题活动。关于系列活动的组织实施，提了六点要求：一是上下联动，共推品牌；二是彰显特色，各呈风采；三是加强交流，资源共享；四是凝聚人心，传播文明；五是确保安全，厉行节约；六是整合资源，立体宣传。

我省非遗工作，就是这样一环扣一环，一个系列一个系列推进，不断推进，不断深化，像滚雪球一样越做越大。

2014 年 2 月 11 日　星期二

上午，处里召开碰头会。我将浙江"美丽非遗赶大集"天台主场活动以及相关事项安排了一下，并提出要求：一是邀请领导，进一步确认。二是媒体宣传，做好新闻通稿，做好背景材料的准备和提供，做好记者联系。三是做好去天台各方人员的接送安排。四是《中国文化报》杨胜生副总编和隗瑞艳主任的考察采访安排。

毛芳军起草浙江"美丽非遗赶大集"新闻通稿，我过了一遍。这篇通稿用几个特点去概括该活动，从启动仪式延伸到全年全省的活动安排，内容丰富，信息量大，提炼得也好。

省非遗中心报来 2014 年度目标管理责任书送审稿，我批了一段话："省非遗中心应当全面认识承担的职能，找准定位；除手工艺外，要在传统戏剧、表演艺术等方面有所作为。在推进基层非遗中心建设上，除培训，应有具体举措。在基层非遗基地建设上，也要有具体动作，不能总是务虚。既要锦上添花，更要雪中送炭，切实履行好事业单位职责。"建议非遗中心重新研究和计划 2014 年度工作。

下午，厅办要求报送"中国梦想·美丽浙江"主题宣传活动方案，我将我处今年的相关安排做了整合，进一步突显主题，形成系列，具体为四大系列活动：一是 2014 浙江非遗电视春晚；二是浙江传统手工艺主题创作展览；三是第九届浙江省非遗节暨"浙江好腔调"系列展演活动；四是 2014 年浙江省"美丽非遗赶大集"系列活动。除了第二项传统手工艺主题创作展示活动，其他三项均已启动。

2014年2月12日　星期三

上午，省编办发来《关于省文化厅职责清理工作初审反馈意见的函》，对于涉及我处的两项职能职责，我还是主张争取立项或保留：

一是浙江省优秀传统文化传承体系建设模范区评选，还是争取立项。理由：首先，中共中央办公厅2013年12月印发的《关于培育和践行社会主义核心价值观的意见》，再次强调要"建设优秀传统文化传承体系，加大文物保护和非物质文化遗产保护的力度"。其次，省委办、省府办明确嘉善要创建省级优秀传统文化传承体系建设模范区，省里没有载体，那嘉善何以为凭？皮之不存，毛将焉附？再次我省应当在构建优秀传统文化传承体系上率先作为，走在前列，应当有具体的载体和举措。

二是省编办初审意见提出"省非遗保护专项资金"与"省基层公共文化服务建设专项资金"整合归并，对此我仍有保留，想再争取。《浙江省非物质文化遗产保护条例》第九条明确要求："各级人民政府应当保障非物质文化遗产保护所需经费，保护经费列入财政预算。县级以上人民政府根据需要设立非物质文化遗产保护专项资金。"地方法规的要求应当遵循。

这两件事，关乎非遗事业长远发展，必须再争取一下，既是本位主义，更是事关大局。

下午，赴天台。

晚上，2014浙江"美丽非遗赶大集"系列活动启动仪式暨天台元宵节非遗踩街巡游活动在天台文化广场举行。省政协原副主席盛昌黎及吴天行、陈永昊、柳河等有关领导出席。县委书记李志坚和我分别致辞，县长徐森主持开幕式。

天台的鼓乐仪仗、非遗踩街、迎春灯彩、抬阁彩车四大方阵，50多支表演队伍，你方唱罢我登场。有扮演高僧寒山拾得、济公、徐霞客的，还有树大旗、皇都南拳等表演粉墨登场，踩街巡游队伍绵延了近10里路，细碎的雪花与寒风挡不住观众参加的热情。

浙江"美丽非遗赶大集"活动，以"共筑中国梦想、同护精神家园"为主题，今年元宵，全省起码有20多个县市区同期举办灯会、踩街、巡游等活动。赶大集贯穿全年，通过丰富多彩斑斓多姿的非遗活动，展示浙江传统节日勃兴的生动景象。

2014年2月13日　星期四

上午，赶赴金华，调研金华市非遗馆活动情况，商量婺剧现象研讨会及全省"天下第一团"建设研讨会筹备事项。

金华非遗馆设在城隍庙，传统街区、传统建筑，布局规整，空间很大。非遗馆分为百工区、遗韵区、风情区、传说区、特色区、传承区、展演区等七个展区，主要通过展板与实物相结合的方式展示。据介绍，去年9月开馆以来，每月举办不同类型的非遗展演展示活动，有3万多人走进了非遗馆。

我对非遗馆的建设提了些建议：一是展陈上，要增加实物资料，增强丰富多样性，现在的展示以图片为主，是不够的。二是要定期或不定期经常性举办点活动，譬如每个月安排一个县市区组织传承人现场演示。古戏台要经常有演出。三是要策划和设计活动，要有新闻卖点，要与媒体联动，要让群众不断走进来。四是要与旅游部门和旅行社建立协作关系，开发成一个旅游景点，有非遗手工艺品可以卖，有非遗小吃可以品尝。五是这么多观众来参观，要收集整理和研究他们的意见、建议和感受。建议设置留言墙，反映观众的心得体会，可以用彩色纸制作，也是一道风景。

与金华方面商量了婺剧现象研讨会的筹备等相关事宜。婺剧不单是在金华，在衢州、丽水都有分布。这几年全面复兴，遍及城乡，深入大中小学，而且人才不断涌现，婺剧精品迭出，一派繁荣景象，很值得研究和探讨。找出几条可以普遍适用的基本规律，对于婺剧的可持续发展，对于其他剧种的复兴、勃兴和振兴，是很有必要和意义的。

下午，返杭。

2014年2月14日 星期五

今天是元宵节。

上午，赴安吉。安吉也举办"美丽非遗赶大集"活动，陪同《中国文化报》杨胜生副总编、隗瑞艳主任去观摩考察，让他们进一步体验和了解浙江非遗的火热状态。

下午，参加安吉"美丽非遗赶大集"活动。金龙狂舞闹元宵，银马飞跃报春来。威风锣鼓，金龙、化龙灯、竹马灯、花灯、花轿、旱船、犟驴子等20支非遗项目表演队，相继登台亮相、沿街劲舞，用最传统最喜庆最有韵味的表演，抒发了欢度元宵佳节的喜庆欢快，抒发了安吉人民的志气豪情。《中国文化报》副总编杨胜生和安吉县委书记单锦炎为金龙点睛。

杨副总编说：浙江非遗不单是项目多，更重要的在于把这把火燃起来了，在于浙江非遗这支队伍的精神状态特别好，在于抓非遗工作很有招数和办法。美丽非遗浙江行的系列报道，要进一步做好，给全国提供借鉴。

晚上，与杨胜生副总编、隗瑞艳主任等去拱墅观灯。拱墅区运河广场灯不多，但高头大马等巨型灯彩很瞩目。广场上都是人，可以用人潮如海、水泄不通、万人空巷来形容。

我们沿拱宸桥到了桥西的老开心茶馆观赏曲艺表演，拱墅区委许明书记等在检查各街区灯展之后，专门赶到茶馆座谈。

与我妈通电话，她说，今天是元宵节，也是情人节，你应该给大家放假。我妈说得对。我正月十三在天台活动，也没时间赶回临海看看老妈。处里的同志没日没夜跟着我加班。我觉得多少事，从来急，一年一年太久，要只争朝夕。

2014年2月15日 星期六

上午，在厅里。央视昨晚的《新闻联播》，今天早上的《朝闻天下》，分别报道了浙江"美丽非遗赶大集"启动仪式暨天台踩街活动。

百度一下"非遗赶大集",已经有 10 多页了。浙江率先推出这一品牌,也是对美丽非遗系列品牌的延伸拓展。

晚上,赴绍兴。

2014 年 2 月 16 日　星期日

上午,参加六龄童(章宗义先生)追悼会。

当年,毛主席、周总理等中央领导多次观看了六龄童的演出和电影《孙悟空三打白骨精》,毛主席亲自作了一首七律《和郭沫若同志》。其中的后四句是:"金猴奋起千钧棒,玉宇澄清万里埃。今日欢呼孙大圣,只缘妖雾又重来。"

六龄童 6 岁学艺,12 岁登台演出,75 岁退休,享年 90 岁。从 6 岁到 75 岁,70 年漫漫取经路,九九八十一磨难,一路壮歌,勇攀艺术高峰,成就了"江南美猴王"载誉,成就了传奇人生,成就了盖世绝唱。六龄童戏剧电影《三打白骨精》和六小龄童的电视连续剧《西游记》,成就了艺术经典,成就了父子两代美猴王,成就了绍剧猴戏盛名,也极大推进了浙江地方戏剧的发展。六龄童驾鹤西去,再次"大闹天宫"去了!

下午,商量了新昌调腔现象研讨会相关事宜。新昌调腔作为县级专业剧团,它的生存发展,具有典型性、代表性。调腔,是非遗兴起之后才复活复兴,有哪些因素使它有今天的发展,有哪些因素值得其他县级剧团借鉴参考,这些因素是否有普遍意义?在研讨会的设计上,有哪些新闻点?绍兴市局近期将去新昌会商和指导。

我提出,今年要继续做"美丽非遗"的品牌,除了已推出的"美丽非遗进礼堂""美丽非遗赶大集",应当还要有一个支撑点,三足鼎立,该想想做什么好。吴双涛馆长说,进礼堂是让大家观赏,赶大集是体验,后面还可以做社会参与的文章。应该成立一个类似"美丽非遗大家唱"之类的品牌。胡华刚局长说,叫"美丽非遗你我他"。我叫好!你我他代表了社会,代表了社会参与,与我处即将启动和召开的非遗志愿者社团建设经验交流会主题是一致的。这三大活动品牌,既是美丽非遗品牌的具体延伸和拓展，也是美丽非遗品牌的支撑和依托。

2014年2月17日　星期一

上午，看到法规处发来的"省文化厅职责清单总表"，下午必须反馈。对照非遗职能，做了相应修改补充。

下午，省级机关党校处级干部学习。学习一个星期，从周一到周五。周一是下午，其他几天是上午，不上课期间要求自学。

2014年2月18日　星期二

上午，网上看到新华社报道，习近平总书记在省部级主要领导干部学习贯彻十八届三中全会精神全面深化改革专题研讨班开班式上发表重要讲话。习近平总书记指出，推进国家治理体系和治理能力现代化，要大力培育和弘扬社会主义核心价值体系和核心价值观，加快构建充分反映中国特色、民族特性、时代特征的价值体系。

总书记强调，坚守我们的价值体系，坚守我们的核心价值观，必须发挥文化的作用。民族文化是一个民族区别于其他民族的独特标识。要加强对中华优秀传统文化的挖掘和阐发，努力实现中华传统美德的创造性转化、创新性发展，把跨越时空、超越国度、富有永恒魅力、具有当代价值的文化精神弘扬起来，把继承优秀传统文化又弘扬时代精神、立足本国又面向世界的当代中国文化创新成果传播出去。

下午，与毛芳军、楼强勇商量今年非遗重点工作宣传方案，把继承优秀传统文化又弘扬时代精神的文化创新成果传播出去。主要有五项：一是与《浙江日报》联动，做好传统戏剧板块的宣传。二是与中新社浙江分社协作，在《中国新闻报》全国"两会"特刊上，编发"浙江非遗保护"专栏。三是配合《中国文化报》，继续做好"美丽非遗浙江行"系列报道。四是会同《今日浙江》，继续做好"美丽非遗"专栏的征稿。五是做好浙江非遗网及微信专题宣传工作。

2014年2月19日　星期三

上午，嘉兴市委宣传部部长陈越强、副市长柴永强，市局金琴龙局长、陈云飞副局长来访，金厅长听取汇报。

我建议嘉兴：第一，公共文化服务体系与传统文化传承体系，有分有合，要将非遗的相关内容融入公共文化服务体系。第二，既然是体系，就要加强市本级非遗馆建设，推进县市区非遗馆建设。现在嘉兴非遗馆只有400多平方米，要重新有个大的构想。嘉兴几位领导当场做了讨论，准备利用老厂房、大厂房改造建设。

下午，文化部外联局、非遗司部署进行联合国教科文组织公布的急需保护非物质文化遗产项目履约报告撰写工作。急需保护项目公布四年后，要递交保护履约报告。中国木拱桥营造技艺项目由浙江的泰顺、庆元和福建的寿宁、屏南共同撰写，这一报告已上报。中国木活字印刷术，保护责任单位为我省瑞安市，履约报告工作由我省具体负责撰写。

2014年2月20日　星期四

上午，近日，省有关方面要求报送有关材料：

第一，省评比达标表彰活动领导小组办公室，要求报送优秀传统文化传承体系建设模范区评选和精神家园守护者评选拟请立项或保留项目的依据和必要性，需用正式文件报送。已让叶涛起草文稿，我过了一遍。

第二，生态省建设领导小组办公室，要求报送《关于"811"生态文明建设推进行动2013年工作进展和2014年工作思路》。2013年，我厅我处围绕美丽中国的命题，打造美丽非遗品牌，推进美丽乡村建设，助力美丽浙江建设，有一系列作为。譬如，以"美丽中国　美丽非遗"为主题的第二届中国非遗保护余杭论坛，第二届浙江省美丽乡村建设中非遗保护现场会，浙江省畲族文化乡镇长座谈会，第八届浙江省非物质文化遗产节系列活动等。2014年初，我厅举办了"中国梦想·美丽浙江"2014浙江非遗电视春晚，宣传"五水共治"战略，彰显"留住乡愁"情怀。诸多举措，推进自然之美与人文之美相结合。

第三，浙江省中国梦主题教育实践活动领导小组办公室，要求报送"中国梦想·美丽浙江"主题活动项目。我处具体承办的主题活动有2014浙江非遗电视春晚，第九届浙江省非遗节暨"浙江好腔调"系列活动，浙江"美丽非遗赶大集"系列活动，浙江省手工艺主题创作活动，主题征文活动等，重彩浓墨，大张旗鼓。

第四，省精神文明建设委员会办公室，发来2014年工作要点责任分解，征求意见。我在"突出内涵内容，大力推进农村文化礼堂建设"部分，加了"深入推进美丽非遗进礼堂"。在"积极弘扬中华民族优秀传统美德"部分，加了"深入开展'美丽非遗赶大集'系列活动"。

第五，省政协发来"2014年协商计划"，其中涉及我处的为："（三）利用数字媒体，保留我省非物质文化遗产。"时间安排：上半年。这一协商计划经省政协十一届十四次主席会议通过，这一事情也很要紧。

牢记：大局里边有非遗！非遗工作也要围绕中心服务大局，找准定位、对准方位，创新载体、加强措施，顺势而为、乘势而上，推进事业、促进发展。

下午，苏唯谦老师发来反映浙江各地非遗馆建设的综合报道，引题为"101个市县坐拥443座非遗馆　形成省域全覆盖"。正题为："浙江提前步入文化'四馆'时代"。金厅长强调要"四馆"并进。文化"四馆"，这是一个新的命题，也的确是个时代命题。

金厅长指出："应当将非遗馆建设纳入公共文化服务体系。以前讲抓好三馆建设，文化馆、图书馆、博物馆，现在应当再加上非遗馆，从三馆变为四馆，成龙配套，形成体系。设施是事业的主架，无形文化也应当有形化，非遗馆建设是非遗事业的重要支撑，也是文化事业发展繁荣的重要标志。"金厅长的话很重要，我们要借机推进。

目前浙江的非遗馆在建设理念、建设类型、建设途径以及布展手段、运作管理、功能发挥等方面，呈现了类型多样、主题多样、门类多样、功能多样四个特点。"我们的愿景：努力让非遗馆遍布浙江。通过五到十年的努力，争取每个市县都有一个综合性非遗馆，每个乡镇都有一个专题非遗馆；结合全省农村文化礼堂建设，争取每个文化礼堂都配套建设乡村非遗馆。"

2014 年 2 月 21 日　星期五

上午，省委宣传部申中华处长来访。申处挂职援疆，担任阿克苏地委宣传部副部长，兼浙江援疆指挥部综合信息组组长。他们来商量文化援疆具体事项，也听取我的意见和建议。

我讲了几点：一是摸清资源家底，做好项目价值的挖掘。二是建立资源数据库和网站，做好资源储存，办好工作平台和宣传窗口。三是促进旅游。可以参照新疆评选阿克苏十大文化标识，也要设计和创新活动载体。四是文化产业。新疆手工艺品，可以在浙江设立展示销售的窗口，阿克苏也可以推出"非遗三宝"。五是文化交流。塔里木歌舞团可以组成小分队，向全省推荐。演艺一定要走市场才有生命力。六是阿克苏要与浙江省厅、省旅游局等签订个合作，强化双方的责任意识。

中午，文化部非遗司荣书琴处长来电，今年非遗司重点推进非遗进社区，听取意见，并说将在福建、武汉、北京等地设点。我要求将浙江也作为主会场之一。荣处长反馈，向王福州副司长报告了，同意在浙江也设点，并要求下午就向司里上报个初步方案。

下午，制订了我省"美丽非遗进社区"初步方案。主题为：家国情怀、乡愁记忆。内容为：传统礼仪活动崇礼善德；社区群众非遗晒宝寻根；传统戏剧展演非遗惠民。将我省活动初步方案报给荣处长。

荣处长将司里的初步方案也发给我处，要求征求基层文化部门的意见。浏览了一下，考虑很全面，设计的活动内容很丰富。

2014年2月22日　星期六

今天与毛芳军加班，让小毛帮助整理堆积的材料。不知聊到什么话题，突然有感而发，于是有了下面这段文字：

现在做事很难，很为难。浙江非遗的火已经烧起来了，人民群众已经发动起来了，我在其位要谋其职，要肩负责任和使命，不负重托，不负荣誉。我历来是时不我待，只争朝夕，认准的事历来是明知不可为而为之，该做的事照做！

对上面通知，我们不能机械地执行。我们举行了中国非遗保护余杭论坛。我们举办非遗电视春晚。我们举办隆重热烈的"美丽非遗赶大集"启动仪式。我们鼓励基层订行业报。我们下发文件和抄告单全过程各个环节指导基层工作；会议一年到头不断，紧锣密鼓，节奏很快，大力推进事业发展。我们召开会议没钱，都是承办单位自觉主动承担。我们运用各种手段促进市县非遗中心建设。

对于浙江各种创新做法、突破常规的举措，新闻媒体重彩浓墨、大张旗鼓地宣传报道，浙江的非遗宣传一波接一波，一浪高过一浪。省委办、省府办，还有文化部，不断转发我省非遗工作信息报道。省委领导多次批示，给予表扬。

实践是检验真理的唯一标准，实践证明我们的工作效果是好的，促进了习近平总书记和中央一系列关于继承弘扬优秀传统文化的精神在我省切实贯彻和落实，促进了文化软实力提升，促进了生产力发展，也使我省非遗工作真正践行了"解放思想、实事求是、与时俱进、开拓创新"的精神和"干在实处、走在前列"的要求。

要干好一番事业，要有一种明知不可为而为之的精神，"苟利国家生死以，岂因祸福避趋之"！

2014年2月23日　星期日

上午，赴德清调研。祝汉明、林敏、王其全同往，就推进非遗馆建设和非遗志愿者队伍建设作了讨论，也为全国非遗进社区浙江主场活动选点。

下午，德清姚明星局长、费莉萍副局长、姚馆长、张科长陪同考察了后坞村、上柏村文化礼堂。后坞村文化礼堂，按照"一天早中晚"和"一年四季"，构思布局，反映村民的劳作生息，春播秋收，民俗风情。切入点有新意，构思蛮巧妙。上柏村的马灯舞，在乡村大舞台欢乐舞动，锣鼓敲出喜庆。但是，后坞村离县城远了点，上柏村文化礼堂缺少鲜明特点，如果作为我省全国非遗进社区（农村社区）的主场启动点，都不够理想。

晚上，召开座谈会，德清方面和省里去的专家、同事参加。我提出主要讨论的几个议题：一是德清文化复兴。德清是干将莫邪炼剑的地方，据说是瓷之源，有防风氏传说，有前溪歌舞的概念，是孝子孟郊的故乡，有丰富的民国文化，民间非遗馆勃兴。二是非遗志愿者社团建设。德清是道德高地，文明德清，人有德行、如水至清。德清义工、民间设奖，成为一种现象，之前德清为脚手架工人余运来设立"运来非遗保护传承奖"，建议建立民间非遗馆协作体和非遗志愿者社团。考虑在德清召开全省非遗志愿者现场会。三是智慧非遗试点。德清的民间非遗馆应该设立网上非遗馆，建设非遗网站，建立非遗数据库，实现与省信息化平台的对接。四是非遗进社区活动选点。德清是文化走亲的发源地，也正在策划实施"非遗串门"活动，与我厅的"美丽非遗赶大集"活动理念是相通的。如果在德清找到合适的启动点，也可以借此机会向全国宣传和展示浙江的文化礼堂建设、乡村非遗馆建设、非遗志愿者队伍建设以及智慧非遗建设。一举多得，窥一斑见浙江非遗全貌。

德清非遗很厉害，文化源头灿烂多元，具有标识性意义，要打响品牌，擦亮明珠，闪耀中华。

2014 年 2 月 24 日　星期一

上午，召开德清县民间非遗馆长座谈会。德清费局长、姚馆长等参会，藏书票馆、水样年华婚俗馆、中草药馆馆长参加。

我主要了解三方面情况：第一，民间办馆基本情况，困难问题、意见建议。第二，为什么德清民间办馆这么踊跃。第三，县里有关政策措施。

费局长介绍了全县民办非遗馆建设情况和文化工作兴旺景象。来参加座谈会的馆长就三位，但谈得都比较深透。准备关于德清民间办馆情况，专门做个材料。这里不赘述了。

下午，回杭。与毛芳军整理德清调研和座谈会材料。

今天《中国文化报》头版头条刊发了记者焦雯、苏唯谦的报道《浙江步入文化"四馆"时代》，这是一个划时代的命题。

2014年2月25日　星期二

文化部非遗司今年重点工作之一为推进非遗进社区，上午，文化部非遗司荣处长发来2014全国"文化遗产日"活动策划方案（草案），征求意见。因此，我处召开专题碰头会，对非遗司的方案做了研究。提出几点建议：第一，活动主题，建议为：美丽非遗，大地芬芳；第二，建议文化部恢复"文化遗产日奖"评选；第三，对一些具体内容提了些意见建议。

中新社浙江分社汪恩民主任过来，商量在全国"两会"期间的《中国新闻报》设个"浙江非遗特刊"。经商议，特刊版面拟共八个版。第一，省里两个版面，设想第一版为中新社对金厅长关于非遗的专访，第二版为2013浙江非遗十大新闻、浙江非遗十大新闻人物。新闻配上若干图片，人物配上剪纸肖像。第二，六个专题版面，拟为泰顺木拱廊桥保护、绍剧传承发展、德清文化现象、桐乡非遗馆建设、景宁畲族文化复兴、仙居民俗文化。对中新社采访厅领导的采访提纲，再次做了商议。

下午，毛芳军起草第三届浙江省美丽乡村建设中非遗保护经验交流会主题征文的通知。拟主题为：城镇化进程中怎样留住乡愁。我考虑从传统村落保护的具体案例上进行交流研讨，增强针对性和实效性。

习近平总书记在中央城镇化工作会议上提出了"望得见山、看得见水、记得住乡愁"的美好愿景，并在中央政治局第十二次集体学习会上强调："要让收藏在禁宫里的文物、陈列在广阔大地上的遗产、书写在古籍里的文字都活起来。"非遗保护，乡村是根本，农村是关键。为此我们每年召开浙江省美丽乡村建设中非遗保护现场会，为留住乡愁、活态传承，为美丽非遗、大地芬芳，尽绵薄之力。每年一个切入点，逐年深入，形成系列，相信久久为功，终见成效。

我厅下发《关于举办"中国梦 我的非遗梦"征文活动的通知》，强化广大非遗人对自身责任和使命的认识，畅想美丽非遗梦，憧憬非遗事业的愿景，敢于有梦、勇于追梦、勤于圆梦，唱响主旋律、传播正能量。

2014 年 2 月 26 日　星期三

上午，开 2014 年度第 1 次厅长办公会议、第 3 次党组会。两个议题与非遗有关。

议题 1：省文化厅职责清理二报意见。其中，我省优秀传统文化传承体系建设模范区的评选和精神家园守护者的评选，我们依然希望争取立项。

议题 6：我汇报了第九届省非遗节暨"浙江好腔调"系列活动实施方案和"美丽非遗赶大集"系列活动实施方案。

褚副厅长提出，好腔调要与"五水共治"、中国梦结合。杨越光副厅长提出，各处室可以按照各自职能，发挥各自优势开展工作，优势互补，也是一种合力。柳副厅长提出，好腔调和"美丽非遗赶大集"启动仪式，社会影响都很大，后面的工作还要继续做好。

金厅长强调，第一，要与中心、大局结合。要服务中心、围绕大局，宣传"中国梦想·美丽浙江"，宣传"五水共治"。第二，要坚持改革的思路。非遗处动员新生代企业家参与，出钱出力，这做得很好。第三，坚持群众参与。要让群众积极参与，在参与中接受熏陶，这也是传承的一种途径。第四，节俭办节。

列席厅长办公会议后，赶至三台山庄，参加省政协文史委全体委员暨全省政协文史委主任会议。张泽熙副主席出席讲话，沈敏光主任主持，曾骅副主任介绍了省政协文史委2014年工作要点。

文史委2014年工作要点，其中涉及我处职能的有三件事：一是《非遗传承人口述历史》第二卷编著和口述史视频片摄制。二是美丽乡村建设与传统文化保护课题调研。三是非遗数字化保留与传承。

省政协及文史委领导高度重视非遗保护，让我很振奋很受鼓舞。政协关于非遗抓的三件事，都很重要。传承人是非遗保护的根本，留住乡愁是非遗保护的核心，数字化建设是非遗保护的关键。这三件事，我处2014年工作也有相应安排，可以对接和结合一起做。

2014年2月27日　星期四

上午，去省人力社保厅公务员局，与考核奖惩处李启再处长商议申请设立评比达标表彰事项。我厅拟开展优秀传统文化传承体系建设模范区评选表彰和精神家园守护者荣誉奖评选表彰。李处长说，做加法可能性不大，他们帮助争取下。他建议，两项合为一项，作为优秀传统传承体系建设先进集体和先进个人的评选。这个指导意见很好、很重要。

下午，昨天厅党组会研究决定，把我作为副厅后备干部人选，要报近三年的个人工作总结和群众路线教育个人自我剖析材料，还要报几张着正装的蓝底证件照。厅党组关怀、厚爱，我很感怀。我是只求做事，不求做官。像我50多岁的人了，一大把年纪，还作为后备，这是金厅长和厅党组的特别关怀！组织信任，我唯有更努力工作，以感怀组织的关怀。

晚上，起草在金华"美丽非遗百村行"启动仪式上的致辞。

2014年2月28日　星期五

下午，省财政厅老领导薛厅长、会计处周处长等过来，介绍珠算协会工作情况，并商议浙江珠算申遗事宜。

联合国教科文组织 2013 年 12 月 4 日在阿塞拜疆首都巴库通过珠算为人类非物质文化遗产。这是我国第 30 项被列为人类非遗的项目。在 2008 年公布的第二批国家级非遗项目中，珠算上榜。在非遗十个门类中，珠算归档民俗。

周处长介绍，珠算本已淡出生活，但现今千年的铁树又开花了。杭州少年宫 4000 多孩子学珠心算报名报不进；2011 年教育部基教司通知，珠算可以进课堂。孩子有了脑珠像，一辈子不会忘记。他说，以前财会统计人员学珠算，归口财政厅；现在着力点在孩子的启智教育，应当教育厅管。以前是计算工具，现在是启智育人。小学低年级还在开展珠心算教育的学校，全省只有 4 所：慈溪 2 所，杭州 1 所，长兴 1 所。办有兴趣班的，还有不少。孩子必须在脑发育阶段进行，即 5 周岁以后到 12 周岁以前学习，开发大脑，提高注意力、记忆力、计算能力、反应能力。

我的家乡临海有一个国华珠算博物馆，我参观过，里边的珠算琳琅满目，有中外古今各类珍稀算盘，是中国珠算文化的重要见证；临海的青少年珠算培训班也很红火，练心练脑练手指，心灵手巧智力高！

我介绍了非遗项目的申报，我们将支持珠算申报省遗项目乃至国遗项目，支持珠算列入省级非遗传承教学基地，以及可以作为传承性珠算活动的支持单位。弘扬国粹，传承文化！

2014年3月1日　星期六

我处又面临一轮新老交替。年初钱彬欣回长兴了，下周毛芳军挂职期满，要回泰顺了。铁打的营盘流水的兵，非遗处新人一茬一茬在成长。经过我处的培训和熏陶，多数人员回到原岗位后发挥了骨干作用，多位受到提拔重用。可以考虑提炼一下非遗处的文化或核心价值观。非遗处的优良传统，要发扬光大，要让大地芬芳。

事是靠人干的，总得再进人。因此，海宁周郁斌和湖州程建中老师来帮助工作。

2014年3月2日　星期日

今天一天，整理了办公室案头资料。过了个把星期，桌上又是一堆乱糟糟的，工作太庞杂，事情太多，各相关部门杂七杂八要报的东西多，我们自己想做的、要做的事情多，加上我们的工作转换很快，一件事压一件事，都来不及对付，没完没了。

2014年3月3日　星期一

上午，有三件省里交办的事：

一是省政府2014年度目标考核责任制内容。

二是省政府审批制度改革领导小组办公室《关于进一步清理省级非行政许可审批和管理事项的通知》。涉及我处职能的"省级部门管理事项目录"，保留的有两项：浙江省非遗名录项目的申报、评审、公布；浙江省非遗项目代表性传承人申报、评审、公布。

三是省发改委发来《省级有关部门2014年度支持重点欠发达地区加快发展任务书（征求意见稿）》，涉及文化厅的有十项任务，其中四项为非遗方面的工作：7.召开一次重点欠发达地区非遗工作座谈会，研究和落实帮扶措施，在规划编制、平台建设、项目安排、试点探索、工作指导等举措上给予特别支持。8.指导帮助景宁打造"畲族文化总部"，支持举办中国畲族"三月三"活动；支持开化、龙泉开展非遗保护综合试点工作；支持泰顺、庆元举办廊桥文化节。9.在安排省级文物、非遗保护专项资金时，给予更大倾斜。10.支持发展特色文化产业，为当地群众提供健康丰富的文化产品和文化服务。

这几项工作，为我处提出，经厅里审核同意上报。对于重点欠发达地区，应当扶贫帮困送温暖，共享改革开放的成就。要抓好组织、实施和推动。

下午，李虹起草了中央补助资金验收评估，我做了复核。

晚上，审核中国新闻社"两会"特刊拟刊发的浙江各地非遗典型材料。

2014 年 3 月 4 日　星期二

上午，省政府发布 2014 年度省直单位（文化厅）目标责任考核，其中非遗方面内容有：落实一项我省承办的全国性重要非遗活动，推进十家市县综合性非遗馆建设，举办"美丽非遗赶大集"百场活动，实施美丽非遗进农村文化礼堂千村行活动，发动万名非遗志愿者参与非遗保护。

今年列入考核的工作，概括讲，也就是"一十百千万"。

下午，与祝汉明、陈澍冰商量了各地承办 2014 年度我厅、我处相关会议、活动事项。

2014 年 3 月 5 日　星期三

上午，与《中国文化报》徐涟总编通了个电话，商量美丽非遗浙江行后续采访和报道。她觉得继续关注和深化对于浙江非遗的报道，很有必要，对于全国的非遗来讲也是甚为重要。

她希望我在理论版上写点文章，譬如非遗热中的冷思考，譬如时评性质的工作点评，一事一议，给人以启发。她说，浙江的工作成体系，做的事情太多，要一步一步去阐发和引导。对于写点小评论，我之前有这个爱好，但事太多，这两年来又开始写手记，顾此失彼了。要恢复这一"优良传统"，加紧写一些时评，把浙江的非遗热点加以评述，或者抒发情感。

下午，叶涛起草了《关于确认省级以上非遗项目保护单位的通知》，我过了一遍。省级以上非遗项目的保护责任单位的认定，涉及之后的经费补助，为此，在有些地方成为焦点。这一认定有排他性，已认定的要调整或退出，往往很难。按照文化部非遗司新的要求，保护责任单位必须为独立法人单位，借此机会，也可以推进各地非遗保护中心独立建制，这也是好事。

晚上，翻阅报纸，看到关于弘扬雷锋精神的报道，今天是毛主席题词"向雷锋同志学习"51周年纪念日。本月，我处打算在德清召开全省非遗志愿者社团建设经验交流会，在主席题词日召开这个会议，更有意义，媒体的报道也更有切入点和新闻点。雷锋说，生命是有限的，为人民服务是无限的。非遗志愿者体现的就是雷锋精神。

毛主席说，一个人做点好事并不难，难的是一辈子做好事。做非遗的义工，也是贵在坚持！

2014年3月6日　星期四

下午，与祝汉明、楼强勇、李虹商量智慧非遗有关事项。

浙江智慧非遗有几个特点，我概括为认识高、起步早、构架全、窗口亮、作用大。

智慧非遗的本质，在于非遗与信息化的高度融合，是非遗信息化向更高层级发展的表现，是非遗事业发展的新兴模式。我厅于2012年12月召开了全省非遗信息化建设工作推进会，印发了《浙江省非遗信息化建设实施方案》，构建了包括普查资源、项目管理、事业管理、集成志书、影像视听、管理平台"六大数据库"，和包括数据存储、运用管理、服务共享、宣传展示、文化惠民、电子商务在内的"六大平台"。浙江非遗信息化建设，已迈出扎实的步伐。

智慧非遗建设是一项系统工程，要重视顶层设计，要立足科学性、可操作性和普适性原则，分步建设、逐步递进。智慧非遗建设将促进非遗事业管理更加智慧地运行，推进非遗保护传承方式的变革，推动非遗更好地融入人民群众的生活。

我们商量了下一步智慧非遗建设。一是把智慧非遗摆上更重要的位置；二是加强技术装备配置，加强非遗数字技术内容建设；三是提高非遗工作人员的信息化应用水平；四是着重应用性加强服务平台建设，进一步办好浙江非遗网；五是把非遗保护传承拓展到大数据领域，推进非遗事业转型升级，跨越性发展。

2014 年 3 月 7 日　星期五

下午，约杭州滑稽艺术剧院刘笑声院长、老开心茶馆周志华先生过来，本来是协调老开心茶馆非遗传承经费事宜，但这次碰头会收获很大，对于滑稽剧院的情况有了相对全面的了解。

刘院长介绍：第一，杭州滑稽剧院承担六个国遗项目和两个省遗项目的保护，有小热昏、独脚戏、杭州评话、杭州评词、杭州滩簧、武林调六个国遗，滑稽戏、杭剧两个省遗。一个剧团承担这么重的使命，太特殊了。剧院设有非遗办，主任王颖燕。第二，剧院有省级以上传承人八人，一项一人。其中，国家级传承人有三位：小热昏为周志华，独脚戏为刘笑声，杭州评话为李自新。杭州评词没有后继传人。曲艺的传人一般都是多功能、复合型人才，要求说学做唱样样通，一专多能，左右贯通。剧院设想与省市艺校合办曲艺传承班，三加二模式，毕业为大专学历。剧院着重培养专业人才，"老开心"注重培养社会人才。第三，剧院为自收自支。剧院实际演职员有 50 多人，加上退休的有 70 多人。演职员的工资等支出，主要靠演出经费和获奖的奖励经费。第四，剧院有个档案室，历年来收集整理了不少资料，其中杭州评话口述史整理了 9 本，也整理出版了不少曲艺曲目。去年为建团 50 周年，出了一本颇有史料价值的厚厚的画册。第五，每年排一个大戏，包括滑稽戏《绿色冲浪》、杭剧《永远的雷锋》等，一年总计演出上千场。第六，有两个传承基地，定点落地：一个是民间书场"老开心茶馆"，还有一个是演出剧场，设在"杭州艺苑"。剧场设想为：上午文艺沙龙，下午公益性演出，晚上商演。

我讲了几点:一是杭滑是个戏窝子,是个非遗宝库,加强对杭滑剧院的支持扶持,这是非遗处的责任,我处将在国家非遗资金申请上给予指导和支持。二是对于濒危的杭州评话、杭州评词、武林调,要强化措施,培养新人,多创作多演出。政府要重视,自己也要努力。三是小热昏等曲艺穿越百年,保护是责任,而且刻不容缓;同时要传承与创新结合,老调新弹,老树新枝,要与时代共鸣。四是建议办两个专场,改编《绿色冲浪》,结合"五水共治"设个专场;再设个"中国梦想·美丽浙江"曲艺专场。

2014年3月8日 星期六

今天搬家。

我家是房改房,在一楼,前后房子都高,家里照不到阳光,我的办公室也晒不到阳光。每天的工作和生活环境难得有阳光,总不是个事。于是,另外租了个房子,楼高点,能照到阳光,很敞亮,太好了!这房子不用重新装修。整间屋子里,我最关心书房,虽然小一点,空间不大,但斯是陋室,惟吾德馨。能放下两个书橱,一张小桌,就够了。

2014年3月9日 星期日

今天整理房间,整理图书和书房。借这机会,将图书重新分类,也便于查找。书太多,与非遗不相关的都先打包。

诺妈和诺辛苦,家里的布置和整理就靠她们了。

新家蛮好,阳光灿烂房子敞亮,心情心境也敞亮!

2014年3月10日 星期一

上午,柳河副厅长参加省委巡视组工作,时间大概要一年,赵和平副厅长分管我处工作。向赵副厅长汇报和介绍今年上半年工作安排:一是浙江省优秀传统文化传承体系建设拓展年方案,二是第一季度三个"美丽非遗"安排。赵副厅长说自己轻易不大激动,但听了非遗处的工作介绍，不时很激动。

下午，开"浙江好腔调"协作协调磋商会，统战部经济处周晓勇副处长，浙江电视台王戈刚导演，专家代表吴露生、李发明、王其全、林敏，省文化馆施莉萌、浙江歌舞剧院严圣民，绍兴市、金华市、拱墅区文广新局等参加。

会上，对 2014"浙江好腔调"系列活动安排，包括木偶情缘、皮影戏说、乱弹正传、高腔遏云等十个专场，特别是绍兴"目连传奇"，金华主场演出"梨园撷英"，拱墅压轴演出"山水依旧——五水共治专场"，做了布置和研究，并就拍摄浙江传统戏剧保护传承专题纪录片做了商议。

2014 年 3 月 11 日　星期二

上午，审核《中国新闻》"两会"特刊浙江非遗专辑八个版面的版样。一版为厅领导专访，二版为浙江非遗十大新闻和十大新闻人物及编者按，三至八版为景宁、泰顺、仙居、绍兴、桐乡、德清六个专版。文章标题总体都不错，题对文一半。

下午，郭艺、许林田过来，商量由省非遗中心承办的三个培训班方案：一是青年业务骨干班，二是传承人班，三是美丽乡村非遗保护培训班。

2014 年 3 月 12 日　星期三

下午，研究《浙江通志·非遗卷》总体方案，及 10 门类撰稿思路。祝汉明、程建中和各门类专家到会讨论。

非遗普查板块的编撰有几个问题：一是要确定这一板块撰稿专家。二是各市非遗资源状况材料单薄，没有这些基础，省里归总内容不充分。三是非遗资源状况的总结归纳梳理，要求比较高。不是资料堆积，应当以数据事例观点来体现。四是涉及非遗各门类资源的历史沿革，这方面的研究成果匮乏。五是各门类资源概述的体例，也许大同小异，也许各有千秋。我将曲艺的概述提纲改定，供其他门类参考。

非遗卷的编撰，还有几个问题：一是《浙江通志》各相关卷之间的交叉重复。通志工艺美术卷选了50多个非遗项目，有38个与非遗卷重复。二是各门类子类的归类及入选项目的条件，要进一步论证和确定，要有说法。三是各门类具体项目的介绍，有申报文本可以遵循参照，但文字上要重新勾勒和概括，工作量很大。四是历史沿革部分，怎么断代，争议较大。历史资料缺少成果积累和参考。五是权威的专家或年事已高或年纪渐长，后继人才匮乏，要抓紧"传帮带"。马来法老师找陈睿睿为助手，吴露生老师也带了助手，很好。事业要有人继承。传承人要有传人，专家也要带徒弟。六是编志书，往往是马拉松工程。

我希望大家齐心合力，尽量早点把非遗卷编出来，走出自己的路。

2014年3月13日　星期四

上午，省文化厅发布关于政府购买服务工作的相关意见函，进一步征求意见。厅里尝试引入社会力量，开展政府购买服务，提升文化服务供给能力，完善公共文化服务体系，找出适合市场化运作或者社会力量能够承担的项目，通过政府购买服务的方式来实现。

政府购买服务分部门目录，其中"非物质文化遗产保护服务"主要内容有：

一、传统表演艺术展演服务。传统音乐、舞蹈、戏剧、曲艺、体育竞技等其他传统艺术表演服务。

二、传统工艺美术展示服务。传统美术、传统技艺等博览会、专题展览会。

三、非物质文化遗产代表性传承人展演展示服务。普及宣传服务，利用文化遗产日等进行各类非遗展示展演活动，非物质文化遗产各类培训班、科研，非物质文化遗产保护成果整理、研究、编撰、出版。

四、传统戏剧、曲艺、珍稀剧种恢复排演或利用传统文化表现形式进行主题创作和展演活动。

五、代表性传承人口述史记录，抢救性记录。编撰出版（包括文字、录音、录像、图片）。

六、国有非物质文化遗产馆免费开放。

七、各类民办非物质文化遗产馆有限开放服务。

八、传统语言文字和口头文学保护传承服务。

九、其他非物质文化遗产保护管理服务。

十、非遗事业和行业发展信息统计汇总分析编撰服务。

十一、非遗知识产权保护及经济代理服务。

十二、非遗影视节目拍摄制作发行代理服务。

十三、非遗展演展示经济代理。

十四、非遗数字化平台、网站等信息化建设管理服务。

十五、非遗档案资料收集整理查阅等管理服务。

将政府购买服务非遗方面的内容列此存照。该想到的我们都想到了，专业的事让专业的办，想法很好。但是，我们也要培养专业团队，培养社会服务的专业力量，非遗事业要大家办、社会办！

晚上，看到《中国文化报》"保护传统、接续文脉，我们一直在行动——文化部近年来非遗保护工作回顾"，这篇报道在全国"两会"期间发表，是对"两会"代表热切关注非遗的反馈和回应。这篇长文分四个层次：一是法律保驾，制度护航。非遗保护行得稳、走得好。二是摸清家底，理清思路。名录体系建设意义深远，传承人保护成效显著。三是把握规律，创新手段。保护方式方法日益完善，数字化保护扎实推进。四是传播文明，交流合作。全社会的遗产意识普遍增强，国际交流方兴未艾。

2014 年 3 月 14 日　星期五

上午，提案分解。每年省"两会"，都会收到不少人大代表、政协委员关于非遗保护的议案提案。非遗保护、村落文化保护以及复兴民族传统文化，成为代表委员们热议的话题，这其中有赞许、有关心、有建言，也有期待，保护和弘扬优秀传统文化获得了前所未有的关注。

下午，德清费局长、姚馆长过来，商量拟定于德清举行的省非遗志愿者社团建设现场会事宜。德清方面准备了会务工作方案，我就会议内容和议程安排提出了意见。主要议定几项事宜：一是会议时间及议程，拟4月中旬举行。二是德清领导的致辞、经验材料、宣传片。三是德清两个志愿者团体（民间非遗馆合作社、非遗保护志愿协会）的成立准备，组织机构及人员，章程，牌子，徽章，倡议书。四是参观考察点。五是与会对象及会议指南等。今天相关事宜商定后，我厅可下发会议通知。

2014年3月15日 星期六

省委组织部要求，写一份近三年思想工作小结，全面、准确、清楚地反映本人德能勤绩廉情况和主要特长，重点反映最满意的三项工作，并且要有一小段以自传体的形式来描述成长经历和个性特点。字数在3000字以上。

今天一天，起草这篇小结材料。

2014年3月16日 星期日

早上在车里与楼强勇随口聊天，小楼说："王处，您太辛苦了。"我说："你们年轻人都还在成长期，工作经验和才干也靠一天一天的积累，宝剑锋从磨砺出，梅花香自苦寒来，要经历凤凰涅槃，才能从乌鸡变成凤凰，才能成为公鸡中的战斗机。你们是精品之窑，还缺一把火，我只好事必躬亲，亲力亲为把关，等火候到了，你们就是精品。"

起草会议材料、起草文件，也包括做活动方案，首先内容要丰厚，然后主题要凸显，要有特色，要创新表达形式，然后要上境界。每一个层次都是长期积累，偶然得之，每个层次都是质的递进，要求更高。非遗处工作没日没夜，加班加点，好在大家都很热爱，都自觉自愿吃苦耐劳，久久为功，终成正业。

2014 年 3 月 17 日　星期一

下午，商量对 12 个欠发达地区的支持。

浙江省 12 个重点欠发达县市区：文成、泰顺、开化、松阳、庆元、景宁、磐安、衢江、常山、龙泉、遂昌、云和。

经济欠发达地区非遗保护有几个特点：一是经济相对欠发达。二是经济欠发达，但是不等于文化欠发达。欠发达地区相对地理封闭，城市化程度影响少，十里不同风，百里不同俗，文化原生态，种类繁多，文化更为丰富多样、斑斓多姿，在全省非遗总量中比重大。三是由于财政收入少，资金短缺，保护机制不健全，导致大量的文化遗产逐步走向消亡。四是面临传承者老龄化，传承人数减少等困境。

欠发达地区现代化程度不高，反而在文化上有后发优势，原生态的文化遗存非常丰富，成为文化旅游重要资源和卖点，成为区域文化产业的一个重要组成部分。

对于欠发达地区，一要增强文化自信，就算是经济小县，也可能是文化大县，这是可持续发展最大的优势。二是做好文化生态保护。既要宣传生态文化，也要保护文化生态。三是省里加强扶持支持力度，增加各种措施，包括项目申报申请，经费补助，策划卖点活动，宣传，挂钩支持。四是帮助找准支点，打造品牌，彰显优势特色，点亮板块，拉动文旅拉动经济。

2014 年 3 月 18 日　星期二

上午，副厅级后备干部候选人选面谈考察，省政协常委、文史委主任沈敏光主持，另有七八位考察组成员参加。我依照考察提纲，依次回答。要求 15 分钟，我大概讲了 40 分钟。内容多，想表达的也多，考察组的领导颇有兴趣，让我继续讲。考察组有位处长说："我第一次见到你，对你非常敬仰。"让我甚为惊讶。这次考察，有点紧张，有点兴奋，深切感谢组织上给予的认可和勉励。

下午，厅团委书记周朝虹过来，团委结合清明、端午、中秋、冬至四个传统节日，准备办个活动，分专家讲座和互动交流两个环节。拟定活动名称为"我们的节日——青年的守护"，主题为"过好我们的节日，继承优良的传统"。将通过组织省级文化系统的青年过"我们的节日"，了解传统节日、喜爱传统节日，强化在传承优秀传统文化中的责任担当。让我在四个传统节日都给大家讲一讲，科普非遗。

2014年3月19日　星期三

上午，与赵和平副厅长到省非遗中心调研。裘国樑主任汇报了既往的工作和2014年计划安排，郭艺副主任等中心各位参会。

赵副厅长说，非遗处、非遗中心，人不多、钱不多，干的事多、成果也多。听了汇报，对于浙江的非遗工作有几点想法：一是应当是一面红旗。坚持以人民为中心的工作导向，体现核心价值，围绕中心，服务大局，唱响主旋律。二是应当是一面镜子。这面镜子反映过去、现在还有未来。对以往，要很好总结评估；对当下，要促进传统文化的复活复兴，走进生活；对于未来，要把根留住，促进两富现代化浙江建设。三是应当是一部机器。是推动机，互相推动，走出去引进来。

对于省中心工作，赵副厅长提出几点要求：一是立在上头，思想上思维上要站位高点。二是走在前头，要有眼光要用心，走在前列。三是跟在后头，做好服务，干在实处。四是装在心头，要服务中心，服务大局。譬如，文化礼堂，让文化礼堂感受到非遗的温度，让乡村更美丽，美在乡村形象，美在百姓心灵。

浙江非遗工作"应当是一面红旗"，这是对我们立在潮头的肯定，也是今后的目标！赵副厅长高屋建瓴，讲的是世界观、方法论，形象生动，有鲜明的风格。

2014年3月20日　星期四

上午，省编办事业处郑处长等三位来厅里，会商省文化厅职责清单梳理和确认事宜。编办二审意见：

第一，境外组织和个人调查省内非遗的审批，依非遗法第十五条保留（新增），列为行政许可。

第二，对于浙江省非遗保护条例第四十三条：侵占、破坏列入非遗名录项目的资料、实物、建筑物、场所；第四十四条：未经备案对非遗进行学术性考察与研究；第四十五条：占有、损毁非遗资料、实物；均实现市县属地管理，省里不再处罚。

第三，条例第十四条：未经审核批准对具有保密性的非遗进行学术性考察与研究，同意保留此项行政处罚，由省人民政府文化行政部门处 5000 元以上 5 万元以下的罚款。

第四，条例第九条：县级以上人民政府根据需要设立非遗保护专项资金。依照改革的精神，建议与浙江省基层公共文化服务建设专项资金合并，实行因素法分配，纳入专项性一般转移支付范围。

第五，浙江省非遗代表性项目的申报、评审、公布，及省级代表性传承人的申报、评审、公布，分别依照非遗法第十八条、第二十九条，考虑到这两项职能有审批环节，同意保留，调整为其他行政权力（项目认定类行政行为）。

第六，浙江省非遗传承基地等各类非遗保护载体的申报、评审、公布，依照省委办、省府办印发的《浙江省中国特色社会主义理论体系普及计划等十个文化强省建设计划》要求，考虑到这项职能有审批环节，同意保留，调整为其他行政权力（项目认定类行政行为）。

第七，开展省级优秀传统文化传承体系建设模范区评选工作，与评选浙江省公共文化服务示范区及示范项目等整合归并，列为浙江省基层文化项目评审。

下午，嵊州市委宣传部卢部长、浙江科教频道王导演等来访，进一步商量嵊州非遗产业园筹建等事宜。嵊州拟以非遗为切入口，带动文化产业发展。希望省里颁给非遗旅游景区或非遗产业孵化基地的牌子，在嵊州定点举办浙江手工艺博览会。我讲了几点：一是遇上好时机。习近平总书记呼唤留住乡愁，重申和强调加强传统文化传承发展；国务院又刚下发推进文化创意和设计服务与相关产业融合发展的意见。对于建设非遗产业园是利好。二是要有好主题。手工艺博览会，大家都在办。建议嵊州办主题博览会，有立意，用传统形式反映时代主题。三是动员好青年。可以重点打新生代牌子，吸引年轻人参展和落户。四是要有好眼光。各省份的有特色的品牌博览会，应当去看看，各地主题园区的运行管理，也去考察下。从建园理念和设计上，做好借鉴，立意要更高。

2014年3月21日　星期五

上午，香港《文汇报》浙江记者站茅副站长等来访，商量合作宣传事项。该报设有古镇故事专栏，拟对浙江非遗作连续报道。

省委外宣办来电，央视9套（记录频道）要求浙江推荐3个非遗项目，做重点宣传。处里碰头商量，拟推荐"留住乡愁"的泰顺廊桥、湖笔、绍兴目连戏、景宁畲族"三月三"和三门石窗项目，附上项目简介和相关照片，供外宣办选择。

下午，文化部非遗司反馈国遗项目初审意见，经逐项审核，此次提交的推荐材料整体质量与前三批相比有较大提高，但也存在着部分问题，我省申报的60个项目，分为三类：审核通过19项、限期补充修改23项、退审18项。浙江总体状况尚好。叶涛起草了《关于反馈第四批国家级非遗项目推荐材料审核意见的通知》，我过了一遍。这个通知有8个附件，较为烦琐和复杂。做好每项工作，都需要深入细致的作风。叶涛认真细致，弄明白了，不知各相关地能不能弄明白。

2014年3月22日　星期六

上午，吕省长在西湖文化广场浙江自然博物馆讲课。

在讲座中，老省长吕祖善怀着对浙江的深情，以独到的历史研究，非常系统地讲述了浙江历史沿革及璀璨的浙江历史文化在中华文明中的重要意义。吕省长将浙江文化精髓概括为五个关键词："自强、民本、务实、包容、创新"。

吕省长退下领导岗位后，在浙江博物馆"越地长歌"主馆担任讲解员，成为浙江文化遗产保护宣传的志愿者，义务宣讲。

老省长不但传授历史知识，更是用自己的实际行动践行和弘扬浙江文化精神。我们要向吕省长认真学习，积极传承好浙江独特而厚重的地域文化，让它在新时代焕发新光彩！

2014 年 3 月 23 日　星期日

上午，内蒙古人大常委会副主任吴团英，教科文卫委主任博彦、副主任徐翔，自治区政府法制办副主任乔欣，区文化厅副厅长乔玉光等一行 10 人，来浙调研考察非遗保护工作方面的做法和经验。考察运河和杭州工艺美术馆群。

2014 年 3 月 24 日　星期一

上午，赵和平副厅长召集研究非遗进文化礼堂事项，相关业务处室负责人参加。我在会上提出了"美丽非遗八进礼堂"：非遗基地进礼堂，非遗传承人进礼堂，非遗演出进礼堂，非遗展览进礼堂，经典祖训进礼堂，人生礼俗进礼堂，非遗馆进文化礼堂，非遗信息化进礼堂。

我提出几点建议：一是政府要引导但不主导，不大包大揽，群众是建设主力。二是文化礼堂建设有标准，但没有标准答案，不能千篇一律。三是重视对文化礼堂送文化，还要重视文化礼堂内容建设，这才是可持续。四是文化礼堂不是单纯的活动场所，要有物，还要有礼，要形而上，这是文化礼堂的灵魂。

赵副厅长说，最近《人民日报》有篇评论，题目是"关键是要动起来"。我们要通过送来"动"，动，指带动、互动、联动，要集中力量整合机制，搭建平台，找好时间节点，运用民资等社会力量一起来动。可以通过菜单订单来互动，通过系列措施来行动。要加强菜单建设，在内容上、时间上、数量上，在省、市、县三级层面上，要有三份菜单。为了谁、依靠谁、我是谁，这是我们始终要记在心中的问题。

下午，根据上午会上赵副厅长的要求，公共处编制了省级文化系统农村文化礼堂建设服务菜单表式。按照这一表式,我处对号入座,对于非遗八进礼堂进行量化。我们将这一工作落实到各县市区,指标化来体现,各地有点勉为其难了。

2014年3月25日　星期二

上午,省旅游局规划处发来"关于促进文化与旅游融合发展的框架协议"(讨论稿)。转给厅办,并就非遗方面内容进一步斟酌和补充。

下午,赶往嵊州。

晚上,看绍兴目连戏。难得看到原生态的纯草根的目连戏,中国戏曲学院原院长周有德、中国艺术研究院戏研所副所长刘文峰等专程莅临观摩。我处邀请了钱法成老厅长,专家童芍素、徐宏图等参加。绍兴分管局长胡华钢等参加。

2014年3月26日　星期三

上午,绍兴目连戏座谈会。绍兴市分管局长胡华钢主持,市非遗中心主任吴双涛及嵊州、新昌、上虞、越城的文化部门同志和传承人代表介绍了目连戏保护传承情况。省专家、国家专家等发表指导意见。大家对目连戏这个珍贵的剧种很珍爱,大家都有很多话要说,顾不上耽误吃中饭,会议一直开到下午1点多。

我在会上讲了几个想不到:一是没想到绍兴关于目连戏的考证、挖掘和整理工作这么深入和细致。二是没想到目连戏的演出剧目还有这么多。三是没想到参加演出的演员们这么投入。四是没想到目连戏有这么深的学问。五是想不到人民群众对目连戏这么欢迎。

昨晚观看目连戏专场演出,上午讨论座谈,很有收获,很受启发。参加这些专题活动和研讨,既能积累知识,又能深入了解一些具体项目具体门类。从事非遗工作,除了在事业上大力推进,也应当逐步在业务上、专业上不断充实和丰富自己,才能更有发言权,更有主导权,也能够更好地推进非遗的保护发展。

下午，嵊州宣传部卢部长陪同考察文化产业创意园区，我提出几点意见。

返杭，已5点半了。

2014年3月27日　星期四

上午，与周郁斌起草将于下午在秀洲召开的民间信仰与社会治理研讨会的发言稿。时间太匆忙，只梳理了基本思路。

中午来不及吃中饭，匆匆赶往秀洲。

下午，参加省民宗委召开的民间信仰与社会治理研讨会。研讨会规模不大，讨论的问题很大，专家学者对论题的探讨，认识深远，蛮有识见，我听了很有启发、受益颇多。

我在发言中，针对台州市民宗局"三改一拆"一刀切提出批评。我说，今天"三改一拆"，拆小庙小庵，若干年后回过头来看，是历史的罪人。小庙小庵供奉的都是千古大英雄，都是当地老百姓的精神灵魂依托；将老百姓心中的英雄拆了毁了，老百姓的心灵何处寄托，精神何来家园？

民宗委是从社会治理看民间信仰，我们是从发挥民间信仰的功能作用促进社会文明进步。看问题角度不一样，但在根本问题上，在体现社会主义核心价值观上，是一致的。

我向参会的省民宗委领导和各市民宗局局长呼吁，"三改一拆"不能一刀切，不能不顾祭祀对象，不分青红皂白，一个"拆"字了事。希望省民宗委做些调研，提前介入，出台政策，把握分寸，推土机下留情；要尊重民间信仰信俗，弘扬优秀传统文化。

晚上，嘉兴陈云飞局长介绍了嘉兴今年端午活动的方案。就端午活动有关事项做了商量和衔接。对嘉兴非遗工作如何体现核心竞争力，如何有系统设计和思考，提出建议。

2014年3月28日　星期五

上午，召开处务会，优化工作职能。主要有四件事：一是根据处里新增加的力量，对工作分工做了适度调整，为4+2结构，设4个组，分别为综合组、活动组、项目组、保障组，再设2个专项办公室——志书编辑部、非遗信息办，分别由杨思好、祝汉明、叶涛、李虹、程建中、楼强勇负责。按照现在的构架和人员配置，我处的力量大大增强。

二是明确工作目标。今年的工作，主要依照以下五方面的任务：1.省政府考核文化厅2014年度目标任务责任制。2.省文化厅2014年工作计划及厅长讲话有关部署。3.浙江省优秀传承体系建设拓展年实施方案。4.处里以厅名义下发的各专项工作方案。5.省里各专项领导小组布置的工作。

三是重点工作。主要为三部分。（一）八个方案：1.优秀传统文化传承体系拓展年工作方案。2."浙江好腔调"实施方案。3."美丽非遗赶大集"实施方案。4.中国梦主题活动方案。5.美丽非遗进礼堂实施方案。6."美丽非遗你我他"实施方案或指导意见。7.浙江省智慧非遗建设实施方案。8.多媒体抢救性记录（传承人口述史）工作方案。其中前三个方案已下发。（二）五个会议：1.浙江省非遗志愿者社团建设现场会暨分管局长处长会。2.浙江省县级区域非遗保护现场会。3.第三届浙江省美丽乡村建设非遗保护现场会。4.传统戏剧现象研讨会，"天下第一团"研讨会。5."海洋文化与文化强国"征文及论坛。（三）非遗项目、经费、机构、非遗宣传、志书编撰及其他常规工作。工作量又是何其大！

四是实施要求。1.各组排出工作计划，提出工作目标，细化工作内容，排出进度表。2.重点项目，起草下发实施方案，突出亮点，上下联动。3.各项工作注重小结、宣传和材料汇总归档。4.建立处务会议制度，半个月一次，重要工作推进情况和需要议定事项上会。5.年终按照厅里制度考核。6.要优化工作方法，处理好三个关系：一是重点与一般的关系；二是有限与有为的关系；三是执行与创造的关系。

2014 年 3 月 29 日　星期六

《中国文化报》总编徐涟来电话，希望我就非遗发展趋势写一篇分析稿子。我也有这个想法，前瞻思考，做好顶层设计。

考虑写十个"非遗"：一是法治非遗，二是活力非遗，三是美丽非遗，四是智慧非遗，五是设施非遗，六是生态非遗，七是银幕非遗，八是印象非遗，九是志愿非遗，十是共享非遗。

这将是一篇大文章，这也是顺应大趋势，立足浙江实践的思考。浙江总是先行先试先人一步，浙江的趋势也是兄弟省非遗的未来。

2014 年 3 月 30 日　星期日

继续思考十个"非遗"，题目拟为"非遗事业进入新的时代"。非遗保护已经进入新的发展阶段，我们要一手抓当前，一手谋长远。

2014 年 3 月 31 日　星期一

上午，李虹起草了 3 个提案，我过了遍。

下午，收到省委办转来的全国清理和规范庆典研讨会论坛活动工作领导小组（国清组函〔2014〕7 号）文件，关于同意浙江省 2014 年举办公祭大禹陵典礼的复函，以及举办中国国际动漫节、中国嘉兴端午民俗文化节、中国海洋文化节的复函（8、9、10 号）。

淳安县文广新局王局长来访，介绍了淳安睦剧的保护情况。她说，睦剧原来完全濒危，这几年，按照省厅国遗保护"八个一"要求，抓保护传承一步一个脚印，情况已大变模样：一是睦剧进景区，每天演出；二是建立了业余睦剧团，40 多人，中老年都是职业的，有年轻人是兼职的；三是与电视台合作，大戏小戏经常重播；四是睦剧进校园；五是开展淳安好腔调睦剧演出，非常受欢迎；六是出了淳安睦剧一本书；七是去年排了五个小戏、三个大戏，今年要排两个大戏；八是参加省里演出。

2014年4月1日 星期二

上午，省政协十一届二次会议第89号提案《浙江省非物质文化遗产活化的对策建议》，为省民革团体提案，提出的活化的意见，对于非遗保护是个关键要素。为此，建议列为厅领导领办的政协委员提案，也就是作为厅重点提案办理。

第89号提案与其他对浙江非遗工作有许多赞誉的提案不同，对我省非遗工作没有一字表扬，只有批评。我需要不同声音，需要批评意见和指出不足。提案提出了加强非遗工作的四条建议：一是非遗保护专业力量薄弱，需加强保护机构建设。二是非遗项目传承情况差异大，需开展分类保护。三是非遗保护配套资金短缺，需建立多元保护机制。四是非遗传承后继乏人，需强化传承活动的扶持力度。要求明确，重点突出，建言献策，这也是为我们呼吁。

我厅提出了办理工作的五条基本措施：一是认真研究和领会提案的内容和建议，二是对非遗项目的存续情况进行深入调研，三是根据提案建议加强保护传承措施，四是促进非遗项目展演展示和融入社会发展，五是进一步强化制度建设。

下午，起草《浙江省美丽非遗进礼堂系列活动实施方案》。

2014年4月2日 星期三

上午，收到省委办文电处转来的省委领导批示拟办单（2014年夏第0205号）。3月28日，夏宝龙书记在省委办公文处理单（中央来件）〔2014〕第029号全国清理和规范庆典研讨会论坛活动工作领导小组《关于同意浙江省2014年举办中国·嘉兴端午民俗文化节的复函》上签名；李强省长圈阅；全国领导小组国清组函〔2014〕9号给省委、省政府复函批复。

杨思好起草非遗志愿者社团建设现场会会议通知，我过了一遍，就会议事项商量落实。

下午，收到省农村文化礼堂建设工作领导小组、省委宣传部共同印发的2014年浙江省农村文化礼堂建设实施意见。这是一场及时雨，正好可以将有关精神消化和吸收进我正在起草的《美丽非遗进礼堂系列活动实施方案》。

晚上，修改《美丽非遗进礼堂系列活动实施方案》。

2014年4月3日 星期四

上午，准备厅长办公会议汇报材料。梳理非遗进礼堂的五个特点。

下午，"我们的节日·青年的守护"系列活动启动。根据厅工会、厅团委要求，我开题讲讲浙江传统节日以及清明节；浙江师范大学宣柄善教授讲"端午的源流"。临海非遗中心主任沈建中带着台州府城"五大嫂"来展示做青饼的技艺。厅直系统四五十位年轻人参加。

晚上，整理《民间信仰与社会治理》稿子。

2014年4月4日 星期五

下午，厅长办公会，其中听取了我处《美丽非遗进礼堂系列活动实施方案》。

活动主题为"美丽非遗进礼堂，精神家园更芬芳"。美丽非遗进礼堂系列活动，包括：非遗基地进礼堂，非遗传承人进礼堂，非遗演出进礼堂，非遗展览进礼堂，非遗馆进礼堂，经典祖训进礼堂，人生礼俗进礼堂，非遗信息化进礼堂。

这项活动由省委宣传部、省文化厅、《浙报》、浙江广电集团联合组织实施。实施步骤为：抓规划做方案，抓试点探路子，抓拓展广覆盖，抓深化促提升。

金厅长说，整个方案不错，非遗处工作很主动，要充分肯定。非遗进礼堂，一是有利于文化传承，城市化工业化进程中，非遗保护面临极大挑战，如果没有措施没有平台，将消失得很快。二是有利于文化礼堂丰富内容内涵，增强吸引力。三是有利于提升人民的素养素质，通过参与活动，接受熏陶，提升文明涵养。四是抓好方案的实施和落实，一步步推进，三级联动，与相关部门做好协调，与宣传部做好沟通，汇报和支持。

2014年4月5—7日（清明假期）

趁着清明的3天假期，又去医院看牙齿。孙医生给我装上三个牙的牙套，这样我这边牙齿又能发挥作用了。

2014年4月8日　星期二

上午，杨思好起草了浙江省非遗志愿者社团建设指导意见，要求思好还是改为实施方案。指导意见相对务虚，实施方案比较实，要有具体的目标任务、推进步骤和工作要求。同时，以"美丽非遗你我他"为主题的非遗志愿者社团建设，与已经下发的美丽非遗赶大集、美丽非遗进礼堂实施方案，可以形成系列。

下午，程建中起草了《浙江通志·非遗卷》编撰工作实施方案及年度工作计划。与程老师就方案进行商议，提出些意见，不仅对通志、对非遗卷要有具体描述和构架，还得提出编撰工作总体目标，分年度提出工作步骤，特别是要明白告诉各地需要会同和配合做什么。

赵副厅长牵头商量第三届中华非遗传承人薪传奖我省推荐人选，我与郭艺参加。依照评审条件，在国家级传承人中好中选优，推荐汪世瑜（昆曲）、倪东方（青田石雕）、周志华（杭州小热昏）、何福礼（东阳竹编）、蓝陈启（畲族民歌）。

晚上，去诸暨。

2014年4月9日　星期三

上午，在诸暨的国家级文保单位斯宅，参加《东白湖》非遗电影开拍仪式，金局长主持，陆建光导演、男一号、十里红妆民间艺术馆馆长骆东和我分别致辞。我和俞越副市长为影片拍摄揭幕开机。

这几年，我省各地陆续拍了一批非遗电影，有《蓝印花布包裹的纯真年代》《情系龙泉剑》《皮影王》《李渔的戏班》《十里红妆》《廊桥 1937》《木偶情缘》《夹缬之恋》等，已经近十部非遗电影了。这些电影以非遗为题材为元素，以现代方式表达传统文化，勾起乡愁，宣传展示了非遗，扩大了非遗的传播。今后若干年，可能各地小成本非遗电影的拍摄将形成热潮。

我设想，明年提出"非遗的银幕时代"的概念，开展"浙江非遗电影展映月"，重点抓一下非遗电影的拍摄和宣传，搞一个影视拍摄机构与非遗项目对接洽谈会，为之推波助澜。

中饭后，返杭。

下午，厅办要求报送"中国梦想·美丽浙江"主题宣传活动安排，省委宣传部常务副部长胡坚近日将听取汇报。在之前材料的基础上，做了些补充。非遗方面重点项目有：举办以"中国梦想·美丽浙江"为主题的 2014 浙江省非物质文化遗产电视春节晚会；举办以"美丽非遗进礼堂·魅力戏剧响浙江"为主题的第九届浙江省非物质文化遗产节暨"浙江好腔调"系列展演活动；举办以"美丽非遗进礼堂　精神家园更芬芳"为主题的浙江省美丽非遗进礼堂系列活动；举办以"共筑精神家园，共筑中国梦想"为主题的 2014 年浙江省"美丽非遗赶大集"系列活动；举办宣传"五水共治"战略的浙江传统戏剧曲艺主题创作大赛暨专场演出；举办以"中国梦想·美丽浙江"为主题的浙江省传统手工艺创作展示活动。

平阳吕德金局长过来，介绍了非遗工作情况。她说，平阳打造慢城，波南街古街区长 2 千米多，体现非遗活态，让古街活起来。平阳传统表演艺术项目蛮多，有提线木偶、布袋木偶、鼓词、和剧、白鹤拳，一个个项目都在建立基地，抓保护传承，活动开展都比较正常。去年开始，开展"品非遗　逛庙会"活动，2013 年走进 9 个镇，只要哪里办庙会，就把非遗结合进去。吕局长说，不能做小非遗，要做大非遗。要让非遗走进百姓走进生活。吕局长的理念是对的，工作也很有成效。

平阳的"品非遗　逛庙会"，可以作为省里"美丽非遗赶大集"的典型。

2014年4月10日　星期四

上午，召开处务会。传达两个文件精神，对我省国遗项目经费申报再度会审，确定申报项目。

叶涛传达厅里关于行政审批会议内容；陈澍冰传达了厅里财务有关新规定。

李虹介绍了2014年度我省国遗项目申报国家经费各地申请项目情况。今年各地申报量不足，省里审核通过的也不足。原因：一是有些国遗项目保护单位不是法人单位，按照规定不能作为申请主体。二是2012年补过经费的国遗项目，经费使用审计未予通过的，或者未经过审计的，不能申报。三是有些地方前些年下拨的国遗项目经费，钱没花掉。四是有不少项目的保护单位为企业，甚至这些企业经济效益很好，或者前些年已有多次获得补助，地方上不宜支持再申请和补助经费。

今后，可以考虑召开一个非遗补助经费使用推进指导会。再次对我省申报国遗项目保护经费，集体会审。

中午，应海盐县文广局邀请，与海盐籍专家高超云、林敏、王其全、蒋水荣等到海盐考察。

下午，考察古街区杨家弄。杨家弄位于县城中心，有不少清代、民国各年代的老宅院老房子。作家余华从小在杨家弄长大。现在很冷清。这个古街区是拆还是保留？拆了干什么？保留的话怎么干？县长让文广局拿出个意见。

我直观感觉，可以把杨家弄打造成影视基地，打造为历史民俗风情体验园区。按照杨家弄各时代年代的老屋风貌，对应特定历史时期还原陈设，按照不同时代不同职业身份还原人物，让历史情景"活"起来，让古街区"活"起来。郁局长对我的想法很有共鸣。

晚上，海盐方面举办了专家座谈会。我讲了几点：第一，围绕中心，服务大局。第二，城市记忆，立体呈现。第三，打造品牌，凸显亮点。第四，搭建平台，构筑高地。第五，智慧非遗，传播辐射。第六，强化队伍，社会参与。第七，制度创新，创造经验。

2014年4月11日　星期五

上午，回杭。

下午，趁着记忆还新鲜，还有感觉，还记得细节，赶紧把昨天晚上在海盐座谈会上的讲话，根据提纲和记录，花了6个小时整理出来。共5000字，很好。

海盐县领导重视非遗保护，文化局领导班子很想做事，也有很高的水平，非遗中心人员配备也到位了，力量蛮强，工作也找到了切入点和重点，我们这群人再加以指导和推进，相信会在可见的时间里见到成效和成绩。我们的作用，就在于助一臂之力，方向方法上出出主意、鼓鼓劲。我对海盐充满期待，也拭目以待。

之前，讲话以后，顾不上整理，或者没及时整理，许多稿子耽搁了，荒在那里，记忆模糊了，印象淡化了，现场感没了，感觉找不到了。要追击追忆，再整理，难度大了，即兴的消失了，生动的没了，不知猴年马月顾得上再去整理成文。

2014年4月12日　星期六

下午，去遂昌，参加2014中国汤显祖文化节。

晚上，观摩在遂昌县城中心广场举行的优秀民间文艺展演。这个小山城的活动，在舞美上现代洋气，背景是大电子屏幕，很气派时尚。

在遂昌与《中国文化报》网络动漫中心简主任、苏唯谦主编等见面，围绕汤显祖、昆曲、班春劝农等话题，大家高谈阔论。

汤显祖首先是官员，是县令，在遂昌当了五年知县，留下了许多美好传说；汤显祖又是文人，是文化人；汤显祖还是戏剧家，从南京贬至遂昌任知县，不忘昆曲本色，着意传播昆曲妙音，由此遂昌民间形成了演唱昆曲的传统。遂昌还有不少的非遗项目与汤公有关。汤显祖给遂昌县留下了宝贵的文化财富，也给中华文明增加了厚重的遗产。

2014年4月13日　星期日

上午，参加遂昌班春劝农典礼。班春劝农在石练镇淤溪村举行，这个村离县城约半个小时，村头有三棵数百年树龄的大樟树，让人感觉这个村不一般。班春劝农和昆曲十番，两个国遗项目都在这个村。村里已是人潮涌动，广场上已经搭起了一个蛮有讲究的祭台，台上高耸着一位神一样的人物，我开始以为是汤显祖，后来才晓得是神农氏。今天的祭礼很隆重。县文化馆长程琳菲为总导演。

班春劝农亮点不少：一是复原汤显祖劝农的场景，汤显祖和遂昌党政要员共祭神农氏。二是牛，台上的金牛金光闪闪，台前两头草牛，分兵把口，农民们抬着纸牛，老农戴着箬帽穿着蓑衣牵着老牛和牛犊，徐徐进场。牛是农民天然的朋友，是农耕的主力，应当敬牛。三是县长念祭文，一幅黄绢长卷展开，县长抑扬顿挫。四是各乡镇头头脑脑都带着草帽，穿着明朝草民的服装，与当地农民一起敬奉神农氏，县长一一为之敬酒，动员和慰问春耕。五是祭祀仪式后，遂昌的昆曲牡丹亭片段、采茶舞等民间艺术节目一一展演，表达人民春耕时欢欣鼓舞的场景。六是新茶、麻糍送上嘉宾席，品尝一口清香、一口甜糯，分享村民的欢乐喜悦。七是500多位现场"演员"中，300多是淤溪村的村民，就地组织，有亲切感，也可持续。八是仪式后，县四套班子带着乡镇干部和农民群众驾牛开耕犁田，或是采摘茶叶，不单是劝农，而且带头务农。九是电视台播音员不是坐而论道，而是跟着整个流程和表演队伍随机即兴现场报道，很活泼活跃，很有吸引力，本身也是个亮点。十是班春劝农的节目单印制也很有特点，都用图片和画面说话，不同于常规的都是文字。

如果说有不足，那就是这么好的一台活动，回杭后上网查看报道，宣传不够，只有简略的一些文字，也难得看到那许多出彩的场景和画面。

下午，回杭州。

<u>2014 年 4 月 14 日　星期一</u>

　　上午，文化部非遗司发来2014年"文化遗产日"活动通知草案，征求意见。今年的遗产日活动，由文化部、中央文明办、民政部共同部署和实施，主题为"非遗保护与城市化同行"，主题口号为"非遗传承人人参与"。重点突出开展非遗进社区宣传展示活动，突出动员和发挥民众的作用，并向全国提出人人参与非遗保护志愿服务的倡议。总体方案很好，有些意见建议，将反馈非遗司。

　　我厅将在下周初在德清召开非遗志愿者社团建设现场会，起草了"美丽非遗你我他，保护传承靠大家"的倡议书。我们与非遗司不谋而合，上下呼应，共造声势。

　　下午，黄健全副厅长召集会审厅级科研课题立项事宜。我处事先请祝汉明、王其全、林敏三位专家，帮助对涉及非遗的69个课题进行预审，拟定25个课题为A、B类。总体上看，课题分三类：一是针对具体项目的保护传承发展，譬如昆曲、皮影戏、十里红妆、蚕桑丝织。二是针对非遗工作推进，譬如保护机制、传承模式、展示方式、开发利用等，如运河流域区域非遗保护。三是比较前沿前瞻的课题研究，譬如人文视觉下的非遗生态研究、智慧城市背景下非遗保护与展示、海洋非遗保护开发、自然山水形态中的传统村落研究。这些课题的切入点和视角，对我们有启发，我对这些课题表示关注。希望能有科学理论指导实践，给我们指点迷津。

　　这次课题申报，文化系统的仅有1个，其余68个为高校等系统外的。我们的工作系统对课题研究和申报关注和重视不够，我处对业务线信息传递和提醒不够，今后应当加强。

　　德清姚明星局长等来厅里，商量浙江省非遗志愿者社团建设现场会筹备事宜。再次商量了会议的议程。拟4月22日上午报到，下午考察，23日上午举行大会。对考察路线、大会流程、出席领导、倡议书、会议材料、新闻宣传等具体细节作了明确和分工，落实到人头。

　　晚上，讨论杨思好起草的《浙江省非物质文化遗产保护志愿者队伍建设实施方案》。这个方案分为指导思想、主题口号、工作目标、志愿服务内容、工作措施五个板块，内容基本对得上，思路和脉络较为清楚，条分缕析，切入点对头，有针对性和操作性。大家重点对指导思想、工作目标、服务内容，特别是志愿服务的"八个推进"作了讨论。这个方案是将在德清召开的全省非遗志愿者社团建设现场会的主要材料之一，有了这个底子，我心里踏实了许多。

2014年4月15日　星期二

上午，处里相关人员开了个碰头会，对将在德清召开的浙江省非遗志愿者社团建设现场会会议筹备相关工作做了进一步明确及分工，材料组为杨思好、周郁斌，宣传组为李虹、戴炜荣，会务组为陈澍冰等，考察组由德清方面负责。

下午，将在遂昌参加汤显祖文化节接受《中国文化报》简彪记者采访生发的一些感想，做了整理，形成一篇稿子，题目为《当官要做好文化事》。

晚上，将3月27日在省民宗委召开的民间信仰与社会治理研讨会的发言稿，做了整理。题目为《尊重信俗　发掘精华　倡导文明　融入发展》，共7000字。

当前，各地加快推进城市化进程，实施"三改一拆"重点工作，对小庙小庵和宗祠进行整治，可能大规模一刀切拆掉。民间信仰依附于物质载体，小庙小庵与宗祠拆了，百姓的心灵何处寄托，灵魂何处安放，乡愁何处寻根，精神家园何在？

2014年4月16日　星期三

上午，浙江艺术职业学院科研处吴樟华过来，就举办2014畲族民歌民舞研讨会事宜征求意见。研讨会拟定于4月26日举行，主题为畲族民歌民舞的多元传承与发展。我提了几点意见：一是要接地气，应当邀请景宁方面的领导和文化部门的人员，以及部分畲族乡镇人员，听听基层畲族歌舞保护传承情况以及存在的困难问题，有针对性、实效性。二是会议要安排观摩，除了艺职院学生排练的比较现代派的《畲家女儿拍》，还应选调一个景宁畲族原生态的畲族歌舞，体现传承与创新。

李虹起草了 2014 年度我省申报国遗项目保护经费的情况说明。一是专项资金申请补助范围。二是各地申请上报国遗项目经费情况。三是各地申报国遗项目补助经费，项目数不足比例的原因。四是根据文化部文件精神，要求对申报项目分轻重缓急程度进行合理排序。我过了一遍，主要对第二部分认真斟酌，有 9 种情况不拟支持上报。

下午，周郁斌起草将在德清召开的非遗志愿者社团建设现场会主题报告：第一部分"重要意义"，第二部分"各地经验"，第三部分"工作要求"。我初步通体改了一遍。

2014 年 4 月 17 日　星期四

上午，省文改办（省委宣传部事业处）发来浙江省深化文化体制改革实施方案（征求意见稿）。这个方案对培育社会主义核心价值体系，理顺文化宏观管理体系，优化文化微观运行体系，完善现代文化市场体系，构建现代文化服务体系，拓展传统文化传承和对外传播体系六大体系，有深刻的意义。这个稿子好，全面深入领会党的十八届三中全会精神。

我在这个稿子上做了些修改，在"深入实施文化研究工程"之后，加上"文化保护工程"；在"广泛开展优秀传统文化的宣传普及"后，加上"保护传承""推进非物质文化遗产馆和传习所建设"等。

下午，省政协十一届二次会议上，少数民族组递交了第 112 号提案《关于建立中国畲族文化风情园的建议》，这个团体提案由我厅主办，省旅游局、省财政厅、省民宗委会办。李虹负责提案答复。我厅大力支持和加以推进建立"中国畲族文化风情园"。希望景宁结合新农村和畲族特色村寨建设，发挥畲族文化资源优势，打好"畲族牌""非遗牌""旅游牌"，开发建设融畲族风情与生态旅游为一体的畲族特色旅游文化村寨，充分展现畲族文化的生动魅力。

具体办理意见有六点：第一，认真贯彻省政府有关精神，加大少数民族地区文化建设。第二，进一步提升少数民族文化品牌。第三，促进"竹柳新桥"地区畲族文化生态保护。第四，积极推进少数民族文化资源合理利用。第五，大力推进少数民族文化设施建设。第六，加大少数民族文化传承发展经费支持。

晚上，讨论程建中起草的《浙江通志·非遗卷》编撰工作实施方案及非遗卷编撰大纲。这个方案分为志书性质、目标任务、志书体例、编撰步骤、编撰要求、组织分工六个部分。方案已根据要求改过一稿，总体上比较简洁、清晰。对方案内容作了一些修正和微调。此方案主要告诉各地，启动编撰工作，有哪些内容环节和要求。

将再下发非遗卷编撰大纲，进一步明确编撰具体内容。还得下个通知，明确交代和要求各地协同会同做好的事项。三个文件作为一个小系列，正式部署该工作。

2014年4月18日　星期五

上午，我把在德清召开的非遗志愿者社团建设现场会主题报告稿再过了一遍。

中午，近12点，宗馥莉和省委统战部经济处闵处长、周处长过来，了解非遗下一步有哪些安排。我向他们介绍了今年我处的工作安排。传统文化传承体系建设拓展是总纲，与新生代企业家相关的工作有："浙江好腔调"系列，"美丽非遗进礼堂"系列，"美丽非遗赶大集"系列，美丽非遗志愿行动。

我讲到，去年新生代企业家捐赠的100万元，大前天刚到我厅。我厅将下文下达给上次西溪湿地"濒危剧种守护行动"启动仪式上宣布的10个剧团。我厅去年也配套了1000万元，补助56个剧种。我说，今年的100万元，按照在临安"浙江好腔调"启动仪式上宣布的，送戏200场进农村文化礼堂。

宗会长说，企业家为什么这么热心非遗，是希望非遗更加贴近社会需求，也贴近企业的需求，我们不希望企业总是作为捐赠者的形象出现。今年，我们设定为企业文化年，提出青年企业家要"从小我到大我转变"，要义利并重，以义为先。也要让企业家了解非遗，感受经典，增强传承文化责任感，增强社会责任感。

经商议，明确了几件事：一是送戏200场进农村文化礼堂，要做好。二是演出要进企业，表现形式要多样，要新鲜生动。三是传统戏剧要表达现代点、时尚点，搞一个戏，能经常性进城市演出。四是企业文化论坛。围绕新生代企业家从小我到大我，将非遗传统元素与企业文化建设、社会形象结合，策划要有新意点。五是企业文化建设年系列活动方案，与我们工作能结合，尽量结合。六是合作拍小成本电影，主题和切入点再商量。七是帮助重新设计娃哈哈网站，以后再帮助新生代联谊会设计个网站。八是非遗赶大集民俗活动，欢迎新生代企业家去现场感受和体验。

晚上，考虑分管局长、处长会上需要部署的工作安排和要强调的事项，并起草提纲。

2014 年 4 月 19 日　星期六

上午，要筹备德清全省现场会，昨天我要求周末处里各位男丁都回来上班。海波、毛芳军也坚守岗位帮忙。

我们每天都是加班加点，日复一日，甚至年复一年，虽苦犹甜，辛苦并快乐着。大家热情洋溢，激情燃烧，奋不顾身，共同为了这份事业，为了把工作做得更好而奋斗。

2014 年 4 月 20 日　星期日

今天，继续筹备德清全省现场会。

上午，小戴发来短信，人不舒服，请假半天休息一下。下午，小陈脸色蜡黄，说人不舒服，想回家躺躺歇会儿。这些孩子身子骨都蛮单薄，加上工作压力大，工作任务重，每天坐在案头，经常加班加点，缺少调整休息的时间，又难得出去运动和晒太阳，身体都有些吃不消了。我对他们关心太少，从不照顾，让他们自己克服各种困难，历练自己，磨砺自己，然后茁壮成长。对王伊诺，我也一样。看样子弦不可绷得太紧，还得多少有点张弛弹性，否则都是独生子女，爸妈会很心疼。

最近，晚上10点左右，我基本上就与大家停止工作了，让大家回去休息。我老是觉得在晚上思考工作、讨论问题或写点东西，干到12点没问题。但感觉大家都有些疲乏，不好再过多剥削大家的劳动力，榨取剩余价值。是否我的工作精力特别旺盛，还是使命使然、精神支撑着自己，我也搞不清楚。上挂的同志，也许是一年两年三年，跟着我每天加班加点，夜以继日，我可是长年累月年复一年，持之以恒，一以贯之，从来如是！

他们说，铁打的王处，流水的兵。我对我的属下，既爱护又很不爱护。一方面，厅里的领导和同事说我"像护小鸡一样护着这些孩子"；在非遗处，没有在编不在编的概念，既然来到处里、来到厅里挂职，就是代表处里、代表厅里，一视同仁。另一方面，工作量大，又时间紧，任务重，要求高，工作不断滚雪球，我顾不上呵护，只有让大家加油干！我自己也是加班加点，事必躬亲。非遗处的精神或者说非遗处的文化，就是一个字"超"，就是以超常的热情、超常的干劲、超常的作风、超常的思维，打造超常的业绩。我可是要打造一支铁军，打造一支有着钢铁般意志的队伍！

2014年4月21日　星期一

下午，厅人事处要求报送处室职能调整或修改建议。我处在省文化厅三定方案非遗处职能基础上，参照"非遗法"有关表述、云南省地方法规等，做了补充充实。

晚上，遵机关党委胡雁书记要求，撰写了一篇学习习近平总书记讲话的体会。题目为《追梦与乡愁》，是一篇900多字的小文章。然后发给《浙江文化》月刊。

2014 年 4 月 22 日　星期二

上午，赴德清。去全省非遗志愿者社团建设现场会报到。

下午，会议代表考察德清乡村非遗馆，体验乡土风情。德清整合出了"莫干山水、钟洛文化、英溪源头、防风湿地、新市古镇"五条路线的动态走读。德清乡土表演艺术在乡村舞台闪亮登场，代表们都饶有兴趣。全省"美丽非遗上舞台"，可以考虑出个方案，做出部署。

晚上，召开套会，全省非遗重点工作推进会，各市分管局长、非遗处长参加。

我把 2014 年度已经开展的和正在推进的重点工作，做了强调和解读。一是"三个八"继续深化；二是"进赶上"再掀高潮；三是"三大活动"务必精彩；四是"三大行动"抓好部署；五是"三大平台"不负时代。

大家笑我是买一送一、买一送二，总是抓住大家不放，每次开大会总要套小会。

2014 年 4 月 23 日　星期三

上午，召开浙江省非遗志愿者社团建设现场经验交流会暨浙江省美丽非遗志愿行动启动仪式。赵和平副厅长在启动仪式上致辞。他说，非遗志愿服务活动，靠的是文化品牌做支持。要认真总结各地非遗志愿服务品牌项目和打造的经验，推广好的做法与途径，相互借鉴和共推品牌。浙江的非遗保护工作一定要注入新的血液，非遗工作者是非遗保护工作的主力军，非遗志愿者是非遗保护工作的生力军。

近年来，德清县大力调动、整合并壮大非遗保护志愿者队伍，建立全县非遗保护协会、民办非遗馆合作社，引导鼓励草根力量开展非遗志愿服务活动，创新举措，举办"非遗串门""一乡一节""非遗进礼堂""走读非遗"等多项活动，探索打造非遗保护的"德清现象"。

我对德清非遗志愿者社团建设总结了值得学习的"五点经验"，对于加强我省非遗志愿者队伍建设提出了"六个有"要求。

今天的大会还发出了《美丽非遗你我他，保护传承靠大家》的志愿服务倡议书，呼唤更多的人参与非遗保护。

中午，返杭。

下午，召开"浙江好腔调"传统戏剧活动方案讨论会。

2014年4月24日　星期四

上午，起草《"中国梦想·美丽浙江"主题宣传非遗展演展示活动实施方案》。

下午，省委宣传部常务副部长胡坚来我厅听取"中国梦想·美丽浙江"活动方案汇报。黄健全副厅长和各业务处室负责人参会。

黄副厅长介绍了我厅的系列活动安排，包括艺术处、公共文化处、非遗处等相关内容，有关处室作补充。我介绍了"中国梦想·美丽浙江"主题宣传非遗的七项活动安排。

我对这项工作提出几点建议：一是整合，合并同类项，分几个板块。二是重点，把握好6月省委第五次全会和中华人民共和国成立65周年两个时间节点，重点活动相应集聚，重点抓好。三是布局，重要活动放杭州，全省各地布点，全省形成氛围。四是媒体，跟媒体要联动，主要媒体应当开设专栏。五是长效，活动过眼云烟，要留点什么，譬如留点精品，留点作品。六是节俭，与本身要开展的工作结合。

胡坚部长说，对于文化厅的"中国梦想·美丽浙江"系列安排，评价为16个字：丰富多彩、新作迭出、全年贯通、亮点纷呈。他强调：第一，要"写我浙江"。第二，音乐旋律要入心入脑。第三，美丽浙江要继续唱。第四，一点两用。6月省委第五次全会，主题为美丽浙江，文化艺术创作和活动要与之结合；迎接国庆，要精心组织重点项目，"水之韵"是重中之重，作为今年的大戏，在大会堂演出，场面要大点。第五，钱塘江是永远读不完的母亲河。第六，非遗很重要，非遗的活动安排都很好。濒危小剧种要好好保留，好腔调声音要响点，效益最大化。传统戏剧的研讨会，每年可以开，要引起当地领导的重视。第七，富规划穷实施，强化组织协调，直接把任务落到部门。

胡坚副部长提出了一个重要命题："写我浙江"。浙江如何"写"？如何体现和彰显"中国梦想·美丽浙江"，非遗又如何"显"我浙江？

今天的《中国文化报》第二版头条发表了苏唯谦、骆蔓的报道《春天里，浙江非遗志愿者在行动》。

徐涟副总编在报上发表评论《志愿服务让浙江非遗根深叶茂》，1100字，对浙江多有赞扬之语。

21 世纪兴起非遗保护热潮以来，浙江省委、省政府对非遗保护工作一直高度重视，文化部门主动作为、措施有力，并在实践中不断摸索经验、创新思路，总结出一系列整体推进非遗保护的有效办法，非遗志愿服务便是其中的重要一项，再次体现了浙江非遗工作"干在实处、走在前列"的精神。

浙江非遗志愿服务没有停留在营造声势、浅尝辄止的活动上，而是以浙江文化工作者一贯的认真与细致，根据新的形势和要求，研究出台了《浙江省美丽非遗保护志愿服务行动实施方案》。浙江蓬勃开展的非遗保护志愿服务，把非物质文化遗产的优秀种子撒遍城乡。

在浙江非遗工作者和志愿者身上，有一个共同的特点，那就是闪耀着一种执着守望、孜孜不倦、倾注情怀、无私奉献的志愿者精神。"一花独放不是春，百花齐放春满园。"浙江诸多的探索、实践与创新，将给各地以启发和借鉴。

2014 年 4 月 25 日　星期五

上午，开化县委常委、副县长姜方云，分管局长蓝局长来访。开化提出了国家东部公园的概念，并已列为国家公园试点县；开化和淳安被列为国家级生态试点区。今后，如何促进非遗与旅游结合，促进文化产业，促进国家公园建设？

我建议，第一，习近平总书记提出"望得见山、看得见水、记得住乡愁"，我们要树立自然生态、文化生态整体保护的观念和指导思想，既要宣传生态文化，也要保护文化生态。第二，开化开秧节、保苗节、祈水节、禁山节、敬鱼节等传统农耕节日，在现代化城市化的今天非常珍贵，要保护传扬。这些节俗，有共性，又各有风情，要开发利用。可以申报浙江省农耕文化生态保护示范区；作为钱塘江源头，争取申报国家级农耕文化生态区。第三，开化"满山唱"这个项目空间很大，已整理出的 200 多首民歌、歌谣，要活起来，像景宁"畲歌飘香"、江山村歌那样，漫山遍野唱起来。第四，民办官助的非遗博览园建设，文旅局要提前介入，指导和帮助建设。把每个文化礼堂办成乡村非遗馆，各美其美，美美与共。

非遗在国家公园建设中的作用，国家公园建设与农耕文化生态保护，这两个题目，一个是认识，一个是实践，但实际上又是一回事。希望开化县脑筋开化，实践创新也开化，创造经验。

下午，王戈刚导演约我考察杭州歌舞剧院，观摩正在排练的《千年大运河》，这个剧 5 月中旬将正式演出。我对崔巍院长很敬佩，但一直没机会见面和交流，这次算得偿所愿。

崔巍向我介绍了《千年大运河》的构思和艺术表达，也透露着她非比寻常的追求。崔巍说，《千年大运河》表达的是生命、泥土和水的运河故事。她说，这台运河演出已做了四年，一头扎进去，不知道深浅。运河太博大了，要把运河时空跨度萃取在一个半小时里，用一个剧表达太难。因为难，才有价值。运河两岸的非遗，怎么体现，怎么宣传，怎么传承？怎样引领观众的保护与自觉，包括"五水共治"怎么体现？传统文化怎么现代表达，非遗如何精彩表达？舞蹈不大善于表现。把大运河所承载的人文情怀以及故事搬上艺术舞台，是崔巍的梦想。每一个行业都有自己的精彩，大运河的舞剧，不单是文化作品，而是一个文化事件。

看了《千年大运河》排练，节目分为四个板块：开凿、繁荣、遗忘、又见运河。我讲了几点。一是从中看见了生命，蓬勃的生命力。二是看见了激情，澎湃的激情。崔巍像运河，像水一样，表面平静，但激情奔涌。三是看见了境界，思想境界、工作境界、艺术境界。四是感受到一种氛围，有艺术气息和向上的力量，营造出家一样的温馨。

中国大运河，这条传奇之河在千年的积淀中有着太多的故事，解读大运河的过去、现在和未来，也应该是非遗工作者的使命和责任。

2014 年 4 月 26 日　星期六

今天，百度了一下，各媒体都还没有开设"中国梦想·美丽浙江"专栏。让楼强勇在非遗网上开个专栏，把浙江各地非遗的活动整合资源，九九归一，率先作为，打响品牌。小楼他们加班到第二天凌晨四点半，说干就干，抢抓机遇，"中国梦想·美丽浙江"率先在浙江非遗网闪亮登场。

小楼约来 19 楼的徐总、公共事务部的程文燕，一起商量合作事宜。徐总说，19 楼有 4000 万用户，主要受众为 20 岁至 45 岁的网民，在年轻人中很有影响力。19 楼，第一楼为饮食男女，第二楼为旅游休闲等，与非遗都关系密切，"非遗随手拍"可以联办，非遗的活动可以配合宣传，非遗志愿者可以帮助招募，非遗网和微信可以联动宣传。19 楼要考虑到网民的接受度，语言要草根化、生活化。

徐总表示，个人很愿意做非遗志愿者，1000 个志愿者一人做一件事就有 1000 件；大家只有一个身份，为了一个目标。现在提倡"舍得文化"，做人的最高境界是付出，有钱出钱、有力出力，特别是要招募有专业技能的志愿者，发挥全民的作用。

2014 年 4 月 27 日　星期日

自学《党政领导干部选拔任用工作条例》学习资料。前两天，翻阅《宣传半月刊》，看到这么一句话，有点意思，录于后：冀文林从入党到正厅级用了十年，而我党领导干部优秀楷模孔繁森，在副处级岗位上就干了 13 年。可见党的优秀领导干部楷模，"进步"何其困难，而腐败分子"进步"何其容易，在这种权力结构用人体制下，我们党已经存在着严重的逆淘汰。——中国纪检监察学院副院长李永忠。

　　我从副处长到处长，干了14年，如果加上副主编、处长助理2年，那就有16年。我这里不是与孔繁森书记相比，而是佐证机关里的确存在逆淘汰。

　　李永忠院长揭示的问题，不能说有普遍性，但官场中的确存在。有人虚头巴脑，无利不起早，但"进步"很快，连连上台阶。会哭的孩子有奶吃，会"活动"的干部进步快。有些干部勤勤恳恳、兢兢业业，组织上却不关注不关心。所幸新一届的文化厅风清气正。制度很重要，贯彻制度的领导的正气更重要。

2014年4月28日　星期一

　　上午，与李虹梳理了2014年申请国家经费名单和上报名额不足的理由，准备提交厅长办公会审核后报部里。非遗司拟定5月10日平台截止提交。

　　叶涛起草了关于核对浙江省非物质文化遗产代表性项目保护单位的通知，我过了一遍。明确了核定范围，主要是国遗与省遗名称不符的、保护单位建议更改的，为后继调整工作做准备。明确了保护单位认定要求，上报材料和程序要求。

　　下午，对"美丽非遗上舞台"方案，进行商议。第一，重视非遗的原生态、原真性保护传承，这是前提。第二，重视非遗美化和精品化，轻骑兵，小队伍，一专多能、小型多样。第三，重视打造表演艺术名片，推出长兴百叶龙、奉化布龙、海宁花灯、余杭滚灯、青田鱼灯等精品力作。第四，培育一批传统音舞戏非遗作品，通体构思，综合组台，鼓励推出和涌现《畲山风》等非遗综艺或"印象非遗"。第五，鼓励建立传统表演艺术表演团，产业化经营，市场化运作，股份制管理，市场机制激活。第六，鼓励专业院团、文化馆等文化单位，采风，体验，创造性转化非遗保护成果，创作优秀文艺作品，丰富群众精神文化生活。第七，让群众唱主角，让草根当明星；对于传统表演艺术传承发展有突出贡献的传承人、民间艺术家，给予表彰奖励。第八，鼓励创设载体和展示平台，可持续、制度化、品牌化，成为推出美丽非遗精品的孵化器。第九，鼓励乡村非遗进城市舞台，上全国舞台，去国外展演交流。

这个舞台包括小舞台和大舞台，它是乡村历史文脉和文化基因传承的大平台，也是展示当地非遗资源、凝聚乡情的重要平台。

2014 年 4 月 29 日　星期二

下午，将祝汉明起草的"浙江好腔调"戏剧板块和研讨会板块文件改了一遍，合并同类项，分成两个系列。这样一来，工作相对集中明确，也便于统筹安排。

晚上，与陈澍冰将"中国梦想·美丽浙江"主题宣传非遗展演展示活动方案改定。拟报请厅长办公会审议后下发。

2014 年 4 月 30 日　星期三

早上，省正风肃纪工作组人员，还有《浙报》、浙江电视台记者等检查组人员在厅机关门口抓迟到。事后反馈结果，我处有两人被卡在上班时辰外。

9 点半，我召开了处务碰头会，作了自我检查和检讨。因为我和我处不少同志平常几乎天天加班加点，早上我自己也时有迟到，所以也就没有特意作强调和要求，其身不"正"，无以正人。我处有迟到现象，是我的责任。对于加强工作纪律，我表了态，也作了强调要求。

中午，我写了一封类似于自我检查的信给厅机关党委，并呈厅领导。

下午，厅机关党委胡雁书记、人事处戴言处长受金厅长指示，召集各处室主要负责人会议，通报省正风肃纪工作组来我厅抽查上班时间的情况，并对工作纪律作了严肃强调。

按照会议精神，我再次召开处务会，通报有关情况，传达有关精神。我讲了几点：一是要正确理解和全面理解党中央的用心和决策，讲正气、树形象，改变以往社会对党员干部对党政机关的形象。二是这是一场革命，大家都要完全改变以往的认识和习惯，彻底按照规范规定和要求办事做事，循规蹈矩，谨小慎微。三是培养一支铁打的队伍，一支令行禁止的队伍，从严治党，从严治政。大家都变得更守规矩，更为纯粹，为人做事也就简单多了。

2014 年 5 月 1—3 日（五一假期）

五一假期，看了电视连续剧《汉武大帝》，沉浸在剧情之中，替古人担忧，也为先人而感慨。汉武帝刘彻远见卓识、宏图大略、文韬武略，成功削藩，一生打匈奴，一雪国耻。卫青建功立业，屡建奇功，精忠报国。张骞远离祖国13年，历经艰辛，信念不移。霍去病初生牛犊，凌云壮志，天生高贵，所向披靡。看历史剧，了解了不少历史知识，熟悉了多位那个时代的人，除了上面提到的人物，还有司马迁、董仲舒、桑弘羊等。有收获。

2014 年 5 月 4 日　星期日（上班）

上午，召集处里相关人员开了个碰头会，商量今年"浙江好腔调"展演板块和研讨会板块具体安排，有十项活动和四个研讨会。时间怎么有序安排，怎么根据内容递进、各地意向、操作可能调整；对濒危剧种的保护，领导和社会多方很关注，根据必要和可能分别邀请相关领导和有关专家参与哪些活动；媒体宣传应当有点策划设计，有点卖点，否则头重脚轻，缺少连续效应；活动安排的时间空间上，怎么便利，怎么把握好节奏等等，一应要考虑。要统筹兼顾还得突出重点，要轰轰烈烈还得要有实效，要展示保护成果更要唤起全民共识，要有理论研讨还得面向未来提出政策性意见。

向赵副厅长汇报了"浙江好腔调"展演板块和研讨会板块具体安排。赵副厅长说，方案设计得很好，虽然活动很多，但去掉一个都可惜。好腔调品牌很好，就是要唱响好腔调。非遗要挖掘好、保护好、传承好，留点历史痕迹。

下午，与赵和平副厅长去省委宣传部，向龚吟怡副部长汇报有关工作。主要三件事：美丽非遗进礼堂实施方案，拟请省委宣传部和我厅一起下发；美丽非遗志愿行动实施方案，拟请省文明办与我厅一起下发；"浙江好腔调"系列展演和研讨会，请龚部长给予关注，重要活动请部领导出席指导。

　　龚部长对非遗工作很重视，对我们工作有颇多的表扬，对这几项工作都明确表示支持。非遗工作如何抓重点？他边听汇报，边发表自己的想法，让我颇有启发。龚部长和我讨论了几点：

　　第一，关于美丽非遗进礼堂。一是一个载体下去，不指望各地都响应，有三分之一支持就有效果了。文化礼堂每年建1000个，为免空壳化，内容很重要，非遗很重要。二是要么不做，要做就做30年，变成一种行为习惯。意识形态，久久为功，坚持不懈，必有成效，一项工作要影响一代人。

　　第二，关于美丽非遗志愿服务行动。一是要文明办宣传协调，文化厅组织和推进。二是志愿者队伍要扩大，求量更要求质。志愿者要更加注重专业化，要有专业知识，有一技之长。三是志愿者服务关键在长效，在于持久、有效。四是非遗志愿者服务，促进非遗保护工作，也促进社会风气养成，弘扬文明新风尚。

　　第三，关于"浙江好腔调"。今年评省里文艺创作精品工程，10部剧目里，越剧2部、婺剧2部、绍剧1部。我要求给"天下第一团"留出5部，去年西安高腔入围，一个荣誉不单救活一个剧团，也救活一个剧种。今年，台州乱弹列入了省里文艺创作精品工程，以前从来没演过大戏，现在一有阳光就灿烂。省艺研院提出拍摄戏剧大师纪录片，还有非遗传承人纪录片，也要做出规划。

　　第四，对于我提到的各地已经拍了近10部非遗电影，明年一项重点工作之一，就是推出"非遗的银幕时代"，龚部长说，选一批好的非遗项目招标，剧本很重要，要充分论证。我省拍电影每年700部，批准播出400部，实际播出100部，虽然是小制作，但要拍得精致。

　　龚部长指出，从事非遗要有战略思考，对濒危的要扶持。浙江毕竟是文化大省，一些大场面大制作大成本的演出要做，但是更要扶持濒危的非遗项目。

　　晚上，与周渊淳参加浙江理工大学第十一届青年科技文化节活动。几个节目看下来，颇有感触：一是青年学子的蓬勃朝气、昂扬激情、活力迸发，让我深受感染和振奋，也为之感怀。二是理工大学在舞台的展现上，体现科技含量和专业特点，也很别致。三是活动已经办了11届，一件事情只要坚持下来，就能做成品牌，做大影响，做出成效。四是非遗进校园很重要，青年是民族的未来，他们对于非遗的认识认知和感受感悟关系到优秀传统文化的传承弘扬。

2014 年 5 月 5 日　星期一

上午，楼强勇、戴炜荣拿来一个方案，准备在浙江非遗微信"春节民俗随手拍"活动之后，再办一个"端午去哪里"随手拍活动。我与他们商量，最好参照《钱江晚报》微信"西湖晓蛮腰"的创意，设计一个虚拟的非遗人物，打造品牌。

浙江非遗微信，也得淡化官方正统工作平台的形象，要走亲民路线，要有青春形象，要渗透进非遗各方面，要可持续，做成品牌。谁来做这个形象代言？要取个好名字呵。

下午，南浔李局长过来，邀请我参加9日举行的第二届辑里湖丝文化节。从方案附录的照片看，活动蛮丰富，蛮有意思，有辑里湖丝手工缫丝技艺表演、传统蚕桑农事活动等。辑里湖丝制作技艺，是人类非遗项目中国蚕桑丝织的组成部分，有特殊的价值。据说，以前南浔家家户户养蚕，现在十户人家还有两三户养蚕，这一状况比我预想的要好。辑里湖丝文化研究会办了一个《辑里湖丝》杂志，蛮有品位档次。看样子南浔这个项目的保护发展还蛮不错。

2014 年 5 月 6 日　星期二

上午，柯桥区非遗中心王雷主任过来，商量第三届浙江省县级区域非遗保护现场会事宜。王雷介绍了柯桥筹备会议情况。这次会议原先主题为推进非遗设施建设，包括非遗馆、文化礼堂、老戏台、书场。柯桥区在全省率先建立了县级综合性非遗馆，面积不大，但构思全面，展陈效果不错，影响蛮大，为全省开了好头。

对于省里会议的筹备，我有几点想法：一是会议主旨，应为推进非遗馆建设，强化浙江进入文化四馆时代的概念和行动。二是不就事论事，设施建设、内容建设、品牌建设"三位一体"。三是省里与试点市县的合作共建、共商机制。主要向与舟山、义乌、嘉善、景宁的合作，以及与象山、开化、余杭、柯桥等地的双向联动推进。四是柯桥要继续领先一步。柯桥区非遗馆的馆舍面积迅速被后来者居上。柯桥非遗馆的外观设计像条船，希望继续乘风破浪，引领潮流。

叶涛负责《2014浙江文化年鉴》非遗部分稿件的提供，将2013年度的非遗各方面重要工作、活动和项目，理出了10条左右。每年我省非遗亮点很多，择优选录。我过了一遍。

下午，与祝汉明、杨思好、周郁斌商量"浙江好腔调"传统戏剧系列活动安排。各项展演活动和研讨会基本确认，但有关安排上须再斟酌。一是时间节点，皮影、木偶、乱弹、目连、高腔、滩簧、风情小戏，及小剧种、大剧种分别综合组台等9场演出在"文化遗产日"（6月14日）前夕全部搞定，"山水依旧"结合省党代会时间安排。二是线路安排，相对合理。三是"浙江好腔调"开场演出为皮影、木偶，放在海宁，结合六一节，举行启动仪式。两大类的剧目演出，统一集中在海宁儿童公园进行，以形成声势氛围和宣传效应。四是金华为中心，大剧种经典折子戏"经典华章"、小剧种经典折子戏"浙风越韵"，和婺剧现象研讨会、"天下第一团"研讨会，都集中在金华，在文化遗产日前后两天进行。请省领导和厅领导出席，或致辞或讲话，作了相应的初步分工。

2014年5月7日　星期三

上午，召集处里各位碰个头，文化部非遗司要求推荐非遗保护典型社区、项目、人物，供新闻媒体参考，择优在文化遗产日期间进行宣传。通过鲜活案例，宣传非遗保护的理念。与非遗司张晓莉副处长通了电话，要求事迹感人，贴近百姓，要草根人物，要有年轻人，要体现人人参与，深入人心。先报个名单。

处里大家讨论，典型社区拟从非遗保护综合试点县中产生，初步拟定余杭、海宁、象山、鄞州、柯城、景宁；项目拟推长兴百叶龙、泰顺廊桥等；人物拟从非遗保护新闻人物中产生，如周志华、宗馥莉、林邦栋、周尔禄、陈华文、宁海耍牙传人薛巧萍、诸暨十里红妆骆东等。

下午，约浙江电视台科教频道王戈刚导演，再次商量非遗专题宣传片脚本。王导拟就了"美丽非遗　浙江绽放"专题片解说词，商量后，拟定"把根留住、风生水起、薪火相传、乡愁恋歌"四个板块。

第一，把根留住：主要体现当年的濒危状态和媒体呼吁、领导重视、有关保障；普查、名录、传承人立项保护。

第二，风生水起："三个八"行动；国遗省遗"八个一"保护措施，服务传承人"八个一"服务措施，八大基地星罗棋布。

第三，薪火相传：文化遗产日系列活动，非遗春晚，博览会；濒危剧种守护行动，非遗保护志愿行动。

第四，乡愁恋歌：美丽非遗"进赶上"行动（美丽非遗进礼堂、赶大集、上舞台），传统节日及旅游，非遗馆，对外交流。

尾声是媒体报道题目、记功、讲述光荣与梦想、展望未来。2014美丽非遗系列，启动智慧非遗。构建体系，营造精神家园，实现中国梦及核心价值。

晚上，与周郁斌商量后天要在金华非遗传承教学基地规范化建设现场会上的讲话提纲。

将教育部3月颁发的《完善中华优秀传统文化教育指导纲要》瞄了一遍。出台这个纲要很好，只是太概念、太理论化。但从字里行间受到一些启发，从针对性、实效性方面，理了一个讲话稿基本思路。

2014 年 5 月 8 日　星期四

上午，2014年度第3次厅长办公会议暨第6次党组会议召开。非遗工作有三项议题：一是我省申报国家非遗经费情况。二是"中国梦想·美丽浙江"主题宣传非遗展演展示活动实施方案。整个系列共有七个方面的活动。三是"浙江好腔调"传统戏剧系列展演展示活动及研讨会计划安排。我具体做了说明：

第一，为什么这么多活动？一是因为文化遗产日，今年主体活动是传统戏剧，这也是第九届省非遗节主体活动；二是因为是濒危剧种守护行动第二年，传统戏剧是今年的工作重点之一。三是全面展示的需要，56个剧种，分门别类展演，体现传统戏剧的魅力，体现非遗保护成果，引起社会关注，唤起全民共识。

第二，今年活动化整为零，分布到全省各地，调动各地积极性，唱响美丽浙江，唱响浙江全省，涉及嘉兴、温州、绍兴、金华、衢州、台州、杭州七个市，主场城市还是定在金华，杭州有一台"山水依旧"放在拱墅。其中有两场，大剧种的折子戏精品专场和小剧种的折子戏精品专场，由省文化馆和歌舞团协助。

第三，十场演出、四个研讨，我们严格执行八项规定和省委二十八条办法、六项禁令要求，因为是厅里组织的活动，公务人员，还有专家也一样，全体体现公益精神、体现志愿精神。

听了汇报后，赵副厅长说，非遗处考虑比较细，活动比较多，而且注重发动各地积极性。柳副厅长说，非遗处将乡愁、文化礼堂、"五水共治"这些工作组合包装，善于策划和统筹。陈副厅长说，两个字，很好！褚副厅长说，听了很受启发，音乐学院要三个转变：要从杭州转向浙江，要从大专转为本科，要从音乐转为大文化。金厅长说，一是要与省委全委会结合，主题为美丽浙江、美丽生活。从两创到两富到两美，紧密结合。二是在活动中，要严格遵循八项规定。三是"五水共治"由厅里统筹。四是维持饱满精神和良好形象，做好工作。

下午，召开处务会，三方面内容：一是传达金厅长和各位厅领导审议我处三项工作（申报国家经费事宜、"中国梦想·美丽浙江"主题宣传、"浙江好腔调"具体计划安排）提出的有关要求。二是对"浙江好腔调"的主题及十个专场的名称作了讨论和推敲。主题为：唱响美丽浙江，共享美好生活。对各专场名称既要切题，又要形象，还要响亮；三是"浙江好腔调"系列各项活动安排，特别是对在海宁的木偶皮影专场和作为文化遗产日重点的金华文化遗产日主场活动，作了重点研究。

晚上，将即将下发的"浙江好腔调"系列展演活动文件（十个专场），认真再过一遍，将征集"五水共治"主题宣传传统戏剧曲艺节目的通知，过了一遍。

2014 年 5 月 9 日　星期五

早上，8 点，与叶涛、戴炜荣去金华。

下午，金华市非遗传承教学基地规范化建设现场会在义乌市塘李小学举行。各县市区文化、教育分管局长、科长、非遗中心主任及市级传承教学基地负责人参加会议。总结经验，交流探讨；授牌签约，结对共建；健全机制，规范建设。

金华全市共有浙江省级非遗传承教学基地 14 所，金华市级非遗传承教学基地 35 所。会上对传承教学基地建设指导意见做了讨论。我从课程设置、师资队伍、校本教材、非遗传承、签约共建、展演展示、校园文化及校园非遗专题展示馆建设等方面，提出建议。

晚上，季海波、毛芳军从泰顺至温州，然后坐动车到杭州，大概 11 点半才能到，蛮辛苦。

2014 年 5 月 10 日　星期六

上午，毛芳军将智慧非遗建设实施方案的整体构想和五个支撑点或者说五个表达，向我作了介绍。所提出的我省智慧非遗建设的顶层设计方案，感觉方向很对，清晰、明确，也形象。

我和小毛、小楼、海波等讨论，我省"智慧非遗"概念何时正式推出，启动仪式怎么进行，通过何种途径来体现智慧非遗的智慧智能。一是对内先从哪里切入，二是对外从哪里着力，三是怎么样简单易行傻瓜可操作，四是如何引起各方关注和热情参与。第一步很重要。我提出，做个五年、十年规划，小毛、小楼说，这个信息化大数据时代发展太快，今后几年运行的理念和运用的技术不可预测，三年为妥。

我提出，能否 5 分钟让人家读懂非遗，然后吸引人家深入非遗。

小楼说，先把非遗网建设得有吸引力，再在非遗网设一个搜索引擎，让网民深入了解。小毛说，参照统计法用动漫宣传，宣传非遗知识、宣传非遗保护理念和基本知识，要让人家感兴趣，宣传一定要感性。大家也算是头脑风暴。

智慧非遗与读懂非遗，是两个命题，也是个一体化的命题。智慧是为了大气、丰厚、简明、便捷、时尚、流动，读懂的意义也是一致的。

2014年5月11日　星期日

感受到非遗新的热潮和新趋势，我写了篇稿子《非遗事业进入新的时代》，提出了法治非遗、智慧非遗、设施非遗、活力非遗、生态非遗、银幕非遗、校园非遗、志愿非遗等概念。百度一下，有几条活力非遗、印象非遗的报道，但没有具体的阐释；其他的概念，都是我的创见。

我省率先提出了"美丽非遗"的概念，我们于2012年12月，在十八大召开后的半个月，召开了全省美丽乡村建设中非遗保护现场会，提出了"美丽中国从美丽乡村开始，美丽乡村从美丽非遗开始"的重要理念，因此媒体上"美丽非遗"竞相绽放。

2014年5月12日　星期一

上午，厅办要求上午马上报濒危剧种项目数量和保护情况。我们启动了濒危剧种守护行动，但哪些是濒危却不知晓，场面很浩大，方案下达了好几个，回过头来突然发现濒危的家底不清楚。去年5月，厅里下发了文件书面调查，关于濒危也有几条标准，下面只报来9个项目濒危。只有9个濒危吗？

对于濒危项目，依然濒危的，一方面要重点给予扶持支持，加大力度；另一方面，项目没保护好、依然濒危，应当追究责任。目前我们缺乏考核机制。

下午，省民宗委陈振华副主任等过来，商量"三改一拆"中民间信仰的保护。3月底，省"民间信仰与社会治理"研讨会在嘉兴秀洲召开，我发言认为"三改一拆"不能一刀切，小庙小庵中的民间信仰，纪念了先贤豪杰，蕴含着优秀传统文化，要分类治理。陈主任说，浙江将出台加强民间信仰事务管理的意见，建立长效管理机制。

2014年5月13日　星期二

上午，省委宣传部、省统计局下发关于开展"2013年度浙江省文化发展指数（CDI）"编制工作的通知，要求科学、客观、有效地评价区域文化发展水平，为各级党政提供决策依据和智力支持。文件附件"浙江省文化发展指数（CDI）"评价指标体系，包括文化资源支撑力、文化价值引领力、公共文化服务力、文化产业竞争力、区域文化创新力及公共评价。其中文化资源支撑力部分有"每万人拥有非物质文化遗产数"的指标名称。

商量《浙江通志·非遗卷》和《浙江非遗普查报告》编撰工作。《浙江通志·非遗卷》的主要内容有两方面：一是各门类的国遗项目及部分省遗项目，二是古往今来非遗历史的概述。国遗187项，有国遗丛书，每本书5万—6万字，还有申报书，我们有丰厚的文字文稿基础。

下午，厅机关党委、机关党总支召开厅机关党员干部会，有三个议题：一是机关总支书记传达了省委领导关于党员干部"担当"的讲话。二是观看电影《焦裕禄》，重温焦书记那份担当和情怀。三是通报中纪委有关违规八项规定的处理（公款吃喝、超标接待）。

晚上，祝汉明起草了宣传"五水共治"的"浙江好腔调·山水依旧"传统戏剧演出的通知，我过了一遍。周郁斌起草了第三届美丽乡村建设中非遗保护现场会的通知，我过了一遍。

2014年5月14日　星期三

上午，与陈澍冰起草了《关于举办浙江省非遗多媒体数字化记录暨集成志书编撰工作培训班的通知》。

下午，去拱墅区。商量几个事：一是与拱墅区商量浙江非遗图书馆筹建事宜。拱墅区建了图书馆新馆，已经着手内装修；在运河边区政府广场的老馆，将建设为省非遗图书馆，预计2015年初可以正式运行，启动工作应该抓紧准备起来了。非遗图书馆的方案，要抓紧起草，要与拱墅区签订框架合作协议；特别是编制问题、管理问题、图书征集经费问题、非遗图书馆的特征特点怎么体现展现等一系列问题，都要很好地策划和着手进行，要取得厅党组的重视支持。我设想在非遗图书馆揭牌开馆的同时，举办个全省非遗图书博览会，再举办个全国优秀非遗图书评选。二是"浙江好腔调·山水依旧"专场演出。

黄玲局长介绍，一是区委许明书记很重视，亲自抓非遗，而且不光是一个领导重视，区里四套班子的领导对非遗都很关心。二是拱墅区打造没有围墙的文化遗产馆，已经有5个国办的馆，每天的观众都很多，人气也很旺。三是拱墅区普查发掘了10个遗址点，已经公布，最近又发掘了13个，每个项目都要写本书。已经出了几本，如《运河南端觅古迹》。四是局里组织编排了"湖墅三叠"：花朝、琴心、妙音，歌舞半小时，香积寺庙供奉了妙音菩萨，是智慧女神。五是非遗图书馆的藏书，可以分一、二、三，三个等级，一等的是珍品，只收藏，不外借。六是准备搞一个跟着范大姐"走运河行大运"的活动，商请电视台开个栏目，另外拱墅"智慧文化一点通"也即将开通。七是小河直街文化取胜，市井文化看小河，打算办个开市节；运河漕运，打算办个开漕节。各种传统节庆都要恢复起来，要让一年四季的节庆串起来。八是"五水共治"晚会，最好与6月20—22日运河申遗成功消息公布的宣传结合起来。

拱墅区有许多创意，这些工作都很好，也都很亮。对拱墅区，我们充满期待。

2014年5月15日　星期四

上午，召开"浙江好腔调"系列展演及研讨会专家咨询会。省专家顾天高、周冠均、沈经纬、蒋中崎、王相华等参加，处里祝汉明、杨思好等参会。

我介绍了传统戏剧展演系列和研讨会系列安排，讲了几点：一是厅里关于传统戏剧，齐抓共管。艺术处抓精品创作，社文处促进群众精神文化生活丰富，文化市场抓管理，产业处从文化产业产值上也要统计，非遗处抓保护传承。二是"浙江好腔调"系列，十场演出，四个研讨会，还有多媒体数字化记录，万场大戏进农村文化礼堂唱响好腔调。三是56个剧种，全面展示，检阅保护成果，推进出人出戏出效益和相互交流，更重要的是，进一步唤起全民共识。四是婺剧、新昌调腔、永嘉乱弹等剧种（剧团）的典型经验，要总结提炼和推广；天下第一团的生存状态和困境，要了解研究和破解，提出对策和建议，为决策参考。五是这次系列活动，不管是行政人员、业务干部、专家，在职的、退休的，一律不安排劳务费，完全体现公益精神、志愿精神、义务精神。

各位专家和相关单位负责人，赞赏支持和有共识，谈了几点意见。周冠均说，在非遗处大力推动下，非遗保护势头很兴旺，传统戏剧保护也得到了振兴和大发展，56个剧种，全面组台演出，还是从来没有过的事情。金华主场演出，是大剧种和小剧种保护成果的两个结晶，老专家最好都去看看；后面四个研讨会，也尽量去参加。浙江做的这件事情，要通过新闻媒体大力宣传，传播的信息要广一点，让更多的人关心戏剧保护。

顾天高说，全面展示56个剧种的经典折子戏，共10场演出，规模很大，这是很好的观摩学习机会。非遗处调动这么大的力量做这件事，这么丰富的东西，都是宝贵财富，对于从事戏剧的人，这个机会太难得。他年纪大了，有力气要去看看，有责任的人，更要去看去了解。做这个工作，不看戏不行，这次太难得。下一步要抓好重点剧团。"五水共治"有个创举，公布一批河长，实行河长制，非遗也可以实行项目长制度。传统戏剧的保护，要实行责任制。

蒋中崎说，文化厅1998年举办了全省稀有剧种交流演出，这次时隔16年举办全省"天下第一团"展演，这么成规模成系统，他在文化厅系统工作33年了，这样的机会没有过。这次系统展演，基于浙江深厚底蕴，把非遗推到公众层面宣传普及，这种文化现象，意义远不止在非遗保护。他还说，艺研院受非遗处委托，承接和主持四个研讨会，这是非遗处的信任，也是艺研院本来的责任，也是艺研院在全省树立形象的机会。院里要全力以赴做好研讨会承办工作。

沈经纬说，非遗处这事做得好，戏剧人都很感动很激动，只要我们需要，他们以行动支持。这么好的事情，应该广而告之，与新闻媒体合作，好好宣传，让大家来关心戏剧的保护。戏剧保护是文化部门的事情，也是全社会的事情。

王相华说，传统戏剧保护，是非遗处和艺术处共同的事情，共同的责任。两个处分工不同，但工作目标一致。需要艺术处配合和支持的，艺术处全力支持。

今天来的几位专家，都满腔热情，都很兴奋，而且境界都很高，我深受感动。专家们提的意见和建议，给我许多启发。

下午，召开"浙江好腔调"传统戏剧系列展演及研讨会组委会，十个展演活动和四个研讨会的承办地文化部门负责人，厅属相关单位负责人到会。我介绍了"浙江好腔调"系列安排，包括各展演主体内容、各研讨会主题和通体时间安排。祝汉明做了补充。

各承办单位介绍了承办工作筹备情况。各地都很重视，向地方党政分管领导作了汇报，确定了演出场地，对于展演的布置，参演剧团的联系沟通，演职员的食宿接待，活动宣传，安全及广场活动，下雨天的预案等，都作了相对周密的考虑和准备。

大家也提出了一些问题，比如，每一专场演出，场面上总要有领导出席；不少专家不可能全程参加，总要组织几位全面了解的专家；要组织专家或者研究人员写点观后感，写点研究探讨文章；各研讨会专家的确定，特别是主旨发言专家，要早打招呼早做准备；这么珍贵的集中展示系列演出和研讨，应当全程进行专业高清录像，安排专业摄影家拍摄照片，留下珍贵的史料；各专场演出录像光盘能不能正式出版发行；要不要分等级设定奖项，如剧目演出奖、演员奖、组织奖；横幅怎么体现，节目单怎样体现系列，各展演的舞台上能否统一有个徽标；综合组台，能否有电视台录播，或者组织专场演出播放，扩大宣传影响；展演现场的观众组织；各专场演出，能否也搞个小论坛，有针对性给予指导，等等。这些问题和细节，都是"浙江好腔调"的有机和重要的构成，都不能疏忽，都要正视和认真研究，都必须在细节上做好。全过程标准不能降低。

对于有关问题，有些我处已经有所考虑，今天会上邀请了省文化艺术研究院、省文化馆、省小百花越剧院的戏剧专业摄制机构、文化音像出版社、杭州电视台影视频道等参会。来的各方都满腔热情，大力支持。战略决定方向，细节决定成败，都很重要。

2014 年 5 月 16 日　星期五

上午，去省政协文史委，向曾骅副主任和文史委办公室主任孙勤明汇报了几项与文史委关联的工作安排：一是举办"五水共治"主题宣传传统戏剧曲艺展演，二是举办非遗多媒体数字化记录暨集成志书编撰工作培训班，三是举办第三届浙江省美丽乡村建设中非遗保护工作现场会，四是"浙江好腔调"传统戏剧系列展演及研讨会安排。

下午，与祝汉明去省旅游局，与规划发展处李剑锋副处长、郑妮商量省文化厅、省旅游局签订文化旅游合作框架协议事宜。我的设想，签订协议仪式，与在海宁举行的"浙江好腔调"皮影戏说、木偶情缘专场结合，再落实区域代表性文化局与旅游局也在这一仪式上签订合作协议。签约仪式总体要简朴、热烈，体现各地呼应，观众响应。

签约后，要以规划发展处和非遗处为主要职能处室，在此基础上，不断拓宽合作的广度与深度。譬如，今年要按标准评选 10 家左右文旅合作示范基地；重视非遗馆建设的引导与指导，把非遗馆建成旅游景点。新展馆建设要结合 AAAA 景区的标准，丰富和拓展传统文化的传播路径，加大传播力度。

2014年5月17日　星期六

下午，与戴炜荣去宁波。北京专家苑利已经到宁波了。

2014年5月18日　星期日

上午，鄞州区召开现代非遗保护传承体系构建及县域非遗示范区创建标准研讨会，苑利、我和宁波市局汪志铭副巡视员、夏素贞副区长等参会。参加这个会，很有收获，很受启发。本来这两个论题，就是我所关心和正在思考，但还没有着落的事，宁波理念领先，开风气之先。

苑利说，文化，实际上是三个问题：你是谁？从哪里来？到哪里去？门卫每天问这三个问题，总理也考虑这三个问题，联合国教科文组织也在考虑这三个问题，这就是文化。这三十年，最大的问题就是重视技术，不重视道德，结果培养出了高智商的敌人。中央提出，要通过传统文化弘扬核心价值观。关公代表仗义，观音代表善良，民间庙会供奉的神都是古代的焦裕禄，老百姓拜的肯定是好人。通过庙会，人生礼俗得到彰显，应当恢复成人礼，长大成人了应该回馈父母回馈社会。现代小孩都是限量版的，比较娇贵，比较自我，要加强传统道德教育。

苑利说，非遗是活的，从过去传到现在，怎样让它活着传到未来？非遗保护的第一手段，绝对不是博物馆。博物馆只是重要的补充，它有自己的功能，也有自己的问题。政府也是一样，不宜介入过多。不然，举办庙会时，政府一出面，先搭主席台，再铺红地毯。政府只宜负责提供服务，从申报到保护等。传承人该从哪里用力气？以伞为例，国家级传承人做的伞，应该是全中国最好的那把伞，应该精致无比，不在量，而在于能代表中国形象。现在传承人创作缺少精品化意识。非遗是水中养活鱼，不但要活，还要繁殖，还要进行资源分析，那些非遗为什么会产生在这里；要有地理学上资源的分析，寻找规律。项目的濒危度分析和濒危指数分析，应当有动态的数据库系统监测，对于濒危项目要有特殊的办法，要有双保险办法抢救。非遗与其他遗产形成互动关系，这就是整体性保护。非遗也可以商业化经营、产业化开发。对于非遗的保护，我的意见，历史上走市场的，就让它继续走市场；历史上不走市场的，就不要走市场；介乎两者之间的，要谨慎。文化是第四产业，文化很高雅，不能混同于服务业。

夏区长说，鄞州希望成为非遗保护的样板，一是完善基础性工作。第一是底子要摸清楚，要分析评估；第二是做好规划，怎么去保护；第三是大数据背景下的保护，不是数据录入的概念，不是被动保护，而是数据的运用和互动，原先的数据库，只是多了个保护的渠道，建议每个非遗项目都有个二维码。二是完善保护体系。第一是传承队伍体系，要传承好必须建立组织；第二是保护一定要有活动的载体，比如庙会，是非遗的集散地；第三是推广。三是政府必须花很大的力气，抓重点。第一是制度化；第二是相关的政策；第三是机制，区、镇两级要有机构，分级负责，还有政府、民众、社会互动的机制，让有兴趣的、有积极性的都自觉参与非遗保护。

我上次去鄞州要求的几件事，都落实了。一是区级非遗馆，将于6月重新开放，文图博美，现在再加非遗馆；二是"非遗＋"理念，宁波已积极探索和实践，已经形成了"非遗＋"景区、"非遗＋"基地、"非遗＋"产业几种模式。

我讲了几点：一是"现代非遗保护传承体系"这个概念这个命题，意义非凡。十八届三中全会提出了现代公共文化服务体系，好像还有现代文化市场管理体系、现代文化产业发展体系，但与非遗相关的只有一句：完善中华优秀传统文化教育。非遗保护能不能提现代的保护传承体系，我当时脑子里晃了一下就过去了，觉得传统的还是强调传统和传承，跟现代不是很搭界，最多是传统文化现代表达，作为措施之一。这一概念的提出，很大胆，也让人眼睛一亮，这也是非遗融入当代生活的必然。这样文化方面四个体系，都统一以现代为领衔、为理念。现代非遗体系的概念应当能够成立，这一理念领先，也是宁波再创新优势的重要举措。

二是现代是应当有特定含义的，包括现代理念、现代管理方法、现代科技手段、现代表达方式、融入现代生活。现代非遗不等于非遗的现代化，不等于声光电等现代手段的运用，而是非遗保护的思想、观念和内容的现代化。

三是现代非遗保护传承体系，应该提出明确的目标，应该有具体的内容，也应该有具体推进的路径，还应当有保障机制和评价指标体系。评估体系既是对地方的引导，也是对地方的评价。文化工作靠领导重视的时代过去了，应当靠制度来推进，制度非遗太重要了。

四是这一体系的标准化制定，是针对鄞州，还是适用全省，还是面向全国？它起到引领倡导的作用，优化考核评估的作用，进行工作规范的作用，加强保障的作用。将工作经验制度化，这事做成了，是顺势而为，做得好一石双鸟，生态区标准也可以参照。在指标上，应当有前置性的基础性指标，也应当有竞争性指标。要顾及体制内，也要顾及体制外。

这个课题，应当是学院派与行政结合起来做，宁波要么不做，要做必须高端。

下午，从宁波回杭州。

2014年5月19日　星期一

上午，厅里委托审计事务所对2013年度省非遗数字化平台建设资金使用绩效进行审计评估。李虹、楼强勇去省非遗中心与审计部门对接对账。据反馈，对我处的非遗数字化平台建设，审计人员逐项认真核查后，总体评价很好。我省非遗数字化建设在全国率先起步，整体构架和系统设计合理，突出省级功能，覆盖和面向全省，立足于针对性和应用性，攻坚克难，破解瓶颈，促进了非遗事业发展的科技化进程。

浙江非遗数字化平台自2012年底至今已试运行一年半时间。数字化平台录入了普查数据180万余条，项目数据1300余条，传承人数据900余条，基地数据300余条，图片资料1.3万条，视频录音资料1800

余条，并在平台进行了第四批国遗项目申报、第四批省级传承人申报、多项非遗基地申报工作等，提升了工作效率。

根据审计事务所要求，要对非遗数字化平台建设面向全省做个满意度测评调查。李虹起草了《关于开展浙江省非遗数字化平台满意度调查的紧急通知》，好，看看基层的反应。

下午，与祝汉明、李虹商量2014年文化遗产日系列活动经费安排及2013年度资金使用绩效评估。

2014 年 5 月 20 日　星期二

上午，金兴盛厅长召集碰头会，传达刘奇葆同志5月16日至18日在浙江调研考察时的重要讲话精神。有关处室负责人参加。金厅长传达的重要精神有：第一，把学习宣传贯彻习近平总书记系列重要讲话精神作为重大政治任务，加大力度、拓展广度、增进深度，用讲话精神武装头脑、指导实践、推动工作。第二，要在全社会叫响"三个倡导"24个字，使之家喻户晓，众人皆知，内化于心、外化于行。第三，坚定不移推进文化改革发展，不断增强文化整体实力和竞争力。一是要牢固树立一体化发展理念和互联网思维，坚持先进技术为支撑、内容建设为根本，努力打造世界一流媒体。二是要振兴地方戏曲艺术。地方戏曲体现民间语言、文化形态、地域风俗。受现代文化冲击，不少地方戏曲濒危，要从振兴民族文化的高度，制定扶持政策，注重师徒传承，促进流派发展，推动戏曲艺术活起来、传下去。三是要大力发展电影事业，把中国梦作为电影创作的重要主题，推出更多精品力作，推动我国由电影大国向电影强国迈进。

刘奇葆部长强调的几点，都与浙江非遗密切相关。我们的"中国梦想·美丽浙江"，打造美丽非遗品牌，"浙江好腔调"，都是为了传扬核心价值观；我们与拱墅区共建浙江非遗文献馆，与新生代企业家共推濒危剧种守护行动，在十所高校建立省非遗研究基地，都是创新文化体制机制；我们的濒危剧种守护行动，开展戏剧之乡评选，56个戏剧保护传承，一个不能少；浙江的"银幕非遗"，推进非遗电影创作；特别是浙江坚决贯彻习近平总书记重要讲话指示精神，贯彻十八大精神，推进优秀传统文化传承体系建设，建设非遗强省、文化大省，我们责任在肩，大有可为！

下午2点半，黄健全副厅长召集各处室和厅直单位会议，传达省委关于党史和党的文献资料搜集工作的有关要求。包括习近平总书记在浙期间的资料，如批示、指示、信件、考察调研时的讲话，以及照片、音频和音像资料。

习近平总书记2005年五六月间关于非遗工作6次作出批示，为浙江非遗保护指明方向，提升了非遗工作的地位。

3点半，召开2014"浙江好腔调"系列活动新闻通气会。主要有以下几个内容：一是我转达了上午金厅长传达的刘奇葆最近来浙江讲话精神。二是介绍了浙江传统戏剧生存基本状况。三是对浙江传统戏剧采取的保护措施。四是"浙江好腔调"系列活动安排。五是介绍这次系列活动的几个特点：主题鲜明，内容丰富，形式多样，融入生活，注重传承，全省布局。六是媒体宣传建议：合作宣传，重点宣传，互动宣传，深入宣传。

各媒体都很关注、支持，大家积极提问，提出了许多宣传报道方面的建议。

2014年5月21日　星期三

上午，召开处务会。主要讨论几个问题：一是文化旅游合作框架协议的签约仪式放在什么时间节点，要与合适的活动结合。选址上，或为景区，或可以打造为旅游品牌的地方。二是"浙江好腔调"，各专场演出板块，分工包干；还有备忘要做的一揽子事，有邀请领导和有关方面的事，有涉及各地各展演和研讨会承办地的，有讲话稿、新闻通稿、主持词等各种文稿的准备，有开幕仪式和颁牌颁证的准备，有相关协作方和媒体的配合互动事宜等，进一步梳理和明确事项，分头负责。三是从7月至10月，四个月要开好几个会，有7月的培训班，8月的美丽乡村会议，9月的海洋文化论坛，10月的县级区域非遗现场会，还有在宁波举行的国遗项目保护现场会。会议太多，太密集了，工作量也太大，要考虑整合或调整或做减法或者做小，不求全、不求大，而要求实效，求抢滩，求影响。这几个会也得分个工，有人负责。四是就厅机关借用上挂人员的管理规定，征求意见，处里讨论一下。这个文件对我们处里有着特殊性，我省非遗事业的江山，就是一支游击队伍打出来的。

下午，根据《浙江省财政支出项目绩效评价报告》，对2013年度浙江"文化遗产日"系列活动100万元经费使用绩效进行具体说明。此外，还要填报《"文化遗产日"系列活动经费评价得分表》，包括目标设定情况、目标完成程度、组织管理水平、资金落实情况、实际支出情况、财务管理状况、会计信息质量7项评估指标。李虹核报，材料我过了下。

小楼报来审计事务所对非遗信息化资金的审计报告。评价95分多。李虹起草了申报2014年度国家资金的请示，我过了一遍。

2014年5月22日　星期四

上午，起草浙江传统戏剧保护情况（非遗部分）。

下午，浙江电视台影视娱乐频道张导、王倩、邵文玥三位编导过来，商量"浙江好腔调"系列活动合作报道事宜。我的意见，不一定十场展演直接原貌播出，可以找个切入点。譬如，海宁木偶皮影两个专场，可以先讲讲全世界有几种木偶，浙江之前有四种，现在还幸存有三种；泰顺药发木偶因为不能参加现场演出，可以将老镜头切换进来；江山木偶传承人前天胃出血，正在抢救治疗，这项目濒危了，可以派一组记者现场采访，述说抢救的紧迫性；海宁现场演出和座谈会，各种层面都有它的意义；海宁皮影戏在古镇和皮革城，每天定点演出；木偶皮影要保护传承，也是文化旅游的一个亮色。这样东拉西扯，其中贯穿和阐释思想和观点，触动人心灵，唤起文化保护的自觉。

他们三位有共识，有共同语言，有满腔热情，说马上做个方案，向频道领导汇报和争取。只要愿意去做，有感情去做，就能找到切入点，找到好的表达方式。

2014年5月23日　星期五

早上上班，我不到8点10分就到办公室了。现在上下班制度严格了，处里的多位伙伴下班时间依然如故，要临近深夜才回家或回到临时居住的小窝。我好像周扒皮一样，但大家不是被动起早摸黑的高玉宝，都是一种自觉担当，一种精神追求，一种行为习惯，一种团队意识，一种无私奉献，一种真挚热爱，一种使命使然。有人说我是一个苦行僧，我的团队多数的人都有一种信念、执着、追求、境界。

浙江省商标协会副秘书长居悠曙过来，带来一份省府办《关于深入实施商标品牌战略的意见》，并商量非遗注册商标事宜。居秘书长说，注册商标的目的，是实现商标战略，保护非物质文化遗产。目前品牌侵权或同质竞争的问题比较突出，非遗可以成为经营行为，商业生产的都可以注册商标。举例说明，浙江电视台的"五月的鲜花"，被央视注册；"知味观"被人注册了；"长兴百叶龙"之前被抢注了。他说，非遗项目的法律保护，用地理标志商标最恰当，地理标志商标有地理唯一性，还要求有历史文化积淀，有故事。

我也一直在考虑非遗的知识产权保护问题。我提了几点：一是用哪一种形式保护，到底用版权保护、专利保护、商标保护，还是原产地保护，当然前提是有没有必要申请注册；二是怎么保护，非遗五花八门，整体打包还是逐类逐项；三是注册商标有什么好处，要权衡利与弊，要举例说明。四是先搞几个试点，这是新的领域，谁也不能先知先觉，要先探索，指令性加指导性，探索注册方式，或几种方式叠加。有成效了，可以举一反三推广。五是今后如有必要，可以建立专门的非遗知识产权事务所。六是对于注册商标，要谨慎。

另外，我对于听说有企业正在将"美丽非遗"注册商标，提出异议。非遗有专门法律，非遗是一项事业、一个行业，非遗是全民共享的，不能用全民通用的名称注册商标，"美丽浙江"能注册吗？但居秘书长说，将地名注册不行，但"美丽非遗"如果受理并公示，且没人反馈反对，可能会成功注册。

下午，去财政厅，拜访了金涛处长和胡红。向他们介绍了今年"浙江好腔调"传统戏剧系列活动安排，希望他们两位安排时间下去看看演出。金处长说，对我省的非遗工作他一直很感动，也很敬佩。

2014 年 5 月 24 日　星期六

下午，与小毛起草了一篇评话《谁触动了我们心灵深处最柔软的地方》。

晚上，再起草了一篇评话《非遗馆让乡愁诗意地栖居》。

其实这两篇都是补之前缺的评话。

2014 年 5 月 25 日　星期日

下午，起草厅领导在"浙江好腔调"系列展演首场（皮影戏说、木偶情缘）演出上的致辞。观众主体是孩子，为此，尽量通俗些。

晚上，与周郁斌起草了《关于"浙江好腔调"传统戏剧系列活动中认真落实中央八项规定要求的通知》，下发各地。要求在第九届浙江省非物质文化遗产节暨2014"浙江好腔调"传统戏剧系列活动中，为维护全省非遗工作系统风清气正的形象，希望各承办单位严格按照中央八项规定和浙江省委贯彻中央八项规定的"28条办法"要求，坚决杜绝不正之风，体现活动的公益性质和志愿精神。

2014 年 5 月 26 日　星期一

上午，祝汉明起草，我与周郁斌作了修改，定稿为《关于2014"浙江好腔调"传统戏剧系列展演和研讨活动整体形象打造的通知》，要求各承办单位做到"十个统一"：统一活动名称、统一活动主题、统一活动标识（LOGO）、统一节目单基本内容、统一提供字幕、统一各专场串词审核、统一专业音像摄录、统一电视播出、统一组织研讨会、统一组织观摩学习。既然作为系列活动，就得有系列统一要求，立体包装，整体打造。各地规定做好，同时自选动作创新，有分有合，各美其美，美美与共。

下午，发了半天邮件。将"浙江好腔调"活动安排领导出席意向表（时间表），十个专场演出、四个研讨会安排，执行八项规定的抄告单，"浙江好腔调"系列展演和研讨活动整体形象打造的通知（十个统一），发给各有关方面，包括省委宣传部、省府办、省人大教科文卫委、省政协文卫体委、文化部非遗司等。这样广而告之，既是宣传，也是邀请。机要秘书转来金厅长的批示，金厅长在严格执行八项规定的抄告单上批示肯定：好！

一个方案，具体通知，工作细则，八项规定，打一个包传给各相关方面。

2014年5月27日　星期二

上午，浙江电视台影视娱乐频道王倩等过来，商量"浙江好腔调"系列活动全程跟踪、合作摄制播出事宜。大家都有认识和共识，很好沟通，想法也很一致，商谈甚为融洽。

下午，赶到海宁，召开了皮影戏专场、木偶专场领队会议暨海宁皮影戏保护传承研讨会。主要了解皮影木偶戏的生存状况，困难和问题，以及意见和建议。这两场演出涉及泰顺、平阳、苍南、丽水、衢江、定海、岱山、安吉、海宁。海宁皮影总体上很有生机，泰顺木偶生态较完整，苍南布袋戏队伍较多，平阳有木偶专业院团，丽水除个别县市，都还有木偶团。定海、岱山的皮影已近濒危，安吉皮影也是较为弱势。各地状况不一，有的有相应的措施，有的放任自流，总体上看，前景堪忧。

省旅游局规划发展处李剑锋副处长提出了指导意见。旅游部门的理念和思路，对于拓宽皮影木偶保护发展途径，很有参考价值。特别是融入旅游景区和二度创意设计产品的建议，对于激活皮影木偶戏的市场，有直接的针对性。听了很有启发。省文化艺术研究院蒋中琦等参加了座谈会。不少新闻媒体记者从各自的角度作了提问，对皮影木偶戏的全面发展甚为关切。

我认真记录每个领队介绍的情况和各位的意见建议，生怕漏掉一点有价值的信息，记了六七张纸。每一次这类座谈会，我都很珍惜。平常深居简出，忙于杂七杂八的事务，难得下基层调研，实际上也不可能跑到每个皮影木偶戏的保护地去调查，座谈会了解的信息量大，这样可以做到基本有数。摸清家底，了解现状，针对特点，加强措施，我们有信心抓好皮影木偶戏的复兴。

我最后讲了几点意见，主要从抓紧抢救性记录，抓好传承，抓艺术质量提升，政府采购支持公益演出，与旅游和旅游产品开发的结合，市场定位和细分，转变理念和创新机制七个方面，对各地领队提出了建议和要求。

晚上，第九届浙江省非物质文化遗产节暨"浙江好腔调"系列展演开场演出木偶情缘、皮影戏说，在海宁儿童游乐园举行；嘉兴市局副局长陈云飞主持，海宁市政府副市长胡燕子致辞，我厅赵和平副厅长致辞。海宁为首场演出专门排练了《水乡阿婆》等有着皮影、灯彩非遗元素的舞蹈。

儿童游乐园搭了 11 个台，1 个主台，10 个分台，全省各地的皮影、木偶戏遍布游乐园，竞技斗艳，处处是景致。人川流不息，跟逛庙会一样。台前幕后，这么多举着手机相机的人群，骑在大人脖子上看戏的孩子，巡逻的特警，小戏台背后摩天轮的背景，传统与现代相互映衬，都是景致。离"六一"还有 5 天，也是为孩子们送上欢乐。

在一个儿童游乐园搭上 11 个台，这样的事情不可复制。但活动只有一个晚上，如果第二天继续，口口相传，来的孩子会更多。

今天，《中国文化报》第二版刊发了第九届浙江省非物质文化遗产节暨 2014 "浙江好腔调"系列活动安排。

2014 年 5 月 28 日　星期三

下午 1 点半，厅机关工会、团委举办"我们的节日　青年的守护"端午讲座活动，要我致个辞。顾希佳老师讲课。嘉兴粽子、香袋的传人来做辅导指导，厅直单位五六十位青年参加讲座和体验。

2点半，厅长办公会。金厅长传达了省里五个会议精神，一揽子、大灌输，这些精神都很重要。特别是夏宝龙书记关于习近平重要思想观点的概括。

我汇报了文化旅游合作框架协议的内容，提请审议。这个稿子从旅游角度考虑比较多，文化职能的体现和发挥还不够，要再征求厅有关处室意见，做补充和充实。

2014年5月29日　星期四

昨天下午，接到文化部非遗司《关于举办中国非物质文化遗产保护出版成果展的通知》，展会定于6月14日至7月14日在京举行。要求报送一大堆东西，包括普查与调查资料、图书、论文、电子出版物、网络文献、影视、音像作品、各类非正式出版物等。考虑得很周到，但时间这么紧，内容这么杂，要报送的这么多，一时半会还真做不了。我想还是实事求是，重点报两项：非遗图书和音像资料。

约拱墅区陈展副局长过来，区图书馆叶馆长和沈馆长随同，商量非遗图书出版成果报送事宜。我们商量了几个事：一是全国非遗保护出版成果展，我省材料的报送；二是厅四楼一长溜的堆积在那边的非遗文献资料的整理；三是非遗图书馆的场地。拱墅区图书馆大概明年三四月搬新馆，老馆有2500平方米，其中一部分为运河文献馆、报刊阅读区，边上的运河博物馆有个视听馆、少儿影评苑，可以借用。四是山水依旧专场演出事宜。

李虹起草了《关于要求各地报送非物质文化遗产保护出版成果的紧急通知》，我过了一遍。

接到文化部非遗司通知，将在文化遗产日期间，举行"我们的文字——非遗中的文字书写与传播"展览。根据文化部非遗司的指定，我省参展项目为：绍兴王羲之传说、湖州湖笔制作技艺、瑞安木活字印刷术。陈澍冰起草了《关于协助做好"我们的文字——非遗中的文字书写与传播"展览工作的通知》，我过了一遍。

下午，约请杭州电视台影视频道祝主任和胡栗丹过来商量，同意杭州电视台影视频道对十个专场和四个研讨会进行全程跟踪做专题报道，并做综合报道、戏剧人生专题访谈等。这个合作纯公益，杭州电视台影视频道有担当。

周郁斌起草了《关于2014"浙江好腔调"传统戏剧十个专场展演专业录像摄制工作的通知》，我过了一遍。

2014年5月30日　星期五

上午，周郁斌起草了《关于举行2014"文化遗产日"浙江省非物质文化遗产保护颁证授牌仪式的通知》，我过了一遍。

起草了政务信息"大力推进浙江省濒危剧种守护行动，让地方戏剧艺术活起来传下去"，主要内容包括：政企联手启动浙江省濒危剧种守护行动；有计划有步骤强化濒危剧种保护措施；对濒危剧种开展多媒体数字化抢救性记录；加强传统戏剧后继人才的培养；举办传统戏剧系列展演展示活动；推进传统戏剧融入农村文化礼堂建设。先做个全面性的报道，"浙江好腔调"十个专场和四个研讨会之后，再做个专题报道。

下发关于推荐《大写浙江人——浙江名人馆》"非遗传人"栏目人物的通知。浙江省档案局的文件没有推选条件，加了一条，希望特别关注：德艺双馨、德才兼备，有突出业绩，有良好的职业道德和社会形象的传承人；希望关注草根的代表性传人，关注传统表演艺术代表性传人，关注长期坚持在条件艰苦、环境困难情况下努力传承弘扬的传人。

下午，赴临海。

2014年5月31日　星期六

上午，从临海赴永嘉。

下午，在永嘉县举办"浙江好腔调"传统戏剧系列研讨会之永嘉乱弹研讨会。永嘉目前共有13支民间乱弹剧团，400多名乱弹从业者常年四处演出；特别是应界坑村有6个乱弹剧团，搞得红红火火。永嘉乱弹现象值得关注和思考。

2013年，永嘉乱弹纪念馆在应界坑村竣工，有1000多平方米，集乱弹表演、非遗展示和文化休闲于一体。永嘉县从2013年起每年举办全县乱弹会演，传承乱弹戏曲艺术，弘扬永嘉精粹文化，推进乱弹进校园，着力培养新一代乱弹艺人。

省戏剧专家、永嘉乱弹传习所负责人、代表性传承人、永嘉民间戏剧家、非遗干部等30多人，为推进永嘉乱弹的传承、保护和发展，推广永嘉乱弹经验建言献策。

晚上，永嘉乱弹《双金印》演出。老戏骨麻福地先生在演出"水牢"一幕时，从两张八仙桌高的台上跃下，不料踩上前面过场小喽啰落下的小道具，重重摔倒在地，腿骨受伤，马上被送往医院。温州市新生代企业家联谊会副会长叶定雷等观看演出，他说，这是他第一次完整看完一出传统大戏，应界坑村演出的《双金印》，让他感受到非遗传承的魅力和正能量，更感受到新生代企业家参与保护和发展浙江濒危剧种行动的意义。

2014 年 6 月 1 日　星期日

上午，与李虹及温州市局的王蓉处长、都处长、阮静主任，从永嘉赶到温州医院看望温州乱弹保护传承的功臣麻福地先生。意料之外，他躺在病床上居然毫无伤痛、病痛的表情，要我坐床边，跟我讲剧本的整理和下一步的打算。我找主治医生反映，麻老是温州乱弹保护传承的有功之臣，是个传奇人物，希望医院给予特别关心。

下午，在椒江召开台州乱弹保护传承座谈会。台州乱弹是台州唯一的地方剧种，台州乱弹的特点是文戏武做，武戏文唱，文武兼善。剧种唱腔丰富，以唱乱弹为主，兼唱徽戏、昆腔、高腔、词调、滩簧，也就是通常说的六大声腔。台州乱弹具有中原粗犷高亢的艺术风格，兼唱台州官话，充满乡韵，独具特色。台州乱弹有许多绝技，如武打中的"打桩""耍牙""钢叉穿肚""风火球"等，很珍贵，很有观赏性。

剧团曾停歇 30 年，2011 年的车祸，更是给剧团带来了致命的挫伤，在克服重重困难后，可以说起死回生。有几条经验很值得总结：一是建立"我的乱弹我的团"核心价值观；二是剧团实行"多劳多得、优劳优得"的薪水制度，实施企业化管理；三是跨市招人、全面集训，实施"一人多项、一专多能"的人才培养方针，培养复合型人才，剧团已经涌现了一波功底厚、扮相美、唱腔好的苗子；四是设立传承指导办公室，已复排台州乱弹经典大戏 11 本，创作了新剧目 3 本，并建立台州乱弹陈列室；五是全面整理曲牌，走访民间艺人，收集整理台州民间音乐，包括道情、莲花、鼓词、渔歌、山歌等，吸收本土地方音乐元素，并进行创作，使台州乱弹音乐更能体现地方特色，增加地方色彩；六是秉承个性、强化风格，每个剧种均有自己的特有风格，台州乱弹的风格就是大锣大鼓、高亢激昂，剧种的文化风骨就是台州式的硬气。

晚上，看"浙江好腔调"之"乱弹正传"专场演出。对乱弹，我不是很了解，看了专场，感觉乱弹味道在"乱"。台州乱弹、浦江乱弹、永嘉乱弹、处州乱弹、诸暨西路乱弹等，同样是乱弹，却是五花八门，有的是像京剧的硬戏，有的是像越剧的软戏。冠以不同地名的乱弹，实际上就是乱弹在各地的班社，属于同源异流。乱弹戏生动精彩，婉转动听，整台晚会很不错，现场效果很好。

2014年6月2日　星期一

上午，回杭州。

下午，周郁斌起草《浙江省文化厅关于第三届中国非遗保护（舟山）论坛征文的通知》，我过了一遍。论坛参考议题为：第一，海洋文化与文化强国建设。1.保护海洋文化与文化强国战略；2.海洋文化与"海洋强国梦"；3.保护海洋文化的重要意义、方法与途径；4.海洋强国建设的文化理念与路径选择。第二，海洋文化与美丽生活。5.海洋文化遗产的渊流、类型、组成、特征与价值；6.海洋文化生态（海岛文化生态、海洋渔文化生态）保护；7.海洋文化与渔民的美丽生活；8.海洋文化与美丽渔村建设。第三，海洋文化与文化产业。9.海洋文化与海洋旅游业的发展；10.海洋传统文化利用与海洋文化产业的发展；11.海洋非遗产品的网络营销推广；12.海洋文化开发利用与保护的关系。

2014年6月3日　星期二

上午，召开处务会。主要商量几个事：一是"浙江好腔调"6月有关活动安排。5月启动，6月全面开展。进一步明确相关工作和责任，特别是制定传统戏剧振兴计划。二是全国"文化遗产日"活动通知。包括倡议书、宣传画、成果展。主题为：城镇化与非遗保护同行。口号为：非遗传承、人人参与。这个通知要转发，还涉及省文明办、民政厅会签。三是几个会议：7月在杭州举行的浙江省非遗多媒体记录与非遗集成志书编撰培训班；8月在天台举行的以"城镇化建设中怎样留住乡愁"为主题的第三届浙江省美丽乡村建设中非遗保护现场会；9月初在舟山举行的以"文化强国与海洋文化"为主题的第三届中国非遗保护（舟山）论坛暨第十届浙江省非遗保护论坛；10 月在桐乡举行的"中国梦想·美丽浙江"全省非遗主题创作作品展览。四是文化旅游合作协议修改和签订仪式准备。五是关注第四批国遗项目评审工作。六是 2014 年度省级非遗专项资金申报和经费安排。七是省遗项目"八个一"保护措施上报情况、特别是传统戏剧 56 个项目"八个一"措施专家论证。八是国遗项目保护责任单位调整，特别是非遗保护中心法人机构办理督促。九是嘉善、义乌、景宁、舟山等重点关注地区与重点扶持的欠发达县份，对口指导和支持工作。十是宣传报道工作，特别是文化厅简报和上级机关简报报道。

下午，赵和平副厅长召集各业务处室，研究 6 月宣传报道事项，各处室发表意见。在此基础上，赵副厅长强调了几点：一是刘奇葆同志提出的地方戏曲艺术保护，浙江正好踩在点子上，我们做的事与他的要求高度一致，我们走在前走得实，走出了风采。浙江是戏曲大省，应当更有作为。要抓紧起草和出台地方戏曲振兴计划，做好宣传。二是传统戏剧怎么振兴，这是重头戏。"浙江好腔调"于 5 月启动，6 月铺开，7 月民营院团大赛，8 月民营剧团演员千人大培训，还可以有戏台建设和文化礼堂建设，戏剧现象研究等。可以把婺剧现象研讨会作为重点。三是公共文化服务标准化均等化。课题、标准化、五年计划。四是文化体制改革，特别是文化事业单位理事会。五是有主题做好宣传，突出浙江特色，通过多种渠道宣传。

起草了《关于积极开展非遗保护中心、非遗馆理事会组建试点工作的通知》，对政策依据、试点意义、试点做法、试点步骤等做了具体要求。

文化事业单位法人治理结构改革试点工作，厅里在文化馆、图书馆等系统进行试点，此项工作，非遗不能缺席。为此，马上起草了通知，动员各地申报试点，并在本通知上、在有关具体要求上提出了明确的指导意见。厅里关于开展此项工作，还没有正式文件下达。用抄告单先行部署。

晚上，杨思好起草了《浙江省文化厅关于邀请中国文化报社联合主办"第三届中国非遗保护（舟山）论坛暨2014中国海洋非遗产品网络交易会"的函》，我过了一遍。

2014年6月4日　星期三

上午，省委督查室发来《省委第十三届五次全会〈决定〉重要工作任务分工方案》（征求意见稿），要求对牵头单位、主要参加单位或责任单位提出修改意见。我作了些补充。譬如第98条，实施文化强省战略，繁荣社会主义文化，不断满足人民日益增长的文化需求（责任单位：省委宣传部、省文化厅）。实施文化强省战略，要有人财物保障。为此，建议责任单位加上省人保厅、省财政厅、省发改委、省建设厅，还要加上省教育厅这个重要基础。

翻阅这个方案，发现省委五次全会对相关非遗的内容有充分的强调，从不同的侧面和角度作了要求，这是大好事，说明省委主要领导对非遗、人文和传统文化有着高度的文化认知和文化自觉。我们这支草创的队伍，不怕事多，敢于担当，不辜负期待，不辱使命和责任。

10点半，去拜访在联谊俱乐部办公的省婺剧促进会会长李林访。李会长原来担任省粮食局局长，之后任省政协文卫体委主任。他在促进婺剧传承发展上，起到的作用不可估量。向李局长简单介绍了"浙江好腔调"系列安排；他对我处的工作一直赞不绝口，勉励有加。

下午，起草了两个文件：一个是《关于省文化厅助推嘉善县域科学发展示范点建设有关非遗工作事项的函》。之前，我厅印发的有关助推嘉善示范点建设督查内容，一是非遗馆建设，二是项目申报和保护，三是规划实施。体现不了全国唯一的县域科学发展示范点的先进性。为此，抄告单建议增补工作内容：1.按照浙江省委十三届五次全会关于推进人文城市建设和推进生态人文小城市试点的要求，根据新的形势，在做好《嘉善县非遗保护工作规划（2011至2015）》实施工作的基础上，进一步找准发展定位，启动新一轮的《嘉善县非遗保护工作规划》编制工作。2.根据省委办、省府办对嘉善县的要求，嘉善应当开展优秀传统文化传承体系建设模范区创建工作，先行先试，率先实践，积累经验，探索规律，以起到示范引领作用。3.加强嘉善县非遗保护中心建设，实质性推进嘉善县非遗馆建设，建立非遗保护中心、非遗馆理事会制度，促进非遗事业单位更好发挥社会化作用，为公众提供更优质的公共文化服务。4.希望嘉善进一步研究出台推进非遗事业发展繁荣的政策措施，为嘉善县非遗工作走在全省前列和全国前列提供政策支持和保障。

另一个文件是《关于支持重点欠发达县非遗保护事业发展的函》。省里公布的重点欠发达县，包括温州的泰顺、文成，丽水的景宁、庆元、松阳、龙泉、遂昌、云和，金华的磐安，衢州的衢江、开化、常山等12个县（市、区）。省发改委印发的《2014年度省级有关部门支持重点欠发达县加快发展任务书（送审稿）》，在非遗方面对于扶贫帮困送温暖有明确的要求：（一）召开一次重点欠发达地区非遗工作座谈会，研究和落实帮扶措施，在规划编制、平台建设、项目安排、试点探索、工作指导等有关事项和举措上给予特别关心和支持。（二）指导帮助景宁打造"畲族文化总部"，支持举办中国畲族"三月三"活动；支持开化、龙泉开展非遗保护综合试点工作；支持泰顺、庆元举办廊桥文化节。（三）指导帮助申报国家非遗保护专项资金，在安排省级非遗保护专项资金时，给予更大倾斜。

文件要求，请各重点欠发达县对2014年度当地非遗事业发展情况进行总结，并提出2015年度帮扶工作计划和相关建议，以便更有针对性、实效性地给予指导和支持。

我们抓工作，就要通过抓两头、带中间。一抓率先领先，二抓扶贫帮困，由此形成"比学赶帮超"的态势。

晚上，与杨思好、周郁斌商量"浙江好腔调"十场演出、四个研讨会之后的后继宣传问题，先未雨绸缪。百度了一下戏剧方面的报道，忽然想到几点：第一，三大戏剧现象各自研讨，影响和效果分散了，应当整合，整体以"浙江戏剧现象之××"来统筹。媒体共同推波助澜。第二，除了电视、报刊、网络分散的宣传，还应当整合形成一个新时期浙江戏剧保护发展报告。第三，把一系列方案和举措及活动成效、宣传报道，通体构思、整体设计，编成一本书，书名就叫"中国戏剧的浙江现象"。

2014年6月5日　星期四

上午，艺术处处长薛亮牵头，召开地方戏剧振兴计划拟订工作座谈会，各相关处室参加。

下午，约省非遗中心裘国樑主任过来，郭艺、李晖陪同。主要讨论三件事：一是"浙江好腔调"系列安排，其中两场演出梨园撷英（小剧种综合组台）、山水依旧（五水共治专场），由省非遗中心参与承办。二是文化遗产日系列活动经费安排。三是听取省非遗中心下半年工作安排。

2014年6月6日　星期五

上午，厅计财处召开厅各专项资金归并协调会，拟统一以因素分配法安排和拨付资金。李虹参加会议。回来后，感觉非遗资金的安排还是有特殊性，地方法规上也有建立非遗专项资金的要求。为此，坚持己见，阐述理由，要求保留非遗专项资金。

叶涛负责新昌、绍兴两个专场演出的协调工作，有关事项过了一下，敲定。

下午，起草了一篇评话：《麻福地的人生乱弹》。

晚上，起草了一篇评话：《为操着一口海盐腔的在杭非遗专家群体点个赞》。

2014年6月7日　星期六

《中国文化报》高昌主任来电，徐涟总编确定以整版篇幅刊发我的稿子《非遗事业进入新的时代》，原文11000多字，要求删到9500字。将原稿又过了一遍。这篇稿子提出了法治非遗、美丽非遗、智慧非遗、设施非遗、生态非遗、印象非遗、银幕非遗、活力非遗、校园非遗、志愿非遗十个概念，理念比较超前，内容基于浙江的实践，也反映了全国非遗保护的发展趋势。

2014年6月8日　星期日

下午，与赵和平副厅长、钱法成老厅长等去新昌。

晚上，"浙江好腔调"之"目连戏说"专场演出举行。这台戏，安全系数令人担忧，"男吊"高技巧高难度，应当做好保险。"女吊"阴阴森森。"无常"很亲民，一口土语，都是大白话，蛮搞笑，演着演着，这老演员口渴了，到乐队要一瓶矿泉水，在台上就喝了起来，观众席掌声响起。这就是草台班子的演出，原生态，观众看了很亲切。

目连戏是以宗教故事"目莲救母"为题材，被誉为中国戏曲的"戏祖"。剧目主要宣传孝道和因果报应，目连戏演出中将"唱、做、念、打"融为一体，穿插以筋斗、跳索、蹬坛等杂技表演，在戏曲表演艺术上独树一帜，对其他剧种产生了较大影响。

2014年6月9日　星期一

上午，参加2014"浙江好腔调"传统戏剧系列研讨之新昌调腔现象研讨会。新昌县长马永良致辞，他介绍，新昌县委、县政府高度重视新昌调腔的保护传承，以财为基养好调腔发展之树，以演为魂走好调腔崛起之路，以人为本延续调腔传承之脉，创排复排了不少大戏、折子戏，让古老艺术焕发新的生机活力。

赵和平副厅长，钱法成老厅长，郑楚森、胡小孩、沈经纬等专家，就如何更好地保护好、传承好和发展好新昌调腔提出对策措施。

我在会上总结新昌调腔现象有六个特征：正确定位、彰显特色、培养人才、打造精品、注重宣传、形成共识。并就如何重视戏曲演出、强化剧目创作、加快改革创新、拓展传播方式等提出要求。

下午，去绍兴柯桥商量几件事：一是县级区域现场会，二是法人治理结构改革试点，三是现代非遗传承体系示范区建设。

晚上，绍兴市承办的"浙江好腔调"之"滩簧悠扬"专场举行。姚剧《双推磨》，衢州滩簧《白蛇传　断桥》，绍兴滩簧《九斤姑娘十只桶》，都很受欢迎，观众阵阵喝彩。滩簧表演只要保留传统表演特征，保留唱腔，保留本土的方言和韵味，可以旧瓶装新酒，反映现实题材，也许新题材更受欢迎，更有感触。

演出结束，大家都赶回杭州。

2014年6月10日　星期二

上午，召开处务会。"浙江好腔调"已大致进行了一半，已演出了五个专场，办了两个现象研讨，还有五个专场、两个研讨要办。后面的特别是金华主场活动，领导来得多，媒体更关注，活动更集中，要作为重点。将相关工作事务进一步梳理和明确，作了分工和安排，各就各位，各司其职。处里各位都有得忙有得辛苦，好在大家都很认真都有很强的责任心。

我看了几场专场演出，希望演出能体现草根特点、民间风情，相对原生态的，富有生活情趣的，体现文化的多样性，这才是非遗。如果每个节目都当作精品打造，都是一个模子孵化出来的感觉，那不是非遗。非遗的剧目和表演，要与艺术处的精品剧目拉开距离，与市场处进入市场的拉开距离，与社文处自娱自乐的节目拉开距离。非遗就是非遗，非遗是传统文化表现形式，有它本身的本真性、草根性，这是最可贵之处。很遗憾，有几场演出没达到我的预期。

下午，见金厅长、赵副厅长、柳副厅长，向三位厅领导分别就主场城市活动、展演和研讨等，作了请示，征求意见。

2014年6月11日　星期三

上午，起草各专场演出领导致辞和活动主持词。

处里各位忙得团团转：叶涛管两个研讨会的议程；李虹管方方面面领导的联络；祝汉明管主场城市开幕议程和安排；杨思好先起草整个活动的总结等；毛芳军着手7月初会议信息化板块的准备；海波整理拍摄的照片，在非遗网上宣传，与媒体互动宣传；周郁斌配合我工作。处里这么大的工作量，高速运转，无论对脑力体力还是心理承受力都是个考验。钢铁就是这样炼成的！

下午，去衢州。

晚上，参加"浙江好腔调"之"高腔遏云"专场，由衢州承办。衢州西安高腔、松阳高腔、东阳侯阳高腔、金华西吴高腔、宁海平调、三门平调等，浙江八路高腔有史以来第一次聚首"唱堂会"，纷纷亮绝活，观众叫好声不断。宁海平调"耍牙"，侯阳高腔"三屉头"等，都是真功夫，观众不断惊叹。

2014 年 6 月 12 日　星期四

上午，赴永康。

下午，参加"浙江好腔调"之"浙风越韵"专场（上）。有平阳和剧《断桥会》、南湖马灯戏《小花鼓》等经典传统剧目，新叶昆曲妇女班带来的《火焰山狐思》片段，云和包山花鼓戏《大花鼓》，庆元菇民戏，民歌加曲艺和边歌边舞的样式，古朴又新鲜。永康醒感戏《毛头花姐》，很好看。

晚上，"浙风越韵"专场（下），人气更旺。车灯、马灯、茶灯、三脚戏、八仙戏、徽戏、傩戏等小戏种轮番上台，演员们争演拿手戏，花色品种丰富，各具地方风情，具有独特韵味。

2014 年 6 月 13 日　星期五

上午，赴金华。

下午，参加"浙江好腔调"之"婺剧现象"研讨会。婺剧流行核心地区是金华、衢州和丽水。现有 7 个国有婺剧院团，100 多个农村职业剧团。婺剧是一个诞生于小地方的大剧种，在婺剧 500 年发展过程中，积淀了具有金衢本土特色、内容丰富（包括地方习俗、民间信仰、行话、戏谚等）的剧种文化，故事情节生动，词句表达质朴，艺术风格粗犷豪放，音乐韵味浓厚，彰显着婺剧的地域风格、艺术个性和人文精神。如何进一步培育和发展"大婺剧"文化生态圈，让古老的婺剧在新时代散发出崭新而独特的艺术魅力，大家群策群力，集思广益。

晚上，参加"浙江好腔调"之"梨园撷英"专场。乱弹、目连戏、滩簧、高腔、地方风情小戏等专场中的优秀节目综合组台演出。名家新秀登台亮相，熠熠生辉，向观众展示了戏曲艺术的绚丽姿彩。金兴盛厅长、省政协杨建新主任等观看演出。

2014年6月14日　星期六

上午，参加浙江省"天下第一团"研讨会。天下第一团，有两个概念：一是天下第一，是领军的意思；二是天下第一，也是天下唯一的意思。作为婺剧领军的浙江婺剧团，创排了一批脍炙人口的舞台剧目，每年演出达500多场，出人出戏出效益，以戏育人，以人促戏，让浙江婺剧蒸蒸日上，形成了享誉中国戏坛的"浙婺现象"。"浙婺样板"的成功经验，有哪几条可以复制和推广，要进一步总结和梳理。

浙江56个非遗剧种中有三分之一的剧种，一个剧种只有一个剧团"独唱"。如何让"天下第一团"代代相传？如何让"天下第一团"重振雄风？这是此次专题座谈会的主要论题和目的。各地在地方戏保护、精品生产等方面有着积极探索，我们要把好的经验做法进行总结，把基层意见反映上去。金兴盛厅长就稀有剧种保护提出指导意见；赵和平副厅长就推广金华婺剧团经验提出建议和要求；省政协杨建新主任提出指导意见。

晚上，参加"浙江好腔调"之"经典流芳"专场。婺剧《刀劈杨凡》、瓯剧《酒楼杀场》、绍剧《斩经堂》、越剧《梁祝》等传统折子戏陆续亮相，掌声、喝彩声不断。百姓爱看这些传统戏，是因为这些演出经典流芳，接地气，旺人气，传播正能量。

2014"浙江好腔调"传统戏剧展演，自5月27日开始，"木偶情缘""皮影戏说""乱弹正传""目连传奇""滩簧悠扬""高腔遏云""浙风越韵""梨园撷英""经典流芳""山水依旧"等传统戏剧十大专场演出，先后在嘉兴、台州、绍兴、衢州、金华、杭州轮番上演，56项浙江非遗戏剧得到集中展示。

2014 年 6 月 15 日　星期日

上午，回杭州。

这次活动，我是按照区域和时间节奏，安排各专场活动和研讨会的，也没注意是否周末，这跟我们处里习惯于 5＋2 有关。回过头来看，有好几场活动安排在双休日，而且是在外地，影响了大家双休。活动的承办地，还有相关领导，都辛苦了。处里的同志们，又得正常上班，还得夜夜加班，真是没有一刻闲暇，一环扣一环连轴转。

2014 年 6 月 16 日　星期一

上午，看到 6 月 12 日《中国文化报》第 3 版整版刊发了我的文章《非遗事业进入新的时代》，这篇文章提出了十个概念：法治非遗、活力非遗、美丽非遗、智慧非遗、实施非遗、生态非遗、银幕非遗、印象非遗、志愿非遗、共享非遗。徐总编厚爱，全文照发；听说宋总编也表扬这篇文章写得好！这体现了对浙江的关注、对非遗的关切关爱，我深深感怀。

省档案局编研处何处长、李处长等过来。何处长说，编研处有两项职能，一是出书，二是办展览。今年三个展览：一是档案珍品，二是档案历史，三是大写浙江人。"大写浙江人"，根据省委办的要求，是一项政治性任务。其中有"非遗传人"板块，要求上报 15 人。上榜上墙的名单，还需专家论证。除了人物简介、照片，还希望有手稿、老照片、牌证等资料，希望有作品实物、视频展示。还要建个数据库，包括传承人的资料，作为爱国主义教育基地和学生第二课堂。

我们请各市推荐，特别强调草根、在困难条件下的坚持坚守。处里提出名单，报厅长办公会后再上报省档案局。草根不容易，大环境小环境缺少条件，这些草根传承人，将生命融入事业，坚守传统文化，做出了奉献，付出了牺牲，是在骨子里的热爱，很感人，应该让他们上榜上墙。

下午，召开处务会。"浙江好腔调"系列活动，除了本月 20 日的

"山水依旧"专场，基本完成。研究四件事：一是商量做好"浙江好腔调"系列和全省文化遗产日总结和简报报道等相关事项。二是四个研讨会材料的整理梳理以及专家观点、刊发事宜。三是研究两家电视台的后继宣传安排和宣传方式。这次纸媒互动不够。本来"浙江好腔调"可以作为一个事件，每个切入点深入，做连篇累牍的宣传和渲染，有新闻卖点，相信读者也会有兴趣热情关注。幸好，两家电视台全过程录制，若干年后回过头来看，应该是极为珍贵的音像资料。56个剧种全面登场，经典折子戏竞相亮相，史无前例，从文化意义上讲，应当是一个可以载入史册的事件。四是传统戏剧振兴计划起草工作。

宏胜饮料人事部部长郑虹和李晗过来，就落实宗馥莉会长的要求，商量几个事。郑虹说，宗馥莉担任新生代企业家联谊会长，任期三年，去年是第一年，提出了承担社会责任，传承、坚持主业的理念，与文化厅合作，推出濒危剧种守护行动，体现了这一理念和精神。她希望推动联谊会的活动，对新生代有启发和好的引领。今年10月，联谊会要搞企业文化年会，年会的主题是企业怎么"从小我走向大我"，"传统文化与现代企业文化结合"是个重点。濒危剧种的宣传，能否有种新颖的表达。

我说，原先有几个方案：一是传统戏剧专场展演；二是传统戏剧融入现代元素，搞得时尚一些；还可以有第三种方案。但看了十个专场演出后，我的意见是就搞个传统戏剧专场，让青年企业家静下心来，用一两个小时，了解传统戏剧之美，好好体验传统戏剧的魅力。传统戏剧，体现了真善美的追求，体现了忠孝节义和家国情怀，体现了传统价值观；传统戏剧是个综合艺术，各行当要协调，这也是团队精神；台上一分钟台下十年功，要精彩亮相，首先还要练好内功，要有艺术追求和精神追求；了解一个行业的艰辛，传承弘扬传统文化，也是企业的社会责任和历史担当。

为新生代企业家的企业做点事，可以有几个切入点：一是送文化，哪些企业有需求，对号入座，代表联谊会送戏进企业；二是种文化，企业选派年轻人进艺术学校培训，学一些传统戏剧知识和基本功，学一两个折子戏；三是企业与剧团"联姻"，企业有活动时，剧团以企业的名义表演，对外宣传企业形象。

我与郑虹的意见一致，企业支持文化，不论钱款多少，都要宣传，带动更多的企业家和社会群体支持非遗。

2014 年 6 月 17 日　星期二

上午，校正了一遍由省委宣传部、省文化厅、浙报集团、浙江广电集团联合印发的《浙江省美丽非遗进礼堂系列活动方案》，该方案正式付印。几家联办，更有号召力和声势。

美丽非遗进礼堂，包括：非遗基地进礼堂，非遗传承人进礼堂，非遗演出进礼堂，非遗展览进礼堂，非遗馆进文化礼堂，经典祖训进礼堂，人生礼俗进礼堂，非遗信息化进礼堂。把文化礼堂建成非遗项目传承的基地、教学的课堂、展示的窗口和非遗体验的场所。

省委宣传部工作简报，拟发我处的《大力推进浙江省濒危剧种守护行动》一稿。

《光明日报》记者来补充采访。"浙江好腔调"系列活动，《光明日报》先前发了一篇，活动尾声再发一篇追踪报道。

下午，约浙江电视台影视娱乐频道张导演、邵导演，杭州电视台影视频道祝主任、胡栗丹过来，就"浙江好腔调"系列活动录像资料后期制作运用问题进行商量。一是十个专场演出，两个小时演出要压到一个小时播出。由杭州电视台影视频道全面负责制作并播出成片。杭州台拍摄，画面没问题，灯光、音响为承办地负责，有些质量上不是很理想。有些节目，综合组台要选择质量好的重复演出。唱词字幕要校对。保留核心，串场报幕的就不要了。戏剧有地域性，收视观众也许不具普遍性，但在相关地方会热播。二是十个专场，各场拍一个小专题片，30 秒预告片加 5 分钟播出专题片。杭州电视台影视频道制作播出之后，浙江电视台影视娱乐频道重播。三是建议浙江电视台影视娱乐频道开一个"浙江好腔调"栏目，先放十个专场展播，之后，拍摄和播出戏剧人物专题，戏里有戏，戏里有故事，反映平凡人的故事。或者做成公益宣传片，黄金时段播出，每人一分钟。之后，可以面向全省，举办类似于"浙江好声音"、央视"一鸣惊人"的活动，进行飙戏和评选，再晋级。四是四个研讨会，可以拆解、打碎，譬如用最理性的专家、最有激情的专家、最尖锐的专家来分类。五是建议浙江影视、杭州影视携手合作，制播分离，杭州影视制作，浙江影视播出。六是建议浙江影视把"浙江好腔调"做成活动专题，一季季做下去。

2014年6月18日　星期三

上午，省委宣传部文艺处曹鸿处长来电话，要求报送"中国梦想·美丽浙江"系列活动有关非遗的工作小结。在原来的实施方案基础上整理了一个材料，电子稿报出。

省委宣传部顾承甫处长来电话，说是与中宣部文艺局领导说到浙江非遗工作，他们很感兴趣，要求整理个材料上报。可以"用民族文化培育我们的价值观"之类的题目。

下午，柳河副厅长将夏宝龙书记考察六个省级院团和听取我厅传统戏剧保护的汇报时的几个讲话录音稿转给我。夏书记对于我厅这项工作高度评价，并提出具体和明确的要求。

金厅长过来，简单说了夏宝龙书记听取了我厅传统戏剧保护传承情况的汇报后，要求进行分类管理、分级保护，嘱咐我抓紧做个实施方案。

晚上，请林敏、许林田、杨思好就《浙江省美丽非遗志愿服务行动（2014—2016）实施方案》草稿征求意见。

2014年6月19日　星期四

上午，将《浙江省美丽非遗志愿服务行动（2014—2016）实施方案》从头到尾修改了一遍。

把葛慧君部长在全省志愿服务制度化建设电视电话会议上的讲

话，通体"吃"了一遍，有关切题的表述和规范的表述、时新的表述，通通结合到我们的美丽非遗志愿行动方案中来。

下午，召开处务会，讨论《大写浙江人——浙江名人馆》"非遗传人"栏目人物推荐。省档案局的函件比较简单，没有推荐条件等具体要求。为此，我处下了个抄告单，对推荐条件、各市推荐名额、材料要求，简单做了明确，请各地推荐人选。

各地共上报 24 名推荐人选，其中有 2 人不是省级以上传承人，应该不符合条件。处务会研究，拟定在 24 人中上报 11 人；由于上报人选有些不具有典型性、代表性，处里研究，拟从国家级传承人中再提名 4 人。

晚上，拟了非遗志愿服务行动方案，为大写浙江人——"非遗传人"起草准备了汇报提纲。明天上午要上厅长办公会。

2014 年 6 月 20 日　星期五

上午，厅简报刊发了我省两家法人治理结构改革试点的文化事业单位成立理事会的信息；非遗事业单位的法人治理结构改革试点也要落地和推进。

省评比达标表彰工作协调小组浙评组函〔2014〕30 号《关于申报省级以下评比达标表彰项目的复函》，专门对我厅批复，根据中央有关表彰项目实行总量控制，不得新增的要求，不同意设立浙江省优秀传统文化传承体系建设先进集体、先进个人，文物保护优秀工程奖，省级文化产业示范基地，文化新浙商，非遗薪传十大名师评选五个表彰项目。

下午，将原先"中国梦想·美丽浙江"系列活动实施方案修改为 2014 年上半年总结，并将下半年的重点工作理了下，报给厅办。

晚上，"浙江好腔调"之"山水依旧"专场演出在拱墅区运河文化广场上演，讴歌"美丽浙江"，宣传"五水共治"。这是"浙江好腔调"系列展演的收官之作。"越剧王子"赵志刚演绎的《盘妻索妻》，"范派小生"吴凤花反串的"陆派"唱段等，各剧种经典唱段轮番上场，都很经典，很精彩。这也是沉默了半个世纪的荣华戏院重新开张。演戏要有戏台，观众看戏要有戏台！

2014年6月21日　星期六

今天，去杨公堤的陆军疗养院体检。

下午，相对全面地检查了身体状况，初步结果已当场知晓。诺妈说，除了心和肠蛮好，其他都有问题。我这人浑身上下，总体上看几乎都是毛病，或者说毛病多多，只有头脑应该是清醒的，做什么事，思路很清晰。

总而言之，除了脑子灵清，心肠蛮好，其他都有问题。

2014年6月22日　星期日

下午，起草《浙江省地方戏曲艺术分级保护分类管理办法》，理了个基本框架和思路。

2014年6月23日　星期一

上午，随省政协文史委沈敏光主任，委办费晓燕主任等文史委委员、特邀委员，考察桐庐环溪村、荻浦村。

下午，在桐庐召开座谈会。桐庐县非遗中心专家徐小龙参会，介绍桐庐非遗工作情况。2012年11月，我厅在桐庐召开浙江省美丽乡村建设中非遗保护现场会，有力推动了桐庐非遗赋能美丽乡村建设，非遗成为美丽乡村的"原动力"。一是加强政策推动，桐庐出台了加强非遗保护的意见等一系列文件。二是推动非遗场馆建设，借助社会力量先后建有10个非遗馆，有民间剪纸馆、胡家芝剪纸艺术馆、桐君中药文化非遗馆、畲乡民俗馆、江南非遗陈列馆、合村绣花鞋艺术馆等。三是着力提升美丽乡村文化内涵，全县已有30多个村文化礼堂建成了非遗展示室（厅），合村乡的民俗旅游与绣花鞋开发、荻浦的非遗旅游民俗村，充分展示了乡村非遗魅力。四是"神州风韵"全国剪纸大赛，已连续举办5届，让美丽桐庐、美丽乡村的影响力和美誉度大大提升。五是推进县非遗保护中心建设,桐庐县非遗中心现有 10 位专职干部(4 个编制、6 个临聘),与叶浅予艺术馆合署办公。

桐庐是我省美丽乡村的典范,也是我省非遗保护的典范。桐庐乡村"有传说故事、有历史遗迹、有历史名人、有良好生态、有特色品牌、有风味美食",这"六有"乡村保护开发利用,为美丽乡村建设留根铸魂。

晚上,到建德。

2014 年 6 月 24 日　星期二

上午,在建德召开座谈会,省政协文史委沈敏光主任等听取建德美丽乡村建设和传统文化保护情况介绍。

建德历史上是严州府,历史底蕴深厚,文化有鲜明特点和辐射力。建德在乡村建设中有一条好的经验,就是村民建新房,可以保留原老房子,重新在新规划区批给宅基地。这条措施,留住了乡愁和历史文脉,因此保留了大量的原生态乡村。

我讲了几点:一是做好非遗的发掘、文物古迹的保护、乡村历史文化史料的抢救。二是凸显每一个村特有的文化优势和特色,打造品牌,不能千城一面,而是独树一帜;万花丛中我最鲜艳,或者我别具一格,人无我有,人有我特,人特我好,人好我优,人优我转,创新思路传承发展。三是要跟旅游结合,市里要有全局观,一体化谋划,串点成线,打造乡村游景观。

沈主任和考察组给予充分肯定。沈主任希望建德做好乡村土地规划利用"后半篇"文章,做好农村老屋保护和利用,做好乡村文史资料抢救搜集整理,保护和留存乡村历史文化记忆,充分发挥文史的历史价值、文化价值和学术价值,促进优秀传统文化传承,助力乡村文化建设,培育文明新风,促进乡村经济发展和农民富裕。

下午,回杭州。

2014年6月25日　星期三

上午，召开处务会，几个要报的材料：

第一，厅党组印发关于党的群众路线教育实践活动整改方案，其中涉及我处的有推动优秀非遗项目传承发展，制定实施浙江省非遗传承教学基地建设指导意见，浙江省传统节日保护示范基地建设指导意见，浙江省传统表演艺术培育保护指导意见。上报的工作要自查回头看。分工李虹催办。

第二，厅党组关于开展群众路线教育实践活动整改落实回头看的通知（征求意见稿），要求对照"三严三实"要求回头看，对照奋斗精神和担当要求回头看，对照自己的各项承诺落实情况回头看，对照基层单位反映的意见建议回头看。要求落实整改责任，注重上下联动，把握时间节点，实行核对销号制度。分工叶涛催办。

第三，文化部政策法规司为筹备中华优秀传统文化保护传承和弘扬专题研讨会，和2014全国文化厅局长座谈会，要求各省报送传承弘扬中华优秀传统文化相关材料。包括近年来在传承弘扬优秀传统文化培育和践行社会主义核心价值观方面所做的工作，取得的主要成绩、经验和体会，下一阶段推进此项工作的总体思路和具体举措。分工周郁斌负责。

第四，省委宣传部要求报送用民族文化培育我们的价值观材料。分工周郁斌负责。

第五，省生态办要求报2014年上半年生态省建设相关工作进展情况（包括存在的问题）和下半年工作思路。分工祝汉明负责。

第六，厅办要求报上半年工作总结和下半年工作安排。分工陈澍冰负责。

第七，厅办要求报2014年工作思路调研成果和开展2015年重点工作思路调研课题申报工作。要整理2014年我处报濒危项目保护情况和建议，并选出2015年拟报非遗保护最佳实践调研，以调研报告的形式呈现成果。分工叶涛负责。

第八，省委宣传部要求报文化专家和文艺评论骨干，专家年龄在 30—70 岁，文化遗产类由省文化厅负责申报，不超过 6 人。处里商量拟推蒋中崎、王其全、陈华文，各代表三大门类。分工叶涛负责。

第九，《大写浙江人——浙江名人馆》"非遗传人"栏目人物推荐名单，根据厅长办公会意见拟适当调整。草根传承人在困难条件下坚持坚守，是大写浙江人，但是否就是浙江名人，值得探讨。所谓浙江名人，应该有全国知名度和影响力。

非遗工作事情很多，工作量很大，有各种类型；非遗成为热点、焦点，各方都关注。非遗本身是一个外延很广、开放性强的工作，跟各方面的关系有交集和勾连，工作牵涉面越来越广，也意味着非遗在经济社会发展中发挥着越来越广泛、越来越重要的作用。我们很忙，为理想而忙，为事业而忙，忙得其所，苦在其中，也乐在其中。

下午，与季海波和拱墅区图书馆的沈馆长、小杜一起去北京。原定晚上 9 点的航班，11 点 50 分才起飞，到北京已经后半夜 2 点多了，3 点多到国家气象局招待所，睡下已 4 点多了。

2014 年 6 月 26 日　星期四

上午，到国家图书馆参加全国非遗编撰成果展。成果展从 6 月 14 日至 7 月 14 日，为期一个月。分为大事记、各省板块、各门类板块，还有工作流程板块、音像板块，还有出版社板块，呈现上图文表和视频结合。总体上很好，但有点平铺直叙，不够有冲击力和震撼力。

这十年，非遗出版成果真多，本来我还是很有自豪感的，但在现场观摩了这蔚为大观的出版成果展，还真有点沧海一粟的感觉。在这方面的工作应当大力加强，不是为了走在前列，而是为了保存、保护和巩固成果，让社会分享，传承历史文脉。

本来，我就设想在浙江非遗图书馆筹建期间办个全国非遗图书博览会，看来这个成果展很有必要。

下午，与非遗司荣书琴处长、季海波继续参观非遗编撰成果展，翻翻书、看看录像，看了很有启发。巧遇中宣部常务副部长黄坤明。

黄部长是浙江老领导，我们兴奋地聊起浙江非遗和当年文化部在浙江象山召开的全国非遗普查现场会，那是我省声势浩大的非遗普查成果展览场景！

我向黄部长介绍这次展览中我省重磅推出的"浙江国遗丛书"。黄部长指出，这套丛书有见证历史、文化抢救、当代意义"三重价值"，我们要有眼光、远见，传承好中华民族历史文脉、文化基因。

2014年6月27日　星期五

上午，去中国文化报社，与徐涟副总编等商量"全国非遗图书百佳评选"事宜，徐总觉得是好建议，明确表示支持。其实徐总是帮我们一个大忙，通过评选，各地的书都报来了，我们浙江非遗图书馆就有资源基础了。

对于与《中国文化报》联办"文化强国与海洋文化"征文活动等做了沟通和商量。

晚上，经徐总编推荐，去了南锣鼓巷。一进街道，两边的招贴画都是戏剧节的活动广告和宣传，这条锣鼓巷也算名副其实。街上很热闹，游人川流不息，两边都是吃的喝的玩的和特色个性小店，类似于河坊街，但在建筑特色上比河坊街有韵味。买了几本书、几个书签，还有两个小茶壶。

2014年6月28日　星期六

上午，去火车站。

下午，2点乘高铁，晚上8点40分到杭州。坐高铁好，不误点，很宽敞，可以随时走动，还可以看书办公，而且很透亮。

2014年6月29日　星期日

下午到厅里，祝汉明、杨思好、季海波、李虹不约而同都来加班。关于年度经费安排，李虹对各地申报经费情况作了汇总分类，比对本年度上报国家经费和2013年度国家和省级补助经费，还有传承人补助经费，做了个安排总体方案。这是一项统筹的工作，是一项技术活，是一项必须认真细致的工作。

晚上，与祝汉明起草《浙江通志·非遗卷》的第三个文件，强调了各地的编写任务，分地区、分门类、分项目；确定国遗项目的撰稿样稿，对各地明确提出撰稿要求。

2014 年 6 月 30 日 星期一

上午，召开处务会，讨论 2014 年的省级非遗专项资金分配安排。

厅计财处下发《浙江省文化厅机关财务管理办法》征求意见稿。

下午，我厅向省府办报送了我省戏曲艺术发展现状、存在问题及对策建议，刊发浙江政务信息（专报第 916 期）（2014 年 6 月 23 日印发）。郑继伟副省长 6 月 25 日批示：根据夏书记调研时的要求，戏曲发展应有一个总体考虑或规划。金厅长 6 月 30 日批示：请艺术处、非遗处并艺研阅，并按原定计划加快对"振兴意见"的调研和起草工作。

"浙江发布"要求报送浙江非遗保护近况。拟报美丽非遗进礼堂、濒危剧种守护行动、非遗事业进入新的时代。海波整理了一批非遗进礼堂照片。"浙江发布"说以非遗进礼堂作为头条。

2014年7月1日　星期二

上午，收到《浙江省人民政府办公厅关于加强民间信仰事务管理的意见（送审稿）》，反馈意见。

祝汉明起草2014年上半年生态省建设相关工作进展情况（包括存在的问题）和下半年工作思路。我过了一遍。

李虹起草关于调整2014浙江省"文化遗产日"活动经费科目使用的请示。我过了一遍。

下午，艺术处会同艺研院拿出了一个浙江省地方戏曲振兴计划的提纲，提纲草案构想比较宏大，提出了八大工程，其中之一为地方戏曲保护传承工程，这块以我处为主；其他的也有与我处相关的内容。对于振兴计划的结构和内容表达，提出了一些建议。艺术处统计，全省有13个地方剧种，34个专业剧团；市场处统计，全省有800个民营剧团；我处统计，有56个戏剧剧种，1800多个剧团。相互之间有出入，主要在于统计标准的不一致。

2014年7月2日　星期三

上午，约省非遗中心裘国樑主任过来，聊了三件事：一是定在天台召开的第三届浙江省美丽乡村建设中非遗保护现场会，与省非遗中心的美丽乡村文化特色建设培训班合二为一，议程征求意见。二是我处拟定的2015年浙江省优秀传统文化传承体系建设深化年工作方案，听取意见。三是2015年的工作初步分工，活动板块和培训板块，还有美丽非遗系列，原则上由省非遗中心承办。

下午，与天台方面商量浙江美丽乡村建设中非遗保护现场会暨培训班事宜。天台王太龙局长、杨惠芬副局长和孙明辉主任，还有省非遗中心郭艺副主任参加，该定的事都敲定。王局长希望会议推迟到11月初，这样他们那个"中国传统村落整治一百天"到位，非遗项目该布点的都布点到位。我期待会议有理想的效果，时间服从效果，为此会议时间我同意由天台定。

2014年7月3日 星期四

上午，到省委宣传部开会。胡坚常务副部长召集研究编制浙江文化地图事宜，省有关文化、社科部门人员参会。宣传部起草了一份编制浙江文化地图的初步考虑，征求意见。

胡部长介绍了意图和议题。他说，夏宝龙书记提出要编文化地图。今天听意见：一是已编过哪些文化地图；二是要编什么内容；三是要用哪种形式表达；四是怎么启动、怎么干。

会议讨论后，胡部长指出：

一、今年先编一张总图，那种挂在墙上的文化地图，统揽浙江文化资源，但不能包罗万象，不能承载太多，要有取舍，要比较简洁，形象直观，起到指示牌的作用。

二、这张文化总图，主要体现：国家级文保单位（200多个），国家级非遗项目（187个），国家级历史文化名城名镇名村（100多个），AAAA级以上景区（100多个）；省级的原则上不上，但比较特殊的情况特别对待，譬如文化礼堂（准备评级，一级的上）、56个戏剧剧种（项目）。

三、对于总图之后怎么编系列地图，对于省里各部门和各地的文化地图编撰，再研究。大地图式的，或者编成地图册但摊开是一张地图，另行决议。

四、简明鲜明。你可以凭一张地图走遍浙江看文化，而且很容易看懂，每一处文化要素都用手绘的形式呈现。

对于编电子地图等，专家也提出了建议。

下午，2010—2012年审计整改情况汇总，补充其中的非遗部分；"浙江好腔调"做了总结，准备向厅长办公会通报。

晚上，起草《传统戏剧分级保护分类管理办法》，李虹、陈澍冰、周渊淳三个接力赛，陪我到深夜1点半。然后，我准备培训班小结讲话和厅里学习会发言材料，准备到凌晨4点半。

2014年7月4日　星期五

上午，开厅长办公会，通报审计整改情况汇总，专项资金分配原则及方案，"浙江好腔调"总结和戏剧分类管理办法。

下午，商量非遗数字化。数字化保护，有优势，也是未来方向。唱片会磨损，磁带会消磁，文字不够直观，而通过多媒体数字化手段，图文、音频、视频多样化记录，可以更加形象、生动地再现历史原貌，让人更加直观地感受文化本真，有效保护现有的历史遗存，许多文化信息特别是细节才不会丢失、流失。

曾和老师报来2014年浙江非遗网年中工作汇报。材料中说网站基本实现了三项工作目标：一是宣传非遗的门户和窗口；二是查询非遗各类资料的公开化简易数据库；三是非遗系统间的交流学习平台。网站已经实现每天新闻来稿10篇以上。6月各地活动多，最近几天，新闻每天上传达40条！曾老师提出下一步的改进方向是，非遗网的报道要对外化，信息形式要更多通俗化、形象化，还应当思考在大背景下非遗事业的发展，让非遗网成为非遗工作者的工作平台和思想舞台。这份报告用数据说话，用事实说话，用统计表和图式来体现和反映，很说明问题，很有说服力。

2014年7月5日　星期六

诺抱了只小狗来家里，名字叫"五月"，5月出生。诺自称是五月的姐姐，诺妈就成了五月的妈妈，我是爸爸。我成了小狗的爸爸，成了只老狗，哈哈。

2014年7月6日　星期日

小五月，好像兔子，也好像小猫，全身雪白雪白的，很可爱，用诺的话说就是超萌！的确，有只小狗，家里也生动起来了，热闹起来了。诺妈原先说她不管，诺自己管，结果，诺妈照顾得无微不至，超喜欢，说话都慢声细语起来了，变得温柔温馨起来了。五月的屎和尿，她妈全包了，哈哈。

2014 年 7 月 7 日　星期一

起草三个文件：浙江省文化厅关于邀请出席第三届中国非物质文化遗产保护（舟山）论坛的函；第三届中国非物质文化遗产保护（舟山）论坛征稿启事；关于报送海洋文化资源保护和开发利用经验材料的通知。

2014 年 7 月 8 日　星期二

上午，整理厅里四楼堆积一长溜的非遗档案资料。

下午，拟定今年文化遗产日的总结提纲。

2014 年 7 月 9 日　星期三

上午，参加省级文化系统干部大会，金兴盛厅长作主题报告，陈瑶副厅长主持。金厅长主要讲了三个方面内容：一是贯彻夏宝龙书记近期来省级文化系统的两次调研讲话精神；二是省委常委扩大会议精神；三是上半年工作总结和下半年的要求。

第一，金厅长说，夏宝龙书记提出的"要建设一支对党忠诚，敢于担当，能征善战的宣传思想工作队伍"，"地方戏曲要分层管理，分类指导"，"让文化礼堂的内容丰富起来"等，既提出了过河的任务，又提供了过河的桥和船。要贯彻好省委领导讲话精神，抓住机遇乘势而上，开拓创新，不懈奋斗。

金厅长要求编制浙江省传统戏剧振兴计划，根据不同戏剧种类生存现状，分类指导，分层管理，实现可持续发展，通过两年时间的努力，抓好"五个一百"，使全省56个非遗戏剧都能活起来，传下去。金厅长提到，全省56个剧种保护情况资料，夏书记说编得很好，并推荐给老干部两本"书"，其中就有一本56个剧种资料。

第二，省委常委扩大会议专题研究经济工作，要求提振信心，落实责任，掌握方法，实现全年红。其中夏书记概括提出了要求切实掌握的工作十法，是指导工作的方法论，不仅给我们指明了方向，而且传授了方法，提供了解决问题的桥和船。

第三，总结上半年工作，部署下半年任务。金厅长在会上特别强调，非遗处主动想谋划，主动想办法、想载体。金厅长强调要有文化担当，有担当才有希望，有担当才有成绩。要以一流的作风，建设一流的队伍，创造一流的业绩。

下午，讨论"浙江非遗代表作丛书"。国务院已公布了三批国家级非遗项目，浙江分别有44项、85项、58项上榜，实现三连冠。重申报更要重保护。我省实施国遗项目"八个一"保护措施，其中一项重要措施是，将我省列入国遗的项目，一项一册编纂成书，系列出版，持续不断地推出。浙江摄影出版社送来第二批国遗第三批次出版的书目，这样，浙江前两批国遗书目129项，已全部出版。看着这套已经100多本的丛书，心里既欣喜，又感觉责任重大。要抓紧第三批国遗58本的编撰出版，与李虹、出版社一起商量本批次撰稿部署和加工工作，把"非遗故事"讲述得再精彩些、生动些。第四批国遗项目即将公示，这些都倒逼我们要加快工作进程，加快节奏，高质高效推进国遗丛书编撰工作。

2014年7月10日　星期四

文化部、中央文明办、民政部下发《关于开展2014"文化遗产日"活动的通知》，要求各地7月底前报送总结。

我省文化遗产日系列活动内容丰富、形式多样，包括三个板块：一是以"唱响美丽浙江，共享美好生活"为主题的2014"浙江好腔调"传统戏剧系列活动；二是以"非遗保护与城镇化同行"为主题的第九届浙江省非物质文化遗产节系列活动；三是以"非遗传承，人人参与"为主题的浙江省美丽非遗志愿服务行动。全省上下联动，左右协调，精心策划，认真实施，办出了声势，办出了影响，推进了非遗事业发展。我省工作部署早，套路多，内容实，效果好，因此总结也洋洋洒洒，写了8900字。

2014 年 7 月 11 日　星期五

上午，与叶涛去看童部长，主要商量省民俗文化促进会换届和学术年会事宜。根据厅里的要求，8 月底前完成换届。初步商量，童部长改任顾问，由陈华文教授为会长候选人，吴露生老师为副会长兼秘书长候选人。这样，让社会团体社会化，增强学术性、社会性。

下午，与祝汉明、叶涛商量拟定第四季度在天台举行的第三届浙江省美丽乡村建设中非遗保护现场会。这是个品牌活动，今年要继续推进。省非遗中心今年计划安排开个非遗与文化礼堂培训班。我的意见是两项结合。对于会议的议程和具体安排，处里先定个基调。

与姚红副处长、杨思好商量拟定 9 月初在岱山举行的第三届中国非遗保护论坛，主题为文化强国与海洋文化。对于会议规模，几个该发的通知，还有会议的议程和总体安排，商量了一下。

2014 年 7 月 12 日　星期六

今天，主要考虑 2015 年浙江省优秀传统文化传承体系深化年工作方案，拟分为四个版块：一是深化非遗基础建设；二是深化非遗保护绩效；三是深化非遗品牌建设；四是深化非遗制度建设。

对于各项工作，做了具体设想和安排。

2014 年 7 月 13 日　星期日

前两天，金厅长专门跟葛慧君部长介绍，王淼这个处，处里只有两个专职编制，王淼带领一帮借用上挂的同志，每天加班到晚上 10 点钟以后，工作非常辛苦。厅长勉励，我很感动。我们将继续努力做好工作，勇于担当，争创一流。

今天，把近些年来撰写的非遗评话，按内容性质分门别类作了整理。按年度分，还是按内容分，各有特点，各有道理。按年，每年有哪些热点或者关注点，一清二楚；按内容分，相关的文章一集中，有递进和层次感。为此，我也十分犹豫，左右权衡，还是决定分类整理。这样还有一个好处，我2012年以后写得少了这件事，也就不显眼了。

2014年7月14日　星期一

下午，下了两个抄告单：一是印发2014"浙江好腔调"系列活动总结的通知；二是印发2014浙江文化遗产日活动总结的通知。祝汉明起草，我过了一遍。

晚上，下发关于《浙江非遗保护发展报告》各地非遗资源分析报告上报工作的通知和关于举办"中国梦想·美丽浙江"浙江省传统手工艺主题创作精品大展的通知。两个稿子，改了一遍，到11点多。

2014年7月15日　星期二

上午，请桐乡吴局长、褚馆长，还有茅明荣过来。商量几个事：一是桐乡非遗馆开馆；二是"中国梦想·美丽浙江"——浙江传统手工艺主题创作精品大展；三是省文化厅与旅游局签订合作框架协议；四是《精神家园》杂志。

桐乡非遗馆新馆3000多平方米，已在展陈之中，按计划可以在今年国庆前开馆。这个馆的设计结构有特点，展陈有特点，应该是非遗馆建设的新亮点。而且，桐乡非遗馆、图书馆、文化馆，在同一文化区块，有分有合，形成整体效应，功能上也可以互补和借用。借开馆之际，桐乡希望做点宣传，扩大影响。

今年工作计划安排，要举办个"中国梦想·美丽浙江"主题展览；我设想，结合桐乡非遗馆的开馆，在国庆前夕举行"中国梦想·美丽浙江"主题展览，两相呼应。这样，桐乡非遗馆开馆，有内容有声势有影响，我处也趁这项主题展览借鸡生蛋，借题发挥。也可以借此请各方领导和媒体出席，对非遗馆建设做大宣传。为此，一拍即合，两厢皆好，相辅相成。

我厅将与省旅游局签订合作框架协议，协议内容许多是有关非遗的，为此，我厅由我处具体负责。我需要找一个载体或者活动，将非遗与旅游结合起来。桐乡非遗馆，可以也应当作为一个旅游景区来经营，这是桐乡对外文化展示宣传的重要窗口。这对于桐乡当然是好事，能丰富桐乡非遗馆开馆的内容。

下午，舟山市局王国文副局长、邵思明处长，岱山周波局长、邱主任等过来，专题商量文化强国与海洋文化论坛事宜。一是论坛主题，为"守护海洋文化 复兴文化强国"。二是主办单位。三是主体活动。主要有 1. 论坛；2. 浙江智慧非遗行动启动暨中国海洋非遗产品网络交易会平台开通；3. 海洋文化体验活动。四是主要环节。1. 开幕议程及设计，舟山市、省厅领导致辞，智慧非遗暨网络平台启动，论文颁奖，主旨发言；2. 第二天论坛议程，四个专题主旨发言，倡议，签约，岱山县领导答谢致辞，论坛小结。关键是找好主持人；3. 论坛时间为 9 月 3 日至 5 日（9 月 6、7、8 日为中秋放假）或 9 月中旬；4. 与会人员总体估算；5. 论文评奖及论文集；6. 宣传；7. 会务安排及接待，涉海省区市 12 个；8. 安全；9. 严格执行八项规定；10. 我总体上要求：求完成不求完美，做特色不做规模，讲实效做影响。

我们希望，通过专家和社会有识之士的智慧和务实研讨，力求理论创新，更接地气，建言献策，为全国海洋文化发展提供顶层设计思路和实践指引，在理念、思路、规划、资源开发、保护管理等方面深入研究，提供新思维，创造新动力。

今天很有成效，除了"文化强国与海洋文化"论坛，桐乡非遗馆开馆，还有几项想做的事也明确了：一是"中国梦想·美丽浙江"手工艺主题创作精品展；二是文化厅与省旅游局签订合作协议；三是"智慧非遗"启动！借力而为，应势而动吧！非遗保护，既要造船出海，也能借船出海。

2014 年 7 月 16 日 星期三

上午，第四批国家级非遗推荐名单公示，共 298 项。其中，浙江上榜 30 项，又是第一，蝉联"四连冠"。

浙江省之所以能够实现四连冠，关键在于各级文化部门积极探索、大胆实践，在非遗保护中创造了诸多第一：率先建立省、市、县三级非遗名录体系，率先对省级以上非遗代表性传承人实行津贴制度，率先开展全省非遗大普查并取得丰硕成果，率先建立8个高校省级非遗研究基地、36个省级非遗传承基地、55个省级非遗生产性保护基地、131个省级非遗传承教学基地……同时，11个市、90个县（市、区）都建立了非遗保护中心，全省还拥有443座非遗馆，基本形成省域全覆盖。

不完全统计，山东21项，山西20项，分别排第二、第三。四川、河南、湖北各19项，江苏、内蒙古、福建各17项，广东16项，云南15项。公示20天。

下午，召开处务会，传达近期的事情和讨论分工。分列如下：

第一，厅下发文件《关于学习贯彻习近平总书记文化方面重要讲话精神和重要论述的通知》（浙文办〔2014〕47号），两个方面内容，包括习近平总书记十八大以来的讲话，2002年到2006年在浙江工作期间的有关讲话、论述和批示。请大家通过厅OA办公系统自学，另外安排时间召开学习交流会。

金厅长在省级文化系统干部大会上强调，要勇敢担当，争创一流，推动文化强省建设再上新水平（厅简报2014第53期）。

第二，讨论"智慧非遗"，该叫计划、工程还是行动？考虑到之前，我们有浙江省濒危剧种守护行动、浙江省美丽非遗志愿服务行动，觉得还是一致起来，依然叫行动，就叫"浙江智慧非遗行动"，下一步搞一个"浙江省智慧非遗行动纲要"。有一种智慧叫行动！

第三，讨论文化地图、濒危项目保护传承调查报告、中国瑞安木活字印刷术履约报告。

第四，国遗申报四连冠放榜后的宣传以及明年工作计划等。

第五，厅办组织开展"三以六区"建设创新案例征文比赛。涉及我处为文化遗产保护模范区案例，初步拟报送濒危剧种守护行动、2014"浙江好腔调"系列活动、美丽中国与美丽非遗论坛、美丽乡村建设中非遗保护。

第六，文化部要求报送典型案例，拟报 2014 "浙江好腔调"。

第七，"浙江发布"要发布浙江省国遗项目情况图文介绍和濒危剧种项目介绍。

第八，厅办要求上报需要列入国家、省"十三五"规划基本思路的重点内容，包括拟请纳入"十三五"规划基本思路的发展理念、重点任务、重大项目、重大工作。

第九，浙江省加强传统表演艺术精品培育工作的指导意见，浙江省非遗传承教育基地规范化建设的指导意见，要报厅长办公会审议。

第十，金华农办和文化局出台关于推进非遗传承人培训工作的通知，将传承人的培训列入农村实用人才队伍的重要组成部分。这项工作做得好，值得推广。

事情很多，都得去做，人少事多，很烦琐，怎么办？第一，要每个人都有担当，人人肩上有担子；第二，纷繁复杂的事物中要抓重点，全覆盖与抓关键相统一；第三，件件抓落实，项项见成效。

2014 年 7 月 17 日　星期四

与李虹去贵州贵阳。景宁畲族歌舞剧《千年山哈》代表厅里参加 2014 "多彩贵州"国际原生态文化大汇展演。景宁方面也今天到贵阳。

晚上，我们去甲秀楼。但洪水刚退，水流湍急，江中心的甲秀楼以及沿江都有警察守卫，只能在夜色中旁观。

2014 年 7 月 18 日　星期五

上午，大会安排考察天河潭大盆景，贵州张诗莲处长陪同，湖南孟厅长等同行。

下午，考察贵阳南郊青岩古镇。

晚上，观摩《山花烂漫》原生态非遗展演专场。有加勒比海牙买加"非洲鼓舞"，新西兰毛利族"草裙舞"，墨西哥"草帽舞之歌"，苏格兰风笛，中国新疆、内蒙古、西藏民族歌舞。"踏向世界的骏马，天地之间是蒙古人",豪情万丈,不愧是有着成吉思汗血统的后裔。浙江畲族"三戏赤郎",有情节有故事,有观赏性。

受贵州电视台采访,讲了三点:一是感受到贵州强烈的开放意识。贵州是山区,是高原,是内陆地区,但是,解放思想,转变观念,打开山门,开放办节,举办国际原生态文化大汇,邀请了全国各地、世界各地的原生态歌舞节目来演出,立足贵州、面向全国、放眼世界,这种强烈的开放意识和开放胸怀,值得我们学习。二是这台晚会节目好看。十里不同风,百里不同俗,一方水土,一方文化,各民族文化,各国文化,八面来风,文化差异性很大,都有鲜明的地域和民族特色,异国情调,丰富多彩,琳琅满目,太精彩了,让人大饱眼福,要感谢贵州搭建了文化交流的平台,为大家创造了条件和机会。三是贵州是多民族省份,有神奇的自然景观,更有多彩的文化资源。丰富的非遗,不仅成为建设多彩贵州,创造美好生活的重要内容,也是新的经济增长点,可以与旅游结合,拉动内需促发展。贵州省已经成为全国非遗保护的高地,将吸引全国人民来体验感受,也将吸引和让世界各国人民了解贵州。

2014年7月19日 星期六

考察西江千户苗寨。苗寨四面环山,白水河穿寨而过,将西江苗寨一分为二。苗寨在半山建造独具特色的木结构吊脚楼,千余户吊脚楼随着地形的起伏变化,层峦叠嶂。西江千户苗寨主要景点有西江苗族博物馆、酿酒坊、刺绣坊、蜡染坊、银饰坊、观景台、古道、田园观光等。西江千户苗寨是一座露天民族文化遗产馆,展览着一部苗族发展史诗,成为观赏和研究苗族传统文化的大看台。

2014年7月20日 星期日

今天,回杭。

航班误点,往上海、杭州的航班,多数取消,民航要求改为第二天的下午才能起飞。几经交涉,在最新开通的一个航班候补占位,终于下午 4 点多返程。

2014 年 7 月 21 日　星期一

上午，近期厅简报，有两则省领导批示。7 月 13 日，葛慧君部长在《浙江省文化厅简报》第 50 期《我省启动地方戏曲数据库建设强化对全省 56 个地方剧种（项目）的保护传承》上批示：文化厅贯彻夏书记调研讲话行动迅速，很好！

7 月 18 日，葛慧君部长在《浙江省文化厅简报》第 54 期《56 个剧种（项目）唱响"浙江好腔调"》上批示：56 个剧种是我省重要的非物质文化遗产，要很好地保护、传承。希望近期对 56 个剧种的情况作进一步摸排，每个剧种建一份档案，拍摄几分钟的视频资料，适时以地域命名，加以扶持。

下午，与祝汉明、王雷商量第三届浙江省县级区域非遗保护现场会事宜。我原先的设想中，这个会议要承载的内容较多，主题为县域非遗设施建设、内容建设和品牌建设；抓两头带中间，将邀请嘉善、义乌、舟山、景宁、象山等省里重点支持的区域和重点欠发达县市区参加。经商议，不求面面俱到，但求重点突破，典型引路，以点带面。形成可推广可复制的经验，促进形成"一花开后百花开"的景象。

2014 年 7 月 22 日　星期二

上午，与祝汉明去浙江电视台影视娱乐频道，与裘永刚总监、华晓峰副总监等商量几件事：一是 56 个剧种每个剧种三分钟微纪录的摄制；二是"寻访 56 个剧种"专题栏目；三是 2014"浙江好腔调"10 个专场和 4 个研讨专题展播；四是 56 个剧种地图绘制和手机 APP 软件应用开发。第四件事是意外收获。聊到这个话题，没想到裘总有这方面的实际应用和成果，而且地图样品和手机应用模式很对路，让我信心倍增。

下午，约请浙江电视台影视娱乐频道华晓峰副总监、杭州电视台影视频道祝晓辉主任，还有林敏、李发明、王雷等几位专家，以及处里同志参加，商量落实夏宝龙书记和金厅长关于56个剧种每个三分钟，搞个专题片的指示精神；还有以56个剧种为先导，设计智慧非遗信息平台，启动浙江智慧非遗创新行动事宜。

2014年7月23日　星期三

上午，厅机要杨惠说，定于下周一召开厅长办公会。我处拟上会议题两项：第一，通报第四批国遗名录公示情况（我省入选项目情况）；第二，汇报传统表演艺术精品培育工作、非遗生产性保护两个指导意见（送审稿）。至于56个剧种微纪录摄制和后续宣传工作方案，拟先向金厅长汇报，听取意见指示后再上会。

厅里将与舟山市签订战略合作框架协议，其中涉及非遗方面的内容作了修改和补充。

下午，童部长过来，召集研究民俗文化促进会年会及换届筹备事项。连晓鸣、吴露生、我和叶涛参加。

童部长先在理论上阐述了新时期继续做好民俗文化促进会的意义：一是文化建设形势比五年前（2009年省民俗文化促进会成立）更好。这是执政理念在文化领域的表现，政治文化向民俗文化靠拢。二是社会力量是文化保护的基本和根本的力量。民俗文化促进会整合社会力量，整理体制内和体制外的各方人员参与。三是周国富主席担任名誉会长，很重视，高瞻远瞩。四是这五年来做了很多促进工作，分别赴嘉兴、杭州、开化、永康、遂昌、三门等地进行指导。

童部长对于换届和大会准备，议程、分工等提出了初步意见，大家进行了讨论。第一，会议主题，拟两个：一是非遗保护与城镇化同行；二是传统文化体系建设与民俗文化的传承。第二，换届后下属机构设秘书处、组织联络部、学术发展部、基层业务指导部，并建立学术委员会。第三，材料、资料准备：换届及年会工作方案、五年工作报告及后五年工作目标任务、审计报告、换届理事及人事安排建议、纪实性画册、章程修改说明、学术年会参考议题等。第四，拟同意11

月结合在天台召开的第三届美丽乡村建设中非遗保护现场会进行，8月底前向厅里报告换届方案。第五，换届后实行执行会长制。

2014 年 7 月 24 日　星期四

上午，计财处俞伟杰副处长说，厅里各活动专项资金绩效情况，将向厅长办公会做个汇报。我与李虹商量，涉及我处的，主要有三个小专项：一是非遗信息化；二是非遗代表作丛书；三是文化遗产日系列活动。准备分别搞个总结，借此机会将已经做的工作和基本经验进行总结，这也很有必要，回头看看，既是汇报工作成效，也有利于更好面向未来。

下午，召开处务会，专题研究 2015 年省非遗信息化工作方案及经费预算。楼强勇介绍了明年非遗信息化具体工作的设想及预算，李虹讲了初步审核意见，彭剑文代表省信息中心对具体项目的必要性谈了意见，祝汉明从数据库资源建设提了建议。

我提了几点意见：第一，按照五个系统构架，相关内容合并同类项。可以定为数据存储系统、应用管理系统、保护传承系统、展示传播系统、服务惠民系统"五大系统"。系统是个概念、是个结构、是个板块，是相关元素的整合，系统建设也是一个不断健全完善的过程，在这个框里边不断做加法，甚至做乘法。第二，各系统下设平台。各具体业务层面的工作，分别对号入座。第三，资源建设很重要，信息化内容为王，资源的收集和录入要抓紧，老的资源要转化为电子格式，新的资源要不断充实丰富进来。2010 年底开始非遗信息化建设，2012 年有预算支持、开始数据输入，但是有许多原始数据和老的视频丢失了，要查漏补缺尽量找回来。第四，要加强制度建设，包括信息化专项资金管理制度、信息安全制度、版权制度、绩效测评制度。第五，智慧非遗方案和 2015 年信息化计划，要上厅长办公会，专题汇报。

智慧非遗是新课题，是新生事物，大家要开动脑筋，为智慧非遗建设出谋划策，贡献智慧。要抢抓新机遇，抢喝头口水，抢占制高点。

2014年7月25日　星期五

上午，叶涛整理了第四批国遗公示有关材料，我过了一遍。

下午，与李虹将传统表演艺术指导意见、非遗生产性指导意见，从头到尾再过了一遍，主要从有关表达表述上、概括提炼上、两个文件总体风格呈现上，再把个关。赶在下午6点前最后一分钟，报厅机要秘书。

2014年7月26日　星期六

厅里要求报2015年预算，涉及我处，主要有三项：一是办公经费，二是信息化经费，三是文化遗产日活动经费。关键是信息化这项工作越来越重要，是非遗资源存储的根本，也是非遗事业规范管理和转型升级的关键。这项工作明年做什么，要科学构架和合理安排，经费要实事求是和认真测算。楼强勇他们提出了工作思路和初步匡算，这些工作都是要做和必要做的；李虹从工作框架上、工作内容上、预算额度上和具体项目经费上进行认真审核。

2014年7月27日　星期日

今天，与祝汉明将浙江省地方戏剧振兴计划中的八大工程之第一工程——浙江省地方戏曲保护传承工程，理了个框架，准备用四大行动来构架和体现，内容上作了具体考虑和安排，算是个毛坯。

但心里打嘀咕：振兴计划，下设八大工程，工程下面又是诸多行动，是不是太铺张夸张了？架势太大了，是不是可以务实点、可行可操作点？

再一个，我们非遗已经有"浙江省濒危剧种守护行动"（三年规划），有没有必要重复起草和实施"浙江省地方戏曲保护传承工程"？实际上，每年能实实在在为戏剧干上几件事就好。

2014 年 7 月 28 日　星期一

下午，厅长办公会。我处上会的议题有两项：一是通报第四批国遗公示情况；二是审议传统表演艺术指导意见、非遗生产性指导意见送审稿。对于第一个议题，柳副厅长说，第四批国遗公示又是第一，浙江不容易，我省基础工作做得好。金厅长说，浙江非遗走在全国前列，国家级项目三连冠，这次第四批公示又榜首，总算没让他失望。浙江不是非遗资源大省，有今天的成绩，很不容易。对于两个意见送审稿，金厅长说，原则同意，操作性是否可以再具体一点？

晚上，与祝汉明、周郁斌讨论修改两个意见送审稿，进一步提高可行性可操作性。

2014 年 7 月 29 日　星期二

上午，省政协文史委沈敏光主任带队，文史委委员、特邀委员赴绍兴考察。

下午，参观新昌梅渚古村，该村始建于宋代，千年时光古韵悠悠。古色古香的祠堂，韵味十足的古街，历经风霜的老台门，大量明清、民国时期有价值的古建筑……这是一个没有围墙的"民俗文化馆"。这样的古村很宝贝，现在有点破败，如果将传统手工艺、工坊恢复起来，将表演、民俗恢复起来，再做好基本环境整治，找个卖点，来根导火线就能引爆啦。

20 世纪 90 年代，当年梅渚申报省级民间艺术之乡，我曾经带队验收，记得这里有传统 36 行踩街活动，也就是老底子的 36 行由老百姓扮演和演绎，很诙谐风趣，演的人开心，看的人高兴。听说这个活动已多年没有办过，这样的活动要与旅游结合，把它恢复起来。

晚上，让祝汉明赶来绍兴，约绍兴范机灵、吴双涛、王雷参加讨论地方戏曲保护传承工程方案框架，征求意见。

2014年7月30日　星期三

上午，考察柯桥冢斜村，这是中国历史文化名村，是个有故事的村落。冢斜村是大禹后裔集聚村，是禹妃故地，也是早期越国初都。村里的人姓姒。村里不少历史遗迹的古建筑，还有传统祭祀、庙会等习俗，都完整保留下来；从沉寂的山村，到现在的"新网红"，守护家底的同时，关键是发展乡村游。

这个村很珍贵，大禹至今4000余年，大禹的后裔和家族历史传承有哪些经历，有哪些大事，发生了哪些故事，大禹后裔祭祖有哪些遗存遗规，家祭与公祭有哪些不同，有哪些特点，大禹后裔家风如何，有什么家训等，都值得深入调研和发掘。这是祖国瑰宝，要找到切入点，申报省遗和国遗，更好做好保护。这个村以前听说过，没特别留意，今天更认识到它的珍贵！

中午，返杭。下午2点到厅里。

下午，厅办主任方培新受金厅长委托，召集会议，研究落实7月28日葛慧君部长对落实好夏宝龙书记重要指示精神的有关要求。葛部长讲了几点：一是省属文艺院团要做大做强。其中提到浙江曲杂团，要把地方曲艺弘扬起来。二是西湖文化广场大剧院和全省市县剧院利用问题。西湖大剧院可以与阿里巴巴合作，命名为"阿里剧场"，宋城黄巧玲也有兴趣；各地剧院，要把每月演出表排出来，国有剧院、民营剧团都可以进去演出。三是地方戏曲保护与弘扬。关于地方戏命名，第一批文化地图搞戏剧，可以用镇、村来命名。全省56个剧种，每个剧种拍3—5分钟的视频资料。有命名的剧种，每个都要给5万—10万元的补助，部里和厅里共同承担。

姚红和叶涛将童部长、连主席、吴露生老师分别反馈的省民俗文化促进会学术年会的论题给我。我与她们两位商量了一下，逐条过了一遍，拟定具体议题。对于省民促会换届有关事项，也再次议了下。

2014 年 7 月 31 日　星期四

上午，省委第五巡视组召开巡视动员大会，第五组组长陶时梅等出席，金兴盛厅长等厅领导出席。金厅长代表厅党组做了表态发言，并回顾总结了 2009 年以来近 5 年的文化工作情况，重点介绍了从文化大省向文化强省跨越发展重要时期的新作为。

金厅长在工作回顾中指出，我省积极弘扬传统优秀文化，文物保护与非遗保护并重，保护传承与合理利用并重，进行非遗保护综合试点省实践，实验非遗普查创造模式，打造非遗名录浙江现象，丰富非遗保护浙江经验，启动了浙江省濒危剧种守护行动，开展了 2014 "浙江好腔调" 系列展演活动，非遗保护亮点纷呈。金厅长也指出，当前面临文化生态失衡等问题，要以 "三以六区" 为抓手，以问题为导向，调查研究，理论引领，指导实践，推动工作。要统筹兼顾，配合巡视工作和做好业务工作，两不误，两促进。

下午，约浙江电视台王戈刚导演等，丽水市非遗中心主任潘力峰过来，专题商量 2015 浙江非遗电视春晚筹备事宜。经讨论，我定下基调：第一，主题依然为 "中国梦想·美丽浙江"，今年为 2014 版，明年为 2015 版，主题不变，内容和表达形式可以转换。第二，放在丽水举办，办成广场版、实景版、印象版。参照 2013 年 "处州古韵" 非遗情景诗歌朗诵晚会的基本套路，重新构思和设计板块。2014 版在电视台演播厅录制，2015 版如果不换场地，要突破很难，必须换思路和套路。第三，由省文化厅、浙江广电集团、丽水市政府联合主办，相关单位承办。第四，先看场地，再找相应的非遗演出项目，再面向全省征集相对应的诗歌。因为是晚会，拟将灯彩及灯彩舞蹈作为重点节目。第五，打算在 2015 春晚上再推出五首非遗主题歌，连同 2014 版五首非遗主题歌，制作非遗电视主题歌碟片，出版发行。第六，晚会做成非遗诗歌、音乐舞蹈或情景剧的形式，在 11 月进行演出和现场录制，年三十和大年初一播出。因为要转换为春晚，设想将 2014 年全年的重要传统节日活动和年俗，通过 VCR 作为晚会播出的背景，植入和嫁接进晚会。再现场切入各方面有代表性的地区和人物拜年祝福。第七，拟聘请宗馥莉、席文为非遗形象大使，也参加诗朗诵。第八，如果时间恰当，第四批国遗项目的授牌和形象大使的聘任仪式一并进行。第九，晚上广场演出，灯光很重要，特别是艺术效果灯、追光灯，灯光设计是技术也是艺术。第十，对具体工作安排和时间节奏，也相应作了要求。

借这机会，将浙江戏剧之乡颁牌暨非遗戏剧综合组台演出方案议了一下。演出地点有三种选择：一是农村文化礼堂，二是电视台演播厅，三是杭州剧院。我考虑还是放在村里。省领导说，56个剧种一个不能少，起码要在一个村活起来传下去。那我们就放在村里！王导说，可以参照中央电视台心连心晚会，有山有水有乡愁，还有人民。可以放在白天，村民观众有组织组成板块。我考虑，在下周约杭州周边地区，依照基本要求，自我报名，先通过录像短片或照片，选择和拟定场地，再实地考察选址。

2014 年 8 月 1 日　星期五

上午，与祝汉明、李虹去浙江电视冶影视娱乐频道，与裘永刚总监、王戈刚导演等磋商有关合作事项。基本达成以下意向：第一，2014"浙江好腔调"十个专场集锦，拟定 9 月初开始，每个双休日下午 4 点到 5 点播出，10 月中旬完成。第二，56 个戏剧微纪录片，每个项目 3—5 分钟，根据项目大小去定。要有切入点，有角度，要有现代感。第三，戏剧专场演出及戏剧特色乡授牌，内容安排：戏剧节目、VCR 专题、人物专访、观众互动。拟定 10 月 8 日以后定个演出日子，初步意向，地点为杭州周边某个古村，该村要有戏剧项目。第四，老外探访浙江地方戏剧，跟《舌尖上的中国》一样拍，从手绘地图开始，从区域角度行进。第五，2015 浙江非遗电视春晚。第二、三两项，为当务之急，重中之重。

下午，与李虹约浙江摄影出版社林青松主任过来，商量将 56 个剧种编本书。

2014 年 8 月 2 日　星期六

上午，发高烧，起不来，量了一下，39.5℃。

2014 年 8 月 3 日　星期日

上午，重感冒，去医院看看，验了血，做了 CT，挂了针等。除了高烧，还出汗，头昏脑涨，但不咳嗽，也不流鼻涕，实际可能是中暑。

2014 年 8 月 4 日　星期一

上午，梳理了一下，当下要抓紧的工作很多，其中"浙江好腔调"展演后继工作就有许多：一是"皮影戏说""木偶情缘"等十个专场，各专场电视剪播；二是永嘉乱弹、新昌调腔现象四个专题研讨会，"天下第一团"座谈会论点电视剪播；三是 56 个传统戏剧集萃，做一本书；四是 56 个戏剧系列微纪录，制作一个碟片；五是"好戏看浙里"浙江地方戏剧探访；六是浙江戏剧特色之乡申报评选颁牌及戏剧电视晚会；七是浙江戏剧现象研究；八是浙江非遗戏剧传承发展新规划。还有规划计划中的"五个一百""百千万"等目标任务实施。

浙江吹响56个传统戏剧保护"冲锋号"。

下午，金兴盛厅长和杨越光、柳河副厅长专题听取汇报，主要两件事：一是56个地方戏剧项目系列微纪录样片，看了5个片子，提出了指导意见。二是"浙江好腔调"后续宣传工作，原则同意。原先的工作安排就很满，已是满负荷，现在"浙江好腔调"又滚雪球，滚出了这么多事。

金厅长说，定为"好戏看浙里"可以的，加个副题。每个片子3—5分钟，定位为资料片、宣传片。前面要有56个地方戏剧总的介绍。拍的方式上，统一形式，相对统一模式、要素。在确定体例、像素，拍出样片之后，要发挥各地的积极性，交给地市落实，全省统筹，争取时间。要让观众看后，了解这是什么东西，对于剧种剧目有直观的、感性的了解，如果从唱腔切入，要有相对完整的唱段。要有总导演，要有艺术总监。专业化深入，通俗化解读。

杨副厅长提出，倾向于统一格式，但一个戏剧的几个要素，一定要有。对戏剧项目的历史背景要有几句话。

柳副厅长提出，每个短片，最好有点老照片。专题组下去拍摄，要拍点照片回来。也可以专门搞一本画册。

金厅长看到我手上挂针后的止血条，问我是否去挂针了。我说发高烧，没事。金厅长说，王淼千万不能倒下。他说了几遍。金厅长对我很关切，很关怀。

2014年8月5日　星期二

上午，去医院挂针，小护士打了两针，没找准，我就不挂了。

下午，召开一个协商会，请各相关方参加，商量"浙江好腔调"后续宣传工作。柳副厅长，浙江广电副总周羽强，浙江影视娱乐频道裘永刚总监、华总，浙江科教频道王戈刚，杭州影视频道祝晓辉，浙江歌舞剧院陈正良，省非遗中心裘国樑主任，省委统战部经济处周处长，浙江摄影出版社林青松等参会。

主要几件事：一是"浙江好腔调"十个专场，各专场剪播；四个专题研讨论点观点剪播。二是56个戏剧系列微纪录，做一个碟片；三是56个传统戏剧集萃，做一本书；四是浙江戏剧特色乡颁牌暨戏剧电视晚会；五是"好戏看浙里"浙江地方戏剧探访；六是浙江戏剧现象研究。

这个会主要是：明确工作内容、责任主体、质量要求，明确时间节奏，明确公益性。

高度重视，确保重点；做精策划，做好落实；分工合作，资源共享；创新思路，做靓表达。

2014 年 8 月 6 日　星期三

上午，与姚红副处长商量中国非遗保护舟山论坛、唐诗之路。

下午，省政府办公厅于8月7日召开全省旅游景区环境百日专项整治行动协调会。陈瑶副厅长将参会。涉及非遗旅游景区内外环境的整治，这很好。

与李虹起草了一个关于保留非遗旅游景区的意见。开展省级非遗旅游景区建设，是贯彻党的十八大精神，落实国务院有关文件精神的具体举措，是加强非遗资源保护利用的重要途径，也是我省积极发展文化旅游、促进经济转型升级的创新实践。特别是加强非遗旅游景区内外环境的治理，对于提升非遗旅游景区层次和社会吸引力，具有重要作用。将非遗旅游景区纳入全省旅游景区环境百日专项整治行动，很好。

2014 年 8 月 7 日　星期四

上午，召开处务会，研究近期工作。很繁杂，事很多！

第一，56个剧种后续宣传工作及工作分解。1. 2014年"浙江好腔调"十个专场和四个专题电视片，每个专场精编为60分钟唱腔集锦

（大家唱），每个专题研讨精编为10分钟一集。2.56个地方戏剧系列微纪录片，拟从人物、唱腔、绝技、经典剧目、民俗和草根性等视角切入，每集2—3分钟。3.浙江省地方戏剧分级保护分类管理办法。4.浙江省戏剧特色村授牌暨地方戏剧专场演出。5.电视专题："行走的行头"，老外找戏学戏。6.56个地方戏剧数据库建设。7.56个地方戏剧普及读本。8.56个地方戏剧项目保护计划。9.浙江省地方戏剧振兴计划之一浙江省地方戏剧保护传承工程。10.《戏文》杂志，"浙江好腔调"及56个剧种专辑。

第二，海洋文化论坛。1.论文。省内省外论文征集，8月20日截止，拟定评审规则，确定评委名单。2.省内省外经验交流材料。3.材料起草，领导讲话稿，主致辞及闭幕词，倡议书。4.各方邀请，9月16日（周二）论坛开幕式。5.议程。6.智慧非遗。

第三，中国梦想·美丽浙江主题展。1.主办单位，增加省文明办、省旅游局。2.省文化厅和省旅游局框架协议修改。3.桐乡非遗馆开馆。三合一！

第四，集成志书。1.浙江非遗保护发展报告，各门类、各地资源报告。2.《浙江通志·非遗卷》。各地项目介绍，古代和近现代非遗史，新时期以来全省非遗保护工作。3.国遗丛书，第三批国遗第一批次书目招投标，第三批国遗书目撰稿工作部署。

第五，第四批国遗公示后续工作。国遗公布后的宣传。国遗、省遗项目管理办法。非遗项目保护途径研究及最佳实践评选。

第六，第三届浙江省美丽乡村建设中非遗保护现场会（天台会议）及省民促会换届暨学术年会。

第七，浙东唐诗之路。网上查找资料，给各地发通知征集材料，了解省社科联有关课题、省政协有关议案，开展唐诗之路诗人诗歌、遗迹、民俗故事的收集。

第八，非遗资金管理办法修改，8月20日前；明年改为财政资金因素分配法。2014年度省非遗资金下达。2010年后文化遗产日经费使用绩效、非遗代表作丛书、非遗信息化建设三个总结，要上厅长办公会专题汇报。

第九，2014年度上级各有关工作要求汇总，以对应和对照自查，做好年终厅里考核准备。

第十，修改、确定2015年度浙江省优秀传统文化传统体系建设深化年实施方案，上会送审。

工作一罗列，又是八项十项，而且每一项都可以滋生出好几项，又是没完没了的工作。有些事是我们要干，有些是上面要我们干，有些是相关的工作要配合干，反正都得做。

我想要考虑几点：一是统筹兼顾与突出重点的关系；二是立足当前与谋划长远的关系；三是怎么样引发热点，打造亮点；四是上下联动，左右协调，全省呼应。

下午，商量两个文件：一是浙江省地方戏曲分级保护分类管理办法修改；二是浙江省濒危非遗项目调研报告，我过了一遍。对于第一部分全省非遗保护工作概述，四个小标题，改为成绩与问题对应的关系：1.非遗名录体系建设成效突出，但保护措施有待跟进。2.非遗保护载体建设成效显著，但后续管理有待加强。3.非遗保护保障建设制度领先，但依然需要在发展中不断完善。4.非遗保护社会氛围浓厚，但社会参与的热情有待提高。

2014年8月8日　星期五

上午，商量两个展览，都是文化部非遗司下达的：一个是"我们的文字——非遗中的文字书写与传播"，另一个是"非遗：我们的生活方式"。文化部做系列文章了，之前有"我们的节日"，今天搞"我们的文字""我们的生活方式"，很好。

"我们的生活方式"展览，由文化部和山东省政府联合举办，在山东济南举办。这个展览，各省的参展项目将依照展览的构架和板块设计，分解到各专题展中，我们按照要求组织项目参加展览即可。

下午，与姚红、叶涛商量2014省民俗文化促进会主题征文的参考论题。童部长提出两个主题：一是建设优秀传统文化传承体系中促进浙江民俗文化传承发展，二是非遗保护与传统文化同行。童部长、连主席、吴露生老师、姚处长各起草了具体的参考论题。我来九九归一，商量着各定了六条具体论题。让姚红报童部长审阅后下抄告单。

2014年8月9日　星期六

去年我们启动浙江省濒危剧种守护行动，今年我们举办2014"浙江好腔调"系列活动。又凑巧，刘奇葆同志来浙江时对地方戏剧保护做了强调，引起了夏宝龙书记的高度重视。夏书记听取了金厅长的汇报，作出了一系列指示。我们这项工作走在前列，变成了经验。工作主动，做在前面，这也是浙江非遗人的风格和骄傲！

2014年8月10日　星期日

下午，与周渊渟整理电脑桌面，内容太多太杂了，要捋一捋，归归类。案头整理清爽了，查找方便，用起来顺手。

2014年8月11日　星期一

上午，金厅长听取汇报，了解省委领导最近重要指示落实执行情况。

下午，省委统战部经济处周处长等过来，就新生代企业家联谊会年会的晚会策划，征求我的意见。由浙江经视频道承办。

省府办8月8日发来《全省旅游景区环境百日专项整治行动实施方案》，其中包括A级旅游景区、地质公园、风景名胜区、水利风景区、森林公园、湿地公园、非遗旅游景区，还有对外开放的寺庙、农家乐、乡村旅游景区等。对于各类景区的内外卫生、水体、水域、植被、违法建筑等进行系列整治工作，彻底清除景区内外环境的脏乱差问题，提升景区环境质量。这项工作也包括了非遗旅游景区，好。

2014年8月12日　星期二

上午，约省专家钱法成老厅长、胡小孩、周冠均、徐宏图、蒋中崎和电视专家王导、李导等，商量 56 个剧种剧本、文本录像等内容，进行逐项讨论，确定拍摄切入点和要重点体现呈现的内容。处里祝汉明、李虹、楼强勇等参加。

下午，开厅长办公会，省委巡视组列席会议。我处上会议题为浙江省地方戏剧分级保护分类管理办法（修改稿）。

这个办法，是根据夏宝龙书记传统戏剧分类管理的指示精神起草的，里面引用了宝龙书记的一些原话，要把宝龙书记分级保护分类管理的指示精神落到实处。8 月 4 日上午，金厅长、杨副厅长、柳副厅长对这一办法初稿进行审核，金厅长提出了明确的修改方向和重要的指导意见。8 月 11 日上午，金厅长和柳副厅长再次对办法修改稿进行审核，提出意见。这个办法也很好地体现了金厅长的指示精神和有关厅领导的指导意见。

金厅长说，对地方戏剧保护，中央很关注，省委很重视，宝龙书记要求 56 个剧种一个不能少。建议将分级保护分类管理办法搞成戏剧之乡命名管理办法或首次命名工作方案。

2014 年 8 月 13 日　星期三

上午，对传统表演艺术指导意见、非遗生产性保护指导意见再从头至尾过了一下，走 OA 程序正式下发。

下午，衢江局长刘华新来访，介绍举村乡洋坑村是畲族村，有 3 个省遗项目——茶灯戏、提线木偶、喝山节。村里有个村级非遗馆，有个文化礼堂。据介绍，省委夏宝龙书记 7 月 15 日去衢州乌溪江水库调研，观看了茶灯戏表演，很赞赏。百度查了一下，没有见到夏书记看茶灯戏的报道。当地应加强宣传意识，重点做好介绍和宣传。

2014 年 8 月 14 日　星期四

下午，受童部长委托，连晓鸣、吴露生、省非遗中心郭艺、天台黄局长、我和叶涛等商量第三届美丽乡村非遗保护现场会、培训班和省民促会年会暨换届事宜。

第三届中国非遗舟山论坛论题与准备情况，一并通气和征求意见。

晚上，商量56个剧种、地图、智慧非遗启动等工作。

2014年8月15日　星期五

下午，在新世纪大酒店，召开浙江非遗保护发展报告各门类资源报告专家论证会。有几个门类已交来初稿，比如吴露生老师的舞蹈、马来法老师的曲艺，各篇文章的提纲和要体现的重点，一一讨论，我提出修改意见。还有几篇，专家只有提纲，还没正式写，也对提纲作了讨论，我做了明确要求。要求各位专家在9月5日前，再次将完成稿或修改稿报来，将再组织讨论一次。

晚上，毛芳军坐火车赶来杭州，帮我一起起草传统节日保护的意见。小毛接地气，也比较有思想，起草文件时可以一起斟酌讨论。

2014年8月16日　星期六

下午，与毛芳军将中宣部、中央文明办、文化部近些年来有关传统节日保护传承和开展"我们的节日"主题活动的有关文件，瞄了一遍，再分几个块面，合并同类项，整出我省加强传统节日保护指导性意见的毛坯。先消化吸收，再搞出一个符合基层实际的我省自己的版本。

2014年8月17日　星期日

下午，祝汉明、李虹、季海波、毛芳军，还有绍兴王雷也赶来，一起起草和讨论三个文件：一是加强传统节日保护的指导意见；二是浙江传统戏剧保护传承工程实施方案；三是新版的浙江非遗保护专项资金管理办法，明年开始要按因素分配法分配资金。

我们分两个组起草和讨论材料。我与李虹、小毛起草加强传统节日保护、弘扬优秀传统文化的指导意见。祝汉明、王雷、海波讨论浙江传统戏剧保护传承工程实施方案。

大家准备材料到晚上 12 点多。

2014 年 8 月 18 日　星期一

今天一整天，从上午快 9 点一直到晚上 12 点 45 分，除了吃饭，都猫在办公室弄材料。

起草传统节日保护的意见，理论上讲，可以参考的资料很多，中宣部的、中央文明办的、文化部的，都有相关指导性或开展主题活动的文件。但合并同类项之后，又发现表述的语言都太笼统太原则，有理论指导性，但缺少操作性。为此，只好重起炉灶，几乎完全自行起草。

我将这个文件分为 5 个板块：指导思想、目标任务、主题活动、保护利用、保障措施。其中，目标用四个"我们"来体现：彰显我们的节日，弘扬我们的价值观，打造我们的城市文化品牌，营造我们的精神家园；任务部分，用"五个结合"来梳理和表述；主题活动，将春节、元宵、清明、端午、七夕、中秋、重阳，分类分段表述，并具体举例；再加上一段兜底的话：其他传统节日和民俗活动，包括二十四节气等。这个文件有新意，全是我们自己的思考和表达。整整花了两天时间。

2014 年 8 月 19 日　星期二

上午，我们分为三个组，我与毛芳军继续传统节日保护文件的修改；祝汉明与王雷继续传统戏剧保护传承工程方案的讨论；李虹与季海波进行专项资金的新版起草。大家随我一直工作到下午 1 点半。加强传统节日保护弘扬优秀传统文化的指导意见终于完稿了，算是了了一件事。但是，他们起草的两个文件，我还顾不上参与讨论和修改，只能再找时间了。

下午，省委组织部要求推荐"工作十法"典型案例，厅里意见报"大运河申遗"和"浙江好腔调"。我改为浙江濒危剧种守护行动，这样内容可以充实些，层次感更强。

"工作十法"之一的"一锤一锤钉钉子"的一抓到底法:以"功成不必在我"的胸襟和咬定青山不放松的韧劲,对认准了的事紧抓不放、一抓到底,做到一张蓝图绘到底、一任接着一任干,步步为营、久久为功。这条工作方法,完美体现在我们的濒危剧种守护行动之中。与祝汉明商量起草浙江濒危剧种守护行动案例基本思路。

2014年8月20日 星期三

上午,让祝汉明将之前拟定公布的第二批省级传统节日保护基地名单以及有关材料整理出来。我准备将这个名单,与前两天起草的加强传统节日保护弘扬优秀传统文化的指导意见,一并递交厅长办公会议审议。

与叶涛商量省民促会几件事情,包括在天台召开的省民促会换届及学术年会事项,准备向童部长汇报。

下午,约请浙江摄影出版社林青松主任和小朱、小钱、小张几位年轻作家过来,约王戈刚导演也过来,一起商量56个剧种微纪录片和专门出本书的问题。

现在我约请两套班子做事:一套人马编书,一套人马做56个剧种微纪录片的脚本。时间很仓促,任务很重,要求很高,责任很大。我考虑,能否两套班子整合力量,相互打通和联通,争取时间,也优化组合。

讨论结果,综合意见如下:一是有分有合。书稿的写作班子,主要由林青松和作家组成,我处杨思好、叶涛、马其林也参与部分项目的撰稿。书稿归书稿,纪录片脚本归脚本,分开做;书稿的各项目稿子,对于戏剧项目进行提炼和生花妙笔的描述,可以作为纪录片脚本的底稿。二是书的定位:带有一定知识性的散文,介于项目介绍和《流芳》文章之间。每篇文字1500字左右,给读者留点想象空间,余音未了。每篇文章配上若干张照片。书的封面,干净、素朴。这本书,要求体现资料性、可读性、大众性、宣传性;可以在书的前面加56个剧种的手绘地图。林青松说,这本书有出版价值,市场上还没有同类的书。三是微纪录片的定位，散文化的表述，加电视体例、画面感受、文字旁白。不求面面俱到，不要太多专业术语，太学术性，以免老百姓不要看。四是再开一次专家讨论会，请专家、年轻作家，还有电视导演都参加，请专家将 56 个戏剧项目帮助点题点化一次，大家明确方向，找到感觉，提高效率。磨刀不误砍柴工，虽然大家都很忙，但再次开个专家会，还是很有必要。五是先定三五个电视脚本，拍出样片，请金厅长先审查，有成功范例了，方向对了，再面上铺开。

大家觉得我胆子太大了，已经是 8 月下旬了，稿子还没有一篇，居然要做 56 篇文章，要 10 月中旬就出书，而且还要拍摄好 56 个戏剧微纪录片！不到两个月的时间，呵呵！我说，这就是非遗风格，非遗速度！

我觉得，"浙江好腔调"这本书及系列微纪录出来以后，下一步还可以搞"浙江好味道""浙江好声音""浙江好故事""浙江好功夫""浙江好韵味"等专题，将非遗项目分门别类出书。所以，我得考虑丛书的概念和思路。

2014 年 8 月 21 日　星期四

上午，浙江影视频道起草的 56 个剧种微纪录片拍摄方案及预算，浙江传统戏剧电视晚会方案及预算，与祝汉明、李虹过了一遍，提出修改意见。两个方案由祝汉明先修改，两个预算由李虹先修改。还有，要做浙江摄影出版社关于《浙江好腔调——56 个剧种集萃》一书的方案及预算。

浙江地方戏剧振兴计划之浙江传统戏剧保护传承工程实施方案草案，过了一遍。这个方案，按照我原先定的 5 个板块，祝汉明、王雷执笔具体作了铺陈和呈现，两位动了不少脑筋，费了不少心血，总体感觉不错，这样我心里有底了，再修改后，近期可以上厅长办公会了。

下午，与祝汉明去浙江影视频道，与裴总就协议事项，56 个微纪录片拍摄脚本的分工落实，56 个项目拍摄的统筹落实，还有电视晚会有关事宜，进一步明确和基本敲定。

与柳副厅长向金厅长汇报传统表演艺术精品培育和非遗生产性保护两个指导意见。金厅长说他已经签出，他建议，专门写一个关于弘扬优秀传统文化的综合性文件。我建议起草浙江省构建优秀传统文化传承体系指导纲要；金厅长说，习近平总书记和省委对传统文化很重视，过了这个节点，会错过这个机会。金厅长的意见是对的，这样我要抓紧这个文件的起草。金厅长说，还包括艺术精品创作。整个起草工作，他亲自协调。

2014年8月22日　星期五

下午，召开《浙江好腔调——56个地方戏剧集萃》编撰工作讨论会。网红写手、媒体记者、非遗干部等作者参会，请戏剧专家徐宏图、周冠均，对56个戏剧项目逐个介绍评点，把最有戏的人与事或剧本剧情点拨出来，点化一下，让年轻作者有基本了解，有感性认识，找到灵感和写作思路。这个会一开，大家心中都有数了，心中有戏了，可以分头执笔起草撰写了，这项工作也算实质性启动了。

2014年8月23日　星期六

今天，翻了翻累积的来不及看的报纸，一看看了三个小时。《经济日报》《浙江日报》《中国文化报》，随便翻翻都有启发。人家的文化工作，我们可以借鉴；人家的经济工作，我们也可参考。看书学习和消化思考的时间太少了。真是"一天不练自己知道，两天不练同行知道，三天不练外行知道""一天不学习是失误，两天不学习是耽误，三天不学是错误""一天不学问题多，两天不学走下坡，几天不学跟不上形势了"。

2014年8月24日　星期日

今天，准备浙江大学华家池校区举办的广西崇左宣传文化干部培训班讲课稿。

崇左西与越南接壤，是广西边境线陆路最长的地级市，不仅山水风光、人文古迹、珍稀动物、名贵古树、原始生态等丰富多样，非遗风俗更是丰富多彩，有壮族霜降节、打榔舞、采茶舞、花朝节、壮族斗牛、壮剧等，更有丰富的特色饮食。感觉崇左的非遗资源，比我们浙江全省的非遗资源项目都要多得多，而且更有特色风情，可是崇左竟然只有一个国遗项目"壮族霜降节"，在国遗项目的申报上，缺少指导和推进！

2014 年 8 月 25 日　星期一

上午，象山递来请示，要求我厅为中国象山开渔节支持单位。象山的日程与第三届中国非遗保护舟山论坛的日程完全一致。为此，拟定两个活动打通，两地联动。这样，活动内容丰富了，形式也多样了。

下午，童部长过来商量民促会换届和论坛事宜，柳副厅长、叶涛参加。民促会不在天台开了，改在杭州开，既节约会议成本，减轻天台的经费负担，也便于各方领导出席会议。

2014 年 8 月 26 日　星期二

上午，赴浙大华家池为广西崇左宣传文化干部培训班讲课。介绍了浙江非遗保护的有效做法和经验；重点提示：一是国遗项目、人类非遗项目的申报，传承文化精华；二是文化生态的保护，彰显多元文化魅力；三是非遗旅游景区建设，非遗进景区"景"上更添花；四是特色文化节庆活动，把地方点亮；五是加强非遗保护政策保障，趁势而上，借鸡生蛋。

下午，复核传统节日保护基地名单，准备上报给厅长办公会。因为之前节庆活动治理，暂时先放放，这次要抓住机会，把名单公布掉。

2014年8月27日　星期三

上午，省委宣传部马上要开部务会，研究核定各口子上报的经费预算。56个剧种保护相关的项目预算，与李虹、祝汉明再认真仔细核了一遍。

李虹起草了非遗专项资金因素分配法；与祝汉明讨论修改。

下午，到浙图看"浙江非遗代表作丛书"整理情况。民促会的房间要腾出来，准备把堆在房间里的书和浙图仓库里的第一批国遗丛书暂时借放到萧山图书馆。

2014年8月28日　星期四

上午，开厅长办公会，涉及我处的有两个议题：一是省委宣传部党风廉政培训班精神；二是第二批传统节日保护基地名单送审，及传统节日指导意见送审。

我汇报了第二批传统节日保护基地名单和传统节日指导意见（送审稿）。这个名单本来去年准备公布，考虑到当时正在对节庆活动进行整治，决定暂缓公布。最近省委宣传部、省文明办颁发《浙江省培育和践行社会主义核心价值观实施方案》，其中提出近期实施的六大行动，第二大行动为"实施优秀传统文化传承行动"，第一条为深化我们的节日主题活动。因此，趁势再次提请公布第二批传统节日保护基地名单。

金厅长说了几点：第一，省委宣传部下发的《浙江省培育和践行社会主义核心价值观实施方案》，是弘扬优秀传统文化的有效载体和途径。传统习俗在现代化进程中不断被削弱，不断流失，文化的内涵体现在生活中，传统文化要在新时代得到充分体现。第二，非遗处紧紧围绕省委、省政府重要举措，行动非常迅速，敏感性很强。第三，习近平总书记对传统文化很重视，强调中国特色社会主义建设，要根植于优秀传统文化。文件在有关提法上，要有依据，更加准确。第四，名单公布后，要有主题活动，要确实弘扬优秀传统文化。

会议原则同意指导意见送审稿及传统节日保护基地拟定名单，要求根据会议讨论的意见，对文件稿做适当修改完善，抓紧印发和公布。

下午，舟山市局王国文副局长、岱山周波局长等专程来杭，会商舟山全国论坛事宜。把整个过程过了一遍，考虑到每个细节。有几项调整：一是将象山与岱山联通。象山 9 月 15 日晚上举办妈祖巡安活动，16 日中午办开渔节。让省外的会议代表直接到象山报到，这样丰富了这次全国论坛的内容，也解决了舟山论坛内容相对单一的大难题。二是在岱山举行的全国论坛开幕式议程，相对简化，将中国海洋非遗产品交易平台启动活动调整到论坛结束，作为附加产品和辅助活动。我提了几点要求：一是高度重视；二是做好细化方案，倒排计划；三是做好汇报，程序到位；四是全力以赴，集中人力精力，分工到人，责任到位；五是做好来宾邀请和会务接待；六是严守八项规定，每项工作师出有名；七是做好各项材料准备；八是做好宣传。

2014 年 8 月 29 日　星期五

上午 10 点半，乘厅里大车出发去富阳，参加厅机关学习会。

下午，听省委党校教授讲座。专家以十八届三中全会通过的决定以及全面深化改革的启动为主题，深入解读了国家治理现代化所包括的理论含义和实践影响，从理论创新发展和改革现实推进两个维度阐述了国家治理现代化作为全面深化改革总目标的重要意义。听了专题辅导，深化对马克思主义理论的认识、强化党性教育。

晚上，观看话剧《为民书记》录像。

2014 年 8 月 30 日　星期六

上午，听反腐倡廉专题讲座。东汉学者王逸有一句名言："不受曰廉，不污曰洁。"这就是廉洁。我党对反腐"零容忍、全覆盖、无禁区"，形成"不敢腐、不能腐、不想腐"一体推进。反腐倡廉要多管齐下：一要靠党的领导，二要靠制度，三要靠社会监督，四要靠公民参与。我们要健全廉洁的价值观，堂堂正正做人，清清白白做事。

下午2点多，从富阳回厅里。

2014年8月31日　星期日

与诺妈去省政协小剧场看浙江曲杂总团表演的苏州评弹《胡雪岩》。评弹讲述了胡雪岩与王有龄生死与共、肝胆相照的故事，令人感叹！

9月还有几场演出，老开心茶馆周志华的小热昏、绍剧目连戏等。今年"浙江好腔调"系列展演后，树立了非遗在地方戏剧保护方面的地位，是好事！

2014 年 9 月 1 日　星期一

本月要事，主要五条：举办"中国梦想·美丽浙江"传统手工艺主题创作精品展；举办以"文化强国与海洋文化"为主题的第三届中国非遗保护论坛；组织拍摄"浙江好腔调"——56 个地方戏剧系列微纪录片；组织撰写《浙江好腔调——56 个传统戏剧集萃》一书；指导做好浙江传统戏剧之乡申报工作。

上午，传统表演艺术精品培育、非遗生产性保护两个指导意见，金厅长今天签发。这两个文件，文字都蛮长，侧重指导性、操作性。

省文化艺术研究院胡月伟老师过来，他说，受西湖区茶叶文化研究会委托，写了个"九曲红梅"的电影剧本，让我看看。胡老师曾担任浙江电影制片厂副厂长，在电影和戏剧创编制作上有丰富的经验。胡老师说，浙江每年要拍 30 至 35 部电影，大概 25 部左右为 200 万元以下低成本制作。非遗电影有地域特色，有传奇有故事，有戏剧张力，也容易获得地方重视和相应投入。

我就年底或明年初启动"银幕非遗"征询他的意见。他的一些想法让我有启发。我考虑，有几件事情要做：一是召开浙江非遗题材电影拍摄对接会，邀请各地非遗部门和各影视制作机构参加；二是起草浙江省银幕非遗宣传传播实施方案；三是与浙江影视频道共同启动浙江非遗电影展播季；四是开个浙江银幕非遗研讨会，总结得失，总结经验；五是开展非遗电影脚本或非遗电影评奖，调动积极性；六是建立银幕非遗委员会或工作小组。我觉得，非遗电影要有几个价位，量力而行。对于基层来说，本子好，经费出得起，拍摄制作团队可信任，这事情就好做。

下午，修改李虹起草的浙江省非遗保护资金使用管理办法初稿（因素分配法版本）。文物那边是两个办法：一是使用办法，二是绩效评估管理办法。我们并为一个办法，把事前、事中、事后相关的工作统筹起来。两个办法会把基层搞晕了。初稿终于完成。先报计财处初审。

　　计财处俞处长过来，告诉我们，省委宣传部部务会议已通过地方戏剧保护与宣传经费预算，最后核定追加500万元。主要用于：56个地方戏剧微纪录片的拍摄制作宣传56万元，浙江省戏剧特色之乡授牌仪式暨"浙江好腔调"电视晚会38万元，《浙江好腔调——56个传统戏剧集萃》一书编撰出版16万元；余下390万元，补助56个戏剧项目（67个保护地），多数为补5万元，少数大剧种各补10万元。工作已部署了，在紧锣密鼓推进中，有基本投入了，可以督促推进了。

2014年9月2日　星期二

　　上午，讨论两件事：一是文化强国和海洋文化全国论坛事宜；二是56个地方戏剧微纪录片，每个片子加上招人的标题，每个项目有3至5分钟的介绍，虽然是蜻蜓点水探访式的报道，但不能只有电视性没有资料性，要有点厚重感，又比较灵动，搞成"戏剧档案"。

　　下午，景宁蓝利民局长、项主任过来汇报景宁非遗工作情况。我概括了一下，有以下几个方面：一是县里提出生态立县、产业富县、文化名县三大战略，并提出文化先行，非遗优先。二是县里划拨了20亩地准备建造非遗馆，并筹划建设山哈谷，县里还建立了畲族文化互动馆、畲族体育健身中心。几个项目到位后，畲族文化的基本设施初具规模，形成系列。三是重点抓好环山的十个畲族村，打造畲族文化集聚区。四是各部门共同承担畲族文化保护的责任，形成齐抓共管的好局面。比如，县城七座桥将全部改建为廊桥，这由城建局负责；水利绿道，沿线进行非遗布点。五是浙师大陈华文教授承担景宁畲族文化生态区规划编制工作。陈教授他们很用心很深入，进驻了10个村，分头驻村10天。陈教授今年去了五趟景宁，在深入调研和分析资源的基础上，谋篇布局做好规划编制。六是我在《中国文化报》上发表了"十个非遗"的概念和阐述，景宁蓝局长在网站看到后，组织学习，觉得跟景宁的实践都能结合，就按照十个非遗写了篇文章，对景宁非遗保护进行深化。景宁的工作呈现出一派欣欣向荣的景象，对此，我由衷欣慰。

蓝局长就申报国家级文化生态保护区有关事项听取意见，并就下一阶段景宁畲族文化保护弘扬征求我们意见。祝汉明、杨思好两位提出了很好意见。我讲了几点：一是抓住机遇，乘势而上。二是找准定位，省委对景宁畲族文化的三个定位，要牢记在心，要立足景宁、放眼全国。三是重在建设，抓好规划设计，将与旅游、产业的深度融合结合进规划里，要将畲族文化融入细节里。四是在布局上，点线面形成体系，通体构思，整体设计，全域发展。五是错位呈现，推出品牌。特别是十个村，各有亮点，各有特色，每个村既要反映村的特色文化，也要反映全县这一方面的特色文化。六是宣传推介。既要吸引游客走进来，还要考虑走出去主动推介。比如去上海，去华东各省会。要有宣传口号，要重视新媒体的作用。景宁有独特资源优势和魅力，好酒还要勤吆喝。

2014 年 9 月 3 日　星期三

上午，与王戈刚导演等就56个传统戏剧系列电视微纪录拍摄脚本、分组拍摄事宜和戏剧特色乡颁牌电视晚会脚本做了研究。希望在《浙江好腔调——56个传统戏剧集萃》一书文稿基础上，抓紧系列电视微纪录脚本文稿的二度提炼和创作，争取中秋后（9月9日上班）有30个左右脚本可供拍摄。

下午，黄健全副厅长召集会议，传达省委的指示和金厅长的批示精神，就遵守八项规定和机关作风建设、廉洁过节，再次做强调。

我随即召开处里碰头会，传达了会议精神，要求各位严守规定，不要触犯底线和高压线，过个愉快的节日。

2014 年 9 月 4 日　星期四

上午，准备明天厅长办公会材料，起草舟山论坛方案。

下午，厅工会、团委组织"我们的节日·青年的守护"中秋讲座，我在开场致个辞，温州大学黄涛教授作中秋民俗专题讲座，衢州邵永丰麻饼做现场演示，厅属单位五六十位青年参加。中央专门通知，中秋禁止公款送月饼；每个青年品尝麻饼自己掏钱买，现场吃，不带出会议室。

晚上，6点半出发去桐乡，专门商量展览方案。这是"中国梦想·美丽浙江"传统手工艺主题展览，而且在国庆前夕举行，有政治意义，不同于常规的一般的手工艺展。我提出展览的基本思路和要求，在展陈理念上、布展设计上、展品征集上，都要体现主题展的特别要求。

2014年9月5日　星期五

上午，参加"中国梦想·美丽浙江"主题展览组织工作会议，各市文广局非遗处长或非遗中心主任参会。会议代表考察了桐乡文化综合体，有市文化馆、博物馆、非遗馆、漫画馆四个馆，布局讲究，相映成趣。其中，桐乡非遗馆3000多平方米，非遗中心2000平方米，还有文化馆的大厅和一层，作为"中国梦想·美丽浙江"的展区。

会议有三件事：第一，主题展览组织工作。祝汉明介绍了展览设计，楼强勇讲解了"讲文明树新风"主题公益广告。听取了各市展品征集情况汇报后，我强调了几点：围绕主题；多种题材；多种形式；点题点化；系列呈现。工作要求：高度重视；充分发动；彰显特色；做好保障。这个展览与以往的常规展览、综合展览不同，是主题展，政治性强，必须组织发动到位，工作到位。

第二，我将9月至12月这四个月的工作做了整体介绍和具体要求。每个月都有两三件大事，各地该配合的配合，该主动的主动，要积极响应，把握标准，把握节奏，不拖后腿。

第三，我将2015年的优秀传统文化传承体系建设深化年的四个深化以及具体安排，与大家通气，听取意见。有些会议和活动，地方要承接的，可以申请。

在桐乡文化局食堂用中饭后，返杭。

下午，参加2014年第15次厅党组会、第10次厅长办公会。金兴盛厅长转达了夏宝龙书记在省委中心组专题学习会的讲话精神。会上审议了厅非遗处提交的以"文化强国与海洋文化"为主题的第三届中国非物质文化遗产保护论坛方案。

会议原则同意我处提交的中国非遗保护（舟山）论坛方案。经过讨论，会议提出三点意见：一要注意活动的合法性。论坛用"国"字号的名义，要经过报批，活动名称也需要确认。二要注意活动的规范性。活动举办过程中，要严格按照中央八项规定要求办事，尽量压缩参会人数。三要注意活动安全性。这次活动分岱山、象山两地举办，两地路途遥远，交通复杂，尤其要确保安全。

2014 年 9 月 6—8 日（中秋休假）

这 3 天连续看了电视剧《雍正王朝》，26 集，白天黑夜连着看，每天晚上看到凌晨两三点钟，剧情一环扣一环，扣人心弦，欲罢不能。雍正推行新政，勤政有为，为国利民，勇于变革，以高超的政治韬略和手段，改革创新，创造了新气象。

8 日晚，浙江影视频道派出多个摄制组，现场直播报道各地中秋民俗活动。中秋是传统佳节，有花好月圆的寓意，各地各有自然禀赋、各有人文特色，中秋活动有共性也各有地域特色；有的连年举办活动，已成传统品牌。但是，从总体上看，各地如何运用自然禀赋、传统文脉和节日效应，如何让中秋彰显"月圆中秋　团圆中华"的主题，发挥传统节日的独特魅力，还很欠缺。民俗文化节庆的促进，还要加强。

2014 年 9 月 9 日　星期二

中秋放假，我们处里好几位同事是外地上挂的，我想中秋过节，合家团圆，也不好提要求让大家中秋就赶回杭州；没想到，节后第一天上班，祝汉明 5 点从桐乡赶回来，其他几位外地的昨晚就赶回来了。

上午，召开处务会，将本月工作进行分解：

桐乡活动，包括"中国梦想·美丽浙江"传统手工艺主题创作精品展，省文化厅、省旅游局合作框架协议签订仪式，分工祝汉明协调。

岱山活动，举办以"文化强国与海洋文化"为主题的第三届中国非遗保护论坛，中国海洋非遗产品网络交易平台启动，分工姚红、楼强勇协调。

"浙江好腔调"系列一书一碟片，包括撰写《浙江好腔调——56个传统戏剧集萃》一本书，拍摄"浙江好腔调"——56个地方戏剧系列微纪录片，李虹、季海波协调。

浙江传统戏剧之乡申报、命名及颁牌电视晚会，祝汉明、马其林协调。

下午，审读《浙江好腔调》一书首批征稿。当下重点是《浙江好腔调——56个传统戏剧集萃》书稿，做齐做好；书完成了，56个戏剧微纪录的电视脚本，也就有基础了。叶涛、杨思好、马其林等，已有十多位作者报来戏剧文稿，喜忧参半；这几位老非遗有才情，言之有物，清晰流畅，文章不错。对于要修改的稿子，从主题内容、切入点以及文风、文采方面提出建议。

晚饭后，祝汉明建议我带大家逛一下夜西湖。好，大家感受一下西湖赏月，虽然昨天才是中秋。

美丽的夜色多美好！到了西湖边，静静感受一下西湖，我是感触良多，家里、厅里离西湖都很近，但是不去，等于很远！西湖这么美，大家跟着我，从外地到杭州或挂职或帮忙，我却没有安排让大家考察感受一下这个世界遗产、人间天堂，大家每天只有不辞辛苦地加班加点。对于工作，我是事无巨细、事必躬亲，今年夏书记对地方戏剧一重视，工作滚雪球一样增加了。这里也得自我提醒，明年的工作量真不能排得太满。

回到厅里，9点到11点半，起草厅领导在舟山论坛上的致辞代拟稿，理了个毛坯。

2014年9月10日　星期三

上午，对有关领导在舟山论坛上的讲话稿初稿作修改。

象山吴健局长来电说，希望文化部非遗司领导来象山后参加 9 月 16 日下午的海洋渔文化与产业发展论坛，致个辞。

下午，楼强勇把非遗系列地图样图、智慧非遗方案拿过来。已经设计了地方戏剧、传统节日、非遗馆、非遗景区、世遗项目五个地图样图，有点感觉，不错。智慧非遗，方案要论证，今年要启动。

晚上，祝汉明根据桐乡全省主题展组织工作会议精神，拟了一个关于展览组织工作的通知，我过了一遍。

2014 年 9 月 11 日　星期四

上午，与李虹代拟文化部非遗司领导在象山第十届中国海洋论坛上的讲话稿（主题：海洋渔文化保护与产业发展）。思路分为六点：第一，我国是海洋大国；第二，我国海洋渔文化资源很丰富；第三，海洋渔文化资源开发潜力很大；第四，象山海洋渔文化保护开发的经验值得借鉴；第五，海洋渔文化产业发展要重视海洋文化生态的保护；第六，这次论坛很有意义。

中午，与李虹代拟文化部非遗司领导 9 月 17 日上午在第三届中国非物质文化遗产保护（舟山）论坛上的讲话稿（主题：文化强国与海洋文化）。

下午，金兴盛厅长会见台州市叶副市长，及市局新任局长徐友根、副局长李玲玲。主要有三件事：一是建大剧院；二是非遗工作；三是对外交流。

关于台州非遗，我直截了当提了几点意见：一是市里统筹不够。市本级力量配备不足，对县市区指导不够。二是县里特色不明显，没有主题，没有特征。三是品牌项目不多，项目品牌、活动品牌、工作品牌都不明显。四是基础设施薄弱，目前市、县两级没有一个非遗馆，只有两个地方有修建计划。五是全域推进，要找准定位，找准地位，要有规划和政策。六是天台会议是省里的现场会，也应该是市里的现场会。要推广天台的经验和做法。我说，其他市的领导来，我可能讲话客气点，但家乡官员来了，我讲真话实话。

台州非遗保护怎么抓？金厅长要求，第一是认识上，往大讲是保护传承弘扬优秀传统文化，往小讲是满足群众精神文化生活的需要。并说夏书记很重视，前天去金华，又讲到非遗保护和戏剧保护，说去年今年抓"五水共治"，明年要抓文化、抓非遗。金厅长说，文化很大程度上靠领导的自觉，但非遗有法，要依法加强。第二是谋划。台州有9个县市区，地域比较大，人口比较多，有山有海，资源不少，对非遗保护要有规划。第三是队伍。要有能打硬仗的队伍。第四是设施。不一定建新馆，也可以利用老场地，譬如学校、会堂。第五是希望以天台会议为契机，在未来几年中继续推进。

叶市长说，台州的文化氛围需要进一步形成。天台会议，市政府联合主办，请金厅长出席，要争取引起市县两级主要领导重视。按照省厅要求，做好非遗工作。

2014年9月12日　星期五

上午，在浙大为广西崇左宣传干部学员讲课。

崇左培训分两期，第一期安排在上个月；第二期，我在第一期讲课内容的基础上，还特别强调了几点：一是重视中国与越南共享非遗项目的申报，申报人类非遗代表作；以前有首歌，"越南中国，山连山，江连江，共临东海，我们友谊向朝阳。共泳一江水，朝相见、晚相望，清晨共听雄鸡高唱"。中越有战争，更有兄弟般的友好，非遗也要为国家外交大局服务。二是广西壮族看哪里？看崇左，要把崇左建设为壮族文化生态保护区，彰显弘扬民族特色和优势。三是举办中国崇左刘三姐对歌节或者山歌节，壮族最有代表性的名片是刘三姐，是山歌，想唱就唱，要唱就唱得响亮！四是推进非遗旅游景区建设，发展民族民俗文化旅游，推出文化旅游商品，非遗生产性保护，旅游推动消费，消费促进生产，生产促进传承，良性循环。五是要建立市县两级非遗保护中心。只要人类存在，就需要非遗保护，要有机构办差，要有人办事，要加强非遗保护队伍建设，要建立非遗保护志愿者队伍，非遗保护你我他，保护传承靠大家！

课间休息，学员们邀请我到崇左考察指导；我也很想率领一支小分队到崇左基层、老少边远贫地区帮助开展非遗工作，帮助民族兄弟脱贫致富奔小康。

下午，起草《美丽海疆文化保护行动（舟山）倡议书》。

2014 年 9 月 13 日　星期六

上午，约浙江摄影出版社小张、小王，浙江电视台王导演等过来商量《浙江好腔调——56个地方戏剧集萃》一书的书稿。目前，已经陆陆续续报来30多篇，每篇1500到2000字。逐篇过了一遍，感觉大概三分之一不错，多数是我处自行组织的非遗人写的，毕竟相对熟悉项目，在专家指点下，角度把握较好，文笔文风生动也符合要求；三分之一需要调整，缺少跌宕和波澜；三分之一要另找切入点，有些稿子资料堆积，掉进书袋里了，要重写。这样看了一遍以后，心里踏实些了。

要求：一是把比较好的稿子打个包，发给各位作者参考；二是不成熟的稿子，抓紧修改；三是还来不及动手的稿子，加快步伐、加快节奏。有可以参考的稿子了，总体感觉上可以参照，不走偏路，少走弯路；四是不够成熟的稿子和新编写的稿子，还得组织一次审稿会稿；五是序言和后记的撰稿，也要抓紧了。

2014 年 9 月 14 日　星期日

上午，文化部非遗司王福州副司长、荣书琴处长从上海来浙江。

下午，陪同考察西溪湿地"非遗一条街"。包括陶瓷艺术馆、西溪龙舟陈列馆、蒋村竹编坊、西溪糕点文化体验馆等非遗体验场所。

晚上，考察老开心茶馆，看望小热昏的国家级代表性传承人周志华先生。

2014 年 9 月 15 日　星期一

上午，陪同考察拱墅区系列博物馆：杭州工艺美术博物馆、中国伞博物馆、中国扇博物馆、中国刀剪剑博物馆、中国京杭大运河博物馆。

王司长和荣处长对杭州市拱墅区打造文化遗产馆群，在国家级非遗历史的研究、运河文化的弘扬、文化生态环境的保护等各个方面所做的工作给予高度评价。对各馆积极开展各式文化交流活动深为赞赏。表扬各博物馆针对自身的独有特色，开展一系列文化遗产科普活动，不仅很好地推动了青少年爱国主义教育，也使拱墅区深厚的文化底蕴得到了彰显，真正提高了老百姓的文化素养。

王司长建议，要进一步提高自身站位，开拓国际视野，通过与国外文化遗产馆的比较与交流，使中国文化的独特魅力得到更为直观的表现，将拱墅区打造成一个世界级的文化旅游地。

下午，赴象山。各省份代表统一到象山报到，本省代表直接到岱山报到。

晚上，参加妈祖巡安活动。祈福平安、丰收。

石浦港畔流光溢彩，一艘艘张灯结彩的渔船，熠熠生辉，徐徐驶来，"妈祖巡安""台东如意""善待海洋""年年有鱼"……彩船在海里行，人潮在岸上涌，渔区群众一起向妈祖祈福。

2014年9月16日　星期二

上午，考察象山石浦古镇。

第十七届中国象山开渔节上举行了祭海仪式，向世人再现了一场象山渔家古老而又隆重的典礼。人们向大海敬酒："一敬酒，祝福海洋；再敬酒，波平浪静；加满酒，鱼虾满舱！"

金厅长为渔民送书。

下午，从象山往岱山。跨海大桥到舟山三江码头，转坐快艇到岱山。

晚上，去岱山东沙古镇。浙江省"美丽非遗赶大集"暨舟山"夜东沙民俗集市"、2014中国海洋非遗产品交易网启动仪式开始，热闹开场。

古镇街巷，处处风情。美丽渔嫂唱渔歌，舞龙、腰鼓、马灯表演和民乐小唱班，随处可见；沿街是穿着传统服饰的买烟郎、磨刀人、馄饨担子，还有烤番薯、棉花糖、糖画等的小摊。夜渐渐深了，仍不断有游人来到弄堂里，观赏民俗，感受老街巷的风情。

舟山电视台采访，我说，夜东沙活动，让我们感受到什么是万人空巷、水泄不通、人潮人海。东沙古镇处处是非遗，处处是人群，处处是笑脸，成了欢乐的海洋。这就是城镇化进程中的非遗保护，这就是留住乡愁，这就是让陈列在广阔大地的遗产活起来，广阔大地也包括蓝色国土。我们要推广岱山的经验，以点带面，让浙江大地和大海的遗产都活起来。

舟山论坛和中国海洋非遗产品交易网的启动开通，体现了舟山新区在文化强国和海疆文化建设中的责任担当，体现了舟山在全国海洋文化保护和开发中的前沿地位，体现了舟山服务全国涉海省份的文化情怀，也标志着浙江智慧非遗的启动！全国各涉海省区市进一步携手合作，深化万里海疆文化长廊建设，各美其美，美美与共，彰显文化强国的美丽，彰显海洋强国的文化魅力！

2014 年 9 月 17 日　星期三

上午，"文化强国与海洋文化"第三届中国非物质文化遗产保护（舟山）论坛在岱山隆重开幕。《中国文化报》宋合意总编、徐涟副总编，国家非遗专家委员会副主任刘魁立先生，浙江省厅领导柳河、尤炳秋，舟山市、岱山县领导出席。

论坛围绕"海洋文化与文化强国""海洋文化与美丽非遗""海洋文化与美丽生活""海洋文化与文化产业"等进行深入研讨，交流海洋文化保护开发的成果。

浙江省公安厅原副巡视员朱志华做专题报告《从甲午海战到海洋文化、海洋强国战略的思考》；象山县文广局副局长吴健专题介绍中国象山开渔节和象山国家级海洋渔文化生态区建设的实践和经验。有关专家"浙东海洋文化的特点及保护构想""对传承海洋文化建设美丽渔村的思考"等,引发大家的共情和热议。

中午,非遗司荣书琴处长召集各省非遗处长会议,讨论国家级非遗展示基地、中国非遗街区评选方案。

下午,论坛继续。浙江专家卢竹音教授发表"海洋文化中的民歌浅议";各省专家就"连云港山海文化生态保护实验区建设初探""从厦门港'送王船'习俗看海洋文化遗产的当代价值与保护利用""利用影视动漫产业发展广西海洋文化"等专题进行论述,引发大家的思考和点赞。

与会的18个省份的代表,用热烈的掌声,通过《美丽海疆文化保护行动(舟山)倡议书》!

晚饭后,东沙古镇上空升起了"夜光风筝",与古镇街巷的红灯笼交相辉映。"北有潍坊、南有岱山","中国风筝岛"品牌已叫响,每年夏季,"夜光风筝"满天飞。

与舟山王国文副局长,陪同宋总编、徐总编等考察岱山中国灯塔博物馆;之后小憩并交流浙江非遗的热潮、非遗保护的趋势、热点中的冷思考。初步磋商,以"优秀传统文化传承体系与精神家园"为主题筹办第四届中国非遗保护论坛。

2014年9月18日 星期四

上午,陆续送走各方来宾,之后从岱山返杭。

下午,省住建厅发来上报第二批中国传统村落中央补助资金申请材料的报告,会签文件,申请补助的传统村落54个。其中涉及非遗内容的有杭州桐庐4个、淳安1个,丽水松阳8个。文件中有文物和非遗保护栏目,省住建厅、文化厅、文物局、财政厅共同上报。

晚上,与张正浩拟舟山论坛厅简报报道稿。

2014年9月19日 星期五

今天整整一天,讨论《浙江好腔调——56个传统戏剧集萃》书稿。专家徐宏图、蒋中崎一起参加,将这本书的56篇文稿中有问题

的、有"硬伤"的直接作了修改。没有时间让作者反复修改，我直接
在电脑投屏修改，有些几乎重写，大家一起斟酌把关；有时讨论很激
烈，面红耳赤，理不辩不明，只有这样，好稿子才能讨论出来。56 个
非遗戏剧，按部类编排了目录。

书稿就这样基本定了。拟定 10 月底举行浙江传统戏剧之乡授牌暨
《浙江好腔调》一书一碟片首发仪式，只有一个月了，书稿定稿发出
版社。

书的封面很重要，封面是窗口，多位美编设计了数稿，我都不满
意，要大家都找找元素、找找感觉。

2014 年 9 月 20 日　星期六

讨论"浙江好腔调"——56 个地方戏剧系列微纪录片的脚本。剧
本，一剧之本。虽然都是电视短篇，但浓缩的是精华，怎么拍，拍什
么？从哪里找切入点，如何彰显和体现地域特色、剧目特点、独特魅
力？一个个戏剧项目讨论过去，讨论很热烈。好在已有 56 个戏剧项目
解读文章，可以更容易提纲挈领，更容易找到找好切入点。

在会议室里，我直接把关讲思路，用电脑投屏，大家集思广益，
56 个戏剧项目一个个拎，一个个过。纲举目张，56 个小剧本定了，可
以马上组织和落实摄制组下基层下乡拍摄微纪录。

2014 年 9 月 21 日　星期日

上午，召开摄制组拍摄组织工作会。拟定组织 5 个摄制组，浙江
影视、浙江科教、杭州影视等合作行动，分片负责，即日出发。

我讲了几点：一是找切入点，或人或事或戏或唱腔或老物件或场
景，小中见大，见微知著，一叶知秋；二是要有绝技、绝活、绝招，
这是剧团或者剧种的看家本领，拿手好戏，独特招数；三是要有相对
完整的戏剧片段、唱腔、场景，让观众感受和体会这个戏剧剧目独特
的韵味、魅力、情趣；四是要体现非遗特点，要有老戏骨、老物件、
老照片，要有历史沉淀感，濒危和抢救；五是拍摄背景和场景，要尽

可能原生态、草根、民间化、生活化；六是每个片子要找到爆发点，冲击人的内心，结尾最好有点韵味。

下午，祝汉明起草"中国梦想·美丽浙江"浙江非遗传统手工艺主题创作精品大展方案，我过了一遍。

与祝汉明商量"中国梦想·美丽浙江"主题展报道稿思路，理了六个特点。

晚上，修改"中国梦想·美丽浙江"主题展通稿。

2014年9月22日　星期一

上午，浙江卫视首席主播许婷及许婷工作室徐斌来访。许婷是第十二届全国人大代表，前来了解传统村落保护情况等，以及当前制度上存在的难点问题，为撰写相关议案建议做准备。柳河及有关处室任群、仲建忠、何蔚萍和我参会。

许婷讲了几点：一是媒体的责任，作为代表，要了解社情民意；作为记者，要对文化工程进行调查。二是传统村落保护，是留住乡愁，这一任务城镇化进程中越来越紧迫。三是传统村落保护要有标准，要分轻重缓急。四是传统村落保护，当前制度上存在的难点问题，要提出解决的建议。中国这么大，靠一个办法不够，也不行。媒体的责任，一是表扬，二是尖锐批评，都是对社会的促进。

我讲了几点：一是介绍了传统村落、历史文化名村及异同，我厅推进民俗文化旅游村、戏剧特色村建设情况。二是城镇化建设和美丽乡村建设中非遗保护的重要性。社会上对传统村落的古建筑保护极为关注，但对非遗保护缺少认识。建筑是死的，非遗是传统生活方式，是活的，更重要。要关注有开发价值的，更要关注濒危的。生物要多样化，文化也要多样化。三是土地政策有问题，或是不让建新，或是拆一还一，对传统建筑的保护是个悖论。四是山民下山，小岛迁大岛，把人往城市赶，这对小区域文化生态是个根本性毁灭。

我建议，一要建立古村落保护联席会议制度。二是要有政策鼓励企业家、艺术家、文化创客等社会力量参与古村落保护。三是土地政策要科学，要修正。

厅里各位也发表意见，提出新农村建设不要搞一刀切，要分区分类施策；要处理好现代文化与传统文化的关系，传统建筑应该适当现代化。要总结经验，要有政策鼓励。救死扶伤，也包括文化抢救。

下午，童部长召集省民促会换届筹备组会议，连主席、我、吴露生、姚红、叶涛参会。

童部长讲了换届主题报告基本思路，分为三部分：一是五年工作总结；二是体会；三是第二届的任务。大家做了初步讨论，提出补充意见。

对省民促会换届理事人选对象、常务理事人选和副会长人选，做了商议。原先的理事，行政人员中大概有十分之九已换岗，要请各地重新推荐。

2014 年 9 月 23 日　星期二

上午，"浙江非遗代表作丛书"第二批国遗第三批次书目审稿。数位非遗专家和浙江摄影出版社潘邦顺总编、林青松主任参加。

大家对本批次 26 本图书的封面样稿，逐一过了一遍，提了些意见。看图片不看文字，就能大致知道是什么，这就是封面的最高境界。

封面设计过了一遍后，我们和出版社潘总编一起讨论修改每一本书封底的项目简介。虽然每个简介仅二三百字，如何画龙点睛，仍颇需斟酌。

下午，给省旅游局一个函，修改浙江文化和旅游战略合作备忘录。

晚上，与楼强勇等修改浙江 56 个传统戏剧有声地图。

2014 年 9 月 24 日　星期三

上午，文化部下发了调整和认定国家级非遗项目保护责任单位的通知。据此精神，叶涛起草了关于重新确认我省国遗项目保护责任单位的通知，我过了一遍。

主要涉及三种情况：一是不做调整，二是需要调整，三是之前没认定的补充认定。这项工作看似简单，其实至关要紧，既关系到保护主体的确认、保护责任的承担，也关系到国家资金的投入。

收到文化部2014年度国家非遗资金补助我省非遗项目清单，共1700多万元。李虹起草文件，会财政后，转发各地。

下午，召开处务会，商量在桐乡进行的"三合一"活动方案。一是桐乡非遗馆开馆仪式；二是"中国梦想·美丽浙江"传统手工艺主题创作精品展览开展；三是浙江省文化厅、省旅游局战略合作备忘录签订仪式。

下了三个抄告单：一是邀请桐乡、临海、景宁、岱山文广局和旅游局参加协议签订。二是选调若干传承人参加现场展示。三是欢迎各地观摩。

就展览的五大板块，包括活动议程、宣传折页、新闻宣传、领导致辞等，做具体研究。

2014年9月25日　星期四

上午，开厅长办公会。我处将拟定9月29日在桐乡举行的"中国梦想·美丽浙江"主题展、省文化厅省旅游局合作备忘签订、桐乡非遗馆开馆"三合一"活动方案，做了汇报。

金厅长说，第一，这是我省宣传中国梦和庆祝新中国成立65周年的一项主题活动，要组织好、宣传好。第二，文化和旅游的融合发展是个趋势，文化靠旅游扩大传播，旅游靠文化丰富内涵，各处室要研究具体措施推进文旅合作，建设文化浙江，服务国计民生。第三，市、县两级要从三馆到四馆，推进非遗馆建设，把非遗馆建成旅游景点。

下午，布置展览分工。桐乡活动一石三鸟，事情不少。筹备工作分工是明确的，时间上也是较为充裕的，但到了活动前夕，还有不少工作准备不充分，尤其是琐琐碎碎的事情。

处里工作依靠上挂干部，铁打的营盘流水的兵，一轮轮一茬茬都是新手，我只好总是事必躬亲。

今天，感觉有点累，有很实在的疲劳感，但因为非遗需要我，要振作。

2014 年 9 月 26 日　星期五

与李虹起草《浙江好腔调——56 个地方戏剧集萃》一书的序言和后记。

戏剧是一个文化战略，戏剧是一门综合艺术，戏剧抓好了，许多非遗门类都活了。硬戏家国情怀，软戏真善美，小戏曲情趣风情，戏剧无论是硬戏、软戏，还是小戏，都是教人学好，传播正能量。

这本书定位为"学术精神、通俗写法"，要求体现知识性、科学性、艺术性、可读性。这本书立足于介绍每一个地方戏剧的发展脉络、重要剧目、代表性传承人、表演特色、艺术风格，各有侧重点、切入点，以便大众读者通过书中的文章对地方戏剧有较为明晰的了解。每一篇文章力求写成带有一定知识性的散文，力求文风生动、有情趣。这本书不但是一本很好的普及戏剧知识的读物，对于进一步唤起社会各界关注传统戏剧振兴也必将会起到积极的作用。

2014 年 9 月 27 日　星期六

讨论传统民俗传承发展的指导意见。传统表演艺术、传统手工艺生产性保护这两个文件，金厅长已签发；加上民俗传承发展意见，三个文件成龙配套，这三个板块基本涵盖非遗各门类。

传统民俗"百乡缤纷"，主要从几方面考虑：一是深化"我们的节日"，春节、元宵、清明、端午、中秋、重阳等中华民族传统大节的丰富内涵和形式，修复传统节日生态链。二是深入发掘蕴藏在各地的深厚的传统节日民俗，发掘整理相辅相成的民间传说故事、传统表演艺术、传统手工艺，积极申报各级非遗名录。三是特别注意农耕文化节俗节庆、渔业文化节庆和生产商贸节庆节俗，保护农业文明文化原生态。四是注重发掘地方庙会、儒家文化、道教等具有积极因素的地方杰出人物祭祀活动，传扬忠孝节义家国情怀，传递正能量。五是本着取其精华，去其糟粕的精神，推陈出新，传统文化现代表达，为社会主义服务，为新时代铸魂助力。六是全省11个市、90个县市区，都要加强传统民俗传承弘扬，有一个以上有品牌影响力、号召力的民俗文化活动，促进文化产业，发展旅游，共享美好生活。七是复兴传统民俗，振兴中华文化，为城乡建设提供原动力，增强生命力，激发创造力，增强凝聚力！

传统表演艺术"百花齐放"，传统手工艺"百工振兴"，传统民俗"百乡缤纷"。"三个百"将成为"十四五"浙江非遗保护发展规划的主基调之一。

这个文件草案，下一步再征求省民促会专家意见。

2014年9月28日　星期日

下午，去桐乡。吃过晚饭，去桐乡文化馆审看"中国梦想·美丽浙江"主题展布展现场。本来以为一切基本就绪了，但发现整个布展不对头，问题多多。专家两次赴桐乡现场指导，都是吃干饭的？我大为光火，指出问题：一是不讲政治，二是不美，三是没有非遗特点。

提了几点要求：一是要讲政治，突出主题，围绕"美丽梦想、美丽浙江、美丽乡愁、美好生活"四个篇章重新布展；二是展区展览要简洁大方，一气呵成，把那些疙里疙瘩的布置全部清掉，形成整体感和区块感；三是这是主题展，每件展品都要有题目，有名字，要画龙点睛，要点化主题，提升立意；四是张弛有度，彰显特色，分主题组合，分类组合，合并同类项，形成气势和规模效应。

要求广告设计公司根据新要求马上改进展馆，召集桐乡文化馆全体干部连夜行动；对所有展品重新定位和组合，对序言展板、序厅、活动仪式场地安排、展览基调等全面改进。一直忙到凌晨4点半，才可以放心。

2014 年 9 月 29 日　星期一

上午，举行桐乡展览开幕式。在中华人民共和国成立 65 周年到来之际，浙江省文化厅、省旅游局联合举行"中国梦想·美丽浙江"浙江省传统手工艺主题创作展览开幕式暨"促进文化与旅游融合发展的合作备忘录"签约仪式，同时，新落成的桐乡非遗馆开馆，标志着浙江市县非遗馆建设进入转型升级阶段。

我厅金兴盛厅长、省旅游局党组书记王文娟讲话；柳河副厅长与省旅游局副局长叶建国签订合作备忘录；桐乡作为水乡平原的代表，景宁作为山区和民族地区的代表，岱山作为海岛的代表，临海作为历史文化名城的代表，参加联动签约。桐乡市政协主席池晓明致辞，嘉兴局长金琴龙，桐乡市委常委、副市长徐云松为桐乡市非遗馆揭幕。我主持活动仪式。

随着金厅长宣布展览开幕，红色大门徐徐拉开，里面面貌已经焕然一新，有格局有气象，各位领导和代表顺着美丽梦想、美丽浙江、美丽乡愁、美好生活四个篇章，沿着展览路线参观，兴趣盎然，特别是随机布点的传承人活态展示点，人头攒动，许多人参与互动。整个展览现在看来井然有序，虽然昨晚看起来乱糟糟，但经过一番整治，呈现出精彩。

随后，各位领导和代表考察桐乡市非遗馆，这个馆有 3000 平方米，上下三层，布局结构有特点，展出布置有亮点，是当前已经开馆的非遗馆里面最有非遗馆特征的。在桐乡举行活动，有现场会性质，有宣传推广的意图。

下午，回厅里。李虹正在做 2015 年度非遗活动经费预算，下午要报出。我过了一遍。

指导周郁斌起草政务信息："中国梦想·美丽浙江"浙江非遗主题创作展览开幕式，浙江"促进文化与旅游融合发展的合作备忘录"签约仪式，"省非遗旅游景区"桐乡市非遗馆开馆，"三合一"系列活动举行。浙江启动"三合一"活动，汇聚更强"文化力"。

2014年9月30日　星期二

上午，拟定《浙江好腔调——56个传统戏剧集萃》一书编委名单；继续起草这本书的序言。

下午，有两件紧急的事情，通知下来就马上要报。分别是：

2点半，厅计财处通知，明年的文化遗产日系列活动预算，要正式填表报送。李虹赶紧起草了预算方案，只好先应付。

4点，厅办通知，省府办教卫处来电，我厅拟明年修改省非遗保护条例，要求马上提交修改必要性报告。又只好与周渊渟急匆匆起草了一个报告。

2014年10月1日　星期三（国庆假期）

上午，睡懒觉。

下午，与诺妈爬保俶山，登高望远，一览西湖景色，心旷神怡，风淡云清。我家住在西湖边，但难得有时间逛西湖。

偷得浮生半日闲，在半山腰纯真年代书吧泡一下午。

2014年10月2日　星期四（国庆假期）

今天让诺妈陪着到博库书城，待了一天。

这个书城离我家不远，一直想去，一直没去，向往许久了。书城很大，一个个柜台、书柜瞄过去，挑了许多书，花了20块钱买一杯咖啡，可以找个位置坐坐，一本本翻阅过去，不要的淘汰，要买的依然不少。书到用时方恨少，有点参考价值的先买下。

2014年10月3日　星期五（国庆假期）

翻看昨天在书城买的书，有11本：《美学有什么用》《哲学原来这么有趣》《学哲学用哲学》《视觉会议》《洗尘》《核心型人才》《人文浙江》《机关的机关》《中国教育的血肉人生》《常识赢天下》《文脉、史脉、地脉与湖南旅游产业的融合研究》。

2014年10月4日　星期六（国庆假期）

早上，李虹打来电话，提醒《浙江好腔调——56个传统戏剧集萃》一书的审稿和各地申报戏剧之乡名单的审核。李虹及时提醒，这是一种责任心。我心里也一直很着急，但国庆长假，大家难得休息和调节，实在不忍心让大家假期回来开会。李虹的电话很及时，也提醒了我，该干吗还是要干吗！

于是，让李虹通知相关人员，6日上午，能够来的赶来参会。

2014年10月5日 星期日（国庆假期）

上午，李虹通知相关人员开会。李虹给马其林打电话，还没说什么事，老马就说："我知道了，我准备好了，我明天上午赶过来。"林敏也准备从海盐老家赶来厅里，徐宏图老师也说来，季海波更是从泰顺出发赶来。

下午，与周渊亭来厅里，开始《浙江好腔调——56个传统戏剧集萃》一书的审稿。多数作者已发来稿件，初步浏览，有大约三分之一不错，三分之一可以，三分之一要重写。这样总体心里有底了，对稿子进行了分类；对"可以的"进行点化，要"重写的"提出修改建议，请作者修改。

2014年10月6日 星期一（国庆假期）

今天一天，加班审核戏剧之乡上报材料。徐宏图、林敏、马其林、李虹、楼强勇参加。大家都克服困难赶来，有这么一种责任心，让我心里暖暖的。

讨论拟定了戏剧之乡分类评审条件，分市、县、镇、村四级，拟定评审基本条件。将各地申报的电子版过了一遍，提出初审名单。审核材料发现，56个戏剧项目，居然有三分之二的地方没有申报戏剧之乡，而且多数把"小"的报成"大"的，本来就存活在村里的却报戏剧特色县，甚至报特色市。赶紧再排出一个提醒申报和建议下放到村里的名单，拟定抄告单，马上在群里通知各地。然后李虹再一个一个对号，给各相关地区文广新局打电话，进行沟通和督促，指导做好申报。

2014年10月7日 星期二（国庆假期）

今天一天，讨论戏剧之乡颁牌仪式暨原生态戏剧电视晚会方案。马其林、李虹、季海波、楼强勇继续参会，祝汉明从桐乡赶过来了，并请王戈刚、李炜两位电视导演过来，一起商量。

将 2014 "浙江好腔调"十个专场，逐场逐个节目在电子屏幕上过了一遍，按照我提出的"古、原、稀、美"的定位挑选节目。当然，虽然原生态但神神道道、装神弄鬼的不上，舞台表现不美的不上，大剧种高大上的也不上。

王导演和马其林分别起草了晚会编导提纲，大家会审和讨论。总体上思路不错，在此基础上做了提炼提升和调整，重新拟出了编导构思。再讨论梳理了电视晚会反映传统戏剧保护情况的 VCR 脚本思路。

晚会原拟放在拱墅荣华戏院进行，但现在看来，这个小戏院太局限，挥洒不开，拟定调整到拱宸桥前搭个戏台，放在广场上进行。想法大胆，估计效果别致，但有安保问题、拱宸桥封桥问题、天气问题，特别是省委领导在广场上看戏问题，等等，是否妥当，能否得到批准，都是未知数。这不是我能决定的，要多层级请示。

2014 年 10 月 8 日　星期三

上午，召开处务会，新老交替，送老迎新。

浙江财经大学姚红教授、海宁周郁斌、三门陈澍冰挂职期满，回原单位；桐乡茅明荣、南浔沈建新、常山张正浩，来处里上挂。真是铁打的营盘流水的兵，我这里一茬一茬地培养非遗骨干力量。我对"老同志"说：一是感谢贡献！二是进了非遗门，就是非遗人，要保持经常联系，常回家看看。三是在省厅的换位思考、站位高点，胸有大局，对于人生都是有意义的。四是姚处的挂职半年小结写得很好，每个阶段性工作都善于总结反思思考，就会站得更高、看得更远，茁壮成长。

我对三位新人的期待：一是换位思考，站位高点，其乐无穷；二是这里不讲论资排辈，唯才是用；三是认真踏实，做好每一件事，在干中学、学中干；四是务实创新。你们的优势，是了解基层实情，要讲真话：我们的政策、方案、工作是否切合实际，是否可行可操作，是否有针对性、实效性？你们年轻，思想没有禁锢，有冲劲，有闯劲，要开拓创新，大胆建言献策。

一个处室要正常运转、健康运行，就要有基本的人手。换了一茬新人，又得从 ABC、一二三基础开始，继续手把手传帮带，传递捕鱼的本事，更要传递浙江非遗的精神，传递抢救传承中华文脉的责任担当和使命意识。

处务会上，对"浙江省地方戏剧保护振兴计划"涉及非遗职能的内容进行讨论。

下午，关于省文化厅、省旅游局战略合作备忘录，给厅办报了一则政务信息：浙江文化旅游签署发展协议，吹响合作集结号。

晚上，改定《浙江好腔调——56 个传统戏剧集萃》一书的序言（代拟稿）。

2014 年 10 月 9 日　星期四

浙江摄影出版社编辑过来一起修改《浙江好腔调——56 个传统戏剧集萃》一书。

作者来稿，同时发给出版社预审，发现问题多多：一是文风不一，有的如散文美文，但有的像申报材料，没有可读性；二是篇幅不一，长的六七千字，短的二三千；三是不少文稿缺少亮点，缺少冲击力，缺少戏剧特点；四是没有人物贯穿，没有灵魂；五是文章缺少时代性，缺少非遗时代的特点；六是照片普遍不理想。

两个月时间，从一本书的创意、组稿、写稿、审稿、出版，整个流程也是一个系统工程；56 个非遗戏剧，汇编成一本书，而且要出彩、要达成科普目的，不是件容易的事。

2014 年 10 月 10 日　星期五

今天，集中有关人员，对《浙江好腔调——56 个传统戏剧集萃》一书的每篇稿子进行修改。投屏到大屏幕，文章一篇篇、一段段、一句句地过；有的构思好、表达好，一览而过；每有精彩的表达，叫绝的句子，大家都叫好赞赏！有的需要重起炉灶，抛开原稿，重新撰稿。

一直改到晚上，基本完成了修改，还剩下一些难改的内容，就留给明天吧。

2014 年 10 月 11 日　星期六

下午，集中有关人员继续改书稿。昨晚留下的六七篇，都是硬骨头，基本上都是要重写的。有些作者也没看过这个戏，不了解这个剧种，单是看看文本、看看录像就能妙笔生花，写出个大概，写出了意蕴，已很不容易。

晚上，《浙江好腔调——56 个传统戏剧集萃》一书，56 篇稿子已改定，目录的分类和项目的排序，还要斟酌。我确定分十个篇章，各篇章的标题还得既凝练，又切题，诗意一点。

2014 年 10 月 12 日　星期日

今天上午，让大家休息。这几天日夜倒腾着改稿子，脑子高度集中，脑筋急速运转，费尽心思，倾注才智，用尽脑力，该修改的修改，该补充的补充，该重写的重写，为"他人"做嫁衣，不遗余力。我看大家实在是疲累了，我自己也觉得很疲倦了。有个半天调整下吧，懒洋洋睡个懒觉，恢复体力和精力。

下午，继续对《浙江好腔调——56 个传统戏剧集萃》各篇文章标题进行修改。56 篇文章，56 个标题，要切题，要反映内容，要体现剧种特点，要有意味，要抓人，要生动，要有立意，要形象，总而言之，让人看了标题就有想读的欲望。题好文一半，取个好名字要紧！原作者的文题，当然有很不错、让人眼睛一亮的，但多数或者太平或者太概念或者太雷同。逐篇逐篇讨论过去，每有好题目涌现出来，心里都很兴奋，就好像为自己的孩子取了名字一样。为这本书，大家的确都倾注了全副的力气，倾注了心智和激情、创造力。所有标题定下后，浏览一遍，大家都非常高兴。

2014年10月13日　星期一

上午，将《浙江好腔调——56个传统戏剧集萃》一书的照片过了一遍。56篇文章，每篇3—5张照片。海波从各地报上来的照片、网上找的可用的照片、文化月刊登过的照片，还有他以往拍的照片中精选，依然不够理想的，再催各地再发掘、补报。在这基础上，我再将每篇文章的配照逐一过一遍，包括照片遴选，照片文字解释，是否要做点技术性处理等。

现在是读图时代，而且戏剧本身很有场景感，反映戏剧的角度也可以多元，照片是这本书的重要组成部分，必须重视。摄影不只是"咔嚓"拍照，一张好照片应该有灵魂。

下午，将《浙江好腔调——56个传统戏剧集萃》一书定位为"学术精神、通俗写法"，体现知识性、科学性、艺术性、可读性。这本书的56篇稿子、文章标题、每篇配的三五张照片等，耗了不少心血，终于基本到位。

序言已起草，后记待补，现在关键是封面设计，这是脸面，很重要。还需敲定一幅浙江戏剧有声分布地图，笼而统之。

2014年10月14日　星期二

上午，宁波市非遗中心主任林红、副主任孔燕和竺蓉过来。上周四，宁波市领导同意筹建市非遗馆，但是选址、面积、功能等都没明确，要求宁波市文化局先做出个概念。为此，她们专程来听取意见和建议。

我就宁波非遗馆的定位、规模、选址、内容、展陈、功能等，谈了些想法和建议。主要提醒两点：

一是讲好宁波故事。宁波非遗有哪些特点和优势，要把这些独特的优势和魅力彰显和展示出来；非遗馆，包含收藏、展示、传承、体验、研究、教育等多方面功能；非遗馆设计，要融合宁波地域、港城与文化特色，打造多元一体文化特色的立体空间，并通过现代化展陈方式和高科技手段，多方位、多视角地演绎非物质文化遗产。

二是致力于保护与传承中国传统文化。通过举办展览、讲座，设戏院、书场、工作坊，开展体验与考察活动等不同的形式，培育传统表演、传统工艺的传承人，培养非遗爱好者、志愿者，将之打造成非遗会客厅，打造成宁波非遗传承传播的窗口，打造成宁波文化新高地、新地标、旅游新名片。

下午，商量浙江传统戏剧之乡颁牌仪式暨展演晚会节目组台方案。我设想，致辞、授牌仪式之外，晚会组台还主要有五个方面：一是听，好腔调就要听腔调，未见其人，先听其声，感受各地戏剧各种声腔；二是看，观赏各地戏剧绝技绝活绝招，看家本领、拿手好戏精彩亮相；三是传，传家国情怀，浙江的历史经典人物，由各地戏剧来表演演绎，闪亮登场，演唱体现家国情怀的经典唱段或诗词；四是演，传统文化现代表达，数风流人物还看今朝，用戏剧形式宣传"五水共治"；五是唱，唱响"浙江好腔调"，唱好浙江非遗工作者之歌，美丽非遗你我他，保护传承靠大家！

2014 年 10 月 15 日　星期三

下午，浙江传统戏剧之乡颁牌暨展演晚会节目组台筹备会议在新世纪大酒店举行。各参演节目所在市县文广新局负责人、节目演出单位负责人共 60 多人参会。浙江影视频道华总、导演组王戈刚、王天明、祝汉明、马其林、李虹参加。我主持会议。

首先，我介绍了举办这台戏剧晚会的背景，近期省委主要领导的五次重要指示，金厅长的重视，"浙江好腔调"的影响。其次，介绍晚会组台方案及各板块的体现。最后，介绍晚会特点：一是多彩，各种腔调、各种绝技，让人眼花缭乱，叫好叫绝；二是具有时代气息、时代精神，用各地传统戏剧演绎浙江历史经典人物，表演"五水共治"；三是具有非遗特点、草根特点、乡土味。

编导组王戈刚等就拟定选调的节目，征求意见。请各地报具体剧目和经典唱段、经典人物。要求晚会节目体现丰富多彩，体现特点特色，要感动人、打动人。

我讲了几点：第一，大家讨论热烈：1.形成共识。各与会者对于省领导的重视反响热烈，对于参加演出热情高涨。2.提出建设性意见。对于晚会组台献计献策。3.出现几个矛盾，意见不一致。56个剧种与一个小时演出时间的矛盾；节目完整性、不要走马观花与短小精悍的矛盾；统一音乐与各有声腔特点不能统一的矛盾；唱腔表演绝技分开表达与不可分割的矛盾。

第二，编导组要做的：1.要认真吸收和研究各位的建议，对总体构思和版块进行修改完善。2.明确各地什么任务，到底用什么节目，演出什么，每个节目的时间，演出要求，都要抓紧定下来。3.做好节目组台。

第三，对各地的要求：1.把握节奏，工作跟进。2.选送有代表性的节目，体现最高水平。3.选调节目与当地有关活动，与商演有冲突的，无条件确保参加这台戏剧晚会。4.节目时长和选段，服从导演组安排，一切行动听指挥。5.今天拟定的节目，如果不上，也要理解。不直接上，不等于不上，可以通过VCR体现。6.每个入选演出节目的简介文稿，处里要先审核。这台晚会时间紧、任务重、要求高、责任大，各方要齐心协力。

晚上，召集编导组各位，回到厅里继续商量省戏剧之乡授牌晚会方案。根据下午会上各地的意见建议，将晚会方案具体细化到可行可操作化，明确到具体节目单位，对下一步的工作分工，也作了要求。又是讨论到半夜12点。

2014年10月16日　星期四

下午，讨论2015浙江非遗电视春晚方案。丽水林莉副局长、潘立峰馆长、李平老馆长专程过来，与王戈刚导演、祝汉明、李虹一起商议。这次春晚是浙江第三届非遗春晚，也是首次走进地市，并从市内演播转向室外的春晚，将在丽水现场摄制。丽水方面很用心，早就在谋划和准备。李平老馆长介绍了春晚脚本，拟为四个板块，具体内容体现也作了构思。总体方向是对的，构想也是可行的，呈现的效果也能够感觉出来会是不错的。

我提了几点意见：一是主题要体现时代特征，要体现习近平总书记在文艺座谈会讲话的精神，或者用"守护精神家园"作为主题。二是板块结构，分为序、山花烂漫、大海飘香、秀水流芳、合唱。三是节目要体现浙江丰富的地理风貌，体现乡土性，大剧种不上，群文的成果不上。四是尽可能推出几首主题歌，最后一首要百花齐放，组织人员创作谱曲和演唱。五是晚会场景要简朴、大气、热烈，还要强调安全性。六是VCR很重要，要专门构思。七是定好节目，可以有几个备选，择优录用。八是演出时间，考虑到传统戏剧晚会等几项工作时间上的不可预见性，演出暂定11月20日。九是经费，预算从紧，压缩成本，各地演出队伍住宿自行承担，省里适当补助。

晚上，继续讨论2015非遗电视春晚，将构思具体化，尽量落实到各具体节目。

2014 年 10 月 17 日　星期五

上午，向金兴盛厅长汇报戏剧之乡颁牌暨展演晚会框架方案，柳河副厅长参加。金厅长说，直接向省委办朱重烈主任汇报，夏书记的安排，他在负责。地点、时间、程序、时长，听听他的意见。地点放在拱墅运河广场还是放在建德新叶村，颁牌在晚会前还是在晚会后，首批戏剧之乡总量控制多少，11月初是否可行，定个基调。

拟在晚会开幕前，由金厅长花5分钟致个辞，把前一阶段工作总结一下，包括省委高度重视，厅党组几次讨论，制定命名办法，编了个戏剧地图，出版56个戏剧集萃，拍摄制作56个戏剧微纪录。晚会请相关地区党政分管领导和文化局长参加。

下午，召集各方去浙江影视频道审看"'浙江好腔调'——56个传统戏剧系列微纪录"小样。这项工作的节奏要加快，片子内容的丰富性和表达方式都要看过片子才有数。裘永刚总监、王戈刚、王倩、胡栗丹、我和祝汉明等参加。

看了几个小样，有两个我还比较满意：一个是浙江影视的永嘉昆曲，一个是杭州影视的目连戏。切入点不错，收口也有意味，里边的内容虚实有度，镜头感也强，大家提了一些修改意见。56个片子，审片的任务也不轻，质量要把关，每篇解说词还要过一遍，样片还要请厅领导和省委宣传部领导审核把关。

2014年10月18日　星期六

今天，祝汉明、马其林、李虹、季海波、张正浩也来加班，各就各位，大家抓紧做手头的事。

马其林执笔起草浙江戏剧之乡颁牌晚会串词，大家一起讨论和商量思路，按照听、看、传、演、唱五个板块，填补剧目节目。其林兄才气充沛，激情洋溢，意气风发，我们的工作让这位才子有用武之地，也让这台晚会熠熠生辉。

有几笔经费支出遇到问题：

一是文化遗产日开幕式经费，准备调拨临安、海宁、拱墅，报告递给财政了，还没批下来，也不知是否支持调整分配。

二是"浙江好腔调"十个专场演出摄制经费，浙江影视频道已完成拍摄准备播出，但因标书超过标的1万多元，成为废标，这笔经费能否调整用途，该拨付浙江影视频道的经费又从哪里来，是个未知数。

三是56个戏剧微纪录的拍摄经费，已补报预算，但音像出版没预算，钱哪里来是个问题。

有钱要办事，没钱也要办好事。涉及的钱不多，就是有点费事。

2014年10月19日　星期日

习近平总书记号召让陈列在广阔大地的遗产都活起来。如何做好贯彻落实？林敏、祝汉明、季海波等一起讨论。

今天商量浙江省美丽非遗乡村行动方案，拟定11月底在天台召开第三届浙江省美丽乡村建设中非遗保护现场会，推广天台非遗旅游村建设和美丽非遗赶大集、上舞台经验。在会上将讨论出台浙江省美丽非遗乡村行动方案，让美丽非遗在浙江广阔大地活起来、传下去。

美丽非遗乡村行动主要有几个层面：一是非遗特色村、民俗旅游村、非遗产业乡镇建设，一村一韵一品，各具特色，各呈风采。二是推进乡村非遗馆建设，村办非遗馆，社会民办非遗馆，国遗省遗项目专题非遗馆，各种类型，韩信点兵，多多益善。三是美丽非遗"进赶上"行动，美丽非遗进礼堂、赶大集、上舞台。四是浙江非遗创造力乡村计划。

美丽非遗乡村行动要从点向面推进，省、市、县各个层次递进，多种形态并举，典型示范引路，产业发展支撑，社会力量共建共赢。

2014 年 10 月 20 日　星期一

下午，金兴盛厅长召集会议，简要传达了习近平总书记在文艺工作座谈会上的讲话精神，以及葛慧君部长在我省文艺工作座谈会上的讲话要点，并就文化系统做好贯彻落实提出了要求。杨越光副厅长出席，厅各处长参会。

金厅长说，72 年前毛主席召开延安文艺座谈会；这次习近平总书记召开文艺工作座谈会，是又一个里程碑。要有敏感性和自觉性，一定要围绕党政中心做好工作。一是召开戏剧界学习习近平总书记讲话座谈会。二是研究提出文化系统如何贯彻的指导意见。具体扶持政策包括：精品创作、人才队伍、阵地建设（一团一场）。文艺不要成为市场的奴隶，院团不能完全走市场，完全走市场会迎合低俗。要听听基层意见，了解兄弟省市的政策。三是召开省属文化工作座谈会，形成政府部门贯彻落实的热潮。四是文艺不但与艺术处相关，与公共文化处和非遗处、产业处都有关，怎么分工，要形成合力。

我借这个机会，将 56 个传统戏剧微纪录片摄制情况，简要作了报告，并请王戈刚、祝晓辉两位编导例会，放了 4 个样片，请厅领导指正。

金厅长说，宏观背景是，习近平总书记关于传统文化作了系列讲话，刘奇葆同志对地方戏剧保护作了强调。这是夏书记交办、葛部长提出的具体要求。夏书记花了两天时间调研了6个院团，作出重要指示，强调56个剧种一个不能少，要拍摄一部系列纪录片，搞一套办法。非遗处很努力，总的成果不错。有几个问题：一是剧名，目连戏叫中国古代恐怖片，目连戏就像聊斋，反映的是人间善恶，剧名可以正面体现。二是通过5分钟，要反映最主要特征，最有代表性的最精彩的表演、唱段，要有观赏性。三是要反映项目流传区域。四是濒危项目要讲一下列入非遗之后，通过政府保护，怎么样焕发生机。五是在片头前面应该有个简介，有总的介绍。六是总的宗旨应该是保护好、传承好。

关于戏剧之乡颁牌晚会，金厅长说，节目时长不超过1小时，节目在于精彩而不在于多。

2014年10月21日　星期二

上午，约王戈刚、祝汉明再去拱墅、建德实地考察，进行活动选址。省领导要出席的电视戏剧晚会，放运河广场还是放新叶村，现场布点在哪个位置，急于确认，向省委办公厅提出建议。

在拱墅运河广场从不同角度勘察了四个点：一是拱宸桥前，二是荣华戏院，三是戏院背后的那块有点古色的场地，四是运河博物馆前的喷泉小广场。这几个地点要么场地展不开，要么太现代，唯有拱宸桥前搭个台还比较有意境。但一头封桥，上下班的和游客过不了桥会有意见，可以有些弥补措施，在对岸设个大屏幕现场演播，再备几辆面包车，运送急需过桥的群众，但总归有些问题。

中午，去建德新叶村，赶到已12点半了。前两天王导演和祝汉明相中的地方，以白墙黑瓦的一排民居作为舞台背景，在风水塘上搭座戏台，在水面上搞个"通衢大道"，演员从墙洞门洞闪出，的确是可遇不可求的难得的实景。但是，在风水塘上搭戏台，搭座位，对水资源生态是个破坏或者说是破相，不合适。

我提出一个新的设想，白墙黑瓦背景不变，戏台搭在风水塘的另一头，这样不占用和影响水塘，而且演出背景和空间大大放大，观众席也留有足够空间。王导演说，按照这个方案，制作成本大大增加，舞美要两套，灯光要两套，摄制要两套，而且效果难以保证。我说，预算不能增加，但事必须办好。

夏宝龙书记说，会亲自为戏剧特色村颁牌。我们考虑尽量把颁牌和演出地点放在农村，但杭州周边没有可以落地的戏剧村，到建德新叶村要两个半小时，看场戏一来一回要花费夏书记不少宝贵时光，不知是否可行。放在运河广场，总不是理想的选择。

回到杭州已是下午6点了。约邵小眉、李平老师过来。

2015浙江非遗电视春晚，拟由丽水承办。丽水方面请邵小眉、李平老师为总导演。他们说，又讨论了两三遍，形成了春晚脚本第二稿。李平老师将脚本演绎了一遍，特别是序曲《吼一声山歌回了家》，他绘声绘色，现场演绎抒发，艺术家的气质展现得淋漓尽致，我赶紧让大家都一起参加，感受那份艺术气息，让海波来拍照，海波说要录像。这段视频，我看可以上非遗网，让人点赞。脚本提出每一篇章用莲花落、鼓词、小热昏曲艺形式来串场，有特点有创意有韵味。但是总体方案内容太多，特别是第四板块，各种龙啊、狮啊、凤啊、灯啊、竹马啊等都上，太多太满太闹。

我提了几点意见：一是主题不变，仍为守护精神家园。二是表达形式单纯一点，干干净净，依旧用非遗诗歌情景剧的形式来体现，11个市，每个市推一个项目，譬如泰顺《我在廊桥等你》，湖州《我用湖笔画你》，宁波《十里红妆》等。我们之前搞过非遗主题歌曲征集，这么多好的诗词和歌曲，要运用，推出几首诗，特别是再次推出几首歌。三是VCR视频加舞台表演加诗歌朗诵，多重艺术来烘托和反映。四是做减法，太多了没有主线，风格不明显。原则上戏剧不上，与戏剧晚会重复的马灯之类的场景回避，还要考虑与2016年非遗春晚错位，有些想法以后再用。譬如曲艺串场，可考虑下次用。五是整个基调风雅一点，别致一点，尽量诗情画意，别出心裁。对于我的意见，大家好像不是很支持，但是我坚持。小眉老师、李平老师最终同意这一方案。讨论完又到半夜12点了。

2014年10月22日　星期三

上午，去省委宣传部，向龚吟怡副部长和文艺处曹鸿处长汇报56个地方戏剧微纪录部分小样，约影视频道老总裘永刚和王戈刚导演一起，放了三个片子。龚部长是高人，见多识广，对于戏剧和电视审片很有经验，他从主题体现、内容、切入点、拍摄手法等，提出指导意见，特别指出，每一个片子都要让人心灵有所触动。这些意见都很有启发性。

听到我介绍56个片子，总预算56万元，每个片子经费1万元，龚部长很意外，他说，下属单位拍微纪录小视频预算都是五万十万，他笑着说我太抠门。我说，非遗少花钱、多办事、办大事已经是习惯了。裘总也坦言，缺少经费预算，所以不能租用高档的影视拍摄设备，不能外聘一流的摄制团队，也不能跟踪拍摄，只能在保证完成任务的前提下，尽量做到最好。

龚部长说，省委对戏剧振兴很重视，提出拍摄浙江戏剧微纪录，我们要拍就要拍好。好钢要用在刀刃上，省宣传文化事业经费再补助一些，你们把事情做好。

下午，召集处里几位骨干商量近期几项活动的时间安排，要进行错位，排出谁先谁后。几项活动有：夏宝龙书记要出席的浙江传统戏剧之乡颁牌晚会，2015浙江非遗电视春晚录制，全省县域非遗现场会，全省乡村非遗现场会。

2014年10月23日　星期四

上午，遵照金厅长吩咐，我约浙江影视频道裘永刚总监和王戈刚导演一道，当面向省委办朱重烈副主任汇报传统戏剧之乡授牌晚会方案。

朱主任对照了一下夏书记的近期日程安排，他建议，安排在11月6日晚上；地点，他的意见是放在建德新叶村。夏书记说，56个剧种一个都不能少，起码让它在一个村活起来、传下去。我们就把这个意见落实下去，戏剧之乡颁牌晚会就放到村里。对于晚会组台方案，朱主任觉得很好。

他也明确，先颁牌，再演出；省领导到新叶村吃晚饭，演出结束后返杭。时间、地点、出席等都明确了，我们也心中有谱了，抓紧工作倒排，把握好节奏，做好落实，确保成功、精彩！

下午，在浙江影视频道审看 56 个戏剧微纪录小样。5 个摄制组都报来了样片，大家一起一个个会审，依然是好、中、差各占三分之一，有部分片子如定海布袋木偶戏、甬剧、宁海平调、姚剧等，拍得真好，五分钟的片子，意犹未尽；但有部分片子，质量比较平；还有少部分片子，太差劲，这些片子是一家外聘摄像机构拍的，显然很不专业。

裘总、王戈刚、祝汉明等都提了意见。我从找切入点、找题材、编导思路、讲故事、增加片子吸引力等方面作了要求。该重拍的必须重拍，否则会有短板效应，耽误全盘。

晚上，"浙江好腔调" 56 个传统戏剧微纪录时长确定，每个戏剧项目自成一集，分 10 个篇章 56 集，总时长约 280 分钟。

与浙江文艺音像出版社高金榜社长商议 56 个戏剧微纪录碟片出版事宜。高社长经验丰富，也很爽快，他保证保质保量保时间，只收成本价。请音像出版社抓紧封面和套封折页设计；与影视频道商议系列微纪录主创人员名单。

2014 年 10 月 24 日　星期五

上午，召开处务会，审核传统戏剧之乡申报材料。各地上报 59 个材料。具体工作分几个步骤：一是申报材料，各位分头审阅，再集体结合电子材料会审。二是对之前拟定的传统戏剧之乡分类申报条件，结合各地申报材料和实际情况，再讨论过了一遍。三是讨论拟定传统戏剧之乡评审原则。四是逐个项目过一遍，大家讨论，提出审核意见。五是总量控制，拟定特色村 10 个，特色乡镇 5 个，特色县 5 个，特色市 1 个。

从总体上看，符合申报条件的不少，但应分批公布；因此，56 个戏剧项目，额定三分之一为好。为此，在初步审核拟定入选的名单中做减法，在同类型之中、同一地区之中、同一级别之中，反复斟酌比较，每一个砍下去，都勉为其难，有点舍不得。处务会拟定的名单，下周报厅长办公会议审定。

下午，对《浙江好腔调——56个传统戏剧集萃》书稿，进行最后的总校对。

再次复核《浙江好腔调——56个传统戏剧集萃》一书样稿，发现有3个地方的项目漏掉了，相关稿子中没有体现进去。一是衢江提线木偶戏，要并入江山廿八都提线木偶戏一稿；二是三门上鲍单档布袋戏，要并入定海、岱山布袋戏一稿；三是永嘉溪下马灯戏。时间太仓促了，稿子急于送厂发排，只好亲自捉刀代笔，与李虹直接修改了。前两篇稿子，前后各加上几段，不能突兀，还要理顺气脉。改好后感觉还是一气呵成，浑然一体。

2014年10月25日　星期六

让祝汉明和马其林将戏剧晚会的工作理一下，提出备忘录。我过了一遍，做了些调整和补充。要把后面要做的工作理好，做好分工，特别是建德该承担的工作，全省选调节目等行政推动工作，编导组晚会场景布置和组台工作，分别下达任务，各就各位，紧锣密鼓做好筹备。时间很紧迫啦！

晚会组台第三板块"怀·家国情愫"，为浙江历史经典人物亮相，涉及几个院团。其中，请浙京成员演钱王，浙昆成员演苏东坡，浙婺成员演岳飞，亲自联系打招呼，都很支持，好！轩辕氏、大禹、孔子、谢灵运、海瑞等，也都联系确定相应的非遗项目保护单位，确认确保有人演出。历史人物"串烧"，这一板块的设计，是个亮点，很有意义。

2014年10月26日　星期日

讨论修改《浙江省非遗戏剧保护传承工程实施方案》草案（2014

年至 2020 年），这是厅里《浙江省传统戏剧保护振兴计划》的子工程。落地保护，贵在建设，重在传承，量化评价，便于基层操作，务求实效，扩大声势和影响。

唱好"五场戏"：戏剧票友专场，中、小学生专场，大学生（留学生）专场，青年演员专场，濒危剧种传统剧目专场。

建好"五场所"：修缮和建设一批地方村落与城市古（仿古）戏台、书场，建设一批地方戏剧展示馆（厅、室），配套一批地方戏剧排练场所，完善一批农村文化礼堂中的戏剧活动室，开辟一批电视、音频戏剧栏目。

培育"五个百"：在全省形成 100 个"戏剧广场"（戏剧角），公布 100 所戏剧传承学校（大、中、小学），培育 100 个濒危剧种民间剧团（剧社），重点培养 100 名濒危剧种青年传承人，重点支持恢复和排演 100 部传统剧目。

开展"百个剧团唱新声""千名弟子共传承""万场大戏送乡亲"系列活动。

晚上，起草浙江省传统戏剧之乡授牌暨戏剧晚会领导致辞。回顾我省对传统戏剧的抢救保护，真是做了大量卓有成效的工作：启动浙江省濒危剧种守护行动；举办 2014 "浙江好腔调"传统戏剧系列活动，先后组织了"皮影戏说"等 10 个专场演出；召开了"天下第一团"保护传承等 4 个专题研讨会；安排戏剧保护传承专项补助资金；公布首批浙江省传统戏剧之乡 22 个，编制浙江 56 个传统戏剧有声分布地图；将首发《浙江好腔调——56 个传统戏剧集萃》《"浙江好腔调"——56 个传统戏剧系列电视微纪录》……多个活动历历在目，大家为使命而奋斗，为梦想而拼搏。

2014 年 10 月 27 日　星期一

上午，研究浙江省传统戏剧之乡授牌暨展演晚会方案，祝汉明介绍授牌仪式，王戈刚介绍展演晚会，大家讨论。

授牌仪式议程拟为：第一，金厅长致辞；第二，省领导为首批 22

个浙江省传统戏剧之乡授牌，分两批，戏剧特色市、县、镇街一批，特色村10个一批，特色村授牌落实到具体村；第三，"浙江好腔调"一本书、一张碟片首发，由建德落实少先队员和社区群众接收赠书赠碟。

展演晚会分六个篇章："听·多彩乡音""看·异彩纷呈""怀·家国情愫""追·美丽梦想""护·精神家园""舞·龙腾盛世"，展演全省各地传统戏剧精品节目。有原汁原味的传统唱段，更有以高腔、小戏唱响中国梦想、依法治国、两美浙江。

晚会舞美设计巧妙"借景"，以戏剧活动VCR精炼串场，每个节目不超过3分钟，多点摇臂摄影机拍摄，并请来小飞机（航拍飞行器）。这些导演手法，将增加镜头画面的动感和多元化，增添纵深空间感和磅礴气势。

授牌晚会进入倒计时，我概括授牌晚会有几个特点：舞台与广场结合，艺术与科技结合，传统与现代结合，艺术观赏性与家国情怀、中国梦想的思想性结合，活态保护与落地保护结合。

提几点要求：一是彰显主题。展示戏剧风采，提振民族精神；让传统戏剧起码在一个村存活，活起来传下去。这是我们的特殊使命。二是细化方案。从整台晚会的整体效果出发，做好节目安排、舞台布置、串词衔接等细节工作，像过电影一样，把整个场景演绎一遍。三是精品意识。紧扣晚会主题，紧扣板块要求，彰显戏剧特色，提升节目的观赏性和精彩度。四是晚会彩排。五是群众气氛营造。六是明确责任主体。现场组织工作，后勤保障工作。三角四方，加强相互之间的衔接。七是倒计时。离授牌晚会还有11天，要紧盯时间表，倒排时间，检查落实，确保筹备工作顺利推进，确保晚会精彩成功。全力以赴，共同期待这个美好的夜晚！

下午，《浙江好腔调——56个传统戏剧集萃》一书的封面，出版社给出了几稿设计，有风格，但好像对不上。我让大家都发散思维，帮助找找感觉。

请摄影出版社责编小潘和美编小徐也过来，再次讨论。各位也都提出想法和设计。讨论很热烈，封面到底该具象还是抽象、传统还是时尚，用照片还是用画稿，体现山水还是用戏台或演出场景，用脸谱用水袖还是用戏剧仕女画，或者干脆纯粹抽象意象化，什么实景都不要，不一而足。各种思路，在百度上用关键词检索，总是没有找到感觉满意的封面。

我突然看到一幅戏剧"梁祝"漫画，一下找到感觉，心里欣喜，征求各位意见，都认可。众里寻他千百度，终于找到了。那就定了！然后，找照片作者，找原照；海波本领大，按图索骥，居然联系上广西原漫画作者，搞定。

晚上，去浙江影视频道机房，了解 56 个传统戏剧剪片制作情况。各位编导都在加班加点，做最后的质量把关和后期制作。

2014 年 10 月 28 日　星期二

上午，第三届浙江省县级区域非遗保护现场会拟由绍兴柯桥承办，本来主题拟定为留住乡愁；刚刚召开的党的十八届四中全会（2014 年 10 月 20 日至 23 日），通过了《中共中央关于全面推进依法治国若干重大问题的决定》，明确了全面依法治国的总目标和总蓝图、路线图、施工图。为此紧跟形势，乘势而上，将会议主题拟定为"依法保护"，具体做了商议。

依法保护主要体现在"有法可依，有法必依，依法行政，依法保护"。第一，要抓好非遗法和非遗地方法规执法执行；第二，省、市、县各级要进一步研究制定依法保护的法规政策体系；第三，依法保护文化生态，保护传承人，保护传承，保护非遗开发利用知识产权等；第四，依法保障非遗人财物建设，特别是加强非遗工作机构、专项资金、非遗馆建设；第五，依法行政，该奖的奖，该罚的罚，要建立退出机制，特别是加强对行政的考核和奖罚。

柯桥在非遗保护建设上一直大胆起步，引领率先。与祝汉明、柯桥王雷等，商议了会议筹备事宜。

下午，继续 56 个地方戏剧有声地图的编制。浙江摄影出版社说，地图涉及海疆，很敏感，要报国家地理测绘机构审批，时间上也来不及了，而且也可能批不下来。为此，我考虑将地图虚拟化、象征化，不要轮廓和疆域的具体区划表达，有个总体的感觉就行。11个市用标志物体现，譬如杭州用三潭印月，嘉兴用红船，衢州用孔庙，丽水用仙都景区，台州用临海古长城的标识。国遗项目用戏盔，省遗用脸谱，整个底色用淡蓝。大家都认可，那也定了。

再是相关几个事：一是地图上应该有一段关于浙江戏剧情况的简介，起草了一段文字。二是查找遗漏的项目，名称规范，项目对应区域位置。三是加上二维码语音导游，游客扫码并点击戏剧项目，可以随意听到56个剧种的经典唱段，各一分钟。这幅有声戏剧导图，将成为《浙江好腔调》一书的亮点。

到今晚为止，《浙江好腔调——56个传统戏剧集萃》一书完稿，一件事了了，心里轻松多了。大家辛苦了！再接再厉！

2014年10月29日　星期三

上午，讨论56个戏剧微纪录片碟片的封面。一种意见是与书的封面一致，但我感觉还是要拉开距离，形成反差和呼应。网上有一张大红大绿有点意象的色块图片，很鲜明很醒目，感觉可以体现戏剧的热烈，也体现花团锦簇，大家也都认可，好。让浙江文艺音像出版社再去设计，看看效果。

继《浙江好腔调——56个传统戏剧集萃》一书完成，《浙江好腔调——56个传统戏剧微纪录》全部告竣，心里欣然。

下午，厅长办公会议，其中议程，我处汇报浙江戏剧之乡授牌暨"浙江好腔调"戏剧晚会。

我们为什么这么拼？

不时有人问我：你为什么这么拼，把自己拼到这个样子？也有人问我：你们为什么这么拼？为什么对事业这么虔诚？我们被称为"拼命三郎""非遗超人""拓荒牛"。我也在问自己：我、我们为什么这么拼？

我脑海里蹦出几个关键词，然后做了一点解读。

一、忧患意识

不同的阶段，不同的忧患。21世纪初，刚开始掀起非遗保护的时候，城市化现代化工业化摧枯拉朽，我国文化生态发生巨大变化，千城一面，老祖宗留下来的非物质文化遗产后继乏人，传承人人亡艺毁，大量具有历史文化价值的实物资料流失至境外，传统节日式微；每分钟都有民间艺人去世，每分钟都有民间艺术品种消亡，文化生态岌岌可危，国家文化安全拉响警报，"把根留住"形成社会共识，时不我待，刻不容缓，迫在眉睫，要争分夺秒与时间赛跑，与非遗的消亡赛跑。

非遗保护热潮掀起以后，限于人力财力，也因为时间紧迫甚至急功近利，非遗中的大项目、有经济效益的项目、社会关注度高的项目，被重视起来了！但是小微草根非遗，许许多多形式各样的民间草根非遗项目，却依然濒危或者被遗忘。留住乡愁，才能留住根。

此外，非遗保护重形式轻内容，重数量轻质量，重申报轻保护，重显绩轻潜绩，重包装轻挖掘，重面子轻里子等问题，在不同地方不同程度存在，对非遗文化基因的发掘，文化灵魂功能作用的发挥，还远远不够，有待进一步重视。

"为什么我的眼里常含泪水，因为我对这土地爱得深沉……"担忧不如担当！

二、使命感，责任感

习近平总书记强调："我们一定牢记党的性质和宗旨，牢记自己的使命和责任，恪尽职守、勤勉工作，决不辜负党和人民重托。"

非遗保护不但是全省的、全国的工作，也是世界人类文明传承工作，意义十分重大。非遗保护功在当代，利在千秋，使命光荣，责任重大；为了党的事业、国家利益、民族大业，为了祖宗前辈、父老乡亲、子孙后代，理所应当，在所不辞！在其位谋其职，有我们这些人的努力，我们这代人将成为历史的功臣；没有我们这些人的努力，我们这代人将成为历史的罪人。国歌唱道，"中华民族到了最危险的时刻"，警钟长鸣！爱我中华，振兴中华，复兴中华，匹夫有责！

三、荣誉感

浙江非遗保护一直先行先试，走在前列，一路高歌猛进。浙江列入国家级非遗代表作名录的数量实现五连冠，世界级非遗榜单中浙江非遗数量名列各省份榜首，非遗保护卓有成效，成绩斐然，大大改善了浙江文化生态，促进和丰富了人民群众精神文化生活，大大提升了人民的幸福感，促进了人民道德素养和社会文明进步！省政府对非遗申报和保护有功之臣大规模记功表彰；新闻媒体浓墨重彩大张旗鼓宣传，形成了非遗保护的热潮和浓厚的社会氛围。我们是光荣的非遗工作者，很自豪！

四、感恩时代

党的十八大标志着我国进入新的时代。以习近平新时代中国特色社会主义思想为指引，我们国家呈现政治上的青山绿水，呈现朝气蓬勃的新景象，我们迎来一个好时代！全国上下风清气正，心齐气顺；全国人民意气风发，奋发图强！

新一届浙江省文化厅党组聚焦新时代新征程党的中心任务，坚定文化自信、增强历史主动，高度重视文化遗产保护，大家进一步激发出蓬勃向上的工作热情，不负时代，不负韶华，做优做强，以超常的热情，超常的干劲、超常的作风、超常的追求，创造超常的业绩！

感恩时代，我们勇于探索非遗的世界，捧出满腔赤诚弘扬民族文化。奉献是我们真情的承诺，追求卓越，激情飞扬，同心携手，守护精神家园，唱响辉煌的赞歌！

五、滚雪球

非遗保护线长、面广、点多、量大，时间紧、任务重、要求高、责任大，咱们总想着少花钱多办事，办好事办大事，工作安排总是满满的超负荷，自作多情、自我加压，自讨苦吃、自寻烦恼，这些是为了再创佳绩、再创奇迹、再创辉煌！事情越做越多，使命所在，责任使然，一条线牵扯出多件事，犹如滚雪球，越滚越大！

多少事，从来急，十年太久，只争朝夕。非遗工作一生二，二生三，三生无穷，不断给自己找事干。我们的工作也就由此不断深入深化，不断延伸拓展。我们的工作也就因此不断推向新的境界，我们的事业也就不断达到新的境界！

六、创新发展

浙江非遗保护走在前列，没有经验可借鉴，没有样板可遵循，没有模式可参照，我们碰到的问题都是人家还没碰到的问题。发展中的问题要在发展中解决，要继续解放思想、实事求是、与时俱进、开拓创新。

创新是一个民族进步的灵魂，创新是第一驱动力，只有不断创新，才能让事业永远朝气蓬勃。如何推动传统文化"两创"——创造性转化、创新性发展，传统文化现代表达，让传统文化赋予时代的内涵，推陈出新、吐故纳新？笔墨当随时代，我们必须目标导向、问题导向，与时代相适应，与社会相协调，运用创新性、突破性、可操作性的工作设想和思路，彰显中华历史之美、山河之美、文化之美，攻坚克难，殚精竭虑，开疆拓土，播山耕海！

七、为了理想

习近平总书记指出，文化是一个国家、一个民族的灵魂。文化兴国运兴，文化强民族强。非遗保护传承中华民族优秀文化基因，构筑华夏文化长城，守护民族根与魂。做好非遗保护工作是我们的责任，是我们的使命担当，也是我们的理想，是为了"中国梦"，为了中华民族伟大复兴，为了中华民族文化的伟大复兴，为了增强国人的文化自信、文化自觉，让中华民族以独特的卓越风姿屹立于世界民族之林。

非遗人自觉用党的初心使命统一思想和行动，撸起袖子加油干，风雨无阻向前行，一步一个脚印把党的文化方针政策、关于优秀传统文化传承作出的决策部署付诸行动、见之于成效，用奋斗的每一天，让年华在火热的美丽中国、文化强国建设实践中绽放光芒。

八、人少事多

人少事多，这也是客观情况。

非遗保护，是古老的话题，却是全新的工作。没有专门的机构编制，大家都兼职。这项工作主要由老同志、志愿者、上挂的同志承担。

21世纪初，我们一认识到非遗保护的重要性，就感到刻不容缓，时不我待；非遗保护迅速成为社会热点，各项工作铺天盖地而来，经常大事要事交织、急事难事叠加。每个人都加班加点，恨不得有三头六臂。工作干不过来，只有革命加拼命，苦干实干加巧干，三分靠天意，七分靠打拼，拼出一片新天地。

在人少事多、资金不宽裕的情况下，不花钱，少花钱，多办事，办大事，工作困难是旁人很难想象的。肩上有担当、心中有思路，手里有方案，脚下有行动，不可为而为之，这是本领，这是能力，这是水平，这更是非遗人的精神。

九、抢抓机遇

我老是讲：机遇之鸟，在你肩膀之上了，不要发呆；不抓住机遇，机遇之鸟就会扑哧一声飞走了，一去不复返。各级党政的工作重点，不时在转移；领导的关注点也不时在变化，有重要指示、重要精神，我们要顺势而为，借势而进，要抓住机遇，趁势而上，迎难而上，大干快上。抓住机遇事半功倍，错失机遇事倍功半，我们抓住每一个重点、热点、关键点，有条件上，没有条件创造条件上，不达目的绝不收兵，让事业再上台阶，乘风破浪，勇立潮头。

机遇总是等待有准备的人。机遇无处不在，就看你有没有发现机遇的眼力和脑力，所谓"危机"，危中有机，机中有危，如何转危为机，这是辩证法，更是实践论！要调整思路，把握节点节奏，转变观念，坚定信心，果断出击，干得漂亮！

十、忠诚事业

党的十八大提出了中华民族伟大复兴的"中国梦"，全国人民开启逐"梦"征程；美丽中国、文化强国、优秀传统文化传承体系、精神家园，这四个与文化、非遗密不可分的重要命题，摆在我们面前。我们因为崭新的目标而兴奋振奋，我们更因为新的事业追求而激情澎湃。非遗保护是党的事业、国家利益、民族大业，我们要把全部力量奉献给党和人民的事业！

非遗是百姓文化、民间文化、草根文化、乡土文化、生活文化，与人民群众的生产生活、精神生活密不可分，熔铸于人民的血液里、基因里、灵魂里；非遗保护切实体现了人民的利益，体现了人民群众对美好生活的追求和向往；党中央高度重视非遗保护，人民群众也真切拥护非遗保护！忠诚事业就是担当，就是奋斗，就是奉献；忠诚事业献身使命，忠诚事业追求更好，把对事业的忠诚写在广袤大地上。

为什么这么拼？十条理由够吗？够了！拼，有主观上的文化自觉、志愿精神，也有客观上的紧迫形势、特殊情况，我们必须拼，只有拼，这是责任使然，是家国情怀、历史担当！

拼，就要殚精竭虑，鞠躬尽瘁，乐于奉献，勇于牺牲；拼，就要下定决心，不怕牺牲，排除万难，去争取胜利！

拼，就要党叫干啥就干啥，一切行动听指挥，步调一致才能得胜利！听党指挥，能打胜仗，作风优良，建功立业！

我年轻的时候，看过电影《英雄儿女》，看了好几遍。影片中的志愿军战士王成，在前线高地，冒着枪林弹雨，冲到敌人的碉堡群前，他站起来，手拿步话机，向指挥部呼叫，向着电波呼叫：为了胜利，向我开炮！为了胜利，向我开炮！

这幕镜头烙在我的脑海里，烙在我的心灵里。只要祖国需要，我愿意付出！

濒危剧种活了，我濒危了；非遗火了，我倒下了。牺牲我一人，幸福千万家。

沉舟侧畔千帆过，病树前头万木春。一个人倒下，千百人继续前进。即使我倒下，也值！倒下，也是英雄！这个"英雄"是自诩的，哈哈哈！

拼命是活着的人才拥有的权利。我四肢瘫痪，还在拼，证明我还活着，而且得继续拼！

图书在版编目（CIP）数据

　　一个非遗处长的工作日记 / 王淼著. -- 杭州 ： 浙
江教育出版社，2024.3
　　ISBN 978-7-5722-7684-2

　　Ⅰ. ①一… Ⅱ. ①王… Ⅲ. ①日记－作品集－中国－
当代 Ⅳ. ①I267.5

　　中国国家版本馆CIP数据核字(2024)第057880号

一个非遗处长的工作日记
YIGE FEIYI CHUZHANG DE GONGZUO RIJI

王　淼　著

出版发行	浙江教育出版社
	（杭州市天目山路40号　电话：0571－85170300－80928）
责任编辑	胡凯莉
美术编辑	韩　波
封面设计	钟吉菲
责任校对	陈　煜
责任印务	吴梦菁
图文制作	杭州天一图文制作有限公司
印　　刷	浙江新华数码印务有限公司
开　　本	710mm×1000mm　1/16
印　　张	34
字　　数	680 000
版　　次	2024 年 3 月第 1 版
印　　次	2024 年 3 月第 1 次印刷
标准书号	ISBN 978-7-5722-7684-2
定　　价	98.00 元